레드 조앤

RED JOAN by Jennie Rooney

RED
JOAN

제니 루니 지음
허진 옮김

레드 조앤

마크에게

차례

"아, 이런. 안 들키고 끝난 줄 알았지."

멜리타 노우드(87세, 가장 오래 활동한 영국 KGB 스파이),
정체가 드러난 1999년 9월 〈더 타임스〉 기자에게

일러두기

• 이 책의 주는 모두 옮긴이의 주입니다.

시드컵
2005년 1월

그녀는 사인死因을 안다. 들을 필요도 없다.

인편으로 전달받은 변호사의 쪽지는 짧고 감정이 없고, 〈데일리 텔레그래프〉의 부고 기사 복사본과 금요일의 장례식 일정이 동봉되어 있다. 기사에는 윌리엄 미첼 경이 도싯주 셔본에서 보낸 어린 시절이 소개되어 있는데, 그는 여덟 살에 소아마비에 걸렸다가(그녀는 몰랐다) 기적적으로 회복했고, 학창 시절 라틴어와 고대 그리스어에 특히 뛰어난 능력을 드러냈다. 케임브리지에서 현대 및 중세 언어를 공부했고 전쟁 때는 특수 작전 집행부에 차출되었으며 그 후 외무부 고위직에 올라 영국 및 연방 정부들에 첩보 자문을 제공했고 여러 대학에서 명예 박사학위를 받았다. 그는 이미 세상을 떠난 아내와 스코틀랜드의 야트막한 산들을 오를 때 더없이 행복했다고 한다. 그녀는 이 역시 몰랐다.

그녀가 알고 있던 것은 그가 잠을 자다가 평화롭게 죽은 것처럼 보였으리라는 사실이다.

그녀는 기사와 편지를 식탁에 내려놓으며 짧고 날카롭게 숨을 헐떡인다. 앞치마뿐 아니라 손톱에도 흙이 묻어서 크림색 봉투에 뭉개진 자국을 남긴다. 주방 식탁 위의 테라코타 화분 세 개에는 아까와 똑같이 그날 아침 이웃집 앞마당에서 잘라다 심은 제라늄 줄기와 꾹꾹 누른 흙이 반쯤 담겨 있지만, 편지를 받고 나서 보니 어딘가 변한 것 같고 이제 1월까지 영국의 겨울을 견뎌낸 섬세하고 당당한 모습이 아니라 보기 싫게 마구 자란 가지 같다.

그녀는 60년 전 윌리엄에게 받은 은목걸이, 그와 루퍼트가 하고 다니던 것과 똑같은 목걸이를 생각한다. 메달에는 어린 예수님을 업고 폭풍 치는 바다를 건너는 누더기 차림의 성 크리스토퍼가 새겨져 있다. 그녀는 메달에 무엇이 숨겨져 있는지 몰랐고, 그것이 왜 중요한지 그 이유를 착각했다. 쿠라레를 주입한 바늘 자국은 없었는데, 추적이 불가능하다는 이유로 선택된 그 독은 근육을 너무나도 효과적으로 이완시키기 때문에 폐가 거의 즉시 멈춘다. 질식사. 움직임이 거의 없어서 평화로워 보이는. 윌리엄의 선물이 무엇인지 알았다면 받지 않았을 테지만, 설명을 읽었을 때에는 이미 늦어서 돌려줄 수 없었다. 그가 그렇게 손을 써놓았다. 그녀에게도 같은 선택지를 주고 싶었던 것이다. 만약을 대비해서.

결국 이렇게 되는 걸까? 마침내, 이렇게 오랜 세월이 흐른 뒤에, 윌리엄이 발각된 걸까? 그랬다면 그가 자기 자신과 자기 평판을 옹호하려고 노력해봐야 소용없다고 생각할 만한 새로운 증거가, 반박할 수 없는 무언가가 있다는 뜻이다. 기사 작위를 빼앗기고, 공개적인 비난과 폭로로 수치를 당하고, 불가피한 형사 재판을 견뎌야 할 가능성을 무릅쓰느니 죽는 게 낫다. 윌리엄이 왜 그런 굴욕을 견디겠는가? 아내는 죽었고 자식도 없다. 그를 막을 것은 하나도 없다.

그녀와 달리 지켜야 할 아들이 없다.

부고 기사에는 젊은 시절 윌리엄의 사진이 실려 있는데, 마지막으로 만났을 때처럼 이목구비가 또렷하고 티 없이 깨끗하다. 그는 카메라를 똑바로 보면서 알아서는 안 되는 뭔가를 안다는 듯 미소를 살짝 머금고 있다. 그녀는 다른 사람들 눈에는 이 부연 흑백 사진이 매혹적이고 비애 넘쳐 보이리라고, 이미 지나간 젊은 시절의 사진으로 보이리라고 생각한다. 그러나 조앤에게는 유령을 보는 것과 같다.

그들은 그날 오전 늦게 그녀를 찾아온다. 조앤은 침실 창가에 서서 자갈벽 테라스가 늘어선 조용한 교외 거리로, 15년 전 남편이 죽은 뒤 오스트레일리아에서 돌아와 쭉 살았던 거리로 들어서는 길고 검은 자동차를 지켜본다. 런던 남동부 지역에 어울리지 않는 차다. 그녀는 남자 하나와 여자 하나가 자동차에서 내려서 주변을 흘깃 보고 주위 지물을 파악하는 모습을 관찰한다. 여자는 굽 높은 구두에 말쑥한 낙타색 레인코트 차림이고 남자는 서류 가방을 들고 있다. 그들은 나란히 서서 길 건너편 조앤의 집을 보면서 뭔가 의논한다.

조앤의 팔과 목에 소름이 돋는다. 무슨 이유에선지 그녀는 늘 그들이 밤에 찾아오리라 생각했다. 이런 대낮일 것이라고, 춥고 환하고 완벽하게 고요한 낮일 것이라고는 상상하지 않았다. 조앤은 두 사람이 길을 건너 자기 집 대문을 여는 모습을 지켜본다. 어쩌면 지나치게 예민하게 구는 것인지도 모른다. 저 사람들이 누구인지는 모르는 일이다. 사회복지사나 식사 배달 서비스 판촉 원일지도 모른다. 예전에도 그런 사람들을 돌려보낸 적이 있다.

노크 소리는 커다랗고 딱딱 끊긴다. 공식적인 느낌이다. "문 여세요. 국가안보부에서 왔습니다."

조앤이 얼른 물러서서 커튼을 친다. 심장이 두근댄다. 도망치기에는 너무 늙었다. 그녀는 문을 열어주지 않으면 저 사람들이 어떻게 할까 생각한다. 문을 부술까? 아니면 집을 비웠다고 생각하고 내일 다시 올까? 저 사람들이 갈 때까지 여기서 기다리다가⋯⋯. 그러다가 딱 멈춘다. 뭘 할 수가 있을까? 그녀가 의심을 사지 않고 얼마든지 머물 수 있는 곳이 어디 있을까? 게다가 아들에게는 어디에서 지낸다고 할까?

다시 노크 소리, 이번에는 더 크다.

조앤은 그들이 여기서 자신을 찾지 못하면 아들 집으로 찾으러 갈 수도 있다는 생각이 들어 배 위로 양손을 맞잡는다. 손자들 중 하나가 축구복을 아무렇게나 걸치고 머리에 진흙을 묻힌 채 문을 열고서 어떤 사람들이 할머니를 찾는다고 소리치는 상상을 하니 목이 뜨겁다. 닉은 말쑥한 차림으로 검은 차를 타고 온 두 사람을 보면 어머니의 죽음을 알리러 왔다고 생각할 것이다. 그가 얼마나 충격을 받을지 생각하니 찌르는 듯한 죄책감이 느껴진다.

그리고 아니라고, 그런 이유로 온 게 아니라고 하면 더 크고 끔찍한 충격을 받을 것이다.

둘 중 뭐가 더 나쁠까?

마음속에 이 근질근질하고 은밀한 생각이 뚜렷하면서도 부드럽게 퍼지자 조앤은 날카로운 손가락으로 등을 쓸어내리는 차가운 경련과도 같은 공포를 느낀다. 그래, 윌리엄이 왜 자살이 낫다고 생각했는지 알겠다. 지금 당장이라도 할 수 있다. 침대 옆 서랍장에서 성 크리스토퍼 메달을 꺼내고는, 그걸 눌러서 바늘을 꺼내고, 마지막으로 침대에 자리를 잡고 누우면 저 사람들을 만나지 않아도 된다. 그러면 완전히 끝이다. 저들은 윌리엄만큼이나 평화롭고 죄 없어 보이는 그녀를 발견할 것이다. 얼마나 쉬울까.

하지만 누구에게 더 쉽다는 걸까?

우선 60년 전에는 불가능했지만 이제는 혈관 속의 쿠라레를 추적할 수 있을지도 모르므로 부검에서 사실이 밝혀질지도 모른다. 어쩌면 독이 듣지 않을지도 모른다. 너무 오래돼서 효과가 반으로 줄었을지도 모르니까. 그리고 추적이 가능하든 불가능하든 저들은 이미 시작한 조사를 밀어붙일지도 모른다. 닉 혼자 남아서 비난을 직면해야 할 것이다. 그러자 조앤은 닉이 그런 상황에 처하면 저들이 그녀에게 붙인 죄목을 깨끗이 털어낼 때까지 가만히 있지 않으리라는 확신이 불쑥 든다. 닉은 변호사이고, 천성적으로 다른 사람을 열심히 보호한다. 옳은 일이라고 생각하면 마지막 숨을 내쉴 때까지 그녀를 옹호할 것이다. 자신이 평생 알았던 어머니를 생각하면 당치도 않은 일이라고, 전혀 어머니답지 않다고 생각할 것이다.

조앤은 유리창에 비친 모습을 통해 남자와 여자가 길가로 돌아가 보도에 서서 창문을 올려다본 다음 돌아서는 것을 지켜본다. 그녀가 몸을 뒤로 뺀다. 정말로 이런 일이 일어나고 있다니 믿을 수 없다. 지금은 아니다. 이렇게 오랜 세월이 지났는데. 자동차 문이 딸깍 열린 다음 쾅 닫히고, 반대편 문도 열렸다 닫힌다. 그들이 차에 다시 오르고 있다. 차에서 그녀를 기다리거나 닉의 집으로 갈 것이다. 둘 중 어느 쪽인지 조앤은 알지 못한다.

이렇게 끝날 예정은 아니었다. 젊은 날의 기억이 갑자기 그녀를 덮친다. 이렇게 멀어진 뒤에 보니 그 밝고 다채로웠던 삶이 자신의 삶이었다고 믿어지지 않는다. 화요일 오후의 수채화 수업과 금요일의 볼룸댄스, 닉 가족의 정기적인 방문 외에는 아무 일도 없는 지금의 조용한 삶과 너무나 동떨어진 느낌이다. 지금의 삶은 차분하고 만족스럽지만 한때 그녀가 꿈꾸었던 놀라운 인생은 아니다. 그래도 이것이 조앤의 삶이다. 그녀의 유일한 삶. 삶이 다 끝나가고 있을 때 갑자기 빼앗기려고 이렇게 오랫동안 침묵을 지킨 것이 아니다.

조앤은 거리에서 자신이 보이는지 더 이상 신경 쓰지 않고 심호흡을 하면서 재빨리 방을 가로지른다. 이 일을 혼자서 해결해야 한다. 이런 식으로 닉이 알게 두지는 않을 것이다. 좁은 계단실 위 창문으로 새하얀 빛의 꽃송이 같은 오후 햇살이 들어오고, 그녀는 서둘러 계단을 내려가 현관문으로 향한다. 은색 체인을 풀고 자꾸 걸리는 깔개 위로 나무 문을 잡아당긴 다음 눈을 깜빡여 대낮의 환한 빛에 적응하면서 현관 계단으로 나가자 흉곽 안에서 심장이 세차게 뛴다. 자동차가 출발하는 동시에 여자가 고개를 돌리고, 두 사람의 눈이 아주 잠깐 마주친다.

"기다려요." 조앤이 외친다.

그들은 조앤의 집에서 자동차로 40분을 달려서 웨스트민스터 사원과 국회의사당 근처 좁은 거리의 큰 건물로 그녀를 데려간다. 그들은 차를 타고 가는 동안 그녀에게 불편한 점은 없는지, 법적 대리인에게 연락하고 싶은지 한 번 더 물을 뿐 그 외에는 아무 말도 하지 않는다. 조앤은 불편하지 않다고, 변호사를 부르고 싶지 않다고 대답한다. 변호사는 필요 없다. 그녀는 체포된 것이 아니다, 그렇지 않은가?

"엄밀히 말해서 그런 건 아니지만……."

"그거 봐요. 필요 없어요."

"국가 안보가 달린 문제입니다. 제가 정말 충고드리고 싶은 것은……." 여자가 망설인다. "아드님이 변호사라고 알고 있는데요, 스탠리 부인. 아드님께 연락할까요?"

"아니요." 조앤이 날카로운 목소리로 말한다. "아들을 귀찮게 하고 싶지 않아요." 짧은 침묵이 흐른다. "난 아무 잘못도 없어요."

그들은 목적지에 도착할 때까지 아무 말도 하지 않고, 조앤의 손은 기도하듯 단단히 얽힌다. 그러나 그녀는 기도를 드리는 것이 아니다. 생각을 하고 있다. 기습당하지 않으려고 전부 또렷이 기억하려 애쓴다.

목적지에 도착하자 누군가가 안전벨트를 풀어준다. 조앤이 여자를, 즉 하트 씨를 따라 차에서 내리자 남자인 애덤스 씨가 두 사람의 뒤를 따르고, 세 사람은 계단을 올라가서 조각이 새겨진 석조 문틀과 작은 나무 문 앞에 도착한다. 남자가 말없이 앞으로 나서더니 작은 검은색 상자에 출입증을 가져다 댄다. 딸깍 소리가 나자 그가 문을 연다.

하트가 좁은 복도를 따라 길을 안내한다. 그녀는 탁자 하나와 의자 세 개가 있는 정사각형 방으로 조앤을 안내하더니 애덤스로부터 서류 가방을 건네받는다. 애덤스는 따라 들어오는 대신 밖에서 기다리고, 두 사람 뒤에서 문이 닫힌다. 탁자에 마이크가 설치되어 있고 방 제일 안쪽 천장 구석에 카메라가 부착되어 있다. 유리창이 시선을 그대로 반사해서 조앤은 얼른 고개를 돌리지만, 스크린 뒤 애덤스의 희미한 그림자를 이미 보았다. 하트가 탁자 앞에 앉더니 조앤에게도 앉으라고 손짓한다.

"변호사는 정말 필요 없으십니까?"

조앤이 고개를 끄덕인다.

"좋습니다." 하트가 서류 가방에서 파일을 두 개 꺼낸다. 탁자 위에 파일을 올려놓고 둘 중 더 얇은 파일을 조앤 쪽으로 민다. "이것부터 시작하죠."

조앤이 등을 기대고 앉는다. 그녀는 파일을 건드리지 않을 것이다. "난 잘못한 거 없어요."

"스탠리 부인." 하트가 말을 잇는다. "협조하시는 게 좋을 겁니다. 기소할 증거는 충분합니다. 내무장관이 관대함을 베풀려면 어떤 형태로든 자백하거나 유죄를 인정해야 합니다. 정보를 제공한다든지 말입니다." 그녀가 잠시 말을 멈춘다. "그렇지 않으면 우리도 너그럽게 대할 수 없어요."

조앤은 아무 말도 하지 않는다. 팔짱을 낀다.

하트가 취조실의 반짝이는 바닥을 내려다보며 티 없이 깨끗한 신발 끝으로 서류 가방 위치를 조정한다. "부인의 혐의는 스물일곱 건의 공직자비밀엄수법 위반인데, 사실상 반역입니다. 가벼운 죄목이 아니라는 건 분명 아실 겁니다. 재판까지 갈 수밖에 없게 만드신다면 최대 형량이 14년이지요."

침묵. 머릿속으로 14년을 헤아리자 한 해 한 해가 조앤의 가슴을 고통스럽게 죄어온다. 그녀는 꼼짝도 하지 않는다.

하트가 스크린 뒤 애덤스의 그림자를 흘끔 본다. "금요일에 부인 이름을 하원에 발표할 예정인데, 그 전에 변호하고 싶은 부분을 기록으로 남기는 게 좋을 겁니다." 그녀가 잠시 말을 멈춘다. "부인도 성명을 발표해야 합니다."

금요일. 윌리엄의 장례식 날이다. 어차피 그녀는 가지 않았을 것이다. 조앤은 조용하고 확고한 목소리를 내려고 마음을 굳게 먹는다. "무슨 말인지 아직도 모르겠군요."

하트가 서류 가방 옆주머니에서 사진을 한 장 꺼내 탁자 위 두 사람 사이에 놓는다. 조앤이 사진을 흘끔 보고 시선을 다시 돌린다. 물론 그 사진을 안다. 부고 기사에 실려 있던 사진이다.

하트가 양 손바닥으로 탁자를 짚고 몸을 숙인다. "케임브리지 출신의 윌리엄 미첼 경을 아시겠지요. 비슷한 시기에 부인도 같은 학교의 학부생이었습니다."

조앤은 하트를 멍하니 바라보면서 인정도 부인도 하지 않는다.

"저희는 초기 상황이 어땠는지 그림을 그려보려고 애쓰는 것뿐입니다." 하트가 말을 잇는다. "모든 것을 맥락에 맞게 그려보려고 말입니다."

"무슨 그림이요?"

"아시겠지만, 윌리엄 경은 지난주에 갑자기 세상을 떠났습니다. 그래서 수사를 비롯한 여러 가지 문제가 해결되지 못한 채 남아 있지요."

조앤은 자신과 윌리엄이 정확히 어떻게 연결되는지 생각하면서 얼굴을 찌푸린다. "내가 어떤 도움을 줄 수 있다고 생각하는지 모르겠군요. 그 사람을 그렇게 잘 아는 건 아니었어요."

하트가 눈썹을 추켜올린다. "윌리엄 경 사건은 부인 사건과 관련이 있습니다. 부인 선택이에요. 협조할 때까지 여기 말없이 앉아 있어도 되지만 빨리 시작할 수도 있어요." 하트가 기다린다. "대학 때부터 시작하지요."

조앤은 꼼짝도 하지 않는다. 그녀의 시선이 스크린을 향했다가 하트 뒤쪽의 잠긴 문으로 간다. 여기서 이렇게 끝나지는 않겠지만—그녀가 그렇게 두지 않을 것이다—어느 정도 협조하는 것도 괜찮을 것 같다. 그러면 시간을 벌면서 이들이 얼마나 알고 있는지 파악할 수도 있다. 이들은 윌리엄의 활동에 대한 증거를 가지고 있는 것이 분명하다.

"다녔어요." 마침내 조앤이 말한다. "1937년에요."

하트가 고개를 끄덕인다. "무슨 과목으로 학위를 받으셨지요?"

조앤의 시선이 갑자기 하트의 손에 집중되고, 그녀는 몇 초가 지나서야 특이한 점을 깨닫는다. 햇볕에 탔다. 1월인데 햇볕에 타다니, 라고 생각하자 문득 오스트레일리아가 그리워진다. 지금 조앤은 영국으로 돌아온 뒤 처음으로 돌아오지 말걸 그랬다고 생각한다. 안전하지 않음을 알았어야 했다. 닉의 설득에 넘어가지 말았어야 했다.

"수료." 마침내 조앤이 말한다.

"네?"

"여자는 학위가 아니라 수료증을 받았어요. 그 당시에는요." 다시 짧은 침묵이 흐른다. "나는 자연과학을 공부했습니다."

"하지만 물리학을 전공하셨지요."

"내가요?"

"네."

조앤이 하트를 흘끔 보고 다시 시선을 돌린다.

"좋습니다." 잠시 침묵. "왜 대학에 가고 싶었지요? 당시에는 그리 평범한 일이 아니었을 텐데요."

조앤은 모든 이야기가 반드시 일관적이어야 한다고 명심하면서 천천히 숨을 내쉰다. 그렇다, 평범한 일은 아니었지만 다른 선택지는 결혼을 하거나 타자를 배우거나 가르치는 일밖에 없는 듯했는데, 조앤은 그중 무엇도 하고 싶지 않았다. 그녀는 말을 시작하기 전에 기억을 확실히 떠올리고 싶어서 눈을 감고 집을 떠나던 해로 마지못해 돌아간다. 그러자 그해의 느낌이 명확하게 떠오른다. 어딘가로 가서 무언가를 하지 않으면 정말로 폐가 가슴 밖으로 터져 나오리라는 사실을 깨달았을 때의 그 숨 막히는 느낌. 이제 와 그 기억을, 그토록 오랫동안 잊었던 느낌을 떠올리자 이상한 기분이 든다. 그 전에도 그 후에도 그런 느낌을 받은 적이 없었지만 지금 생각하니 아들도 열여덟 살이 되자 똑같은 잠재적 에너지를 내뿜었던 기억이 떠오른다. 많지는 않지만 적지도 않은 나이. 어머니는 감수성이 예민한 나이라고 했다.

1937년 가을, 조앤은 집을 떠나 케임브리지 뉴넘 칼리지에 가게 된다. 그녀는 열여덟 살이고 빨리 떠나고 싶어서 조바심이 난다. 특별한 이유가 있어서라기보다 진짜 삶은 다른 곳에서, 그녀가 평생을 보낸 세인트앨번스 근처 공립 여학교의 담쟁이덩굴로 뒤덮인 사택과 멀리 떨어진 곳에서 일어나고 있다는 느낌 때문이다. 학교는 무척 따뜻한 분위기이고 단체 운동을 특히 강조하는데, (학교 소개 글에 따르면) 운동은 정의를 사랑하는 마음과 즉각적인 결정을 내리고 패배를 기분 좋게 인정하는 능력을 길러주기 때문이다. 그래서 그녀는 이 고귀한 이상을 좇아 매주 몇 시간 동안 피나포어* 차림으로 나무 막대를 휘두르며 학교 운동장을 뛰어다닌다.

교장의 딸인 조앤과 여동생 랠리는 평범한 학생이 아닌데―기숙사에서 지내지도 않고, 학교 연극에서 배역도 맡지 못하고, 우편으로 간식 상자가 오지도 않는다―부모님은 이런 환경이 특권이라고 주장하지만 조앤은 그것이 끝없는 감시나 마찬가지일 뿐이고, 여동생과 자신 둘 다 천식에 걸린 것도 다 그 때문이라고 생각한다. 조앤은 최전선으로 내몰린 세대가 아니라서, 어머니가 열여섯 살 때 그랬던 것처럼 제1차 세계대전 때 간호사가 되려고 집에서 도망칠 필요가 없으니 얼마나 다행이냐는 말을 자주 들었던 터라 고마워해야 한다는 것을 알지만, 젊은 나이에 독립성을 자랑스럽게 드러내는 것이 어딘지 유혹적이기도 해서 더욱 초조해진다.

세인트앨번스라는 안전하고 편안한 곳에서는 알아보기조차 힘든 온 세상이 저 바깥에 있다. 조앤은 아버지의 절름거리는 발걸음을, 영화관 뉴스에 나온 웨일스 탄광과 북부의 버려진 조선소를, 신문과 책과 영화를, 무릎이 더럽고 신발도 신지 않은 채 문 앞에 선 꼬마 아이들의 사진을 보았기 때문에 잘 안다. 그녀

---

* 앞치마와 비슷하고 소매가 없는 옷.

는 몇 년 전 세인트앨번스를 거쳐 간 대규모 기아 행진* 때에도 세상을 흘깃 엿보았다. 너무 더러워서 살갗이 숯처럼 거무튀튀해진 남녀가 무질서하게 행렬을 이루며 걸어갔다. 조앤은 그 사람들이 아침에 세인트앨번스를 떠날 때 한 명이 사택 앞에 멈춰 서더니 정원 울타리에 기대어 몸을 거의 반으로 접고 발작하듯이 기침하던 모습을 기억한다.

"저 사람 왜 저래요?" 그녀가 아버지에게 물었다. "의사 불러야 되는 거 아니에요?"

아버지가 고개를 저으며 말했다. "탄진 때문이야. 규폐증은 손쓸 방법이 없단다. 폐로 파고들어서 조직을 죽이지. 그런데도 저 사람은 일자리를 되찾고 싶어서 사람들이랑 같이 런던까지 걸어가는 거야."

"그냥 다른 일을 찾으면 안 돼요?"

아버지는 이 질문에 바로 대답하지 않았다. 그저 랠리가 가져다준 물을 마시고 행렬을 따라잡으려고 열심히 걸어가는 그 남자를 지켜보았다. 아버지가 조앤에게서 고개를 돌리고 절뚝절뚝 방을 나가며 중얼거렸다. "그러게, 왜 그럴까?"

아버지는 다음 날 학교 기도 시간 직전에 교장의 권한으로 목사님의 말에 끼어들어 이 질문에 답해주었다. 그는 전교생 앞에서 신문을 높이 들고 정부가 영국의 '특별 지역'이라 불리는 곳에서 일어나는 현실을 인정하지 않는 것은 범죄라고 선언했다. 상

---

* 영국에서 20세기 초에 자주 일어났던 사회 운동으로, 실업률이 높은 지역의 주민들이 런던까지 행진하여 의회 앞에서 시위를 벌였다.

상력이 미진해서든 의도적인 눈가림 때문이든, 둘 중 어느 쪽이
든 반역이었다. 아버지는 학생과 교사 모두에게 눈을 감고 건조
할 배가 하나도 없는 조선소 마을에서의 삶을 그려보라고, 판자
로 유리창을 막은 가게들을, 정부 보조금을 신청한 가족에게 자
산 조사원이 보조금을 받으려면 집안의 유일한 양탄자를 팔아야
한다고 선언하는 모습을 상상해보라고 말했다. 극도의 가난을
상상해보라고. 그리고 겨울이 되면 어떨지 상상해보라고.

아버지는 이 나라를 경제적 절망으로부터 구할 책임이 있는
거국일치내각의 총리 램지 맥도널드의 말을 인용했다. 기사에
따르면 램지 맥도널드는 행진 참여자들이 정식 면담을 요청하자
하원에서 이런 질문을 던지는 것으로 답했다. "걸어서 왔든 일등
석을 타고 왔든, 누구라도 런던에 와서 내 의사와 상관없이 나를
만나겠다고, 내 시간을 빼앗겠다고 요구할 헌법상의 권리가 있
습니까?"

수사적인 질문이라 어린 축에 속하는 여학생들은 이 말이 주
는 충격을 이해하지 못했지만 조앤의 아버지는 웅성거리는 침묵
속에서 그 말의 여운이 퍼지도록 잠시 기다리더니 역겹다는 듯
신문을 접었다. "우리 총리님께서는 모르는 것 같지만, 우리는
의무가 있습니다." 중등학교 5학년 여자아이들 사이에서 소음이
일자 그가 얼굴을 찌푸리며 말했다. "이 가난하고 배고픈 세계를
그 안에 사는 모든 이에게 더 좋은 곳으로 만드는 것입니다. 책
임을 지는 것입니다."

다시 침묵이, 처음보다 조금 더 긴 침묵이 흐르고 아버지가 말

을 다시 시작했다. 들보가 가로지르는 강당 천장에 그의 목소리가 울렸다.

"각자 자신의 능력에 맞게 책임을 져야 합니다." 조앤은 아버지의 말을 정확히 기억한다.

실망스럽게도 조앤의 능력은 하키와 공부뿐인 것 같다. 그녀는 어떻게 하면 둘 중 하나를 아버지가 말한 방식으로 활용할 수 있을지 처음에는 확신하지 못했지만, 하나가 다른 하나보다 더 유용할지도 모른다고 생각했다. 조앤에게 대학에 진학하는 게 어떻겠냐고 제일 먼저 제안한 사람은 과학 교사인 애벗 선생님이었고, 조앤은 그녀의 영향으로 케임브리지 자연과학 수료 과정에 지원했다. 케임브리지는 제1차 세계대전이 일어나 애벗 선생님이 계획했던 삶을 앗아가기 전까지 그녀가 가장 행복한 몇 년을 보냈던 단조롭고 비바람에 시달리는 도시였다.

조앤은 대학에 진학할 생각에 흥분하지만 학위 자체보다 어디든 다른 곳에 간다는 생각에 흥미를 느낀다. 또 대학에 가지 않으면 절대 알 기회가 없는 것을 배우고, 오전 수업에 참석하고, 오후 내내 책을 읽고, 저녁이면 영화관에서 게리 쿠퍼가 메리 브라이언과 노마 시어러를 말 등에 훌쩍 태우는 영화를 보고, 똑같은 일이 자신에게도 일어날지 모르니 여배우들의 머리 모양을 따라 한다는 생각 말이다.

물론 케임브리지에서 게리 쿠퍼를 만날 확률이 낮다는 것은 조앤도 안다. 현실의 남자들, 달빛에 치아가 빛나지도 않고 말 대신 자전거를 타는 남자들밖에 없겠지만 그래도 끝없는, 무수한 남자들이 있을 것이다. 몇몇은 아직 어리겠지만 여자애들이 넘쳐나는 학교에만 다녔으니 그런 소년들도 반가울 것이다. 대학 면접을 준비할 때("케임브리지 대학에서 공부하고 싶은 이유는 무엇입니까?") 아버지나 애벗 선생님에게 그런 말은 하지 않았지만 이제 열정의 표면 밑에서 그런 생각이 서서히 끓어오른다. 조앤은 대학 진학이 특권이고 아버지와 대학 장학금이 그 사실을 끊임없이 상기시키리란 것을 알지만 솔직히 대학이 아니라 어디라도 갔을 것이다.

아버지는 조앤이 대학에 가서 기뻐한다. 그는 이성의 종교 안에서 교육 받으면 정말 멋질 것이라고 그녀에게 말한다. 이것은 조앤이 아니라 아버지의 말이지만 그녀도 무슨 뜻인지 안다. 조앤과 아버지는 서로를 이해하고, 어머니나 랠리가 보기에는 약간 과묵하고 조용한 유대감을 공유하고 있다. 사람들은 조앤에게 여동생과 정말 많이 닮았다고, 다섯 살 차이만 아니면 쌍둥이라고 해도 될 것 같다고 말한다. 랠리는 이 말에 기뻐서 얼굴을 붉히지만 조앤은 마음에 안 드는 멍청한 말이라고 생각한다. 이런 기분을 랠리에게는 숨겨야 하지만 말이다. 여동생은 다정한 성격에 눈이 크고, 어머니와 함께 원피스 원단을 사러 가거나 정원에서 데이지 꽃으로 팔찌를 만들 때 즐거워 보인다. 조앤은 어머니와 그랬던 적이 있었는지 생각도 나지 않지만. 조앤과 랠리의 닮은 점을 보지 못하고 누가 닮았다는 말을 할 때마다 아니라고 투덜거리는 사람은 아버지밖에 없다. 아버지는 조앤이 꾸미는 탈출 계획의 공범이고, 그녀는 다른 무엇보다도 이 때문에 아버지를 사랑한다.

반대로 조앤의 어머니는 이 모든 일을 아주 불쾌하게 여긴다. 어머니는 학교로 쳐들어와 애벗 선생님에게 조앤을 앞으로 절대 행복하지 못할 정도까지 교육시켜서 영원히 노처녀가 될 운명으로 몰아넣었다고 한마디하고 싶은 것이 분명하다. 그녀는 랠리에게는 절대 같은 일이 벌어지게 놔두지 않겠다고, 오, 절대 안 될 말이라고 분명히 밝힌다. 둘째 딸은 애벗 선생님 근처에도 못 가게 할 것이다.

대학에 가는 것이 간호사가 되려고 가출하는 것보다 나쁠 건 없다고 조앤이 말하자 어머니는 고개를 저으며 전혀 다르다고 말한다. "그때는 전례 없는 시대였어, 조애니. 넌 상상도 못 할 거야. 병원으로 실려 온 소년들이 어떤 소리를 냈는지 상상도 못 할 거야. 이륜차나 사륜차, 구급차에서 어머니를 소리쳐 부르는 환자들을 내리면 복도가 가득 찰 정도였지. 정말 끔찍하고도 끔찍한 시대였단다."

조앤은 전에도 똑같은 이야기를 들은 적이 있고, 네, 정말 끔찍하게 들리지만 어느 시대나 전례가 없는 시대예요, 하는 말을 입 밖에 내지 않을 정도의 분별력은 있다. 분명 조앤의 시대도 전례가 없다. 그러나 그녀는 어머니가 자신을 막을 수 없다는 것도 안다. 그렇게 해서 같은 반 아이들이 가을에 비서 학교에 등록을 하거나 결혼을 해서 가정을 꾸릴 때 조앤 혼자 대학에 진학한다.

조앤은 떠나기 전에 대학 생활에 필요한 물품들을 마련해야 한다. 이것은 일종의 타협, 어머니가 이 일을 다른 각도에서 보게 만드는 전략적 전환이다. 둘이서 조앤에게 필요한 물품들을 정하고, 조앤은 떠나기 전에 모든 것을 제대로 갖추기 위해서 어머니의 지시에 따라 동네 백화점에서 어마어마한 폭의 원단을 사온다. 트위드 앙상블, 남색 정장, 수업 때 입을 니트 옷, 시크한 바지 한 벌(시크하다는 것은 어머니의 표현인데, 두 사람 모두 무슨 뜻인지 정의하지는 못한다), 블라우스 세 벌, 벨트 두 개, 가방 두 개(예쁜 거 하나, 실용적인 거 하나), 레인코트, 단순한 울 원피스, 말쑥한 댄스파티용 드레스를 마련해야 한다. 어머니는 모피 코트도 있어야 한다며 그것만큼은 양보하지 못한다고 고집한다. 모피 코트는 엄청난 사치품이라 산다는 것은 말도 안 되고, 어떻게든 하나 구해야 한다.

"잘 어울려 보여야 해, 조애니." 거실 깔개 위에서 핀과 면과 생각지도 못한 모양으로 잘린 원단에 둘러싸인 채 어머니가 조앤에게 말하지만 두 사람 다 어디에 잘 어울려야 하는지는 알지 못한다. 어머니와 조앤이 아는 것은 알지 못한다는 사실밖에 없고, 그것으로는 충분하지 않다.

교과서나 과학 실습에 필요한 장비, 조앤의 생각에 수업을 들을 때 정말 유용하겠다 싶은 물건은 전혀 언급되지 않는다. 대학에서 중요한 것은 주로 옷인 것만 같다.

케임브리지에서 혼자 지내는 처음 며칠 동안 조앤은 살아 있는 것만으로도 놀라울 만큼, 찬란할 만큼 행복하다. 앤 여왕 시대 풍 붉은 벽돌 건물의 새집이, 아름답게 손질된 잔디와 운동장과 테니스장이 너무 좋다. 그녀는 이런 흥분이 자전거를 타고 클래어 칼리지 뒤쪽 홍예다리를 빠른 속도로 건널 때 뱃속에서 올라오는 느낌, 뱃속이 갑작스럽게 물결치듯 울렁거리다가 내리막길에서 속도를 낼 때 그 신나는 느낌과 똑같다고 생각한다.

그녀는 오전 강의를 들으러 펨브로크 스트리트 과학부로 가서 건물 난간에 자전거를 기대어 세운 다음 사첼 가방을 겨드랑이에 끼고 계단식 강의실 뒷줄로 살며시 들어간다. 미혼 여성이 혼자 외출할 수 없던 시절은 끝났지만 대부분의 강사는 아직도 여학생의 존재를 무시하면서 학생들을 "신사 여러분"이라고 부른다. 강사들은 보통 칠판 바로 앞에 서서 "이걸 제곱하면"이나 "저걸 빼면" 같은 말을 중얼거리다가 학생들이 문제를 다 풀 새도 없이 칠판을 지우고 다음 계산으로 넘어가지만, 조앤은 당황하지 않는다. 그녀는 이러한 강의가 언젠가 다른 점과 연결될 지식의 작은 점이라고, 때가 되면 칠판의 미세한 얼룩 같은 숫자들 중 적어도 일부는 이해하게 될 거라고 생각하고, 여름 시험 전까지는 그렇게 되리라 희망을 품는다.

뉴넘에서 조앤이 쓰는 방은 페일홀 1층인데 현대식 욕실과 간이 주방이 갖춰져 있고 흠잡을 데 없는 정원이 내다보이는, 비교적 새 건물이다. 고향 집 응접실만큼 큰 방에는 한쪽 벽에 바퀴 달린 작은 침대가, 반대쪽 벽에 쿠션이 두툼한 소파가 놓여 있고 그 사이의 넓은 공간에 양탄자가 깔려 있어서 어디 하나 부러질 걱정 없이 물구나무를 연습할 수 있다. 간이 주방에는 가스 풍로가 하나 있지만 아직 요리는 시도해보지 않았다. 조앤은 아침 식사를 생략하고 사과를 하나 먹으면서 강의를 들으러 가는 것이 더 좋았고 점심은 바삭한 빵과 치즈나 삶은 햄으로 도시락을 싸가서 먹고 저녁에는 처마 돌림띠가 아름다운 천장과 기다란 공동 식탁이 놓인 크고 밝은 홀에서 식사를 한다. 처음 며칠 동안 바로 친해진 사람은 없지만 외롭지는 않다. 모두들 놀랄 만큼 친절하고, 저녁 식사는 즐겁고 소란스러운 행사다. 고등학교 때는 파벌과 계층이 있었기 때문에 조앤은 이런 분위기에 익숙하지 않지만 케임브리지 학생들은 다들 공부벌레 기질이 있기 때문에 여기서는 자신이 크게 특이하지 않다는 결론을 내린다.

셋째 날 밤에 조앤은 창문을 두드리는 소리와 바깥 창틀에서 아주 커다란 고양이가 방으로 들어오려 애쓰는 것처럼 부스럭거리는 소리에 잠에서 깬다. 그녀가 침대 밖으로 몸을 내밀고 엄지와 검지로 커튼 아래쪽 끄트머리를 살짝 잡아서 젖힌다. 근처 벽에 하키 스틱을 기대어 세워놓았기 때문에 왠지 마음이 놓인다. 필요할 경우 소리를 지를 수 있도록 목을 가다듬은 다음 밖을 빼꼼히 내다본다.

창틀에 자주색 하이힐 두 짝이 서 있다.

그녀는 커튼을 조금 더 젖히고 위를 쳐다본다. 자주색 하이힐을 신고 검은색 실크 원피스와 흰색 스카프로 화려하게 꾸민 여자애가 반쯤 숙인 자세로 서 있다가 커튼이 젖혀지자 미소를 지으며 조용히 하라는 뜻으로 손가락을 입에 가져다 댄다. 여자애가 몸을 웅크리자 얼굴 높이가 조앤과 거의 같아진다.

"얼른 들여보내 줘." 유리창 밖에서 그녀가 입 모양으로 말한다.

조앤이 잠시 망설이다가 침대에서 빠져나와 잠금 장치를 열자 여자애가 안쪽 창틀로 들어온다. "내 방은 3층이거든." 그녀가 설명하듯이 말하면서 신발을 한 짝씩 벗고 창틀에서 뛰어내린다. "빌어먹을 통금." 그녀가 구두에 쓸린 발가락을 주무르며 중얼거린다. "깨워서 미안해. 세탁실 창문이 닫혀서."

조앤이 눈을 비빈다. "괜찮아."

여자애가 방을 둘러보면서 묵직한 초록색 커튼과 어울리지 않는 쿠션이 여러 개 놓인 소파를 살펴본다. 그녀의 머리카락과 눈은 검고 뺨은 매끄럽지만 흙이 묻어 있으며 입술에는 빨간 립스틱이 살짝 남아 있다. 조앤은 잠옷 차림에 모슬린 천 조각으로 머리를 묶고 맨발로 서 있는 것이 갑자기 신경 쓰인다. 여자애가 나갈 줄 알고 침대로 돌아가지만 여자애는 서두르는 기색이 전혀 없다.

"너도 1학년이니?"

조앤은 상대방 역시 새로 왔다는 뜻이 담긴 이 질문에 깜짝 놀란다. 이 여자애는 너무나 자신 넘치고 규칙을 잘 아는 것 같아서 몇 년은 여기서 지낸 것 같은데 말이다. "응."

"영문학?"

조앤이 고개를 젓는다. "자연과학."

"아. 쿠션 커버에 속았네." 여자애가 잠시 말을 멈춘다. "난 언어학이야. 중세보다는 현대 쪽. 혹시 나 빌려줄 가운 없을까? 이 차림으로 돌아다니다가 걸리고 싶진 않거든. 다른 애들처럼 밤새 코코아를 마시거나 뭐 그런 척하는 게 나아."

조앤은 자기도 사실 늦은 밤을 그렇게 보낸 **다른 애들** 중 하나라는 사실을 들키고 싶지 않아서 고개를 끄덕이고 돌아선다. 옷장으로 가서 가운을 꺼낸다.

"저거 모피 코트야?" 뒤에서 여자애가 갑자기 호기심에 찬 목소리로 말한다.

"흐음, 응, 그럴 거야." 조앤은 옷장에 그런 물건을 가지고 있다는 것이 눈치가 보여서 어깨를 살짝 으쓱한다. 이제 이런 옷을 입을 일이 없는 육촌한테 무기한으로 빌려 왔지만 자기가 모피 코트를 입을 만큼 용감해질 수 있을지 상상이 가지 않는다. "좀 흉하지?"

"음, 약간 세기말 스타일이네." 여자애가 삐뚜름하게 미소를 짓고 옷장으로 다가서며 말한다. 손을 뻗어 코트를 어루만지더니 옷걸이에서 빼서 고개를 숙여 살펴본 다음 어깨에 걸친다. "적어도 북극 여우는 아니잖아. 요즘은 어딜 가나 북극 여우거든."

"북극만 빼고 말이지."

여자애가 놀란 듯 피식 웃더니 돌아서서 거울에 뒷모습을 비춰 본다. 그런 다음 양팔을 들고 빙빙 돌자 실크 원피스가 가슴에 달라붙고 모피 코트가 펄럭이며 펼쳐진다. 기적처럼 변신한 코트는 조앤이 절대 상상도 못 할 만큼 매력적이다. 그녀는 '저렇게 입는 거구나'라고 생각한다. 주름을 잡거나 단추를 잠그거나 벨트를 매는 게 아니라. 그냥 펄럭이게 두는구나.

"흉한 게 아니야." 여자애가 말한다. "다른 거야."

조앤이 미소를 짓는다. 그녀는 코트가 너무 구식이고 아무도 모르는 스타일이라서 다르다고 생각했다. 그러나 코트는 여자애가 빙빙 돌면서 펄럭일 때는 왠지 풍성한 느낌이 들고 침대에 던질 때는 화려하고 부드러워 보여서 감탄하지 않을 수가 없다. 조앤은 다음에 편지를 쓸 때 어머니에게 코트를 구해줘서 고맙다는 말을 잊지 말고 해야겠다고 생각한다. "그렇게 나쁘진 않네." 조앤이 동의한다. "그냥, 아직 익숙하지 않아서."

"가운은 내일 돌려줄게." 여자애가 발뒤꿈치를 들고 문 앞으로 걸어가 손잡이를 돌리며 말한다. 바깥을 살짝 내다보고 복도에 아무도 없는지 확인한 다음 고개를 돌려 방 한가운데 내팽개쳐진 자주색 하이힐을 가리킨다. "신발도 그때 가져갈게, 괜찮지? 실내화라고 하기에는 설득력이 없어서."

"당연하지." 조앤은 여자애가 밖으로 나가 문을 닫을 때까지 기다린다. 그런 다음 모피 코트를 집어 들고 옷장으로 가서 걸어놓은 다음 베이지색 깔개 위에서 너무나 대담해 보이는 자주색 하이힐을 흘깃 본다. 저런 걸 신고 창틀에 올라서기는커녕 어떻게 걸을 수 있는 거지? 그녀가 여전히 이런 생각을 하면서 밝은 빨간색 가죽으로 만든 가파른 구멍에 발을 미끄러뜨리자 그것은 딱 맞지만 편하지는 않다. 거울에 비친 자신을 흘깃 본 조앤은 이제 졸리지는 않지만 어지럽고 불안해서 잠깐 그대로 멈춘다. 그런 다음 곧 정신을 차리고 하이힐을 벗어서 굽이 낮고 약간 낡은 가죽 단화 옆에 놓은 다음 잠자리에 든다.

하트가 파일에서 사진을 한 장 꺼내 윌리엄의 사진 옆에 놓는
다. "알아보시겠어요?"

"아." 조앤이 작게 말한다. 케임브리지에 다닐 때 학부 실험실
통로에서 찍은 사진이다. 정말 오랜만에 보는 사진이지만 너무
익숙해서 거울을 보는 것 같다. 홍차색으로 물든 흐릿한 거울이
지만, 그래도 거울은 거울이다. 사진 속의 조앤은 파우더와 블러
셔를 발랐고, 어딘가 아득한 느낌의 눈은 흑백 스펙트럼에서 은
빛이 도는 회색이다. 입술은 립스틱을 발랐는지 짙고 선명하고,
살짝 벌려 미소를 짓고 있다. 지금의 모습과 얼마나 다른지. 아주
젊고 순진하고, 음, 예쁘다. 조앤이 자신을 묘사할 때 이 단어를
쓰지 않은 지 한참 되었다. "당연히 알죠."

"금요일 기자 회견 때 같이 발표할 사진입니다."

조앤은 고개를 들어 하트를 본다. "하지만 언론에서 왜 내 사진을 원하죠?"

하트가 팔짱을 낀다. "아실 텐데요. 아닌가요, 스탠리 부인?"

조앤은 혼란스러운 표정을 주의 깊게 유지하며 고개를 젓는다. 이들이 정말 윌리엄이 생각했던 것만큼 알고 있다면 언론 관계자들에게 이 사진이 얼마나 매력적일지 그녀도 알 수 있다. 목에서 뭔가가 울컥 올라오고, 처음으로 하트의 눈에 동정의 기색이 잠깐 떠오른다.

"어디서 났죠?" 조앤이 나직이 말한다.

"죄송하지만 말씀드릴 수 없습니다."

"왜 안 되죠?"

"기밀입니다." 잠시 침묵이 흐른다. 하트는 팔짱을 끼고 앉아 있다. "제가 무엇을 알려드릴 수 있는지는 부인이 얼마나 말하느냐에 달려 있어요."

"난 할 말이 없어요."

"음, 사실이 아니잖아요."

조앤은 심장이 두근거리는 것을 느끼지만 시선을 떨구지 않는다. 이제 목소리가 더 커진다. "내가 무슨 짓을 했다고 생각하는지 모르겠군요."

하트가 메모를 내려다본다. 메모지를 앞으로 한 장 넘겨서 무언가에 동그라미를 친 다음 말한다. "아버지가 사회주의자였다고 하셨는데─"

"난 그런 말 안 했어요." 조앤이 끼어든다.

"그렇게 암시하셨죠."

조앤이 어깨를 으쓱한다. 조금만 비틀면 아버지를 연루시킬 수 있는 말을 한 자신에게 짜증이 나지만, 그런데 무엇에 연루시킨다는 것일까? 그녀도 모른다. 아는 것은 이 여자 앞에서는 말을 신중하게 골라야 한다는 것밖에 없다. "난 그런 말 한 적 없어요."

"그런가요? 그럼 아버지는 어떤 분이었죠?"

조앤이 얼굴을 찌푸리면서 하트의 질문을 곰곰이 생각한다. 아버지는 이런 문제에 무척 민감했으므로 그녀는 반드시 아버지의 신념을 똑바로 설명하고 싶다. "아버지는 자신을 설명할 때 절대 그런 단어를 쓰시지 않았을 거예요. 정부가 사람들을 더 많이 도울 수 있다고 믿으신 것뿐이에요. 정치적, 사회적으로요. 아버지는 사회제도를 무척 중요시하셨어요. 천성이었죠. 공립학교와 대학을 나와서 군대 장교를 거쳐 교장이 되셨으니까요. 아버지는 사회제도인 정부가 사람들을 배반하고 있다고 생각하셨어요."

"정치 조직의 일원은 아니었다는 거군요."

"네."

"어머니는요?"

조앤이 자기도 모르게 눈썹을 추켜올린다. "절대 아니에요."

"부인이 정치에 관심을 갖도록 특별히 부추긴 사람은 없었다는 거군요?"

조앤은 하트를 보면서 언제 변했을까 생각한다. 언제부터 정치에 관심이 있다는 것이 전복적이라는 뜻이 되었을까? 그녀가 기억하는 한 자신이 젊었을 때는 그런 일들을 걱정하는 것이 정상이었다. 당시에는 사회가 무언가를 의미했다. 뉴스에 아무것도 한 적 없고 무엇도 이룬 적 없는 사람들, 문법은 하나도 모르고 '셀러브리티'라는 말의 어원도 모를 듯한 사람들, 인형 같고 지나치게 다채롭지만 어쩐지 똑같은 사람들에 대한 가십만 잔뜩 나오는 지금과는 달랐다. 그런 사람들을 미화하는 사회는 도대체 어떤 사회일까? 조앤은 남편이 뭐라고 말할지 안다. 그는 대처 총리와 함께 부패가 시작되었다고 말할 것이고, 정말 그럴지도 모른다. 그러나 그녀는 70년대에 노조와 관련된 온갖 소동이 일어난 뒤부터 좌파 역시 부패했음을 알고 있다. 이제 아무것도 믿을 수 없고, 이 사실을 깨닫자 슬퍼진다. 그 사실 때문만이 아니라 이것이 바로 늙은이의 생각임을 알기 때문이다. 과하고 쓸데없는 생각. 그녀는 고개를 젓는다.

"녹음 중이니까 더 크게 말해주세요." 하트가 확고하고 흔들림 없는 목소리로 말한다.

"아무도 부추기지 않았어요. 특정한 사람은 없습니다."

하트가 다른 대답을 예상했다는 듯 조앤을 본다. 그녀는 눈도 깜빡이지 않는다. 하트는 잠깐 더 기다리다가 마침내 말한다. "좋습니다. 소냐 갈리치와의 우정에 대해서 이야기하다 말았던 것 같은데요. 당시에는 그 이름이었지요. 시간 순서대로 따지자면 거기서부터 시작해야겠군요."

조앤은 몸을 떤다. 발을 내려다보면서 이들이 얼마나 알고 있는지, 얼마나 말해도 될지 가늠하려 애쓴다.

여자애는 약속한 대로 다음 날 아침에 조앤의 방으로 가운을 돌려주러 온다. 조앤은 한창 소립자 회절 기법에 대한 보고서를 쓰는 중이라 그녀가 다가오는 소리를 듣지 못한다. 고개를 들자 파란색 바지 정장에 양모 슬리퍼를 신은 그녀가 문틀에 기대서 있다. 말아 올려서 초콜릿색 스카프로 묶은 머리 모양은 조앤의 어머니가 '세탁부 스타일'이라며 비웃을 법하지만 그녀가 하니 꼭 영화 세트장에서 걸어 나온 사람 같다. 여자애가 가느다란 은제 케이스를 꺼내서 딸깍 연다. 은제 케이스가 그녀의 손에서 번득이며 반짝인다. "담배 피울래?"

조앤은 가끔 담배를 피우지만 다른 사람과 함께 있을 때뿐이고 자기 방에서는 절대 피우지 않는다. 담배를 피우면 다른 사람의 시선이 의식되면서 기분이 약간 좋아진다. 뭔가를 빨아들일 때 어쩔 수 없이 튀어나오는 입술이, 가늘어지는 눈이, 연기가 좋다. 그녀는 지금, 평일에 점심 식사도 하기 전부터 담배 피우는 모습을 보면 어머니가 크게 화를 내겠지만 —**네가 대체 뭐라고 생각하는 거니? 팜파탈이라도 된 줄 알아?**— 어머니는 이 모습을 볼 수 없다고 생각하니 즐거웠고, 그래서 좋다는 뜻으로 어깨를 으쓱한다. 여자애는 이 몸짓을 들어와도 좋다는 초대로 받아들인다. 그녀가 조앤에게 담배를 한 개비 건네고, 조앤은 팜파탈이라면 이렇게 하겠지 싶은 방식으로 입술 사이에 담배를 문다. 여자애가 성냥을 켜서 자기 담배에 불을 붙인 다음 조앤에게도 내민다. 조앤이 몸을 내밀고 눈을 감은 채 담배에 불이 붙을 때까지 숨을 가볍게 들이마신다.

잠시 침묵이 흐르지만 불편하지는 않다. 여자애가 방을 둘러보다가 문가에 깔끔하게 놓인 자기 구두를 발견하고 즐거워한다. "어젯밤엔 고마워. 놀라게 했다면 미안해."

조앤이 빙긋 웃는다. "좀 그렇긴 했지." 그리고 재떨이를 찾으러 주방으로 가서 가스 풍로 위 찬장을 뒤지다가 고등학교 도예 수업 때 만든 도자기 그릇을 발견한다. 그녀가 도자기 그릇에 재를 톡톡 턴 다음 방으로 돌아와 두 사람 사이의 책상에 내려놓는다. "어디 갔었던 거야? 좋은 데?"

"사촌이랑 사촌 친구들이랑 있었어."

"사촌도 여기 학생이야?"

"지저스 칼리지에 다녀. 박사 과정."

조앤은 여자애가 자세히 설명하기를 기다리지만 더 이상의 설명은 없다. 그 대신 여자애는 책상 위로 몸을 숙여 허리에 손을 얹고 조앤이 쓰다 만 보고서를 눈으로 훑어보고, 조앤은 어젯밤에 이 아이가 자기 방을 선택해서 기쁘다는 생각이 들어서 스스로도 놀란다. 그녀는 그 자신감이, 편안한 태도가 마음에 든다. 그때 책꽂이에 세워져 있는 초대장이 눈에 들어온다. "오늘 밤 셰리주 파티 가?" 조앤이 묻는다.

"지도 교수의 셰리주 파티 말이야?" 여자애가 작게 웃음을 터뜨리자 조앤은 말을 꺼낸 것 자체가 약간 당황스럽다. 여자애가 담배를 끄고 고개를 돌려 조앤을 본다. "네 모피 코트 빌려주면."

여자애의 이름은 이국적이고 특이한 소냐인데, 삶을 걸어 나가는 것이 아니라 항해하는 그녀, 넘어지거나 비틀거리는 일 없이 이 방 저 방 돌아다니는 그녀에게 딱 어울린다. 소냐는 더없이 평범한 사람들을 원치도 않을 때에 관객으로 만든다. 사람들은 자신이 참여하고 있다고 생각하지만 그렇지 않다. 사실은 그게 아니다. 소냐와는 다르다. 또래 여자애들은 대부분 자신이 중요하지 않다는 생각에 갇혀 있지만 소냐에게는 그런 겸손함이 없다. 그녀는 자신이 다르다는 사실을 아는 것 같지만 신경 쓰지 않는다. 옷 입는 방식도 다르지만 조앤과는 다른 의미에서 다르다. 조앤의 옷은 지나치게 새것이고 집에서 만든 탓에 어딘가 어색하다. 거울을 보면 잘 안 맞는 다른 사람의 옷을 입은 것 같다. 치맛단은 너무 길고 허리는 너무 헐렁하다. 마음이 불편해서 이런 생각을 하고 싶지 않지만, 조앤을 위해 천을 잡아당겨 핀을 꽂고 늦은 밤까지 바느질하면서 고생한 어머니에게 정말 감사하다고 스스로에게 아무리 말해도 조앤은 그 생각을 떨칠 수가 없다.

반면에 소냐는 내키는 대로 입는다. 그녀는 저녁이면 모양도 다트도 솔기도 없는 검은색 실크 원피스를 입는데, 다른 사람이라면 낡은 자루를 뒤집어쓰고 지나치게 가느다란 벨트를 한 것처럼 보이겠지만 그녀는 왠지 멋져 보인다. 세련됐다고 할 수는 없지만 의도적이다. 거기에다가 굽 높은 구두, 머리 스카프, 밝은 빨간색 입술까지. 소녀의 옷차림은 패션 반대 선언, 아직 옷이 선언을 하지 않는 시대에 가터와 거들과 단정함을 향해서 보내는 경멸의 몸짓에 가깝다. 패션 반대 선언에 가깝지만 진짜 그런 것은 아니다. 얼마 지나지 않아 다들 소녀처럼 보이고 싶어 하게 되기 때문이다.

그날 밤 조앤이 파티에 갈 준비를 하는데 소녀가 방으로 찾아와서 교환을 하자며 모피 코트를 빌려주면 마스카라를 빌려주겠다고 한다. 조앤은 대가 따위 필요 없다며 반대한다. 모피 코트는 그냥 빌려줄 수 있다. 물물교환은 필요 없다. 어차피 마스카라는 감당할 수 없을 것 같아서 바르고 싶지 않다.

소녀가 손사래를 치며 조앤을 다시 방으로 밀어 넣는다. "감당할 필요 없어. 제대로 바르면 아무도 몰라. 그냥 눈이 갑자기 커 보여서 다들 감탄할 거야. 이리 와서 앉아." 소녀가 조앤에게 마스카라 바르는 법을 가르쳐주면서 검정 안료 덩어리에 물을 한 방울 떨어뜨리고 톡톡 두드린 다음 작은 브러시로 속눈썹을 따라 위쪽으로 바른다. "됐다! 어때?"

조앤은 거울 속 자신을 보면서 놀라운 변화임을 인정하지 않을 수 없다. 그녀는 원래 속눈썹에 포마드 왁스를 발랐는데 이런 효과는 전혀 없었다. 이제 그녀의 속눈썹은 경쾌하게 위로 말려 올라가서 소녀가 가르쳐준 대로 눈을 내리뜨고 약간 위쪽을 보면 무심결에 흔들린다. 이렇게 하는 거구나. 조앤이 기뻐하며 생각한다.

"내가 뭐랬니? 〈안나 카레니나〉에 나오는 그레타 가르보 같다." 소냐가 조앤을 보며 씩 웃더니 옷장으로 가서 모피 코트를 꺼내 극적으로 어깨에 걸치고 빙글빙글 돌면서 방 한가운데로 온다.

"조심해." 조앤이 말한다. "그거 잃어버리면 나 진짜 큰일 나."

소냐가 웃는다. 그녀가 가방에서 스카프—진홍색 바탕에 작은 흰 꽃무늬—를 꺼내서 머리에 묶는다. "당연히 조심해야지. 서둘러, 가르보. 늦겠어."

두 사람의 구두가 자갈길을 달각거리고, 두 사람이 강을 건너 디앵커 술집 쪽으로 갈 때는 모피 코트가 펄럭인다. 실버 스트리트를 지나 킹스 퍼레이드로 향하자 술집 문간에 서 있던 남자들이 두 사람을 보고 반쯤은 장난으로, 반쯤은 신이 나서 휘파람을 분다. 이런 식으로 주목받는 것에 익숙하지 않은 조앤은 이러한 관심의 자그마치 반이 자신을 향한 것임을 눈치채고 깜짝 놀란다. 반사 효과다. 그녀는 소냐가 되면 이런 기분일까 생각한다. 항상 시선을 모으고 항상 찬탄을 듣는 기분.

셰리주 파티가 열리는 곳은 시내 중심부 낡은 건물의 정사각형 방으로, 책과 초가 장식되어 있고 나무 패널이 대어져 있다. 교수님들은 한가운데 모여서 담소 중이라 조앤과 소냐가 도착한 것을 거의 알아차리지 못한다. 소냐가 모피 코트를 걸어두려고 옷방으로 가면서 조앤에게 자기 음료수도 가져다달라고 부탁한다. 깔끔하게 다린 흰색 칼라와 검은색 제복 차림의 웨이터들이 작은 잔이 잔뜩 놓인 은쟁반을 들고 돌아다니고, 유리잔에 담긴 셰리주가 반짝이며 빛난다.

"드라이로 드릴까요, 미디엄으로 드릴까요?" 웨이터가 조앤 앞에 서서 묻는다.

"아." 조앤이 쟁반에 놓인 유리잔을 흘끔 보고 웨이터를 다시 본다. "모르겠어요."

웨이터는 무서운 표정이지만 혼란스러워하는 조앤을 보고 눈가에 주름이 잡히게 빙긋 웃는다. 그가 조앤 쪽으로 몸을 숙인다. "새로 왔군요, 맞죠?"

조앤이 고개를 끄덕인다.

"드라이를 마셔요. 미디엄이 더 달지만 드라이 셰리를 좋아한다고 하면 뭘 좀 아는 것처럼 보이거든요." 웨이터가 교수들을 흘끔 보더니 그녀에게 쟁반을 내민다. "여기서는 그게 제일 중요한 것 같으니까. 왼쪽입니다."

조앤이 고맙다는 미소를 지은 다음 자신과 소냐를 위해 두 잔을 집는다. "고마워요."

소냐가 방으로 들어와서 손을 흔들어 조앤을 부르고, 소냐와 웨이터 사이에 눈빛이 오간다. 웨이터가 소냐를 알아보고 아주 살짝이지만 확실히 고개를 숙여 인사하더니 돌아서서 다음으로 도착한 사람들을 맞이한다.

"저 사람 어떻게 알아?" 웨이터가 자신들의 대화를 듣지 못할 만큼 멀어지자 조앤이 묻는다.

소냐가 셰리주를 한 모금 마신다. "누구, 피터? 어젯밤에 만났어. 작년에 웨이터들이 파업할 때 사촌 오빠랑 알게 됐대. 사촌이

전단을 만들어줬어."

"뭐 때문에 파업했는데?"

"똑같지 뭐. 임금, 초과근무, 휴가."

길고 희끗희끗한 머리카락에 키가 큰 여교수가 두 사람 사이에 끼어들어서 조앤에게 동물학 수업을 들으라고 열심히 설득한다. 최근에 그녀는 〈동물 생태 저널〉에 기생 곤충의 숙주 탐색 연구를 대략적으로 설명한 논문을 게재했고 까다로운 부분을 다른 사람에게 떠넘기고 싶어서 안달이었는데, 지나치게 예의 바른 조앤은 짧은 논문이 아니라는 사실이 분명해진 뒤에도 소냐를 따라 빠져나가지 못한다. 조앤은 첫날 저녁 식사를 함께한 같은 학년 여자애들과 어울리는 소냐를 지켜본다. 그녀는 저 아이들이 승마, 기숙학교의 라크로스 경기, 솔렌트 해협의 보트 경기에 대해서 나누던 이야기를 아주 잘 기억한다. 소냐가 자기 말에 여자애들이 흥미로운 표정을 짓자 예의 바른 웃음으로 대답하는 것이 보이지만, 조앤은 그녀가 이 아이들을 어떻게 상대해야 하는지 모르겠다는 듯이 왠지 거리를 두고 있다는 것도 알아차린다. 조앤은 기생 곤충에 대한 괴로운 대화를 몇 분 더 나눈 다음 교수님에게 실례한다고 말하고 방을 가로질러 소냐에게 간다.

"네가 와서 진짜 다행이다." 소냐가 지나가는 쟁반에서 적당한 셰리주를 한 잔 더 집어 건네며 속삭인다. "이거 마시고 여기서 나가자. 시내까지 나왔는데 좀 더 신나는 일이 분명 있을 거야."

조앤이 망설인다. "조금만 더 있자. 무례해 보이긴 싫어."

소냐가 짜증을 숨기지도 않고 조앤을 쳐다보다가 어깨를 으쓱한 다음 살짝 미소를 짓는다. "좋아. 한 시간만 더 있자. 그땐 진짜 나가는 거야."

두 사람은 결국 파티가 끝날 때까지 떠나지 못하는데, 나가기로 한 시간이 다 됐을 때쯤 만난 언어학과 학생들이 소냐의 능숙한 독일어에 감탄하며 그 진가를 알아보는 바람에 소냐가 신이 났기 때문이다. 반면에 조앤은 처음 보는 여자아이에게 붙들린다. 마거릿이라는 고전학부생이 가족 농장에서 일하는 젊은 남자와 비밀리에 약혼한 사연을 장황하게 털어놓고, 마침내 그녀에게서 도망치자 또 다른 사람이 조앤을 붙들고 북서부 만주의 러시아 카자흐스탄인과 순록을 타고 다니는 퉁구스족의 계약에 대한 환상적인 연구 이야기를 늘어놓는다. 조앤은 흥미로운 척하려 애쓰지만 너무 힘들어서 어쩔 수 없이 드라이 셰리주를 마시고, 몇 잔이나 마셨는지 세다가 잊어버린다. 소냐가 데리러 오자 조앤은 자리를 피할 핑계가 생겨서 안심한다.

술을 너무 많이 마셔서 어지러워진 조앤과 소냐는 팔짱을 끼고 기숙사로 걸어가면서 소냐가 독일 시를 암송했을 때 사람들이 어떻게 반응했는지 떠올리며 깔깔거린다. 소냐가 그중 한 명을 흉내 낸다. "서리에서 어느 기숙학교에 다녔다고 했었지?"

조앤은 웃음을 터뜨리지만 대답이 궁금하다. 소냐는 외국 억양이 없고 모음을 길게 빼서 유럽보다는 미국 사람 같지만, 아무튼 조앤은 그녀가 영국인이 아니라고 확신한다.

소냐가 조앤의 생각을 읽기라도 한 것처럼 불쑥 말한다. "거기겨우 2년 살았는데 말이야."

"기숙학교?"

소녀가 고개를 끄덕인다. "서리의 파넘이었어." 잠시 침묵이 흐른다. "하지만 태어난 곳은 러시아야."

조앤이 이 말을 되새기는 동안 침묵이 흐른다. 소냐의 말투에는 이것이 조심스럽게 지켜온 정보임을 드러내는 무언가가 있다. "부모님도 영국에 계셔?"

소냐는 조앤을 보지 않고, 조앤은 몇 초 뒤에야 요령 없는 질문이었음을 깨닫는다. "아버지는 혁명이 일어나고 몇 년 지나 죽임을 당했어. 소규모 봉기가 있었거든. 괜찮아." 소냐가 동정의 말을 미리 막으려는 듯 고개를 저으며 재빨리 덧붙인다. "난 아빠를 본 적도 없어." 그녀가 잠시 말을 멈춘다. "엄마는 내가 여덟 살 때 폐렴으로 돌아가셨어."

조앤은 갑자기 어린아이가 된 기분이 들어서 손을 내밀어 소냐의 팔을 꽉 잡는다. "그랬구나."

"괜찮아. 엄마도 기억 잘 안 나. 그 뒤에는 라이프치히로 가서 삼촌이랑 사촌 오빠랑 같이 살았어." 소냐가 씩 웃는다. "거기서 독일어를 배웠지."

"어젯밤에 만났다는 사촌 말이야?"

"응. 레오. 보리스 삼촌이 스위스로 이사하면서 레오가 사람을 보내서 나를 여기로 데려왔어." 소냐가 잠시 말을 멈춘다. "알겠지만 우린 유대인이야."

"아." 조앤이 다시 말한다. "정말 힘들었겠다."

"모르겠어. 서리도 그렇게 나쁘진 않아." 소냐가 은밀하게 조앤을 흘끔 곁눈질한다. "게다가 레오가 있었으니까 정확히 나 혼자는 아니었지."

조앤은 찌르는 듯한 연민을 느끼지만 소리 내어 표현하지 않을 정도의 분별력은 있다. 전쟁이 끝난 뒤에 태어나 그 시절을 알 필요도 없이 비교적 쉽게 살아온 자신의 어린 시절과 얼마나 다르게 들리는지. 그렇다, 조앤도 다 아는 이야기다. 아버지는 프랑스 최전선에서 장교로 복무했고, 어머니는 간호사였고, 두 사람은 지금 아버지의 왼쪽 다리가 묻혀 있는 솜 근처의 야전병원에서 만났다. 이것은, 부모님의 첫 만남 이야기는 행복한 이야기, 희망과 구원의 이야기여야 한다. 조앤은 어머니가 마취제를 놓자 의사가 유산탄이 점점이 박히고 산산조각 난 아버지의 다리, 괴사해서 쓸모없어진 다리를 절개하는 장면을, 일자로 절개하자 희고 매끄럽고 코끼리 엄니처럼 두꺼운 뼈가 드러나는 모습을 그려볼 수 있다. 그렇다, 행복한 이야기다. 나무 의족을 장착하려고 병원 이동침대에 누워서 기다리는 아버지, 스물두 살이지만 노인 같은 아버지에게는 손을 뻗어서 간호사의 손을 잡고 결혼해달라고 말할 정도의 용기가 남아 있었다.

"엄마한테 피아노를 배웠어." 소녀의 말이 조앤의 생각을 방해한다. "엄마가 주방 식탁에 분필로 피아노 건반을 그리면 둘이서 전축 소리에 맞춰서 두드렸지. 그게 엄마에 대한 가장 또렷한 기억이야. 엄마는 쇼팽, 쇼스타코비치, 베토벤, 뭐든 칠 줄 알았어." 소녀가 잠시 말을 멈춘다. "적어도 엄마 말로는 그랬어. 내가 아기 때 피아노를 팔아서 실제로 치는 걸 들어본 적은 없지만."

조앤은 소녀의 어머니를 상상한다. 키가 크고, 우아하고, 어쩌면 소녀보다 조금 말랐지만 그것만 빼면 똑같은 모습을. 조앤은 소녀가 자갈길에 핸드백을 불안하게 내려놓은 다음 침착함을 되찾으려는 듯 손으로 머리를 빗는 모습을 바라본다. 소녀가 머리카락을 느슨하게 하나로 잡은 다음 배배 꼬아서 얹고 주머니에서 연필을 꺼내 능숙하게 고정시킨다. 어떻게 저게 될까? 분명히 풀릴 거야. 그러나 머리는 풀리지 않는다. 근처 가로등의 어둑한 불빛이 닿자 소녀의 짙은 머리카락이 적갈색, 초콜릿색, 금색 등으로 빛난다. 소녀의 피부에는 주근깨가 흩뿌려져 있는데, 이제 여름이 지나서 옅어지고 있지만 아직 크림색이고 건강해 보인다. 조앤이 생각한다. 그래, 소녀의 어머니도 아름다웠을 거야.

"내일 저녁에 뭐 해?" 학교 정문을 들어서는데 소녀가 불쑥 묻는다.

"신관 건축 기금 모금회에 갈까 생각했어."

소녀가 웃는다. "정말? 복권에 혹했다고는 말하지 말아줘."

"그냥 케이크를 판다고 해서. 넌 안 가?"

"안 가, 너도 가지 마. 난 사촌이랑 시청에 영화 보러 갈 거야." 소녀가 말을 잠시 멈추고 조앤을 바라본다. 탐색하는 표정이지만 호기심도 섞여 있다. "같이 갈래? 너도 마음에 들 거야."

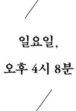

일요일,
오후 4시 8분

1937년 10월 12일, 케임브리지

수신: 경찰서장

서장님,

저는 이번 달 12일 오후 7시 30분에 브리그스톡 형사와 함께 케임브리지 시청에 가서 〈공장 불빛〉과 〈전쟁이 일어난다면〉이라는 키노의 영화 두 편을 상영하는 현장을 목격했습니다.

특정 조직이 주최한 집회는 아니었지만 확실히 공산당의 분위기였습니다.

앞서 상영한 영화 〈공장 불빛〉에는 러시아 혁명 당시로 추정되는 장면이 여러 번 등장했고, 두 번째 영화 〈전쟁이 일어난다면〉에는 가상의 적을 상대로 작전을 펼치는 소비에트 군대가 나왔습니다. 두 영화 모두 이의를 제기할 만한 내용은 없었지만, 키노에서 이전에 배급한 영화와 마찬가지로 상영 금지 조치할 것을 검토 중입니다.

관객 수는 약 300~350명이었으며, 대부분 제가 모르는 사람들이었습니다.

저는 서장님의 충실한 부하입니다.

J. W. 덴튼

조앤은 피곤하다. 긴 오후였고 밖은 벌써 어둑하다. "얼마나 더 붙잡아둘 생각이죠?"

하트가 시계를 흘깃 보더니 입을 꾹 다문다. "금요일 전까지 확인할 게 많습니다."

조앤은 발표가 무기한 연기되면 흐지부지될지도 모른다는 생각이 불쑥 들어서 하트를 올려다본다. 자신이 먼저 자연사할지도 모른다. "하지만 왜 금요일이죠? 확정된 건 아니잖아요, 그렇죠?"

하트는 조앤을 보지 않는다. 메모의 어떤 부분에 밑줄을 긋더니 똑같은 행동을 세 번 반복한다. "금요일에 부인 이름을 하원에 발표할 거라고 이미 말씀드렸는데요. 변호가 될 만한 증거를 제출하시려면 그 전에 미리 말씀하셔야 허용됩니다."

"하지만 그걸 묻는 거예요. 왜 금요일이죠? 하원 일정은 변경할 수 있잖아요."

"아니요, 불가능합니다." 하트가 말한다.

"하지만—"

"다시 묻겠습니다. 변호사를 불러드릴까요? 그럴 권리는 충분합니다. 국선 변호사도 있고—"

조앤이 고개를 저어 말을 막는다. 누구를 부르든 변호사라면 닉과 서로 알거나 적어도 닉을 아는 사람이리라는 사실을 날카롭게 의식한다. 그녀는 그런 위험을 무릅쓸 준비가 안 됐다. "아뇨. 그렇게 계속 묻지 않아도 돼요."

하트가 조앤을 보더니 그 뒤의 스크린을 보고 어깨를 살짝 으쓱한다. "묻는 게 제 일이라서요." 그녀가 잠시 말을 멈춘다. "좋습니다, 계속하죠."

"오늘 밤 내가 어디서 잘 건지 알고 싶군요."

"집으로 돌아가셔도 됩니다. 차로 모셔다드릴 거예요. 아까 말씀드린 것처럼 현재 체포된 상태는 아니지만 내무장관이 사건을 검토할 때까지 자유가 제한될 겁니다. 외출은 당연히 금지이고, 사람이 따라다닐 겁니다."

"사람이 따라다닌다고요? 비행 청소년처럼요?"

잠시 침묵이 흐른다. "아니요, 스탠리 부인. 안보 기관에서 그 소재를 아주 중요하게 여기는 사람처럼, 이지요. 금요일까지만입니다."

"그다음에는요?"

"음, 물론 상황에 따라 다르죠."

"당연히 그렇겠죠." 조앤이 자기 손을 내려다보면서 심문을 더 받아야 한다는 사실을 체념하고 받아들인다. 또 누가 따라붙긴 해도 오늘 하루가 끝나면 집으로 돌아갈 수 있다는 생각을 하며 약간 힘을 낸다. 그녀는 하트가 건넨 경찰 보고서를 마지못해 받아서 돋보기를 쓰고 들여다본다. 대대적인 낙하산 투하 장면이 나온다고 선전하는 작은 정사각형 광고지 ― **최강 적군**赤軍**의 활약을 봅시다!** ― 가 보고서에 스테이플러로 붙어 있다. 키노 영화사, 입장료 5페니, 현장 지불.

하트가 조앤을 유심히 지켜본다. "거기 갔었습니까?"

"내가 어떻게 알아요?" 조앤이 지쳐서 높아진 목소리로 쏘아붙인다. "거의 70년 전 일이에요. 설마 내가 거기 있었는지 없었는지 기억하기를 기대하는 건 아니겠죠."

"갔을 가능성도 있다는 건가요?"

"기억 안 난다고 했잖아요."

"하지만 부인이 흥미를 느낄 수도 있는 행사였다는 사실을 부인하지는 않으시는 거죠."

조앤이 입을 열었다가 다시 닫는다. "그때는 누구나 그런 행사에 갔어요." 말을 멈춘다. 뺨이 달아오른다. 그녀는 이 영화가 기억나지만 ― 어떻게 잊을 수 있을까? ― 이 사람들이 이 영화를 알고 있다니 놀랍다. 어떻게 알 수 있었을까? 그녀가 참석했던 흔적이 어떻게 남았을까? "정말 기억이 안 나요. 게다가 그게 왜 그렇게 중요한지 이해를 못 하겠군요."

하트가 조앤을 본다. 집중한 표정이다. "그때 그 사람을 처음 만났나요?"

"누구요?"

"레오 갈리치."

아. 가슴속에서 그 이름이 폭발하는 것 같다. 누가 그 이름을 소리 내어 말하는 것을 들은 지 너무 오래됐다. 조앤은 메모장 위를 맴도는 하트의 펜을, 방 한구석에서 깜빡이는 카메라의 작고 빨간 불빛과 보이지는 않지만 유리 스크린 뒤에서 꼼짝 않고 귀를 기울이는 애덤스의 존재를 의식한다.

그곳에 도착한 조앤은 벌써 많은 사람들이 강당에 모인 것을 보고 깜짝 놀란다. 조앤과 소냐는 입장료를 내고 표 대신 작은 종잇조각을 받지만 제대로 된 좌석 체계는 없다. 조명은 어둡게 맞춰져 있고 젊은 남자들이 창고에서 강당으로 벤치를 나르고 있다. 뒤쪽 음료수대에는 커다란 금속 찻주전자와 서로 어울리지 않는 머그잔들이 줄지어 놓여 있다. 영화가 상영되는 동안 천장이 어둑어둑한 구름에서 별이 뜬 밤하늘로 바뀌고 벨벳을 씌운 관객석 전체에서 야들이의 라벤더 향이 나는 세인트앨번스의 영화관과는 전혀 다르다. 오는 길에 지나친 기금 모금 행사장의 고상한 분위기와도 아주 다르다. 스트레이치 학장의 감독하에 여학생들이 페일홀에 가판대를 설치한 행사장이었는데, 머리가 짧고 안경을 쓴 스트레이치 학장은 키가 크고 늘씬하고 똑똑한 여성으로, 이런 소란을 전혀 이해하지 못할 것 같다.

소녀가 조앤과 함께 강당 뒤쪽에 자리를 잡은 다음 상영이 시작하기 전에 음료수를 가지러 간다. 혼자 남겨진 조앤은 낯선 환경이지만 편안해 보이려고 무릎에 손을 올린 채 주변을 둘러보면서 소녀의 사촌이 누구인지 짐작해본다.

몇 분 뒤 그녀는 틀림없이 레오일 것 같은 사람을 발견한다. 헝클어진 짙은색 머리카락이 흰 옷깃 때문에 더욱 눈에 띄고, 금빛에 가까운 반투명 피부와 금속 테 안경 뒤의 짙은 갈색 눈, 크고 늘씬한 체격이 소녀와 똑같다. 무대 바로 앞에 선 그는 양손을 바지 주머니에 찌르고 있기 때문에 재킷에 주름이 살짝 잡혔다. 그는 남자 세 명과 함께 서서 그중 한 명의 말에 열심히 귀를 기울이면서 단 한 단어도 놓칠 수 없다는 듯이 말하는 사람을 향해 몸 전체를 기울이고 있는데, 조앤은 그래서 바로 이 사람이 소녀의 사촌이라고 확신한다. 그는 조앤이 소녀의 가장 큰 매력이라고 생각하는 똑같은 에너지를, 어떤 열정 같은 것을 가지고 있다. 조앤은 처음에는 아무 생각이 없이 멀리서 그를 지켜보지만 그가 다른 사람의 말에 반응하여 고개를 기울이자 더욱 주의 깊게 본다. 누가 저런 식으로 이야기를 들어준다면 얼마나 멋질까, 라고 생각한다.

그가 머그잔 두 개를 들고 돌아오는 소녀를 봤는지 그녀를 향해 성큼성큼 걸어온다. 그는 자신을 쫓는 시선을 안다. 조앤의 시선이 아니라(물론 조앤도 그를 보고 있다) 강당 내 다른 사람들의 시선 말이다. 그가 지나가자 핸드백을 무릎에 올리고 앉은 여자들이 고개를 들어서 쳐다보고, 한 줄로 나란히 앉은 베드퍼드 사범대학교 여학생들(교과서를 보고 알았다)이 거의 동시에 다리를 꼬자 그의 얼굴에 선웃음이 스친다. 그와 소녀는 유럽식으로 양뺨에 입을 맞추며 인사한다. 그가 오늘도 소녀가 빌려 입은 모피 코트의 부드러운 팔 부분을 손가락으로 쓸면서 코트에 대해서 무슨 말을 하는 것 같다. 조앤은 소녀가 고개를 돌려 자신을 보기를 기다리지만 그녀는 고개를 돌리지 않는다. 소녀가 무슨 말을 한 다음 웃더니 몸을 빙글 돌려 조앤에게 다가온다.

"저 사람이었어?" 소녀가 사람들 사이를 헤치고 자리로 돌아오자 조앤이 묻는다. 목소리가 지나치게 높은 데다 바라는 만큼 무심하게 나오지 않는다.

"누구?"

"네 사촌."

소녀가 조앤에게 차를 두 잔 건네고 모피 코트를 벗는다. "응. 예쁘지?"

조앤이 입을 열었다가 다시 닫는다. 그래, 그게 딱 맞는 표현이야, 라고 생각한다. 게리 쿠퍼처럼 늠름하지 않은 것은 사실이지만, 그에게는 너무나 매끄럽고 정말 완벽하게 균형 잡힌 무언가가 있어서 잘생겼다는 말로는 충분하지 않다. "그런가? 난 몰랐어."

"음, 곧 기회가 있을 것 같은데? 지금 이리 온다." 소녀는 몸을 뒤로 기대고 그가 다가오기를 기다린다. 레오가 앞줄로 들어와서 조앤을 보며 손을 내민다.

"당신이 조앤이구나." 그가 고개를 살짝 숙이며 말한다. "얘기다 들었어."

조앤은 뺨이 붉어지는 것을 느끼고, 소냐가 손등으로 레오의 팔을 치며 끼어들자 안도한다. "왜 항상 그렇게 고개를 숙여서 인사해? 가끔 보면 내가 아는 사람들 중에 가장 중산층 같다니까."

"몇 번이나 말해야겠냐?" 레오가 여전히 조앤을 보면서 소냐에게 말한다. "난 사회주의자야, 무정부주의자가 아니라. 예의는 지켜야지."

음향 증폭기 음량이 너무 컸는지 갑자기 소리가 크게 울리더니 다시 작아진다. 화면이 깜빡거린다. "아, 레오, 시작한다." 소냐는 레오가 비키기를 기다리지 못하고 그의 팔을 잡아당긴다.

레오가 소냐를 보고 고개를 끄덕이지만 비키는 대신 조앤 쪽으로 몸을 숙여서 소냐를 잠시 소외시킨다. 그가 갑자기 너무 가까이 다가오는 바람에 조앤은 가벼운 심장마비가 온 게 아닐까 생각한다. "당신도 재미있게 보면 좋겠네. 나중에 어땠는지 꼭 말해줘. 내 사촌이 허락한다면 말이야."

"물론 그렇게." 조앤이 겨우 마음을 가다듬고 눈을 약간 내리뜬 다음 마스카라를 칠한 속눈썹 사이로 올려다보지만 레오는 이 연기를 보지 못한다. 그가 몸을 돌려 소냐의 어깨를 두드리더니 강당 앞쪽 자기 자리로 성큼성큼 돌아간다.

행사는 사회주의 노래인 '붉은 깃발' 연주와 박수 소리로 시작한다. 조앤은 영화가 시작하고 약간 지난 다음에야 영화배우 세 명이 다양한 수염과 억양을 이용해서 일고여덟 명(정확히 확신할 수는 없다)을 연기하고 있음을 깨닫는다. 〈공장 불빛〉이라는 영화인데, 러시아의 어느 산업도시에서 주택이 부족해서 한 여자가 두 남자와 같이 작은 아파트를 쓰게 된다는 약간 문제적인 줄거리 같다.

영화가 반쯤 지나자 릴 필름이 끝나서 스크린이 하얗게 빛난다. 두 번째 릴을 영사기에 장착하는 동안 침묵이 흐른다.

"어때?" 소냐가 몸을 숙이고 약간 큰 소리로 조앤에게 속삭인다.

조앤은 망설인다. 무슨 말을 해야 할까? 지금까지 본 최악의 영화이고 〈브라이트 아이즈〉가 훨씬 좋다고? 후반부에는 게리 쿠퍼가 나오면 좋겠다고? "흥미롭네."

소냐가 웃는다. "삼촌이 뭔가 마음에 안 들면 그렇게 말하라고 가르쳐줬는데."

조앤이 항변하려고 입을 여는 순간 음악이 울려 영화의 남은 반이 시작했음을 알리고, 소냐는 조앤의 반응에 신경 쓰지 않는다는 듯 뒤로 기대앉는다. 그러나 조앤이 달리 무슨 말을 할 수 있을까? 로맨스도 없고 모험도 없다. 그녀는 레오가 약속한 것처럼 영화가 끝나고 물어보러 오면 이렇게 말할 수 없다는 것을 안다. 그에게 말할 수 있는 좀 더 실질적인 의견을, 통찰력 있고 지적인 감상을 찾아내야 한다.

두 번째 영화는 더 짧고, 첫 번째 영화가 끝나자마자 릴을 교체하여 바로 시작한다. 영화는 독일 상공의 비행기에서 낙하산 수백 개가 하늘을 나는 개미처럼 떨어지는 적군의 공중투하 장면으로 시작한다. 그런 다음 적군이 곤봉으로 독일 탱크를 차례차례 공격하면서 상대방을 폭력적으로 때리고 쓰러뜨리자 조앤은 시선을 돌린다. 영화가 거의 끝나갈 때 한 인물이 다른 인물을 향해 고개를 돌리고 말한다. "정말 공정하지 않아. 이 전투 말이야. 안 그래?"

"무슨 뜻이야?" 상대방이 말한다. "우리는 곤봉을 들었는데 저들은 탱크를 타고 있다고?"

첫 번째 남자가 고개를 젓자 음악 소리가 점점 작아지다가 멈추더니 남자가 말을 시작하자 다시 서서히 커진다. "자네라면 장님을 때리겠나? 우리는 탱크는 없을지 몰라도 적어도 뭘 위해 싸우는지는 알잖아."

카메라가 뒤로 빠지면서 두 남자가 포옹을 하고, 타악기 소리와 함께 엔딩 크레디트가 올라가자 배우가 부족한 게 아닐까 하는 조앤의 의심은 사실로 확인된다. 관객들 사이에 박수가 번지자 조앤도 무례해 보이지 않으려고 같이 박수를 친다.

주변 사람들이 웅성거리며 대화를 시작하더니 다들 영화의 여러 가지 측면에 대해서 이야기를 나눈다. 이 장면이나 저 장면의 의도는 무엇일까? 공장 바닥에 놓인 꽃은 희망 또는 뭉개진 개인주의에 대한 은유일까? 이런 대화를 엿듣자 꾸중을 듣는 기분이다. 조앤은 꽃이 나왔는지도 몰랐다. 그녀가 소냐를 향해 고개를 돌린다. "내가 제대로 이해했는지 잘 모르겠어."

소냐가 웃음을 터뜨리더니 "처음엔 누구나 그래. 다음엔 더 쉬워질 거야"라고 덧붙이며 레오를 찾아서 주변을 둘러본다. 그녀는 상영관 앞쪽에서 곱슬거리는 금발에 필박스 모자를 쓴 검정 코트 차림의 날씬한 여자와 대화를 나누는 레오를 발견한다.

"누구랑 얘기하는 거야?"

소녀가 눈을 가늘게 뜨고 재미있다는 듯 미소를 지으며 말한다. "저건 보이나 봐?"

조앤이 얼굴을 붉히고 고개를 저으며 항변한다. "난 그냥……. 내 말은, 우리가 방해하면 안 될 것 같아서—"

"괜찮아. 그냥 놀린 거야. 누군지 나도 몰라." 소녀가 단추를 목까지 채우고 어깨에 두르자 모피 코트가 망토처럼 흘러내린다. 이곳에 전혀 안 어울리는 차림이지만 아무도 못 알아보는 것 같다. 머리에 쓴 스카프 때문에 시베리아 같은 느낌이 나서 밍크의 화려함이 상쇄되는지도 모른다. "중요한 사람은 아니야, 걱정 마."

"내 말뜻은 그런 게—"

소녀가 손을 저어 조앤의 항변을 막는다. "가자. 레오한테 붙잡히기 전에 여기서 나가자. 나 배고파."

조앤은 다음 날 아침에 집으로 보낼 편지를 쓰면서 이번 외출을 언급하지 않는다. 아버지는 분명 흥미로워할 테니 이야기할까 생각도 하지만 아버지 앞으로 편지를 보내면 이상해 보일 테고, 요즘 조앤은 어머니의 의심을 자극하지 않으려고 조심하는 중인데 소비에트 프로파간다 영화를 보는 것은 용납할 수 없는 일에 들어갈 것 같다. 그 대신 하키 경기와 신입생 연극에서 맡은 배역에 대해서 이야기하고, 지도 교수님이 첫 번째 보고서를 무척 마음에 들어 했다고 쓴다. 랠리에게 따로 보내는 쪽지에는 학교에서 사는 새끼 고양이를 그려 넣고 짐짓 진지한 투로 쓴 다음 ― '학교 연못에 사는 도롱뇽들이 무사하면 좋겠다' ― 편지와 쪽지를 접어서 봉투에 넣고 과학부 건물로 가는 길에 부친다.

조앤은 첫 수업에 이미 늦었다. 오늘은 사람이 많아서 인도가 무척 붐빈다. 모든 것이 산뜻하고 환하다. 서둘러 지나가며 보니 셰리주 파티에서 만난 여학생 세 명이 실버 스트리트 다리 넓은 부분에 놓인 벤치에 앉아서 각각 자주색 목도리를 뜨고 있다. 세 사람의 머리 위 깃발에 '스페인 돕기 뜨개질'이라고 적혀 있다. 그녀들은 웃고 떠들며 뜨개질을 하고 있고 조앤은 걸음을 약간 늦추며 자신도 이런 일을 해야 하는 게 아닐까 생각한다. 영국 정부가 스페인 전쟁에 대해서 공식적으로 중립을 선언했다는 사실은 알지만 정부 정책에 어긋난다 해도 필요한 사람에게 목도리와 양말을 보내는 것이 나쁠 리는 없다. 나이 많은 남자가 걸음을 멈추고 모금 깡통에 동전을 몇 개 떨어뜨린다.

조앤은 계속 걸어가다가 누가 이름을 부르는 소리에 뒤를 돌아보고, 그러면서 옆으로 비켜서는 바람에 도로에 내려서 버린다. 그런 다음 어떻게 되었는지 정확한 순서도 알지 못할 만큼 모든 일이 너무 빨리 일어난다. 누가 배와 옆구리를 때리는 것처럼 무언가가 조앤의 몸을 강타하고, 양팔이 머리 위로 들리더니 발밑에서 도로가 요동치고 몸이 땅을 향해 곤두박질친다.

"한 걸음만 더 갔으면 끝장날 뻔했어, 아가씨."

조앤의 머리 바로 옆에서 들리는 목소리는 콕 집어 말할 수 없지만 억양이 왠지 익숙하다. 조앤은 누군가의 손이 목에 닿는 것을 느끼고 그 사람이 끌어당겨 앉히는 대로 가만히 따른다. 맞은편 콘크리트 벽이 눈부시게 하얗고, 온몸이 뻐근하다. 그녀는 도와준 사람의 얼굴을 보고서야 목소리가 그토록 익숙한 이유를 깨닫는다. 레오다. 가까이에서 본 그는 기억보다 훨씬 더 아름답다.

"어떻게 된 거야?" 조앤이 묻는다.

"당신이 자전거 앞으로 뛰어들었어." 레오가 씩 웃는다. "자전거에 탄 사람은 훨씬 더 크게 당했을 거야."

"아, 안 돼!" 조앤이 주변을 둘러보며 외친다. 약간 떨어진 도로에서 자전거를 연석 위로 끌어 올리는 밝은색 머리카락의 남자가 보인다. 남자가 한 손에 모자를 들고 한 손으로 머리를 문지른다. 그런 다음 재킷 주름을 펴고 목도리를 풀었다가 다시 묶는다. 자전거 뒷바퀴에 체인이 덜렁거리고 핸들이 비뚤어졌다.

"저 사람 다쳤어?"

남자가 고개를 돌리더니 레오를 향해 고개를 끄덕이고, 레오는 미안하다고 손짓한다.

"괜찮네." 레오가 씩 웃는다. 그가 조앤의 가방을 들고 그녀에게 손을 내민다. "그럼, 자."

조앤이 망설이다가 레오의 손을 잡고 부축을 받으며 일어선다. 다리가 후들거리고 척추에서 열기가 올라온다. 그녀는 레오의 손을 필요 이상으로 오래 잡고 있다가 그를 위아래로 훑어보고 미소를 짓는다.

레오가 과학부 건물까지 조앤을 데려다준다. 퀸스 칼리지 옆 좁은 도로를 따라서 조금 가다가 지름길인 보틀프 레인을 쭉 따라가는 짧은 거리다. 그녀는 충격 때문에 몸이 아직 얼얼하고 머리가 어지럽지만 전체적으로 심하게 다치진 않았다고 생각한다. "소란을 피워서 미안해." 두 사람이 걷기 시작하자 조앤이 말한다. "내가 왜 보지도 않고 내려섰는지 모르겠어."

레오가 눈을 살짝 가늘게 뜨고 그녀를 본다. "음, 내가 안 불렀으면 그런 일은 없었겠지. 어쨌든 당신을 찾고 싶었어. 어제 잠깐 시선을 뗐을 뿐인데 두 사람 다 사라지고 없더라. 동화책에 나오는 호박처럼."

조앤이 웃음을 터뜨린 다음 레오가 그런 예를 든 것에 놀라며 그의 말을 정정한다. "아니면 공주든지." 그는 동화에 관심을 가지기에는 너무 진지한 사람, 겨드랑이에 끼고 다니는 묵직하고 붉은 책들에 정신이 팔려서 공상적인 이야기를 읽을 시간이 없는 사람처럼 보인다.

그러나 알고 보니 레오 갈리치는 동화를 좋아한다. 무척 좋아한다. 그는 동화를 읽으면 고향이 생각난다고, 독일로 이주하기 전에 러시아에서 가족의 여름 별장 근처 맑은 연못과 거대한 천장 같은 하늘 아래 마룻바닥처럼 펼쳐진 넓은 들판이 생각난다고 말한다. 곡식과 새소리와 너무 더운 여름들과 눈이 무릎까지 쌓이는 겨울들. 그리고 러시아인이 동화를 좋아하지 않는 것은 불가능하다고 말한다.

"공산주의는 말이야." 레오가 말없이 오랫동안 생각에 잠겼다가 다시 말을 잇는다. "그 자체가 동화야. 러시아 혁명 자체가 동화 위에 세워졌어."

"전쟁 때문에 일어난 줄 알았는데. 그리고 빵이 부족해서."

조앤이 끼어들자 레오가 망설인다. 그가 다시 대답할 때 조앤은 그의 치아가 하얗고 들쑥날쑥하다는 것을 알아차린다.

"그렇기도 하고."

"당신이 들고 다니는 그 무거운 책들은 사실 위장이구나?" 조앤이 묻는다. "심각해 보이지만 사실은 호박과 공주가 잔뜩 나오는 거지."

레오가 얼굴을 찌푸리다가 조앤이 농담을 하고 있음을 깨닫고 놀라서 짧은 웃음을 터뜨린다. 그가 그녀를 보며 평가하듯이 고개를 약간 기울인다. "소냐 말로는 당신이 다른 사람들과 다르다던데." 마침내 그가 침묵을 깨뜨리고 말한다.

"그런 말을 했어?" 조앤이 간접적인 칭찬에 기분 좋아져서 묻는다.

레오가 고개를 끄덕이더니 들고 있는 책들을 가리킨다. "이건 사실 수치의 기록이야. 자신이 뭘 찾는지 모르는 사람한테는 썩 흥미로운 책이 아니지."

"당신은 뭘 찾는데?"

레오가 조앤을 흘깃 본다. "증거."

"증거?"

"그게 유효하다는 증거."

"공산주의?"

"응. 아니면 적어도 소비에트 체제가 유효하다는 증거."

조앤이 깜짝 놀라 레오를 올려다본다. "정말 그래?"

"이렇게 말해볼게. 소비에트 러시아는 이 세상에서 완전 고용을 실현하는 유일한 국가야. 재로나 사우스웨일스 같은 만성적인 실업 지역이 없어. 영국 정부는 실업이 사소하고 일시적인 현상에 불과하다고, 시장의 일시적인 오작동에 불과하다고 주장하지. 하지만 그건 사실이 아니야."

레오가 말을 멈추더니 조앤의 팔을 잡고 돌려세워서 마주 본다. 조앤은 피부에 닿는 그의 손가락의 온기를 느끼면서 그의 말에 정신을 집중하려고 입술을 깨문다. "음, 그게 아니면 실업이 왜 생기는 거야?"

레오는 이런 질문을 받아서 기쁜 듯 고개를 끄덕인다. "시야가 좁기 때문이지. 마르크스는 실업이 자본주의의 불가피한 부산물이라는 것을 이미 여러 해 전에 증명했지만 정부로서는 실업이 발생하는 게 더 좋아. 시장이 알아서 고치도록 손 놓고 앉아 있으면 되니까."

"그럼 영국이 미국처럼 해야 한다고 생각해? 영국식 뉴딜 정책으로 공공 근로 사업을 실시해야 한다고?"

레오가 고개를 저으며 겨드랑이에 낀 책을 톡톡 친다. "사회를 제대로 계획해서 조직하면 실업은 절대 없어. 모든 사람이 일을 할 수 있어. 낭비도 잉여도 없지. 내 말은, 수치를 한번 봐. 올해 USSR의 산업 생산은 1928년의 여섯 배 반이나 돼. 자본 축적은 아홉 배고. 기적에 가까운 수치야. 다 산업적으로 소비에트 체제를 미리 계획했기 때문이지." 레오가 씩 웃는다. "유효하다는 뜻이지. 동화랑 마찬가지야."

조앤이 레오를 올려다보며 이 완벽한 사회라는 그림에 스탈린이 어떻게 들어맞을까 생각한다. "늑대가 등장하지 않는 동화는 없잖아. 안 그래?"

"그건 별개의 문제야. 이야기에 늑대가 꼭 필요한 건 아니야. 체제가 통한다는 걸 먼저 보여줘야 해."

"그럼 속편에는 그 사람이 안 나오는 거야?"

레오가 미소를 짓지만 그의 표정은 아무것도 말해주지 않는다. "아마도, 응." 그러고는 침묵에 빠진다. 두 사람은 이제 과학부 건물에 거의 도착했고, 머리 위에서 웅웅거리는 비행기 소리에 갑작스러운 어색함이 누그러진다. 그들이 위를 올려다보지만 소음이 너무 커서 대화를 나눌 수 없다.

레오가 조앤을 보며 씩 웃는다. "러시아어로 비행기가 뭔지 알아?" 비행기가 지나가자 그가 묻는다.

"아니."

"사몰렛. '마법의 양탄자'라는 뜻이야. 정말 멋진 표현 아냐?"

조앤이 미소를 짓는다. 말하는 레오를 올려다본 그녀는 눈가의 피부가 빛나는 것 같다고 느끼며 그의 온몸이 그렇게 빛날까 잠시 생각한다.

월요일,
오전 8시 42분

현관문을 두드리는 소리가 들리더니 잠시 멈췄다가 다시 이어진다. 조앤은 눈꺼풀이 무겁고 똑바로 앉으려고 하니 목이 고통스럽게 쑤신다. 바깥이 밝다. 밤새 푹 잔 것이 분명하다는 뜻이다. 이렇게 푹 잔 지 몇 년이나 되었을까? 그녀는 손바닥으로 눈을 꾹 누르면서 빛을 오래 막으면 기억을 다시 집어넣고 어제를 전부 지울 수 있다는 듯이 가만히 멈춘다.

또다시 노크 소리. 조앤은 손을 뻗어서 안경을 찾아 쓴 다음 침대 옆 디지털시계를 흘깃 본다. 일찍 왔다. 알람을 맞췄어야 했다.

조앤이 고개를 들고 억지로 일어나 앉는다. 움직일 때마다 온몸이 아프고 부은 관절은 뻣뻣하다. 그녀는 어제 입었던 옷을 그대로 입고 있다. 어젯밤에 하트와 애덤스가 집으로 데려다주었을 때 잠옷으로 갈아입을 힘이 없었다. 버스카드와 여권을 압수당하고 발목에 전자 추적 장치가 채워졌지만, 너무 지쳐서 그럴 필요 없다고 항변하지도 못했다. 그녀는 이제 야간 외출을 금지당했고 추가 통지가 있을 때까지 매일 MI5*의 심문에 협조해야 한다. 더욱 구체적으로 말하자면 금요일에 그녀의 이름을 하원에 발표할 때까지.

그다음에는 어떻게 될까?

조앤은 그런 생각을 하고 싶지 않다. 지금은 아니다. 아직은 아니다. 눈앞의 하루를 위해 강인해져야 한다. 그 무엇도 흘려서는 안 된다.

초인종이 다시 울리고 초조한 노크 소리가 들린다.

조앤은 며느리가 사준, 편하면서도 유행에 맞는 양가죽 부츠에 발을 꿰고 옷 위에 가운을 걸친다. 날씨가 춥기도 하지만 이제 막 일어났다는 것을 확실히 보여주고 싶다. 심문이 다시 시작되기 전에 몸을 추스를 시간이 몇 분 필요하다. 조앤의 나이를 고려해서 그들이 장비를 집으로 가져오기로 했고, 오늘은 그녀의 집에서 심문이 이루어질 것이다. 그녀는 이웃이 수군거리는 것은 싫으니 길 끝에서 만나서 차에 태워주면 얼마든지 갈 수 있다고 주장했지만 소용없었다. 버스를 타고 갈 수도 있겠지만 그러면 버스카드가 문제다.

* 영국 정보국 안보부의 별칭. 군사정보총국 제5과라는 뜻으로, 영국의 국내방첩 활동을 담당하는 정보기관이다.

그러나 그들은 집으로 오겠다고 우겼고, 사실 이제는 집에서 심문받는 것이 유리할 수도 있겠다는 생각이 든다. 애덤스의 얼굴을 직접 보는 것이 캄캄한 스크린 뒤에서 지켜보는 그의 존재를 의식하는 것보다 확실히 덜 불안할 것이다. 조앤의 유일한 걱정은 서류 가방과 카메라가 들락날락거리는 것을 사람들이 보면 어떻게 생각할까였다. 다른 사람이 어떻게 생각하느냐가 아니라 누군가 닉에게 알려야겠다고 생각할까 봐 걱정이었다. 그녀는 닉에게 알리고 싶지 않다.

조앤이 머리를 대충 빗은 다음 거울 속 자신을 슬쩍 보고 브러시를 내려놓는다. 지금 기분보다 더 괜찮아 보여서 좋을 건 없다. "무슨 말인지 모르겠어요." 그녀는 슬프지만 깜빡이지 않는 눈으로, 혼란스러워서 찌푸려진 눈썹으로 거울 속에 비친 모습을 향해 속삭인다. 연습이다. 조앤이 숨을 깊이 들이마신 다음 돌아서서 문을 열러 계단을 내려가려고 하는데, 층계에 다다르기도 전에 열쇠가 자물쇠 안으로 들어와서 돌아가고 걸쇠가 찰칵 열리는 소리가 들린다.

"엄마?" 어떤 목소리가 부른다. "엄마? 계세요?"

조앤은 숨이 목구멍에 걸리는 것을 느낀다. 닉. 아, 세상에. 여기서 뭘 하고 있는 거지? 우선, 닉은 들어오면 안 된다. 그것이 내무부의 조건 중 하나다. 모든 방문자는 검사를 받은 다음에 들어와야 한다. 그러나 그녀의 걱정은 그것이 아니다. 그들이 도착할 때 닉이 여기 있어서는 안 된다. 무슨 일이 벌어지고 있는지 닉이 알아내서는 안 된다.

조앤은 갑자기 힘이 풀려서 후들거리는 다리로 계단까지 걸어가서 난간을 통해 내려다본다. 닉이 찌푸린 얼굴로 복도에 서서 깔개에 발을 털고 있다. 올해 마흔아홉 살인 닉은 키가 크고 날씬하며 짧게 깎은 은발이다. 원래 수염을 길렀지만 왕실변호사가 되자 법정에서 더 진중해 보일 것이라고 수염을 밀었고, 조앤은 닉이 옳았다고 생각한다. 수염을 깎으니 실제로 더 진지해 보인다. 왕실변호사 니컬러스 스탠리. 그녀는 닉이 자신을 그렇게 소개하는 것을 들은 적이 있는데, 그럴 때마다 아들의 성취에 자랑스러운 전율을 느낀다.

괜찮은 척하면 돼. 그녀가 생각한다. 아무 일도 없는 척하자. 평소처럼 굴자. 어쩌면 MI5가 늦을지도 모른다. 닉은 그들이 도착하기 전에 떠날 것이다. 그냥 평소와 같은 용무로 찾아온 것일지도 모른다. 닉은 이런 방면에 성실해서 조앤을 들여다보러 자주 왔고, 특히 이번 주말에 만나지 못했으니 그럴 가능성이 더욱 높다. 닉은 무엇을 확인하러 오는 것인지 말하지 않는다. 식사는 제대로 챙겨 먹는지, 집은 깨끗한지, 욕실 깔개에 쓰러져 죽지는 않았는지. 여든다섯 살 먹은 여자에 대한 평범한 걱정들. 오래 머물지는 않는다. 조앤이 닉을 얼른 내보내기만 하면……

"거기 계셨네요." 닉이 조앤을 올려다보면서 외투를 벗는다. 법원에 갈 때처럼 검은색 양복과 깔끔한 검정 구두 차림이다. "괜찮으세요? 방금 정말 이상한 전화를 받았어요."

조앤의 심장이 경련한다. 닉이 알고 있다! "어?" 그녀는 닉이 무슨 말을 하려는지 전혀 모르겠다는 듯 가벼운 목소리를 내려고 애쓴다.

"왕립검찰청의 사무변호사 키스 말이에요. 무슨 소문을 들었대요." 닉이 말을 멈추고 머리카락을 쓸어 넘긴다. 흥분해서 안절부절못하는 모습이다. "죄송해요. 이런 말씀은 드리지도 말아야 하는데. 혹시 누가 올지도 모르니까 미리 알려드리려고요. 충격받지 마시라고요."

조앤이 발을 내려다본다. 계단 위에서 서성이는 것이 아니라 아래층으로 내려가고 싶다. 단단한 땅을 딛고 싶다. 그녀가 난간 기둥을 잡고 천천히, 조심조심 내려가는 동안 아들이 말을 잇는다.

"아마 신원 오인이겠지만 해결해야 돼요. 소문 말이에요. 그런 다음 명예훼손으로 고소할 수 있어요. 소문이 얼마나 퍼지느냐에 따라서요. 하지만 그건 나중에 생각하죠. 그냥 취하하는 게 더 편할지도 몰라요."

맨 아래 계단에 도착한 조앤이 주저하며 아들에게 팔을 뻗는다. 아들의 온기를, 아들의 힘을 느끼고 싶다. 무슨 말을 해야 할지 모르겠다. 그 사실을 몰랐다면 자기가 뭐라고 했을까 생각한다. 가장 설득력 있는 행동은 뭘까? 그녀는 혼란스럽다는 듯 이마를 찌푸린다. "무슨 소문 말이니?" 그녀가 나직이 말한다.

"말도 안 되는 소문이에요." 닉은 어렸을 때 조앤이 항상 시키던 대로 몸을 숙여 신발을 벗는다.

조앤이 닉을 등지고 돌아서서 주방으로 걸어가기 시작한다. 키스라는 사람이 어떻게 알았을까? 그들은 아무에게도 말하지 않을 것이라고 했다. 아직은.

주전자. 조앤이 생각한다. 주전자에 물을 채워야 한다. 그런 다음 토스트를 만들어야 한다. 배 속을 진정시켜야 한다.

페이즐리 무늬 양말을 신은 닉이 조앤을 따라 주방으로 들어오자 제라늄 화분 세 개가 있고 그 옆 재떨이에 윌리엄의 부고 기사와 변호사의 편지를 태운 재가 그대로 남아 있다. 그녀는 화분을 창가로 옮겨 깔끔하게 한 줄로 늘어놓은 다음 재떨이의 검게 변한 종잇조각을 쓰레기통에 버린다. "고령의 소비에트 스파이 두 명을 찾아냈대요. 그중 한 명을 지난주부터 심문했는데 갑자기 사망했고요. 키스 말로는 아마 자살일 거라지만, 범죄를 저질렀다는 실제 증거가 없기 때문에 강제로 부검할 수가 없나 봐요. 법정에서 채택할 수 있는 증거도 없고."

조앤이 행주로 탁자의 흙과 재를 닦는다. 바닥에도 진흙이 있지만 지금은 거기까지 생각할 수가 없다. 냉장고에서 버터를 꺼내는 손이 떨린다. 그녀는 윌리엄에 대해서 생각하고 싶지 않다. 윌리엄은 지난 몇십 년 사이에 꽤 유명한 공인이 되었고 닉도 그에게 관심이 있었겠지만, 그녀는 두 사람의 관계를 닉에게 한 번도 말하지 않았다. 닉이 조앤과 윌리엄이 관계가 있다고 의심할 이유가 하나도 없다.

"물론 그 사람 남동생에게 부검을 승인해달라고 요청했지만 거절당했대요. 가족들은 보통 그러죠. 평화롭게 쉬게 해줘야 한다고 말했대요. 그래서……."

조앤이 머릿속에서 닉의 목소리를 막고 그릴에 불을 켠다. 그녀는 토스터 사용법을 절대 터득하지 못했다. 어차피 그릴이 있는데 토스터를 왜 살까?

"엄마, 듣고 계세요? 이제 내무부에서 다른 스파이 사건을 준비하고 있대요. 이 사건을 통해서 첫 번째 스파이—죽은 스파이—의 혐의를 증명할 생각이래요. 부검을 할 수 있게 말이에요."

잼. 나이프. 주전자에 물을 채운다. 찻주전자에 티백을 넣는다.

"말도 안 되는 거 저도 알아요." 닉이 말을 잇는다. "키스가 아무 말도 할 수 없지만 엄마 이름이 거론됐다고 했어요. 엄마가 전쟁 당시 비서로 일했을 때의 업무랑 관련이 있다고요."

빵을 자른다. 확실하고 단호하게. 빵을 그릇에 올린다. 돌아보지 마. 닉한테 보이지 마.

"엄마, 듣고 계세요?"

그릴에 빵을 넣는다. 이 냄새. 이 냄새가 얼마나 그리울까, 만약…….

조앤의 어깨에 닉의 손이 느껴진다. 그녀가 그릴에서 천천히, 천천히 몸을 돌리고 마침내 아들을 마주 본다. 주전자의 물이 맹렬하게 부글거리고, 닉이 그녀의 떨리는 손을 잡고 꽉 쥔다.

"엄마." 닉이 말한다. "그 사람들은 엄마라고 생각해요."

침묵이 흐른다. 조앤은 일곱 살의 닉이 학교에서 돌아와 아기가 어디서 나오는지 그날 들은 믿을 수 없는 이야기를 하던 모습을 아주 잠깐 떠올린다. 그녀가, 그래, 진짜야, 라고 확인해주었을 때 닉의 얼굴에 떠오른 공포에 질린 표정을, 또 이 폭로가 불러일으킨 끔찍한 느낌을 기억한다. 이제 때가 되었다는 뜻이었기 때문이다. 그들은 닉이 어디에서 왔는지 절대 거짓말을 하지 않기로, 아이가 물어보자마자 말해주기로 합의했다. 그래서 닉이 손가락으로 조앤의 배를 누르며 자기가 정말 여기서 나왔냐고 물었을 때 그녀는 어떻게 해야 하는지 알았다. 조앤은 자그마한 아들을 무릎에 올려 꼭 끌어안고서 닉을 정말 많이 사랑하는 다른 엄마가 어딘가 있다고, 그 엄마는 너무 어려 닉을 키울 수 없어서 조앤과 남편이 닉을 선택했다고, 다른 누구도 아닌 닉을 선택했다고, 두 사람이 그때까지 본 가장 완벽한 존재였기 때문에 닉을 보자마자 선택했다고 말해야 했다.

조앤은 이 소식을 받아들이던 닉의 작은 얼굴을, 입을 벌리고 찌푸린 그 얼굴을 기억한다. 그리고 다음 날 학교에서 닉이 어떤 남자아이의 얼굴을 주먹으로 때려놓고 사과하지 않으려 하니 와서 데려가라고 전화가 왔던 것도 기억한다. 조앤은 엉엉 우는 닉을 안아주었고, 결국 닉은 그 아이가 진짜 엄마도 없는 애라고 자신을 놀려서 때렸다고 털어놓았다.

조앤은 닉에게 사실대로 말한 것을 후회하면서 입양 기관의 조언대로 열여덟 살까지 기다려야 했나 생각했지만, 그러면 왠지 닉을 속이는 것 같았다. 그녀는 더 부드럽게 표현할 방법이 있었을까, 남편이라면 더 잘했을까 생각했다. 알 수 없었다. 어쩌면 그랬을지도 모른다. 그러나 그 순간을 떠올릴 때마다 아주 확실하게 기억나는 것이 하나 있다. 닉이 손가락으로 그녀의 배를 누르면서 아이의 순진함이 끝나던 순간, 묻는 듯한 얼굴, 조앤이 대답하기 직전의 틈, 소중한 아들에게 다른 말을, 쉬운 말을 아직

할 수 있었던 순간. 그렇다고, 두 사람의 아이라고, 그렇다고, 닉은 여기서 나왔다고.

조앤이 닉을 본다. "나도 알아." 그녀가 나직이 말한다.

"무슨 뜻이에요?"

"그 사람들이 어제 여기 왔었다. 오늘 또 올 거야."

"누가요?"

"MI5."

닉의 입이 벌어진다.

"난 지금 통제령을 받고 있어. 엄밀히 말해서 넌 허락 없이 여기 들어오면 안 돼."

"통제령이라고요? 왜요? 그건 엄마가 아니라 추방당할 테러리스트한테 내리는 거예요." 닉이 조앤을 끌어안는다. "왜 저한테 말 안 하셨어요?"

조앤은 말을 할 수가 없다. 온몸이 슬픔으로 녹아내리는 것 같다. 아들의 얼굴을 보지 않고 말하려고 닉에게 매달려 그의 어깨에 얼굴을 꾹 누른다. "귀찮게 하고 싶지 않았어."

닉은 지친 듯 한숨을 쉬지만 조앤을 꼭 끌어안고 고개를 저으면서 그가 어렸을 때 그녀가 수없이 해준 것처럼, 그리고 지금은 그가 자기 아들들에게 하는 것처럼 그녀의 등을 쓰다듬는다. "아, 엄마. 어머니 세대는 왜 전부 다른 사람을 귀찮게 하지 않는 걸 호의라고 여기는 거예요?" 닉이 말을 멈춘다. "왜 도움을 청하지 않으셨는지 모르겠어요. 그게 제가 하는 일이에요. 제 직업이라고요. 정말 무서우셨죠."

조앤이 고개를 끄덕인다.

"좋아요, 그럼." 닉이 조앤을 부드럽게 떼어놓은 다음 외투 주머니에서 블랙베리를 꺼낸다. 그 신기하고 작은 물건으로 즉석에서 전부 해결할 생각인 것 같다. "계획을 세워야 해요. 우선, 우리가 증거를 봐야 해요. 최소한 혐의를 이해할 만한 증거도 내놓지 않으면서 엄마를 집에 가둬둘 수는 없어요. 그쪽에서 증거를 제시하지 못하면," 그는 이렇게 말하면서 코웃음을 치고 전화기에 계속 뭔가를 입력한다. "우린 보상금에 대해서 생각할 거예요."

또다시 그 순간이다. 한 가지 일과 다음 일 사이의 짧은 틈. 조앤이 닉을 바라보면서 이 순간을 영원히 미룰 수 있다면, 시간 속에 영원히 얼어붙게 할 수 있다면 얼마나 좋을까 온 마음을 다해서 생각하는 순간.

하지만 그럴 수 없다. 그녀는 그럴 수 없음을 안다. 밖에서 자동차가 서는 소리가 들리더니 문이 열렸다가 쾅 닫히고, 정원 길에서 구두 굽이 활기차게 울린다. 시간을 딱 맞췄다.

닉이 그 소리에 깜짝 놀란다. "그 사람들이 온 거예요?" 그가 창가로 성큼성큼 걸어가 커튼을 젖힌다. "저 사람들이에요?"

"제발, 닉. 제발 돌아가." 조앤의 머릿속에서 자신의 목소리가 위험할 만큼 크게 들린다. 닉을 여기 머물게 할 수는 없다. 그를 이 일로부터 지켜야 한다. "뒷문으로 빠져나가면 네가 왔었다고 얘기하지 않아도 돼. 다 해결되면 전화하마."

닉이 조앤을 향해 돌아서서 고개를 젓더니 한 발 다가와 그녀의 어깨에 손을 얹는다. "말도 안 되는 소리 하지 마세요, 엄마.

저 사람들이 통제령을 취소하고 두 번 다시 오지 않겠다고 약속할 때까지 전 아무 데도 안 가요."

"오늘 법원에 가야 하는 거 아니니?"

"방금 판사실에 이메일 보냈어요. 절 대신할 후배를 한 명 보낼 거예요."

"제발, 닉." 조앤이 갑자기 불안해진 목소리로 속삭인다. "제발 가. 난 괜찮아."

"안 돼요."

학교 도서관에서 《케임브리지 낭만시집》을 빌리다니 얼마나 불안한 전조인가. 조앤은 시집을 물리학 교과서 밑에 숨겨서 방으로 몰래 가지고 들어온다. 좀 뒹굴거려도 괜찮다 싶은 유일한 시간, 코코아를 마신 뒤 침대에 누웠을 때 읽을 생각이다. 조앤은 자전거 사고 이후 레오를 몇 번 봤지만 항상 예정에 없던 우연한 만남이었기 때문에 이제 과학 실습을 하러 갈 때도 약간 더 신경 써서 옷을 입고 만약의 경우에 대비해서 실험복 가슴 주머니에 파우더 콤팩트를 넣어 가지고 다닌다. 레오는 자기 일이 끝나면 들르곤 했기 때문에 점심시간 이후 언제든 마주칠 수 있다. 레오가 올 때마다 그녀는 할 일을 서둘러 마치고 기숙사까지 같이 걸어가면서 계획경제에 대한 그의 가장 최근 생각에 귀를 기울이고 그의 눈가 매끈한 피부와 완벽하고 부자연스러울 만큼 선명한 입술을 관찰한다.

레오가 조앤에게 말한다. "스탈린은 경제를 **통제**하고 싶은 게 아니야. 뉘앙스가 완전히 달라. 더 나은 표현은 경제를 **이끈다**는 거지."

또. "USSR에서 뭔가 잘못되면 위험이 너무 커. 시행착오를 거칠 여유가 없어. 가난한 국가는 확실한 데 돈을 걸 수밖에 없어."

또. "다양성은 부자의 사치야. 다른 사람들을 충분히 배 불리고 따뜻하게 해주지 못하면서 일부 사람들에게 뭔가를 풍성하게 제공하는 건 순전히 정책의 판단 착오야."

또. "비계획경제는 느리고 비효율적인 체제야. 개별적인 행위만으로 발전의 위험을 정당화할 만큼 충분한 보상을 거둘 수는 없어. 그래, 물론 그럴 때도 있지. 하지만 그런 일이 자주 일어나는 건 아니야. 한 세대만에 봉건제에서 산업화로 도약할 만큼 충분히 **빠르지도** 않고."

그는 이런 이야기를 할 때 열렬하고 심각한데, 바로 그렇기 때문에 조앤은 레오 갈리치가 자신이 지금껏 만난 사람들 중에서 가장 지적이라고 확신한다.

시가 바보 같다는 것은 조앤도 안다. 그녀는 한 번도 시를 좋아한 적이 없다. 시에 뭔가 불충분한 면이 있다고 생각하고, 왜 절망적인 사랑을 항상 운율에 맞춰 표현해야 할까 싶다. 그녀가 생각할 때 사랑은 반납 기한이 다 될 때까지 침대 밑에 숨겨둘 묵직한 고동색 책에 실린 온갖 사랑의 시가 아니라 과학에— 우주의 모든 천체가 항상 서로를 향해 움직인다는 지식에, 원주율의 가차 없는 확실성과 알고리즘을 데이지 꽃잎에 반복 적용할 가능성에—있다. 그렇긴 하지만 조앤은 학생이다. 열여덟 살이다. 시를 피할 수는 없다.

조앤은 레오와 나눈 대화에 대해서 소녀에게 말하지 않는다. 일부러 비밀로 하려는 것은 아니지만 자신이 레오의 이야기를 듣는 것을 얼마나 좋아하는지 알 만한 사람과 그런 이야기를 나눌 준비가 아직 안 됐다. 그 이야기를 털어놓으면 소녀가 어떤 표정을 지을지, 이런 종류의 이야기를 털어놓으면 항상 그렇듯 얼마나 날카롭게 웃을지 상상이 간다. 이런 순간은 너무나 여리고 너무나 소중해서 조앤은 그런 공격을 견딜 수 없다. 그 밖에도 소녀가 레오에게 말할지도 모른다거나, 또 두 사람이, 심지어는 레오가 한 번도 언급한 적 없고 조앤도 영화 상영회 이후 한 번도 본 적 없지만 예쁘고 위협적인 존재로 꿈에 가끔 등장하는 필박스 모자를 쓴 금발 여자까지 세 사람이 자신의 이야기를 하며 웃는다고 상상하면 견딜 수 없다.

오늘 조앤이 오전 강의를 마치고 나오자 레오가 과학부 건물 앞에서 기다리고 있다. "점심 같이할 수 있을까?" 그가 음식을 준비해 왔다는 뜻으로 작은 쇼핑백을 들어 보이며 묻는다.

조앤은 지나치게 기뻐하는 것처럼 보이고 싶지 않아서 미소를 짓지만 그가 어떤 수고를 했을지 생각하니 기분이 좋아진다. "기꺼이." 그녀가 이렇게 대답한 다음 잠시 말을 멈추고 과학부 건물을 흘깃 돌아본다. "하지만 2시까지는 돌아와야 해. 오후에 실습이 있거든."

레오가 고개를 끄덕인다. "시간은 충분하네." 그가 뒤돌아 걷기 시작하더니 조앤을 돌아본다. "이리 와. 보여주고 싶은 게 있어."

두 사람은 마켓 스퀘어를 지나서 로즈 크레센트를 따라 트리니티 스트리트까지 걸어간다. 조앤에게는 익숙하지 않은 지역인데, 남자들만 다니는 더 오래된 칼리지들이 있어서 여자는 남자와 동행하지 않으면 들어갈 수 없기 때문이다. 이곳은 뉴넘보다 더 웅장하고 썩 우호적인 분위기가 아니지만 레오는 조앤이 머뭇거리게 두지 않는다. 그가 조앤을 데리고 서점과 우체국을 지나더니 길 끝에서 세인트존스 칼리지 수위실 쪽으로 이끈 다음 앞에서 기다리라고 손짓하고 커다란 철제 열쇠를 가지러 들어간다. 몇 초 후 그가 다시 나타나서 자갈 깔린 안뜰 너머 한쪽 모퉁이에 위치한 예배당 탑의 작은 문 앞으로 그녀를 데려간다. 열쇠가 열쇠구멍에 쉽게 들어가더니 잠금 장치가 철컹 소리를 내며 풀리고, 그가 문을 밀어서 열고 말한다. "먼저 들어가."

조앤이 안으로 들어선다. 그녀는 눈을 깜빡여서 작은 방의 어두운 빛에 적응한다. 설 만한 좁은 공간이 있고 석조 지지대 옆으로 좁은 나선형 계단이 있다. 그녀는 새 깃털과 딱딱하게 굳은 새똥을 지나서 몇 계단 올라간다. 위로 올라가자 계단이 더 좁고 어두워져서 똑바로 설 수가 없다. 레오가 들어와서 문을 닫자 조앤은 계단의 리듬을 익힐 때까지 더듬으며 올라간다. 잠금 장치 안에서 열쇠가 돌아가는 소리가 들려 그녀는 약간 놀라지만, 레오가 자신을 이런 곳으로 초대했다는 사실 때문인지 잘 알지도 못하는 남자와 어두운 계단참에 갇혔는데 자신이 어디 있는지 아무도, 단 한 명도 모른다는 사실 때문인지는 확실히 알지 못한다.

위로 올라가자 중간중간에 작은 틈이 보이고, 조앤은 몇 분 더 올라간 다음 그런 틈새에 멈춰서 숨을 고른다. 밖을 내다보니 바로 옆 칼리지의 예배당 첨탑이 눈높이에 서 있고, 아래를 내려다보니 16세기의 작은 탑들 뒤에 숨은 대학 건물 지붕의 현대적인 홈통이 보인다.

두 사람은 위로 계속 올라간다. 슬레이트 지붕 옆 작은 수평돌기를 건너고 종루와 타종 장치를 지나자 마침내 계단 꼭대기의 작은 나무 문이 나온다. 회중시계를 든 흰 토끼가 보일 것만 같다. 조앤이 묵직한 빗장을 밀자 문이 열리고 네 귀퉁이에 장식탑이 서 있는 평평하고 네모난 지붕이 나온다. 밝은 햇빛이 눈부시다. 레오가 몸을 거의 반으로 접어서 문을 나왔을 때 조앤은 이미 지붕 가장자리에 서서 경계선을 표시하는 석벽에 기대고 있다. 그녀는 여기까지 올라오느라 더워져서 블라우스 위에 입고 있던 카디건을 벗는다.

레오가 그녀 옆으로 와서 서고, 두 사람은 같이 세인트존스 칼리지와 그 너머 트리니티 대정원을, 이렇게 멀리서 보니 훨씬 작아 보이는 정원 중앙 분수를 내다본다. 그 뒤로 렌 도서관이 보이고 백스를 따라서 킹스 칼리지를 구불구불 지나 뉴넘으로 흐르는 캠강도 보인다. 잠시 후 조앤이 레오를 향해 고개를 돌리자 그의 시선이 그녀의 어깨에 흩뿌려진 주근깨를 살짝 스치고 올라와 그녀의 눈을 마주 본다. 대담한 시선에 조앤의 살갗이 따끔거린다.

"자." 레오가 말한다. "어때?"

"아름다워." 조앤이 말한다. "그리고 너무 조용해."

"그래. 정말 멋지지?"

조앤이 얼굴을 찌푸린다. 이런 대답을 기대하지는 않았다. "난 당신이 인정하지 않는다고 생각했어, 이런……." 그녀가 말을 멈추고 손짓을 하면서 적절한 단어를 찾는다. "……이런 사치를 말이야."

"뭘 보고 그런 생각을 한 거야?"

조앤이 웃는다. "당신의 모든 것. 당신 논문, 그 영화들, 당신이 했던 모든 말, 여기가 전혀 계획적이지 않다는 점. 다 뒤죽박죽이잖아. 동상이며 용마루며 또—"

레오가 미소를 지으며 고개를 젓는다. "하지만 그건 중요하지 않아. 왜 다들 공산주의가 파괴에 대한 거라고 생각하지?" 그가 너무나 강렬하게 바라봐서 조앤은 숨도 쉴 수 없을 지경이다. "난 이걸 무너뜨리고 싶은 게 아니야."

레오는 조앤이 손을 뻗으면 얼굴에 닿을 만큼 가까이 서 있다. 그의 얼굴에 손이 닿는다고 생각하자 조앤은 온몸이 떨린다. "그럼 뭘 원하는데?"

레오가 당연하다는 듯 미소를 짓는다. "이걸 모든 사람이 갖는 것."

레오가 자리에 앉아서 쇼핑백을 열고 자두 두 개, 빵 한 덩어리, 차가운 햄, 토마토 몇 개와 진저비어 두 병을 꺼낸다. 조앤이 미소를 지으며 그의 옆에 앉는다. 그녀는 오늘이 지금까지 알던 그 어떤 날과도 다른 날이 되리라는 것을 이미 안다. 지금 시작되고 있다. 삶이 지금 시작되고 있다. 그녀는 레오 갈리치와 교회 지붕으로 소풍을 나왔고, 하늘은 짙고 환한 푸른색이다.

"그런데," 레오가 빵을 둘로 나눠서 한쪽을 그녀에게 건네며 말한다. "왜 과학을 선택했어?"

조앤이 진저비어를 한 모금 마신 다음 눈을 가늘게 뜨고 태양을 보며 이 질문에 대해서 생각한다. 과학을 잘해서 선택했다는 말로는 충분하지 않은 것 같다. "올챙이." 그녀가 불쑥 말하고 미소를 지으며 레오를 본다. "내가 자란 학교 정원에 연못이 하나 있었어. 항상 더럽고 냄새가 났지만 여동생과 난 개구리로 변하는 걸 보려고 올챙이를 잡아서 유리병에 넣곤 했지. 마술 같다고 생각했어." 레오에게 왜 이런 이야기를 하고 싶어졌는지 잘 몰라서 웃음이 나지만, 멈출 수 없는 기분이다. 아마도 레오가 다르다는 것을 그녀가 아는 것처럼 그녀 또한 다른 케임브리지 여학생들과 다르다는 것을 그가 알아주길 바라서일 것이다. 조앤은 레오가 있는 그대로를, **그녀** 자체를 봐주길 바란다. "언젠가 둘이서 연못의 개구리를 전부 잡아다가 목욕을 시키려고 양동이에 넣었어. 향이 나는 소금이랑 장미 꽃잎을 넣고 주방에서 가져온 뜨거운 물을 부었지."

조앤이 이야기하는 동안 레오가 드물게도 무방비한 미소를 지으면서 그녀의 무릎에 가볍게 손을 얹는다. 레오와 처음 닿았을 때의 기억처럼 그의 피부에서 담배와 레몬 향 비누 냄새가 난다.

"하지만 개구리가 어떻게 하고 있나 보러 나갔더니 전부 죽어 있었어." 조앤이 반쯤 웃으면서, 또 배를 드러내고 뒤집어진 수많은 개구리 사체가 떠올라 반쯤 쓸쓸한 기분으로 말한다. "삶아져 죽은 거야. 우리는 개구리한테 아주 좋은 일을 해준다고 생각했는데 말이야."

조앤은 진저비어를 한 모금 더 마시다가 레오가 이상한 눈으로 자신을 보고 있음을 깨닫는다.

"왜?" 그녀가 묻는다.

"개구리를 죽인 걸 보상하려고 과학을 선택했다는 거야?"

"어떤 면에서는. 개구리 때문에 난 여러 가지를 이해하고 싶어졌어." 그녀가 이제 더 진지하게 말한다. "그리고 과학이 유용하다는 사실이 좋아."

"누구에게?"

그녀는 어깨를 으쓱한다. "내 바람으로는, 모두에게."

레오가 조금 더 다가오자 그의 체온이 느껴지고, 조앤은 그가 키스하면 피하지 않겠다고 다짐한다. 그래. 조앤이 생각한다. 그녀는 허락할 것이다. 이런 생각을 하자 안달이 나고 초조해진다.

그러나 레오는 키스하지 않는다. 지금은 아니다. "그거 봐." 그가 말한다. "당신도 사실은 우리랑 같은 사람일 줄 알았어."

"무슨 뜻이야?"

"과학은 공산주의의 가장 진실한 형태야."

조앤은 레오의 생각을 들으면서 진저비어를 한 모금 꿀꺽 마시고 빵과 햄을 한입 베어 먹는다.

"과학의 목적은 모든 인간의 공동 목표를 위해서 자아를 의식적으로 복종시키는 거야." 레오의 표현은 거창하지만 말투에는 아까와 같은 장난기가 약간 어려 있다. 레오가 조앤에게 미소를 짓고 그녀도 그를 향해 미소를 짓는다. "과학에 개인주의적인 면은 하나도 없어. 아주 드문 특성이지."

"그렇겠지." 지금까지 그런 식으로 생각한 적이 한 번도 없었지만 그녀는 자신이 선택한 과목이 얼마나 고귀한지 알고 있음을 전달하려고 애쓴다. 두 사람이 같이 앉아서 자두를 먹으며 풍경을 보다가 마침내 그가 손목시계를 보고 손을 치운다. "이제 내려가는 게 좋겠어. 당신 오후 수업이 있으니까."

레오가 주변을 정리하기 시작하자 조앤은 가슴속에서 뭔가 뚝 부러지는 것을 느끼며 실습을 놓쳐도 상관없다고 말할까 생각한다. 나중에 다시 해도 되고 다른 학생의 공책을 베껴도 된다. 그러나 레오도 가야 할 곳이 있다는 느낌이 들어서 그를 도와 소풍의 흔적을 치운다. 조앤은 레오가 시간을 지나치게 신경 쓰는 걸 섭섭하게 생각하면 안 된다고 스스로에게 말한다. 그녀를 생각해줘서 고맙게 여겨야 한다. 그가 앞장서서 걸어가고 조앤은 잠시 멈춰서 이 도시를 새로운 시점에서 마지막으로 한 번 더 본다. 레오는 작은 나무 문 앞에서 잠시 돌아보며 그녀가 따라오고 있는지 확인할 뿐이다.

두 사람은 말없이 걸어 내려가고, 돌계단에 발소리가 달각달각 울린다. 내려가면서 보니 계단이 무척 가파르지만, 균형을 잡으려고 손을 내밀면 굽은 벽 때문에 긴 터널로 빨려 들어가는 것처럼 이상한 현기증이 나서 균형이 더 흐트러진다. 계단이 넓어지자 다시 똑바로 서서 내려갈 수 있어서, 현기증이 덜 나서 마음이 놓인다.

계단 끝에 도착한 레오가 갑자기 멈춰 서자, 그 움직임이 너무 갑작스러워서 조앤이 그와 부딪힌다. 그녀가 물러서려고 하지만 공간이 없다. 이제 두 사람 사이가 너무 가까워져 그녀는 심장 뛰는 소리가 그에게 다 들릴 것이라고 확신한다. 어둠 속에서 레오가 몸을 숙이고 아주 부드럽게, 어쩌면 너무 부드럽게, 그녀의 입술에 키스한다. 조앤이 눈을 감으면서 입을 벌리자 따끔거리는 그의 피부가, 딱딱한 그의 이가 느껴지고 몸 가장자리가 순간적으로 녹아내리는 것 같다.

"미안해." 레오가 불쑥 속삭이면서 고개를 젓더니 뒤로 돌아 문을 여는 바람에 조앤은 그의 입맞춤이 싫지 않다고, 원하면 또 해도 된다고 항변할 시간도 없다. 그렇다, 상상하던 첫 키스처럼 길고 열정적인 포옹은 아니었지만 레오가 문을 잡아줄 때 조앤의 입안에서는 감각이 넘쳐흐르고, 문지기에게 열쇠를 돌려주러 가는 내내 그녀는 웃음을 억누르지 못한다.

"그럼 내일 시위에서 볼까?" 레오가 묻는다. 언제 다시 만날 수 있는지 묻는 것과는 다르지만 어쨌든 불러줘서 조앤은 기분이 좋다. 레오의 손이 그녀의 손에 닿는다. "소냐가 당신을 초대했다던데. 당신이 오면 좋겠어."

시위는 스페인 원조 캠페인을 위한 것이다. 조앤과 소냐가 도착했을 때는 이미 트램 운전사, 가게 주인, 도시 외곽의 전자기기

공장 노동자, 학생, 재봉사, 일부 나이 많은 여자 등 백 명 정도가 마켓 스퀘어에 모여 있다. 조앤은 뉴넘에서 여기까지 오는 내내 소냐에게 레오의 이야기를 어떻게 꺼내는 게 제일 좋을까 고민했지만, 소냐가 최근에 두 사람의 관계가 발전했다는 소식을 마냥 기뻐하지만은 않을지도 모른다는 어떤 목소리에 가로막혀 아무 말도 하지 않는다. 조앤은 주변이 소란스럽지 않을 때까지 기다렸다가 어떻게 표현할지 더 신중하게 생각한 다음에 말하기로 결심한다.

소냐는 직접 만든 깃발을 들고 있고 조앤의 고민을 전혀 모르는 눈치다. 시위 장소에 도착하자 소냐가 바느질로 양끝에 나무 막대를 고정한 깃발을 펼치고 한쪽 막대를 조앤에게 내민다. 깃발에는 피처럼 붉은 물감으로 '반파시즘 단결'이라고 적혀 있다. 시위를 이끄는 사람이 '라 마르세예즈'와 '아, 카르멜라!'를 부르도록 유도하자 조앤은 가사도 잘 모르지만 같이 흥얼거리며 행진한다. 협동회관 앞에서 모이기 위해 킹스 퍼레이드를 따라 행진할 때 조앤은 소냐가 다른 사람들보다 목소리를 높이고 입을 벌려 듣기 싫은 노래를 부르지만, 제아무리 열정적이어도 발까지 구르지는 않는 것을 보고 재미있어한다. 사람들이 발을 구르기 시작하자 소냐가 깃발 뒤에서 조앤 쪽으로 몸을 숙이고 말한다. "꼭 발을 굴러야 하는 건 아니야. 그건 노조에서 하는 거야."

버스 운전사 제복을 입은 남자가 이 말을 듣고 돌아서서 소냐를 노려본다. "시위에서 하는 거지, 무슨 소리요?"

"그게 그거죠." 소냐가 쏘아붙인다. "보기 안 좋아요."

남자가 코웃음을 친다. "아무튼 당신이 상관할 일은 아니요."

"뭐가요?"

"이 시위도 그렇고, 스페인도 그렇고. 당신이 무슨 상관이요?"

"스페인은 모두의 대의예요." 소냐가 어깨를 으쓱한다.

"당신의 대의는 아니겠지, 아니고말고. 당신 같은 사람들은 바리케이드를 지키고 앉아 있는 것보다 바리케이드라는 발음을 지키는 데 관심이 더 많지." 운전사가 옆의 남자를 쿡쿡 찌르자 그가 반쯤 몸을 돌리지만 재미있어하는 것 같지는 않다. "그것도 노조에서 하는 거요."

"동지." 소냐가 이렇게 말하며 운전사에게 한 걸음 다가서자 깃발이 팽팽하게 당겨지는 바람에 조앤도 균형을 잃지 않기 위해서 덩달아 따라간다. "난 레닌을 러시아어로 읽었어요. 아버지는 혁명 때 돌아가셨죠. 내가 발음을 지키든 바리케이드를 지키든 당신이 무슨 상관인지 모르겠군요."

운전사는 소냐를 보면서 그 말을 믿을지 말지 잠시 고민하는 듯하지만, 뺨에 홍조가 약간 퍼지고 표정이 부드러워진 것을 보니 평소보다 약간 과장된 소냐의 억양을 듣고 사실이라는 결론을 내린 것 같다. "미안합니다." 그가 소냐에게 고개를 끄덕이며 말한 다음 다시 연단으로 관심을 돌린다.

소냐가 그에게 재빨리 미소를 지어 보이자 조앤은 공산당 동지들의 대화에, 또 버스 운전사의 분노를 가까스로 피했다는 생각에 갑자기 현기증이 나서 두 사람을 흘끔흘끔 바라본다. 그녀는 운전사가 이제 자신들에게 신경 쓰지 않는다는 것을 확인한

다음 소냐 쪽으로 몸을 숙인다. "아버지는 혁명 뒤에 돌아가신 거 아니었어?"

소냐가 깃발을 잡더니 조앤이 움직이는 바람에 느슨해진 부분을 흔든다. "맞아. 그냥 그렇게 말하는 게 더 나을 거 같아서."

"아, 그렇구나." 조앤은 친구의 기분을 상하게 한 스스로에게 짜증이 난다. "내 말은 그게 아니라—" 연설을 하려고 나무 상자에 올라선 남자가 사람들을 조용히 시키자 조앤도 말을 멈춘다. 남자는 갈색 코듀로이 바지 차림인데 행동을 보니 왠지 학생 같다. 세련된 영국식 억양이 강하고 표정이 진지한데, 스페인 국제 여단에서 쓰러진 동지가 쓴 시를 잠깐 암송할 때는 더욱 진지해져서 조앤이 약간 창피해질 정도다. 그는 시 암송을 끝낸 다음 연설을 시작해서 스페인에 깡통 식량을 가져다줘야 한다고, 스페인이 파시즘에 넘어가면 다음은 프랑스와 영국의 차례일지도 모른다고 강조한다. 조앤은 주변을 둘러보며 자신이 레오를 찾고 있음을 의식하지만 티를 내지 않으려 애쓴다.

마침내 그녀는 임시 연단 바로 뒤에 서서 연사에게 모든 관심을 집중하고 있는 레오를 발견한다. 그는 가끔 고개를 끄덕이고, 연설이 끝나갈 때는 군중과 함께 박수를 친다. 조앤은 연사가 연단에서 내려와서 레오와 악수를 하고 잠깐 이야기를 나눈 다음 레오가 연단으로 올라가는 모습을 지켜본다. 그가 잠시 소냐를 보고 고개를 끄덕여 아는 척하더니 조앤에게로 시선을 옮긴다. 조앤은 그의 입술이 자신의 입술에 닿았던 기억이 불쑥 떠올라 몸이 떨려서 어쩔 수 없이 시선을 돌리고, 다시 고개를 들자 레오는 그녀를 보고 있지 않다. 그는 연단 앞에서 군중을 탐색하고 있다. 손을 들거나 조용히 해달라는 말도 없이 가만히 기다린다.

"저는 러시아에서 태어났습니다." 레오가 연설을 시작한다. "그러나 거의 독일에서 자랐지요." 자신이 말하려는 내용에 수사가 필요 없다는 사실을 아는 듯 차분하고 신중한 말투다. 그는 청중에게 이야기를 할 것이고 청중은 들을 것이다. 그래야 하기 때문만이 아니라 그들이 알아야 하는 이야기이기 때문이다.

레오는 지난 전쟁 후 독일에 닥친 끔찍한 불황에 대해서, 시간이 흐르면서 거리의 폭력 사태가 점점 늘어나다가 1929년 경제 붕괴로 인해 거의 무정부 상태에 이르렀다고 이야기한다. 계속해서 그가 학생이었던 1930년대 초에 라이프치히 대학에서 일어난 나치 시위를 설명하면서 아랫입술과 이마의 상처를 가리킨다. 시위 중에 그의 재킷에 달려 있던 국기당* 핀이 눈에 띄자 나치 돌격대원이 안경을 낚아채서 발로 밟아 부수고 그를 강물에 거꾸로 처넣었다고 한다.

레오가 잠시 말을 멈추자 청중이 부스럭부스럭 움직이며 이어지는 이야기를 들으려고 준비한다. 조앤은 이런 소리를 학교 회합에서 들어본 적이 있다. 귀를 기울이는 청중, 이야기에 반응하는 청중의 소리다. 그녀는 학교 기도 시간이나 공지사항 발표 시간에 가끔 딴생각을 했지만 지금은 소녀가 그녀의 이름을 낮게 부르면서 깃발을 팽팽하게 들라고 해도, 버스 운전사가 더 잘

---

* 1924년부터 1933년까지 활동했던 독일 의회 조직으로 바이마르 공화국을 지지했고, 주로 중도좌파 사회민주당 지지자들이 소속되어 있었다.

보려고 뒷걸음질 치다 발을 밟아도 레오에게서 단 한순간도 눈을 뗄 수 없다. 조앤은 다른 사람에게는 없고 레오만 가진 것이 무엇인지, 그를 돋보이게 만들고 사람들이 그의 말에 귀를 기울이게 만드는 것이 무엇인지 이제 깨닫는다. 그것은 바로 자기 말이 진실이라는 완벽한 확신이다.

레오는 청중을 향해서 강물에 처박히고 나서 한 달 뒤에 나치가 선거를 통해 권력을 잡았다고, 단 하나의 정당도 반대표를 던지지 않았다고 말한다. 이렇게 말하는 그의 목소리에서 혐오감이 만져질 것만 같다. 조앤의 목이 콕콕 쑤신다. 레오는 그날로 공산당에 가입했고 얼마 지나지 않아 바로 그 이유로 스무 살의 나이에 자기 집과 나라를 떠날 수밖에 없게 되었다. 바이마르 공화국 국회가 불타면서 독일에 남아 있던 민주주의의 마지막 자취도 사라져버렸다. 히틀러가 그 누구보다도 공산주의자들을 가장 먼저 탄압하기 시작했기 때문이다.

"바로 이것이 파시즘입니다." 레오는 연설을 마무리하면서 목소리를 높이는 것이 아니라 이 자리에 모인 청중 한 명 한 명의 얼굴을 들여다본다. "그리고 때가 되면, 지금 여기 서 있는 여러분 모두 어느 한 편을 선택해야 할 것입니다. 우리 모두 선택해야 할 것입니다."

레오가 연단에서 내려오자 파도 같은 갈채가 일지만 그는 한 손을 들어 연설에 대한 반응에 고마움을 표할 뿐 미소는 짓지 않는다. 소녀가 조앤이 들고 있던 막대를 가져가서 깃발을 둘둘 마는데, 조앤이 열심히 들지 않아서 기분이 약간 상한 것이 분명하다.

"어땠어?" 레오가 두 사람에게 다가와 소녀의 어깨에 손을 올리며 묻는다.

조앤은 레오를 보는 소녀의 표정에서 뭔가를 알아차리고 이것이 레오만의 이야기가 아니라 소녀의 이야기이기도 하다는 사실을 떠올린다. "아주 감동적이었어." 이렇게 말하는 소녀의 목소리가 평소보다 더 낮다. 어쩌면 더 침착하다.

"감동적이라고?" 그가 소녀의 반응이 마음에 들지 않는지 얼굴을 찌푸린다. "난 각성시키고 싶었는데."

소녀가 눈을 굴리며 그의 팔을 가볍게 친다. "진짜 완벽주의자라니까. 레오, 저 소리 안 들려? 내가 듣기엔 꽤 각성한 것 같은데."

레오가 마지못해 동의하며 고개를 기울이고, 그때 조앤이 몇 번 본 적 있는 젊은 남자 한 명이 끼어들어 소녀에게 말을 건다. 레오가 조앤의 손을 몰래 잡고 한옆으로 끌어당긴다. "소녀한테 무슨 말 했어?" 그가 잠시 말을 멈춘다. "그러니까, 어제 일 말이야."

조앤이 고개를 젓는다. "말하려고 했는데……."

"잘했어." 레오가 속삭인다. "하지 마. 아직은. 내가 직접 말할게." 조앤은 이 말에 약간 놀라지만 모든 것을 감안할 때 그가 소녀에게 직접 말할 만큼 중요한 일로 여긴다는 것은 좋은 신호라고 결론 내린다. 결국 조앤보다 레오가 자기 사촌을 잘 알 테니까. 소녀를 흘깃 보니 젊은 남자(아마도 대니얼)와의 대화에 푹 빠져서 그의 팔에 손을 얹고 갑자기 고개를 젖히며 웃음을 터뜨린다. "알았어." 조앤이 말한다. "당신이 그러고 싶다면."

"그냥 소냐가 좀……." 레오가 말을 멈춘다. "음, 보호하려는 경향이 있다고 해둘게."

"보호한다고?" 조앤은 이 생각을, 레오에게 보호가 필요하다고 생각할 수 있다는 것을 믿을 수가 없어서 웃음을 터뜨릴 뻔한다. 레오의 처신은 전혀 나무랄 데가 없어서 그녀로서는 그의 마음이 위험에 빠지는 것을 상상도 할 수 없다. 조앤 같은 사람 때문에 그럴 일은 절대 없다.

레오는 웃지 않는다. 그는 얼굴을 찌푸리고 서로 얽힌 자기 손가락과 조앤의 손가락을, 흩어지는 군중 때문에 어쩔 수 없이 붙어 서 있어서 사람들 눈에 보이지 않게 숨겨진 두 사람의 손을 내려다본다. "있잖아, 소냐 어머니는 감기로 돌아가신 게 아니야." 그가 잠시 말을 멈춘다. "혹시 소냐가 그렇게 말했어?"

"폐렴이라고 했어."

그가 고개를 끄덕인다. "비슷하네."

"그럼 왜 돌아가셨는데?"

"자살하셨어. 염산으로." 레오가 손가락을 살며시 풀고 조앤의 손을 떨어뜨린다. 그가 아직 대화에 빠져 있는 소냐를 본다. "특히 고통스러운 죽음이지."

"왜 자살하셨어?"

그가 조앤을 흘깃 본다. "설명하지 않고 변명하지 않는다. 영어에서 그렇게 말하지 않나?"

그녀는 이해가 잘 안 돼서 이마를 찌푸린다.

레오가 한숨을 쉰다. "이유는 아무도 몰라. 소냐가 학교에 갔다 와서 발견했어. 겨우 여덟 살 때야. 그래서 우리 집에서 살게 됐고. 우리 집에 온 뒤 일 년 내내 잠을 안 잤어."

"아." 조앤은 잠시 아무 말도 하지 않는다. 목에서 타는 듯한, 질식할 듯한 느낌이 들고 목소리가 울먹거려서 당황스럽다. "그렇다면 소냐가 당신을 보호하려 드는 것도 당연하겠다."

레오가 조앤을 올려다본다. "나를?" 그녀가 엄청나게 어리석고 순진한 말을 했다는 듯이 그가 고개를 저으며 갑자기 웃음을 터뜨린다. 조앤은 나중에서야 알게 되겠지만, 어떤 면에서는 정말 엄청나게 어리석고 순진한 말이었다. 그의 얼굴에서 미소가 사라진다. "소냐는 나를 보호하려는 게 아니야." 그의 입술이 이렇게 속삭이면서 그녀의 뺨에 부드럽게 닿는다. "자신을 보호하려는 거지."

월요일,
오전 10시 38분

케임브리지 시경

수신: 경찰서장

서장님,

1937년 10월 10일 토요일에 케임브리지 벌리 스트리트 협동회관에서 지역 및 대학 공산당이 주최한 스페인 원조 행진(《케임브리지 데일리 뉴스》에 광고가 실림)이 개최되었음을 보고드립니다. 백여 명의 청중으로부터 큰 갈채를 받은 연사가 두 명 있었습니다. 지난번 MI5 보고서에서 말씀드린 케임브리지 지저스 칼리지의 윌리엄 미첼과 지금까지 우리에게 알려지지 않았지만 어린 시절 독일에서 몇 년 살았던 탓에 극렬 반파시스트가 된 두 번째 연사입니다.

우리의 관심을 가장 많이 끈 것은 두 번째 연설인데, 연사는 개인적인 경험을 이용해서 청중에게 큰 반향을 일으켰습니다. 며칠 내로 완전한 신원 보고서를 작성할 예정입니다.

전체적으로는 지켜볼 필요가 있지만 현 단계에서는 연사나 참가자에게 추가 조치를 취하지 않는 것이 좋겠습니다.

닉이 조앤에게서 종이를 건네받는다. "이게 뭐예요?"

"당신 어머니께서 방금 설명하신 시위에 대한 경찰 보고서입니다." 애덤스가 말한다. "윌리엄 미첼 경이 또 다른 연사였음을 밝히고 있지요."

"그건 알겠습니다." 닉이 매섭게 말한다. "하지만 요점이 뭐죠? 그게 지금 우리랑 무슨 상관이 있죠? 요점을 말한다면서요."

하트가 닉을 보며 말한다. "우리는 그림을 그려보고 있습니다. 이번 절차를 시작할 때 스탠리 부인에게 설명했듯이 우리에게 필요한 건—"

"하지만 우리는 증거를 하나도 못 봤는데요. 지금까지 당신들이 보여준 건 어머니가 언급되지도 않은 경찰 보고서밖에 없습니다. 이건 위협이에요. 우리 어머니와 아무 관계가 없잖아요." 닉이 말을 잠시 멈춘다. "게다가 이 카메라가 정말 필요합니까?"

하트가 입술을 꽉 깨문다. "정식으로 항의하시려면 그렇게 하실 수 있는 경로가 있습니다."

"알았습니다. 저는—"

"오, 아니야, 닉." 조앤은 닉이 짜증 낼 것을 알면서도 끼어든다. 자식이 몇 살이든 부모를 대신 방어해줄 때는 왠지 마음이 아프다. "이대로 괜찮아. 제발. 소란 피우지 마."

조앤은 닉이 무슨 생각을 하는지 안다. 남편이 죽자 닉은 장례식에 참석하러 비행기를 타고 와서 조앤이 영국을 방문하겠다고 약속하지 않으면 오스트레일리아를 떠나지 않겠다고 고집을 피웠는데, 지금도 그때처럼 조앤이 허락만 하면 자신이 모든 일을 해결할 수 있다고 생각한다. 당시 닉은 친구들과 직업 등 모든 삶이 영국에 있었고 가을에 결혼식을 올릴 예정이었으며 어머니가 영국으로 오지 않으려는 이유를 이해하지 못했다. 닉은 결혼식에 참석해달라고 애원하면서, 영국으로 이주하고 얼마 안 됐을 때 랠리 이모의 장례식에서 처음 만난 사촌들을 초대했다는 말로 조앤을 꾀려 했다. 조앤은 항상 조카들을 만나고 싶다고 하지 않았는가? 물론 당시에는 다 성인이 되어서 닉보다 나이가 많았지만 말이다.

조앤은 그건 문제가 아니라고, 자신은 너무 나이가 많고 비행기를 타는 것이 무섭다고, 떠나온 지 너무 오래되었다고 말했다. 그러나 닉이 비행기표를 몰래 준비해서 직접 영국으로 모시고 가겠다며 오스트레일리아까지 찾아오자 조앤은 닉에게 이 일이 얼마나 중요한지 깨달았고, 따라서 선택의 여지가 없었다. 무섭지만 가야 했다.

그러나 닉에게 한 말과 달리 조앤은 비행기를 타는 게 무섭지 않았다. 도착하는 것이, 여권을 면밀히 검사당하는 것이 무서웠다.

또, 돌아가고 싶지 않을까 봐 무서웠다.

조앤은 닉의 결혼식이 끝나고 오스트레일리아로 돌아왔지만 집을 팔고 짐을 싸느라 잠시 머물렀을 뿐 영국으로 돌아왔다. 그녀는 닉과 브라이오니의 아파트가 있는 블랙히스에서 자동차로 20분 떨어진 시드컵에 작은 집을 샀고, 처음 방문했을 때 모든 것이 쉬워 보여서 안심했다. 브라이오니가 당시 임신 중이었으므로 닉은 조앤이 근처에 살게 되었으니 유아용 식탁 의자와 유모차, 모유 수유에 대한 조언을 구할 수 있겠다며 기뻐하는 것 같았는데, 조앤이 잘 알 만한 것이 아니라는 사실을 잊은 듯했다. 멋진 시간이었지만 너무 부주의했다.

조앤은 알았어야 했다. 닉이 자신을 위해 이렇게 나서도록 허락해서는 안 된다. "괜찮아, 닉."

"엄마." 닉이 질책한다. "왜 항상 이러세요? 왜 제가 엄마를 보살피게 두질 않으세요?"

조앤이 손을 들어 닉을 막은 다음 떨리는 손을 내리고 하트를 향해 고개를 돌린다. "잠시 단둘이서 얘기해도 될까요? 닉과 저 둘이서요."

하트가 이 요청을 고려하는 동안 잠시 정적이 흐른다. 애덤스는 다시 방 한구석에 앉아서 스탠드에 커다란 마이크와 함께 장착한 비디오카메라를 살핀다. 그는 조앤이 제일 좋아하는 안락의자에 앉아서 낡은 체 게바라 머그잔들 중 하나로 차를 마시고 있는데, 저 잔의 상징을 그가 놓칠 것 같지는 않다. 애덤스가 찻잔을 내린다. "그건 너무 이례적인데요."

닉이 그를 쏘아본다. "이 모든 게 이례적이죠. 어머니에게 어떤 보호를 받을 권리가 있는지는 말했습니까? 법적 대리인도 선임받지 못했는데요."

"본인이 거절했습니다. 우리는 제안했어요."

"더 강하게 주장했어야죠."

애덤스가 주저하다가 손을 뻗어 버튼을 누르자 카메라의 붉은 빛이 꺼진다. 그가 자리에서 일어나면서 하트에게 따라오라고 손짓한다. "5분 드리겠습니다." 애덤스가 말한다.

단둘이 남겨지자 조앤이 아들을 향해 고개를 돌린다. "너한테 해야 할 말이 있어."

"아니, 하지 마세요." 닉이 몸을 숙이고 속삭이지만 목소리는 다급하고 엄격하다. "엄마, 이러실 필요 없어요. 레오라는 사람에 대해서 얼마든지 얘기해도 되지만 그건 상관없어요. 엄마가 아무 잘못도 하지 않은 것 알아요. 그런 이야기를 들으니 좀 이상하긴 하지만, 대학 때 러시아인 남자친구를 사귄 건 범죄가 아니에요."

조앤이 입을 열었다가 다시 닫는다. 그녀는 말할 수 없다.

닉이 양손으로 조앤의 손을 꽉 잡으며 그녀를 바라본다. "제대로 된 증거를 봐야겠다고, 이런 말도 안 되는 것 말고 더 그럴듯한 증거를 봐야겠다고 하세요. 증거를 봐야 엄마의 혐의를 해소할 수 있어요. 자기들 실수임을 깨닫게 될 거예요."

침묵이 흐른다.

"하실 수 있죠, 네?"

조앤이 자기 손을 내려다본다. 닉의 이마에 걱정스러운 주름이 팬다.

"아니면 제가 말할까요? 그게 나으면 제가 대신 말해도 돼요."

천천히, 조앤이 고개를 젓는다. 난 못 해, 라고 말하고 싶다. 난 못 해. 그러나 말이 나오지 않는다.

"엄마?"

조앤은 좌익 정치 단체에 들어가면 얼마나 많은 일을 해야 하는지 직접 보기 전까지 전혀 알지 못한다. 참여해야 할 모임이 얼마나 끝없이 많은지, 읽고 토론하고 논쟁하고 높이 들고 휘두르며 강조하다가 역겹다며 던져버려야 하는 책이 얼마나 많은지 짐작도 하지 못한다. 그녀는 레오와 소냐가 모임에 참석하느라 많은 시간을 보내는 것 같다고 생각하지만 그것이 필요해서만이 아니라 즐거워서라고 생각한다. 조앤은 그런 모임의 진지함에 대비가 되어 있지 않다.

조앤은 처음 모임에 참석할 때 레오와 함께 간다. 첫 키스 이후 몇 주가 지났고 소냐에게도 그 일을 말했지만 자세히 하지는 않았다. 조앤은 자신과 레오를 자꾸 떼어놓는 것이 도대체 무엇인지 알고 싶어서 재미없을지도 모른다는 그의 경고에도 불구하고 같이 간다. 그가 조앤을 데리고 지저스 칼리지의 오래된 안마당에서 나무 계단을 올라 3층 작은 방의 빨간 나무 문을 밀어서 열자 담배 연기로 탁한 공기와 바닥에 앉아서 이야기를 나누는 열 명 정도의 사람들이 보인다. 소녀는 창가에서 폭풍처럼 짙은색 커튼에 등을 기대고 서 있다. 몸에 달라붙는 파란색 원피스 차림으로 담배를 피우던 소녀는 두 사람이 들어서자 입술에 물고 있던 담배를 빼고 눈을 가늘게 뜨고서 조앤을 보더니 레오를 보고 다시 조앤을 본 다음 미소를 지으며 두 팔을 벌려 인사한다.

"조앤!" 소녀가 열정적으로 외친다. "너 여기 웬일이야?"

레오가 재킷을 벗어서 창문 걸쇠에 건다. "내가 데려왔어. 그럴지도 모른다고 했잖아."

소녀가 레오를 보면서 담배를 다시 입술로 가져가더니 다른 언어로, 조앤의 생각에는 아마 독일어나 러시아어로 뭐라고 중얼거리고, 그러자 레오가 말이라기보다 혀를 차는 듯한 소리로 대답한다.

소녀가 눈을 굴리면서 연기를 한 모금 내뱉자 레오가 돌아서고, 잠시 시간이 멈췄다가 소녀가 미소를 지으며 조앤의 팔을 잡는다. "이리 와." 그녀가 늘 그렇듯 무슨 공모라도 꾸미는 것처럼 말하면서 조앤을 데리고 방을 가로질러 방금 전에 앉아 있던 창가 옆 바닥을 가리킨다.

조앤은 망설이면서 자기 혼자 가는 것에 레오가 뭐라 하지는 않는지 돌아보지만 그는 벌써 스페인 원조 행진의 또 다른 연사였던 윌리엄처럼 보이는 옅은색 머리카락의 남자와 악수를 하다가 그녀가 기다리는 것을 눈치채고 마음대로 하라고 손을 흔들뿐이다. 조앤은 목이 붉어지는 것을 느끼면서 아무도 그 손짓을 보지 못했기를 바라며 주변을 둘러본다. 대체로 아무도 알아차리지 못한 것 같아서 안심하다가, 소녀를 향해 고개를 돌리자 평소에는 티 하나 없는 그 이마에 브이 자 모양의 작은 주름이 잡힌다.

조앤이 아는 표정이다. 예전에 조앤이 아주 가끔 레오 이야기를 하려 했을 때 몇 번 본 적이 있는데, 동정하면서 즐거워하는 듯한 표정이다. 그녀는 오지 말 걸 그랬다고 잠깐 생각한다. 여기는 자신의 자리가 아니다. 이곳은 레오의 자리, 소녀의 자리다. 조앤은 소녀의 발치에 놓인 쿠션에 앉는다. 레오가 그런 게 아니라고 말하지 않았다면 그녀는 소녀가 질투한다고 생각했을 것이다. 그러나 레오는 말도 안 되는 생각이라고 했다. 소녀는 질투하는 유형이 아니다. 무슨 뜻인지 모르겠지만 그냥 보호하려 드는 것이다. 어쩌면 소녀가 질투하는 게 더 나을지도 모른다. 그러면 조앤은 적어도 어떻게 해야 할지 알 테니 말이다. 소녀를 안심시키고 혼자 남겨진 기분이 들지 않게 할 것이다. 그녀는 소녀가 창밖으로 몸을 내밀고 벽돌에 담배를 비벼 끄는 모습을 올려다본다. 소녀가 손가락 사이의 담배꽁초를 튕기고는 저 아래 꽃밭으로 무심히 떨어지는 모습을 지켜본다.

"이제 어떻게 되는 거야?" 조앤이 두 사람 사이에 퍼지는 침묵을 깨뜨리고 싶어 조바심 내며 묻는다.

"기다리면 돼." 소녀가 불쑥 말하더니 좀 누그러져서 공모를 꾸미는 것처럼 몸을 숙이자 조앤이 소녀의 숨결에서 담배 냄새를 맡을 수 있을 만큼 둘 사이의 거리가 가까워진다. 소녀가 레오와 이야기 중인 남자, 조앤이 시위에서 봤던 남자를 고갯짓으로 가리킨다. "윌리엄을 잘 지켜봐야 돼. 저 사람도 레오를 흠모하거든."

조앤은 소녀가 왜 이런 식으로 싱글거리는지 알 수 없어 얼굴을 찌푸리지만 화해의 손짓임을 알기 때문에 더 이상 묻지 않고 알쏭달쏭하면서도 고마운 마음으로 미소를 짓는다. 저쪽을 흘깃 보니 윌리엄이 레오의 등을 탁 친 다음 옆에 앉은 젊은 남자의 어깨에 손을 올리고, 남자가 흠칫 놀란다. "저 사람은 누구야?"

"루퍼트." 소녀가 속삭인다. "익숙해질 거야."

모두 도착하고 문이 닫히자 레오가 오늘 밤 모임의 목적은 영국 언론에 발표된 모스크바 재판 보고서에 대한 토론이라고 공지한다. 박사과정 지도 교수를 통해서 제1차 재판 필기록을 어렵게 손에 넣은 레오는 1917년 혁명 당시 레닌 옆에 서 있었던 코민테른의 옛 지도자 지노비예프가 스탈린과 소비에트 정부의 요인들을 암살하기 위해 테러를 조직했다는 혐의를 인정하는 자백을 큰 소리로 읽는다.

낭독이 계속되는 약 10분 동안 아무도 숨을 쉬지 않는 것 같다. 모두들 집중해서 듣는다. 낭독이 끝나자 다들 웅성거리지만 아무도 먼저 입을 열려 하지 않는다. 조앤은 신참이므로 얌전히 있어야 한다는 것을 알지만 왜 아무도 뻔한 질문을 하지 않는지 이해가 가지 않는다. 그녀는 조바심을 내면서 더 이상 견딜 수 없을 때까지 혀를 깨물며 참다가 결국 기침을 한 다음 대화하듯이 묻는다. "스탈린이 거짓 자백을 시켰다고 생각해?"

그녀는 이 말이 입에서 나오자마자 실수임을 깨닫는다. 아무도 공개적인 자리에서 스탈린에 대해 이런 식으로, 어떤 면에서든 잘못을 저지를 수 있는 진짜 인간인 것처럼 말하지 않는다는 사실을 아직 몰랐던 것이다. 그는 동화 속의 늑대가 절대 아니다. 조앤이 레오와 단둘이 있을 때는 이런 말을 할 수 있지만 잘 모르는 사람들 앞에서 할 말은 아니다. 레오가 조앤을 보자 불빛이 그의 안경에 매섭게 반사된다. 조앤은 그의 차가운 눈빛에서 실망을 느끼고, 이런 식으로 그를 실망시켜서 부끄럽지만 그의 반응에 심기가 불편하기도 하다. 이것은 분명 합리적으로 할 만한 질문이다.

"당연히 아니야." 레오가 말한다. "이건 자유로운 자백이고, 그렇지 않다고 주장하는 사람은 USSR의 신용을 손상시키겠다는 목적밖에 없는 서구 언론 관계자들뿐이야." 그가 어깨를 으쓱한다. "혁명을 보호하고 지키기 위해서는 지노비예프의 처형이 절대적으로 필요해."

레오가 그녀에게 이런 식으로 말한 적이 한 번도 없었기 때문에 조앤은 자신을 변호하고 싶어서 맥박이 빨라진다. 왜 아무도 토론에 끼어들어 그녀의 편을 들지 않는지 이해가 안 된다. "하지만 그 사람들이 일부 자백에 신빙성이 없다고 말하는 이유는 이해가 되잖아."

"누가 그런 말을 해?"

조앤은 레오가 그 대답을 자신만큼이나 잘 알고 있다고 확신하기 때문에 혼란스러워서 그를 본다. "언론. 영국 사람들 대부분."

정적. 레오는 조앤을 보지도 않고 필기록을 바닥에 아주 조심스럽게 내려놓는다. "그렇다면 그 사람들은 범죄자의 손에 놀아나는 거야. 의심스러운 부분은 정부의 신용을 떨어뜨리려는 국가의 적이 일부러 넣은 거야. 간단해."

조앤은 벽에 기대고 짜증을 숨기려 애쓴다. 더 큰 선을 위한 배신자의 처형을 어디까지 정당화할 수 있는지 토론이 계속된다. 악을 어디까지 확장시키면 선이 될까? 어느 시점이 되면 더 큰 선이 더 무거워질까? 사람들이 거의 한 시간 동안 이 문제로 토론한 다음 삼삼오오 흩어져서 차를 마시자 조앤은 이 기회를 틈타서 눈에 띄지 않게 빠져나가야겠다고 생각한다. 그녀가 물건을 챙기려고 하지만 기회가 생기기도 전에 레오가 옆으로 와서 웅크리고 앉는다. "조조." 레오가 달래듯이 부드럽게 말한다. "알겠지만, 내가 한 말을 개인적으로 받아들이면 안 돼."

조앤이 코를 킁킁거린다. 레오에게 화가 났고, 그 사실을 그에게 알리고 싶다. 레오가 그녀의 생각에 동의하지 않는다 해도 그렇게 퉁명스럽게 굴 필요는 없다. "어떻게 안 그럴 수가 있어?"

"내가 정치적으로 당신 생각에 동의하지 않는다면 동의하지 않는 것으로 끝이야. 건설적인 논쟁일 뿐이야. 우리가 여기서 하는 일이 바로 그거야. 우린 유효한 방법을 찾고 있어. 감정이 발전을 방해하게 하면 안 돼." 레오가 말을 잠시 멈추고 그녀의 뺨을 부드럽게 쓰다듬는다. "이런 모임의 목적이 바로 그거야."

조앤이 주저하며 미소를 짓는다. "난 당신이 혼자 있을 때가 더 좋은 것 같아." 그녀가 반쯤 농담으로 쏘아붙인다.

레오는, 이 남자는 조앤에게 수수께끼다. 그녀는 지난 몇 주 동안 그와 정말 많은 시간을 보냈지만 지금처럼 자신이 그를 알긴 하는 걸까 싶을 때가 있다. 소냐에게 조언을 구하고 싶은데, 소냐가 레오를 누구보다 더 잘 알기 때문만이 아니라 친구로서 묻고 싶어서다. 그러나 첫 번째 모임 이후 며칠, 몇 주 동안 조앤은 그 이야기를 꺼낼 만한 순간이 와도 왠지 매번 꺼낼 수가 없다. 이유는 모르지만 말을 꺼내지 않는 게 낫다는 것만은 안다. 레오와 소냐는 사실상 남매나 마찬가지다. 어쩌면 너무 내밀하고 너무 개인적인 이야기라서 그런 것일지도 모른다. 아니면 조앤은 그런 고백을 하면 얼마나 나약한 기분이 들지 알기 때문에 레오에 대해서 이야기하고 싶지 않은 것뿐인지도 모른다. 이것이 그녀의 마음을 무사히 지키는 방법이다.

조앤은 자기 마음을 지키지 못할까 봐 걱정이기 때문이다. 몇 번인가 그녀가 확실한 감정 표현을 끌어내려고 할 때마다 레오는 인간이 지식이 아닌 감정에 이끌려 행동하면 안 된다고 말할 뿐이었고, 그때마다 그녀는 마지못해 동의하며 고개를 끄덕였다. 어쨌든 조앤도 어렸을 때 항상 그렇게 생각했다. 이성의 종교 안에서 교육을 받고 있는 지금도 합리적으로 그렇게 생각한다. 그러다가 침대 밑에 숨겨둔 《케임브리지 낭만시집》을 떠올리면 (그러자 벌금이 말도 안 되는 수준까지 올라가기 전에 반납해야 한다는 생각이 떠오른다) 사실 자신은 그렇게 생각하지 않는다는 것을 깨닫는다.

이러한 이야기를 몇 번 나눈 끝에 조앤은 레오가 사랑한다고 말할 때까지 그와 자지 않겠다고, 그가 사랑한다는 말을 한다면 진지하고 자발적으로 해야 한다고 결론을 내렸다. 그러나 레오는 이 결심을 모르기 때문에 같이 시간을 보낼 때마다 가지 말라고 애원하고, 그때마다 조앤은 거절한다. 그래서 두 사람의 관계는 막다른 곳에 이르지만 불편하지는 않다. 오히려 긴장이 약간 더 커진다. 그렇기 때문에 두 사람 모두 주의를 게을리하지 않는다.

결국 소녀가 먼저 이야기를 꺼낸다. 어느 날, 아침 식사 시간 전에 소녀가 전날 밤 옷차림 그대로, 조앤의 모피 코트를 걸치고 그녀의 방으로 찾아온다. 노크 소리에 조앤이 문을 열자 소녀가 핸드백에서 달걀을 두 개 꺼내서 하나 내민다. "아침 식사를 가지고 왔어. 반숙이야."

"어디 갔었어?"

"대니얼이랑 있었어."

조앤이 얼굴을 찌푸리고 침대로 돌아가 이불을 목까지 끌어 올린다. 아직 이른 시간이고 방이 춥다. "행진에 왔던 코 큰 사람?"

"로마인 같은 코지." 소녀가 조앤의 말을 정정한다. "아니, 그건 톰이고. 대니얼은 완벽한 손을 가진 사람이야. 펨브로크 사학과. 하키도 하고. 너도 한 번 만난 적 있을 거야."

"아, 그 사람. 이제 그 사람 안 좋아하는 줄 알았는데." 조앤이 문득 소녀를 올려다본다. "너 혹시……?"

소녀의 얼굴에 장난스러운 표정이 스친다. 그녀가 조앤의 주방으로 들어가서 개수대 위 찬장을 뒤지기 시작한다. "에그컵은 어디 있어?"

"없는데."

소녀가 애원하듯이 양손을 들고 말한다. "왜 없어?" 그녀가 침대 쪽으로 돌아와 바닥에 다리를 꼬고 앉아서 달걀 껍데기를 까자 하얀 타원형 계란이 드러난다.

"해봤어?" 조앤이 슬쩍 물어본다.

"뭘?"

"알잖아."

소녀가 벽에 기댄다. 아직 벗지 않은 모피 코트가 비싼 담요처럼 그녀를 감싼다. "당연하지. 몇 번. 일찍 벗어나고 싶었어." 소녀가 조앤을 흘깃 본다. "넌 기다리고 있다고 말하려는 건 아니겠지."

조앤이 고개를 젓는다. "그러겠다는 원칙을 세운 건 아니야. 난 그냥……."

소녀가 미소를 지으며 말한다. "내가 너라면 기대 안 할 거야."

"무슨 뜻이야?"

"레오는 다른 남자들이랑 달라. 아주 원칙적이지. 타락시킬 수 없어." 조앤은 이 말에 눈썹을 추켜올리지만 사촌 오빠에 대한 티 없는 생각을 더럽히는 것은 공평하지 않다는 생각이 들어서 소녀의 말을 정정하지 않는다.

소녀가 얼굴을 찌푸리며 조앤을 본다. "달걀 안 먹을 거야?"

"너무 일러." 조앤이 말한다. "나중에 먹을래."

"마음대로 해." 소녀가 달걀을 조심스럽게 한입 베어 물고 천천히 먹으면서 대니얼과 무슨 칵테일을 마셨는지, 그녀가 나올 때 대니얼이 일요일에 자기 부모님과 함께 점심을 먹지 않겠냐고 물었다는 이야기를 한다. "정말 웃기는 사람이야." 소녀는 자기가 그의 부모님을 만나고 싶어 할 거라고 생각했다니 믿을 수 없다는 듯이 말한다. "웃기려던 건 아니겠지만 말이야."

조앤이 미소를 지으며 몸을 돌려 베개를 베고 눕고 소녀는 이야기를 계속한다. 아직 일어나기 싫은 조앤은 누워 있어서 무척 만족스럽다. 그리고 소녀에게는 말하지 않을 또 다른 감각이 마음속에 스며든다. 바로 소녀가 레오에 대해서 모르는 것을 적어도 한 가지는 알고 있다는 승리감이다.

그 뒤 몇 주 동안 조앤은 레오와 함께 모임에 여러 번 참석하지만 처음보다는 조심한다. 그녀는 자신이 일탈적인 존재, 참여하지 않는 사람임을 알기에 부적절한 말을 삼가면서 예의 바르고 묵묵하게 따라가려고 노력한다.

오늘 밤의 주제는 스페인이고, 윌리엄은 정말로 스페인에 가서 국제여단으로 공화군과 합류하자고 사람들을 설득한다. 깔끔한 짙은 회색 정장 차림의 루퍼트는 언제나처럼 윌리엄 옆에 앉아서 그의 모든 말에 열심히 고개를 끄덕인다.

"우린 이미 너무 많은 친구들을 잃었어." 윌리엄이 엄숙하게 말한다. "콘퍼드, 윌리스……." 그가 다른 이름을 말하려고 숨을 훅 들이마신다.

"……예이츠……." 루퍼트가 불쑥 끼어든다.

"예이츠." 윌리엄이 반복한다. "그리고 수없이 많은 친구들을." 그가 무명의 자원병들을 한꺼번에 끌어안는 시늉을 하며 덧붙인다. "우린 그 친구들의 죽음이 헛되지 않게 해야 돼."

조앤은 윌리엄의 말이 정말 유치하다고, 정말 기만적이라고 생각한다. 그는 당장 눈앞에 폭력의 위험도 없고 총도 보이지 않는 이곳 케임브리지에 앉아서(물론 바닥에 앉아 있지만 그 점만 빼면 아주 편안하다) 접시에 담긴 비스킷을 건네는 주제에 전투에 닳고 닳은 영웅이라도 되는 것처럼 말한다.

마침내 레오가 입을 열자 그녀는 안심한다. "이건 전쟁이야. 전쟁에서는 다들 헛되이 죽어."

"우리가 가서 수를 늘리면 그렇지 않을 거야."

레오가 혀를 찬다. "이건 카드 게임이 아니야. 성냥개비 수를 세서 승자를 정하는 게 아니라고."

루퍼트가 목소리를 높인다. "하지만 윌리엄 말이 맞아. 회피한다고 이기는 것도 아니야."

"바로 그거야."

"오빠가 그렇게 평화주의자인지는 몰랐네." 소냐가 검정 스타킹을 신은 긴 다리를 꼬고 양탄자에 온통 담뱃재를 떨어뜨리며 레오에게 말한다.

레오가 어깨를 으쓱한다. "그런 말이 아니야. 내 말은 그냥, 난 참전을 선택하지는 않겠다는 뜻이야. 누가 그러겠어?"

"하지만 난 우리에게 선택지가 없다고 생각해. 우린 가야 해."

윌리엄이 선언한다. "그게 우리 의무야. 네가 그렇게 말했잖아. 때가 되면 우리 모두 선택해야 한다고. 우리가 지금 막지 않으면 파시즘이 유럽 전역으로 퍼질 거야. 모두 선택해야 돼."

"세상을 바꾸려면 다른 방법도 많아." 레오가 엄숙하게 말한다.

윌리엄이 코웃음 친다. "그럴지도 모르지." 그가 인정한다. "하지만 빠른 방법은 없어."

레오가 말없이 주머니에서 담배를 꺼낸다. 조앤은 그가 담배에 불을 붙이면서 소냐와 얼른 눈을 마주치는 것을 눈치챘다.

"계속해, 레오." 소냐가 잠시 주저하다가 뒤로 기대어 연기를 나선처럼 천천히 내뱉으며 말한다. "말하고 싶어 죽을 것 같을 텐데."

모두가 레오를 본다. 조앤이 얼굴을 찌푸리면서 레오가 그녀를 보지 않는다는 것을, 그녀의 시선을 일부러 피하고 있음을 갑자기 깨닫는다. "무슨 말을 한다는 거야?"

"아!" 소냐가 조앤을 보더니 해서는 안 될 말을 한 것처럼 손으로 입을 가리고 이마에 근심의 브이 자를 다시 그린다. "레오가 말 안 했어?"

"무슨 말을 안 해?"

레오가 목을 가다듬더니 입에 물고 있던 담배를 손가락 사이에 끼운다. "나 모스크바에 가."

조앤이 레오를 빤히 본다. 그의 얼굴이 흥분으로 빨개진다. 다른 사람들은 더 자세히 듣고 싶어서 안달하며 모여들지만, 조앤은 몸이 타는 것처럼 뜨거워지기 시작한다. 왜 말하지 않았을까? 왜 지금까지 기다렸을까? 그녀가 목을 가다듬는다. "얼마 동안?"

"3개월. 대학에서 초청 강연을 한 다음 시찰 다닐 거야."

"어디로?" 윌리엄이 묻는다.

"흔히 가는 곳이겠지. 집단농장, 공장, 학교, 진료소." 조앤은 갑자기 밖으로 나가고 싶어진다. 이곳 공기는 너무 갑갑하고 너무 숨 막힌다. 그녀가 일어나서 문을 향해 걸어간다.

"조조, 기다려."

레오의 목소리가 들리지만 조앤은 기다리지 않는다. 문을 열고 복도로 나가서 혼자라는 느낌이 들 만큼 멀어진 후에야 걸음을 멈춘다. 그녀가 두 손으로 얼굴을 가린다. 발소리가 다가온다. 레오다. 조앤은 그의 발소리를 알지만 돌아보지 않는다. 그녀가 코를 훌쩍이며 눈을 닦는다.

"말하려고 했어." 레오가 말한다. "어제서야 확실해졌어. 적당한 때를 찾고 싶었어."

조앤이 레오를 보지도 않고 그의 손가락에서 담배를 빼앗아 입에 물고, 연기가 목을 지나 폐 속으로 들어와서 산소를 찾아 헐떡이게 만드는 감각에 집중하려고 눈을 감는다. "음, 적당한 때를 찾은 것 같진 않네."

레오가 애처로운 미소를 짓는다. "소냐가 그 얘기를 꺼낼 줄 몰랐어."

"당연히 꺼내겠지." 침묵이 흐르고 조앤에게 또 다른 생각이 떠오른다. "소냐한테 이야기할 적당한 때는 찾았나 봐."

레오가 조앤에게 다가서서 허리에 손을 단단히 올리고 그녀를 조용히 끌어안는다. "미안해." 그가 속삭인다. "말하려고 했어."

"하지만 안 했잖아."

잠시 정적이 흐르고 레오가 시선을 돌린다. 그는 비밀이 너무 많다. 이제 조앤은 레오를 열어서 그 안을 똑바로 보고 싶다. 그를 거꾸로 뒤집어서 작은 비밀들마저 전부 쏟아낼 때까지 탈탈 털고 싶다. 그러면 레오만이 남아서 그녀 앞에 서 있을 것이고 조앤은 그를 양팔로 꽉 끌어안을 수 있을 텐데.

레오가 조앤의 마음을 읽을 수 있다는 듯이 양손으로 그녀의 몸을 훑어 올리고 자신을 향해 얼굴을 돌리게 한 다음 입술에 키스한다. "오늘 밤 나랑 있어줘, 조조." 그가 속삭인다. "제발. 내가 가기 전에."

조앤은 숨을 참고 레오를 보면서 그가 그 말을 하기를 기다린다. 아, 레오는 그 말을 하지 않을 것이다. 당연히 하지 않을 것이다. 조앤은 안다. 자신이 굴복할지 말지의 문제일 뿐이다. 윌리엄이 두 사람을 찾아 문을 열고 바깥을 내다본다. "어서 와, 푸. 어서 와, 피글릿. 다시 시작할 거야."

조앤이 망설인다. 윌리엄 뒤에서 여전히 측은하다는 표정의 소냐가 나오자 조앤은 뺨이 붉어진다. 자신이 소냐와 달리 질투하는 유형임이 밝혀졌기 때문이다. 혹은 적어도, 조앤은 그래서 뺨이 붉어졌다고 결론을 내린다. 가슴속에서 두근거리다가 폐를 통해 올라오는 질투가 느껴진다. 너무나 강렬해서 스스로도 깜짝 놀란다.

화도 난다. 레오가 그녀에게 먼저 말하지 않은 것이, 조앤이 이런 반응을 사람들에게 보이기 싫을지도 모른다는 생각을 못 하는 것이, 그가 그녀에게 얼마나 큰 의미인지 이해하지 못하는 것이 화가 난다. 무엇보다도 조앤은 소냐에게도 화가 나지만 그 이유는 덜 명확하다. 조앤은 소냐가 레오의 여행 계획을 먼저 알았다는 것은 물론이고 레오가 조앤과 자고 싶어 할 가능성을 무시한 것도, 조앤이 레오에게 충분하지 않고 레오는 타락시킬 수 없는 사람이므로 조앤을 원하지 않을 것이라고 암시한 것도 짜증난다.

몸속에 흐르는 피가 뜨거워진다. "아니." 조앤이 소냐의 눈빛을 피하며 불쑥 말한다. "오늘 우리는 먼저 갈게."

"우리?" 레오가 묻는다.

"응." 조앤이 레오의 팔짱을 끼자 그가 대답하듯 그녀를 끌어당기고, 그때 소냐를 흘깃 보니 눈이 휘둥그레지더니 돌아서서 방 안의 무언가를 보고 웃는다. 두 사람이 안뜰을 나설 때 날카롭고 지나치게 큰 소냐의 웃음소리가 울린다.

지저스 칼리지 정문에 도착한 두 사람은 야간 문지기에게 들키지 않고 안으로 들어가야 한다. 조앤은 레오의 외투를 입고 모자를 쓴 다음 단화 속 발을 약간 바깥으로 틀면서 남자 같은 걸음걸이로 그의 뒤를 성큼성큼 따라간다. 아무도 불러 세우지 않자 두 사람은 킥킥 웃으며 안뜰을 가로지른다. 레오가 방문 앞에서 열쇠를 더듬더듬 찾아서 문을 열고, 그의 재촉을 받으며 안으로 들어간 조앤은 방이 깔끔해서 깜짝 놀란다. 창가에 묵직한 밤색 커튼이 드리워져 있고 책장에 쌓인 책더미에는 먼지 하나 없다. 소파 위에는 여러 개의 쿠션이 깔끔하게 놓여 있고 침대보마저도 매끄럽게 정리되어 있다.

레오가 등 뒤로 문을 닫는다. 그가 다가와서 조앤을 품에 안고 끌어당긴다. 그녀에게 키스하는 레오는 평소보다 더 장난스럽고 더 세심한 느낌이고, 그녀의 목에 닿은 그의 손가락이 약 올리듯 간지럽힌다. 레오의 혀가 입술을 쓸자 조앤도 그를 끌어안고 키스를 돌려준다. 그는 담배와 비스킷, 설탕을 넣은 따뜻한 차 맛이 난다. 레오의 손이 조앤의 몸을 따라 움직여 허리로 내려가더니 갑자기 면 치마를 허벅지 위로 끌어 올린 다음 치마 안으로 들어오고, 손가락이 스타킹 끝을 찾아서 실크와 맨살이 만나는 지점을 부드럽게 훑는다. 레오가 몸을 밀착하자 조앤이 몸을 휘면서 그의 목에 양손을 두른다.

"난 여기 있으면 안 돼." 조앤이 지금부터 두 사람이 하려는 것에 갑자기 겁을 먹고 속삭인다. 무슨 생각이었을까? 이건 너무 빠르다. 너무 갑작스럽다. 소냐가 레오의 모스크바 여행에 대한 이야기를 꺼내지 않았다면 조앤이 여기까지 왔을까? 모르겠다. 그녀가 레오에게서 한 발 물러선다. "내일 아침에 일찍 일어나야 돼."

"오후에 자면 되잖아, 응?"

"그렇겠지." 레오가 그 말만 하면 다 괜찮아질 것이다. 그러면 너무 갑작스럽게 느껴지지 않을 것이다. 숨을 참으며 고개를 흔들지만—안 돼, 안 돼—발이 신발에서 빠져나오고 이제 조앤은 스타킹 신은 발로 그의 앞에 서 있다. 레오가 바라보지만 그녀는 아직도 뭔가를 기다리며 망설인다.

말해. 조앤이 생각한다. 제발 그 말을 해.

여기서 나가야 한다. 들키면 어떻게 될까? 불명예를 안고 학교에서 쫓겨날 것이다. 그녀는 레오에게서 더 멀리 떨어지려고 하지만 발 근육이 말을 듣지 않는다.

레오가 그녀에게 시선을 고정한 채 한 발짝 다가오지만 조앤은 여전히 움직일 수가 없다. 양옆으로 늘어뜨린 손이 움찔거린다. 그런 다음, 어떻게 할지 결심하기도 전에, 조앤은 어느새 떨리는 손가락으로 블라우스 목깃의 고리를 풀고 있다. 블라우스 앞섶이 열리자 그녀는 자신이 어디에도 가지 않을 것임을 깨닫는다. 갈 수 없다. 자신의 몸에 닿는 그의 몸을, 자신의 맨몸으로 그의 맨몸을 느끼고 싶다. 그의 움푹 팬 척추를 손으로 훑고 목과 가슴에 입을 맞추고 그의 허리에 다리를 감고 싶다. 레오가 자신의 것이 되기를, 완전히 타락하기를 바란다.

그리고 조앤은 그 일이 끝나면 자신을, 그의 건장한 몸에 비해서 지나치게 마르고 여린 자기 몸을 가리고 싶으리라는 사실을 안다. 레오는 고마워할 것이다. 그는 그녀를 보면서 입을 맞출 것이고, 그런 다음 아침에 그녀가 방을 빠져나갈 때 재킷을 빌려줄 것이고, 조앤은 여기 영원히 머물고 싶다고 생각할 것이다.

그러나 조앤은 이 모든 일이 일어나기 전에, 블라우스 깃을 풀고 신발을 아무렇게나 차버리고 그의 앞에 아직 서 있는 지금, 그 모든 일이 일어난 후에도 레오가 그 말을 하지 않으리란 사실을 이미 알고 있다.

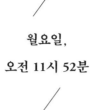

월요일,
오전 11시 52분

러시아 방문단(런던 헤이스 부두 출발) 관련 특수부 보고서

1938년 5월 22일

다음 명단의 승객은 전원 런던 – 모스크바 왕복표로 여행 중이고, 오늘 오후 10시 15분에 본 항구에서 증기선 스몰니호를 타고 상트페테르부르크를 향해 출발했으며, 의사, 과학자, 경제학자로 구성된 모스크바 방문단이라 여겨짐.

······레오 보리소비치 갈리치, 케임브리지셔 케임브리지 대학 지저스 칼리지. 표 번호 7941······

갈리치는 러시아 국적자로 현재 케임브리지 대학에서 경제학 박사 과정 재학 중. 최근 소비에트 경제 정책 및 기술 엔지니어링에 대한 다양한 책들을 구입. 현재 대학 경제학 회의에 참석하는 영국 대표단의 일원으로 모스크바를 방문하는 것이라 여겨지며, 그가 돌아올 경우 인상착의는 다음과 같음.

1913년 5월 20일 레닌그라드 출생, 키 188센티미터, 중간 체격, 갈색 머리, 검은 눈, 창백한 안색, 수염 없음. 독일식 억양. 영어 구어, 문어 구사 뛰어남. 우리가 가진 사진을 첨부함.

하트가 얄팍한 서류 가방에서 레오의 사진을 꺼내 조앤 쪽으로 민다. 그녀는 사진 모서리를 조심스럽게 잡고 돋보기를 통해 사진을 노려본다. 본 적 없는 사진이다. 레오는 반바지에 타이 없는 흰색 셔츠, 긴 양말, 검은색 가죽 부츠 차림이다. 입술에 담배를 물고 연기를 무심히 뿜고 있고, 담배 끝이 까맣게 탔다.

닉이 자리에서 일어나 조앤의 어깨 너머로 사진을 본다. "이게 그 사람이군요?" 그가 전략적 무관심이라는 방침에도 불구하고 호기심 어린 목소리로 묻는다. "레오 동지. 혁명을 준비하러 러시아로 갔던."

"레오는 그냥……." 조앤이 말을 멈춘다. 잠시 말이 나오지 않는다. "……회의에 참석하러 간 거야."

조앤의 방어적인 태도에 닉이 놀란 기색을 띤다. "농담이에요."

하트가 닉을 무시하고 조앤을 빤히 본다. "하지만 그는 혁명이 올 거라고 믿었어요, 아닌가요? 혁명이 일어나길 바랐지요."

"네, 하지만……." 조앤이 잠시 말을 멈춘다. "그 당시에는 혁명이 불가피하다고 생각하는 사람이 많았어요. 혁명이 일어나지 않을 거라고 암시하면 그 사람들은 머리를 모래에 파묻고 사느냐고 반문했을 거예요."

"'그 사람들'이라니, 정확히 누구를 말하는 거죠?"

"음, 그들 전부요. 레오, 소냐. 모임에 참가하던 사람들요."

"윌리엄이요?"

"모르겠어요. 우린 그런 이야기를 안 했으니까. 직접적으론 안 했어요."

"부인은요?"

조앤이 고개를 젓는다. "나는 가입하지 않았어요. 난 일원이 아니었어요."

"공산당 말입니까?"

"그 무엇도요."

"공산당 인터내셔널이었다고 생각하는데, 아닙니까?" 애덤스가 묻는다. "코민테른 말입니다."

조앤은 어깨를 으쓱할 뿐 아무 말도 하지 않는다.

조앤이 더 이상 설명하지 않으리란 사실이 분명해지자 애덤스가 그녀를 향해 몸을 숙인다. "부인은 아무 말도 하지 않을 것이다. 그게 살아 있던 윌리엄 경이 우리에게 털어놓은 몇 가지 중 하나지요." 그가 엄격한 눈빛을 그녀에게 고정시킨다. "분명 가입하라는 압박을 받았을 겁니다. 왜 가입하지 않았지요?"

침묵.

"그게 상관이 있습니까?" 결국 닉이 초조한 목소리로 묻는다.

"가입 안 했다고 하잖아요."

"당신 어머니의 정치적 신념은 이 사건과 무관하지 않습니다. 도움이 될 수 있어요, 우리가—"

"난 충분한 확신이 없었어요." 조앤이 끼어든다. "그 사람들의 모든 주장에 동의하지는 않았고, 이런 생각은 해도 되고 저런 생각은 하면 안 된다고 명령하는 단체에 소속된다는 게 마음에 들지 않았습니다." 그녀가 잠시 말을 멈춘다. "그렇게 엄격하지만 않았으면 가입했을지도 모르지만, 무슨 모임이든 늘 그렇지 않나요? 항상 노선이 있지요." 조앤이 닉을 본다. "시드니에서 네 아버지가 가입하려던 그 테니스 클럽처럼 말이야. 거기도 똑같았지."

애덤스는 약간 믿을 수 없다는 표정이다. "테니스 클럽 가입과 비교할 문제는 아닌 것 같은데요."

조앤이 애덤스와 눈을 마주친다. "당신은 그 사람들을 만난 적 없잖아요."

닉이 날카롭게 숨을 들이마신다. "하지만 엄마는 공산당에 가입하지 않았어요, 그렇죠? 코민테른이든 뭐든요."

조앤은 아들을 보면서 그가 그냥 조바심을 내는 게 아니라는 사실을 깨닫는다. 닉은 조앤에게 간청하고 있다. 그는 조앤이 이 일을 충분히 진지하게 여기지 않는다고 생각한다. "그래." 그녀가 나지막이 말한다.

닉의 이마에서 주름이 사라지더니 그가 잘했다는 뜻으로 고개를 끄덕인 다음 애덤스 쪽으로 고개를 돌린다. "자, 보세요. 어머니는 공산당에 가입하지 않았어요. 충분한 확신이 없어서요. 시간낭비라는 걸 언제 깨달을 겁니까?"

"왜냐면 시간낭비가 아니니까요, 안 그렇습니까, 스탠리 부인?"

침묵. 조앤이 안락의자에 기대앉아 손으로 이마를 짚는다. 그토록 오래전의 생각과 감정을 상기하는 과정이 육체에도 영향을 끼치는 모양인지, 눈 뒤쪽이 타오르는 것 같아서 손으로 살갗을 누르자 잠시나마 시원하게 느껴진다. 아니, 조앤은 가입하지 않았다. 그러나 그렇다고 해서 초기에, 특히 같은 학생들의 명백한 무관심을 보면서 가입을 고려하지 않았다는 뜻은 아니다. 1939년 부활절 휴가 때 뉴넘 하키 팀이 독일에 원정을 가게 되었는데, 그즈음 유대인들에게 어떤 일이 일어나고 있는지 꽤 분명했지만 하키 팀의 누구도 이의를 제기하지 않았다. 프랑크푸르트와 비스바덴으로의 짧은 여행을 거부한 사람은 조앤밖에 없었고, 이로써 그녀의 하키 경력도 끝났다. 어차피 자주 빠지고 있었지만 조앤은 같은 학교에 그녀의 입장을 지지하는 사람이 하나도 없다는 사실에 깜짝 놀랐다. 누구도 별로 신경 쓰지 않는 것 같았다. 소냐만 빼고.

조앤은 가입할 뻔했지만 어떤 면에서는 굳이 가입할 필요가 없어서 하지 않았다. 레오의 여자친구로서 규칙을 지킬 의무 없이, 다른 사람들을 '동지'라고 부르거나 정해진 글을 읽을 필요 없이, 진짜 생각을 말하지 않고 내키는 대로 모임에 오갈 수 있는 특권적인 위치에 있었던 것이다. 그녀는 모임 사람들의 생각에 대부분 공감했지만 뚜렷한 목표 의식과 진지한 동료 의식을 따라갈 수 없다는 사실을 알았기 때문에 진정한 회원이 아니라 주변인으로 받아들여지는 것이 편했다.

조앤이 가입하지 않은 두 번째 이유는 더 복잡하고, 당시에, 또 그 일에 대해서라면 지금도, 누구에게도 인정하지 않을 이유다. 가입을 거부하는 것이 자신의 작은 일부분이나마 레오에게 빼앗기지 않고 지키는 방법이었다. 그녀는 아무 일도 없을 때부터 그럴 필요가 있다는 사실을 알았다. 레오와 함께 있을 때 자신이 어떤 기분이었는지, 그에게 굴복하고 그의 영향을 받으면서— 등줄기에 도사린 그 감각은 육체적인 것에 가까웠다 — 얼마나 혼란스러웠는지 기억한다. 그런 자신의 모습은 상상도 해본 적 없었다. 별로 과학적이지 않다. 그러나 조앤은 사랑에 빠져본 적도 없었다. 사랑에 빠지면 원래 그런 느낌일지도 몰랐다.

"왜 이러십니까." 닉이 침묵을 깨뜨리며 초조하게 말한다. "대학 때 좌파 친구 몇 명 있었던 게 범죄는 아니잖아요."

"우리는 그림을 그려보고 있어요—" 하트가 다시 말을 시작하지만, 닉이 문득 무슨 생각이 떠올랐는지 그녀의 말을 끊고 조앤을 바라본다.

"아빠도 알았어요?" 닉이 묻는다. "어렸을 때 두 분이 정치적인 대화를 나누는 걸 들은 적이 없어요."

조앤이 하트를 흘끔 본 다음 무릎 위에 조심스럽게 포개진 자기 손을 내려다본다. 그녀가 고개를 끄덕인다. "당연하지." 침착하고 평온한 목소리다.

하트가 이 상황을 기록한다. "상황을 고려한다면 남편분은 더 많이 알고 싶으셨을 것 같은데요."

"무슨 상황 말입니까?" 닉이 날카롭게 묻는다.

"충분히 알았어요." 조앤이 얼른 말한다. "알아야 할 건 다 알았어. 네 아빠한테 거짓말은 하지 않았단다, 닉."

닉이 눈썹을 추켜올린다. "그랬으면 좋겠네요."

조앤이 레오의 사진을 다시 본다. 누가 찍었는지, 카메라 정면이 아니라 약간 옆을 향한 레오가 누구를 보고 있는지 모르지만 조앤은 그의 얼굴에 떠오른 표정을 알아본다. 열심히 듣고 있다는 인상을 주는―아마 진짜 그럴 것이다―안경알 뒤의 집중한 눈과 약간 말려 올라가서 읽을 수 없는, 나무랄 수 없는 흐릿한 미소를 짓는 입술에서 분명히 드러나듯, 그는 카메라를 의식하고 있다.

돌아왔다! 그가 돌아왔다! 레오가 돌아왔다! 조앤은 이 순간을 위해 매일 밤, 매일 아침 기도드렸다. 그를 마지막으로 본 지 거의 3개월이 지났고, 그동안 편지가 오긴 했지만 딱히 연애편지라고 할 만한 것은 아니었다. 공장 시찰과 병원 시찰 일정, 모스크바 지하철 체계에 대한 자세한 내용, 모든 아이들이 머리카락을 똑같은 모양으로 잘라서 남자애와 여자애가 구분되지 않는 보육원에 대한 설명, 집단 농장 목록 등을 기록한 일람에 가깝다.

목록은 끝없이 계속된다.

이곳 공기는 내가 마셔본 그 어느 곳의 공기보다 신선해. 현대 세계의 주요 문제—풍요 속의 빈곤—는 해결됐어. 몇 가지 기술적인 문제 때문에 아직 완전하지는 않지만 말이야. 하지만 결국엔 해결될 거야.

그의 편지 어디에도 두 사람이 함께 보낸 밤에 대한 언급은 없지만 조앤은 그 밤을 자주 생각한다. 아침에 레오가 그녀의 위로 올라오더니 팔꿈치에 무게를 싣고 온몸으로 그녀를 눌렀다. "아, 내 귀여운 동지." 그는 자기 농담에 자기가 웃으면서 몸을 숙여 그녀의 목에 키스했고, 허벅지에 닿은 그의 성기가 부풀어 올랐다. "많이 아팠어?"

조앤은 그의 목에 얼굴을 묻고 퀴퀴하고 졸린 체취를 들이마시며 이렇게 속삭였던 것을 기억한다. "아니, 많이 아프진 않았어." 그런 다음 그런 질문을 해도 되는지 아닌지 몰라서 잠시 망설이다가 말했다. "당신도 아팠어?"

그러자 레오가 웃었다. "당연히 아니지. 내가 왜 아파? 아무것도 모르는 여자네."

조앤은 대답할 말이 없었고, 레오가 그녀의 목과 가슴에 키스한 다음 일어나서 셔츠를 아무렇게나 던져주자 그 셔츠를 입고 차를 마셨고, 그런 다음 그를 따라 학교 밖으로 몰래 나왔다. 레오가 예전에도 이런 적이 있다는 뜻일까? 조앤은 궁금했다. 그렇다면 누구였을까? 필박스 모자를 쓴 금발 여자? 그럴지도 모른다. 그가 경험이 없다고 생각했다니 조앤이 너무 어리석었다. 어쨌거나 레오는 남자고 조앤보다 나이도 많다. 고등학교 과학 시간에 자세히 배우지는 않았지만 그녀는 남자가 생물학적으로 다르다는 사실을 안다. 어쩌면 처음이든 아니든 남자는 아프지 않을지도 모른다. 조앤은 알 수가 없지만 레오가 또 그런 식으로 웃는 건 싫고 소냐에게 말할 수 없으니 물어볼 수도 없다.

조앤은 레오가 러시아에 머무는 동안 이런 걱정을 하면서 그 일에 의미가 있다면 무슨 의미였을까, 그가 돌아오면 두 사람의 사이는 어떻게 되는 걸까 생각했다. 레오는 그녀를 생각했을까? 그녀가 보고 싶었을까? 그러나 조앤은 그에게 보내는 편지에 그런 이야기를 적으면 안 된다는 사실을 안다. 그는 어떻게 해야 할지 모를 것이다. 그녀를 나무라고 어리석다고 생각할 것이므로 조앤은 자신을 억누르고 레오처럼 실용적이고 감정 없이, 사실을 바탕으로 답장을 쓴다. 만족스럽지는 않지만 편지가 아예 안 오는 것보다 낫다고 생각한다. 편지가 온다는 것은 적어도 레오가 그녀를 생각한다는 뜻이다.

그러나 이제 레오가 돌아왔고, 그가 가방을 던져놓고 제일 먼저 한 일은 뉴넘 세탁실 창문을 넘어서 출입을 허락받은 사람처럼 당당하게 복도를 성큼성큼 걸어 그녀의 방으로 찾아온 것이므로 조앤은 이제 안심할 수 있다. 물론 레오는 출입을 허락받지 못했다. 이 상태로, 조앤의 좁은 침대에 같이 누운 채로 발각되면 그 결과는 재난에 가까울 것이다. 조앤은 규칙을 안다. 무슨 이유로든 남자가 방에 들어와야 할 경우에는 칼리지 학장의 명령에 따라 수위대장의 허락을 받아야 하고, 두 사람 다 적어도 한쪽 발은 바닥에 붙이고 있어야 한다. 소냐는 이 규칙이 성행위를 방해한다기보다 대학 당국의 보수적인 습성을 드러낼 뿐이라고 무시하지만 조앤은 정확히 왜 그런 거냐고 물어볼 용기를 아직 내지 못한다. 어쩌면 조만간 직접 알게 될지도 모른다.

조앤이 자리에서 일어나 앉아서 뒤쪽 창문의 커튼을 친다. 거의 깜깜해졌다. 그림자가 침대로 슬금슬금 들어오고 목이 건조하다. 그녀가 일어나서 바닥에 구겨져 있는 레오의 재킷과 장화, 바지를 넘어 옷장 옆 작은 세면대로 간다. 레오가 몸을 뒤척이며 주변을 둘러보는 소리가 들린다.

"조조." 그가 중얼거리며 눈을 비비고 조앤을 올려다본다. "정말 너구나."

그녀가 미소를 짓는다. "당연히 나지." 조앤이 미지근한 물 한 잔을 꿀꺽꿀꺽 마신 다음 침대로 돌아가서 시트 아래로 다리를 미끄러뜨리자 털이 북슬북슬한 그의 몸이 내뿜는 온기가 피부로 느껴진다. 좀 의외다. 조앤은 레오가 이 정도로 따뜻하리라 기대하지 않았다.

레오가 몸을 굴려 다가오더니 조앤을 이불 속으로 잡아당긴다. "내가 지금 뭘 원하는지 알아?" 그가 입술을 그녀의 입술에 대고 손을 엉덩이로 미끄러뜨리며 묻는다.

조앤이 몸을 숙여 그의 목에 입 맞춘다. "알 것 같은데."

"로스트비프. 감자. 아주 많이."

"아." 조앤이 실망하며 말한다. "당신 배 속을 괴롭히는 감각이 나를 향한 욕망인 줄 알았는데."

레오가 웃는다. "맞아. 하지만 배도 고파. 러시아 음식은 내 기억만큼 맛없더라."

그렇다. 레오는 돌아왔고, 변한 것은 아무것도 없다.

두 사람은 케임브리지 외곽의 술집으로 가서 로스트비프가 포함된 저녁 식사 2인분을 주문한 다음 음식이 나올 때까지 난로 옆의 깨진 탁구대에서 탁구를 친다. 레오는 외국인으로는 드물게도 영국 음식을 좋아한다. 그는 버터 바른 뜨거운 토스트가 세상에서 제일 맛있다면서 사람들이 왜 잼이나 마멀레이드처럼 요란한 것으로, 또는 마마이트처럼 역겨운 것으로 이 완벽함을 더럽히려 하는지 이해가 안 간다고 말한다. 그러나 지금 레오가 원하는 것은 토스트 이상이다. 그는 두툼하게 자른 고기, 바삭하게 구운 감자, 요크셔 푸딩, 내장, 호스래디시, 당근, 순무, 양배추 피클을 원하고, 이 모든 음식이 뜨겁고 걸쭉한 그레이비소스에서 헤엄치길 원한다.

음식이 나오자 조앤이 자기 접시에서 음식을 몇 가지 덜어준다. "내 것도 좀 먹어."

"먹기 싫어?" 레오는 말을 하면서도 멈추지 않고 계속 먹지만 조앤이 준 음식을 도로 밀어낸다.

"아냐, 아냐. 당신 먹어. 어차피 나는 다 못 먹어. 그리고 당신 배고파 보여."

레오가 씩 웃더니 그녀가 준 요크셔 푸딩을 포크로 찍는다.

"배고프다. 고마워, 조조. 내 사랑스럽고 귀여운 동지."

또다. 레오가 조앤을 부르는 별명, 아직도 그 별명이다. 그녀가 미소를 짓는다. "거기선 뭘 먹은 거야?"

"아, 뻔하지. 이것저것."

그게 무슨 뜻일까? 조앤은 알고 싶다. 정말 알고 싶다. 레오가 뭘 먹었을지 상상도 가지 않는다.

"그래도 러시아 인민들보다는 많이 먹었어, 그건 확실하지."

조앤이 얼굴을 찌푸린다. "내 기억에 당신 말로는……."

레오가 포크를 들고 흔든다. "그랬지. 문제가 해결된 건 맞아, 이론적으로." 그가 어깨 뒤를 흘끔 보더니 비밀을 털어놓는 것처럼 몸을 숙인다. "하지만 기술적인 문제가 있다고 말했잖아, 응?"

조앤이 고개를 끄덕인다.

"음." 레오가 말을 꺼내다가 조앤에게 털어놓을지 말지 생각하는 것처럼 잠시 멈춘다. "아무한테도 말하지 않겠다고 약속해야 돼."

"당연히 말 안 하지."

"아니, 진지하게. 약속해."

조앤이 레오를 본다. 뭐가 그렇게 중요한지 이해하지 못하지만 그녀는 레오가 이 말을 원한다는 것만은 알 수 있다. "약속할게."

레오가 고개를 끄덕인다. "러시아 측은 집산화가 대부분의 농민들에게 실제로 어떤 의미인지 보여준다며 나를 시골로 데리고 갔어. 농장은 대부분 잘 운영되고 있었지만 내가 보기에는 제출된 식량 생산 수치가 말이 안 되는 것 같았어." 그가 말을 멈추고 맥주를 한 모금 마신다. "그래서 그쪽 경제학자인 그레고리 표도로비치 교수님에게 이 문제를 언급했지. 솔직히 말하면 이 문제로 계속 괴롭히면서 같이 수치를 확인하자고 내 논문까지 꺼냈더니 결국 교수님이 털어놨어." 그가 잠시 말을 멈춘다. "나한테 어떤 얘기를 해주면서 자기랑 관련이 있다는 말을 절대 하지 말라는 약속을 받았어. 그러니까 당신도 아무한테도 말하면 안 돼. 이건 내 비밀도, 당신 비밀도 아니야. 교수님의 비밀이야."

"알겠어."

"내가 논문에 쓴 통계 기억해?"

"1928년과의 비교?"

"맞아. 음, 알고 보니 사실이라기엔 너무 훌륭해. 표도로비치 교수님 말에 따르면 1928년 수치는 수확해서 자루에 넣은 곡물 무게래. 헛간 산출량이라고 하지."

조앤은 이해가 안 가서 얼굴을 찌푸린다. "음, 그게 아니면 어떻게 무게를 재?"

"러시아에서 지금 하는 방식으로. 생물학적 산출량. 수확을 하기 전에 밭의 곡물량을 추정해서 그 수치를 쓰는 거야."

"그럼 거짓말을 하고 있다는 거야?"

"아니야." 레오가 날카롭게 속삭인다. "거짓말은 아니야." 그가 주저하면서 표정을 약간 누그러뜨린다. "오도라고 할 수 있겠지, 아마. 소비에트 체제가 실패하기를 바라는 사람이 많으니까 자연스럽게 적이 이용할 수 있는 통계를 발표할 때 조심하는 거야."

조앤이 이 정보를 머릿속으로 거른 다음 대답한다. "하지만 당신은 실제 수치를 발표할 거지?"

레오가 손에 쥔 포크를 비튼다. "모르겠어. 아직 결정 안 했어." 그가 잠시 말을 멈춘다. "전쟁이 일어났는데도 수치가 수정되지 않으면 실제 수치를 발표할 거야."

"왜? 무슨 차이가 있는데?"

"소비에트 연방은 지난 전쟁 때 미국의 원조에 크게 의존했고, 히틀러가 예상처럼 러시아를 표적으로 삼으면 이번에도 의존해야 할 거야."

"그런데?"

"단순해, 조조. 공식 수치를 사용하면 미국이든 영국이든 원조를 제공하는 쪽에서는 러시아에 실제보다 더 많은 식량이 비축되어 있다고 생각할 거야. 그러면 러시아는 굶어 죽겠지."

"전쟁이 일어나지 않아도 사람들이 진실을 알 권리가 있다고 생각하지는 않아?"

레오가 조앤을 본다. "난 모든 사람이 공정한 사회에서 살 권리가 있다고 생각해. 몇 가지 수치를 꾸며내서 그 목표를 이룰 수 있다면 난 그것도 정당화될 수 있다고 말하겠어. 당신은 그렇게 생각하지 않아?"

조앤은 아무 말도 하지 않는다. 레오의 강한 확신에는 그의 논리에 반박하기 힘들게 만드는 무언가가 있다. 그녀는 레오가 구운 감자를 그레이비소스에 담갔다가 입에 넣고 미소 짓는 모습을 바라본다. 레오가 없는 3개월 동안 조앤은 그가 어떻게 생겼는지 거의 잊을 때가 많았고 그의 사진을, 기억을 도와줄 확실하고 정지된 무언가를 갖고 싶다고 생각했다. 어쩌면 한 손에 맥주, 한 손에 포크를 든 지금 같은 모습, 다른 생각에 정신이 팔려서 찡그린 얼굴, 손을 뻗으면 닿을 만큼 가까이에 있는 지금의 모습 같은 것. 또는 오늘 오후에 그랬던 것처럼 그녀의 품에서 잠든 모습이나 처음 봤을 때처럼 무대 앞에 서서 주머니에 양손을 넣고 날씬한 허리 위로 재킷을 부풀린 채 진지한 표정의 동지들에게 이야기하는 더 온화한 모습.

그러나 조앤은 지금 이렇게 바로 앞에 앉아 있을 때에도 레오가 그녀의 마음속에 가만히 머물지 않으리란 것을, 그의 얼굴이 멈춰 있지 않으리란 것을 알고, 그렇기 때문에 그를 정확히 기억하기가 그토록 어렵다는 사실을 깨닫는다. 1초도 안 되는 사이에 한 표정에서 다른 표정으로 변하면 어린 시절 애니메이션 책의 겨우 알아볼까 말까 한 차이처럼 이목구비가 그대로이면서도 어딘가가 바뀐다. 그래, 바로 이거다. 바로 지금 조앤의 눈앞에서 바로 그런 일이 일어나고 있다. 그녀가 지켜보는 것을 알아차린 레오의 눈 속에서 아주 미세한 변화가 일어난다.

"꼭 기억해. 무슨 일이 있어도, 누구한테도 말하면 안 돼." 레오가 속삭인다.

조앤이 몸을 숙여 그의 뺨에 입 맞춘다. "약속해."

월요일,
오후 2시 13분

독소 불가침조약에 서명한 폰 리벤트로프 독일 외무장관은 오늘 아침 관광을 마친 후 비행기를 타고 독일로 떠났다. 미소를 짓는 스탈린, 몰로토브, 폰 리벤트로프의 사진과 함께 오늘 아침 본지에 발표된 조약 조건은 러시아가 평화전선 정책을 폐기했음을 보여준다.

그런 연유로, 영국과 프랑스 군 미사일은 불필요해지고, 힘들게 협상한 삼국 동맹 조약 초안은 종이 낭비가 되었다. 신문들은 이번 조약이 평화에 기여한다고 강조한다. 평화전선은 어디에서도 언급되지 않는다.

그들은 이데올로기와 정치 체제의 차이가 소비에트 연방과 독일의 사이좋은 이웃 관계와 강화를 방해하지 않으며, 방해해서도 안 된다고 말한다.

〈더 타임스〉 1939년 8월 24일

모스크바 특파원

8월 말이 되자 신문에는 온통 전쟁과 체임벌린 총리 이야기다. 학기가 시작하기 전에 공부를 따라잡으려고 일찌감치 뉴넘으로 돌아온 조앤은 시내 카페에서 소냐를 기다리고 있다. 더 익숙한 환경이었다면 조앤은 한 해 중 이맘때를 정말 좋아한다고 말할 것이다. 은빛이 도는 아침 하늘, 들판에 줄지어 내린 이슬, 기다란 분홍색 구름이 떠 다니는 따뜻한 저녁. 그러나 올해는 다르다. 남자들은 카페 앞에 줄지어 서서 담배를 피우고, 여자들은 자갈 포장도로를 따라 유모차를 밀고, 모두 무슨 일이 곧 생길 것처럼 서두르고 또 서두른다.

조앤은 커피를 주문한 다음 연한 차를 시킬 걸 후회하지만, 사실은 아무것도 마시고 싶지 않다. 뭔가 먹어야 한다는 것은 알지만 음식 생각만 해도 온몸이 어지럽고 물에 잠긴 것처럼 무겁다. 머릿속에서 뇌가 요동치고 땀이 얇은 막처럼 피부에 달라붙는 것이 느껴진다. 웨이트리스는 활발하고 효율적으로 움직이고, 턱 밑에서 묶은 약간 기분 나쁜 흰색의 레이스 면 보닛만 빼면 새까만 차림이다. 멀리서 보면 젊어 보이지만 커피를 탁자로 가지고 오자 나이 많은 여자의 모공이 눈에 들어오고, 조앤은 그녀가 보닛을 억지로 써야 하는 것이 안쓰럽다. 공기에서 베이컨 기름과 따뜻한 우유 냄새, 낡은 들통에 푹 담가둔 기름 스민 앞치마 냄새가 난다.

아, 세상에. 조앤이 생각한다. 시작이다. 파도가 밀려들어서 온몸을 세차게 강타하고, 그녀는 리놀륨 바닥에 토하지 않으려고 화장실로 달려간다.

5분 뒤에 소냐가 도착한다. 붉은 튤립 문양의 케이프를 걸쳤고 헤나로 염색한 머리카락은 진하고 풍성한 갈색이다. 칸막이 좌석으로 들어와서 맞은편에 털썩 앉는 소냐는 어찌나 반짝거리는지 이 카페의 음침함도 그 빛을 퇴색시키지 못한다. "무슨 일 있어?" 조앤이 인사를 하기도 전에 소냐가 묻는다. "많이 아파 보여."

조앤이 억지로 찡그린 미소를 짓는다. "고마워."

소냐가 눈을 가늘게 뜨고 조앤을 본다.

"그냥 감기야." 조앤이 말한다. "나을 거야."

"네가 그렇다고 하면야. 너 뭐 마셔?" 소냐가 묻는다. "뜨거운 초콜릿?"

"커피야." 조앤이 대답하면서 속에서 받지 않는 커피를 소냐에게 권한다.

소냐가 거절한다. "감기는 너 혼자 앓는 걸로 하자. 난 따로 시킬게."

소냐가 웨이트리스에게 같은 것을 달라고 손짓한다. 잠시 정적이 흐르고 두 여인 ─ 그래, 우린 이제 소녀가 아니지, 라고 조앤이 생각한다 ─ 이 서로를 바라본다.

"어젯밤에 레오가 모임에 안 나왔어." 소냐가 말한다.

"아." 조앤이 소냐를 흘끔 본다. "레오 만났어? 내 얘기 안 해?"

소냐가 케이프를 벗어서 갠 다음 자기 옆자리에 내려놓는다. "레오가 아직도 너랑 말을 안 한다는 뜻이야?"

조앤이 고개를 끄덕인다. "레오가 그걸 왜 그렇게 개인적으로 받아들이는지 난 모르겠어."

"괜찮아질 거야." 소냐가 동정이 끈적거리는 목소리로 말한다. "스탈린의 전략적인 움직임이 분명해. 히틀러는 폴란드를 함락시키고 나면 러시아를 노릴 거야, 그건 바보도 알아. 영국과 프랑스가 별로 지원이라고 할 만한 것을 안 했잖아. 그냥 시간을 끄는 거야." 그녀가 잠시 멈췄다가 다시 말한다. "우리는 시간이 필요해."

조앤이 고개를 숙인다. 머리가 무겁고 눈이 아프다. "**우리**가 아니야." 그녀가 속삭인다. "**그들**이지. 우린 더 이상 같은 편이 아니야."

"그런 말 때문에 레오가 너한테 화난 거야."

"나도 알지만, 레오는 우리가 영국에 살고 있다는 사실을 알아야 해. 난 영국인이야. 내가 '우리'라고 할 때는 영국과 동맹국을 말하는 거야."

"레오 말이 바로 그거야. 국가는 잘못된 구분이라고."

"스탈린에게는 그렇지 않잖아. 스탈린은 히틀러의 편을 들고 있어. 선택을 했다고." 조앤은 커피를 한 모금 마시자마자 후회한다. 토할 것 같은 맛이다. 커피를 멀찍이 밀고 배 속에서 올라오는 구역질을 애써 억누르며 입으로 가볍게 숨을 쉰다. "레오는 그래서 화가 난 거야. 나 때문이 아니라. 난 여기 있고 스탈린은 없으니까 나한테 화풀이를 하는 것뿐이야."

"레오한테는 큰 충격이야." 소냐가 은제 담배 케이스를 꺼내서 손에 쥐고 빙글빙글 돌리자 벨벳 같은 분홍색 손톱이 담배 케이스에 비친다. "우리한테도 그렇고." 그녀가 조앤을 흘깃 본다. "너 괜찮아?"

조앤이 공기를 한 모금 마신다. "괜찮아."

소냐가 조앤을 잠시 살피더니 담배를 한 개비 고른다. 그런 다음 불을 붙이고, 담배를 빨고, 연기를 한 줄기 내뿜는다. "그땐 정말 끔찍했어, 독일에서 레오가 우리를 떠날 때."

"알아."

소냐가 입을 꾹 다문다. "넌 모르잖아, 안 그래? 넌 이해 못 해." 말투에 멸시와 동정이 담겨 있다. "네가 어떻게 알겠어?"

조앤이 등을 기댄다. 눈을 감고 소냐가 이렇게 공격적으로, 이렇게 경쟁적으로 굴지 않으면 좋겠다고 생각한다. 물론 정확히 알지는 못하지만, 레오에게 들은 이야기를 바탕으로 상상해보았다. 두 사람은 조앤이 이해하지 못하기 때문에 정식으로 가입하지 않는다고 생각한다. 조앤도 안다. 그녀는 뺨에 흘러내린 머리카락 한 가닥을 쓸어 올린다.

"감기 아니지?" 소냐가 불쑥 말한다. 그녀가 조앤이 배에 조심스레 올려놓은 손을 보고, 배를 유심히 살핀다.

조앤이 손을 떨어뜨린다. "아, 소냐." 그녀가 속삭인다. "나도 몰라. 아직 병원에 안 가 봤어."

"병원에 갈 필요가 있어? 생리 얼마나 늦었어?"

이제 눈물이 솟아오르려고 한다. "5주." 조앤이 속삭인다.

소녀가 주저한다. "레오야?"

"응."

"레오한테 말했어?"

조앤이 고개를 젓는다.

"좋아. 다행이다. 말하면 안 돼."

"정말? 하지만 말하고 싶어. 그냥 확실해질 때까지 기다린 거야. 그리고 레오가 모든 일에 화내지 않을 때까지."

소녀가 웃는다. "조조, 조조. 레오가 뭐라고 할 거 같아? 갑자기 감상적으로 변해서 청혼이라도 할 것 같아?"

정적이 흐른다. 조앤은 그런 것을 원하지 않는 척하지만 내면에는 그런 백일몽에 약해지는 부분이 있다. 레오는 나약함이라고 말하겠지만 조앤은 그렇게 부르지 않을 것이다. 그녀는 궁금하다. 레오에게 이야기를 하면, 두 사람이 지금 이 아이를 낳기로 하면 어떻게 될지, 인생이 어떻게 바뀔지 상상하는 것이 조앤은 좋다. 그건 학업을 미뤄야 한다는 뜻이고, 아버지와 애벗 선생님은 실망할 것이다. 엄마가 어떤 반응을 보일지는 짐작도 할 수 없다.

소녀가 조앤을 보면서 고개를 젓는다. "아, 세상에, 왜 그래 조앤. 정말 그렇게 믿는 건 아니겠지. 네가 모르나 본데, 레오는 싸워야 할 전쟁이 있어."

조앤이 소녀를 보며 얼굴을 찌푸린다. "하지만 우린 참전 안

해. 체임벌린 총리 말로는—"

"말도 안 되는 소리야." 소녀가 끼어든다. "누가 무슨 말을 하든 너희는 곧 참전할 거야. 아무튼, 내가 말하는 건 히틀러에 맞선 영국의 전쟁이 아니야. 레오의 전쟁을 말하는 거야. 투쟁 말이야." 그녀가 담배 케이스를 다시 열고 기울여서 담배를 한 무더기 쏟아내더니 건너편에 앉은 조앤에게 한 개비 던진 다음 케이스 바닥에서 얇은 종잇조각을 꺼낸다. 종이에 뭐라고 쓰더니 탁자 위에 놓고 조앤을 향해 민다.

조앤이 종이를 받는다. "이게 뭐야?"

"주소."

"그건 나도 알아." 조앤이 주소를 다시 읽고, 갑자기 한숨을 내쉰다. "아." 몸속에서 다시 한 번 욕지기가 파도처럼 밀려와 부서진다. 그녀가 고개를 들어 소녀를 본다. "난 못 해. 할 수 없어. 게다가, 아무튼 그건 불법이야. 감옥에 갈 수도 있어."

소녀가 웃는다. "감옥에 갈 일은 절대 없어." 그녀가 원피스 소매를 가다듬으며 멍하니 소맷부리를 말아 올려 가냘픈 손목을 드러내더니 몸을 숙이고 조앤의 양손을 감싸며 부드럽게 말한다. "다들 해. 말을 안 할 뿐이지."

"정말?" 조앤이 다음 질문을 할까 말까 망설이다가 불쑥 내뱉는다. "너도?"

소녀가 조앤을 본다. "아니." 그녀가 말한다. "알겠지만 여러 가지 방법이 있잖아. 난 지금까지 운이 좋았지." 소녀가 다시 물러나 앉더니 조앤을 보며 위로의 미소, 용기를 주는 미소를 짓는다. "하지만 난 필요하면 할 거야."

조앤은 아무 말도 할 수 없다. 어떤 무력감이 몸을 침략하고 어떤 묵직함이 땀구멍 하나하나로 스며드는 이상한 느낌이 든다.

"물론." 소녀가 말하고 있다. 그녀는 바로 여기, 팔을 뻗으면 닿을 곳에 있지만 목소리가 아주 멀리서 들리는 것 같다. "선택은 네가 하는 거지만."

소녀가 길을 안다. 41번지, 여기 왼쪽으로. 소녀는 조앤보다 빨리, 몇 걸음 앞서 걷는다. "넌 옳은 일을 하는 거야." 대문을 들어설 때 그녀가 조앤에게 말한다. "레오도 알면 고마워할 거야. 널 존경할 거야." 그런 다음 덧붙인다. "레오에게 말해야 한다고 생각하진 않지만 말이야."

작고 볼품없는 집이다. 전면은 초록색이고 문은 갈색이다. 조앤은 토사물 색이라고 생각한다. 소녀가 초인종을 울리자 두 사람은 어두운 복도 안으로 안내를 받는다. 벽에 십자가와 성모 마리아의 초상이 걸려 있다. 조앤이 고개를 돌려 울퉁불퉁한 나무 판지에 덮인 얇은 깔개를 본다.

"몇 주나 됐지요?" 계단 꼭대기에서 어떤 목소리가 묻는다.

"5주 반 늦었어요." 조앤이 속삭이지만 여자에게 들릴 만큼 크게 말할 수 없어서 소녀가 대신 되풀이해서 말해준다. 조앤은 너무 무섭고, 너무 메스껍고, 너무 미안하다. 손이 다시 배로 올라간다.

"그럼 와요. 올라오세요." 여자가 계단 꼭대기에서 열린 방문을 잡고 있다. 침대에 풀 먹인 흰 시트가 덮여 있고 여자의 손에서 나는 소독약 냄새가 너무 강해서 조앤이 헛구역질을 한다.

여자가 침대 옆에 놓인 도자기 그릇을 손짓으로 가리킨다. "토하려면 저기다 해주면 고맙겠군요." 그녀가 조앤을 보지도 않고 방 한구석에 쌓여 있는 수건 더미 맨 위에서 수건을 집어서 세면대에 넣으며 말한다. 여자의 태도는 활기차고 사무적이다. 그녀는 많이 본 광경이다. "이제 옷 벗고 침대로 올라가요."

아, 여기는 춥다. 죽음처럼, 얼음처럼 차갑다. 조앤이 치마와 스타킹을 벗고 망설인다. 그녀가 소녀를 보지만 소녀는 양손을 허리에 얹고 서서 여자가 준비하는 모습을 관찰한다.

"속바지도 벗어요." 여자가 조앤을 보지도 않으면서 어떻게 알고 말한다. "여기서 새침 떨어봐야 소용없어요."

조앤이 속바지를 벗는다. 벌떡 일어나서 저 어둡고 끔찍한 계단을 달려 내려가 대문 밖으로 나가고 싶다는 욕망 때문에 온몸의 원자가 떨린다. 여기에 어떻게 왔을까? 그녀가 몇 초 동안 침대에 앉아 있다가 다시 일어선다. 맨살에 닿는 공기가 차갑다.

"누워요."

"못 하겠어요." 조앤이 작은 목소리로 말한다. 옷을 벗으면서 근육의 협동 능력까지 잃은 것처럼 팔다리가 어색하게 움직인다.

여자는 돌아보지도 않고 준비를 계속한다.

"이제 다 됐어." 소녀가 조앤에게 약간 다가오면서 낮은 목소리로 달래듯이 말한다. "옳은 일을 하고 있다는 거 알잖아."

"내가?"

소녀가 조앤을 보며 고개를 끄덕인다. 그 눈이 너무나 절박하고 너무나 슬퍼서 조앤은 자기보다 소녀가 이 일로 더 힘들어한다고 믿을 수 있을 것만 같다. 조앤이 침대에 다시 앉는다. 레오가 알면 고마워할 것이다. 그로서는 때가 좋지 않다. 조앤도 학업을 생각해야 한다. 그녀는 온몸을 덜덜 떨면서 다리를 들어 올려 침대에 똑바로 눕고, 주변을 의식하며 몸을 가리려고 하체에서 팔을 교차시킨다. 레오가 알 필요는 없다. 예전으로 돌아가면 된다.

여자가 수건에 손을 닦으면서 조앤의 허벅지 쪽을 본다. "아니, 이렇게 해요." 그녀가 이렇게 말하면서 조앤의 어깨와 허리 자세를 바꾸자 조앤은 몸을 비틀어 모로 누운 자세가 된다. 그녀의 피부에 닿는 여자의 손가락이 얼음처럼 차갑다.

조앤의 팔에 얹힌 소녀의 손이 느껴진다. 조앤은 갑자기 뭔가 친절하고 따뜻한 것이 너무나 절실하게 필요하지만 소녀의 손은 서늘하고 축축하다. 소녀에게 만지지 말라고, 여자에게 그만두라고, 튜브를 치우라고— 이 여자가 저 튜브로 뭘 하는 거지— 그만두라고, 아, 아우! 자신을 가만히 내버려두라고 소리치고 싶다. 배를 찌르는 듯한 끔찍한 통증이, 부러지고 깨지고 빨려드는 통증이 느껴져서 조앤은 몸을 동그랗게 말고 싶다. 허벅지를 쓰는 여자의 머리카락이, "자, 자, 거의 다 됐어"라고 속삭이는 소녀의 숨결이 뺨에 느껴지고, 조앤은 지금까지 했던 모든 생각을 몰아내고 아무 생각도 하지 않는다. 레오도, 엄마도, 한때 위안을 주었던 그 무엇도 생각하지 않는다. 그녀는 암흑밖에 보이지 않도록 눈을 감는다. 시트에서 너무나 빨리 퍼지는 밝은 빨간색도,

곱슬곱슬하고 기름지고 보고 있으면 슬픈 여자의 머리카락도, 침대 위에 걸려 있는 십자가도, 고무와 피의 냄새도, 살갗에 닿아 따끔거리는 반쯤 마른 수건도 기억하고 싶지 않기 때문이다. 조앤은 머리가 침대의 나무 머리판까지 밀려 올라가고 이제 더워진다. 너무 더워서 온몸이 덜덜 떨리고 이가 덜덜 부딪치면서 머리가 울리고, 소녀가 아직도 조앤의 손을 너무 꽉 잡고 있어서 다른 아픔을 잊을 정도로 손가락 관절이 아프고, 눈물이 눈꺼풀을 두드린다. 그녀는 소리치고 싶지만—내 몸에서 손 떼!—그렇게 하지 않는다. 할 수 없다. 그리고 소녀가 놔주지 않는다.

조앤이 눈을 비빈다. 아직 새벽이 오지 않은 이른 시간이다. 불편한 밤이었다. 빗방울들이 포위 공격을 하듯이 침실 창을 가로지르며 그녀를 가두고, 익사시키고, 잠들지 못하게 방해했다. 그녀의 가느다란 뼈에 비해서 너무 큰 전자 발찌가 발목에서 부대낀다. 손을 뻗어 발찌를 만지자 손가락이 기계에 가볍게 닿는다. 발을 뺄 수 있을 것만 같다. 이 장치를 벗어버리면 그들이 어떻게 할까 궁금하다. 추적해올까? 그녀가 그들에게 무슨 말을 했지? 사실 아무 말도 하지 않았다. 관련이 있는 말은 하나도 안 했다.

조앤은 버스를 타고 역에 가서 기차를 타고 도버로 갈 수 있다. 첫 번째 페리 시간에 맞춰서 도착할 수 있다. 가능할 것만 같지만 그녀는 버스카드와 여권을 압류당했다는 사실을 기억해 낸다.

사소한 문제들이다. 해결 불가능한 것은 아니다.

그렇다면 택시를 타고 영국 내의 어딘가로 가면 된다. 랠리의 아이들 중 한 명에게 잠시 같이 지내도 되는지 물어볼 수 있다. 여자들은 안 된다. 너무 많이 물어볼 것이다. 남자애는 괜찮을지도 모른다. 새뮤얼.

조앤이 눈을 감는다. 멍청하고 한심한 생각이다. 조앤은 랠리의 딸들을 찍은 사진, 전쟁 때 케임브리지 펀트에서 찍은 낡고 퇴색한 랠리의 사진과 함께 새뮤얼의 사진을 아직도 지갑 속에 간직하고 있지만 이제 새뮤얼은 그 사진 속의 어린 소년이 아니다. 새뮤얼은 닉보다 다섯 살이 많으니까 쉰네 살일 테고, 아내와 아이들도 있다. 불쑥 찾아간다 해도 그가 무한정 숨겨주리라 기대할 수는 없다. 새뮤얼은 아마 조앤이 화장실에 들어가자마자 집안의 골칫덩이 이모가 노망이 든 게 아닌가 걱정하면서 닉에게 전화할 것이다. 닉이 먼저 전화하지 않는다면 말이다. 닉과 사촌들은 별로 친하지 않지만 의무적인 연락은 주고받고, 다들 랠리가 세상을 떠날 때까지 각자의 어머니가 유지했던 딱딱하고 서먹한 관계를 보완하는 일에 민감하다.

만약 새뮤얼이 며칠 동안 숨겨준다 해도 그들이 조만간—아마도 빨리—조앤을 찾아낼 테니 별 소용없을 것이다. 오히려 닉을 놀라게 하고 조앤이 더욱 유죄처럼 보일 뿐이다.

그런데 무엇에 대한 유죄일까? 조앤은 아직도 정확히 듣지 못

했다.

조앤은 몸을 뒤척이고 떨리는 공포가 배 속을 긁는다. 그녀가 할 수 있는 것은 하나도 없다, 단지, 물론……

그러나 그렇게 하지 않을 것이다. 그럴 수 없다. 조앤은 강해져야 한다. 어떤 말실수도 하면 안 된다.

조앤은 그 여자의 집에 다녀온 후 며칠 동안 지냈던 뉴넘의 방을, 침대 위 천장을, 창문으로 쏟아져 들어오던 빛을 생각한다. 갑자기 너무나 많은 기억이 끌려 올라와 그녀의 관심을 받으려고 서로 떠민다. 그 당시 꼼짝도 않고 누워서 덜덜 떨며 아무 생각도 하지 않으려고, 레오를 생각하지 않으려고 애쓰면서 동시에 그가 찾아오기를 기도하고, 히틀러와 스탈린의 조약에 대한 그의 분노에 더 공감할 수는 없었을까 생각하고, 두 사람 사이가 완전히 끝난 것이 아니기만을 바랐던 기억이 떠오른다. 조앤은 그 여자의 집에서 분명히 흘깃 봤다고 생각했던 작은 형체에 대해서, 믿을 수 없을 만큼 작지만 꿈에서는 너무 큰 눈과 금빛 피부를 가진 가련하고 슬픈 영혼으로 등장하는 그것에 대해서 감히 생각하지 않는다.

소녀가 머그잔에 담긴 따뜻한 우유와 담요를 방으로 가져다주고 학기말 언어 시험에 대비해서 큰 소리로 러시아어를 읽어주던 기억이 불쑥 떠오른다.

"레오 봤어?" 조앤은 소녀가 올 때마다 물었고, 소녀는 조앤에게 미소를 지으며 그렇다는 뜻도, 아니라는 뜻도 없이 애매하게 고개를 기우뚱했다.

"그냥 좀 쉬어." 소냐가 속삭였다. "레오 걱정은 하지 마."

소냐에 대한 또 다른 기억은 밤에 뉴넘 대학 꽃밭에서 딴 분홍색과 흰색, 파란색 수국을 한 아름 안고 와서 아름답고 섬세한 색색의 꽃을 여러 개의 잼 병에 꽂아 온 방에 보석을 채운 것처럼 만들고 나서 했던 선언이다.

"나 내일 스위스로 떠나. 전쟁이 시작되기 전에 빠져나가야 해."

"왜?"

"난 너 같은 영국인이 아니잖아. 내 여권은 러시아 거야. 여기 있다가 영국이 결국 소비에트와 싸우게 되면 나는 추방되거나 억류당할 거야."

조앤이 꽃으로 가득한 창틀에서 떨어져 몸을 돌려 소냐를 보려고 애쓴다. 일어나 앉으려고 애쓰지만 움직이다가 지쳐버린 그녀는 소냐가 불필요할 만큼 극적으로 구는 것이라고 확신한다. 레오는 소냐가 지나치게 극적으로 군다고 종종 비난하는데, 그의 말이 어느 정도 진실이라는 것을 이제 알겠다. "아닐 거야. 넌 영국에 온 지 한참 됐잖아." 목소리가 의도한 것보다 더 약하고 헐떡거린다. 배 속을 갑작스럽게 찌르는 통증에 그녀는 비명을 지른 다음 통증의 충격이 지나갈 때까지 눈을 질끈 감는다.

소냐가 조앤의 손을 꼭 잡고 입술로 가져가 재빨리 입을 맞춘다. "난 그런 위험을 무릅쓰고 싶지 않아. 누가 알아? 거기서 영국 남자를 만나서 결혼이라도 할지. 그러면 나도 너처럼 깨끗하고 멋진 영국 여권이 생길 거야."

조앤이 희미한 미소를 짓는다. "그럴지도."

"게다가 보리스 삼촌도 한동안 누군가와 같이 지내는 게 좋을 거야. 지난 몇 년 동안 좀 방치되신 셈이니까. 삼촌은 주변에 젊은 사람들이 있는 걸 좋아하거든."

소녀가 보리스 삼촌을 언급하자 조앤은 섬망 상태의 두터운 안개를 뚫고 고동치는 어떤 경고를 느낀다. 그녀는 소냐와 카페에서 대화를 나눈 다음 레오에게 이야기하려고 했던 날 이후로 벌써 일주일 넘게 그를 보지 못했다. 소냐가 마지막으로 했던 말에도 불구하고 조앤은 레오에게 사실대로 이야기할 책임이 있다고 생각했기 때문에 마지막으로 모든 일을 말하려고 했다. 그러나 다음 날 찾아갔을 때 레오는 조앤에게, 스탈린에게, 자신을 설득하려는 모두에게 여전히 화가 나 있었다. 그는 이제 혁명이 배신당했으니 세상 그 어떤 일도 중요하지 않다고 말했다. 그 어떤 일도. 레오가 이 말을 할 때 조앤은 그의 팔에 손을 올리고 있었는데, 그는 그녀를 보지도 않고 팔을 흔들어 그 손을 떨쳐냈다. 조앤에게 몰인정했다기보다 그저 다른 문제에 정신이 팔려서 부주의했을 뿐이다. 만약 그가 사실을 알았다면……

그러나 레오는 사실을 몰랐다. 조앤이 말하지 않았다. 그가 손을 뿌리치자 그녀는 눈물이 북받쳐 올라 불쑥 나가버렸고, 그는 쫓아 나오지 않았다. 조앤이 레오를 만나러 갔었다는 이야기를 듣고 그날 찾아온 사람은 소냐였다. 소냐는 조앤이 어디에 있을지를, 오후 내내 베개에 머리를 묻고 외롭게 훌쩍이고 있으리란 사실을 정확히 아는 것 같았고, 저녁으로 빵과 치즈와 학교 정원에서 딴 새콤한 사과를 가져다주면서 다음 날 그 여자에게 갈 때 같이 가주겠다고 조앤의 귓가에 상냥하게 속삭였다. 혼자 갈 필요 없다고.

지금 조앤을 보호하면서 몸이 다 나아서 모든 것이 예전으로 돌아갈 때까지 레오를 가까이 오지 못하게 하는 사람도 소냐다. "레오도 간대?"

소냐가 침대에서 일어나 창가로 걸어간다. "레오? 아니. 레오는 안 갈 거야."

조앤이 이 말을 듣자 안도와 걱정이 동시에 몰려온다. 레오가 가지 않으면 화해할 기회가 생길 테니 마음이 놓이지만 소냐의 말이 사실이라면 레오가 정말로 억류당할까 봐 걱정이다. 일단 전쟁이 시작되면 반러시아 정서가 생길 수밖에 없을 것이다. "왜 안 간대?" 조앤이 묻는다.

소냐의 한숨에 조앤은 레오가 같이 가지 않아서 화가 났음을 알아차린다. "논문이 어쩌고 하면서 말도 안 되는 소리를 하고 있어. 여기 있어야 필요한 문서를 볼 수 있대." 소냐가 눈을 굴린다. "자기가 박사 과정을 마치지 않으면 소비에트에서 수백만 명이 죽기라도 하나 보지. 난 레오가 그렇게까지 망상에 사로잡혀 있는지 몰랐어. 너무 거만해. 누가 혁명을 구할 사람이 레오밖에 없다는 말이라도 했대?"

"그레고리 표 뭐라는 사람." 조앤이 베개에 다시 누우며 중얼거린다. 머리가 뜨겁고 축축하다. 배 속이 타는 것 같다. 이렇게 오래 앉아 있으면 안 되었는데. "레오는 전쟁이 일어나야만 중요해질 거라고 했어."

소냐는 바로 대답하지 않는다. 그녀가 다가와서 조앤의 손을 다시 잡고 상냥하게 묻는다. "누구라고?"

조앤은 정신이 혼미해서 고개를 젓는다. 레오가 뭐라고 했더라? "모스크바에서 만난 사람. 그 사람이 곡물 수치가 거짓이라고 알려줬대⋯⋯." 그녀가 말을 고친다. "⋯⋯오도의 여지가 있다고."

소냐는 움직이지 않는다. 그녀의 손이 갑자기 차갑게 느껴진다. "거짓말?"

아, 세상에. 조앤은 이제야 기억해낸다. 레오가 약속을 받아내려 하자 쉽게, 아무렇지 않게, 아무 문제도 없다는 듯이 약속했는데. 그녀는 양손으로 눈을 가리고 대낮의 번쩍이는 햇빛을 막는다. 방금 한 말을 취소할 방법이 있다면, 말하기 전으로 되돌릴 수 있다면, 북북 문질러 지울 수 있다면 좋겠다고 간절히 바란다. 배 속의 통증 때문에 숨을 헐떡이지만, 이번에는 예전과 달리 통증이 멎지 않는다. 통증이 몸부림치며 잡아당긴다. "오도의 여지가 있다고." 조앤이 다시 말한다. "아무한테도 말하지 말라고 했어. 제발. 제발 내가 얘기했다고 레오한테 말하지 말아줘."

"그레고리 표 뭐라는 사람에 대해서?"

"응." 조앤이 속삭인다.

소냐는 한참 꿈쩍도 하지 않는다. 숨소리조차 느려지는 듯하더니 아예 멈춘 것 같다. 그녀가 침대 옆으로 몸을 숙여 조앤의 머리카락을 쓰다듬는다. "당연히 말 안 할 거야. 걱정할 필요 없어." 소녀가 몸을 숙여 조앤의 뺨에 입을 맞추자 얇은 면 블라우스 너머로 부드럽게 뛰는 소녀의 심장 박동이 느껴진다. "참, 너 주려고 가져왔어."

조앤이 눈을 깜빡인다. 소녀가 뭔가를, 무지개처럼 찬란한 파란색 실크 원피스를 들고 있다가 조앤의 베개 옆 시트에 내려놓는다. "네가 가지면 좋겠어." 소녀가 말을 잇는다. "내가 없는 동안 나를 기억하도록 말이야. 항상 너한테 더 잘 어울린다고 생각했거든."

"소냐." 조앤이 속삭인다. 잠시나마 소녀가 비밀을 지킬지 믿어도 될까 걱정했다는 것에 갑자기 죄책감이 차오르며 눈에 눈물이 고인다. "너 없으면 난 어떻게 하지?"

"나한테 편지를 써야지, 당연히. 전부 이야기해줄 거라고 믿을게."

침실 구석에서 감시 카메라의 작고 빨간 불빛이 찬찬히 깜빡인다. 조앤이 몸을 굴려 감시 카메라를 등진다. 바깥의 비는 이제 잠잠해져서 후드득후드득 평화롭게 내린다. 일어나서 준비해야 한다. MI5와 닉이 곧 도착할 것이다. MI5는 심문을 시작하기 전에 시간을 낭비하고 싶지 않을 것이다. 그들은 금요일까지 전부 확인하려고 조바심을 내고 있고, 윌리엄을 놓친 것처럼 조앤을 놓칠지도 모른다고 생각하는 것 같다.

그런 걸까? 그들이 두려워하는 것이 그것일까?

조앤이 가운을 입고 슬리퍼를 신은 다음 주방으로 내려간다. 주전자에 물을 채우고 토요일에 산 빵을 한 조각 자른다. 그게 정말 겨우 사흘 전이었을까? 발밑에서 시간이 미끄러지는 느낌이 들고, 애매한 현재와 대조적으로 과거가 갑자기 너무나 또렷하고 선명해진다. 그녀는 털썩 주저앉는다.

정적 속에서 조앤은 소냐가 스위스로 떠난 뒤 텅텅 비어 채워지지 않던 그 나날에 복도에서 들려오던 동굴 같은 소리, 몸이 서서히 회복되면서 부자연스러울 만큼 고요하던 생활을 떠올린다. 모래처럼 고요한 아침에 변하는 것은 창틀에 놓인 잼 병에서 피어나던 색색의 꽃들밖에 없었다.

조앤은 몸이 나은 다음 레오와 다시 만났던 때를 생각한다. 그녀의 비밀은 알려지지 않은 채 두 사람의 삶이 예전처럼 계속될 수 있도록 잊히고 무시당한다. 조앤은 레오가 소냐의 말처럼 스탈린과 히틀러의 조약이 사실은 소비에트가 시간을 벌기 위한 전략적 작전이었다는 생각에 얼마나 진지하게 매달렸는지, 이제 전쟁이 일어날 수밖에 없는 상황이 되자 자기 논문이 혁명에 얼마나 유용할지 서서히 깨달으면서 얼마나 기뻐했는지 기억한다. 또 전쟁 초기 몇 달 동안 그가 얼마나 열심히 일했는지, 밤늦게까지 공부하느라 얼마나 창백해졌는지 기억한다. 또한 그의 시선이 다시 그녀에게 닿고 그의 손이 다시 그녀의 머리카락을 쓰다듬고 그의 입술이 그녀의 살갗에 닿을 때 어떤 느낌이었는지, 몇 주 동안 빼앗기고 나니 그러한 관심이 얼마나 더 필요했는지 기억한다.

자동차. 정원 길에서 울리는 발소리. 이제 그 소리가 익숙하다.

조앤이 일어나 그릴에 빵 한 조각을 넣는다.

그런 다음 기다린다. 그녀의 예상대로 노크 소리는 5초 후에 들린다.

조앤이 주전자 전원을 켠다. 그들을 기다리게 해서는 안 된다는 것을 알면서도 그렇게 한다. 잠시만. 눈을 감으면 창틀에 놓인 꽃향기를, 어지럽고 달콤한 냄새를, 잘린 풀과 꿀의 냄새를 아직도 떠올릴 수 있기 때문이다.

막상 전쟁이 시작되자 케임브리지가 아니라 다른 어딘가에서 벌어지는 일 같지만, 비교적 전쟁의 영향을 받지 않는 이 도시에도 방독면과 배급표가 등장하고 겨울 채비로 새 장갑을 살 수 없다. 게다가 이렇게 긴 겨울이라니! 조앤은 동상에 걸린 적이 한 번도 없지만 처음으로 손가락에 동상이 걸리자 전쟁 때는 동상도 걸리고 그러는 것이라고 빠르게 이해한다. 그녀는 봄이 올 때까지 손가락 없는 장갑이 아니라 집에서 만든 벙어리장갑을 끼기로 하고, 이번 겨울이 영원히 지속될까 봐 두꺼운 카디건을 뜬다.

처음에는 이런저런 일들이 일어나기를 기다리는 분위기가 감돈다. 이번 전쟁이 지난번 전쟁과 다르리라는 사실은 다들 알지만 어떤 식으로 다를지 아무도 확신하지 못한다. 비행기가 등장하는 것은 분명하지만 하늘 위에서 영토 전쟁을 벌인다는 것이 어쩐지 비현실적으로 느껴진다.

공습에 대비해서 뉴넘 정원에 대학 사람들이 피할 참호를 파자는 계획이 나온다. 꽃밭에서 색슨족 해골이 두 점 발견되면서 칫솔과 작은 삽으로 발굴이 시작되어 참호 계획이 약간 주춤대다가, 발굴 열기가 흩어지자 다들 진지하게 참호를 파기 시작한다. 호루라기를 불면 학내의 모든 사람들이 참호로 흩어지자는 아이디어다. 조앤은 같은 복도를 쓰는 여학생들과 함께 번갈아 참호를 판다. 소방대가 결성되자 대학의 거의 모든 사람이 참여해서 공습 훈련도 하고, 화재감시단도 꾸리고, 소형 수동 펌프 훈련에도 참가하고, 추운 밤에 참호에도 다녀온다. 정원은 거대한 채소밭으로 변하고 꿀을 채취할 벌집도 들어온다.

학생들 대부분이 입대하거나 멀리 파견되었기 때문에 이제 참석할 모임도 거의 없다. 도시는 피난민과 군인으로 가득한 듯하고, 전시 동안 일시적으로 대학에 머무는 정부 관리들도 몇몇 있다. 남겨진 사람들 사이에 떠도는 이야기는 대부분 전쟁 물자 조달에 대한 것이지만, 이렇게 이른 단계에서는 딱히 구체적인 활동도 없고 어수선해 보인다. 조앤은 구체적인 일을 하고 싶다. 도움이 되고 싶다.

말을 잘하는 여자들이 청동 단추가 달린 제복을 입고 찾아와 여학생들에게 케임브리지에 남아서 학업을 마친 다음에 입대를 하거나 교육 등 도움이 되는 분야에서 일하라고 설득한다. 조앤은 많은 논의 끝에 왕립 해군 여군 부대나 공군 여군 부대에 참여하기로 결정하고 미래에 대한 생각에 흥분한다.

레오의 반응은 시큰둥하다. "글쎄, 그러면 교육받은 게 아깝잖아. 당신이 가진 것에 대해서 더 고마운 마음을 가져야지."

"우리 아버지 같이 말하네."

"당신 아버지 말씀이 옳아. 다 팽개치고서 메시지나 전달하고 사각팔방 식기나 갖다준다면 당신이 그동안 노력하고 배운 게 전부 무슨 소용이야?"

조앤은 레오에 대한 애정이 파닥거리는 것을 느낀다. "사각팔방이라고?"

"틀렸어?"

"아니, 아니. 엄밀히 말하자면 맞아. 그냥, 대화할 때는 그런 말을 안 써. 좀 문어적이거든."

레오가 미소를 짓는다. "기억해둘게." 그가 기침을 한다. "하지만 내 말은 진심이야. 당신의 가치에 어울리지 않는 하찮은 일을 하는 건 고귀하지도 않고 영웅적이지도 않아."

"소비에트 가치 이론이야, 그건?" 조앤이 웅얼거린다.

"그래, 옳은 말이지. 당신이 할 수 있는 일을 누구나 할 수 있는 건 아니야. 모두가 당신 같은 기회와 두뇌를 가진 건 아니라고. 다른 사람들이 할 수 있는 일은 놔두고 당신이 할 수 있는 것 중에서 제일 어려운 일을 해야 돼. 다들 스스로를 몰아붙여야 해. 그래야 사회가 발전하는 거야."

조앤이 한숨을 쉰다. "하지만 민간 업무는 너무 재미없고 지루해. 난 두꺼운 스타킹과 실용적인 신발에 얽매이고 싶지 않아. 해군 여군 부대에 들어가면 작고 멋진 모자를 쓰는 데다가 기숙사에서 지내면서 야외 활동을 나간다는 게 마음에 들어. 재미있을 것 같아."

"이건 전쟁이야. 여름 캠프가 아니라고. 게다가 어차피 당신은 어디 가입하는 거 좋아하지 않잖아. 항상 그렇게 말하잖아."

"그렇지. 하지만 이건 달라." 조앤이 몸을 더 가까이 숙인다. "그 멋지고 귀여운 제복을 입은 내가 마음에 들 것 같지 않아?"

레오는 흠칫하지도 않고 고개만 젓는다. "당신이 그런 걸 계산에 넣는다는 것 자체를 믿을 수가 없어."

"아니. 그래. 그냥 생각해본 거야……." 조앤은 꾸지람을 듣는 기분이 들어서 말을 멈춘다. 레오의 말에 일리가 있다는 것도 알고 자신이 배운 과학 지식으로 할 수 있는 일이 많다는 것도 안다. 다만 그녀는 놓치고 싶지 않다. 이것은 그녀가 자립적이고 실제적인 행동을 함으로써 스스로도 항상 의심하던 자질을 정말 가지고 있다고 증명할 기회이고, 사무실에 가만히 앉아서 이 기회를 낭비하고 싶지 않다. 지금은 조앤에게 전례 없는 시기이다. 그녀가 학위를—더욱 정확하게는 대학 수료증을—딸 수는 있겠지만 현실적으로 생각했을 때 그런 지식을 활용하는 연구직을 바랄 수 있을까? 그녀가 아니라 남자 동료들을 보조할 비서 대학 졸업생을 원할 가능성이 더 높다.

레오가 얼굴을 찌푸린다. "다른 대학원생들한테 좀 물어볼게. 누군가 당신한테 더 적당한 일을 반드시 찾아줄 거야."

그 이야기는 이것으로 끝난다. 레오가 조앤을 위해 알아서 할 것이고, 그동안 조앤은 학위를 마치고 레오는 논문을 마칠 것이다. 조앤에게는 따라잡아야 할 공부가 많다. 고등학교 과학 수업 수준이 대학에서 요구하는 정교한 실험에 한참 못 미쳤기 때문이기도 하고, 다른 일들에 신경을 쓰느라 제대로 공부를 못 했기 때문이기도 하다. 그녀는 필요한 책을 다 읽으려면 부활절 휴가 동안 쉬지 않고 공부해야 한다는 사실을 잘 안다.

소녀가 곁에 있어서 공부에서 잠시 눈을 돌리게 해주면 얼마나 좋을까 생각하지만 그녀는 알고 보니 편지를 참 못 쓰는 사람이었고, 조앤은 소녀가 놓친 모든 것을 이야기하겠다는 약속을 지키지만 소녀는 거의 8개월 동안 편지를 보내지 않는다. 마침내 도착한 편지에는 조앤이 먹어본 것 중에서 제일 맛있는 초콜릿 바가 아름답게 포장되어 같이 들어 있다. 조앤은 기뻐하며 한 번에 한 칸씩 아껴 먹으면서 초콜릿을 혀에 올려놓고 말랑말랑하게 녹을 때까지 기다렸다가 주저하며 삼킨다.

같이 온 편지에는 별 내용이 없지만 소녀가 '사랑스러운 빨갱이'라고 부르는 남자를 만났으며 그가 소녀에게 여러 가지 새로운 것들을 가르쳐준다는 말이 있다. 우스터셔 출신의 제이미라는 남자인데, 영국 여권을 가지고 있고(**내가 뭐랬니, 조조?**) 스위스로 오기 전에 상하이에서 살았기 때문에 소녀가 만나본 사람들 중에서 제일 이국적인 남자다. 소녀는 이렇게 쓴다.

우리 사촌 오빠를 잘 지켜봐줘. 폴란드에서 그런 일이 벌어졌는데도 레오가 아직 억류되지 않은 게 놀라워. 러시아의 보물이 영국에서는 눈에 띄지 않는다니 이해가 안 돼. 레오에게 내 사랑을 전해주겠니?

조앤이 이 부분을 레오에게 소리 내어 읽어주다가 멈추지만 레오는 하던 공부에서 고개를 들지 않는다. "이해가 안 돼, 왜 당신에게 직접 편지를 쓰지 않지?"

레오의 어깨가 경직된다. 작은 움직임이지만 조앤은 놓치지 않는다. 펜이 움직임을 멈추지만 그는 돌아보지 않는다.

"레오?" 조앤의 배 속이 갑자기 요동친다. 왜 그녀는 항상 최악의 상황을 두려워할까? "무슨 일이야?"

"소냐랑 난……." 레오가 적절한 단어를 찾느라 말을 멈춘다.

"싸웠어?" 조앤이 묻는다.

레오가 앞에 놓인 책을 한 장 넘긴다. 책장이 다시 넘어오려고 하자 그의 손이 약간 초조하게 움직이면서 책장을 다시 꾹 누른다. "충돌이 있었어." 결국 그가 고개를 돌려 조앤을 보며 말한다. "당신이 아플 때 좀 부딪쳤어."

"소냐가 같이 스위스로 가자고 해서?"

레오가 입술을 꾹 다문다. "그런 이유도 있었지. 그게 다는 아니야." 그가 순간적으로 무슨 말을 더 하려는 것 같다가 눈이 다시 흐리멍덩해지자, 조앤은 다른 수많은 문제와 마찬가지로 이 문제 역시 그녀에게는 비밀임을 깨닫는다. 조앤은 레오가 이럴 때 정말 싫다. 레오가 그런 삶을 살았으니 다 털어놓지 않으려고 하는 것이 당연하다고 스스로 타이르지만 모든 것을 나누려 하지 않는 그에게 여전히 화가 난다. 어쩌면 소냐의 말이 옳았을지도 모른다. 어쩌면 조앤은 레오를 충분히 이해하지 못하는지도 모른다. 그렇다고 해도 그는 소냐와 싸웠다는 이야기를 왜 지금까지 안 했을까? 왜 그게 비밀이어야 할까? 레오가 책상으로 다시 고개를 돌리고 만년필을 집어 들어 종이에 숫자를 쓴다. "우리 지도 교수님 책 어디 있는지 알아? 주황색 책인데."

"저기 있어." 조앤은 레오가 전날 밤 책을 놓아둔 의자를, 그가 항상 책을 놓아두는 곳을 가리킨 다음 책상에서 일어나 책을 가지러 가는 그에게서 눈을 떼지 않는다. "음, 아무튼 소냐가 당신한테 사랑을 전해달래." 아직 이 화제를 포기할 준비가 되지 않은 그녀가 말한다.

레오가 고개를 끄덕인다. "내 안부도 전해줘." 그가 잠시 말을 멈춘다. "내가 곧 편지를 쓰겠다고 해줘." 그런 다음 몸을 숙이고 조앤의 정수리에 입을 맞춘 다음 방을 나간다.

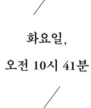

하트가 서류 가방에서 편지를 꺼내 조앤에게 건넨다. "레오의 파일에서 나온 겁니다." 그녀가 말한다. "전쟁이 시작될 때쯤 그가 대의에 흥미를 잃었다고 누군가에게 확신을 주었던 것 같군요."

조앤이 종이에서 시선을 떼지 않는다.

"그때 레오가 정말로 흥미를 잃었다고 하시겠어요?" 하트가 묻는다.

침묵.

목소리가 약간 설득조다. "의견을 묻는 것뿐이에요, 스탠리 부인. 부인이라면 그즈음에 레오의 헌신, 믿음, 뭐라 불러도 좋습니다. 아무튼 그것이 흔들렸다고 말씀하시겠어요?"

"레오는 표현을 잘 하는 사람이 아니었어요. 난 그가 무슨 생각을 했는지 모르니 그를 대신해서 말하지 않겠어요."

"하지만 부인이 보기에는 어땠지요?"

닉이 끼어든다. "지금 누굴 심문하는 겁니까? 제 어머니입니까? 아니면 이 레오라는 사람입니까?"

하트도 애덤스도 닉을 보지 않는다.

"나라면 이렇게 말하겠어요." 조앤이 조심스럽게 말을 시작한다. "조약 때문에 레오의 시각이 약간 변했다고요." 말이 잠시 멈춘다. "하지만 그가 흔들렸다고 말하지는 않았을 거예요." 그녀가 시선을 든다. "레오는 흔들리는 사람이 아니었어요."

1940년 3월 22일

레오 갈리치가 억류되었는데, 알렉산더 호일 경의 선동 탓으로 보인다.

나 개인적으로는 우리가 사회주의 성향을 가진 외국인에 대한 정책을 결정해야 한다고 생각한다. 애초에 우리가 받아들인 사람이라면, 그리고 그 사람이 극단적인 정치 활동에 참여함으로써 우리의 호의를 악용했다는 증거가 없으면 그와 같은 외국인 억류를 정당화할 수 없을 것으로 보인다.

우리가 아는 한 갈리치는 애매한 사례다. 케임브리지에서 갈리치의 담당 교수였던 자칭 골수 토리당원이 우리에게 증거를 제시했다. 그의 생각에 따르면 갈리치는 어린 시절 라이프치히에서 히틀러의 부상을 목격하면서 공산주의에 관심을 갖게 되었지만, 그러한 유형이 대부분 그렇듯 그가 스탈린에게 느꼈을지도 모를 그

롯된 충성심은 나치-소비에트 조약이 성립되면서 끝났다. 갈리치의 활동을 살펴보면 청년 시절의 넘치는 활기 이상이라 여길 만한 부분이 하나도 없다고 여겨지지만 그가 위험에 빠지지 않도록 해외 자치령에서 그의 능력을 유용하게 쓸 수 있는 분야의 직업을 찾는 것이 더 흡족할 것이다. 우리는 이를 활발히 추진하도록 특수부에 요청할 예정이다.

사견을 밝히자면 우리는 외국인 공산주의자가 영국공산당과 접촉했다는 증거가 있을 때에만 억류하는 정책을 펼쳐야 한다. 그리고 공산주의자들이 영국과 히틀러의 전쟁에서 히틀러의 편이라는 사실이 명확히 밝혀지지 않는 한 정책을 극적으로 바꾸어서는 안 된다.

1940년 봄에 폭격이 시작되자―런던, 버밍엄, 게이츠헤드, 글래스고만이 아니라 약간이지만 케임브리지도 폭격당했다―적국 국적의 거류 외국인이 일제히 검거된다. 레오는 체포되어 경찰서로 끌려가고, 과학부 교수진 상당수도 마찬가지다.

"내 논문을 잘 간직해줘, 조조." 레오가 떠나면서 조앤에게 부탁한다. "지도 교수님한테 내 논문을 직접 가져다드리고 다 읽으시면 다시 받아주겠어? 날 위해서 안전하게 보관해줘."

"그럴게." 조앤이 말한다. 눈에 눈물이 차오른다. 그녀는 용감해져야 한다는 것을, 전쟁 중이므로 레오가 전선과 멀리 떨어진 수용소가 아니라 더 심한 곳으로 보내질 수도 있음을 알지만 그래도 그가 가지 않았으면 좋겠다고 생각한다. 혹은 그가 멀리 떠나는 것에 대해서 이렇게 무덤덤하지 않기를 바란다. 몇 년이 지나야 만날 수 있을지도 모르기 때문에 조앤은 이보다 더한 것을, 레오가 없는 동안 그녀를 붙잡아줄 무언가를 원한다.

말해. 조앤이 생각한다. 제발 말해줘.

그러나 레오는 말하지 않는다. 생각은 할지도 모른다. 조앤은 레오가 마음속 어딘가에서 그런 생각을 한다고, 적어도 느낀다고 굳게 믿지만 그래도 그는 그 말을 하지 않는다. 레오가 얼굴을 찌푸리고 재킷을 여미더니 주머니를 두드리며 열쇠, 담배, 장갑이 있는지 확인한다. "잊지 마." 그가 말한다.

"안 잊어."

경찰이 문밖에서 고개를 들이민다. "어서 나오시죠."

레오가 고개를 끄덕이고 돌아서서 나간다.

"레오."

"응?"

조앤의 목소리는 작고 희망이 담겨 있다. "보고 싶을 거야."

"당연하지." 레오가 한 걸음 다가와 재빨리, 대비할 틈도 없이 재빨리 입을 맞추자 그녀의 입술에 수염 그루터기가 긁는 느낌만 남는다. "나도 보고 싶을 거야, 조조."

레오는 맨섬의 포로수용소로 보내지고, 거기서 스와스티카 깃발을 펄럭여 영국의 외국인 억류자들뿐만 아니라 독일 전쟁 포로도 싣고 있음을 알리는 배를 타고 캐나다로 이동한다. 외국인 억류자들은 대부분 지난 5년 동안 막힌 공간에 갇히지 않으려 애를 써왔던 유대인이지만, 스와스티카 깃발은 배가 침몰당하지 않게 하는 방편이기 때문에 항해는 별 사건 없이 끝난다.

레오는 퀘벡에서 조앤에게 편지를 보내 수용소가 깨끗하고 밝으며 솔잎 냄새가 난다고 말한다. 음식은 휴대용 식기에 푸짐하게 나오고, 레오는 활발한 정신 활동을 위해 동지들과 토론회를 만들고 소비에트 계획 경제에 대한 강의를 한다. 조앤은 레오가 영국에서 그랬듯이 수용소에서도 딱히 바라는 것 없이 비공식적 지도자를 자처하는 모습을 상상할 수 있다.

레오가 이 상황을 딱히 즐긴다고 말하지는 않겠지만 그의 편지에서 씁쓸함이나 분노는 찾을 수 없고, 조앤은 그가 불행하지 않아서 마음이 놓인다. 이번에도 그녀는 편지의 빈도와 길이를 보면 레오가 자신을 자주 생각하는 것만은 틀림없다며 위안을 얻지만, 그가 뭔가, 뭐든, 약간…… 음…… 더 상냥한 말을 해주면 좋겠다고 생각한다.

그녀는 레오에게 보내는 답장에서 그런 생각을 언급하지 않는다. 유럽 전역에서 일어나고 있는 온갖 끔찍한 일들을 생각하면 너무 사소한 불평 같다. 나중에 조앤은 레오가 영국을 향해 그런 태도(전쟁이 끝나면 그는 '겁쟁이 나라'라고 부를 것이다)를 취하는 것은 전쟁 초기 몇 달 동안 매일 밤 독일 비행기가 웅웅거리고 폭격 맞은 땅이 몸서리를 치며 섬광이 번쩍이는 끔찍한 대공습을 겪지 않았기 때문이라고 생각하게 된다. 레오는 조앤처럼 뉴넘 화재감시단의 일원으로 지붕에 서서 사제관 테라스를 따라 타오르는 불을 보지도 못했고, 아침이면 가끔 역 근처 길거리의 폐허 더미에서 연기가 피어오르는 모습도, 신문에 실린 장례 행렬 사진들도, 폭격을 맞아 인형 집처럼 안이 다 드러난 채 늘어선 아파트들도, 여자들이 입을 꾹 다물고 버스에 앉아서 창밖은 절대 내다보지 않으면서 표를 걷는 검표원—그 시절에는 거의 항상 여자였다—에게만 미소를 짓는 것도 보지 못했다. 그리고 어디에나, 모든 틈과 구멍에 지치지도 않고 들러붙는 먼지도 보지 못했다.

조앤도 편지에 이런 이야기는 전혀 쓰지 않는다. 불평은 용납되지 않기 때문에 그녀는 무슨 책을 읽는지, 무슨 영화를 보는지, 어떤 기말 보고서를 쓰고 어떤 실험을 하는지 레오에게 이야기한다. 댄스파티와 가장 무도회에 대해서 말하고 열다섯 살의 랠리가 처음으로 혼자 조앤을 만나러 왔을 때 같이 캠강에 가서 배를 탄 이야기를 한다. 또 사순절 기간에 밀 연못이 얼자 스케이트 열풍이 불었다고, 전쟁 전에 전 잉글랜드 챔피언십이 열리던 크고 매끄러운 링크에서 연습을 하려고 여학생들 몇 명과 함께 링게이펜까지 자전거를 타고 갔다고 이야기한다.

조앤은 제일 즐거운 일이 매주 뜨거운 물로 목욕하는 것이라는 이야기를 하지 않는다. 여러 개의 주전자와 소스팬에 물을 끓여서 욕조에 금속 맛 나는 물을 채운 다음 온 세상 소리가 들리지 않게 숨을 참으며 온몸을 담근다고 레오에게 말하지 않는다. 그녀는 자기 옆에 누워 있던 그의 몸, 그의 품, 그의 냄새, 마음을 안정시키는 그의 무게를 대체할 수 있는 것은 알몸으로 따뜻한 물속에 들어가는 것밖에 없다고, 그러면 배 속이 텅 빈 듯한 그 끔찍한 아픔을 잠깐이나마 잊을 수 있다고 말하지 않는다.

기말 시험이 지나간다. 온 나라가 애써 힘을 모으고 있고 여성이 학위를 받지 못하는 것보다 더 끔찍한 일들이 전 세계에서 일어나고 있기에 올해에는 시험 결과 발표 후 상원 앞에서 진행되는 학부생 시위가 취소된다. 그러나 그것은 작은 괴로움으로, 불만의 중얼거림으로 여전히 남아 있고, 이번 전쟁이 끝나면 당연히, **당연히** 대학에서 여성을 완전히 받아들여야 할 것이라고 다들 장담한다.

얼마 지나지 않아 조앤은 케임브리지 금속 연구소로부터 다음 주 월요일에 면접을 보러 오라는 편지를 받는다. 레오가 캐나다 수용소에 같이 억류된 사람한테 프로젝트 이야기를 듣고 조앤을 추천했으니 알아두라고 미리 알려주었다. 레오는 조앤이 완벽한 후보라고 했지만 정확히 무슨 일을 하는지 자세히 설명하지 않았고, 면접통지서에도 자세히 안 적혀 있다. 조앤이 아는 것은 전쟁에 꼭 필요한 일이고, 연구직은 아니지만 상세한 과학 지식이 필요하며, 고용할 사람들이 그녀를 담당했던 물리 강사에게 그녀가 적합할지 물어봤다는 사실밖에 없다.

월요일 아침에 조앤은 시간을 들여서 머리카락에 말고 있던 롤을 평소보다 더 신경 써서 풀고 제일 좋은 남색 양모 정장을 입는다. 헝겊을 대고 기운 부분이 있긴 하지만 짙은 청록색의 화사한 단추가 시선을 끌어서 낡은 천이 눈에 띄지 않기를 바란다. 그녀는 제일 깔끔한 굽 높은 진회색 구두를 찾다가 작년에 소냐에게 빌려준 다음 한 번도 신지 않았음을 기억해낸다. 전쟁으로 기숙사실이 많이 비어서 소냐의 방이 그대로 남아 있기 때문에 조앤은 관리인에게 여분 열쇠 꾸러미를 빌려서 구두를 되찾으러 간다.

방에 들어갔을 때 가장 먼저 눈에 띈 것은 소녀가 방금 막 외출한 것처럼 침대에 그대로 씌워진 똑같은 시트와 목제 머리판 앞에 쌓인 여러 개의 베개들이다. 침대 옆에 유리잔이 하나 있는데, 물이 증발한 자국 때문에 안쪽이 얼룩덜룩했다. 조앤이 옷장으로 다가간다. 그녀의 구두는 마지막으로 봤을 때와 마찬가지로 제일 아래 칸 한쪽에 치워져 있다. 그녀는 구두를 꺼내려고 손을 뻗다가 오래전부터 기억하는 냄새가 희미하게 풍겨와서 깜짝 놀란다. 레몬 향 비누와 담배 냄새. 구두 선반 위 칸에 구겨진 채 처박힌 연파란색 셔츠가 보인다. 셔츠를 꺼내자 손가락에 면이 부드럽게 닿아오고, 조앤은 코 앞에 들고 향기를 들이마신다. 이것은, 이 냄새는 틀림없다. 눈을 감자 잠시 다른 곳에 다녀온 것 같다. 그녀의 마음 저 뒤쪽에서 불타던 의문이 언어로 만들어지기까지 시간이 약간 걸린다.

어쩌다가 레오의 낡은 셔츠가 소녀의 벽장에 들어왔을까?

조앤이 셔츠를 멀찍이 들고 이해가 안 가서 얼굴을 찌푸린다. 레오는 보통 자기 물건을 신경 써서 챙긴다. 소녀와는 반대로 뭐든지 잘 개서 제자리에 놓는다. 셔츠를 절대 이렇게 둘둘 말아 놓지 않을 것이다.

그 대답은 배 속에서 갑작스럽게 느껴지는 구역질의 형태로 찾아온다. 아니야, 그건 아니야. 조앤이 생각한다. 순간적으로 그렇게 냉혹하고 더러운 생각을 머릿속에 떠올린 자신이 역겹다.

그녀의 어디가 잘못된 걸까? 언제 이렇게— 딱 맞는 말이 떠오르지 않는다 — 타락했을까?

그녀는 얼른 셔츠를 벽장에 다시 넣고 구두를 집어 든 다음 등 뒤로 벽장문을 닫는다. 잠금 장치가 찰칵 걸리자 소녀의 방은 주인이 돌아올 때까지, 또는 대학 측이 더 이상 이대로 둘 수 없다고 결정할 때까지 아무도 방해하지 않는 상태로 돌아가고, 조앤은 서둘러 복도를 지나서 방으로 돌아온다. 5분 뒤에는 나가야 한다. 구두도 닦아야 하고 머리도 빗어 넘겨서 핀으로 고정해야 한다. 그녀는 왜 항상 모든 일에 늦는 걸까?

조앤은 학부생 때 이쪽 실험실에 와본 적이 있지만 지금 가는 보안 구역에는 한 번도 들어간 적이 없다. 접수처에 이야기하자 연구소 소장인 맥스 데이비스 교수를 기다리라고 한다.

데이비스 교수가 그녀를 보기 전에 조앤이 그를 먼저 알아본다. 그는 책상 앞에 차례차례 멈춰 서서 질문을 한 다음 대답을 듣고 좋다며 고개를 끄덕거린다. 조앤은 과학부에서 그의 이름을 들은 적이 있는데, 거기에는 그의 과학적 정밀성이 지복에 가까운 재능인 듯 항상 어느 정도 경외심이 담겨 있었다. 그러나 직접 본 데이비스 교수는 예상보다 젊어서 서른 살쯤 되어 보이고, 딱 맞는 정장 차림에 열중한 표정으로 다른 과학자들과 이야기를 나눈다. 그가 조앤을 보더니 곧 오겠다는 뜻으로 고개를 끄덕인다. 그는 진부할 만큼 잘생겼고, 숨을 죽이려고 포마드를 바른 짙은 갈색 머리카락은 풍성하게 곱슬거린다. 학창 시절에 체스나 탁구를 상당히 즐겼을 듯한 남자다. 통풍이 잘 되는 응접실에서 조앤을 만난 그는 방을 성큼성큼 가로질러 다가오더니 악수를 하면서 교수님이라는 호칭 대신 맥스라 불러달라고 말한다.

"여행은 괜찮았습니까?"

조앤은 뉴넘에서 연구소까지 걸어서 10분 걸리는 거리를 여행이라고 부르는 것은 무리가 아닐까 생각하면서 미소를 짓는다. "별일 없었어요."

"당신은 참 영국인답지 않군요. 대부분의 사람들은 별일 없었다면 좋았다고 할 텐데요."

조앤이 미소를 짓는다.

"아하, 하지만 당연하지요. 과학적인 태도 때문이군요. 면접 첫 단계는 멋지게 통과하셨습니다." 맥스가 싱긋 웃는다. "제 사무실로 가시죠. 가는 길에 실험실도 볼 수 있을 겁니다."

붉은 타일이 깔린 긴 복도를 따라 여닫이문이 여러 개 있고 커다란 스크린 너머로 복도 양쪽에 늘어선 하얗고 네모난 방들이 보인다. 건물에서 소독약과 잘 닦은 유리 냄새가 난다. 각 방의 산업 시설 같은 분위기 때문에 깨끗하고 가벼운 냄새가 더욱 부각된다.

맥스는 조앤과 함께 걸어가면서 손에 든 종이 뭉치를 읽는다. "여기 이렇게 써 있군요." 그가 불쑥 말한다. "학생 때 공산주의 시위, 간담회, 뭐 그런 행사에 자주 참석했다고."

조앤이 걸음을 흩뜨리지 않은 채 그를 올려다본다. "아, 네." 대답은 계획대로 솔직하게 한다. 물론 이런 문제가 생길 경우 어떻게 대응할지 미리 생각해보라는 것은 레오의 조언이었다. 조앤은 전쟁 관련 업무로 분류된다는 것으로 보아 이 일을 하려면 비밀 취급 인가가 필요할 것이라고 추측했고, 그런 질문을 받으면 대의에 대한 어느 정도의 흥미를 인정하면서 젊은이다운 낙관주의와 학술적 흥미가 섞여서 그랬다고 설명할 계획이었다. 회피하거나 부정하려고 애쓰다 보면 얼굴이 빨개져서 수상해 보일 뿐이다. "네, 그런 쪽에 관심이 좀 있었어요." 그녀가 말한다. "지적인 측면에서요."

"지금은요?"

"지금요? 음, 그 뒤로 시대가 바뀌었죠." 조앤은 시선을 피하지 않을 것이다. 아직은 안 된다.

맥스가 고개를 끄덕이자 그녀는 그가 비슷한 성향을 고백하는 게 아닐까 잠시 생각한다. "음, 나치−소비에트 협약 때문에 그런 경우가 많았겠지요." 그가 잠시 말을 멈춘다. "제가 보기에는 한심한 생각 같지만, 러시아가 첫 번째 전쟁 때 타격이 컸나봅니다. 불쌍한 치들."

그렇다면 고백은 아니다. 그러나 맥스는 지난 일에 별로 동요하지 않는 것 같고 조앤은 그의 반응이 공감에 가깝다고 생각한다. 모퉁이를 돌자 그가 재빨리 앞서가 나무 문을 밀어서 열더니 그녀가 지나갈 수 있도록 팔을 뻗어서 잡아준다.

"여깁니다." 그가 더 작은 사무실로 조앤을 안내하더니 책상 앞 의자를 가리킨 다음 자신은 반대편 의자에 앉아서 그녀를 똑바로 바라본다. "하지만 그래도 말입니다," 그가 말을 잇는다. "뭐든지 한번 시도해보시는군요."

지금 그는 조앤을 시험하고 있다. 그의 눈은 짙은 푸른색, 바다색이다. 그녀는 양 뺨이 희미하게 달아오르는 것을 느끼지만 계속해야 한다는 것을 안다. 레오나 소냐를 만난 적 없고 평화 시위에 잠깐 관심이 있었지만 정치 운동에는 아무 관심도 없는 평범한 젊은 여성인 척해야 한다. 대의에 공감하지 않는다고, 공산주의자는 잔인하고 사악하며 공산주의에 필요한 것은 희망 넘치는 이상주의자가 아니라 대대적인 물갈이라고 확신 있게 말해야한다. 말을 하다 보니 목소리에 필요한 분노의 기색이 배는 것이 스스로의 귀에도 들린다. 조앤은 말을 하면서 자신의 목소리가 단호하게 질책하는 어머니의 목소리와 똑같음을 깨닫는다. "제가 그렇게까지 멀리 갔다고는 하지 않겠어요."

"아니, 아닙니다. 물론 아니죠. 저는 그런 뜻이 아니라……." 맥스가 기침을 하고 서류를 내려다보면서 재빨리 순서를 바꾼다. "음, 케임브리지 수료증이 있군요. 자연과학, 1차 상위 2급, 2차 1급네요." 조앤의 성적을 처음 본다는 듯 그가 고개를 끄덕인다. "나쁘지 않군요."

그녀가 고개를 끄덕인다. "네, 교수님. 이론물리학을 전공했어요."

"맥스라고 불러요." 그가 호칭을 고쳐준다. "미국인들이랑 같이 일하게 될 테니까 날 맥스라고 불러야 합니다." 잠시 말이 멈춘다. "케임브리지의 담당 교수가 당신이 우리 일에 관심이 있을 거라고 장담하더군요." 맥스가 그녀를 보며 서류를 책상에 내려놓는다. "우리 일이 뭔지 아나요?"

그녀가 고개를 젓는다. "아무 말도 못 들었습니다. 편지만 한 통 받았는데……." 조앤이 편지를 가지러 가방 쪽으로 가려고 하자 그가 그럴 필요 없다고 손을 젓는다.

"괜찮아요, 괜찮아." 맥스가 말한다. "우리는 추천을 통해서만 사람을 뽑습니다. 이유는 알게 될 거예요." 그가 잠시 말을 멈춘다. "튜브 앨로이스*라고 들어봤습니까?"

조앤이 얼굴을 찌푸린다. 들어봤던가? 그녀는 금속 관련 일이라서 실망한 기색을 감추려고 애쓰며 고개를 젓는다. "하지만 짐작은 해볼 수 있을지도요."

"해봐요."

"음, 석유 시추, 가스관, 뭐 그런 것을 위한 비부식성 금속 개발을 노린 프로젝트겠지요. 하지만 전쟁과 어떻게 관련되는지는 정말 모르겠네요. 무기? 안테나 장비?"

맥스가 고개를 끄덕인다. "비슷해요. 그보다는 조금 더 복잡하지만, 시작이 좋군요. 흥미진진하게 들리지 않습니까?"

조앤은 별로요, 라고 생각하고, 잠시 어색한 순간이 지난 후에야 그가 농담을 하고 있음을 깨닫는다. "모르겠어요. 그런 게 아니군요?"

"암호명입니다. 튜브 앨로이스에서 우리가 무엇을 하는지 아무도 알면 안 돼요. 전쟁 내각 중에서도 모르는 사람이 있습니다."

미세한 공포의 떨림이 등뼈를 타고 올라온다. "저는요? 저는

---

* '특수강관'이라는 뜻으로, 영국 육군이 제2차 세계대전부터 1950년대까지 추진했던 핵무기 개발 프로그램의 암호명이다.

알아도 되나요?"

"상황에 따라 다르죠." 맥스가 손을 뻗어 책상 맨 아래 서랍을 열더니, 갈색 봉투를 꺼내서 조앤을 향해 민다. "더 진행하기 전에 여기 서명해야 합니다."

"이게 뭐죠?"

"여기에 서명을 한다면, 말하지 않겠다고 약속하는 겁니다. 가족이나 친구에게도 당신이 여기서 하는 일에 관해 말할 수 없어요." 그가 조앤을 똑바로 바라본다. "무슨 뜻인지 알겠지요. 당신이 종일 뭘 했는지 애인에게도 말하면 안 된다는 뜻입니다."

조앤은 흠칫하지 않고 그를 마주 본다. 레오는 편지에서 누가 묻거든 자기와 아무 관계도 아니라고 부인하라고 강조했다. 전부 그녀를 위해서라고 말했다. 조앤은 레오의 기억을 억누르며 마음을 다잡는다. "애인은 없어요."

맥스가 의자에 앉은 채 자세를 약간 바꾼다. "아, 그렇군요. 그냥 비유였지만……." 그가 말끝을 흐린다. 방을 가득 채운 아침 햇살이 거울 가장자리에 걸려 그의 얼굴 옆선을 따라 목깃까지 무지개색으로 비추자 미세하게 반짝거리는 기름에 들어갔다 나온 사람 같다. 맥스가 말을 잇는다. "아무튼, 요점은 당장 결정할 필요가 없다는 겁니다. 생각을 좀 해봤으면 좋겠어요. 이걸 가지고 가서 읽어보고 얼마 동안 곰곰이 생각해봐요. 시작하기 전에 우선 이 서류에 서명하는 행위에 담긴 모든 함의를 이해하면 좋겠습니다."

조앤이 봉투를 받아서 연다. 서류 뭉치를 꺼내서 본다. 공직자

비밀엄수법의 카본지 복사본에 표지가 클립으로 끼워져 있다.

"일에 대해서 아무 말도 해줄 수 없나요?"

"안됐지만 제가 할 수 있는 말은 다 한 것 같군요."

조앤이 고개를 끄덕인다. 이 부서에서 하는 일이 뭔지 모르지만 극도로 중요하거나 적어도 중요하게 간주되는 것 같다. 그녀는 레오가 여기서 무슨 일을 하는지 알고 있는 걸까 생각한다. 아니, 당연히 모를 것이다. 어떻게 알겠는가? 그러나 조앤은 자신이, 자기 입이 그 정도로 무거운지 걱정이다. 직업을 비밀에 부칠 수 있을까? 부모님이 무슨 일을 하는지 물으면 뭐라고 말할까?

그러다가 그 여자의 집에 갔을 때를, 자기 손을 잡는 소녀의 손의 감촉을, 소녀가 시키는 대로 그 충격을 레오와 모든 사람에게 비밀로 하고 "아팠다"라고만 말하면서 그날의 기억이 밝은 파란색의 실크 공처럼 구겨지고 무력해질 때까지 아래로, 아래로 밀어내 마음속 깊이 묻은 것을 떠올린다.

"하루 이틀 정도 생각해봐요." 맥스가 말한다. "서두를 것 없습니다. 이런 짐을 지는 게 힘들 수도 있어요. 내 말을 믿어요. 못 하겠다 싶어도 상관없습니다. 우리가 다른 일자리를 찾아줄 수 있어요."

조앤은 자신이 그날을 왜 비밀에 부쳤는지 안다. 레오를 위해서, 레오가 그녀에게 실망하고 그녀에게 얽매이지 않도록 하기 위해서였다. 레오가 주선해준 이 일을 거절하면 그가 얼마나 실망할지 상상하는 순간 그녀는 어떻게 해야 하는지 깨닫는다. 어쨌든 이것은 조앤이 항상 스스로에게 기대했던 것이다. 충성심 강하고 신뢰할 수 있는 사람이 되는 것, 부름을 받고 나라를 위해 희생하는 것. 다만 정말로 그런 요구를 받을지 예상하지 못했을 뿐이다.

조앤이 심호흡을 한다. "펜 있나요?"

화요일,

오후 2시 27분

1절 (1) 공직자비밀엄수법 1911 및 1920

1(1) 국가의 안전이나 이익을 해치려는 목적으로

(a) 본 법률의 취지에서 금지된 구역에 접근, 조사, 통과, 인근에 접근, 또는 출입한 자

(b) 적에게 유익하거나, 유익할 가능성이 있거나, 직간접적으로 유익하게 할 의도로 계산된 약도, 설계도, 모형, 문서를 제작한 자

(c) 적에게 유익하거나, 유익할 가능성이 있거나, 직간접적으로 유익하게 할 의도로 계산된 기밀 공공 음어, 암호, 약도, 설계도, 모형, 물품, 문서, 기타 서류 및 정보를 취득, 수집, 기록, 공개, 또는 타인에게 전달한 자

위에 해당하는 자는 중죄를 저지른 것으로 간주하며……

애덤스가 카메라 앞에서 파일을 들고 영상으로 기록한 다음 렌즈를 조정하여 다시 조앤에게 초점을 맞춘다. 날이 밝아서 차갑고 노란 오후가 되자 허기가 조앤의 배 속을 휘젓는다. 점심시간에 닉이 만들어준 샌드위치를 먹을 수 있었다면 좋았겠지만 그가 고집을 부려서 빵에 버터 대신 아보카도를 발랐다. 조앤은 그러지 말라고 부탁하면서 진짜 버터가 훨씬 더 좋다고 말했지만 닉은 마음에 들 거라며 고집을 부렸다. 그녀는 아보카도가 맞지 않는다. 닉이 기억하리라 기대하지는 않지만 그녀는 아보카도가 맞았던 적이 한 번도 없는데, 그래도 그에게 그 사실을 상기시키지는 않는다. 그래 봤자 또 비타민과 탄수화물―닉은 비타와 탄수라고 부른다―에 대한 설교를 늘어놓을 것이 뻔하고, 그녀는 그걸 듣기에는 너무 피곤하다. 닉은 왜 조앤처럼 그냥 평범하게 먹지 못하는 걸까? 피칼릴리*가 어때서?

"좀 봐도 될까요?" 닉이 하트에게 손을 내밀어 파일을 받는다. 서식 맨 아래의 서명을 흘깃 보고 표정이 불안하게 흔들리더니 이런 일이 일어났다는 것 자체에 대한 분노가 다시 자리 잡는다. 그가 커피 탁자에 파일을 내려놓는다. "음, 이게 특별히 중요한지는 모르겠군요." 그가 물을 한 모금 마신다. "전쟁과 아주 약간이라도 관계있는 일을 하는 사람에게 이런 서명을 요구하는 것

---

* 콜리플라워, 양파 등의 야채를 머스터드 등의 양념으로 절인 영국식 피클.

은 꽤 표준적인 절차였다고 생각합니다만."

조앤의 목구멍 안쪽에 눈물이 차오른다. 그녀의 팔이 약간 움찔거리면서 아들에게 손을 뻗고 싶은 마음을, 자기는 이런 친절을 받을 자격이 없다고 말하고 싶은 마음을 무심코 드러낸다.

닉은 그 손짓을 보지 못하지만 하트는 보았고, 그러자 조앤은 이제 끝인가 잠시 생각한다. 이 순간을 피해 달아나며—설명하지 않고, 변명하지 않고—평생을 보냈는데 더 이상 계속할 힘이 없을지도 모른다는 걱정이 든다. 그녀는 너무 늙었다. 너무 지쳤다.

"여기 서명을 할 때 지킬 생각이었습니까?"

조앤은 지쳤지만 하트의 어조에는 신경을 약간 곤두서게 만드는 무언가가 있다. 그녀의 안에서 불씨가 타오른다. 조앤은 닉을 흘끔 보면서 계속해야 한다는 것을 깨닫는다. 닉이 모른다 해도 항상 그랬던 것처럼 아들을 지켜야 한다. 그녀가 모욕을 당한 것처럼 눈썹을 추켜올린다. "물론이지요."

"하지만 제가 왜 묻는지는 아시겠지요."

보안출입증에 그녀의 직책이 적혀 있다. 케임브리지 금속 연구소 소장 개인 어시스턴트. 얼마나 지루하게 들리는지. 과학 지식을 고작 주기율표 원소를 적는 데 쓰다니 얼마나 실망스러운지. 게다가 멋진 각도로 쓰는 모자도, 허리가 딱 맞는 제복도, 미국인처럼 껌을 씹으며 걸어 다니는 법을 연습하면서 휘날릴 밝은색 목깃도 없다. 그러나 적어도 조앤은 마침내 사회에 나와서 뭔가를 하며 노력해서 돈을 벌고 있다.

부서 직원은 맥스를 빼고 열 명이다. 그중 아홉 명은 남자, 한 명은 캐런이라는 여자인데, 그녀의 영역은 전화교환대부터 접수대까지이며 이 두 곳에 대해 확실한 영역 의식을 가지고 있다. 깔끔하고, 단추를 끝까지 채우고, 안경은 늘 코끝에 걸친 캐런은 흘깃 보면 옛날 여선생 같은 분위기지만 알고 보면 연구소 전 직원에 대한 무궁무진한 정보를 가지고 있으므로 그러한 첫인상은 오해다. 마흔 살의 과부로, 두 아들은 모두 영국 공군에 복무 중이고, 딱히 쌀쌀맞지는 않지만 지루하고 약간 외로운 인상이다. 조앤은 캐런이 담당하던 많은 업무─아침에 직원들에게 차 내려주기, 비스킷 통 채우기─를 어느새 자신이 떠맡았다는 사실을 점차 깨닫지만, 대신 캐런이 조앤과 소문을 더 자유롭게 나눈다는 장점이 있고, 그래서 조앤은 대부분의 친구나 친척보다 연구소 직원들에 대해 더 많이 알게 된다.

남자들은 전부 과학자나 기술자다. 프로젝트 팀 중에서 가장 나이가 많은 과학자 두 명은 맥스의 공식 부관이자 밤색 베레모와 흰 실험실 가운을 입지 않은 모습을 절대 볼 수 없는 도널드와, 키가 크고 코가 곧은 옥스퍼드 특별 연구원이자 말버러에서 고등학교를 다닐 때 맥스와 같은 기숙사를 썼던 아서이다. 나머지 팀원들은 명민하고 과학자다운 유형으로 대부분 외국인이고, 프로젝트의 부분적이고 세부적인 작업을 담당한다. 상급 계획에 전체적으로 접근 가능한 사람의 수를 제한하는 것이 현명하다고 생각하기 때문이다. 캐런이 조앤에게 속삭인다. "특히 외국인이고 하니까 말이야."

실험실 분위기는 다급하다. 조앤이 파악한 바에 따르면 이 연구소에서는 어떤 형태의 무기를 만들고 있다. 무기 건조 창고의 크기로 봐서 대형 무기 같지는 않다. 큰 무기를 만들기에는 공간도 사람도 충분하지 않다. 맥스는 조앤이 일할 때 필요한 만큼의 정보만 주고, 딱히 개방적이지 않다. 대개 자기 사무실에서 문을 닫아놓고 이론을 연구하지만 가끔은 버밍엄의 주요 실험실에서 온 연구자들을 만난다. 조앤이 아는 것은 이게 전부다. 깊숙이 참여하지 못해서 실망했다고 할 수는 없지만 조금 더 신나는 일을 바란 것은 사실이다.

출퇴근할 때는 나이가 많고 콧수염을 기른 보안 요원 헨리가 가방을 검사한다. 조앤은 매일 아침 그와 잠깐 잡담을 나누고, 그는 오후마다 미안하다는 듯 그녀의 가방을 더듬으면서 지퍼로 나뉜 칸을 만져보고 립스틱과 파우더 콤팩트와 안경집을 검사한다. 헨리가 찾는 것이 뭘까? 그가 긴장을 풀고 미소를 지으며 가도 좋다고 고개를 끄덕일 때 조앤이 생각한다. 타자기 테이프? 도장? 봉투?

한 달 동안 차를 내리고 일반적인 일을 하고 나자 맥스가 그녀를 사무실로 부르더니 견습 기간이 공식적으로 끝났다고, 이제 진지한 대화를 나눌 때라고 말한다. 조앤은 그의 책상 맞은편 나무 의자 끄트머리에 걸터앉아서 저 엄격한 표정이 자신의 타자 속도나—그녀는 아주 빨랐던 적은 없지만 정확하다고 머릿속으로 반박한다 ─ 가끔 하는 지각과 관련이 있을까 생각한다. 조앤이 마음을 다잡고 기다린다.

처음에 조앤은 맥스의 말을 잘못 들었다고 생각한다. "총리가 여기 온다고요?" 공책을 무릎에 반쯤 펼쳐둔 채 그녀가 말한다.

맥스가 고개를 끄덕인다.

"여기로요?"

"그래요." 그가 자신을 보며 씩 웃자 조앤은 그 미소에 다른 무언가가, 어떤 호기심이 담겨 있는 게 아닌가 생각하고, 그러자 캐런이 별다른 말을 하지 않은 사람은 맥스밖에 없다는 생각이 스친다. 나중에 물어봐야겠다. 갑자기, 이상하게도, 조앤은 맥스가 잘 때 어떤 모습일지 상상하면서 그에게 사랑스럽고 소년 같은 면이 있다고 생각한다. 그녀는 이런 생각을 떨쳐내며 생각이 얼굴에 드러나지 않기만을 바란다.

"내일요?"

"네."

"비밀인가요? 아니면 다른 사람들이 알아도 되나요?"

"연구소 외부인에게 말하면 안 돼요. 연구소 사람들은 다 알아도 되지만 도널드, 아서, 나만 총리를 만날 겁니다. 총리는 모두를 만나서 악수도 하고 뭐 그러고 싶다지만 전부 부를 수는 없어요. 캐런한테 모든 것을 준비하도록 맡겼어요. 하지만 총리와의 만남에는 총리와 수행원들 그리고 우리 네 명만 들어갈 거예요."

"네 명이요? 당신이랑 도널드, 아서만이라고 하신 줄 알았는데요?"

맥스가 씩 웃는다. "당신도 들어갔으면 해요."

"저요? 제가 뭘 할 수 있는데요? 전 여기 있는 사람들 중에서 제일 아는 게 없어요." 조앤은 총리와 실제로 대화를 나눈다는 생각에 약간 무섭지만 이번 공식 방문에 자신이 얼마나 흥분하는지 느끼고 깜짝 놀란다. 마치—뭘까?—동경하는 스타를 만나는 기분이다.

맥스가 미소를 짓는다. "그래서 당신을 포함시키는 게 좋다고 생각한 겁니다. 이제 좀 더 깊이 참여할 때가 됐어요. 당신 업무에 이과 졸업생을 쓰고 싶었던 이유가 있어요. 그리고……." 그는 난처해 보인다. "……차를 내리고 예쁜 외모로 전반적인 분위기를 부드럽게 할 사람이 필요해요."

조앤은 예상치 못하게 튀어나온 무심한 칭찬에 얼굴을 붉히지 않으려고 애쓴다. 평소에는 흔들림 없고 정확한 그가 이런 말을 할 줄은 몰랐다. 그녀는 얼굴을 찌푸리며 미소를 지으려 애쓴다. "무엇보다도 그런 게 필요하겠죠, 알겠어요."

"하지만 당신이 우리가 여기서 하는 일에 대해 더 많이 배울 수도 있다고 생각한 것도 사실이에요. 케임브리지에서 공부할 때 원자에 대해서 배웠겠지요?"

"물론입니다."

"좋아요." 맥스가 더 자세히 말해보라는 뜻으로 팔을 흔든다.

그래서 조앤은 그렇게 한다. 처음에는 우물쭈물하지만 곧 원자의 내부 구조, 양성자와 중성자로 구성된 핵, 그 주변을 도는 전자에 대해서 과학적인 용어로 설명한다. 그러면서 이런 식의 사고가 그리웠음을 깨닫고 놀란다. 1932년에 케임브리지의 바로 이 건물에서 원자를 처음으로 쪼갰다는 목제 명판이 연구소 입구에 걸려 있으므로 조앤은 그 과정도 설명한다. 중성자로 원자의 핵에 충격을 가하면 핵에너지가 재분배되면서 또 다른 입자를 방출하여 원래와 약간 다른 물질이 된다는 것을 말이다.

맥스가 고개를 끄덕인다. "정확해요." 그가 손가락 끝을 하나로 모아서 누르자 조앤은 그것이 학자의, 이론가의 손짓임을 알아본다. "이 원칙에 예외가 있나요?"

"우라늄일 거예요."

"우라늄은 어떻게 되지요?"

"우라늄은 둘로 쪼개지면서 에너지를 방출합니다. 하지만 하나가 아니라 두세 개의 중성자를 방출해요." 조앤이 3학년 시험을 준비할 때 논문에서 읽은 것으로, 전쟁 직전에 발표되었지만 그녀가 졸업할 때쯤에야 수업계획서에 소개된 내용이다.

"그래서요?"

조앤이 얼굴을 찌푸린다. "네?"

"물리학자는 당신이잖아요. 그러니까 나한테 말해줘요. 그래서 어떤 결과가 나오죠? 그 정보로 무엇을 할 수 있지요?"

"논문에 따로 언급되어 있었던 기억은 없어요." 조앤이 얼굴을 찌푸린다. "하지만 아마도, 충분한 수의 우라늄 원자를 고립시켜서 그중 하나를 쪼개면, 하나만 쪼개도 더 많은 원자를 쪼개기에 충분한 중성자가 방출될 것이고, 그것을 이용해서 또 다른 입자에 충격을 줄 수 있을 거예요."

맥스가 고개를 끄덕인다. "자급자족 연쇄 반응이지요. 그다음에는요?"

"그러면 점점 더 많은 양의 에너지를 만들어내겠죠."

"맞아요, 어마어마한 양이죠. 완전히 새로운 힘의 원천이에요." 맥스는 아직 묻지도 않은 질문에 조앤이 답하기를 기다리는 것처럼 잠시 말을 멈춘다. "그걸 또 어디에 쓸 수 있을까요?"

조앤이 그 질문의 함의를 서서히 깨달으면서 정적이 흐른다. "폭발이요?" 그녀가 용기 내 말해본다.

"그냥 폭발이 아니에요." 맥스가 잠시 말을 멈춘다. "초강력 폭탄이지요. 전쟁을 끝내는 폭탄."

조앤은 그를 빤히 바라본다. "그렇게 될까요?"

"안 될 게 어디 있습니까? 이론적으로는 가능하지만, 아직 해결하지 못한 문제들이 있어. 주로 우라늄 공급 문제죠." 그가 잠시 말을 멈춘다. "하지만 가장 중요한 것은 가능해 보인다는 사실이고, 정말 그렇다면 독일이 먼저 거기에 성공하게 둘 수 없다는 겁니다."

"독일에서 시도하고 있는지 어떻게 알죠?"

맥스가 미소를 짓는다. "우라늄은 4년 전에 처음 발견됐어요. 그 이후로 독일에서 이 주제에 대한 논문이 몇 편이나 나왔는지 알아요?"

조앤이 천천히 고개를 젓는다.

"안 나왔어요. 단 한 편도. 완전한 무선침묵이죠. 그러니 나면 독일 역시 이 연구를 하고 있을 확률이 99퍼센트라고 하겠습니다." 그가 말을 멈추고 파일을 하나 들어서 조앤에게 건넨다. "이 요약문을 읽어봐요. 내일 모임에서 쓸 기초적인 도식을 그려야 하는데, 비율이 정확히 맞을 필요는 없어요. 벽에 붙여놓고 개념을 설명할 크기면 됩니다. 견본으로 쓸 만한 밑그림이 좀 있을 거예요." 그가 씩 웃는다. "그림은 좀 그려요?"

조앤은 기초부터 시작한다. 맨 처음 그린 것은 비율이 좋지 않은 물고기 모양이다. 커다란 물고기, 아마도 상어나 다랑어. 물고기의 몸통 가운데 원을 하나 그린 다음 선을 하나 그려 원을 반으로 나눠서 쪼개진 핵을 지느러미 자리에 숨기고, 그런 다음 연필로 원에 음영을 넣는다. 음영은 우라늄의 임계질량을, 아직 통합되지 않은 불안정한 원소를 나타낸다. 은유를 이용한다면 우라늄 입자들이 서로 밀치면서 출발선을 두고 다투는 것으로 묘사할 수 있을 것이다. 그러나 조앤은 은유에 굴복하지 않는다. 이것은 단순하고 과학적인 과정이다.

그러나 아직은 폭발이 일어나지 않는다.

폭발은 TNT를 추가해야 시작하므로, 그녀는 물고기 배 속의 우라늄을 나타내는 원 바깥에 화약이 든 노란 사각형을 그려서 TNT를 추가한다. 물질이 쉽게 섞일 리가 없으므로 색칠을 하면서 핵을 침범하지 않도록 주의한다. TNT가 활성화되면 둘로 쪼개진 핵을 발사시켜 임계질량을 만들어낸다. 이 폭발 자체도 크겠지만 거대하지는 않다. 이 단계의 위력은 천문학적이라기보다는 경제적인 정도다. 이것은 아주 효율적인 에너지 증폭제로 작용할 것이다.

천문학적 위력은 1,000분의 1초 뒤에, 폭발이 그녀가 파란색으로 칠한 중성자원의 작용을 활성화시켜 우라늄의 임계질량에서 중성자가 발사될 때 생긴다. 이때 진짜 폭발이 일어난다. 맥스가 논문에서 이 발견의 특징으로 설명한 것은 바로 이 부분이다. 너무나 불안정해서 아주 살짝 건드리기만 해도 터질 준비가 되어 있는 물질을 발견한 것이다. 수조 개의 핵을 임계질량으로 압축하면 그때부터 통제할 수 없고 자급적이며 재난에 가까운 작용이 발생하고, 그 결과 거대한 백열의 에너지 폭발이 일어난다. 이것은 몇 가지 단계의 연쇄 반응 과정이다. 이 과정은 너무나 빠르기 때문에 순간적으로 열기와 중성자와 빛이 갑작스럽게 폭발하는 것처럼, 신이 가슴 앞으로 무릎을 모아서 끌어안고 몸을 공처럼 둥글게 말아 이 땅에 자신을 내던진 것처럼 보일 것이다.

조앤은 도식에 라벨을 붙이고, 꼬리 부분의 주요 설계 특징을 대략적으로 그리고, 외피를 회색으로 칠한다. 그녀는 자신이 그린 것의 가능성에 대해서는 생각하지 않을 것이다. 조앤은 과학을, 혹은 과학의 대부분을 이해한다. 그녀의 한계는 비율 문제뿐이다.

총리는 오후 2시 정각에 실험실 앞 좁은 거리와 어울리지 않는 짙은 초록색 자동차의 조수석에 타고 도착한다. 처음에는 사진과 너무 똑같으면서도 너무 달라 보여서 조앤은 어쩌면 대역 배우가 무리하는 게 아닐까 생각한다. 총리가 항상 입에 시가를 물고 있는 것은 당연히 아니겠지? 그녀는 총리가 맥스, 도널드,

아서와 악수하는 모습을 관찰하지만 아직 잘 모르겠다. 총리가 그녀의 손을 잡고서 입꼬리를 올리며 토실토실한 미소를 짓자 얼굴 주름이 펴지고, 라디오에서 들어서 너무나 잘 알고 있는 목소리로 아주 또박또박 말하자 그제야 믿긴다. "아, 젊은 숙녀분이군요. 여기서 제대로 된 차를 마시려면 누구한테 부탁하면 됩니까?"

정말 대단한 대역 배우가 아닌 이상 진짜 본인이구나, 라고 조앤이 생각한다.

그녀의 얼굴이 뜨거워진다. "우유랑 설탕을 넣어서요?"

총리가 무엇 때문인지 재미있다는 듯 천천히 고개를 끄덕인다. "그렇게 하는 거라고 들었는데요."

자리를 떠나 주방에서 차를 만들던 조앤은 손이 약간 떨리고 있음을 깨닫는다. 방문단은 실험실을 지나 맥스의 사무실로 들어간다. 그녀는 쟁반에 커다란 갈색 찻주전자와 비스킷, 설탕, 우유 주전자를 놓는다. 묵직한 쟁반을 두 팔로 들고 복도를 따라 천천히 걸어가 등으로 문을 밀어서 연 다음 탁자에 내려놓으면서 지나치게 달그락거리지 않으려고 애쓴다. 그녀가 차를 따라서 사람들에게 건네는 동안 맥스가 설명을 시작한다.

조앤이 그린 도식이 뒤쪽 벽에 붙어 있고 맥스는 막대로 도식을 따라가면서 그 옆 칠판에 분필로 적어둔 다양한 방정식을 손으로 가리킨다. 그가 설명하는 동안 조앤은 다른 곳으로 관심을 옮기고 그녀의 시선은 이 사무실에서 느껴지는 처칠의 존재감, 조끼에 늘어뜨려진 시곗줄, 이마에 새겨진 깊은 주름을 향한다.

"정말 흥미로운 그림이군요." 총리가 말을 끊는다. "실제로 저런 모양이 됩니까?"

맥스가 사과하듯 조앤을 흘깃 본다. "제 생각에는 실제와 아주 가깝습니다." 그가 말한다. "물론 단순화되긴 했지만요."

"어험." 처칠이 만족스러운 듯 말한다.

조앤이 얼굴을 붉힌다. 비스킷 접시를 내려놓고 사무실 끝에서 자기 그림을 찬찬히 살핀다. 그녀가 지난 몇 달 동안 자신이 그린 물고기 모양보다 더 작은 것들이 하늘에서 떨어지는 광경을 여러 번 보았다. 케임브리지의 깨진 유리창 파편들 가운데 밧줄을 쳐서 표시해둔 불발탄도 보았다. 사람들은 사납지만 이국적인 짐승이 동물원을 탈출한 것처럼 무슨 소동인가 싶어서 목을 빼고 보았고 경찰이 그를 제지했다. 그러므로 윤곽은 충분히 익숙하다.

맥스가 그래프를 하나 들고 사람들에게 더 자세히 보라고 말한다. "처음에는 폭발을 일으키려면 우라늄 235가 여러 톤 필요하다고 생각했습니다. 그게 우리에게 익숙한 숫자니까요. 전체 천연 우라늄의 약 99.3퍼센트가 238형이라는 점을 생각하면 거의 불가능해 보였지요." 그가 숨을 들이마신다. "하지만 최근 계산에 따라 예상 필요량이 아주 극적으로 바뀌었습니다. 이제 우리는 겨우 몇 킬로그램의 임계질량이면 상당한 폭발을 일으킬 수 있다는 사실을 압니다." 그가 어느 정도의 양인지 보여주는 것처럼 양손을 모은다. "작은 파인애플 정도의 크기죠."

처칠이 기침을 한다. "지금 당신들이 여기서 뭘 만들고 있는지 이해하고 있습니까, 교수님?"

맥스가 말을 멈추고 눈을 깜빡인다. "네, 총리님. 물론 압니다."

"미래 세대가 우리를 어떻게 판단할까, 생각하십니까?"

"그렇습니다, 총리님."

처칠이 의자에 기대앉아 성냥갑을 꺼낸다. 성냥을 한 개비 꺼내서 불을 붙인 다음 주머니에서 꺼낸 시가 끝을 불꽃 한가운데로 가져간다. "그런데 밤에 잠이 옵니까?"

맥스가 반쯤 미소를 지으며 말한다. "저는 벌써 몇 년 동안 잠을 제대로 못 잤습니다."

"아, 당신도 그런 사람이군요. 어떤 느낌인지 저도 잘 알지요." 처칠이 시가를 입에 물고 불이 붙을 때까지 뻐끔거리는 데 관심을 돌린다.

맥스는 총리의 질문에 당황했는지 목청을 가다듬는다.

"불안하게 하려던 것은 아니었습니다." 처칠이 완벽한 발음으로 천천히 말을 잇는다. "다만 이것을 만드는 사람이 괴물이 아니라는 것을 확인하는 겁니다. 교수님께서 결과에 대해서 조금도 생각하지 않고 매일 밤 푹 잔다고 말씀하셨다면 저는 아마 교수님 사직서를 제 주머니에 넣고 런던으로 돌아갔을 겁니다."

맥스가 초조하게 미소를 짓는다. "이 연구를 다르게 이용할 방법들이 있습니다. 저는 우리 연구가 어떻게든 세상에 도움이 될 거라고 생각하는 게 좋습니다. 전쟁이 끝나고 나서 말입니다."

처칠이 맥스를 본다. "그럴지도 모르지요. 그러길 바랍니다. 하지만 지금으로서 우리는 역사가 우리를 어떻게 판단할지 제어

할 수 없다는 사실을 받아들여야 합니다. 물론 우리 스스로 역사를 쓰지 않는 한 말이지요. 하지만 이것을 만드는 것보다 만들지 않음으로써 더 좋은 판단을 받지는 않을지 생각해볼 수 있습니다. 저는 전자에 기대하겠습니다."

"저는 폭탄이 억지력으로 존재한다고 믿습니다."

처칠이 고개를 끄덕인다. "네, 맞습니다. 하지만 누구에 대한 억지력이지요?"

"당연히 독일이지요."

이번엔 코웃음이다. "지금으로서는 그렇지요." 처칠이 걸걸하고 낮은 목소리로 말한다. "우리가 걱정해야 할 상대는 미국이지만요."

맥스가 얼굴을 찌푸린다. "하지만 미국은 우리 편인데요. 우리는 미국 측과 함께 일하고 있습니다."

"그렇습니다." 처칠이 시가를 깊이 빨아들인 다음 창가로 고개를 돌려 숨을 내쉬자 특정한 누군가에게 하는 말이 아니라는 느낌이 든다. "하지만 이 골치 아픈 놈을 우리도 하나 가지고 있어야 합니다." 생각에 잠긴 조용한 목소리가 이어진다. "그렇지 않으면 전쟁이 끝났을 때 미국이 모든 것을 통제할 테니까요. 우리도 하나 가져야 합니다. 폭탄에 빌어먹을 유니언잭을 달아야 합니다."

조앤은 대화를 듣고 있지만 제대로 이해하지 못한다. 칠판에 적힌 숫자들을 보고 도식을 빤히 보던 그녀의 얼굴이 갑자기 잿빛으로 변한다. 맥스가 부스럭부스럭 공책을 넘기고, 기침을 하고, 정확히 어떻게 해서 이 발명이 한 에너지원에 있는 그토록 어마어마한 양의 에너지를 다른 에너지원으로 바꿀 수 있는지, 그리고 어째서 이 과정이 한 번 시작하면 연쇄적으로 계속 일어나서 비인간적인 속도로 에너지를 만들어낼 수 있는지 다시 설명하기 시작한다.

그리고 마침내 그것이 떠오른다. 더 이상 그녀의 머릿속에서 폭발하는 것을 억제할 수 없는 은유. 이 연구소에서 무엇을 만드는지 정말 생각하고 싶지 않아서 조앤이 뒤로 밀어내고 밀어내던 그 단어.

비인간적인 것은 속도만이 아니기 때문이다. 그렇지 않은가?

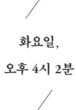

화요일,

오후 4시 2분

하트는 밖에서 핸드폰으로 누군가와 통화 중이고 애덤스는 커피를 더 사러 가게에 갔다. 휴식 시간 동안 비디오카메라는 꺼두었다. 닉이 창가에 서서 어두워지는 집 앞 정원 너머 도로를 바라본다. 그는 이제야 알게 된 사실에 아직도 넋이 나가서 고개를 흔들고 있다.

"제가 몰랐다니 믿을 수가 없어요." 마침내 닉이 말한다. "엄마가 원자폭탄 만드는 일에 참여하셨다는 걸 말이에요. 생각도 못 했어요……." 그가 말을 멈춘다. "전혀 티를 내지 않으셨죠. 전쟁 때 뭘 했냐고 물은 적도 있는데 엄마는 비서였다고 속였죠."

"하지만 난 비서였어."

닉이 조앤을 보며 눈을 가늘게 뜬다. "그럴지도 모르죠. 하지만 말씀하신 것처럼 **그냥** 비서는 아니었잖아요."

"너한테 그 이상 말할 수는 없었어. 아직 기밀이었으니까. 공직자비밀엄수법에 서명을 했잖니."

"그때도 그게 중요했던 것처럼 말씀하시네요. 다들 알게 된 이상 폭탄은 비밀이 아니었어요. 세상에, 전 학교에서 그 이야기를 들었다고요." 닉이 말을 멈추고 고개를 돌려 조앤을 본다. "그리고 윈스턴 처칠을 만났다는 말도 안 하셨잖아요. 제가 학교에서 처칠에 대한 과제를 할 때도요." 그가 갑자기 믿을 수 없다는 듯 웃음을 터뜨린다. "세상에, 윈스턴 처칠을 만났는데 그 이야기를 한 번도 안 하는 사람이 도대체 어디 있어요?"

조앤은 닉에게 손을 뻗고 싶어서 몸을 숙이지만 그의 표정을 보고 물러난다. "전쟁 때 자기가 뭘 했는지 아무도 말 안 했어. 그때는 시대가 달랐어."

"알아요. 엄마가 나한테 말을 안 해서 화난 게 아니에요. 그냥 너무 충격적이라 그래요. 그런 일을 했다는 말을 한 번도 흘리지 않으셨잖아요. 단 한 번도요. 난 엄마가 누군지 모른다는 생각이 들어요."

조앤이 닉을 본다. 그녀도 닉에 대해서 똑같은 말을 할 수 있다고, 누구에 대해서든 그렇게 말할 수 있다고 생각하지 않는 걸까? 물론 그녀는 이런 말을 하지 않을 것이다. 비교는 불공평할지도 모른다. 닉은 항상 모든 일을 너무 잘했고 너무 착해서 그녀는 오히려 그가 너무 잘하는 게 가끔 걱정이었다. 입양아는 한 번 버려졌던 것을 벌충하기 위해서 완벽해야 한다고 생각한다는 말이 있지 않은가? 딱 한 번 조앤이 이런 이야기를 꺼내려 하자 닉은 대중 심리학일 뿐이라며 가볍게 넘겼다. "난 여전히 나야, 닉." 그녀가 부드럽게 말한다. "난 아직 네 엄마야."

닉이 고개를 젓자 조앤은 그가 상처받았다는 사실을 처음으로 깨닫는다. 그의 눈이 부자연스럽게 반짝이고 조앤의 시선을 피한다. 그녀는 심장이 타오르는 것을 느낀다.

"하지만 엄마는 **제가** 생각했던 사람이 아니에요. 누가 엄마는 무엇을 하셨냐고, 뭘 좋아하셨냐고 물으면 전 항상 엄마가 우리 학교 사서였고 엄마랑 아빠는 테니스를 좋아했다고 대답했고, 진짜 그렇다고 생각했어요. 그것만 알면 되는 줄 알았어요."

"맞아." 조앤이 속삭인다. "적어도 그 당시에는 그랬어."

"하지만 엄마가 사실 몇 년 동안 했던 일은 너무나도……." 닉이 맞는 단어를 찾는다. "……사악했어요. 그런데 전 전혀 몰랐죠." 그가 말을 멈추고 고개를 젓는다. "어떻게 그러실 수가 있어요? 무슨 일인지 알았을 때 왜 거절하지 않았어요?"

조앤이 눈을 내리뜬다. "지금은 사악해 보일지도 모르지만 당시에는 그렇게 흑백이 뚜렷하지 않았어. 우리가 제일 먼저 해내야 했어. 독일보다 먼저 말이야."

"하지만 독일은 성공 근처에도 못 갔잖아요. 그 당시에도 그건 명백했어요. 독일의 이론물리학자들은 전부 유대인이라서 이민 가거나 투옥됐잖아요. 독일은 맨땅에서 시작하는 거나 마찬가지였어요."

"우리가 어떻게 확신할 수 있었겠니? 위험을 무릅쓸 순 없었어. 게다가 우리는 가치 있는 일을 하고 있다고 생각했어."

닉이 눈을 굴린다. "아, 그러지 마세요. 제가 그 말을 믿을 거라고 생각하시는 건 아니죠?"

"하지만 정말이야. 우린 그런 줄 알았어."

"초강력 폭탄인데요? 그런 게 어떻게 가치가 있어요?"

조앤이 고개를 젓는다. "폭탄 말고. 과학 말이야." 그녀는 똑똑히 기억한다. 프로젝트에 참여한 과학자들은 전쟁이 끝나면 자신들의 발견이 에너지원으로서만이 아니라 의학 쪽에서도 헤아릴 수 없을 만큼 유익할 것이라고 굳게 믿었다. 그 순간까지 핵물리학은 생물학이나 화학과 같은 응용과학이었던 적이 없었기 때문에 이 발명에 함축된 일견 무한한 가능성으로 인해 흥분된 분위기가 분명 있었다. 조앤은 닉이 이해하리라 기대하지 않는다. 다른 누구도 이해하지 못한다. 역사의 짙은 안개가, 끔찍한 지식의 장벽이 현재와 과거를 갈라놓고 있기 때문에 이토록 멀리 떨어진 곳에서 이상주의의 밝은 빛을 설명하기란 불가능에 가깝다. "미리 이야기하고 싶었어." 마침내 조앤이 말한다. "하지만 너무 옛날 일이잖니." 그녀가 잠시 말을 멈춘다. "네가 내 말을 믿을 거라고 생각 안 했다."

"그건 변명이 안 돼요. 제가 큰 인상을 받았을지도 모르잖아요. 엄마가 케임브리지에 다녔다는 건 알았지만 당시 그게 얼마나 드문 일이었을지는 사실 생각해보지 않았어요. 저는 엄마를 항상, 음, 엄마라고만 생각했어요." 그가 말을 멈추더니 한 손으로 주먹을 쥐고 다른 손으로 그 주먹을 꽉 잡는다. "말해주지 그러셨어요."

"과거의 일이었어. 네 아빠와 나는……." 조앤이 한숨을 쉰다. "음, 네 아빠는 그 일을 언급하기 싫어했고 나도 사실은 그랬단다. 난 네 아빠한테 약속했어."

닉은 고개를 숙이며 알아들었다는 표시를 했지만 누그러들지는 않는다. "그럼 아빠도 아셨군요?"

조앤이 고개를 끄덕인다. "그래, 알았어." 그녀가 주저하며 말한다. "그래서 오스트레일리아로 이사한 거야."

"전 두 분이 오스트레일리아로 가는 배에서 만난 줄 알았어요."

"음, 우린 그 전부터 아는 사이였지만 그냥 그렇게 말하는 게 더 편할 것 같았어……."

닉이 지친 듯한 소리를 낸다. "안 믿어요. 엄마가 저한테 한 말 중에 진실이 있긴 해요?"

"너에 관해서 한 말은 전부 진실이야, 맹세해." 잠시 침묵이 흐르고, 그동안 닉은 이 말을 곰곰 생각한다.

"어떻게 **이 일**은 저와 관련이 없다고 말할 수 있죠?"

"우리는 그 일에 대해서 말하지 않기로 합의했어. 내가 네 아버지에게 약속을 받아냈다. 새로운 시작이었으니까. 넌 새로운 시작이었어."

조앤은 예전에도 닉에게 이런 이야기를, 그들에게 닉이 새로운 시작이었다는 이야기를 했지만 입양 신청이 승인될 때까지 그녀가 닉을 얼마나 바랐는지, 얼마나 꿈꾸고 얼마나 갈망했는지 자세히 말하지 않았다. 자신이 닉을 얼마나 원했는지 알면 너무 큰 짐이 될 것이라고 항상 생각했기 때문에 그런 이야기를, 오스트레일리아에 도착한 다음 불임을 확진받을 때까지 그 희망과 절망의 세월에 관한 이야기를 닉에게 하지 않았다. 의사는 안된다고, 조앤의 자궁이 훼손되어서 아이를 가질 가능성이 전혀 없다고 하면서 입양은 고려해보았느냐고 물었다.

거기서부터 길고 불확실한 과정이 다시 시작되었고, 두 사람은 항상 서류가 잘못되었다는 이야기를 들었지만 뭐가 잘못되었는지는 한 번도 듣지 못했다. 계속 차례가 뒤로 밀리고 또 밀리다가 마침내 어느 날 신청서가 통과되었으니 3개월 뒤 로열빅토리아 병원에 아기를 데리러 오라는 편지가 도착했다.

조앤은 닉을 처음 품에 안고서 자기 손가락을 감싸는 그 부드럽고 작은 손을 느꼈을 때 그녀를 강타했던 그 감정을 결코 잊지 못할 것이다. 그것은 미리 대비할 수 있는 종류의 감정이 아니었다. 그녀는 그때를 마법 같은 시간으로 기억한다. 닉은 우유와 눈물 냄새를 풍겼고, 눈동자 색은 파란색에서 더 깊고 풍성하게 변해서 거의 초록색에 가까웠다가 마침내 가을날의 나뭇잎처럼 놀라운 적갈색으로 바뀌었다. 그녀는 조그마한 복숭앗빛 머리와 작은 발에 감탄하면서 닉이 정말 가볍다고, 정말 연약하다고, 한때 혼자 상상했던 금빛 피부의 소년과 너무나 다르지만 또 너무나 완벽하다고 생각했던 기억이 난다. 새로운 시작이었다.

그러나 지금 닉은 팔짱을 끼고 조앤 앞에 서 있고, 처음의 불신은 이제 냉소로 바뀌었다. "그래도 저한테 얘기할 수 있었다고 생각해요."

조앤의 목소리는 속삭임에 가깝다. "아까도 말했지만, 아무도 전쟁 당시 뭘 했는지 얘기하지 않았어. 우리 모두 그래선 안 된다는 걸 알았어. 난 가족에게도 말하지 않았다."

닉이 조앤을 본다. "하지만 레오는 알았겠죠, 아닌가요?"

조앤이 눈을 깜빡인다. 그녀는 아무것도 증명되지 않았음을 안다. 아무 말도 할 필요가 없다. "아니." 이렇게 말했지만, 망설임이 너무 길었다.

'튜브 앨로이스 편성' 발췌문

1941년 4월 14일

튜브 앨로이스 프로젝트의 두 가지 목적은 첫째, 아직 만들어진 적 없는 가장 강력한 군사 무기 제조, 둘째, 전력 목적의 원자 에너지 방출이다.

이 프로젝트의 과학적 배경은 전쟁 전부터 잘 알려졌으며, 독일이 같은 프로젝트를 꾸준히 추진하고 있다는 것은 더없이 확실하다. 그러므로 군사 무기를 먼저 소유하고자 하는 연합군과 추축군이 시간을 다투는 중이다. 합당한 시간 내에 성공할 가능성이 무엇이든, 비용과 상관없이 최대한 빠르게 해당 프로젝트를 추진해야 한다는 것은 분명하다.

조앤의 숙소는 랜즈먼 부인이 운영하는 미혼 여성 전용 하숙집으로, 밀 로드의 다소 평범한 지역에 있다. 많은 친구들이 다른 지역으로 배속되어 떠나자 조앤은 케임브리지에서 보내는 시간이 더 적어져서 부모님의 집에 최대한 자주 간다. 어머니는 여성 자원봉사대에 가입해서 이동식당 운영을 도왔지만 주방에서 발에 커다란 쇠 통을 떨어뜨리는 바람에 어쩔 수 없이 그만두었다. 의사는 나을 것이라고 하지만 어머니는 다친 발에 체중을 실을 때마다 흠칫거리고 목발이 자꾸 집 안 가구에 걸리고 부딪혀서 고생 중이다.

무엇보다도 조앤이 집을 떠난 3년 동안 아버지가 많이 늙은 것 같다. 아버지는 작년에 은퇴했지만, 이참에 휴식을 취해서 건강을 회복한 것이 아니라 활동을 억지로 중단당해서 더욱 노쇠한 것 같다. 굵던 백발은 가늘어지고 얼굴이 창백해져서 짙은 눈썹이 더 또렷하게 눈에 띈다. 눈도 제빛을 잃은 것 같다. 아버지는 저녁 식탁에서 정장 재킷을 벗고 목깃을 느슨하게 풀 때 손가락을 약간 떨고, 음식을 조금씩 입에 넣고 힘들게 씹는다.

"랠리는 어때요?" 부모님이 영원히 곁에 머물지 않는다는 갑작스럽고 무서운 징후로부터 신경을 돌리고 싶어서 조앤이 묻는다.

"군인들이랑 나다니고 있지." 아버지가 반쯤 씹은 음식을 어금니 쪽으로 보내고 얼굴을 찡그리면서 말한다.

"**나다니는** 게 아니에요, 로버트. 랠리는 독일 어린이를 위한 유대인의 집에서 일주일에 며칠씩 일하고 있어요."

"피난민이겠지요." 아버지가 어머니의 말을 고친다.

"그래, 맞아요. 내 말이 그 말이었어요. 랠리가 오늘 못 와서 아쉽구나." 어머니가 감자를 조앤 쪽으로 밀면서 하나 더 먹으라고 권한다. "랠리를 좀 더 자주 만나도록 노력해봐, 조앤. 케임브리지에 널 만나러 갔을 때 정말 좋았다고 하더라."

조앤이 고개도 들지 않은 채 감자를 접시로 가져온다. "저도 좋았지만, 일주일에 엿새씩 일을 하니까 힘들어요. 랠리를 꼭 다시 부를게요."

"전쟁이 끝나면 말이지." 어머니가 말한다.

아버지가 고개를 젓는다. "당신 생각만큼 빨리 끝나지는 않을 거요."

"당연히 빨리 끝날 거예요. 믿음을 가져요."

아버지가 경멸과 즐거움이 뒤섞인 코웃음을 치고, 조앤은 그것이 온화하면서도 격렬한 논쟁의 시작을 알리는 소리임을 알아차린다. 논쟁이 일종의 스포츠 같던 어린 시절의 경험 때문에 너무나도 잘 기억하고 있다. "믿음이 우리 전쟁을 어떻게 돕는다는 건지 모르겠군요."

"우리가 옳은 편이니까요. 도덕적으로 말이에요." 조앤의 어머니가 포크로 당근을 찍어서 휘두른다. "그건 틀림없이 중요해요. 상식이에요."

평소의 아버지였다면 아내를 완전히 엉터리라고 비난하면서 최대한 장황한 언쟁을 벌이며 즐거워했을 것이다. 그러나 조앤이 최근 몇 번 찾아왔을 때 그랬던 것처럼 아버지는 오늘도 논쟁을 벌이기에는 너무 피곤해서 웃음을 터뜨리더니 기대앉아 눈을 감는다.

조앤은 아버지가 병원에 다녀왔는지 물어봐야겠다고 생각하며 자리에서 일어난다. "그릇은 제가 치울게요."

"심장이 안 좋으셔." 아버지에게 말소리가 들리지 않는 주방으로 들어가자 어머니가 털어놓는다. "의사는 휴식을 취하고 담배를 끊으라고 했지만 그럴 가능성은 별로 없지."

"아버지가 그렇게까지 늙으신 건 아니에요, 엄마."

어머니가 조앤의 팔을 꽉 잡고, 조앤은 개수대에 비눗물을 채운다. "젊지도 않잖니. 아무튼, 우린 정말 괜찮아. 넌 어떠니? 내가 알아둬야 할 젊고 멋진 남자라도 만났어? 아니면 아직도 그 빌어먹을 러시아 남자 때문에 우울하니?"

그 빌어먹을 러시아 남자는 아직 캐나다에 있다. 조앤은 어머니에게 그렇다고, 매주 그에게 편지를 쓴다고, 그녀의 애정을 두고 경쟁하는 젊은이는 없다고 말한다. 그러나 우울하지는 않다. 일이 즐겁고, 일뿐만이 아니라 그것이 가져다주는 돈과 독립성이 좋다. 실험실의 숨 막힘이, 그 다급함과 흥분이 좋다. 무엇보다도 실험실의 친목이, 저녁이면 캐런이 조앤을 초대하는 끝없는 저녁 모임과 술 마시기 게임이 좋다. 등화관제 후에 긴 포커 게임이 이어지고, 지하실에서 상자째 올라오는 셰리와 위스키가 게임의 윤활유 역할을 한다. 최상급자로서 거리를 두어야 하는 맥스는 이런 모임에 거의 참가하지 않지만 다른 사람들은 대부분 꼬박꼬박 모이고, 진지하게 토론하던 학부생 시절과는 정반대로 연구 이야기를 애써 피하는 재미있고 이상한 밤들이다. 조앤은 어머니가 싫어할 것이 뻔하기 때문에 이런 밤들에 대해서 말하지 않지만 전체적으로 우울해할 시간이 없다. 특히 레오가 위험에서 벗어났기 때문에 더욱 그런데, 그의 또래 남자 대부분은 그렇다고 말하기 힘들다.

사실 옛날 케임브리지 친구들 중에서 아직 주변에 남아 있는 사람은 윌리엄밖에 없다. 케임브리지 근방에 배속된 윌리엄은 학교로 찾아오기 쉽기 때문에 시간이 날 때마다 조앤에게 연락한다. 그날 저녁 조앤이 부모님 집에서 돌아오자 윌리엄이 하숙집 문 앞에서 기다리고 있다. "아." 그녀는 그날 밤 같이 영화를 보러 가기로 한 약속을 불현듯 기억해내고 말한다. "오늘 밤이었지, 응?"

윌리엄이 씩 웃더니 몸을 숙여 뺨에 입을 맞춘다. "잊어버린 건 아니지? 표도 벌써 샀는데."

"당연하지." 그녀가 억지로 미소를 지으며 말한다. "우리 뭐 봐?"

"〈나의 계곡은 푸르렀다〉."

"너의 계곡이 뭐라고?"

그가 영화 제목이라고 설명하려 하지만 그녀가 끼어든다. "농담이야."

"아, 그렇구나. 그러네."

윌리엄을 향한 조앤의 감정은 양가적이다. 그녀는 그가 친한 척하는 것이 거북한데, 그는 자주 친한 척을 한다. 지나치게 의도

적이고 지나치게 억지스러운 느낌이 들긴 하지만 어쨌든 친한 척한다. 대체로 사람들은 윌리엄이 엉뚱한 순간에 《위니 더 푸》를 인용해서, 또 마냥 속 편히 지낼 만큼 부자라서 그를 좋아하는 것 같지만 조앤은 그가 자기 아버지처럼 되겠다고 결정만 내리면 언제든지 외무부에서 성공적인 경력을 쌓을 수 있다는 사실이 살짝 짜증 난다.

그래도 윌리엄을 만나면 옛날이, 레오가 생각나서 좋다.

영화는 웨일스 론다 계곡 탄광 마을의 파업을 배경으로 아름다운 등나무 바구니에 음식이 담겨 나오고 클래식 음악이 흐르는 가운데 얼굴에 석탄을 묻힌 휴 모건이 눈을 빛내는 긴 영화인데, 조앤은 이 영화를 보자 예전에 세인트앨번스에서 본 석탄 노동자들의 행렬이 떠오른다.

밤은 따뜻하고 사향 냄새가 나는 듯하고, 두 사람은 파커스 피스 공원을 지나 조앤의 하숙집까지 걸어서 돌아간다. 윌리엄이 팔을 내밀자 그녀는 마지못해 그의 팔꿈치 안쪽에 손을 걸친다. 너무 친근하다. 너무 가까이 닿았다.

"어때? 재미있었어, 조조?"

조앤이 흠칫한다. 그녀를 조조라고 부르는 사람은 레오밖에 없고, 윌리엄도 그 사실을 잘 안다. 음, 어쩌면 소냐도 조조라고 불렀던 것 같다. 윌리엄은 그냥 다정하게 구는 것뿐일지도 모른다. "슬펐어." 조앤이 말한다. "그리고 좀 미국적이더라. 다들 너무 예뻐. 진짜 검댕 묻은 건 별로 없던데."

윌리엄이 웃는다. "감독은 원래 웨일스에서 찍을 생각이었는데 전쟁 때문에 무산됐대."

"전쟁이 그렇지 뭐." 조앤이 중얼거린다.

"미국인들에게도 전쟁이 방해가 될 거야, 곧. 루스벨트는 참전을 원해. 주저하는 건 미국 대중이야."

"그 정도면 루스벨트가 단념하고도 남을 것 같은데."

"이번 전쟁은 지난번 전쟁과 달라. 미국은 바다로 둘러싸여 있다는 이유만으로 전쟁에서 빠질 수 있다고 생각하면 안 돼. 미국을 참전시킬 일이 일어날 거야."

조앤은 의심스럽다는 듯 윌리엄을 흘깃 보지만 아무 말도 하지 않는다. 그는 어떻게 항상 이렇게 확신하며 말할 수 있을까? 자기 생각에 이토록 자신감을 갖게 해주는 건 무엇일까?

윌리엄이 조앤을 곁눈질한다. "아무튼, 넌 어떻게 지내? 일은 재미있어?"

"응. 아주."

"무슨 일 한댔더라? 나한테 말 안 한 것 같은데."

"연구야."

"그래, 그건 알아. 무슨 연구야?"

조앤이 윌리엄의 팔을 때린다. "말 못 하는 거 알면서."

"경솔한 말이 생명을 앗아갑니다, 라는 거지? 나도 포스터 봤어. 그래도 궁금한데."

"음, 나도 몰라서 말할 수가 없어. 난 그냥 비서야. 나한텐 아무 말도 안 해줘."

"그리고 넌 읽지도 않고 타이프를 치고. 맞지?"

"맞아."

윌리엄이 입을 꾹 다물고 조앤을 본다. "하지만 전쟁에 도움이 되고 있으니까 분명히 기분이 좋을 거야." 그가 잠시 자기 말에 대해서 곰곰이 생각하더니 갑자기 씩 웃는다. "내일 점심 어때? 아니면 저녁이나. 휴가를 최대한 활용해야 하는데 할 일이 별로 없거든. 다른 곳으로 배속시킨다는 이야기가 계속 나오고 있어."

왜? 조앤이 생각한다. 넌 나한테서 뭘 원해? 우리는 같이 있으면 편하지 않아. "안 돼." 그녀가 실망한 표정을 지으려 애쓰며 말한다.

"왜 안 돼?" 윌리엄이 묻는다. "내가 실험실로 갈게. 잠깐 점심 먹고 오겠다고 하면 되잖아. 아니면 일 끝나고 만나도 되고."

조앤이 웃으며 그에게 말한다. "난 비서야. 잠깐 점심 먹고 온다는 건 불가능해. 게다가 시간이 없어. 7시가 넘어야 끝나고, 일이 너무 많아서 점심시간엔 나갈 수가 없어."

"상사가 널 정말 좋아하나 보다."

"그게 무슨 소리야?"

"네가 싫으면 일을 그렇게 많이 안 줄 테니까. 네가 근처에 있는 게 싫을 거 아냐."

조앤이 고개를 끄덕인다. 맥스와의 사이에 어떤 동질감이 있다는 것은 인정한다. 보통 문 하나를 두고 갈라져 있긴 해도, 두 사람이 차지한 연구소 한구석에는 어딘가 평화로운 분위기가 있다. 그녀는 맥스가 매일 아침 인사하는 태도가, 아침 차를 가져다주면 고맙겠다고 말하는 태도가 좋았는데, 다른 사람들과는 뭔가 다르다. 맥스는 고마우면서도 미안한 사람 같다. "아마 그럴 거야." 그녀가 동의한다. "내가 하는 일에 왜 그렇게 관심이 많아? 그냥 지루해."

"나한텐 안 지루해. 이제 난 언제 떠날지 몰라. 고국의 모든 것을 상상할 수 있으면 좋을 거야."

조앤은 몸을 살짝 움츠리며 말한다. "윌리엄. 오해하지 말았으면 좋겠어."

"뭘?"

"음……." 그녀가 잠시 말을 멈춘다. "우리 말이야."

윌리엄이 웃으면서 그녀의 팔을 꽉 잡는다. "말도 안 되는 소리 하지 마, 조조. 나도 알아. 우린 친구야. 그뿐이지. 네가 레오를 기다리고 있다는 거 알아."

"기다리는 거 아니야." 조앤이 윌리엄의 말을 정정하지만 그를 올려다보면서 붉어지는 뺨을 숨기지 않는다.

"그래, 안 기다리겠지." 그가 말한다. "그리고, 난 네가 안다고 생각했어."

"뭘 알아?"

"나에 대해서."

두 사람은 이제 조앤의 하숙집이 있는 거리를, 지하실과 다락방 때문에 안으로 들어가면 밖에서 볼 때보다 더 큰 빅토리아풍 주택들이 촘촘히 한 줄로 붙어 앉은 거리를 따라 걸어가고 있다. 조앤은 윌리엄의 말이 무슨 뜻인지 전혀 모르겠다. "너에 대해서 뭐?"

그가 깜짝 놀라 조앤을 본다. "정말 몰랐다는 거야?"

그녀는 목소리에서 지친 기색을 감추려고 애를 쓴다. "뭘 알아?"

윌리엄이 이 질문을 치워버리듯이 팔을 흔든다. "다음에 레오 만나면 물어봐."

"좋아." 조앤은 윌리엄이 그냥 말해주지 않는 것에 짜증을 내며 말한다. "그럴게. 음, 아무튼 다 왔다. 데려다줘서 고마워."

"별말씀을." 윌리엄이 몸을 숙여 조앤의 뺨에 축축한 입맞춤을 한다. 그녀는 살갗에 남은 입술 자국을 느낀다. 윌리엄이 미소를 지으며 뒤로 물러서서 우스꽝스러울 만큼 극적으로 인사를 하고, 조앤은 열쇠를 찾아 가방을 뒤진다. 그의 입맞춤을 닦아내고 싶지만 안으로 들어갈 때까지 기다려야 한다. 마침내 열쇠를 발견한 그녀는 미소를 짓고 포치에서 허둥지둥 인사한 다음 안으로 들어간다.

화요일,

오후 6시 13분

"그렇다면 윌리엄은—윌리엄 경은—부인이 연구소에서 무슨 일을 하는지 알았다는 겁니까?" 하트가 묻는다. 그녀가 의자에 앉은 채 몸을 앞으로 내밀고, 약간 숨 가빠진 목소리다. 애덤스와 하트가 눈짓을 주고받는 것을 보니 계획된 질문인 게 분명하다.

"윌리엄이요?" 조앤이 혼란스럽다는 듯 눈을 찌푸리며 묻는다.

하트는 흠칫하지 않는다. "네, 윌리엄이요."

정적이 흐르고, 조앤은 이들이 무엇을 노리는지 불현듯 깨닫는다. 닉이 처음 경고하러 왔을 때 이들은 아직 부검 영장을 발급할 시간이 있을 때 조앤을 이용해서 윌리엄을 연루시킬 생각이라고 말했던 것이 기억난다. 금요일에 윌리엄의 시체를 화장하기 전에 말이다. 그러나 조앤은 약속을 했다. 그녀는 고개를 저으며 침대 옆 서랍에 숨겨둔 성 크리스토퍼 목걸이를, 수년 전 마지막으로 만났을 때 윌리엄이 아무렇지도 않게 건네준 그 물건을 생각한다. "아니요." 그녀가 말한다. 또박또박하고 단호한 목소리다. "윌리엄은 아무것도 몰랐어요. 원래 뭐든지 알고 싶어 하는 성격이었고, 살짝 장난을 친 거예요."

하트가 얼굴을 찌푸린다. "그렇다면 그가 부인에게서 일부러 정보를 캐내려 하지는 않았다는 뜻인가요?"

"네."

"어떤 식으로든 부인에게 접근하지도 않았고요?"

"네."

"기억하세요, 나중에 법정에서—"

조앤은 다시 듣고 싶지 않아서 말을 자른다. "알아요."

러시아 전격 지원: 총리가 영국 정책을 선언하다

처칠 총리는 다음과 같이 말했다.

"오늘 새벽 4시에 히틀러가 러시아 침공을 시작했습니다. 우리는 그동안 히틀러의 습관적인 배신행위들을 신중하게 살펴보았는데, 양국이 불가침조약에 정식으로 서명하여 효력이 발생했고 협약을 이행하지 않는다고 이의를 제기한 적도 없었습니다. 거짓된 신뢰의 비호 아래 독일 군대는 백해부터 흑해에 이르는 전선에 어마어마한 화력을 투입했고, 공군과 기갑 사단이 천천히, 질서정연하게 거점을 차지했습니다. 그러다가 갑자기, 전쟁 선포도 최후통첩도 없이 러시아 여러 도시의 하늘에서 독일 폭탄이 쏟아져 내렸습니다.

지난 25년 동안 나보다 더 끈질기게 공산주의에 반대한 사람은 없었습니다. 나는 공산주의에 대해서 했던 말을 한마디도 취소하지 않겠지만, 현재 펼쳐지고 있는 참상 앞에서는 그 모든 말이 빛을 잃습니다.

우리에게는 단 하나의 목적, 단 하나의 돌이킬 수 없는 목표가 있습니다. 우리는 히틀러와 나치 정권의 모든 자취를 남김없이 파괴할 것을 결의합니다. 그 무엇도 우리를 돌이킬 수 없습니다. 히틀러와 맞서 싸운다면 어떤 사람, 어떤 국가든 우리의 지원을 받을 것입니다. 그것이 우리의 정책이자 우리의 선언입니다.

이에 따라 우리는 러시아와 러시아 국민들에게 가능한 모든 도움을 제공할 것입니다. 우리는 능력 내에서 그들에게 도움이 될 모든 기술적, 경제적 지원을 소비에트 러시아 정부에 제안했습니다."

윈스턴 처칠의 이와 같은 연설이 어젯밤 GRV 방송국에서 러시아어로 방송되었다.

〈더 타임스〉 1941년 6월 23일

조앤의 하숙방은 작고 천장이 낮다. 방에서 담배 냄새가 나고 아침에는 따뜻한 물이 나오지 않는다. 화장대에는 이제 막 딴 꽃이 어지럽게 꽂혀 있고 침대에 분홍색 깃털 이불이 덮여 있다. 일요일 오후인 지금 조앤은 침대에 앉아서 기다리고 있고, 그녀 밑에서 매트리스 스프링이 내려앉는다. 그녀는 엎드려서 창문

걸쇠를 풀고 몸을 내민 다음 상자 텃밭을 내려다본다. 일렬로 늘어선 파란색 도자기 화분에 비료를 뿌린 마타리 상추가 큼직하게 자랐다. 보도의 판석은 갈라지고 이끼가 끼었고, 축축한 벽지 위로 타임과 로즈메리 향기가 난다. 텃밭 끝에 아치형 간이 방공대피소가 둥글게 솟아 있고, 옆집 텃밭에서 여자아이 세 명이 낡은 줄로 줄넘기를 하고 있다. 아는 놀이라서 그녀는 아이들의 발이 그리는 문양을 지켜본다. 태양, 그늘, 태양, 그늘.

조앤이 엽서를 들고 다시 읽는다.

내 귀여운 동지에게.

자, 너무 흥분하지 마. 나 집으로 돌아가. (집이라니! 조앤은 생각한다. 나를 뜻하는 걸까? 내가 집인가? 아니면 그냥 영국이라는 뜻일까?) 하지만 잠깐 가는 거야. 전쟁 동안 몬트리올 대학에서 연구직을 맡으라는 명령을 받아서 내 논문을 찾으러 가는 거야. 당신이 아직 가지고 있겠지. 영국에 도착하면 연락할게. 여기로 편지 보내지 마. 보내도 못 받을 거야.

당신의 형제,
레오.

엽서는 작고 닳았고, 앞면에는 눈 덮인 산의 무스 그림이 있다. 언제나처럼 무뚝뚝하지만 조앤은 2주 전에 엽서를 받은 뒤로 읽고 또 읽었다. 그녀는 시트를 단단히 두르고 그것이 자신을 따뜻하게 감싸는 레오의 팔이라고 잠시 상상한다. 심장이 빨리 뛰고 그의 기억이 온몸으로 퍼진다. 눈을 감고 그의 얼굴을, 그 진지한 검은 눈과 완벽한 입술을 상상한다.

그러나 아니, 늘 똑같다. 그의 모습은 가만히 있질 않는다. 이미지가 흔들리면서 사라지더니 돌아오지 않는다. 조앤이 일어나 앉아서 엽서를 침대 옆 작은 나무 탁자에 다시 놓는다. 레오가 곧 여기로 올 것이다. 그를 만나기 전에 만반의 준비를 해야 한다. 레오는 반드시 일에 대해 물어볼 텐데, 아무것도 흘리지 않아야 한다. 수용소의 친구에게 들어서 이미 알고 있을지도 모른다는 생각이 다시 한 번 스치듯 떠오르지만, 그녀는 전쟁 내각 중에서도 일부는 알지 못한다는 맥스의 말을 기억하면서 그럴 리가 없다고 일축한다.

조앤은 랜즈먼 부인에게 사촌이 방문할 것이라고 말했는데, 젊은 남자는 하숙집에 묵을 수 없지만 가족에게는 가끔 예외가 적용되기 때문이다. 예전에 어떤 여자의 방에서 이른 아침부터 남자가 발견되었을 때 어떤 소동을 일으켰는지 조앤은 잘 기억한다. 그 여자는 막돼먹었다고 비난을 받았고 모든 하숙생이 보는 앞에서 옷장에 있던 소지품들이 여행 가방에 던져졌다. 조앤은 빤히 쳐다보는 사람들의 시선을 받고 싶은 생각이 없다. 그러므로 두 사람은 당분간 사촌이다.

아래층에서 현관문 두드리는 소리가 난다. 조앤은 현관문이 열리는 소리, 남자의 목소리, 계단을 올라오는 발소리에 귀를 기울인다. 숨이 목구멍에 달라붙는다. 이 순간을, 침실 문을 열고 그의 손을 잡고 그를 안으로 끌어당기는 장면을 너무나 많이 상상했다. 그녀가 자리에서 일어나 연파랑 원피스— 소냐가 준 원피스— 의 주름을 펴고 천천히 방을 가로지른 다음 문손잡이에 손을 올린다.

바깥에서 아이들이 노는 소리가 갑자기 더 시끄럽고 빨라진다. 뜨겁고 뻣뻣한 풀을 밟는 발소리가 들린다. 노랫소리는 점점 커져서 단조로운 선율이 되고, 뜀뛰기 놀이는 맹렬하고 규칙적인 소음과 소리와 빛의 소용돌이가 되고, 어느새 눈앞에 레오가 있다. 방으로 들어온 그는 조앤을 끌어안기 전에 먼저 신발을 벗고 재킷을 깔끔하게 접어 그 위에 올리더니 돌아서서 그녀를 안아 들고 성큼성큼 두 걸음 만에 방을 가로질러 침대로 뛰어든다. 갑자기 두 사람의 무게가 실리자 매트리스가 삐걱거리며 신음하고, 조앤은 조용히 해야 한다고, 아니면 랜즈먼 부인에게 둘 다 쫓겨난다고 말해야 한다는 것을 안다. 그러나 어느새 조앤은 그런 것을 더 이상 신경 쓰지 않고 레오와 함께 아래로 아래로 추락하고 있다.

"어렵지 않아. 랠리한테 전화해서 몸이 안 좋으니 저녁 식사를 같이 못 하겠다고 말하면 돼. 일방적으로 찾아오면서 당신이 모든 일을 내팽개치고 나오기를 기대하면 안 되잖아."

레오는 똑바로 누워 있다. 조앤은 그의 가슴에 머리를 올리고 있고 그의 팔이 그녀를 감싸고 있다. 그녀는 일어나서 출근해야 한다는 것을 알지만 지금은 그의 몸에서 자기 몸을 풀어내는 것이 불가능하게 느껴진다. 이렇게 누워 있으니 두 사람의 발이 정확히 수평을 이룬다. 엄지발가락이 그의 발가락 사이에 꽉 끼어서 완벽하게 들어맞는 느낌이다.

"랠리가 온다고 한 게 아니야. 내가 한참 전부터 오라고 했어. 게다가 기차표도 벌써 샀대." 그녀가 망설인다. "내가 오라고 해놓고 이제 와서 취소하면 랠리는 두 번 다시 안 올 거야."

레오는 이 주장에도 전혀 흔들리지 않는 듯 말이 없다. "아프면 어쩔 수 없잖아."

"진짜 아픈 게 아니라는 걸 랠리가 알면 어떻게 해?"

"그러면 사랑 때문에 아팠다고 해야지."

"내가 그래?"

"뭐?"

조앤은 그 말을 하기도 힘들다. "사랑 때문에 아프다며."

"응." 레오가 그녀를 보지도 않고 불쑥 말한다. "그리고 나는 귀여운 동지 때문에 아프지. 훨씬 더 심한 병이야."

그의 말이 조앤의 갈비뼈를 찌르는 것 같지만, 감정이 담기지 않은 것은 아니다. 조앤은 레오가 자신을 정말로 사랑한다고 믿는 것이 순진하다고 생각하지 않고, 그 말을 하지 않으려는 그보다 레오가 고풍스럽고 과장된 방식으로 사랑을 선언하길 바라는 자신이 더 우습다고 여기는 것이 순진하다고 생각하지도 않는다. 어쩌면 레오는 이런 식으로 그 말을 하는 것일지도 모른다. 결국 그건 말에 불과하다. 그가 멀리 떠나 있는 동안 간직하면서 그녀의 마음을 묶어둘 수 있는 말.

조앤이 억지로 미소 짓는다. "당신 너무 웃기는 거 아니야?"

"알아." 그가 발가락으로 그녀의 발가락을 더 꽉 붙잡고 몸을 숙여 속삭인다. "제발."

레오는 보통 애원하지 않는다. 맞다, 이것은 애원이 아니다. 상황이 다르다. 그는 오래 머물지 않을 것이고 조앤이 결근할 수도 없으니 오늘 저녁밖에 없다. 요즘 같은 상황에서 동생에게 사소한 거짓말을 하는 것이 그렇게 나쁜 짓은 아닐 터이다.

"랠리한테 왜 사실을 말하면 안 되는지 아직도 모르겠어. 그 애도 이해해줄 거야."

"나와 함께 있는 모습을 보이면 안 돼." 레오가 말한다. "아무한테도 말 안 하는 게 더 편해. 그러면 실수할 일도 없잖아."

조앤은 그의 말투가 진지해서 잠시 혼란스럽지만 억지로 웃는다. "당신이 진짜 위험인물은 아니잖아. 통상적인 억류 상태일 뿐이야. 당신이 그렇게 말했잖아."

"통상적인 억류라고?" 그가 되풀이한다.

"아니었어?"

"이런 식으로 생각해봐. 내 논문 주제가 꿀벌의 수분 습성이었다면 캐나다로 보낼 만큼 위협적인 인물이라고 생각하지 않았을 거야."

"아."

"하지만 이제 상관없어. 적어도 수용소에서는 나왔고, 논문을 가져가면 어느 정도 도움이 될 테니까." 레오가 고개를 돌려 조앤에게 입 맞춘다. "안전하게 보관해줘서 고마워, 조조."

어둑한 방은 아침 햇살을 받아 분홍빛이 감돌고 여기저기서 그림자가 어른거린다. 레오가 그녀의 목에 코를 비빈다. 이게 영화라면 지금 음악이 나오고 카메라가 담배를 비추고 조명이 부드러워질 것이다. 여기에 그런 것들은 하나도 없지만 이 순간이 왠지 사치스럽게 느껴진다. 잎사귀가 나뭇가지에서 떨어져서 팔랑거리며 땅으로 떨어지기 직전에 한 줄기 바람이 부는 것처럼 시간이 멈춘 느낌이 든다.

조앤이 몸을 움직이자 레오가 팔을 미끄러뜨려 그녀를 끌어안고 허리에 손을 가볍게 얹는다. "좋아." 그녀가 속삭인다. "사무실에서 랠리한테 전화할게, 당신 얘기는 빼고. 7시에 식당에서 만나."

"기본적인 것만 말해주면 안 돼? 그냥 당신이 뭘 하는지 알고 싶어서그래." 식당에는 짙은 나무 패널을 댄 칸막이 좌석과 붉은 식탁보를 씌운 테이블이 줄지어 늘어서 있다. 낮게 재잘거리는 소리가 들리고, 식당 한가운데의 기다란 바는 반짝이는 술병들과 머리 위에 걸린 유리잔들로 장식되어 있어서 두 사람이 대화를 나누는 모습이 잘 보이지 않는다. 레오가 식탁 위로 그녀의 손을 잡고 있어서 조앤은 누가 보면 무척 친밀하고 서로에게 정말 열중하는 보기 좋은 커플인 줄 알겠다는 생각이 들어서 미소를 짓는다.

그녀가 고개를 젓는다. 두 사람은 조앤이 윌리엄과 나눴던 대화를 똑같이 되풀이하고 있고, 그녀의 대답은 항상 같다. "아무 말도 안 할 거야. 그게 규칙이야."

"하지만 왜 비밀로 해야 하지? 투명성이 서구의 자랑이자 기쁨인 줄 알았는데."

"눈치챘는지 모르지만, 전쟁 중이잖아."

"당신이야말로 눈치챘는지 모르지만, 난 같은 편이야. 윈스턴 처칠도 그렇다고 하잖아." 레오는 조앤이 다 털어놓지 않아서 당황했을지도 모르지만 적어도 그런 티는 내지 않는다. 그가 메뉴를 집어 들고 와인 메뉴판을 흘깃 보자 대부분 재고가 떨어졌지만 구할 수가 없어서 엑스 자가 표시되어 있다. "레드와인 마실까?" 그가 묻는다.

조앤이 메뉴를 흘깃 본다. 가격은 안 적혀 있지만 비싸다는 건 안다. "낼 수 있어?"

"특별하잖아." 레오가 그녀를 보지도 않은 채 고개를 돌리고 손을 들어 웨이터를 부른다.

그가 클라레를 주문한 뒤 잠시 기다리자 웨이터가 와서 와인잔 두 개를 엄숙하게 내려놓고, 마개를 따고, 레오의 잔에 따른다. 레오가 와인을 빙빙 돌리고 냄새를 맡은 다음 괜찮다고 말하자 조앤의 잔에도 와인이 채워진다.

웨이터가 두 사람의 대화를 못 들을 만큼 멀어지자 레오가 말한다. "그럼 이제 내가 털어놓을 차례인 것 같네." 그가 냅킨을 털어서 펼친 다음 무릎 위에 반듯하게 놓는다. "중요한 이야기를 먼저 해야지. 내가 공산당에서 탈퇴했다고 했었지?"

"윌리엄이 말했어. 당신이 아니라."

그가 고개를 끄덕인다. "음, 누가 했든. 어쨌든 그 말은 사실이 아니야. 나는 탈퇴하라는 요청을 받았어."

"어떻게 그럴 수가 있어? 당신은 그 사람들 때문에 억류됐는데—"

"아니야." 레오의 표정이 단호하다. "난 그 사람들 때문에 억류된 게 아니야. 내 신념 때문이었어. 그리고 쫓겨난 것도 아니야. 임시로 당원 지위를 버리는 게 어떻겠냐는 제안을 받은 거야."

"누구한테?"

레오는 고개를 들지 않는다. 웨이터가 말랑말랑한 흰 빵을 들고 다시 나타나서 접시를 내려놓는 동안 정적이 흐른다. 레오가 두 사람 몫의 사슴 고기와 매시트포테이토를 주문한다.

"난 뭘 먹을지 아직 결정 안 했어."

그가 손사래를 친다. "당신도 좋아할 거야. 메뉴 중에 제일 좋은 거야."

"당신 생각에 말이지."

"그래."

웨이터가 자리를 뜬다. 레오가 하던 말을 계속한다. "코민테른의 지시야. 당신도 알겠지만 당과 공식적으로 관계가 없으면 내가 더 큰 도움이 될 수 있지. 난 몬트리올 대학에서 논문을 계속쓸 거니까 안보의 위협으로 보이지 않을 거야." 그가 조앤을 흘깃 본다. "여기까지 뭐 궁금한 거 있어?"

그렇다, 당연한 질문이 하나 있지만 그녀는 어떻게 물어야 할지 모르겠다. 방금 그가 너무 아무렇지 않게 말했기 때문에 '도움이 된다'는 게 정확히 무슨 뜻인지 물으면 멍청해 보일 것 같다.

그녀는 이 질문의 대답을 정말 알고 싶은지 확신이 없어서 더 쉬운 질문으로 시작한다. "윌리엄한테 나 데리고 영화 보러 가라고 했어?"

레오가 빵을 한 조각 집어서 자기 접시에 놓는다. "응."

"하지만 내가 윌리엄 안 좋아하는 거 당신도 알잖아."

"당신이 엇나가지 않는지 확인하고 싶었어." 그가 씩 웃는다. "꿈쩍도 안 한다고 하더군."

"맞아." 조앤은 이렇게 말하지만, 윌리엄이 그래서 관심을 보였음을 깨닫자 자신이 무슨 착각을 했는지 떠올라서 흠칫한다. "그러니까 생각났다. 윌리엄이 당신한테 물어보라고 한 게 있어. 자기에 대해서."

"응?"

"내가 영화를 같이 보러 간다고 해서 착각하지 않았으면 좋겠다고 했더니……" 조앤은 레오의 얼굴에 서서히 퍼지는 미소를 보고 당황해서 말을 멈춘다. "뭔데? 윌리엄의 반응도 똑같았어."

"아, 조조, 당신은 어쩜 그렇게 항상 순진해?" 그가 그녀를 향해 몸을 숙이고 속삭인다. "윌리엄은 여자한테 관심이 없어."

조앤이 알쏭달쏭한 표정으로 레오를 본다. "무슨 뜻이야? 그럼 윌리엄이……?" 그녀가 말을 멈춘다. 어떻게 표현해야 할지 모르겠다. 윌리엄을 동성애자라고 말하면 꼭 무슨 병 같아서 적절한 설명이 아닌 것 같다. 그녀는 집회 때 루퍼트가 윌리엄의 팔에 손을 얹고 있었던 것을, 잠시가 아니라 집회 내내 그랬던 것을 떠올린다. "그럼 루퍼트도?"

"아, 귀엽고 달콤한 나의 동지. 시간만 충분히 주면 결국은 알아낸다니까."

조앤은 레오의 잘난 척하는 어조가 짜증 나서 고개를 돌린다. "생각을 못 했을 뿐이야." 그녀는 윌리엄에 대해서 잠시 생각하다가 마음 깊숙이 치워버린다. "아무튼, 내가 엇나가지 않는지 확인하고 싶었다는 거지. 뭐에서 엇나간다는 거야?"

"그게 두 번째로 할 말이야. 난 당신 도움이 필요해. 그래서 여기 온 거야."

조앤이 시선을 들어 그를 홀깃 본다. 얼굴이 뜨겁게 타오르다가 차가워진다. "난 당신이 온 게—"

"그래, 그래, 알아." 레오가 말을 끊는다. "논문을 가지러 왔지."

그는 자기 말이 조앤에게 얼마나 상처를 주는지 깨달을 수나 있을까? 그의 말에 그녀의 온몸이 따끔거린다. "내 말은, 내가 보고 싶어서 돌아온 줄 알았어." 그녀가 속삭인다. "논문은 내가 부쳐줘도 되잖아."

"음, 그게 세 번째야." 이 말을 하는 레오의 얼굴에서 애정 어린 표정이 깜빡이다가 마찬가지로 빠르게 사라진다. "내 귀여운 동지를 그렇게 오래 못 보고 어떻게 참겠어?"

조앤은 미소를 짓지만 갑자기 확신이 사라진다. 대화에 스며드는 불안을 느끼자 마음이 허둥거린다.

"그러니까 나 좀 도와줄래?" 이제 레오는 진지한 표정으로 그녀를 보고 있다. "우린 설계도가 필요해. 서류, 그 연구 말이야."

조앤이 눈을 가늘게 뜨고 그를 자세히 본다. "어떻게 알았어?"

"뭘 알아?"

"그……." 그녀가 주변을 둘러본 다음 손으로 입을 가리고 말을 잇는다. "……프로젝트에 대해서?"

"그건 중요하지 않아. 중요한 점은 처칠이 모든 기술 개발을 영국과 USSR이 공유할 거라고 하원에서 약속했다는 거야. 처칠은 약속을 어기고 있어." 레오가 뒤로 기대앉는다. "당신 문제가 아니야. 여기서 당신 감정은 상관없어. 혁명을 살리는 문제야. 세상을 살리는 문제라고. 우리의 기회는 당신이 프로젝트에 대해서 아는 걸 러시아와 공유하는 것밖에 없어. 간단해."

조앤이 그를 빤히 본다. 레오가 지금 그녀가 생각하는 것을 요구하는 건 아닐 거다. 그럴 리가 없다. "나보고 연구를 몰래 빼내라는 거야? 내가 도둑질을 하면 좋겠어?"

"도둑질이 아니야." 레오가 조앤의 생각을 읽은 것처럼 더 부드러운 목소리로 말한다. "복제지. 공유고."

그녀는 꼼짝도 하지 않는다. 레오가 이런 요구를 하다니 믿을 수가 없다. 이것 때문에, 그녀에 대한 계획이 있기 때문에 지금까지 편지를 썼다는 생각이 마음을 스친다. 조앤을 설득해서 그의 요청은 무엇이든 받아들이게 만들 수 있다고 생각하기 때문에.

조앤은 고개를 저어 이 생각을 떨친다. 분명 아닐 거야, 그녀는 생각한다. 누구도 그 정도로 냉소적일 수는 없어. 그 정도로 앞날을 미리 생각할 순 없어.

식탁 위로 조앤의 손을 잡고 있는 레오의 목소리가 약간 다급하다. "모르겠어, 조조? 이건 당신이 세상을 위해서 뭔가를 할 기회, 변화를 불러올 기회야."

"난 몰랐어, 당신이 그렇게⋯⋯." 조앤이 말을 멈춘다. 그가 실제로 이런 일까지 할 만큼 헌신적인지 몰랐다고 말하려 했지만, 막상 말하려고 하니 만약 정말 몰랐다면 자신이 멍청해서였음을 깨닫는다. 레오는 항상 공산주의의 대의가 자신에게 얼마나 큰 의미인지 무척 솔직하게 말했고, 그 사실을 확인했을 뿐인데 왜 이렇게 놀라울까? 그의 말이 진심임을 믿지 않았던 걸까? 그가 대답을 기다리고 있다. "안 돼, 레오." 그녀가 속삭인다. "안 할 거야."

레오의 표정은 연습해서 만든 인내의 표정이다. "전에 다 했던 얘기잖아, 조조. 한 국가에 대한 충성은 잘못된 충성이야. 그건 아무 의미도 없어. 당신도 알잖아. 국가 간의 수직적 구분은 상상 속에서만 존재해. 중요한 건 수평적 구분이야. 우리는 국제 프롤레타리아트의 일원으로서 가능한 모든 수단을 동원해서 소비에트를 방어하고 도와야 해."

조앤은 레오의 말을 들으며 고개를 젓는다. 그와 똑같이 생각하고 싶다고, 자신과 똑같이 세상을 봐야 한다고 사람들을 설득하는 능력이 그의 매력임을 그녀는 안다. "그러지 마. 난 이제 당신네들 일원이 아니야. 내가 소비에트 현장에서 고군분투하지 않는 건 내 잘못이 아니야. 내가 세인트앨번스에서 태어나겠다고 선택한 건 아니지만 내 충성심이 당신 충성심보다 정당하지 않다고 말하는 이유를 모르겠어."

"당신이 어디에서 태어났느냐의 문제가 아니야. 이것이 존재하게 된 이상 이제 편은 없어. 이건 한쪽 **편**만이 가져야 하는 그런 무기가 아니야. 한 방에 나라 전체가 파괴될 수 있어. 비인간적이야."

레오의 고집은 놀랍다. 물론 그는 조앤이 이 일을 하지 않을 것임을 분명 알 것이다. 조앤 역시 너무 정직하고 너무 충직하다. 레오가 그녀의 그런 면을 모른다면 어떻게 그녀를 안다고 할 수 있을까? 조앤이 고개를 들어 그를 본다. "처칠이 스탈린과 정보를 공유하지 않는 데에는 분명 이유가 있을 거야. 어쩌면 이미 공유하고 있는데 우리가 모르는 걸 수도 있잖아."

하면 안 되는 말이다. 조앤은 그 사실을 이미 알면서도 이렇게 말하고, 레오의 얼굴이 굳어지는 것이 보이지만 처음으로 신경쓰지 않는다.

"모르겠어? 처칠은 독일이 모스크바로 쳐들어가기를 **바라**. 동부전선에서 매주 러시아인이 3만 명씩 죽어나가. 그래야만 히틀러가 다우닝가로 쳐들어오지 않을 테니까."

조앤이 고개를 숙인다. "미안해, 레오. 난 하지 않을 거야."

레오가 고개를 젓는다. "당신이 더 나은 사람인 줄 알았어, 조조. 충성은 단순히 임의적인 장소나 국가에 충실하는 게 아니라는 걸 당신은 이해할 줄 알았어."

조앤은 가슴이 부풀어 오르고 눈이 타는 듯하지만 꼼짝도 하지 않는다. "스탈린은 조약에 서명할 때 그렇게 생각하지 않았잖아."

레오가 몸을 숙이더니 양손으로 식탁을 짚는다. 그의 표정이 갑자기 굳어서 읽을 수 없다. 자신이 그의 신경을 건드렸음을 조앤도 잘 안다. "그건 전략이었어."

"당신이 그렇게 말한다면."

"정말이야."

정적이 흐른다. "아무튼." 그녀가 말한다. "난 소비에트가 독자적으로 무기를 개발하는 중일 거라고 생각했는데?"

"하고 있어. 하지만 너무 오래 걸려. 시작부터 불리해." 레오가 한숨을 쉬고 다시 한 번 식탁 위로 손을 뻗는다. "제발, 조조. 모르겠어? 당신은 세계 역사를 바꿀 유일무이한 위치에 있어."

조앤은 팔짱을 낀다. "당신은 왜 그렇게 항상 극적으로 굴어? 소냐보다 심해."

"그게 진실이니까."

"글쎄, 난 안 할 거야. 당신은 부탁하지 말았어야 돼. 하지 않는 게 좋았을 뻔했어."

레오가 한숨을 쉰다. 지금으로서는 이것으로 이야기가 끝났음을 그도 안다. 웨이터가 저녁 식사를 가지고 오자 두 사람은 침묵 속에서 먹는다. 고기는 부드럽고 완벽하게 조리되었고, 매시트포테이토는 부드럽고 가볍다.

"맛있다, 그렇지?" 레오가 말한다. 별 열의도 없이 화제를 바꾸려는 무미건조한 목소리다.

"괜찮네." 조앤은 요리를 즐기는 모습을 보여서 레오를 만족시킬 생각이 전혀 없다. 씁쓸하고 쇠 같은 맛이 나고, 그녀는 이것으로 끝임을 문득 깨닫는다. 이것이, 바로 지금이 끝이다. 음식을 한입 삼키자 덩어리가 목구멍에 걸리는 느낌이다. 가슴이 갑갑하고 꽉 막힌 것 같다. "배가 별로 안 고파." 그녀가 높고 퉁명스럽게 꾸민 목소리로 말한다.

레오가 그녀를 보더니 포크를 든 손을 뻗어서 접시에 남아 있던 사슴 고기 반 덩어리를 가져간다. 조앤이 입을 떡 벌리지만 레오는 흠칫거리지 않는다. "버릴 순 없잖아."

웨이터가 다가와서 두 사람의 잔에 와인을 다시 채우자 사치스러운 핏빛 액체가 소용돌이치더니 정적이 내려앉는다. 웨이터가 자리를 떠나자 레오가 잔을 든다. 그가 달래는 듯한 태도로 목청을 가다듬는다. "아무튼, 건배."

조앤이 고개를 젓는다. 레오는 어떻게 그런 부탁을 했다가 거절당해놓고서 더없이 합리적인 요청이었다는 듯이 아무렇지 않게 행동할 수 있을까? 아무 일도 없었던 것처럼 말이다. 자기 때문에 얼마나 화가 났는지 뻔히 보면서 왜 사과도 하지 않을까?

조앤은 벌떡 일어나서 빙글 돌아 식당 문을 밀고 나가서 창문에 금이 가고 깨질 정도로 문을 세게 닫고 싶다. 소동을 피우고 싶다. 레오가 쫓아 나와서 그녀를 품에 끌어안고 동화 속 왕자님처럼 환한 햇빛 속에서 입맞춤을 한 다음 사랑한다고, 줄곧 사랑해왔다고 선언하면 좋겠다. 레오에게서 그 말을 억지로 끌어내고 싶다.

가슴 뛰는 침묵, 아픈 침묵이 흐른다. 그녀는 고개를 들어 레오와 눈을 맞추고, 그 순간 희망이 없다는 사실을 깨닫는다. 항상 그랬다. 일 년이 넘도록 그를 기다리고, 그를 꿈꾸고, 그에게 편지를 썼지만 그동안 레오가 단 한 번도 사랑한다고 말하지 않은 것은―갑자기 그 이유가 불을 보듯이, 눈부시도록 명백해진다―사랑하지 않기 때문이다. 혹은 충분히 사랑하지 않아서다. 그녀가 원하는 방식으로는 아니다. 레오는 사랑에 관심이 없다. 지식이 아닌 감정에 이끌리면 안 된다고 말했었다. 그때 왜 몰랐을까? 어쩌면 그렇게까지 눈이 멀 수 있었을까? 조앤은 레오가 절대 동화책 속의 왕자님처럼 그녀를 품에 안고 입 맞추지 않으리란 사실을 이제야 깨닫는다. 레오의 동화는 그런 것이 아니기 때문이다. 그의 동화는 헛간 산출량과 통계로 가득하고 황금 실 같은 곡식이 너울거리는 밭이다.

레오가 그녀를 사랑해서가 아니라 공산주의 투쟁을 위해서 이일을 하도록 설득하러 찾아왔음을 깨달은 조앤은 갑자기 한 대 얻어맞은 것처럼 멍하니 잔을 든다. 레오가, 그들 모두가, 그의 부탁이라면 조앤이 무엇이든 들어주리라 생각하기 때문이다.

"미래를 위해서." 레오가 말한다.

조앤이 고개를 젓는다. 그의 잔을 향해 잔을 내미는데 가슴이 아프다. 이렇게나 아플 줄 몰랐다. "난 마음을 바꾸지 않을 거야."

"왜 그래, 조조."

그녀는 양손에 얼굴을 묻고 흐느끼고 싶다. 고개를 젓는다. 울지 않을 것이다. 아직은 아니다. 나중에 울겠지만―그녀는 침대에 누워서 몸을 공처럼 둥글게 말 것이고 그녀의 몸은 강렬한 절망에 시달릴 것이다―그의 앞에서는 울지 않을 것이다. "과거를 위해서." 조앤이 중얼거린다.

"아, 안 돼." 레오가 이렇게 말하고 그녀를 향해 미소를 짓자 안경 렌즈가 익숙하게 반짝인다. "의견 차이일 뿐이야. 난 이게 끝이라고 생각하지 않아. 넌 돌아올 거야. 난 알아."

"아니야, 레오." 조앤은 요지부동이다. "난 안 할 거야. 당신은 부탁하지 말았어야 해."

그녀가 레오의 잔을 향해 잔을 들어 올린다. 두 사람은 말없이 와인을 마시고, 두 사람의 시선이 얽힌다. 붉은 와인 한 방울이 그녀의 원피스에 떨어진다.

조앤은 심문을 잠시 뒤로하고 화장실에 잠깐 혼자 들어가서 차가운 수돗물을 튼다. 피부에 닿는 얼음장 같은 물에 놀라서 몸을 떤다. 누군가가 그녀에게 닿은 것만 같고, 이 감각은 최근 들어 익숙해진 내부의 오래된 굶주림을 일깨운다. 조앤은 남편이 죽을 때까지 서로 만지고 닿는 것이 얼마나 중요한지 깨닫지 못했지만, 이제는 그녀를 끌어안는 남편의 팔이 주는 육체적 위안이, 그 체취가, 콘플레이크를 먹는 사이사이에 숟가락으로 그릇을 두드리던 그의 습관이 그립다. 세상을 떠나기 하루 전, 튜브가 잔뜩 꽂힌 채 병원에 누워 있던 그의 몸을 생각한다. 그는 그녀를 향해 손을 내밀고 미소 지으며 내일이면 멀쩡해질 것이라고 말했었다.

사실 그렇게 충격받을 일이 아니었다. 그녀는 남편이 아프다는 사실을 알고 있었다. 단지 그렇게 빨리 닥칠 줄은 몰랐다. 그렇게 갑작스럽게 혼자 남겨져서 이야기할 사람 하나 없이, 그녀의 말이 무슨 **뜻**인지 이해할 사람 하나 없이 항상 자기 말뜻을 설명해야 하고, 그래도 잘 전달하지 못하게 될 줄은 몰랐다.

조앤은 불현듯 오늘이 화요일임을 깨닫는다. 평소라면 교회의 수채화 교실에서 오후를 보내면서 월말에 개최할 전시회에 낼 눈 내린 풍경을 마지막으로 손보고 있었을 것이다. 그녀는 자신과 똑같이 얼굴에 주름이 진 수채화 교실 친구들이 좋다. 같이 늙어간다는 것을 알고 남은 날들을 최대한 활용하며 지나치게 우울해지지 말자는 말없는 공모는 큰 위안이다.

전시회 제목은 '눈: 흰색 위의 흰색에 대한 연구'로 정했는데, 당시에는 꽤 재미있다고 여겼지만 지금 생각하니 좀 잘난 척하는 느낌이다. 그 사람들이 사실을 알면 뭐라고 할까? 같은 반 친구들이 금요일 석간에서 자신에 대한 기사를 읽는다고 상상하자 오싹함이 척추를 타고 올라오고, 다시 만나면 어떻게 반응할까 상상하자 두려움은 공포로 변한다. 조앤은 수업으로 돌아갈 수 없다. 그러면 공평하지 않을 것이다. 그녀는 다른 그림들이 전시회용 액자에 들어갈 때 교실 한구석에 버려져 있을, 아직 끝내지 못한 자신의 설경을 생각한다. 조앤이 가지러 가지 않는 것이 확실해지면 그림은 결국 버려질 것이다.

그러나 또 생각해보면, 사흘째 심문이 거의 끝났지만 그들은 아직 조앤을 기소할 만한 내용을 하나도 건지지 못했다. 어쩌면……?

아니다. 조앤은 스스로 희망을 갖도록 허용하지 않는다. 저들은 틀림없이 지금 이야기하는 것보다 더 많이 알고 있다. 그렇지 않다면 윌리엄이 왜 그런 짓을 했겠는가? 그들은 조앤이 강요 없이 자백하도록, 조앤뿐 아니라 윌리엄까지 연루시키려고 숨기는 것뿐이다.

조앤은 세면대 위 선반을 흘깃 보다가 잊지 않고 먹으려고 눈에 잘 띄게 놔둔 비타민과 갑상선 약, 혈압 약을 찬찬히 본다. 말년을 잘 관리하기 위한 채비. 아스피린, 칼슘 보조제, 아연. 이번 일이 시작된 후 이 약들 중 하나라도 먹었나? 기억이 나지 않는다. 하루하루가 구르듯 흘러 벌써 오래전에 잊은 수많은 날들과 함께 흐릿해진다. 그녀가 갑상선 약을 하나 먹다가 선반 뒤쪽 작은 색유리병에 든 수면제를 발견하자 — 흔들어보니 가득차 있다 — 가슴속 심장이 떨린다. 재빨리 약병 앞에 갑상선 약을 놓는다. 그녀도 안다. 이런 생각을 해서는 안 된다.

칫솔 옆에 그대로 놓인 립스틱과 마스카라를 보고 그녀는 금요일에 성명을 발표해야 하니 어디 있는지 잘 기억해야겠다고 잠시 딴생각을 한다. 소냐는 이렇게 말하곤 했다. **항상 빨간색으로, 항상 짙게, 항상 잘 두드려야 돼. 예뻐 보여서 더 나빠질 상황 같은 건 없어.** 지금 이 일이 조앤이 아닌 소냐에게 일어나고 있다면 그녀는 그렇게 할까? 모피 코트 차림으로 두 팔을 쳐들며 모두 부인할까?

소냐를 떠올리는 것만으로도 갑자기 멍해진다. 종종 그렇듯

232

조앤은 소냐가 계획대로 러시아로 돌아갔다면 어떻게 됐을까 생각한다. 거기서 행복했을까? 아직 살아 있을까? 그녀는 수돗물을 잠그고 거울에 비친 자신을, 창백한 피부와 얼음 같이 푸른 눈을 찬찬히 본다. 늙는다는 건 얼마나 끔찍하게 외로운 일인지. 아꼈던 모든 사람들, 남편, 여동생, 친구들보다 오래 사는 것을, 그들이 차례차례 쓰러지는 모습을 지켜보면서 삶과 웃음이 서서히 끝나가는 것을 과연 누구에게든 추천할 수 있을지 잘 모르겠다.

물론 닉과 그의 가족은 남아 있다.

조앤은 전에도 외로웠던 적이 있지만 이렇지는 않았다. 절대 고독하지는 않았다. 그녀는 레오가 캐나다로 돌아간 후의 기나긴 시간을, 침대에 누워서 흐느끼면서 엉엉 울었던 때를 기억한다. 그 전에도 후에도 두 번 다시 그런 적은 없었다. 그녀는 마지막 말다툼 후 레오가 다시 찾아와서 용서를 구하길 바랐지만 그는 그렇게 하지 않았다. 아무 연락도 받지 못한 채 레오가 캐나다로 떠나는 날이 왔다가 지나갔고, 그다음 주 내내 그녀는 몸이 아프고 절망적일 만큼, 죽을 만큼 추웠다.

전쟁은 끔찍하고 무서울 만큼 질질 끌었다. 밤에는 잠을 이루지 못하고 낮에는 연구소에서 긴 시간을 보내며 쉴 틈 없이 바쁜 몇 년이 흘렀다. 가끔 오후의 가든 파티나 자선 판매 행사가 열리기도 했고 야간 통행금지령이 떨어지면 일찍 잠자리에 들어야 했다. 조앤은 레오에게 편지를 쓰지 않았고 그도 편지를 보내지 않았다. 그즈음 소냐의 편지도 끊기자 그녀는 조금 더 편지를 쓰다가 아무 의미도 없다는 결론을 내렸다. 조앤과 레오가 헤어졌다는 이야기를 듣고 소냐가 한쪽을 선택한 것이 분명했다. 그녀는 이 모든 일이 너무나 쉽게 흘러가서 놀랐다.

시간이 흐르자 어떻게든 살아가게 되어 있다는 느낌이 들기 시작했다. 레오와 소냐의 소식을 모른다는 것은 두 사람을 자주 생각할 필요가 없다는 뜻이었기 때문에 오히려 다행이었다. 조앤은 일에 더 열중했고, 전쟁이 끝나면 연구자나 강사로 케임브리지에 돌아갈 계획을 세우기 시작했다. 레오와의 관계를 처음 시작할 때부터 양자택일의 문제가 되면 자신이 버려질 것을 알고 있었다는 사실을 받아들이자 소냐가 연락을 끊은 것이 더 이상 기분 나쁘지 않았다. 어쨌든 그들은 가족이었다.

소냐가 돌아오지 않았다면 그대로 끝났을 것이다. 소냐는 1944년 늦은 봄, 스위스에 간 뒤 얼마 안 돼 조앤에게 보낸 편지에서 언급했던 (그 사람은 정말 깨끗해, 조조! 게다가 그렇게 사랑스러운 머리카락이라니!) 제이미와 함께 나타났다. 소냐는 제네바에서 제이미와 결혼한 다음 일리의 농장으로 가서 살자고 그를 설득했다. 셋이서 만났을 때 소냐가 제이미에게 가장 친한 친구라고 소개해서 조앤은 깜짝 놀랐다. 한때는 그랬을지 몰라도 이제는 사실이 아니었기 때문이다. 그러나 소냐의 말투에서 무언가 느껴졌다. 조앤은 그것이 자기 곁에 있어 달라는, 오랫동안 그녀를 무시하고 레오를 선택한 자신에게 화내지 말아 달라는 호소임을 알아차리고 말없이 웃으며 고개를 끄덕인 다음 친구의 팔을 꽉 잡았다. 그 후 거짓말은 진실이 되고 소냐가 떠난 적 없는 것처럼 옛 우정이 되살아났지만, 조앤은 자신이 얼마나 쉽게 떨려날 수 있는지 기억하면서 이번에는 조금 더 조심했다.

소녀가 뉴넘의 기숙사 방에서 소지품을 챙겨 가려고 케임브리지에 왔을 때 조앤이 짐 싸는 것을 도왔다. 두 사람은 여행 가방 하나에 소녀의 짐을 대부분 욱여넣은 다음 문지기의 도움을 받아 제이미의 차에 실었다. 따뜻하고 화창한 날, 그해 마지막으로 화창한 날들 중 하나였는데, 지금 돌아보니 소녀가 스위스로 떠난 뒤 벽장에서 발견한 셔츠가 갑자기 떠오른 것이 유일한 오점이었다. 레오의 셔츠. 조앤은 소녀를 따라 그 방에 들어가서 짐을 싸지 않았다면 평생 그 이야기를 꺼내지 않았을 것이고, 소녀에게 그 이야기를 어떻게 꺼냈는지 기억하면 아직도 몸이 움츠러든다. 조앤은 어쩔 수 없었다. 얼마나 의심스러워 보였을까. 얼마나 심술궂어 보였을까.

방에서 나가려고 할 때였다. 조앤이 옷장으로 가서 비난이 섞인 과장된 몸짓으로 선반에 버려진 셔츠를 꺼냈다. 이제 레오의 흔적은 사라지고 퀴퀴한 냄새만 났다. "이거 누구 거야?" 그녀가 한 손으로 빛이 들어오는 쪽을 향해 셔츠를 들고 한 손은 허리에 얹은 채 물었다.

소녀는 셔츠를 흘깃 보고 어깨를 으쓱하더니 짐을 효율적으로 다시 싸려고 물건을 꺼내던 여행 가방 쪽으로 고개를 돌렸다. 조앤이 누더기 행주라도 들고 있는 것처럼 소녀의 얼굴에는 표정이 전혀 없었다. "몰라."

"레오 거 같지 않아?"

"셔츠 같네. 그리고 넌 그렇게 서 있으니까 스트레이치 선생님

같고."

"레오가 딱 이런 셔츠를 입었어." 조앤이 소녀의 말을 무시하며 끈질기게 말했다.

이렇게 긴 세월이 지난 지금도 조앤은 당시 소녀가 뭐라 대답할 것이라고 생각했는지 정확히 설명할 수 없다. 어쨌거나 그냥 셔츠일 뿐이었다. 다만 처음 셔츠의 냄새를 맡았을 때 너무나 확신했기 때문에, 너무나 굳게 믿었기 때문에, 콕 집어 말할 수는 없지만 뭔가 이상하다는 생각을 몰아낼 수가 없었다. 생각해보면, 평소의 소녀라면 자기 방에서 발견된 남자 셔츠를 두고 농담을 하거나 그것을 기회 삼아 셔츠의 주인이었을지도 모르는 옛 남자들을 회상했을 텐데 왜 그러지 않았을까?

"이상하지 않아? 왜 레오 거랑 똑같은 셔츠가―"

"왜 그래, 조조. 왜 이렇게 이상하게 구니?" 소녀의 얼굴에 미소가 번진다. "몇 년 만에 돌아왔잖아. 누구 건지 어떻게 기억해?"

"하지만 놓고 가려고 했잖아."

"신혼집에 다른 남자 셔츠를 가져갈 순 없잖아. 남편이 추궁할 거 아냐." 소녀가 조앤을 향해 눈썹을 추켜올리더니 갑자기 환하게 웃었는데, 너무나 익숙한 웃음이라서 조앤도 따라 웃었다. 그녀는 어느새 벽장에 셔츠를 밀어 넣고 소녀를 따라 자동차가 기다리는 바깥으로 나갔다. 조앤은 설명이 필요하다고 왜 그렇게 굳게 믿었는지 이제 확신이 서지 않았다. 세 사람은 자동차를 타고 시내로 나갔고, 사치스러울 만큼 환한 햇빛과 긴 산책과 레몬 조각을 넣은 아이스티 속에서 남은 하루가 흘러갔다.

"예전 같다." 소냐가 떠나기 전에 조앤의 팔을 꼭 잡고 선언하더니 갑자기 뺨에 입을 맞췄다.

두 사람 사이에서 셔츠 이야기는 두 번 다시 나오지 않았고, 시간이 흐르자 조앤은 착각이었다고 확신하게 되었다. 그녀는 자기 행동이 부끄러웠을 뿐 아니라 의심하는 마음을 회상하는 것이 불편하기도 해서 그때를 떠올리고 싶지 않았다. 이제 조앤은 실험실에서 밤늦게까지 일하지 않는 드문 밤이면 소냐와 함께 코코아를 마셨고, 소냐의 옷을 빌려 입고 지나치게 진지한 남자들과 영화관에 갔다. 조앤이 머리를 너무 오래 탈색하는 바람에 금발이 아니라 초록색이 되었을 때 손봐준 사람도 소냐였고, 가장 사랑스럽고 가장 좋은 친구도 소냐였다. 그리고 그해 여름 조앤이 몬트리올 대학에 출장을 가게 되었을 때 그 소식을 가장 먼저 들은 사람도 소냐였다.

맥스의 말에 따르면 캐나다 출장은 영국 연구소의 실험 결과를 몬트리올 연구소와 통합하고 앞으로의 협력 전략을 세울 기회였다. 누구에게도 말하면 안 된다. 조앤은 그런 말을 들을 필요가 없었다. 이미 알고 있었다. 그녀는 캐나다에서 프로젝트의 어느 부분을 연구하는지 정확히 알았고, 이번 출장이 프로젝트에 얼마나 중요한지도 알았다. 또한 현재 전쟁 단계에서 대서양을 건너는 것이 무척 위험하며 그들이 돌아오지 못할 경우 연구를 어떻게 계속해야 하는지 맥스가 지시를 내려두었다는 것도 알았지만, 위험 때문에 망설여지지는 않았다. 너무나 많은 사람들이 훨씬 큰 위험에 맞서고 있었다. 어쨌든 지금은 전례가 없는 시대였다. 무엇보다도 조앤은 다른 연구소 직원들과 마찬가지로 그들이 독일에 맞서 일하고 있다고, 이 프로젝트가 억지력으로 기능할 것이라고, 그것은 대서양을 가로지르는 위험을 감수할 만큼 안전하고 현명한 일이라고 아직 믿고 있었다. 그러므로 당연히 누구에게도 말하지 않을 것이다. 맥스는 왜 그녀에게 주의를 줘야 한다고 생각했을까?

조앤이 출장 이야기를 꺼내자 소냐는 묵묵히 코로 연기를 내뿜더니 고개를 기울여 장난기 띤 눈으로 조앤을 바라보았다. "거기 가면 레오 만날 거야?"

"아니." 조앤이 그 생각 자체에 충격을 받은 것처럼, 그런 생각은 한 적도 없는 것처럼 보이려 애쓰며 말했다.

"정말?" 소냐가 입술을 실룩거리며 살짝 미소를 짓더니 고개를 돌렸다.

"논문은 어떻게 돼가고 있대?"

소냐가 조앤을 흘깃 곁눈질한다. "그게 왜 궁금해?"

조앤이 어깨를 으쓱한다. "논문 얘기를 워낙 많이 들어서. 중요한 거였잖아, 아니야?"

"음, 누구한테 묻느냐에 따라 다르지. 레오에게 묻는다면 암 치료약이라도 개발한 것처럼 말할 거야."

"그럼 끝낸 거야?"

소냐가 고개를 끄덕였지만 눈에 짜증 같은 것이 비쳤다. "레오는 미국과 캐나다 정부에 러시아를 원조하라고 충고하고 있어."

"잘됐네. 그게 레오가 원하던 거잖아."

소녀가 연기를 깊이 들이마시고 고개를 저었다. "자존심이라는 게 있어, 조조. 소비에트 제국은 미국의 도움이 필요 없다는 거지." 그녀가 말을 잠시 멈췄다. "레오는 소비에트 사람들이 고마워할 거라고 생각하지만⋯⋯." 다시 말을 멈추고 뭔지 모르지만 하려던 말을 삼킨다. "아무튼, 그럼 이번 출장은 너랑 맥스만 가는 거야?"

"으흥."

소녀의 얼굴에 미소가 서서히 번졌다.

"뭐가 그렇게 웃겨?"

"음, 레오를 정말 짜증 나게 만드는 방법을 알고 있지⋯⋯." 소녀가 다 안다는 듯 약간 잘난 척하면서 조앤을 향해 고갯짓하자 조앤은 늦은 밤에 그녀를 만나던 대학 시절이 떠올랐다. "⋯⋯네가 그러고 싶다면 말이야."

"그러고 싶지 않아."

소녀가 립스틱을 꺼내서 아랫입술에 가볍게 바르고 위아래 입술을 맞댄 다음 다시 씩 웃자 입술 전체가 밝은 빨간색으로 물들었다. "알았어."

"좋아, 어떻게 하면 되는데?"

"아, 조조, 뻔하잖아. 맥스랑 자는 거야."

"하지만 맥스는 유부남이야."

"그렇지, 친구야. 하지만 그러지 않으면 네가 거기 가서 레오를 만났을 때—"

"안 만날 거야."

소녀가 고개를 저었다. "피할 수 없어. 네가 자기 학교에 온다는 사실을 알면 레오는 널 찾아내지 않고는 못 배길 거고, 그러면 새끼손가락에다 널 다시 감아버리겠지. 그걸 피하는 길은 다른 사람이랑 먼저 자는 거야. 맥스 같은 사람이 좋지."

"맥스가 어떤 사람인지 네가 어떻게 알아?"

소녀가 담배 든 손을 내렸다. "그 사람이 못생겼다면 네가 벌써 그렇다고 말했을 테니까." 그녀가 말을 잠시 멈추고 이 논리에 대해 조금 더 생각했다. "게다가, 너도 조금은 그리울 거야. 안 그래?"

"뭐가 그리워?"

"뭔지 알잖아." 소녀가 조앤을 똑바로 보았다. "섹스."

조앤은 이 질문에 얼마나 충격을 받았었는지 기억한다.

그것은, 다른 사람들은 감히 하지 않는 말을 하는 것은 조앤이 친구 소녀의 성격에서 가장 감탄하는 부분이었다. 소녀는 그런 쪽에 뛰어났다.

"가끔은." 조앤이 속삭였고, 말을 하면서 이 말이 사실임을 그리고 소녀가 아닌 다른 누구에게도 이런 말을 하지 않을 것임을 알았다. "하지만 구체적인 건 아니야. 그냥 그 느낌이 그리운 거야, 그⋯⋯." 정확한 단어가 떠오르지 않아서 조앤이 말을 멈춘다. "그 편안함이."

이 고백을 듣고 소녀가 미소를 지었다. "그거 봐. 게다가 캐나다에 도착할 때까지 그 긴 시간 동안 배에서 뭘 하겠니? 어차피 그게 나아."

"음, 난 진부하게 책이나 한두 권 가져가려고 했는데."

소녀가 예전에 조앤에게 가르쳐준 것처럼 시선을 내리고 속눈썹 사이로 조앤을 올려다보았다. "아, 조조. 그런 성격 좀 버리지 않을래? 어쨌든, 하고 싶은 대로 해. 나라면 어떻게 할지 알겠지만."

누군가 욕실 문을 두드린다.

"다시 시작할 시간입니다." 애덤스의 목소리가 초조하고 퉁명스럽다.

조앤은 갑작스러운 방해에 깜짝 놀라면서 자신이 울고 있음을 깨닫는다. 그녀는 욕실 거울 앞에 서 있고, 손은 차가운 물 때문에 감각이 없고, 눈에서 눈물이 차오른다. 애덤스가 자신을 볼 수 없어서 다행이라고 생각한다. 그녀가 심문의 중압감에 얼마나 쉽게 무너질 수 있는지 보여서 좋을 것은 없다. 모든 것을 그토록 생생하고 자세하게 기억해내는 것이 얼마나 지치는 일인지 저들에게 보여서는 안 된다. 조앤은 자신을 위해서가 아니라면 닉을 위해서라도 더 강해져야 한다.

그녀가 수건으로 손을 뻗어 닦는다. 머리는 가느다란 백발이고 흐릿한 조명을 받으니 피부가 종잇장 같다. 누군가에게 **안긴** 지 너무 오래되었다는 생각이 든다. 그렇다, 누군가의 품에 안기는 것이 그립다. 그러나 이제 그런 말을 누구에게 할 수 있을까?

조앤은 다시 한번 소녀를 떠올린다. 아직 살아 있을까, 소녀도 그녀를 생각할까, 어딘가의 욕실에 혼자 서서 손가락으로 피부를 쓸면서 얼마나 얇아지고 늘어졌는지 보며 어쩌다 이렇게 나이가 들었나 생각할까.

배는 해 질 녘에 출항한다. 커다란 회색 배의 갑판에 민간 깃발이 꽂혀 있다. 배가 정박하는 퀘벡으로 보내지는 고아들이 다른 승객들과 따로 2열 종대를 이루어 곰 인형과 담요를 대롱거리면서 나무 갑판을 지나 침실로 들어간다. 조앤과 맥스의 객실은 같은 복도의 이등실이지만 바로 옆방은 아니다. 배가 출발하려면 한 시간은 더 남았지만 벌써 다 찬 것 같다.

맥스가 계단 꼭대기까지 헐떡이며 올라가더니 그녀를 향해 옆걸음질을 치자 두 사람의 여행 가방이 목제 난간에 부딪힌다. "이 안에 뭐가 들었습니까?" 그가 걸음을 멈추지도 않고 힘든 척 얼굴을 찌푸리며 묻는다.

조앤이 씩 웃는다. "따뜻한 건 전부요. 책도 몇 권 있고요."

"우리 일정은 겨우 5주인데요."

"그러니까요. 5주나 되잖아요. 캐나다는 추울 거예요."

"7월에는 안 춥겠죠."

"산지는 항상 추워요. 엽서에서 봤어요."

그가 눈을 굴리더니 가방을 다시 든다. "괜찮아요, 괜찮아. 방까지 들어다줄게요. 저녁 식사 때 볼까요?"

"전송하는 거 안 보세요?" 그녀가 그의 뒷모습을 향해 외친다.

그가 객실로 이어지는 문 앞에서 돌아보며 고개를 젓는다. "이

별은 항상 싫어요."

맥스가 떠나고 조앤 혼자 갑판에 서 있다. 밧줄이 아직 연결되어 있고 검정 군화에 더플백을 멘 군인 한 소대가 승선을 기다리고 있지만 육지는 벌써 닿을 수 없고 덧없어 보인다. 저무는 은빛 햇살이 수평선에서 잉크처럼 푸른 구름을 꿰뚫는다. 바로 이 항구에서 떠났을 레오의 모습을 떠올리자 그를 다시 본다는 생각에 구역질이 난다. 바닷바람 때문에 입술이 메마르고 손가락이 차갑다. 약간 짜증이 나지만 소녀가 옳았음을 깨닫는다. 레오 근처에 간다는 생각만 해도 심장이 갑자기 미친듯이 뛴다. 그를 만나려 해서는 안 된다는 걸 안다. 그는 지금도 예전과 같을 것이고 그녀는 또다시 강해져야 할 것이다. 이런 생각을 하자 괴롭고 지친다.

조앤은 객실로 돌아가 가벼운 면 원피스로 갈아입는다. 객실 조명이 어둑해서 머리를 틀어 올리는 모습이 예뻐 보인다. 화장을 할까 말까 잠시 망설인다. 그녀는 절대 맥스와 잘 생각이 없기 때문에 — 소녀가 어느 쪽을 택하든 조앤이 무슨 상관일까? — 립스틱과 블러셔를 바르고 저녁 식사를 하러 갔다가 그에게 헤픈 여자로 보이기는 싫다. 신발을 신은 다음 밖으로 나가려고 돌아서다가 거울에 비친 모습을 얼핏 본다. 이런 꼴로 저녁 식사를 하러 가는 것을 소녀가 보면 칙칙하고 영국인답다고 할 것이다. 조앤은 망설이다가 다시 화장대 앞으로 간다. 화장을 했는지 안 했는지 맥스가 알아볼 것이라고 생각하는 것 자체가 어리석을지도 모른다. 뭐 어때. 그녀가 생각한다. 립스틱을 바르고 싶으면 바를 것이다. 선장과 같은 테이블에서 저녁을 먹고 와인을 마시고 스윙 음악을 들으면서 잠시나마 전부 잊을 것이다. 무슨 상관일까?

조앤이 식당에 도착하자 맥스는 벌써 와 있다. 그녀가 다가오는 것을 보고 그가 일어나서 의자를 빼준다. "당신을 위해서 빵 하나 집어놨어요."

"정말 친절하시군요." 조앤이 맥스 옆자리에 앉아서 무릎 위에 냅킨을 펼친다. 그가 자신을 보며 이상한 미소를 짓자 그녀는 이런 식으로 단둘이 시간을 보낸 적이 한 번도 없어서 그런가 보다 생각한다. "캐나다에 가면 곰을 볼 수 있을까요?" 침묵을 깨뜨리고 싶어서 조앤이 묻는다.

"당연히 못 보겠지요. 곰이 길거리를 배회하진 않으니까. 적어도 도시에서는 안 그러겠죠. 곰을 보려면 산으로 가야 할 겁니다."

"아, 실망이네요. 항상 곰이 보고 싶었는데."

맥스가 의자에 기대앉아 샴페인 잔을 들고 씩 웃는다. "곰이 당신 생각만큼 귀여울지 모르겠군요. 아니면, 곰도 엽서에서 봤어요?"

"무슨 엽서요?" 조앤의 대답이 너무 빠르다.

"전에 눈 덮인 산을 봤다고 했던 엽서요."

"아, 그거요." 그녀가 천천히 숨을 내쉰다. "아니요. 무스밖에 없었어요."

식당은 호화롭지만 안전에도 무척 신경을 썼다. 식탁과 의자는 나사로 바닥에 고정되어 있고 풀 먹인 식탁보와 은제 냅킨 고리가 놓여 있으며 무대 옆에 쌓인 구명조끼 더미가 천장의 유리 샹들리에에 비친다. 반짝이는 이브닝 가운을 입은 여자가 미끄러지듯 지나간다. 파란색과 흰색이 섞인 제복을 입고 모자에 리본을 단 선원들, 거치대에 우아하게 기대진 더블베이스, 드럼, 짙은색 목제 피아노가 있다. 주방에서 고함 소리가 들리더니 검은색 반회전문의 둥근 창 뒤에서 갑자기 연기가 소용돌이친다.

처음에 조앤과 맥스는 주로 일에 대해서, 안전하고 특별할 것 없는 주제에 대해서 이야기한다. 출장의 초점은 특히 전자기 분리 분야에서 각국 과학 기구의 협력을 확정받는 것이지만, 이번 기회에 연구 시설의 적합성과 영국에서 실시 중인 연구 활동의 일부를 캐나다로 옮길 가능성을 평가할 수도 있다. "공간이 문제예요." 식사가 나오기를 기다리면서 맥스가 말한다. "영국에서 모든 연구 활동을 수용할 만큼 큰 곳은 빌링엄밖에 없지만, 그쪽은 시설이 엉망인 데다가 솔직히 지리적으로 그보다 더 부적절한 곳을 찾기 힘들 정도죠."

"빌링엄이 어디죠?"

"티스사이드요. 다른 연구소랑 너무 멀어서 실현 가능성이 없어요. 그리고 적절하다고 해도 이미 프로젝트에 참가 중인 사람들을 모두 그쪽으로 이주하도록 설득할 수는 없을 겁니다."

"캐나다보다는 가깝잖아요."

그가 고개를 살짝 끄덕여 인정한다. "하지만 달라요."

첫 번째 코스가 나올 때까지 그들은 이런 이야기를 나눈다. 첫 요리는 배가 캐나다에 갔을 때 구해서 얼음에 보관한 훈제 연어에 가니시로 딜이 올라가 있다. 웨이터가 멀어지면서 바다에 아직 적응하지 못해 비틀거리자 조앤이 빙긋 웃는다. 그녀는 이 정도의 호사스러움을 기대하지 않았다.

"내 여동생 이름이 조앤이라고 말했던가요?" 맥스가 불쑥 묻는다. 그가 몸을 숙이고 조앤의 연어에 레몬 반의 반쪽을 짜준 다음 자기 연어에도 뿌린다. "지금까지 만난 조앤은 다 좋았어요."

조앤이 앞에 놓인 접시에서 잠시 눈을 떼고 미소를 짓는다. 그녀는 인간의 마음이란 정말 이상하다고 생각한다. 알 수 없고 예측 불가능하며 생각이 원자 속의 전자처럼 윙윙 돈다. 그리고 인간의 눈에는 보이지 않는다. "저는 마저리라고 불리고 싶었어요." 그녀가 대답한다. "마저리가 조앤보다 더 멋지다고 생각했죠."

이 말에 맥스가 웃음을 터뜨리는데, 놀랍도록 멋지고 굵고 전염성 있는 웃음이다. "당신 말이 맞을지도요. 그래도 난 조앤이 좋군요. 당신한테 어울려요." 그가 자신의 눈을 똑바로 보면서 이렇게 말하자 그녀는 누가 이런 식으로 자신을 똑바로 본 적이 없음을 갑자기 깨닫고 목이 간질거린다. 좋은 느낌이지만 당황스럽기도 하고, 속이 완전히 다 비치는 느낌이다. 레오도 이런 느낌을 준 적은 없다. 레오와 함께 있을 때는 항상 지나치게 신경을 곤두세웠고 자신의 나약함을 지나치게 의식했었다.

연어 다음에는 버터로 요리한 부드러운 쇠고기가 메인 요리로 나온다. 두 사람은 샴페인을 마시는데, 맥스는 빨리, 조앤은 천천히 마신다. 그녀는 샴페인을 마셔본 적이 없어서 낭비하고 싶지 않다. 샴페인이 어떤 맛인지 기억하고 싶다. 그녀의 혀에서 톡톡 터지는 샴페인은 자그마한 분홍색 설강화가 달콤하게 터지는 맛이다.

맥스가 잔을 비우고 뒤로 기대앉아 머리 위로 팔을 쭉 폈다가 편안하게 털썩 내린다. "아, 이런 거라면 얼마든지 익숙해질 수 있겠는데."

조앤이 동의하며 고개를 끄덕인다. "하지만 유보트 때문에 참 아쉬워요. 침몰 위험만 없으면 호화로운 크루즈를 탄 느낌일 거예요."

"아니, 아니, 이게 나아요. 적어도 어딘가에 가긴 하잖아요. 크루즈는 끔찍합니다. '크루즈'라는 단어를 동사처럼 쓰는 사람이 가득하죠. **자주 크루즈하세요?** 이런 식으로 말입니다."

"아." 조앤이 미소를 짓는다. "그래서, 자주 하세요?"

"뭘요?"

"크루즈요."

"아뇨. 신혼여행 때 딱 한 번 탔어요." 맥스가 빙긋 웃는다. "끔찍했지요." 그는 아내의 이야기를 썩 자주 하지 않지만, 조앤이 캐런에게 들은 바로는 두 사람의 사이가 기껏해야 예의 바른 정도라고 했다. 맥스는 부인 이야기를 할 때 절대 이름을 부르지 않고 아내라는 호칭을 쓴다. 조앤은 그의 아내 이름이 플로라라는 것을 알지만, 캐런이 말해주었기 때문이다. 맥스에게는 항상 '내 아내'다. 이 호칭에서는 뭔가 거리감이 느껴지는데, 지금도 마찬가지다. 이제 맥스는 고개를 돌려 짙은색 정장에 가느다란 나비넥타이를 맨 청년 세 명이 무대로 올라가는 모습을 본다. 둥둥거리며 더블베이스를 옮기고, 브러시로 스네어드럼을 재빨리 쓸고, 피아노 건반을 뚱땅거린다. 베이스 주자가 현을 뜯으며 조율을 한다. 최종 점검이 끝나자 피아노와 베이스와 드럼이 재즈 연주를 시작한다.

그가 조앤을 향해 고개를 돌리지만, 이제 소리를 쳐야 말이 들린다. "아내의 선택이었어요. 난 콘월에 가고 싶었죠."

커다란 은제 주전자에 담긴 커피가 나오고, 밴드의 연주가 부드러운 스윙 음악으로 바뀌고, 두 사람은 식탁 앞에 앉아서 업무나 과학이 아니라 어린 시절과 가족에 대해서 이야기하고 하나를 꼭 선택해야 한다면 팔과 다리 중 무엇을 잃는 게 나은지 토론을 벌인다. 맥스는 어렸을 때 가족과 함께 농장에 갔는데 여동생이 부서진 비스킷을 가방에 가득 넣고 나가서 한 마리당 하나씩 나눠주려고 염소 떼를 줄 세우려 했다는 이야기를 한다. 염소들이 몰려들어서 매애 매애 울면서 머리로 들이받았지만 여동생은 염소들에게 짓밟힐 지경이 되어도 줄을 서라며 단호하게 꾸짖었고, 결국 지나가던 용감한 사람이 친절하게도 염소 떼 사이에서 동생을 들어 올려 구해주었다.

"지금은 여학교 교장이죠." 그가 말한다. "어울리는 직업이에요."

맥스는 일곱 살에 기숙학교에 들어갔고, 억양에 드러나지는 않지만 원래 던디 출신이며, 그의 집안은 조앤이 들어본 적도 없고 철자를 쓰고 싶지도 않은 어딘가의 백작과 인척 관계였지만 조상 중 누군가가 상속권을 빼앗겨서 이제 이렇다 할 만한 유산은 없다고 한다. 가문의 전통 체크무늬가 있고 보더스에 사냥 별장이 있다.

그렇구나. 조앤이 생각한다. 그 정도가 이렇다 할 만한 게 아니구나.

맥스가 그녀의 마음을 읽은 것처럼 씩 웃으며 말한다. "춥고 황량하죠. 직접 보면 전혀 마음에 들지 않을 거예요. 진짜예요."

그녀는 맥스의 어깨 너머 작고 둥근 창을 통해서 바다에 부서져 수백 개의 작은 빛으로 조각조각 깨지는 달빛을 응시한다. 나무 패널을 댄 거실, 벽에 걸린 호수와 산 그림들, 식기장 위 라벤더 가지가 꽂힌 낡은 꽃병들을 상상한다. 모닥불을, 크리스털 잔들을, 체크무늬 깔개를 그려본다. 맥스가 주머니에서 담배를 꺼내 입술 사이에 가볍게 문다.

이제 조앤은 자신이 저 입술을 생각하고 있음을 깨닫는다.

그녀는 나라면 그렇게 확신하지 않겠어요, 라고 생각하지만 얼른 고개를 돌리고 표정에 스쳐 지나간 생각을 맥스가 보지 못했기만을 바란다.

항해는 조앤의 예상보다 더 빨리 지나간다. 그녀는 바다로 나온 지 엿새가 지나도록 도서관에서 빌린 낡은 책《가라, 항해자여》를 한 번도 펼치지 않았지만 매일 아침 오늘이야말로 시작하겠다고 결심하며 책을 꺼낸다. 그냥 책을 읽을 기회가 없는 것 같다. 그녀와 맥스는 같이 십자말풀이를 하거나 갑판을 산책하고, 그렇지 않을 때에는 식사를 하거나 가끔 멀미도 하고, 그저 이야기를 나눈다. 서로 잘 모르면서 같이 이국적인 곳으로 휴가를 떠나게 된 사람들처럼 이상한 동지 의식이 싹튼다. 가져온 책 두 권을 하나도 건드리지 않았다고 말하면 소냐가 어떤 표정을 지을지 상상이 간다. 처음에는 호기심을 드러내다가 두 사람이 십자말풀이를 했다고 하면 화난 표정을 지을 것이다.

항해 마지막 날 저녁 식사가 끝나자 음악이 잠시 멈추고 육지가 보인다는 알림이 나온다. 몇몇 테이블에서 갈채가 쏟아지고 음악이 다시 터져 나오지만 맥스는 얼굴을 찌푸린 채 몸을 숙이고 커피 잔 바닥의 회오리를 유심히 관찰한다.

"아쉽네요." 그가 여전히 고개를 들지 않고 중얼거린다. "이런 식으로 영원할 거라는 생각이 들던 참이었는데."

정적이 흐른다. 두 사람 모두 배에서 내리면 예전으로 돌아가리라는 것을, 이제 퍼즐을 풀고 산책을 하고 긴 저녁 식사를 즐길 만큼 여유로운 시간이 없으리라는 것을 잘 안다. 조앤이 레드 와인을 한 모금 꿀꺽 마신다. 평소보다 술을 조금 더 마셔서인지 가벼운 현기증이 나기 시작한다. 그녀가 맥스를 흘깃 본다. "그러면 부인분이 뭐라고 할 것 같은데요."

맥스가 어깨를 으쓱한다. "안 할 거 같은데요." 그가 잠시 말을 멈춘다. "아내는 런던에 살고 나는 케임브리지에 살아요. 사실 자주 안 만나죠."

조앤은 캐런에게 이미 들었지만 모르는 척하기로 한다. 왜 그런지는 자신도 잘 모른다. 그녀가 눈을 내리뜨고 "안됐군요"라고 말하는 것은 아마 본능 때문일 것이다.

"괜찮습니다. 우리는 아주 어릴 때 결혼했어요. 부모님이 결혼을 원했죠. 우리가 결혼하기를 바라셨어요. 난 부모님을 거역할 용기가 없었지요." 그의 목소리가 참을 수 없을 만큼 슬프다.

"결혼할 때 아내를 사랑했나요?"

그가 눈을 굴린다. "그런 질문은 아마 여자만 할 겁니다."

"지금까지 그런 질문을 한 여자가 많았나요?"

그가 조앤의 시선을 피한다. "아니. 그렇진 않아요."

"그래서요? 사랑했어요?"

"난 열여덟 살이었어요." 그가 조앤을 본다. "그래요. 아니. 모르겠어요. 아닌 것 같아요."

"부인은 당신을 사랑했나요?"

"아내는 내가 위풍당당한 사람이라고 생각했던 것 같아요. 그때 내가 천성적으로 그런 사람이 아니라고 말할 수도 있었겠지요. 아내는 내가 자기 친구 남편들처럼 런던에서 일하기를 바라죠. 아니면 군대 장교라든지요. 과학이니 뭐니 하는 걸 싫어해요. 사람들 보기 창피하다고요." 두 사람은 침묵에 빠지고, 잠시 후 그가 묻는다. "당신은 어떤지 물어보고 싶네요. 당신과 결혼하려는 남자들이 분명 줄을 서 있을 텐데. 마땅한 사람이 아무도 없어요?"

조앤이 한숨을 쉰다. 레오를, 마지막으로 만난 식당에서 봤던 그의 눈빛을, 가혹하고 알 수 없이 번득이는 눈빛을 생각하지만 곧 이 생각을 멀리, 저 아래로 밀어낸다. 그녀는 레오를 생각하지 않을 것이다, 지금은 아니다. "예전에 한 명 있었어요. 전 그 사람을 사랑했던 것 같아요. 그 사람 역시 한 번도 말은 안 했지만 나를 사랑한다고 생각했지요. 그와 결혼할 거라고 생각했어요."

"그런데요?"

"그 사람이 청혼하지 않았어요."

맥스가 와인 병을 들고—오늘 밤 벌써 두 병째다—아무 말 없이 남은 술을 조앤의 잔에 따른다. "음, 내 생각일 뿐이지만, 그 남자는 바보군요." 그는 이렇게 말하지만 조앤을 보지 않는다. 바로 그때 선원 제복을 입은 청년이 맥스의 어깨를 두드린다. 그가 뭐라 말하자 맥스가 웃음을 터뜨리더니 그녀를 향해 몸을 숙인다.

"이 젊은 친구가 당신이랑 춤을 추고 싶다며 허락해달라는군요."

조앤이 선원을 본다. 아마 그녀보다 적어도 다섯 살 어린 랠리의 또래, 열아홉에서 스무 살 정도로 보이는 청년은 눈이 밝은 파란색이고 표정이—어떻게 설명할 수 있을까?—소녀의 표현처럼 정말 깨끗해 보인다. 다림질을 하고 광을 낸 것처럼 반짝거리는 인상이다. 그녀가 빙긋 웃으며 다시 맥스를 본다. "그래서, 허락하실 건가요?"

그가 얼굴을 약간 붉힌다. "내 선택이 아니죠. 당신 선택이지."

맥스를 바라보던 조앤은 자신이 승낙할까 봐 그가 불안해하고 있음을 불현듯 깨닫는다. 그녀의 가슴속에서 갑자기 욕망이 파닥거리고 어느새 그에게 입맞춤을 하면, 그녀가 맥스를 끌어안고 그가 그녀의 머리카락 사이로 손을 넣고 진짜 키스를 하면 어떤 기분일까 하는 생각이 떠오른다. 조앤이 심호흡을 한다. "그럼 안 된다고, 절대 허락 못 한다고 하세요."

맥스가 선원에게 고개를 돌려 뭐라고 말하자 남자가 완전히 당황해서 조앤을 보며 싱긋 웃더니 뒤로 돌아 여자가 많아 보이는 옆 테이블로 간다.

"어떻게 받아들이던가요?"

"괜찮을 겁니다." 그가 잠시 말을 멈춘다. "물론 이유를 꾸며내야 했죠. 그냥 대놓고 거절할 수는 없으니까."

조앤이 미소를 짓는다. "그래서 뭐라고 했어요?"

그가 몸을 약간 가까이 숙이고 그녀의 눈에 시선을 고정하자 그녀의 심장이 잠시 고통스러우리만큼 빨리 뛴다. "내가 당신을 원한다고 했어요."

그가 손을 내밀자 조앤이 그 손을 잡고 일어나 댄스플로어로 따라 나간다. 배가 흔들려서 두 사람 모두 약간 비틀거린다. 그녀를 살짝 밀거나 빙글빙글 돌리는 그의 팔은 강인하고 편안하다. 두 사람은 어느새 춤을 추고 있고, 조앤은 자기 몸이 무대의 밝은 빛과 수평선의 노란 빛을 받아 반짝이면서 그의 몸과 박자를 맞춰 움직이는 것을 느낀다. 맥스의 손가락이 조앤의 실크 원피스를, 제일 좋은 옷이라서 마지막 밤까지 아껴둔 소녀의 원피스를 훑는다. 그녀는 이 원피스가 자신의 눈과 잘 어울린다던 레오의 말을 기억하고, 그러자 그것이 레오가 했던 가장 낭만적인 말이었음을 깨닫는다. 조앤은 왜 참았을까? 그 긴 세월 동안 레오는 사랑한다는 말 한 번 하지 않았다. 단지 조앤의 기분을 맞춰주기 위해서라도.

음악이 바뀌어 약간 느려지자 두 사람은 멈춰 서서 숨을 헐떡이며 마주보고 미소를 짓는다. 조앤이 맥스의 어깨에 얹은 손의 위치를 바꾸면서 우연인 척 가까이 다가간다. 그녀가 할 수 있을까? 잘못된 일일까? 아침이 되면 후회할까? 조앤은 이제 소냐가 가르쳐준 대로 속눈썹 사이로 위를 올려다보기만 하면 두 사람 사이의 모든 것이 바뀌리라는 사실을 문득 깨닫는다. 그녀는 자신이 왜 이러는지 안다. 강해지기 위해서다. 그리고—이제는 인정한다—그렇게 하고 싶기 때문이다. 조앤이 시선을 천천히, 천천히 올리고, 어느새 두 사람은 그녀의 예상대로 입을 맞추고 있다. 처음에는 시작하지 말았어야 한다는 생각이 스치지만 몇 초 지나지 않아 그녀는 시작해서 다행이라고 생각한다. 자신이 아는 최고의 입맞춤, 가장 완벽한 입맞춤이기 때문이다. 심장이, 폐의 움직임이 빨라진다. 맥스가 그녀의 몸을 따라 손을 미끄러뜨리더니 허리를 부드럽게 안는다.

조앤이 뺨을 그의 뺨에 가져다 댄다. "제 객실로 오세요."

맥스가 그녀를 본다. "정말? 진심이에요?"

조앤이 고개를 끄덕인다.

"난 절대……." 그가 적당히 애매한 표현을 찾으며 주저한다. "절대 곤란하게 만들고 싶지 않아요."

조앤이 맥스를 보며 빙긋 웃더니 갑자기 대담해져서 그의 손에 깍지를 낀다. "당신 때문이라면 곤란함도 즐거울 것 같은데요."

맥스의 말이 맞았다. 퀘벡에 곰은 없고 날씨는 탈 듯이 무덥다. 도시는 밝고 조용하고, 식품점 진열장에 색색의 과일이 피라미드처럼 쌓여 있다. 거리에 갓 구운 빵과 꽃가루 냄새가 떠돈다. 전쟁 전 영국도 이랬었나? 조앤은 기억이 나지 않는다. 평생 이런 색채를 본 적이 없는 것 같다. 조앤과 맥스는 물가의 우아한 호텔에 숙소를 잡고 첫째 날 밤에 초크리버 원자력발전소 소장 테일러 스콧과 함께 저녁을 먹는다. 스콧은 몬트리올 대학 이론연구소 부소장에서 발전소 소장으로 승진하여 예전보다 실험에 더 많이 참여하게 되었다. 조앤은 테일러 스콧이 대학에 있을 때 레오를 알았을지도 모른다는 생각이 스치지만 동시에 레오를 떠올린 스스로에게 짜증이 난다.

테일러 스콧은 키가 크고 날씬한 남자로, 금속 테 안경을 쓰고 심한 캐나다 억양으로 말한다. 갈색 재킷과 회색 플란넬 차림인데 둘 다 다림질이 필요해 보인다. 덩치가 더 큰 사람의 옷을 빌려 입은 것 같다. 그런 점에서 그는 조앤이 실험실에서 익숙하게 보았던 과학자들 대부분과 무척 비슷하지만 목소리가 더 크고 셔츠가 더 하얗다.

"발전소에 휴대용 세탁기를 새로 들였지요." 그가 소매 단추를 풀고 새하얀 소매를 걷어 올리며 말한다. "믿을 수 없을 만큼 대단해요."

조앤은 그가 여자라면 누구나 빨래에 관심이 있을 것이라고 여겨 그녀에게 이런 말을 한다고 생각한다. "네?"

"놀랍다니까요." 그가 고개를 저으며 말을 잇는다. "휴대용 세탁기의 물리학은 참 대단하지요." 그가 고개를 젓는다. "참 대단해요."

조앤이 맥스를 흘깃 보며 눈썹을 추켜올리지만 그는 아무 표정도 없다. 캐나다에 도착한 이후 맥스는 내내 이렇게 예의 바르면서 조심스럽게 군다. 그가 테일러 스콧은 끔찍할 만큼 지루하지만 똑똑한 물리학자라고 낮은 목소리로 경고했을 뿐 조앤과 맥스 사이에 평범한 대화는 거의 오가지 않았고, 말이 느린 캐나다인 테일러 스콧의 존재 때문에 그는 더욱 말이 없어진다. 퀘벡에 도착한 후 조앤은 그 일이 정말로 일어난 걸까, 맥스가 정말 그녀와 함께 객실로 들어가서 옷을 하나씩 벗겨낸 건지, 그러니까 원피스 단추를 풀고, 슬립을 머리 위로 벗기고, 손가락을 스타킹 안으로 넣어 조심스럽게 돌돌 말아 내린 다음 반짝이는 실크 거미줄 같은 스타킹을 발밑으로 벗겨냈을까, 생각하는 순간들이 있었다. 조앤은 옷 아래 숨겨진 그의 피부를, 레오의 검고 햇볕에 그을린 몸과 전혀 다른 굴 속살 같은 분홍색을, 맥스가 그녀의 목에 했던 입맞춤과 밤새 그녀의 허리에 걸치고 있던 팔(생각보다 무거웠다)을, 아침이 되자 두 사람 모두 깜짝 놀라 깨서 서로가 옆에 있음을 깨닫고 펄쩍 뛰었다가 아이들처럼 낄낄 웃었던 것을 기억한다. 레오와는 그렇게 웃은 기억이 없다. 조앤은 맥스라면 레오와 전혀 다른 방식으로 쉽게 사랑하지 않을까 생각하지만, 생각을 구겨버리고 그런 생각을 떠올린 자신을 크게 꾸짖는다.

세 사람이 생선 요리를 먹고 진한 진토닉을 마시는 동안 테일러는 몬트리올 대학 연구소가 예상만큼 성공하지 못한 이유를 나열한다. "빌어먹을 미국 놈들이 공유하려 들질 않아요." 그가 열띤 목소리로 속삭인다. "그놈들은 우리가 프로젝트에 러시아를 끼워주려 한다고 생각하죠."

"그래야 한다는 주장도 일리는 있지요." 맥스가 딴생각에 잠겨 말한다. 그의 관심은 주로 자기 앞의 음식이 담긴 커다란 흰색 접시에 맞춰져 있다. "우리가 계속 비밀로 하면 러시아는 더욱 망상에 사로잡힐 테니까요."

맥스를 보는 테일러의 얼굴에 찌푸린 기색이 스친다. "저라면 사람들이 듣는 곳에서 그런 말은 하지 않겠습니다."

맥스가 고개를 든다. "뭐라고요? 아, 아닙니다. 전쟁이 영원히 계속되진 않을 거라는 뜻이었어요. 더 장기적인 영향도 있고……." 그가 말을 얼버무리며 전쟁 이전에나 볼 수 있던 풍미 좋은 버터 소스를 얹은 베로니카풍 서대기 요리로 관심을 돌린다.

"미국은 우리 연구소를 폐쇄할 구실을 찾고 있어요. 심지어는 캐나다 프로젝트 자체를 취소한다는 말도 나왔었지요. 우리는 300명이 이론 분야에서 미친 듯이 연구 중이지만 미국에서 자료를 충분히 보내지 않아서 시험을 할 수가 없어요. 이 정도 예산으로는 원자로를 건설할 수 없습니다."

테일러가 이야기를 이어나가자 맥스가 조앤을 향해 몸을 숙이고 그녀의 팔에 손을 얹고 묻는다. "출장 일정표 있어요?" 그녀가 고개를 끄덕이고 가방으로 손을 뻗어 종이 뭉치를 꺼낸다. 맥스가 일정표를 받더니 테일러가 말하는 동안 첫 번째 장에 뭔가를 휘갈겨 쓴다. 테일러의 이야기는 전혀 흥미롭지 않고 두 사람이 이미 알고 있는 것들뿐인데 맥스는 지나칠 만큼 집중하는 것 같다. 그는 뭔가를 적으면서 아주 가끔 고개를 들고 내부 정치나 뭐 그런 이야기에 얼굴을 찌푸리거나 음식을 약간 먹는다. 접시가 치워지고 테일러가 잠시 실례한다며 자리를 뜨자 조앤과 맥스만 남는다. 맥스가 그녀를 보지도 않은 채 종이를 그녀 쪽으로 민다. 일정표 위에 알아볼 수 없는 글씨들이 빼곡하게 휘갈겨 쓰여 있다.

"맞아요?" 그가 묻는다.

종이에는 **보데의 법칙**이라고 휘갈겨 쓴 글씨 밑에 태양, 수성, 명왕성이 그려져 있고, 원 하나와 서로 직각을 이루는 화살표 두 개 아래에 일련의 숫자가 적혀 있다. **중심으로부터의 거리(x)에**

서 각속도(w)로 회전하는 질량(m)의 원심력: $m + w^2$. 따라서 속도가 v라면 w=v/x, 그러므로 원심력은……. 맨 밑에 복잡한 계산이 적혀 있다.

조앤이 얼굴을 찌푸린다. 보기에는 계산이 맞는 듯하지만 확실하지는 않다. "이게 뭐죠?"

맥스가 빙긋 웃는다. "휴대용 세탁기요."

정적이 흐르다가 마침내 그녀가 웃음을 터뜨린다.

다음 날 아침, 그들은 오타와강을 따라서 온타리오 깊숙한 곳에 새로 지은 초크리버 발전소까지 북서쪽으로 12시간 동안 차를 타고 간다. 자동차 여행은 뜨겁고 끈적거리고, 그들은 몬트리올 외곽 산지에 잠시 멈춰서 점심으로 녹인 치즈와 쇠고기 샌드위치를 먹는데, 조앤은 샌드위치를 먹고 나니 속이 니글거리고 거북해서 먹자마자 후회한다. 이렇게 높은 곳에서 저 아래 도시를 지나가는 사람을 알아볼 수는 없지만 갑자기 자신이 무서울 만큼 눈에 띄는 것 같고 레오가 고개만 들면 자신을 돋보기 아래 개미처럼 환히 볼 수 있을 것만 같다. 그녀는 자동차로 돌아가서 맥스의 빈자리에 앉아 그의 재킷에 머리를 기대고 일행이 식사를 마치기를 기다린다. 눈을 감고 기다린다. 아니, 그녀는 레오를 생각하지 않을 것이다.

초크리버 원자력 연구소가 자리 잡은 원시적인 초목 지대는 소나무와 포플러, 전나무 산들로 둘러싸여 있고 매미 소리가 찌를 듯이 들려온다. 그들이 도착했을 때는 이미 저녁이라서 뜨겁고 맹렬한 태양이 지평선 너머로 내려가는 중이지만 발밑의 땅이 아직 뜨겁다. 그들이 각각 안내받은 방갈로는 군대처럼 초록색으로 칠한 작은 통나무집으로, 진흙투성이 건널판으로 만든 길을 따라 서 있고, 그 위로 얽힌 전깃줄들이 방갈로를 얼마나 서둘러서 아무렇게나 세웠는지 보여준다. 더 큰 골함석 건물 여러 채에는 기계가 있고, 전쟁 전 학교였던 유일한 벽돌 건물은 발전소의 행정처와 이론처가 같이 쓰는 곳으로, 제일 위층에 테일러 스콧의 아내와 아이들이 살고 있다.

초크리버에서의 나날은 바쁘고, 주로 일요일도 쉬지 않고 18시간 교대로 일한다. 조앤과 맥스는 겨우 3주간 머물지만 그동안 발전소의 모든 면에 완전히 익숙해져야만 한다. 맥스는 앨런 키얼과 밀접하게 협력하게 되었는데, 키얼은 조용하고 무색무취한 물리학자로 우라늄 235와 또 다른 인공 핵분열 동위원소인 우라늄 233의 표본 개발을 담당하고 있고, 조앤은 복사, 파일 정리, 필기 등 더 사소한 일을 한다.

저녁이면 테일러 스콧의 집에 다 같이 모여 거한 식사를 대접받으러 한때 학교 식당이었던 커다란 방으로 다들 모여든다. 방 한가운데 기다란 나무 식탁이 있고, 사람들은 주로 과학과 체스에 관한 대화를 나눈다. 와인을 마실 때도 진지한 이야기는 멈추지 않는다. 오늘 밤 맥스는 조앤의 옆자리에 앉아서 키얼에게 233동위원소가 적합해 보이는지 묻고 있다. 키얼은 언제나 그렇듯이 간략하고 정확하게 대답할 뿐 대화라고 할 만큼 충분히 터놓지 않는다. 맥스는 이에 대해서 불평했고 키얼에게서 필요한 것을 알아내는 과정이 너무 느려서 힘들어했다. 키얼은 맥스에게서 정보를 얻어내는 만큼 정보를 나눠주지 않는다.

전채로 나온 스프를 먹고 나서 키얼이 맥스의 질문에 대답하려면 공책을 가져와야 한다며 잠시 자리를 비우자 맥스는 과장된 한숨을 쉬면서 조앤을 향해 고개를 돌린다. "정말 피곤한 사람이에요." 그가 속삭인다. "왜 그냥 평범하게 얘기하지 않으려는지 모르겠어요. 내가 직접적인 질문을 해야만 대답하지만, 또 가끔은 정보를 마구 쏟아내요. 지금도 그래서 공책을 가지러 간 겁니다."

조앤이 빙긋 웃는다. "저 사람은 슬롯머신 같아요."

"무슨 뜻이에요?"

"어떻게든 움직이게 하려면 1페니를 넣어야 하고, 가끔 횡재를 맞으니까요."

맥스가 그녀를 잠시 바라보다가 웃기 시작하자 그녀도 웃음을 터뜨리고, 곧 두 사람은 배에서 그랬던 것처럼 낄낄 웃다가 기침까지 하고 코웃음으로 웃음을 숨기려 애쓰지만 특별히 우스운 말도 아니었다. 이 정도로 우스운 말은 아니다. 테일러 스콧이 두 사람을 보며 얼굴을 찌푸리고, 키얼이 파일을 가지고 돌아오자 맥스는 짐짓 진지한 표정을 꾸미지만 조앤은 그의 눈이 번쩍이는 것을 놓치지 않는다.

조앤은 의자에 기대앉아서 맥스와 함께 있을 때마다 늘 그렇듯 갑자기 솟아오르는 끌림과 죄책감이 뒤섞인 감정을 억누르려 애쓴다. 조앤은 맥스의 생각을, 그녀가 그의 셔츠로 손을 뻗어 천천히 천천히 단추를 풀던 기억을, 타이(지금 하고 있는 타이다)의 매듭을 풀고 머리 위로 벗기던 기억을 머릿속에서 몰아낼 수 없을 것만 같다. 그때를 생각하니 몸이 불타는 듯 뜨겁다. 그러나 또 맥스는 (결혼 생활이 불행하다고 해도) 유부남이고, 소녀가 뭐라 했든 조앤이 그를 부추겨서는 안 되는 일이기 때문에 죄책감도 느껴진다. 그때는 너무나 자연스럽게 느껴졌다. 피할 수가 없었다.

지금까지 저녁마다 식사가 끝난 후 남자들은 위층 응접실에 모여서 담배를 피우며 위스키를 마셨고 조앤은 건널판을 따라 방갈로까지 혼자 걸어가야 했지만 오늘 밤에는 맥스가 시가를 거절하고 좀 자야겠다고 말한다. 그는 조앤과 함께 자리에서 일어서고, 두 사람은 와인 때문에 약간 어지러움을 느끼며 같이 걸어간다.

위험해. 조앤이 생각한다. 맥스를 홀깃 올려다본다. 그녀는 조용히 찌푸린 그의 얼굴을 보고 맥스 역시 같은 기분임을 깨닫는다. 시작이다. 되돌릴 수 없는 무언가가 지금 시작되고 있다.

"조앤." 맥스가 말을 꺼냈다가 곧 멈춘다. 숨을 참고 있다.

"네?"

"할 말이 있어요."

조앤이 몸을 돌려 그를 본다. 온몸이 따끔거린다. 맥스의 말을 기다리지만 그는 아무 말도 하지 않고, 그녀는 그가 하려는 말이 자기 생각과 다르다는 사실을 불현듯 깨닫는다. 그는 다 실수였다고, 이제 예전으로 돌아가야 한다고 말할 것이다. "괜찮아요." 그녀가 속삭인다. 목구멍에 걸린 목소리가 아프다. "아무 말 안

해도 돼요. 내 잘못이에요." 그녀는 더 천천히 숨을 쉬려 애쓴다. "미안해요. 무슨 일이 있었는지 아무한테도 말 안 하겠다고 약속할게요."

"아니." 맥스가 재빨리 말한다. "그게 아니에요."

"그럼 뭐죠?"

"내가 하고 싶은 말은……." 그가 말을 멈춘다. "사랑해요."

너무나 예상 밖의 선언이라 처음에 조앤은 진심일 리 없다고 생각한다. 놀리는 걸까? 그녀가 맥스의 가슴을 가볍게 때린다. "말도 안 되는 소리 하지 말아요."

"말도 안 되는 소리가 아니에요. 당신이 마저리라는 이름이 좋다고 말했을 때부터 사랑했어요. 정확한 순간이 생각나요."

"말도 안 돼요." 조앤이 웃으면서 그의 가슴에 손을 올린다. "저의 경우에는 십자말풀이를 할 때였지만요."

그녀가 맥스에게 다가가 그의 입술에 키스한다. 그리고 기다린다. 그런 다음 다시 키스한다. 대담하게, 그러나 가볍게. 조앤은 그의 앞에 서서 키스가 되돌아오길 기다리지만 맥스는 그렇게 하지 않는다. 뭔가 이상하다. 그는 팔을 양옆에 늘어뜨린 채 움직이지 않고, 슬프고 체념한 표정이다.

조앤은 부끄러운 나머지 갑자기 열기가 솟아서 물러선다. "미안해요. 난 당신 말이 그런 뜻인 줄……. 아, 세상에." 그녀가 방갈로를 향해 돌아서서 반쯤은 성큼성큼, 반쯤은 종종 걷기 시작한다. 자신의 멍청함에 갑자기 눈이 욱신거린다. 맥스가 뒤따라 뛰어오는 소리가 들리지만 걸음을 멈추지 않는다. 어쩌면 이렇게까지 잘못 해석했을까? 하지만 사랑한다고 말했잖아? 그녀는 이해할 수 없고 하고 싶지도 않다. 그냥 자기 방갈로에 들어가서 더 이상 크나큰 실수를 하지 않도록 문을 닫고 싶다. 그는 왜 그녀가 키스하려는 것을 보고도 막지 않았을까? 왜 계속하게 두었을까?

맥스가 조앤의 손을 살며시 잡고 몸을 돌려 자신을 바라보게 한다. "내 말을 제대로 안 들었어요." 그가 말한다. "난 당신을 사랑해요. 당신 생각을 떨칠 수가 없어요. 벌써 몇 주째 그래요. 항상 당신과 함께 있고 싶어요. 나는……." 그가 절망스러운 듯 양손을 들어 올리는데, 그 순간 아주 낭만적인 말을 할 것만 같다. "…… 당신한테 **이야기**를 하고 싶어요. 영원히."

조앤은 그의 논리를 미처 이해하지 못하지만 미소를 짓는다.

이제 맥스의 표정이 간절해진다. "그래서 당신과 바람을 피우고 싶지 않아요. 이런 식으로는 안 돼요. 알겠어요? 사랑해요."

그가 다른 손으로 조앤의 나머지 한 손을 마저 잡자 다시 그 느낌이, 지금 뭔가 시작된다는 두려움이 차오른다. 위험한 무언가. 방금 그의 말이 아마도 그녀가 평생 들을 말 중에서 가장 낭만적인 말임을 깨닫기 때문이다. "네." 그녀가 속삭인다. "알 것 같아요."

"당신은 그 이상을 가질 자격이 있어요. 그리고 어쩌면, 언젠가……." 맥스가 끝맺지 못한 말이 두 사람 사이의 허공에 떠돈다. 그런 다음 그가 아주 천천히 몸을 숙이자 조앤은 입술에 그의 입술이 닿고 가볍게 움직이는 것을 느낀다. 두 사람이 각자의 방갈로로 달려가기 전 그 짧은 순간에 그것은 한 사람이 다른 사람에게 닿는 가장 슬픈 방식처럼 느껴진다.

그것으로 끝이다. 두 사람 모두 그 일에 대해서 아무 말도 하지 않는다. 조앤이 걱정한 대로 두 사람 사이는 어색하지만 평화롭다. 맥스는 스스럼없고 변함없이 친절해서 모욕감을 유지할 수가 없다. 게다가 그는 그녀를 무척 조심스럽게 대한다. 조앤에게 커피를 만들어주고, 식당에서 점심을 가져다주고, 아침에 음악을 들을 수 있도록 방갈로에 라디오를 설치해준다. 그녀는 이런 게 바로 사랑받는다는 느낌일지도 모르겠다고 생각하면서 이 사치스러운 감정을 잠시 허락하지만 곧 쫓아버린다.

두 사람은 열심히 일해서 일정보다 일을 빨리 마치고 퀘벡으로 돌아가는 길에 몬트리올에 하루 들르기로 한다. 테일러 스콧이 동료인 마시 교수의 집에 머물도록 주선해주고, 마시 교수는 두 사람이 배를 타고 영국으로 돌아가기 전에 대학에 위치한 이론처를 안내해주겠다고 한다. 그는 초대를 거절하지 말라며 고집을 부린다.

"대학을 안내해준다고요?" 짐을 싸고 출발 준비를 마친 다음에야 일정을 알게 된 조앤이 반복해서 말한다.

테일러가 고개를 끄덕이면서 순전히 정치적인 방문이라 시간 낭비처럼 느껴질 수도 있지만 두 부서 사이의 일이 매끄럽게 돌아가려면 반드시 필요하다고 설명한다. 각 부서가 담당 업무와 기금을 나누는 방식을 둘러싸고 아직 긴장이 존재하기 때문에 외교적 차원에서 맥스와 조앤이 다른 부서도 형식적으로 방문해야 한다는 것이다.

조앤은 더워진다. 카디건을 벗은 다음 어차피 자동차를 타고 가면 카디건이 필요 없다는 생각이 들어서 여행 가방 옆 주머니에 넣으려고 몸을 숙여 지퍼를 연다. 그녀는 붉어진 뺨을 아무에게도 보이고 싶지 않은지라 할 일이 생겨서 오히려 마음이 놓인다. 나약한 자신이 얼마나 싫은지. 물론 그녀는 바보 같이 굴고 있다. 그렇게 큰 대학에서 레오를 우연히 만날 확률은 아주 낮다. 레오의 학과는 캠퍼스의 다른 구역에, 어쩌면 도시의 다른 지역에 있을지도 모른다. 두려워할 이유가, 이렇게 손가락을 떨 이유가 없다.

조앤이 몸을 펴니 키얼이 그녀를 보고 있다. "제가 가방을 들어드리죠." 그가 조앤의 가방을 들고 끙끙거리며 자동차로 가져간다.

맥스가 트렁크에 실린 조앤의 가방 위에 자기 가방을 올린 다음 운전을 하려고 소매를 걷어 올린다. "대학 방문은 오전 중에 끝나요. 당신만 괜찮으면 오후에는 관광을 좀 할까요? 추천할 곳이 있습니까, 키얼? 몬트리올에서 꼭 봐야 할 게 있을까요?"

긴 침묵이 흐르고 키얼은 얼굴을 찌푸린 채 대답을 생각해내려고 애쓴다. "로열산에 갈 수도 있겠지요." 마침내 그가 말한다. "그 위가 정말 좋답니다." 키얼이 조앤을 보며 아마도 작별 인사를 하려는 것인지 날카로운 미소 비슷한 것을 지은 다음 갑자기 돌아서서 걸어가버린다.

맥스가 멀어지는 키얼을 보며 어깨를 으쓱하고 차에 올라탄다. "별난 사람이야." 조앤을 보는 그의 얼굴에 미소가 스친다. "난 이제 페니가 다 떨어졌어요."

그들은 초크리버에서 자동차를 타고 한참을 달려 밤늦게 마시 교수의 집에 도착하고, 조앤은 다락방에 묵기로 한다. 산과 말을 그린 그림들로 장식된 아이 방에서 그녀는 잠을 잘 이루지 못하고 자꾸 깬다. 꿈속에서 처음에는 수평선을 따라 저 멀리 넓게 펼쳐진 파란 바다가 등장하고, 그녀는 맥스와 함께 갑판을 산책하고 있는데 갑자기 그가 돌아서서 가버린다. 찾아봐도 그는 보이지 않고 이제 바다가 더 가깝고 차갑게 느껴진다. 물보라는 파란색이 아니라 아무 색이 없다. 그러더니 갑자기 그녀의 옆에 맥스가 아닌 레오가 서 있다. 그녀는 레오가 떠난 후 처음으로 그를 정확히 떠올린다. 통계를 설명할 때 살짝 내민 입술과 밝은 표정, 레몬 향 비누와 담배 냄새, 식당에서 몸을 숙여 그녀의 접시에 놓인 사슴 고기 조각을 쓸어가던 표정. 잠에서 깬 조앤은 흐느끼고 있다. 레오가 떠났을 때처럼 울면서 두 주먹을 너무 꽉 쥐자 부드러운 손바닥에 작은 초승달 모양의 손톱자국이 남는다. 조앤이 우는 것은 그녀의 생각과 달리 레오가 그녀를 사랑하지 않았기 때문이다. 방갈로 앞에서 맥스가 그녀 생각을 멈출 수 없고 그녀에게 영원히 이야기하고 싶다고 말한 다음 심장이 부서질 것처럼 너무나 부드러운 입맞춤을 할 때까지 그녀가 사랑의 의미를 깨닫지 못했기 때문이다.

아침이 되자 조앤은 신경 써서 옷을 입고 뺨에 파우더를 바르고 입술에 립스틱을 살짝 바른 다음 식사를 하러 아래층으로 내려간다. 아무렇지 않은 척하면 정말 아무렇지 않다고 믿고 싶다. 대학을 방문하는 것은 고작 몇 시간이다. 그뿐이다. 몇 시간만 지나면 집으로 돌아간다.

맥스는 마시 교수의 자동차 조수석에 타고 있고, 벌써 낮의 열기가 확실하게 느껴진다. "피곤해 보이네요." 그가 고개를 돌려 조앤을 흘깃 보며 말한다.

조앤은 초조한 미소를 지으면서 2층 방에 묵은 맥스에게 그녀가 흐느끼는 소리가 들렸을지도 모른다는 생각에 문득 놀란다. 얼마나 어처구니없었을까. "좀 그런 것 같아요." 그녀가 차창 잠금장치를 푼 다음 창문을 연다. 자동차가 속도를 높이자 그녀는 눈을 감고 피부에 닿는 상쾌한 바람을 느낀다. 바람에 목을 간지럽히던 머리카락이 휘날리고 아침에 신경 써서 꽂은 머리핀이 느슨해진다.

대학교에 도착하자 조앤은 회의 전에 머리를 매만지고 싶어서 잠시 양해를 구하고 화장실로 간다. 여자 화장실에 아무도 없어서 기운이 좀 난다. 칸막이 안에 들어가 있는데 누가 들어오는 소리가 들린다. 조앤이 타일 바닥에 울리는 발소리를 듣고 망설인다. 그녀가 아는 박자다.

아니, 그럴 리가 없다. 여자 화장실에 들어올 리는 없다.

줄지어 늘어선 칸들을 살펴보며 사람이 있는 칸을 확인하는지 발소리가 중간중간 멈춘다. 조앤이 알기로는 네 칸이나 비어 있지만 발소리는 멀어지지 않는다. 발소리가 방향을 바꾸어서 약간 서성이더니 다시 돌아온다. 여자라기에는 구둣발 소리가 너무 묵직하고 둔탁하다. 그녀 쪽으로 선 갈색 구두코 한 쌍이 보인다.

그일 리가 없다. 절대 아니다.

조앤은 갑자기 몸이 간지럽고 너무 뜨겁다.

"조조?" 목소리가 속삭인다.

숨이 목에 걸린다. 그가 여기서 뭘 하고 있는 걸까? 그녀가 어디 있는지 어떻게 알았을까? 조앤은 갑자기 가슴이 타는 듯하지만 이것은 분노도 두려움도 아니고, 그를 다시 만나면 느끼리라 예상한 그 어떤 감정도 아니다. 이것은 슬픔이다. 아니야. 그녀는 생각한다. 아냐, 그렇지 않아. 물을 내리는 그녀의 손이 떨린다. 아직 머리를 빗지 못한 그녀는 손가락으로 얼른 머리카락을 빗어 내린다. 심호흡을 한 다음 빗장을 열고 밖으로 나간다.

"내 귀여운 동지." 그가 이렇게 말하며 조앤의 뺨에 메마른 입맞춤을 하지만 그녀가 품에 안기는 대신 약간 굳어지면서 뒤로 물러서도 별로 신경 쓰지 않는다. 걱정과 달리 예전에 그가 부르던 애칭을 들어도 조앤은 전혀 마음이 약해지지 않는다. "어떻게 지냈어?"

"아주 잘 지냈어." 그녀가 발걸음을 빨리하려 애쓰며 그를 빙돌아 세면대로 간다. 상황 자체가 어색해서 레오가 바로 옆에 있다는 사실에 대처하기가 더 쉽다. "내가 어디 있는지 어떻게 알았어? 이런 식으로 숨어 있지 말고 메시지를 남기지 그랬어."

레오가 어깨를 으쓱한다. "우리가 대화하는 모습을 아무에게도 보이지 않는 게 좋으니까. 난 여기서 유명하거든. 내 연구가 유명하지." 그가 수건을 건넨다. "자."

"고마워." 조앤이 손을 닦고 돌아서며 혼란스러운 감정을 억누르려 애쓴다. 떨리는 손가락으로 가방에서 빗을 꺼내 머리를 빗는다. 자신을 바라보는 레오를 보면서 예전과 같은 경계심이 돌아왔음을 깨닫는다. 그 감정이 너무 낯설어서 충격적일 정도다. 어떤 관계에서든 이런 감정을 느끼는 것이 정상이라고 항상 생각했지만 이제는 확신이 없다. 그녀가 머리를 뒤로 넘겨 핀으로 고정한 다음 레오를 향해 돌아서서 가방에 빗을 넣는다. "나 어때?"

레오가 얼굴을 찌푸린다. "머리를 빗었네." 그가 말한다. 예전에도 이랬던 기억이 난다. 조앤의 외모에 대한 언급이라고는 기껏해야 묘사가 전부다. 그가 은색 케이스에서 담배를 꺼낸다. "피울래?"

조앤이 담배를 받는다. 그녀가 담배 끝을 입에 물자 레오가 한 손으로 담배를 가리고 불을 붙여주느라 손이 그녀의 뺨에 닿는다. 오늘 그는 다른 냄새가 나서 조앤은 마음이 놓인다. 레몬 향은 나지 않는다.

"여기 출장 온 거야?"

그녀가 고개를 끄덕인다. "으흠."

"물어봐도 돼?" 레오가 그녀를 향해 느릿하게 미소를 짓는다. 자기 미소가 조앤에게 어떤 영향을 끼치는지 아는 것이 분명하다. 그의 미소는 분명 다른 사람들에게도 마찬가지로 작용할 것이다.

"똑같은 연구야. 그리고 대답은 '아직도 싫어'야." 조앤은 두 사람이 마지막으로 만난 이후 레오에게 여자가 몇 명이나 있었을까 생각하면서 소냐가 맥스에 대한 생각을 머리에 넣어준 것에 잠시 감사한다. 소냐는 왜 항상 이런 일에 대해서는 모르는 게 없을까?

"알았어, 알았어. 묻지 않을게." 그러더니 정말로 묻지 않는다. 레오가 창가로 가서 빗장을 풀고 창문을 밀어 열자 쓰레기통 몇 개 외에는 아무것도 없는 콘크리트 마당이 보인다. 그가 몸을 밖으로 내밀고 양쪽을 번갈아 살피면서 담뱃재를 떤다. 그런 다음 다시 조앤을 향해 고개를 돌린다. "들어봐, 조조. 내가 여기 온 건 당신을 꼭 만나야 했기 때문이야. 어쩌면……." 그가 망설인다. "……생각을 바꿨을지도 모른다 싶어서. 알잖아, 당신에겐 아직 기회가 있어."

"아니." 조앤이 속삭인다. "이미 안 하겠다고 말했잖아." 그녀는 잠시 말을 멈춘다. "날 만나려 한 이유가 그것뿐이야? 다른 할 말은 없어?" 목소리가 자신이 바라는 것보다 더 많은 감정을 드러내지만 그녀는 더 이상 분노를 숨기고 싶지 않다. 두 사람 사이가 어중간하게 끝나서 그녀가 화를 내는 것은 당연하고, 레오도 그것을 인정하면 좋겠다.

그가 고통스러운 표정을 짓는다. "당연히 아니지, 조조. 당신 생각을 했는데―" 그가 말을 멈춘다.

"그래? 내 생각을 했어?"

"당신 생각 많이 했어." 레오가 조앤의 얼굴을 만지려고 손을 내밀지만 그녀는 피하지 않는다. 그가 손가락으로 그녀의 뺨을 부드럽게 쓸더니 손을 떨어뜨린다. "당신은 내 귀여운 동지야. 항상 그럴 거야."

조앤은 심장 박동이 빨라지지만 절대 그의 말을 믿지 않을 것이다. 그녀는 레오의 생각만큼 잘 속지 않는다. "더 이상은 아니야."

"사실은 당신 생각도 내 생각과 같다는 거 알아. 당신은 나랑 생각이 같아. 폭탄은 공유해야 돼. 러시아도 알아야 해."

조앤이 입을 열지만 두 사람이 함께한 세월을 정치적 문제와 분리해서 보지 않으려는 레오의 고집에 짜증이 나서 입을 닫는다. 양손으로 그의 가슴을 밀어버리고 싶다. 자신은 설득당하지 않을 것이라고 알려주고 싶다. "아니, 난 그렇게 생각 안 해." 그녀가 속삭인다.

레오는 꿈쩍도 하지 않는다. "우리는 동맹이야." 그가 말을 잇는다. "지금 공유하지 않으면 전쟁이 끝난 뒤에 어떻게 되겠어?"

"내가 어떻게 알아?" 조앤이 쏘아붙인다. "난 미래를 보는 능력이 없어. 우리가 이걸 만드는 건 히틀러가 먼저 만들면 안 되기 때문이야."

"하지만 히틀러한테 폭탄을 떨어뜨리지는 않을 거야, 그렇지?"

"당연히 아니지. 억지력일 뿐이야."

레오가 미소를 짓는다. "아, 조조. 항상 너무 쉽게 믿지, 안 그래?"

그녀는 당황하지만 그래도 그를 쏘아본다. "그게 사실이야."

그가 조앤의 어깨를 잡는다. "내 말은, 이건 폭탄이지 총알이 아니라 히틀러에게 떨어뜨리지 않는다는 뜻이야. 폭탄이 겨냥하는 건……." 그가 머릿속으로 뭔가 계산하는 척하며 말을 멈춘다. "당신이 아마 나보다 더 잘 알겠지. 평균적으로 한 도시에 몇 명이 살지? 한 도시에 얼마나 많은 아기와 어머니와 아버지와 형제자매가—"

"그렇기 때문에 억지력인 거야." 그녀가 분노에 차서 속삭인다.

레오가 한숨을 쉬고 고개를 젓는다. "난 정말이지 당신이 더 용감한 줄 알았어."

다만, 레오는 '정말이지'라고 말하지 않는다. 그는 '정말이지'라고 말한다. 이런 발음 때문에 그녀의 마음이 약간 누그러질 때도 있었다. "그러지 마. 안 통해."

"알았어. 마음이 바뀌면 나한테 편지를 써. 아니다, 소냐를 만나서 얘기해."

조앤은 대답하지 않는다. 자신을 믿지 못해서 말을 할 수가 없다. 눈 안쪽에서 눈물이 차오르면서 고동친다. "가야 돼. 사람들이 기다려." 그녀는 눈을 깜빡이고 문을 향해 돌아서면서 잠시나마 레오가 한 번도 한 적 없는 말을 하려고, 그녀를 품에 안고 진한 입맞춤을 하려고 용기를 그러모으느라 주저한다고 믿으면서 정말 그런다면 확실히 밀어내리라 다짐한다. 반드시 그럴 것이다. 그러나 레오는 그녀의 생각대로 하지 않는다. 잠시 후 이렇게 속삭일 뿐이다. "당신이 먼저 나가. 난 5분 뒤에 나갈게."

"당신은 창문으로 나갈 줄 알았지."

레오가 깜짝 놀라 작게 코웃음을 친다. "말도 안 되는 소리 하지 마. 난 연구원이야. 정부를 위해서 일한다고. 과학부 창문으로 들락날락하는 모습을 보일 순 없지. 당신이 나간 다음에 나갈 거야." 조앤이 나가려고 돌아서지만 레오가 그녀의 손목을 잡는다. "난 알아, 당신은 돌아설 거야, 조조. 난 당신 생각보다 당신을 더 잘 알아."

조앤이 고개를 젓는다. "아니, 당신은 몰라."

"당신이 할 수 있다는 거 알아. 겁이 나서 안 하려는 거지."

"그것만이 이유는 아니야. 하지만 그래, 당연히 겁이 나지."

레오가 손목을 더 세게 잡는다. "그렇다면 당신은 엉뚱한 걸 겁내는 거야. 우리에게 비밀로 하면 세상은 더 위험해져. 서구는 공산주의를 미워해. 공산주의를 파괴하기 위해서 뭐든 할 거야. 어떤 대가든 치를 거야. 이제 진짜로 그렇게 할 수 있어. 러시아가 스스로를 보호하려면 폭탄이 있어야 돼."

조앤이 고개를 젓는다. "난 못 해, 레오. 난 서약을 했어." 잠시 말이 멈춘다. "그리고 난 하지 않을 거야."

레오는 조앤에게서 눈을 떼지 않은 채 손목을 놓고 한 걸음 물러선다. "당신은 돌아설 거야, 조조." 그가 조용히 말한다.

"아니야." 조앤이 걸어가서 문을 열고 잠시 돌아보자 레오가 창틀에 담배를 비벼 끄고 꽁초를 창밖으로 던진다. 그녀가 복도로 나와서 문을 닫자 온몸이 떨린다. 화장실에 얼마나 있었지?

맥스는 그녀가 도대체 뭘 했다고 생각할까?

조앤이 서둘러 복도를 지나 회의실에 도착하자 맥스가 문을 연다. "어떻게 된 거예요? 빠져 죽기라도 했나 싶던 참이었어요." 그가 코를 킁킁거린다. "화장실에서 담배 피웠습니까?"

"전 그냥……." 조앤이 말을 더듬는다. 벼랑 끝에 몰린 것처럼 어지럽다. 그녀를 보는 맥스의 얼굴이 믿을 수 없다는 표정에서 재미있다는 표정으로 바뀌더니 다시 부드러워지며 전혀 다른 표정으로 바뀐다. 그가 조앤에게 손을 내민다. 작고 별것 아닌 손짓이지만 그녀에게는 절벽에서 끌어 올려 주려고 내민 손처럼 느껴진다. 그녀가 그의 손을 잡고 꽉 쥔다.

"상관없어요. 이제 시작합시다."

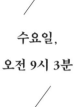

수요일,
오전 9시 3분

"증거A 준비." 하트가 비디오카메라를 향해 말한다.

"이제 그만 끝내면 안 됩니까?" 닉이 묻는다. "어머니는 이미 다 말씀하셨어요. 어제 다 끝났잖아요. 그쪽에서 요청했지만 어머니는 거절했습니다. 두 번이나요."

하트는 닉을 무시한다. 그녀가 서류철에서 얇은 서류를 꺼낼 때 조앤은 그 몸짓에서 어렴풋한 승리감을 읽는다. 이제부터다. 저들이 비장의 수를 꺼내고 있다. 조앤은 애덤스의 표정과 하트의 열의에서 그것을 읽을 수 있다.

조앤이 일어선다. 서류를 닉보다 먼저 봐야 한다. 저게 뭔지 알아야 한다.

"앉으세요." 하트의 목소리는 크고 엄격하다. "피고인에게 증거A를 건넵니다." 그녀가 마이크 쪽을 향해 말하면서 조앤에게 종이를 내민다.

조앤이 서류를 받아서 가슴 앞쪽에 들고 독서용 안경을 낀다. 글자를 읽으려면 눈을 가늘게 떠야 한다. 서류에 적힌 날짜는 1945년 9월 2일이고 '확산공장 능률 변동, I – IV부'라는 다소 어려운 제목이 붙어 있다. 닉이 어깨 너머로 서류를 읽으려고 일어서지만 그녀가 재빨리 종이를 접는다.

"그래서요?" 하트가 묻는다.

"그래서 뭐요?"

"알아보시겠습니까? 부인에게 어떤 의미가 있나요?"

조앤이 잠시 침묵한다. "아니요." 마침내 그녀가 대답한다.

하트는 조앤의 대답을 듣지 못한 것처럼 파일을 들고 서류를 가리킬 뿐이다. "이 보고서는 1945년에 튜브 앨로이스 케임브리지 팀에서 작성되었습니다. 당시에는 기밀문서였지요. 그런데 로토 요원 덕분에 모스크바의 KGB 파일로 흘러들어 갔습니다."

"로토 요원이 누굽니까?" 닉이 묻는다.

조앤은 고개를 들지 않지만 자신의 반응을 면밀히 살피는 하트의 시선을 느낀다. "우리는 이 정보의 출처가 당신임을 확인했습니다." 하트가 말을 잇는다. "우리도 뒤늦게 알았어요. 전 KGB 공작원이 러시아에서 몰래 빼낸 다음 탈출을 도와주는 조건으로 영국 정보국에 넘겼지요. 그는 수백 개의 파일을 일일이 복사해서 모스크바 외곽의 별장 마룻장 밑에 숨겼습니다. 참 대단하지요, 안 그런가요?"

침묵. 조앤의 폐가 고동친다.

"운 좋게도 당신 파일 역시 그중 하나였습니다. 로토 요원. 유죄를 확정 지을 증거가 아주 많아요. 충분하지요."

조앤이 부인하려고 입을 열다가 마음을 바꾼다. 설명하지 않고 변명하지 않는다. 오래전 레오의 말이 마음속에서 메아리치고 흐릿한 희망의 빛이 비친다. "KGB 탈주자가 가져온 서류라면 당연히 신뢰성이 의심스럽겠군요."

"우리는 그를 믿습니다." 애덤스가 끼어든다. "절대적으로요."

"하지만 증거로 쓸 수는 없어요, 아닌가요? 로토 요원이 누군지 당신들이 안다 해도 이걸 법정에서 증거로 쓸 수는 없어요." 조앤이 자신이 들고 있는 서류를 가리키며 전혀 신경 쓰지 않는 것처럼 보이려 애쓴다. "게다가 내용도 별로 없어요. 이걸로 폭탄을 만들 순 없죠."

조앤은 동의를 바라며 닉을 흘깃 보지만 그는 조앤을 보고 있지 않다. 닉은 하트에게 폴더를 받아서 서류 색인을 훑어보고 있다.

하트는 주춤하지 않는다. "요점은 그게 아닙니다. 기밀 자료였어요. 서류가 그것 하나만도 아니고요. 아시겠지만, 같은 출처의 서류가 더 있습니다." 그녀가 닉이 들고 있는 파일을 가리킨다. "저런 서류철이 네 개 더 있는데, 출처는 전부 로토 요원이지요."

"하지만 누구라도 로토 요원이 될 수 있어요. 가능성 있는 사람이 스무 명은 될 걸요." 조앤은 닉이 무슨 말이라도 하길 바라며 다시 한 번 소리 없이 호소하지만 닉은 조앤을 보지 않는다.

그는 파일을 천천히, 신중하게 넘기고 있고, 갑자기 창백해진 안색이 붉은 목과 대조를 이룬다.

"말했잖아요. 우리 정보원은 아주 확실합니다. 이 파일과 똑같은 게 KGB 문서고에 저장되어 있다는 것은 사실입니다." 정적이 흐른다. 하트가 일어서더니 애덤스에게도 일어서라고 손짓한다. "커피 마실까요?"

"좋아요. 그러죠."

"30분 뒤에 다시 시작하겠습니다. 지금 들고 있는 서류를 아시는지 그때 다시 묻지요. 대답을 신중하게 고민하시라고 충고드리고 싶군요."

애덤스가 비디오카메라를 끈 다음 하트를 따라 밖으로 나가서 문을 닫는다.

벽난로 선반에 시계가 놓여 있고 조앤은 시간이 흘러가는 조용한 소리를 들을 수 있다. 카디건을 더욱 꼭 여민다. 윌리엄이 왜 그랬는지 이제야 알겠다. 윌리엄은 분명 가망이 없다고 생각했을 것이다. 이 파일 하나만 해도 증거가 수없이 많다. 처음 시작할 때 최대 징역 14년까지 가능한 혐의라고 단언했던 하트의 말이 떠오른다. 생각이 화장실의 수면제로 향하고, 수면제를 한 움큼 또 한 움큼 삼키는 상상을 하자 조앤은 마음이 놓일 지경이다.

그녀는 눈을 감는다. 그럴 수 없다는 것을 잘 안다. 닉이 파일을 넘기는 소리가 들린다. 그녀가 한 번도 본 적 없는 서류라고 주장할 수는 있다. 아무튼 아직 아무것도 인정하지 않았다. 정말로 인정한 것은 없다. 그러나 계속 부인하면 어떻게 될까? 아마도 그들은 조앤을 법정에 세울 것이고, 그녀의 인생 전체가 모든 사람들 앞에 속속들이 드러날 것이다. 방금 본 것과 같은 증거가 차례차례 제시되면 조앤은 피고인석에 서서 계속 부인해야 할 것이다. 판사와 배심원, 증인, 경찰, 기자가 올 것이다.

닉은 지켜봐야 할 것이다. 조앤은 자신이 재판정에 서면 닉이 감싸줄까, 생각한다. 그가 직업상 수많은 사람에게 그랬던 것처럼 자기 곁에 서서 대변해줄까? 물론 그럴 것이다. 옳은 일이라고 생각한다면 말이다. 그러나 이들의 주장대로 조앤이 정말 그 일을 했다고 생각해도 그럴까?

조앤은 알지 못한다. 그리고 어쨌든 그것은 지나친 요구다. 그녀와 닉의 관계가 밝혀지면 어떤 기사 제목이 등장할지 상상이 간다. **왕실변호사의 모친, 소비에트 스파이로 밝혀지다.** 그러면 닉의 경력은 끝장날 것이다. 아들을 보호하는 것이 그녀의 의무이지 그녀를 보호하는 것이 아들의 의무는 아니다. 조앤이 보기에 질 질 끄는 재판과 불가피한 언론의 관심을 피할 방법은 하나밖에 없다.

"엄마가 했군요, 그렇죠?" 닉이 속삭인다. "엄마가 하신 거예요."

"쉬이." 조앤이 허공에서 초조하게 손을 저으며 말한다. 공포로 온몸이 오그라든다.

"못 믿겠어요." 닉의 목소리가 갑자기 날카로워지더니 그의 눈빛이 눈부시게 하얀 탐조등처럼 차갑게 조앤의 가슴을 향한다. "믿을 수가 없어요. 어떻게 그러실 수가 있어요?"

조앤이 양탄자를 내려다본다. 그녀는 아직도 그 말을 할 수가 없다. 문득 나름의 이유를 설명할 수만 있다면 닉이 이해할지도 모른다고, 그런 일을 한 것이 그렇게 끔찍해 보이지 않을지도 모른다고 생각한다. 적어도 설명은 할 수 있을 것이다.

"왜요? 왜 그런 일을 해요?" 닉은 이제 이것이 얼마나 엄청난 일인지 실감하고 믿을 수 없다는 표정이다. 홍조가 목에서 얼굴까지 올라왔고 눈에 눈물이 글썽거린다. 아까처럼 눈물을 흘릴 듯 말 듯한 것이 아니라 진짜 눈물이다.

조앤이 시선을 돌린다. 어떻게 설명할까? 그녀는 누구나 스스로를 보는 관점이 있다고, 어떤 상황에서 자신이 무엇을 하고 무엇을 하지 않을 것이라는 생각을 가지고 있다고, 이러한 선택들이 모여서 그 사람의 인격을 구성한다고 생각한다. 닉을 예로 들어보자. 그가 만약 1942년에 독일 군대에 징집되어서 아우슈비츠에 배속된 다음 — 생각만 해도 끔찍하다 — 어떤 스위치를 켜고 20분 정도 기다린 다음 스위치를 끄라는 명령을 받았다면 어떻게 했을까? 그렇다, 닉은 용감한 사람이다. 대부분의 사람들보다 용감하다. 조앤은 이런 말을 하면 닉이 얼마나 화낼지 상상이 간다. 그는 대항했을 것이라고, 필요하다면 자발적으로 희생했을 것이라고 말하리라.

어쩌면 정말 자발적으로 희생했을지도 모른다. 그런 사람들도 있다. 몇몇 사람들. 그러나 대부분은 그렇게 하지 않았다.

애매한 상황을 몇 가지 더하면 어떨까. 시키는 대로 하면 닉의 두 아들 — 조앤은 손자들을 생생하게 떠올릴 수 있다 — 을, 옆은 갈색 머리를 헝클어뜨린 채 무릎에 진흙을 묻히고 얼굴 가득 미소를 지은 아이들을 안전하게 지킬 수 있다면 어땠을까. 충분하지 않다고? 늙어서 돌볼 사람이 필요한 어머니까지 더해지면 어떨까. 아내 브라이오니는? 사촌은? 육촌은?

너무 동떨어진 가정이라고?

좋다, 이제 닉은 처음만큼 확신하지는 못해도 빠져나갈 구멍이 있을 것이라고 고집을 피울 것이다. 어쩌면―아하―어쩌면 닉은 그 구멍을 찾을 때까지만 시키는 대로 했을지도 모른다. 어쩌면 그는 수용소에 갇힌 사람들에게 잠시 친절을 베풀어 배급을 더 주거나 대화를 나누거나 격려의 미소를 지었을 것이고, 이런 행동이 스위치를 켜는 행위를 약간이나마 보완한다고 스스로에게 말하기 시작했을지도 모른다. 새들조차 노래하기를 거부하는 이 차갑고 황량한 숲에서 인간성이 잠시 빛나는 순간이라고. 닉은 이로써 죄책감을 막고 무시할 수 있었을지도 모른다.

밀그램이 이걸 뭐라고 불렀더라? 복종의 위험성. 뭐 그런 말이었다.

밀그램의 실험이 또 무엇을 보여주었는지 모르지만 적어도 우리가 스스로에 대해서 안다고 생각했던 것들, 자신을 시험하는 것이 없을 때는 너무나도 절대적으로 보이는 것들을 지키는 일이 얼마나 어려워질 수 있는지 확실히 보여주었다. 실제 삶은 그렇게 단순하지 않다. 애매한 상황이 무한히 많다. 자신이 어떤 행동을 하고 어떤 행동을 하지 않을지 확신하기란 불가능하다.

"왜요?" 닉이 다시 묻는다. 간청하는 표정, 연약한 표정이다.

그는 어머니가 자기 생각과 다른 대답을 하기를, 물론 이 파일의 서류를 한 번도 본 적이 없다고, 크나큰 오해라고, 위원회 회의를 신청해야겠다고 말하기를 바라는 것 같다. 그의 어깨 너머에 조앤이 오스트레일리아에서 가져온 옛날 사진들이, 이제 손자들이 놀러 올 때마다 재미있게 보는 사진들이 일렬로 놓여 있다. 액자는 낡고 먼지가 쌓였지만 사진 속에서 씩 웃는 소년은 어리고 낙천적이고 활력이 넘치고, 사진마다 조금씩 더 나이가 들면서 더 똑똑하고 더 자신감 넘친다. 졸업식 때 찍은 사진 속 닉은 전날 시드니의 학생 행진에 다녀오느라 코가 탔고, 런던에서 변호사 임명 당시 찍은 사진 속 닉은 가발과 가운 차림에 약간 부끄러운 표정이다. 조앤은 생각한다. 말해보렴. 네가 내 입장이었어도 나랑 똑같이 하지 않았을 것이라고 한번 말해보렴.

그러나 그녀는 이런 말을 하지 않을 것이다. 절대적인 진실을 말하는 방법은 재빨리 직설적으로 말하는 것밖에 없기 때문이다. 설명하지 않고 변명하지 않는다. 레오의 말이 옳다.

조앤이 고개를 들어 아들을 보자 온몸의 세포 하나하나가 지금 다른 말을 할 수 있다면 좋겠다고 간절히 바란다. 하지만 그럴 수 없다. 그러므로 그녀는 아주 나직하게 딱 한 단어를 속삭인다. "히로시마."

제1차 원자폭탄 시험은 유럽에서 전쟁이 끝나고 얼마 되지 않은 1945년 한여름에 미국에서 실시된다. 해가 뜨기 직전 구름 없는 하늘을 향해 폭탄이 터졌을 때 폭발이 만들어낸 빛은 30킬로미터 정도 떨어진 곳에서도 놀라울 정도이고, 에너지 덩어리가 평원 위를 떠돌며 저 멀리 보이는 산들을 작아 보이게 만들고 밤하늘로 버섯 모양의 연기를 내뿜는다.

"성공했어요." 그날 오후 해외 전보를 받은 맥스가 모두에게 전화를 걸어 자기 사무실로 소집한 다음 발표한다. "미국이 성공했답니다."

미국이 먼저 성공한 것은 놀랍지 않지만 연구소의 모든 사람들은 이 소식에 일제히 숨을 들이마신다. 정확히 말해서 깜짝 놀랐다고 할 수는 없지만 실제로 통했다는 — 정말 성공했다! — 놀라움, 무에서 또는 아주 작은 것에서 힘을 만들어낼 수 있다는 사실을 발견한 놀라움, 혹은 아마도 자부심이다. 지구상에 완전히 새로운 일이 일어나면서 과학의 기본적인 가르침을 전부 새로 썼다고 말해도 과장이 아니었고, 자신들이 미국의 동료들과 함께 그 일을 이루어냈다니 믿기 힘들 정도다. 이는 현대에 다시 쓴 창세기다. 빛이 있으라! 버튼을 하나 누르자 정말 빛이 생긴다. 이 정도의 효율, 이 정도의 잠재력을 가진 다른 작용은 없다. 그러나 무엇의 잠재력일까?

조앤이 고개를 돌려 밖을 내다보사 짙고 어두운 파란색 하늘에 가느다란 구름이 흘러간다. 폭발이 방출한 빛은 태양보다 밝았다지만 이곳 케임브리지에서는 흰털발제비들이 창문 아래 나뭇가지 사이를 획획 날아다닐 뿐이다. 너무나 평화로워서 그렇게 큰 폭발이 바로 바다 건너편에서 일어났다고 믿기 힘들 지경이다. 그토록 거대한 것이 어떻게 흔적을 거의 남기지 않을 수있을까? 그녀는 예전에, 원자폭탄 개발을 촉발시켰을지도 모르는 수많은 공습과 폭발이 일어났던 전쟁 중에는 그런 생각을 한번도 한 적이 없었다. 그리고 이번은 시험 폭탄일 뿐이었다. 실제로 다친 사람은 없다. 파괴된 집도 없고 생계가 끊긴 사람도 없다. 그런데 왜 다른 것도 아닌 이번 폭발 소식을 듣고 심장에 끈적한 당밀이 퍼지는 것처럼 박동이 느려지는 기분이 들까?

도널드가 제일 먼저 맥스에게 말한다. "이제 어떻게 되는 거죠?"

그는 아직 믿을 수 없다는 표정이다. "미국이 아마 일본에 떨어뜨리겠지요."

조앤이 깜짝 놀라 고개를 든다. "하지만 무작정 일본에 투하하지는 않겠죠, 네? 제 말은, 경고부터 해야 되잖아요. 폭탄은 원래 억지력이잖아요, 아니에요?"

맥스가 어깨를 으쓱한다. "하지만 전쟁 중이잖아요. 잡담을 나눌 기회가 많진 않죠."

그의 퉁명스러운 대답에 조앤은 깜짝 놀란다. 맥스에게 기대했던 반응이 아니다. 친절하고 사려 깊은 맥스, 일하는 조앤을 조용히 지켜보다가 종종 들키는 맥스, 조앤을 사랑한다면서 그녀가 더 좋은 사람을 만날 자격이 있다며 키스하지 않으려는 맥스, 조앤을 아이처럼 깔깔 웃게 만드는 맥스. "당연히 있지요." 그녀가 평소보다 큰 목소리로 말한다. "폭파 시험을 한 번 더 잡은 다음 일본을 초대해서 보여주면 항복할지도 몰라요."

도널드가 코웃음을 친다. "안 할 걸요. 일본은 항복하지 않아요."

"하지만 기회를 줘야죠."

맥스가 조앤을 본다. "독일이 먼저 성공했다면 히틀러가 우리에게 똑같은 제안을 했을까요?"

그녀가 잠시 침묵을 지킨다. "아마 아니겠죠. 하지만 그렇다고 해서 우리가 제안하면 안 되는 건 아니잖아요. 히틀러가 정의의 귀감이라고 하긴 힘들죠."

"하!" 이번에는 아서다.

"어쨌든 다 가설이잖아요." 맥스가 말한다. "전쟁을 끝낼 기회가 생겼는데 미국이 폭탄을 사용하지 않으리라 기대할 수는 없어요."

조앤이 입을 열었다가 다시 닫는다. 어떻게 다들 이토록 침착할 수 있는지 이해가 되지 않는다. 이 사람들은 그녀와 똑같은 책임감을 느끼지 않는 걸까? 조앤은 이번 폭발이 왜 그렇게 크게 다가왔는지 이제야 깨닫는다. 지금까지 그녀는 어떤 공습에도 책임감—혹은 관련 국가의 국민 이상의 책임감—을 느끼지 않았지만 이 폭탄에 대해서는 책임감을 느낀다. 그렇다, 그녀가 없었어도 폭탄은 만들어졌겠지만(자신의 기여가 얼마나 제한적인지 잘 안다) 다들 어쩌면 이렇게 초연할 수 있는지 이해가 되지 않는다.

"하지만 일리가 있어요." 아서가 끼어든다. "이제 미국에서 원자폭탄은 더 이상 비밀이 아니니까, 우리도 만들고 있다는 사실이 알려지겠지요." 그가 잠시 말을 멈춘다. "스탈린이 알게 될 겁니다. 러시아도 원자폭탄을 원하겠지요."

도널드가 고개를 끄덕이며 웃는다. "스탈린은 불같이 화를 내겠지요."

"바로 그거예요. 이제는 러시아를 끼워줘야 할 겁니다."

맥스가 고개를 젓는다. "내 생각은 달라요. 우리가 지금 당장은 동맹일지 모르지만 전쟁이 끝나면 그렇지 않을 겁니다."

"하지만 적이 되지도 않을 거예요."

"중요한 건 그게 아니에요. 스탈린이 이런 무기를 **갖는 것을** 우리가 바라지 않는다는 게 중요하죠."

"왜요? 폭탄을 정말로 쓸까 봐요?"

"그래요."

"그러면 무슨 차이가 있죠? 우리는 일본한테 폭탄을 쓸 거잖아요. 그 밑에 누가 있는지 왜 중요하죠?" 조앤은 똑같은 주장을 들어본 적이 있음을 불현듯 깨닫고 잠시 말을 멈춘다. 단지 이번에는 자신이 반대편인 것 같다. 그러나 이제 편을 어떻게 나눌까? 더 이상 명확해 보이지 않는다.

아서가 한숨을 쉰다. "하지만 우리는 전쟁을 끝내려고 쓰는 거예요. 생명을 구하려고요."

"우리가 아니에요." 맥스가 아서의 말을 고쳐준다. "미국이지요."

조앤이 맥스를 보자 몸속에서 팽팽한 스프링이 튀어 오른 것처럼 빙글빙글 도는 느낌이 든다. 캐런은 미소를 짓고 있지만 남자들한테 그런 말을 해봐야 소용없다는 듯 슬프고 체념한 표정이다.

"아, 화낼 거 없어요." 결국 도널드가 말한다. "일본 놈들을 시연에 초대해도 똑같을 겁니다. 항복할 사람들이 아니에요. 중요한 건 성공했다는 거죠. 과학이 옳아요." 그가 빙긋 웃는다. "자, 술이나 한잔하면서 축하하자고요. 점심은 술집에 가서 먹을까요, 여러분?"

"안 될 것 없죠." 맥스가 말한다.

조앤이 시선을 돌린다. 치밀어 오르는 히스테리를 억누를 수가 없다. "하지만 원래 그럴 생각이 아니었잖아요, 네? 독일을 견제할 억지력이었잖아요. 그런데 이제 그걸 일본에 투하한다는 말이잖아요. 다음은 어느 나라죠?" 그녀가 양팔을 벌린다. "다들 계산해봤잖아요. 예를 들어 20킬로톤으로 일본인 수십만 명을 죽이면, 그다음엔 어떻게 되는 거죠? 일본이 복수할 거고, 킬로톤에 그치지 않을 거예요. 메가톤을 쓸 거고……."

이 말에 아서가 코웃음을 친다.

"……그러면 사망자는……." 조앤이 말을 잠시 멈추고 기다리며 머릿속으로 곱셈을 한다. "……5백만 명이에요. 그다음엔 어떻게 되죠?"

맥스는 말도 안 되는 소리라는 듯 고개를 젓는다. 말도 안 되는 소리가 맞다. 그러나 초강력 폭탄도 10년 전에는 말도 안 되는 소리였지만 지금은 존재한다. "그런 일은 없을 겁니다."

조앤이 맥스를 빤히 본다. 그가 동의하지 않는다니, 모두가 자신의 말에 동의하지 않는다니, 술집에 앉아서 피시앤드칩스를 먹으면서 이 끔찍하고 파괴적인 힘을 축하한다니, 믿을 수가 없다. 이 사람들의 통찰력은 다 어디로 갔을까? 지금까지 그녀는 모두들 프로젝트의 이러한 측면에 대해 양가감정을 공유하고 있다고 말했을 것이다. 맥스조차도. 특히 맥스가. 하지만 이제 잘 모르겠다. 조앤이 맥스를 향해 고개를 돌린다. "하지만 어떻게 알죠?"

3주 1일 뒤, 우라늄 235 폭탄이 히로시마에 투하되었다. 언론은 이렇게 간단하고 반박의 여지가 없는 사실로 보도했다. 어쩌면 그 자리에서 그 장면을 보지 못한 전 세계의 나머지 사람들에게는 이 말로 그날의 사건이 충분히 설명될지도 모른다. 그러나 이 말만으로는 절대 그날의 진실을 설명할 수 없다.

물론 사람들은 설명하려 애쓰겠지만 설명할 수 없을 것이다. 눈부신 섬광의 사진이, 먼지가 솟아 역류하면서 땅을 할퀸 뒤 도시 위로 피어오른 거대한 버섯구름의 사진이 신문에 실릴 것이다. 기사는 너무 뜨거워서 몇몇 사람들은 그냥 사라져버렸다고, 먼지와 재와 파편의 소용돌이에 빨려 들어갔다고 말할 것이다. 그러나 이 어마어마한 파멸의 진상을 진실로 전달할 수 있는 언어는 없다. 말이 존재하지 않는다. 혹은 존재한다 해도 인간의 공감력으로는 그토록 큰 고통을 헤아릴 수 없기 때문에 이해할 수 없다. 상상력의 한계를 벗어날 수 없다. 그 이상은 숫자에 불과하다.

그러나 나가사키 사람들은 이해할 수밖에 없는 운명이다. 사흘 뒤 플루토늄 폭탄이 나가사키를 강타하자 일본은 항복한다. 조앤은 연구소 사람들과 함께 항복 소식을 들으면서 찌르는 듯한 책임감을 다시 한 번 느낀다. 지난번 전쟁이 어떻게 끝났는지를, 교착 상태에서 갑자기 정적이 흐르고 교회의 종소리가 전장에 울려 퍼졌다는 어머니의 이야기가 떠오른다. 끔찍한 전쟁이었지만 끝이 점잖았기에 일시적으로나마 상쇄되었다. 비처럼 무차별적으로 떨어지는 잔해는 없었다. 새소리는 어디에 있나? 양귀비는 어디 있는가? 이 불행한 운명을 맞이한 두 도시에서 한때 소박한 삶을 살던 사람들은 어디에 있을까? 다음은 어디일까?

어디든 미국이 정하는 곳이다.

주변에서 사람들이 온통 큰 소리로 웃고 떠든다. 전쟁 동안 지하실에 쌓여 있던 샴페인과 맥주가 나온다. 캐런을 선두로 사람들이 줄을 지어 춤을 추면서 복도를 따라 맥스의 사무실까지 갔다가 돌아온다. 아서가 쓰레기통 뚜껑과 기타를 꺼내 오자 이 끔찍한 일이 축하 행사처럼 느껴질 만큼 시끄러워진다. 사실 어떤 의미에서는 축하할 일이다. 전쟁이 끝났다. 조앤은 기뻐하려고 노력이라도 해야 한다. 그녀가 억지 미소를 지으며 캐런이 따라 주는 샴페인을 한 잔 받아 단번에 마신다. 역겨울 만큼 달다.

누가 어깨에 손을 얹자 조앤이 매섭게 돌아본다. 맥스다.

"춤출래요?" 그가 시끄러운 소음 때문에 소리치듯 묻더니 조앤을 끌어당기려 한다. 그의 눈이 반짝이고 있다.

그녀가 고개를 젓는다.

"제발. 한 곡만요."

그녀는 춤을 출 수가 없다. 정말로 애를 쓰면 캐런의 허리에 손을 얹고 음악에 맞춰 다리를 옆으로 차면서 사람들을 따라 움직일 수 있고, 억지로 권하면 샴페인을 더 마실 수 있고, 전쟁이 끝나서 얼마나 좋은지 이야기할 수는 있다. 입을 억지로 움직여 미소를 지을 수 있고, 이들 모두가 끔찍하고 사악한 행위에 참여했다는 자각에서 오는 어지러움과 구역질을 억누를 수 있다. 그러나 맥스와 춤을 출 수는 없다.

그녀가 생각하기에 맥스는 처음부터 분명히 알고 있었다. 폭탄을 어떻게 쓸지 분명 알았을 것이다.

술이 떨어지자 사람들은 축하 파티를 계속하러 밖으로 나간다. 거리는 이미 휘파람을 불며 노래하는 사람들로 가득하다. 왜 누구도 조앤과 같은 기분을 느끼지 않을까? 진지하게 생각하지 않기 때문일까? 아니면 그냥 신경을 쓰지 않는 걸까?

조앤은 이제 뒤처져도 아무도 모르겠다는 생각이 들 때쯤 인파 속에 숨어 하숙집으로 빠진다. 하숙집에 가면 위층 방에 혼자 앉아서 자신도 이 일에 기여했다는 생각을 곱씹을 수 있고, 아무도 그녀가 어디로 갔는지 궁금해하지 않을 것이다. 아마도 친구들을 우연히 만나서 같이 축하하러 갔다고 생각할 것이다. 그녀가 없어도 아무도 아쉬워하지 않을 것이다. 맥스만 빼면. 조앤이 빠지면 그가 찾겠지만 지금은 혼자 있고 싶다.

그러나 조앤이 하숙집에 도착하자 즉시 집으로 오라는 전보가 기다리고 있다.

조앤이 도착했을 때 아버지는 이미 잠들었고, 단추가 풀린 파자마 상의 밑으로 크림처럼 하얀 가슴이 드러나 불그스름한 목선 아래로 쇠약해진 몸이 극명하게 보인다. 경고 없이 찾아온 심장마비는 아니지만 그녀는 아버지의 쇠약한 몸과 회색 살결을 보고 충격을 받는다. 아버지는 몇 년 동안 버티다가 결국 전부 놓아버리기로 한 것처럼 바람이 다 빠진 사람 같다.

조앤이 발뒤꿈치를 들고 침실에서 빠져나와 아래층으로 내려와보니 어머니가 주방에서 캐서롤을 만들고 있다. 집에서 살짝 볶은 양파와 닭뼈 육수 냄새가 난다. 어머니가 생각할 수 있는 해결책은 이것밖에, 남편을 속부터 편안하게 해주는 것밖에 없다. 그녀가 조앤에게 미리 예상하지 못한 자기 탓이라고 속삭인다. 단서가 있을 때 더 신경 썼어야 했다. 아버지에게 차를 더 많이 만들어주고 캐서롤을 더 많이 만들어주었어야 했다.

"엄마 잘못이 절대 아니에요." 조앤은 혹시라도 어머니가 절망에 빠져서 자기도 모르게 휘두를까 봐 식칼을 억지로 빼앗으면서 안심시키려 애쓴다. "나이가 많으시잖아요. 한동안 몸이 안 좋았지만 지금 회복하시는 중이에요."

의사가 그렇게 말했기 때문에 조앤도 어머니에게 같은 말을 되풀이하고 있지만, 아버지를 제대로 돌보지 않은 책임을 져야 할 사람이 있다면 바로 자신이라는 사실도 잘 안다. 조앤은 집에 자주 오지 않았다. 연구소에서 일하는 시간이 길어서 그랬다고 스스로를 속일 수도 있지만 엄밀히 말하면 그렇지 않다는 것도 안다. 핑계일 뿐이다. 일요일에 집으로 가는 이른 아침 기차를 타러 달려가지 않은 것은, 케임브리지에서 소녀와 함께 춤을 추러 가거나 코코아를 마시거나 한참을 걸어서 그란체스터의 술집에 가면서 휴일을 보내는 것이 더 좋아서 집에 가지 않는 쪽을 선택 했기 때문이다.

조앤은 어머니를 보면서 눈을 가릴 만큼 흘러내린 회색 머리 카락을 유심히 살핀다. "아버지는 위층에서 쿵쾅거리고 있었 어." 어머니가 다시 말을 시작하지만 조앤은 같은 이야기를 이 미 두 번이나 들었다. "다락방의 옛날 물건들을 정리해야 한다 면서 말이야. 정리를 한다고 했지. 아버지가 라디오를 켜놨는데, 갑자기 엄청난 소리가 들리는 거야. 내가 올라갔지만 아버지를 아래층으로 옮길 수가 없어서……." 그녀가 조앤의 손을 꼭 붙 잡고 울기 시작한다. "아버지를 다락방에 내버려둔 채 의사를 불러 와야 했어. 그 사람은 여기에 어마어마한 통증을 느끼고 있 었는데……." 어머니가 자기 가슴을 가리킨다. "네 아버지가 그 렇게 아파하는 모습을 본 적이 없단다. 다리를 절단했을 때도 안 그랬어."

조앤의 기억으로는 아버지와 어떻게 만났는지 이야기하면서 슬쩍 언급할 때를 빼면 어머니가 다리 절단에 대해 말하는 것은 지금이 처음이다. 조앤은 어렸을 때 부모님이 결혼하기 전에 서 로를 알긴 했을까 가끔 생각했지만 부모님에게 아버지의 다리 절단 수술은 너무나 내밀한 일이었기 때문에 다른 사람들과, 심 지어는 조앤이나 랠리와도 나눌 수 없었음을 이제야 깨닫는다. 그것은 두 사람만의 비밀, 두 사람을 이어주는 끔찍한 희생의 순간, 거세의 순간이었는데, 이제 아버지의 심장이 갑자기 약해지면서 드러날 위험에 처했다.

"랠리는 어디 있어요?" 조앤이 불쑥 묻는다.

"오는 중이야." 어머니가 잠시 말을 멈춘다. 그런 다음 소매로 눈물을 닦고 코를 킁킁거리더니 고개를 꼿꼿이 들고 자신을 다잡는다. "올라가서 깨셨는지 봐라. 나는 파스닙을 좀 다듬어야겠다."

"조애니." 조앤이 방으로 들어가자 아버지가 손을 내밀며 부른다. 그녀가 그 손을 잡는다. 거칠고 소시지 같은 손, 노인의 손이다. 조앤은 언제 아버지의 손을 마지막으로 잡았는지 기억나지 않는다. 어렸을 때일 것이다. 길을 건널 때. 학교 뒤편 강에서 수영을 배울 때. 저 손이 자신을 붙잡고 헤엄치는 동작을 시켰던 기억이 어렴풋이 떠오른다. 어깨가 올라갔다 내려가고 다리가 나머지 부분보다 더 빨리 허우적거려서 몸이 허공에서 꼬이는 것 같았다.

"좀 어떠세요?"

"훨씬 낫구나." 낮고 갈라진 목소리지만 아버지는 언제나처럼 미소를 지으려고 애쓴다. 이제 파자마 단추를 다 채웠지만 쇠약해진 몸은 가려지지 않는다. "내가 제대로 들은 거냐?" 아버지가 비밀 이야기를 하듯이 베개에서 고개를 들고 묻는다. "일본에 폭탄을 또 떨어뜨렸다고?"

조앤이 아버지를 본다. 어머니는 그녀가 몸도 좋지 않은 아버지와 이런 대화를 나누는 것을 원치 않겠지만 아버지에게 거짓말을 할 수 없다. 아버지가 심장마비를 일으키기 직전에 라디오에서 뉴스를 들은 것이 분명한데, 문득 그 충격 때문에 심장마비가 왔을지도 모른다는 생각이 떠오른다. 그녀가 천천히 고개를 끄덕인다.

아버지가 고개를 젓는다. "우리한테는 우리 시대가 전례 없는 시대라고 했는데 말이다." 어머니가 늘 하던 말을 이제 아버지가 한다. 그의 손에 힘이 들어가는 것이 느껴진다. 조앤은 아버지에게 전부 이야기하고, 충고를 구하고, 용서를 — 이게 맞는 단어일까? — 구하고 싶은 마음이 간절하다. 아버지는 조앤을 항상 자랑스럽게 여겼고, 그녀가 과학을 공부하는 것을 무척 좋아했다. 어머니는 못마땅하고 난처하게 여겼지만. 조앤이 그동안 무슨 일을 했는지 알아도 아버지가 자랑스러워할까? 그녀가 여기서 부모님을 돕고, 보살피고, 결혼을 하고, 아기를 낳아 어머니를 기쁘게 했어야 할 그 오랜 시간 동안 무엇 때문에 집에 못 왔는지 알면 아버지가 뭐라고 할까?

전쟁 중이었잖아. 조앤이 방어적으로 생각한다. 그녀는 선택의 여지가 없었다.

그러나 아버지의 말이 아직 끝나지 않았다. 그가 회색 눈으로 조앤을 보면서 손을 꼭 잡는다. "너희 시대는 우리 시대보다 나아져야 하는 건데."

"아, 아버지." 조앤이 맞잡은 아버지의 손에 다른 손을 얹으며 말한다. "바보 같은 소리 하지 마세요. 지금은 아버지의 시대이기도 해요."

아버지가 미소를 지으며 고개를 젓는다. 조앤은 이 말을 꺼내자마자 아버지가 힘들어할 말이라는 것을, 또 그녀가 시제를 고쳐주기 바란 것이 아님을 깨닫는다. 아버지는 이 시대와 아무런 관계도 맺고 싶지 않은 것이다. 그는 자기 몫을 했고 줄 수 있는 것을 전부 주었지만 그것으로는 충분하지 않았다. 이제 다른 누군가가 그렇게 해야 한다. 그가 실패한 부분에서 성공해야 한다.

조앤이 아버지의 손을 들어 입을 맞춘다. 평소 아버지에게 입맞춤을 하지 않던 그녀였기에, 이 당당하고 예상치 못한 몸짓에 두 사람 모두 놀란다. 어머니가 랠리의 몫은 오븐에 넣어놓고 캐서롤 세 그릇을 쟁반에 담아서 올라올 때까지 조앤이 아버지의 침대 곁을 지킨다. 세 사람은 같이 앉아서 캐서롤을 먹으면서 은빛 도는 회색 하늘이 꿰뚫을 수 없을 만큼 짙은 파란색으로 변하는 광경을 지켜본다.

일주일 뒤, 아버지는 지난번보다 더 심각한 심장마비로 쓰러진다. 어머니가 너무나도 극심한 슬픔으로 인해 충격을 완화하려 애쓰지도 않고 보낸 전보가 연구소에 도착하고, 맥스가 조앤에게 전보를 전해준다. 전보에는 이렇게 적혀 있다. **속히 귀가 요망. 부친 사망.**

전쟁이 끝났고 대부분 누군가를 잃었지만 ─ 요즘은 그다지 전례가 없는 일도 아니다 ─ 조앤은 정말 끝이라는 그 공허함을 이 순간까지 알지 못했다. 두 번 다시 아버지에게 이야기하거나, 그의 목소리를 듣거나, 그의 생각을 알거나, 어렸을 때 종종 그랬던 것처럼 그의 가슴에 머리를 묻지 못한다는 깨달음. 이 사실을 깨닫자 자신이 분해되는 느낌, 슬픔이 몸에서 빠져나가 모든 이의 슬픔이라는 거대한 대양으로 모여드는 듯한 이상한 느낌이 든다.

이제 어떻게 하지? 그녀가 생각한다. 이제 어떻게 되는 거지?

맥스는 가끔 그렇듯 그녀를 지켜보고 있다. 그가 천천히 돌아서서 문을 닫자 잠시 둘만 남고, 그가 끌어안자 조앤은 자기 몸을 단단히 누르는 그의 몸을 느낀다. 익숙하면서도 낯설다. 두 사람이 마지막으로 닿은 이후에 너무나 많은 것이 변했기 때문에 조앤은 자신이 맥스라고 생각했던 사람을 과연 알고 있는지 더 이상 확신이 없다. "가슴이 아파요." 그가 속삭인다. "전부 너무 안타까워요."

전부? 조앤이 생각한다. 아버지가 돌아가신 건, 그래 맞다. 맥스의 아내에 대해서는, 그럴지도 모른다. 하지만 **전부**라고?

"내가 같이 가서 당신을 살펴줄 수 있다면 얼마나 좋을까요."

"전 괜찮을 거예요." 조앤이 속삭인다. 그의 친절함은 정말 고맙지만 그녀는 그를 볼 수가 없다. 그리고 왜 그를 볼 수 없는지 알지만 그에게 설명하지는 않을 것이다. 그것은 바보 같은—비이성적인—생각이지만 조앤은 그 생각을 무시할 수 없고, 그의 어깨에 머리를 기댄 이 순간에도 마음이 딱딱하게 굳고 어두워진다. 맥스가 이 프로젝트를 이끌었기 때문이다. 그렇지 않은가? 그가 플루토늄을 개발함으로써 영국은 미국 프로젝트에 크게 기여했다. 그가 없었다면 그 일은 절대 일어나지 않았을지도 모른다. 아버지가 다락방에서 라디오를 틀어놨다가 첫 번째 심장마비를 겪지 않았을지도 모른다. 아버지가 앞으로 10년은 더 살았을지도 모른다.

책임은 어디에서 시작해서 어디에서 끝날까?

조앤은 눈을 감고 세인트앨번스행 기차에 앉아서 아버지의 굵고 또렷한 목소리를, 어머니와 여동생이 이상한 대화를 나눌 때면 아버지가 그녀를 흘깃 보던 눈빛을, 미소를 지으면서 눈을 살짝 굴리던 그 모습을 떠올린다. 그녀가 대학 면접을 보기 전에 아버지가 집 뒤쪽 계단에 앉아서 구두가 반짝반짝 빛날 때까지 검은 약을 칠하고 닦아주었던 것을, 합격 소식을 듣고 기뻐하며 그녀의 머리에 입을 맞췄던 것을 기억한다. 조앤은 추도식이 두렵다. 제단까지 걸어가서 추도사를 해야 한다. 어머니는 하고 싶지 않을 것이고 랠리는 너무 어리므로 조앤이 해야 한다. 그녀는 자신이 무슨 일을 했는지 그 끔찍한 진실을 숨기고 아버지가 생각했던 바로 그런 딸인 척해야 한다. 아버지가 알았다면 어떻게 생각했을까? 자랑스러워했을까? 아버지는 각자 자신의 능력에 맞게, 라고 했었다. 그 말은 이런 뜻이었을까?

조앤은 아버지의 말이 떠올라서 마음이 흔들린다. 처칠이 의회에서 했던 약속이, 동부전선에서 들려오는 끔찍한 전쟁 보고가, 포위 당시 스탈린그라드의 모습이라는 소문이 돌던 사진이 떠오른다. 몬트리올 대학 여자 화장실 세면대 앞에서 그녀가 엉뚱한 것을 겁낸다고 말하던 레오를 떠올리며 그가 옳았음을 처음으로 이해한다. 너무 강렬한 깨달음이라 무시할 수가 없다. 전쟁은 끝났다. 그러나 조앤은 안다. 한쪽만 이런 무기를 가지고 있으면 앞으로 평화를 바랄 수 없다.

그녀가 이 상황을 공평하게 만들 유일무이한 위치라는 레오의 말이 무슨 뜻이었는지 조앤은 이제야 깨닫는다. 세상을 더 안전하게 만들 수 있는 위치. 아버지의 말처럼 책임을 지는 것.

차창 밖으로 시골 풍경이 어른거리며 지나간다. 조앤이 할 일은 소냐에게 정보를 전달하는 것뿐이다. 레오의 말로는 그랬다. 소냐가 필요한 사람에게 그 정보를 줄 것이고, 그다음에는……. 조앤은 이 부분에서 망설인다. 그다음을 상상할 수가 없다. 너무 간단하고 너무 쉬운 일처럼 들린다. 그녀는 이 일이 다른 누구도 아닌 맥스를 배신하는 것이기 때문에 찌르는 듯한 가책을 느낀다. 조앤은 안다. 맥스에게 이 폭탄은 단순한 물건이 아니다. 그에게는 일생일대의 업적이다. 그리고 일단 이 일을 시작하면 돌이킬 수 없을 것이다. 이제 맥스가 그녀의 손을 잡고 사랑한다고, 영원히 이야기하고 싶다고 말하는 일은 두 번 다시 없을 것이다. 두 사람 사이에 '어쩌면'이라는 기류가 흐르지도 않을 것이고 배에서 했던 완벽한 입맞춤도 두 번 다시 없을 것이다.

그러나 맥스도 조앤을 오해하게 만들지 않았던가? 약간이지만 거짓말을 하지 않았나?

그녀가 가방에서 공책과 펜을 꺼낸다. 지금부터 하려는 일이 공직자비밀엄수법 선서에 어긋난다는 것을 알지만 그런 생각은 하지 않을 것이다. 지금은 아니다. 그녀는 기억을 더듬어 원자폭탄 제작의 기초 과정을 적는다. 수치를 볼 수 있는 실험실에서 정리하는 것이 더 쉽겠지만 우선 대략적인 개요를 알려주고 그들이 레오의 생각처럼 이 정보에 관심이 있는지 확인하고 싶다. 그녀는 우라늄 제조의 어려움을 상세히 설명한 다음 특히 플루토늄 사용을 비롯한 여러 가지 해결책을 덧붙인다. 연쇄반응이 시작될 때 폭탄을 지탱하는 반사재와 케이스, 내파 단계에서 사용하는 재료를 설명하고 아직 제작되지 않은 최종 결과물의 그림을 그리고 예상 치수를 적는다.

조앤이 정보를 정리한 몇 장을 공책에서 조심스럽게 찢어낸 다음 접어서 주머니에 넣을 때 기차가 역으로 들어선다. 망설이다가 그만둘지도 모르니 시간을 낭비하고 싶지 않다. 그녀는 기차역에서 잔돈을 찾아 가방 속을 뒤적인다. 그런 다음 가장 가까운 전화 부스로 걸어가서 동전을 넣고 교환원이 나오기를 기다린다. 배 속이 울렁거린다. 전화가 간단하게, 침착하게 연결되자 그녀가 소냐의 번호를 읊조린다.

"연결해드리겠습니다."

수화기 저편에서 잠시 침묵이 흐르더니 딸깍 소리가 난다.

"안녕, 나야." 조앤이 말한다. "나 지금 세인트앨번스야. 난…… 난 널 만나야 해."

"아?" 소냐가 미소를 짓고 있는 것처럼 목소리가 부드럽고 음악적이다. "급한 일이야?"

조앤이 잠시 말을 멈춘다. 아직 늦지 않았다. 아직 마음을 바꿀 수 있다. "응, 좀 급해. 너한테 줄 게 있어."

"그러지 않을까 생각했어." 소냐는 이런 전화를 예상하고 있던 것처럼 무슨 일인지 묻지도 않고 조앤의 지시를 차분히 듣는다. "알았어. 제이미한테 차를 빌릴게. 지금 출발하면 늦은 오후에는 도착할 거야."

심호흡. 들이마시고 내쉬고. 조앤은 가볍고 경쾌한 목소리를 내려고, 그냥 두 친구가 잡담을 나누려고 만나는 약속에 지나지 않는 척하려 애를 쓴다. "4시 반에 성당 옆 커피숍에서 만나자."

전화를 끊자 조앤의 온몸에 냉기가 흐르면서 몸이 떨린다. 그녀는 수화기에 손을 얹은 채 잠시 기다린다. 지금이라도 그만둘 수 있다. 소냐에게 다시 전화해서 생각이 바뀌었으니 오지 말라고 할 수 있다. 하지만 그러자 아버지의 다리가, 아침에 붕대를 감은 다리에 나무 의족을 고정시키기 전에 한 발로 집 안을 뛰어다니던 아버지의 모습이, 침실 바닥에 울리던 소리가 떠오른다. 그녀는 어머니의 병원에서 모르핀을 더 달라고 소리 지르는 소년병들을, 복도 가득 넘치는 환자들을, 열기와 재가 버섯 모양으로 끔찍하게 소용돌이치는 히로시마의 사진들을 떠올리면서 기도드리는 것처럼 두 손을 꼭 맞잡는다. 그러나 기도가 아니다. 이것은 탄원이고 청원이며 약속이다. 그녀의 가슴속으로 밀려들어 폐에 공기가 가득 찰 때까지 자신도 모르게 심호흡을 하게 만드는 것은 바로 확신의 물결이다.

홍수가 끝난 뒤 계약이 세워졌다.

수요일,
오전 11시 42분

조앤이 의자에 털썩 주저앉는다. 닉은 믿을 수 없다는 표정이다.

"아니에요, 엄마, 아니에요. 테이프 멈춰요. 어머니는 지금 자기가 무슨 말을 하고 계신지 모릅니다. 무서워서 이렇게 말씀하시는 거예요. 이게 당신들이 듣고 싶은 이야기라고 생각해서요." 닉이 비디오카메라로 달려들어 정지 버튼으로 손을 뻗는다. 애덤스가 닉을 막아서며 단단한 팔을 뻗어 아무것도 만지지 못하게 하고, 잠시 두 남자가 숨 막히는 답보 상태로 마주 보다가 결국 닉이 고개를 떨구고 물러선다. 그가 돌아서서 다가오더니 조앤 앞에 무릎을 꿇고 양손을 그녀의 무릎에 올린다. "제발요, 엄마. 말 안 해도 돼요. 엄마가 안 했잖아요. 엄마가 안 그런 거 전 알아요."

조앤이 손을 뻗어 닉의 손을 잡는다. 일어설 수 있다면, 아들을 품에 안고 용서처럼 퍼지는 아들의 온기를 느낄 수 있다면 얼마나 좋을까. 그러나 감히 그럴 수 없다. "미안하다, 닉." 그녀가 속삭인다. "미안해."

"말씀 그만하세요." 닉이 그녀의 귀 가까이에 입술을 대고 속삭이며 설득한다. "저 사람들은 엄마가 하지도 않은 일로 감옥에 보낼 거예요. 감옥이 어떤지 아세요? 엄마는 여든다섯이에요. 전 엄마를 보살펴야 해요. 엄마를 보살피고 **싶어요**. 엄마가 감옥에 가시면 어떻게 그렇게 하겠어요?"

조앤이 닉의 손에 자기 손을 올린다. "내 앞가림은 할 수 있어."

"아니, 못 해요." 조앤은 닉을, 항상 너무나 자랑스럽고 정말 사랑하는 아들을, 너무나 열심히 살고 너무나 잘 살아온 아들을, 강하고 인자하고 자신에게 다정한 아들을 바라보면서 자신이 이런 아들을 가질 자격이 없다고 생각한다. 닉이 그녀를 얼마나 지키고 싶어 하는지, 그녀를 대신해서 이 일을 해야 한다고, 자신이 없으면 그녀가 헤쳐나가지 못하리라고 얼마나 굳게 믿는지 깨닫자 조앤은 심장이 부서지는 것 같다. 그녀는 닉이 왜 이렇게 생각하는지 안다. 그녀가 항상 했던 역할이다. 그러나 지금은 닉이 그녀를 보호하도록 놔두지 않을 것이다. 닉을 보호하는 것이 그녀의 임무다. 조앤이 고개를 천천히 천천히 젓는다. "너무 늦었어." 그녀가 속삭인다. "저 사람들은 이미 알아."

❖❖❖

연구 팀에서 작성한 모든 서류는 복사본을 만든 다음 연속적인 숫자를 매겨서 맥스의 튼튼한 철제 캐비닛에 보관한다. 조앤은 항상 복도 끝 회의실에서 혼자 이 일을 하기 때문에 중요해 보이는 서류를 한 장씩 더 복사한 다음 하나는 파일에 넣고 하나는 모아서 매달 소냐를 만나 건네기로 한다. 그러면 소냐가 정보를 전달할 수 있다.

"하지만 누구한테 전달하는데?" 소냐가 이 단계를 설명할 때 조앤이 궁금해서 묻는다.

소냐가 눈썹을 추켜올린다. "너한테 이름을 알려줄 순 없어."

"이름을 알고 싶은 게 아니야. 그냥 일반적으로 말이야."

"모스크바 중앙의 연락책한테."

"루뱐카 말이야?" 조앤의 눈이 커진다. 들어본 적이 있는 곳이다. 루뱐카는 소비에트 해외 정보국 본부로, 초기 대학 집회 때 숨죽인 목소리로 자주 언급되었다. 조앤은 회색의 미궁 같은 소비에트 건물을 상상하곤 했지만 레오가 사실은 꽤 웅장한 곳이라고, 원래 혁명 전에 러시아 보험회사 건물로 지어졌지만 레닌이 징발하여 비밀경찰을 주둔시켰다고 설명해주었다. 그녀는 이제 그때와 달라졌으리라는 것을, 세월이 흘러서 조각나무 세공 마루는 광택을 잃고 연녹색 벽은 지저분해졌으리라는 것을 알지만 상상해보면 여전히 위협적이다. 레오는 전쟁이 일어나기 전 모스크바에 다녀왔을 때 점점 커지는 경찰력을 수용하기 위해 건물을 한 층 더 올리면서 애초에 건물을 그토록 웅장하게 만든 바로크 양식을 감추는 중이라고 말했었다. 루반카 지하에 국가의 적을 가두어 심문하는 감옥이 있다고, 이곳이 지하실에서 시베리아가 보이기 때문에 러시아에서 가장 높은 건물이라는 소비에트식 농담이 여기서 나왔다고 말했다. 조앤은 자신이 복사한 서류가 그곳에 도착한다고 상상해본다. "우편으로 보낼 거야?"

소냐가 웃는다. "말도 안 되는 소리 하지 마. 무선으로 보낼 거야."

"그게 안전해? 그러면 다른 사람들이 들을 수 있지 않아?"

"먼저 암호화해야지. 스위스에서 배웠어." 소냐가 샌드위치를 한 입 베어 물더니 으깬 달걀 맛에 콧잔등을 살짝 찌푸린다. "몰랐어? 제이미가 내 지휘관이었잖아. 우린 그렇게 만났어."

조앤은 몰랐다. 소냐는 제이미가 '사업을 한다'고만 설명했기 때문에 그가 무슨 일을 할까 종종 궁금한 정도였다. "그럼 연락책한테 무선으로 보낸다는 거구나. 요원이야?"

소냐가 어깨를 으쓱한다. "보통은 장교야. 늘 같은 사람은 아니지만. 왔다갔다하거든."

조앤은 이해가 안 가서 얼굴을 찌푸린다. "어딜 왔다갔다해?"

소냐가 한숨을 쉬고 고개를 젓는다. "모스크바는 반역자로 가득해. 누가 사라지면 그 사람이 어떻게 됐는지 묻지 않아. 그냥 새로운 사람을 받아들이지."

"'사라진다'는 게 무슨 뜻이야? 지하실에 갇힌다는 거야?"

"처음에는."

"그런 다음에는?" 조앤은 레오의 소비에트식 농담을 기억한다. "시베리아로 보내?"

"운이 좋으면."

"운이 나쁘면?"

소냐가 미소를 지으면서 관자놀이에 손가락을 대고 엄지로 방아쇠 당기는 시늉을 한다.

조앤이 소냐를 빤히 본다.

소냐가 웃는다. "괜찮아, 조조. 너한테 그런 일은 없을 거야. 그러려면 우선 모스크바로 데려가야 하는데, 그렇게까지 하진 않을 거야. 넌 그냥 돕는 것뿐이야. 그 사람들이 누군지 모르니까 배신할 수도 없고."

"하지만 넌 알잖아."

소냐가 어깨를 으쓱한다. "알지."

"그 사람들도 널 알고."

소냐가 고개를 끄덕인다.

"그럼 누구를 믿어도 되고 누구를 믿으면 안 되는지 넌 어떻게 알아?"

소냐가 조앤을 보며 미소를 짓는다. "난 나 자신을 믿어."

조앤이 더 자세한 설명을 기다리자 침묵이 흐른다. "그리고?"

"그게 다야. 가장 중요한 규칙이지. 아무도 믿지 말라."

"레오는?"

소냐가 말도 안 되는 질문이라는 듯 손사래를 친다. 당연히 말도 안 되는 질문이다. 이런 이야기를 더 나눌 시간이 없다. 소녀가 일반적인 지시 사항으로 넘어가서 미행하는 사람이 없는지 확인하는 법을 배워야 한다고 말한다. 그녀의 말에 따르면 기밀 자료를 운반할 때는 항상 택시를 타야 하고, 매번 왔던 방향으로 되돌아가야 한다. 약속 장소로 곧장 가면 절대 안 된다.

"왜?"

"그래야만 미행당하지 않는지 확인할 수 있으니까."

"미행을 피하기에는 좀 비싼 방법 같은데."

"배상받을 수 있어." 소녀가 조앤에게 말한다. "더 많이 줄 거야."

"돈은 받고 싶지 않아. 그냥 버스를 타는 게 좋아."

소녀가 조앤의 말을 무시한다. "미행당하는 것 같으면 길을 몇 번 건너면서 계속 따라오는지 봐."

"계속 따라오면?"

"음, 그럼 곤경에 처한 거지." 소녀가 무표정한 얼굴로 말하다가 곧 고개를 젖히고 깔깔 웃는다. "농담이야, 조조. 아니야. 혹시 모르니까 항상 넓고 사람 많은 장소에서 만날 거야. 백화점, 역, 시장 광장. 누가 미행하는 것 같으면 따라 들어가면 의심스러워 보일 만한 가게로 들어가. 남자라면 란제리 가게나 여성화 가게로 들어가면 돼. 절대 못 따라갈 거야. 모든 움직임을 설명할 수 있어야 한다는 것만 기억해. 그러면 괜찮을 거야."

"그럼 미행당한다 싶을 때마다 스타킹을 하나씩 사야 한다는 거야?"

소녀가 빙긋 웃는다. "음, 여자한테 스타킹은 아무리 많아도 부족하지." 그런 다음 손을 조앤의 손에 자기 손을 올리고 꾹 누른다. "이제 중요한 부분이야. 날 만나러 오는데 누가 따라온다 싶으면 왼손으로 핸드백 손잡이를 잡고 날 모르는 척해. 어깨에 메지 말고. 오른손도 안 돼. 왼손이야. 그럼 내가 알아볼 수 있어."

조앤이 고개를 끄덕이면서 눈을 크게 뜬다. 갑자기 자신이 하기로 한 일이 두려워진다. 소녀가 너무 극적으로 구는 걸까? 아니면 진심일까? "네가 미행당하는 것 같으면 어떻게 할 거야?"

소녀가 잠시 생각한다. "내가 미행당하는 중이면 스카프를 머리에 쓸게. 스카프를 목에 두르고 있으면 괜찮다는 뜻이야." 그녀가 잠시 말을 멈춘다. "하지만 걱정은 하지 마. 그냥 조심하는 거야. 조심만 하면 누가 우릴 의심할 이유가 없어. 어쨌든 우리에게는 완벽한 위장이 있으니까."

"그래?"

"당연하지." 소녀가 조앤에게 새침한 눈길을 던지며 말한다. "우리가 이런 일을 한다고 누가 의심하겠어? 우린 여자잖아."

조앤이 장례식 후 일주일 동안 어머니의 곁을 지킨 뒤 연구소로 돌아왔을 때 제일 먼저 할 일은 맥스의 서류 더미를 회의실로 가져가서 파일로 정리하는 것이다. 그녀가 쉬는 바람에 서류가 평소보다 많아서 조앤은 맥스에게 오전 내내 회의실에서 일하겠다고 말한다. 서류에 적힌 맥스의 글씨, 이제 본인의 글씨만큼이나 익숙해진 그 굴곡을 보니 속이 약간 안 좋아진다. 맨 앞장을 넘긴다.

카본 복사지가 있으므로 중요해 보이는 서류는 복사본을 한 장이 아니라 두 장씩 만들기만 하면 된다. 그녀는 오후에 짧은 타자 일거리를 받자 자기 책상에서 타자를 한 장 더 친 다음 접어서 핸드백 속에 가지고 다니는 소설 사이에 끼워 넣었다가 회의실 철제 파일 캐비닛 뒤에 보관해둔 복사본 봉투에 넣는다.

가끔 사진으로 찍는 게 나은 설계도나 서류가 있을지도 몰랐기 때문에 그녀는 소냐가 준 소형 라이카 카메라를 낡은 차통 바닥의 얇은 금속판 밑에 숨긴다. 필름은 복사본과 함께 봉투에 넣고 카메라는 다시 차통에 넣은 다음 일요일 아침마다 차를 새로 채우면서 잘 숨겨져 있는지 확인할 것이다. 어쨌든 주방은 이제 그녀의 영역이라서 다른 사람은 거의 들어오지 않는다. 캐런조차도 조앤이 오기 전처럼 오전에 차 만드는 일을 떠맡을까 봐 개수대 아래 찬장에 쌓인 차통을 함부로 건드리지 않으므로 조앤의 비밀은 안전하다.

조앤은 예전보다 더 열심히, 부지런히 일한다. 여전히 캐런을 비롯한 연구소 사람들과 잡담을 나누지만 예전만큼 자주는 아니고, 비스킷이 떨어지지 않도록 신경 쓴다. 그녀의 타자는 언제나처럼 느리고 오자 하나 없지만 조앤이 뭔가 변한 것은 분명한데 무엇이 바뀌었는지 아무도 정확히 집어내지 못한다. 그녀가 머리카락을 평소보다 짙게, 고동색에 가깝게 염색하자 맥스가 알아보고 조앤 크로퍼드 같다고 말한다.

"그래요?"

"내가 말하는 게 그 사람 맞나요? 예쁜 사람이요."

조앤은 웃음을 짓지만 예전과 달리 얼굴을 붉히지 않는다. 예전에는 우연처럼 가끔 맥스와 손이 닿을 때도 있었지만 이제 그녀가 틈을 주지 않는다.

조앤이 아는 바에 따르면 맥스는 그녀가 아버지의 죽음 때문에 변했다고 생각하지만 캐런은 이 일에 관심을 보이는 사람 누구에게나 그건 말도 안 되는 소리라고 말한다. 캐런은 조앤에게 남자가 생겼다고 믿고, 조앤은 갑자기 다들 자신의 사생활에 관심을 가져서 당황하지만 위장술로는 유용하다고 여긴다. 그녀가 대놓고 부인하지 않자 다들 캐런의 말이 사실이라고 믿는다. 조앤이 연구소에서 근무하는 4년 내내 그러다가 남편감을 못 찾을 거라며 걱정하던 캐런은 조앤을 위해 진심으로 기뻐하지만 오전 간식 시간에 잡담거리가 없다가 새로운 흥밋거리가 생겼다는 사실에도 그만큼 즐거워한다.

"누굽니까, 당신 마음을 훔친 녀석이?" 도널드가 몇 주 동안 지켜보다가 다 함께 모인 금요일 술자리에서 묻는다.

조앤이 얼굴을 붉힌다. "도널드!" 그녀가 수줍은 척 말한다. 그녀를 등지고 선 맥스의 옆얼굴이 거울을 통해서 보이는데, 뺨이 약간 붉게 물들어 있다.

"아니, 말해봐요. 다들 궁금해하잖아요."

조앤이 포트와인과 레모네이드를 홀짝인다. "할 얘기가 별로 없어요."

"흐음, 글쎄, 그 말은 못 믿겠는데. 뭐, 말 안 해도 상관없어요."

조앤이 웃는다. "약속해요. 때가 되면 말할게요. 지금은 말고요. 아직은 안 돼요."

"망치고 싶지 않다는 거군요. 알았어요." 그가 조앤의 손에서 잔을 받아 든다. "한잔 더?"

조앤이 어깨를 으쓱한다. "좋아요, 그럼." 그녀는 도널드가 북적북적한 사람들을 헤치고 바 쪽으로 사라지는 것을 확인한 다음 고개를 돌려 벽에 걸린 작은 거울을 본다. 핀에서 빠져나온 머리카락을 정리하려고 손을 뻗다가 자신을 지켜보는 맥스의 시선을 알아차린다.

당장은 아무 일도 벌어지지 않는다. 적어도 다른 사람이 알아차릴 만한 일은 없다. 잠시 후 맥스가 다가와서 자신을 향해 조앤을 돌려세우더니 그녀의 손에서 머리핀을 받아 든다. "누군지 모르지만 당신을 만날 자격이 있는 남자면 좋겠군요." 그가 부드럽게 말한다.

맥스가 천천히, 조심스럽게 핀을 다시 꽂아준 다음 고개를 기울여 제대로 꽂혔는지 확인하자 조앤의 온몸이 맹렬하게 타오른다. 그녀는 맥스가 반쯤 마신 술잔을 탁자 위에 놔둔 채 돌아서서 술집에서 빠져나가는 모습을 지켜보면서 길 잃은 기분을 느낀다.

그러나 이럴 수밖에 없다. 조앤은 선택을 했다.

그달 말에 조앤은 소냐와 약속한 대로 갈색 봉투를 옆구리에 끼고 일리행 기차를 탄다. 그녀는 봉투를 밀봉한 다음 실험실 전화번호부에서 빌려 온 이름을 적고 누가 물어볼 경우에 대비해 외웠다. 주소는 케임브리지셔 지역 배관공들의 주소를 조합해서 만들었다. 조앤은 창가에 앉아서 가방을 무릎에 올려놓고 지연된 신호등이 바뀌어서 기차가 어서 출발하기를 기다린다. 그녀가 허리를 굽혀 신발을 고쳐 신고 다시 앉는 순간 탑승구에 경찰의 모습이 보여서 현기증이 난다. 갑자기 소녀가 시킨 대로 택시를 탈걸 그랬다는 생각이 든다.

제발. 조앤이 생각한다. 제발 빨리 출발해. 가방을 너무 꽉 쥐는 바람에 피부에 닿는 손잡이 천이 뜨겁고 가렵다. 손잡이를 오른손으로 잡고 있어야 한다. 다 괜찮다. 아무도 미행하지 않았다. 역으로 오는 길에 확인도 했다. 왔던 길을 돌아가서 약국에 들러 감기용 사탕 한 상자를 샀으니 돌아간 이유를 설명할 수 있는 볼일도 만들었다. 설득력 있는 볼일. 그녀는 기침을 하고 가방 손잡이를 더 꽉 잡는다.

차량은 반쯤 찼고, 가벼운 여름 재킷과 옅은색 타이 차림의 통근자들이 많다. 그녀가 오늘 같이 파란색 옷을 입을 때마다 그렇듯 남자들은 그녀와 눈을 마주치고 싶어서 멍한 표정으로 뭔가 묻는 듯한 시선으로 자꾸 흘끔거린다. 의심하는 것이 아니라 약간 성적인 느낌이 담긴 눈빛일 뿐이다. 조앤은 보통 시선을 피하지만 오늘은 어느새 남자들을 관찰하면서 누가 자신을 의심하지는 않을까 생각하고 있다. 조앤의 정체를 드러낼 단서가 있을까? 다른 사람들과 똑같이 폐허를 지나 출근하고, 서로 협력하며 후

방 지원에 힘쓰고, 동상 걸린 손에 벙어리장갑을 끼고 다니던 예전과 달라 보일까?

휘파람 소리가 들리면서 차량 문이 휙 열린다. 세련된 버건디색 원피스를 입은 여자가 차량 안으로 머리를 들이밀고 주변을 살피더니 조앤에게 시선을 고정한다. 여자는 덥고 숨이 차 보이고, 한 손에 여행 가방을 들고 한 손으로 머리에 쓴 모자를 눌러서 머리카락이 지저분하게 눌렸다. 조앤의 배 속이 조여든다.

"일리행 기차인가요?" 여자가 조앤에게 말을 건다.

본능은 시선을 피하라고 말하지만 조앤은 그렇게 하지 않는다. "네."

"다행이군요." 여자가 차량에 올라 문을 닫자 기차가 움직이기 시작한다. 조앤의 옆자리는 약간 좁고 다른 널찍한 자리가 많지만 여자는 그녀의 옆자리를 택한다. 여자가 숨을 헐떡이면서 모자를 벗어 부채질을 한다. "아슬아슬했어요." 그녀가 조앤을 쿡 찌르며 말한다.

조앤이 고개를 끄덕인 다음 미소를 짓고 안심하며 시선을 돌린다. 누구도 이상한 점을 눈치채지 못한 것 같다. 기차를 쫓아오는 경찰도 없고, 후끈한 증기 속을 달리는 발소리나 휘파람 소리도 들리지 않고, 레인코트 목깃을 세운 형사가 조용한 복도를 돌아다니지도 않는다. 조앤은 안다. 자신은 의심스러워 보이지 않는다. 깔끔하고 착실해 보인다. 교회에 다니는 사람까지는 아닐지 몰라도— 요즘 누가 교회에 갈까?— 손톱은 깨끗하게 정리되고, 머리는 깔끔하게 올려 핀으로 고정했다. 소녀의 말이 맞다.

조앤은 기차에서 사람들이 옆자리에 앉고 싶은 사람이다. 누가 의심할까?

조앤은 이제 막 시작한 일에 살짝 전율을 느낀다. 그녀가 지금 하는 일을 할 수 있는 사람, 그녀 정도의 접근권과 지식을 가진 사람은 아무도 없다.

물론 맥스는 빼고.

잡히는 게 무서울까? 그렇다, 물론 무섭다. 잠시 멈추고 자신이 무슨 일을 하고 있는지 생각하면 겁에 질린다. 조앤은 잡힌다 해도 말하지 않을 것이고, 그게 무슨 뜻인지도 잘 안다. 그녀를 잡으러 온 사람들은 이렇게 말할 것이다. "말해봐요. 당신처럼 착한 여자가 어쩌다 이런 일에 휘말린 겁니까? 분명히 누가 당신을 끌어들였겠지요. 그게 누구인지만 말하면 됩니다." 그러나 그녀가 아는 이름은 레오와 소냐밖에 없으므로 말하지 않을 것이다.

그러므로 조앤은 이런 생각을 거의 하지 않는다. 일단 저지른 일은 절대 돌이킬 수 없음을 알기 때문이다. 되돌릴 수는 없다. 이것으로 끝이다.

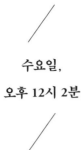

수요일,
오후 12시 2분

키얼 형사 사건의 검찰 측 증거

1946년 12월

피고인은 1943년부터 1946년 사이에 그가 설명했으나 신원이 아직 확인되지 않은 남자와 여러 차례 접선했다. 두 사람은 주로 온타리오주 오타와 외곽의 시골 도로에서 만났고 센트럴 버스 정류장 맞은편 카페에서도 몇 회 만난 바 있다. 접선은 보통 주말 오후에 이루어졌고 시간은 몬트리올발 기차 시간에 맞춰서 정했다. 남자는 항상 기차를 타고 왔다가 돌아갔다.

피고인에 따르면 신원 미상의 남자는 외국인 같지만 영어를 잘하고, 첩보 활동 역시 영어로 이루어졌다. 피고인은 그가 30대 초반의 날씬하고 강건한 남자라고 설명했다.

피고인의 진술에 따르면 신원 미상의 연락책에게 건넨 자료는 전부 피고 자신이 직접 타자를 쳐서 만든 카본지 복사본 원고밖에 없으며, 타인의 작업물이나 피고가 타인과 협업해서 만든 작업물은 하나도 넘기지 않았다.

피고인에게 가능성 있는 인물들의 사진을 여러 장 보여주었으나 신원 미상의 남자는 확인되지 않았고, 추가 정보가 없을 경우 연락책의 신원을 밝히지 못할 것으로 보인다.

닉은 아까 폭발한 뒤부터 말이 없다. 얼굴이 충격으로 마비되어 무표정하다. 이제 그가 다시 움직여 파일로 손을 뻗는다. "봐도 될까요?"

조앤은 하트가 준 서류를 훑어보는 아들의 눈을 바라본다. 잠시만이라도 아들과 단둘이 시간을 보내고 싶다. 이렇게 혼자만의 생각에 몰두한 닉은 읽을 수가 없다. 비디오카메라나 이 끊임없는 질문을 잠시 뒤로하고 닉과 이야기할 수만 있다면 적어도 설명은 할 수 있을 것이다. 그녀는 닉이 자신을 보기를, 한 번만 흘깃 보기를 바라지만 그의 시선은 종이에 고정되어 있다.

"캐나다에서 키얼을 만났다고 하셨지요. 당시 그가 러시아의 대의에 동조한다는 생각이 들었습니까?"

조앤이 고개를 젓는다. "그 사람이랑 제대로 얘기한 적이 없어요. 조용한 사람이었죠. 하지만 과학자로서는 평판이 좋았어요. 그건 기억납니다."

하트가 가끔 그러듯 학생회장 같은 태도로 입을 꾹 다물고 고개를 끄덕인다. "음, 맞아요. 그리고 아주 숙련된 스파이였죠. 키얼이 훔친 우라늄 동위원소 견본을 러시아 대사가 모스크바로 직접 가져갔습니다."

"기억납니다."

"당신도 겁을 좀 먹었겠군요. 무기징역이었죠."

마지막 말이 두 사람 사이의 허공에 걸려 있다.

조앤은 망설인다. 그날 아침 자전거를 타고 연구소로 출근할 때 신문가판대에 붙어 있던 기사 제목이 기억난다. **스파이가 제보하다! 스파이가 전부 털어놓다!**

그녀가 갑자기 브레이크를 잡는 바람에 자전거가 인도로 넘어지면서 핸들 앞에 끈으로 묶어둔 바구니에서 가방과 우산이 떨어지자 어떤 남자가 걸음을 멈추고 물건을 주워주고, 그녀가 가판대에서 신문을 사는 동안 도로에서 자전거를 끌고 와 빵집 창에 기대어 놓아준다. 조앤은 마음이 급하고 열이 올라서 지갑에서 잔돈을 찾는 손가락이 떨렸던 것과 크게 강조된 기사 제목 아래의 사진에서 키얼을 알아보았던 기억이 난다. 신문 기사에 따르면 후버 대통령이 MI5와 캐나다 경찰 측에 원자폭탄 연구소들 중 어딘가에서 정보가 유출되었다면서 영국과 캐나다에 수사를 부탁했고, 소거 과정을 통해서 키얼이 수면으로 떠올랐다. 그런 다음 캐나다 경찰이 키얼의 방갈로 문에 도청 장치를 설치하고 몇 가지 질문을 했다는 체포 과정이 자세히 설명되어 있었다.

아, 그렇다. 조앤은 그 기사를 읽은 기억이 또렷하다.

키얼은 그날 밤 늦게 체포되었고 다음 날 아침 소련 측에 정보를 제공했다고 자백했다. 횡재였다. 당시 형벌이 너무 가혹하다는 항의도 있었다. 어쨌든 키얼은 적국에 기밀을 넘긴 것이 아니었다. 당시 러시아는 동맹국이었다. 그러나 1946년에는 동맹국이라는 위치가 약간 모호했다.

조앤이 하트를 본다. 너무 지쳐서 머리가 지끈거린다. 사정없이 쏟아지는 질문은 멈출 줄을 모른다. 그녀가 손목시계를 본다. 하원에 조앤의 이름이 발표될 때까지 그리고 윌리엄의 화장까지 47시간. 조앤이 언론에 성명을 발표할 때까지 48시간. 그녀는 그렇기 때문에 이들이 지금 키얼을 언급한다고 생각한다. 그녀가 어떻게 될지 보여주려고.

"네." 마침내 입을 연 조앤의 목소리가 가늘고 불안정하다. "조금 겁이 났습니다."

조앤이 연구소에 도착해보니 벌써 다들 출근했다. 모두 맥스의 사무실에 모여 서서 이야기를 하거나 신문을 부분 부분 소리 내어 읽고 있다. 도널드는 거지 같은 러시아 놈들이 어쩌고 하며 소리친다. 캐런이 문가에 서서 그에게 소리를 낮추라고 손짓한다. 조앤은 휴게실에 가방을 놓고 안으로 들어간다. 책상 뒤에 선 맥스는 셔츠가 구깃구깃하고 머리카락은 헝클어져서 삐죽 섰으며 눈가가 어둡다. 멀리 떨어져 선 두 사람의 시선이 마주치자 이번 사건 때문에 캐나다 출장이 떠오르면서 지금은 사라진 친밀감이 아주 잠깐 느껴지지만 곧 맥스가 기침을 하며 고개를 돌리고 양손을 들어 사람들을 주목시킨다.

"여기 왜 모였는지 모두 알 겁니다." 맥스가 말한다. "다들 신문을 읽었겠지요." 그가 고개를 숙이고 손바닥 끝으로 눈을 비빈다. "뭐라 해야 할지 모르겠군요. 저는……." 그의 말이 멈춘다.

"열받았다고?" 도널드가 과감하게 묻는다.

맥스가 고개를 끄덕이지만 미소는 짓지 않는다. "부드럽게 말하자면 그렇지요."

침묵이 흐른다. 포위당한 분위기, 누가 엿듣고 있는 듯한 분위기가 흐른다. 무슨 말을 해야 할지 아무도 모른다는 뜻이다. 결국 캐런이 입을 연다. "경찰이 여기도 왔었나요? 우리도 수사를 받은 거예요?"

맥스가 고개를 든다. "그랬을 것 같군요." 이 말에 사람들이 웅성거리자 그가 다시 손을 들어 조용히 시킨다. "우리 모두 최대한 평소처럼 행동하는 게 좋을 것 같습니다. 언론이 관심을 보일 테고 경찰이 오고 있겠지만 결국은 다 지나갈 거예요. 버밍엄 연구소는 상황이 더 심각할 겁니다."

"버밍엄은 모든 면에서 더 심각하죠." 문간에 선 캐런이 끼어든다.

"그럼 아무 일도 없었다는 듯이 계속 일하라는 겁니까?" 도널드가 짜증을 내며 묻는다.

"음, 실제로 아무 일도 없었지요." 아서가 말한다. "키얼이 준 정보로는 폭탄을 못 만들어요. 우리도 아직 못 만들었는데요."

"그렇긴 하지만 소련까지 원자폭탄을 갖게 되면 우리가 그걸 만드는 게 무슨 의미랍니까? 막을 새도 없이 스탈린이 우릴 다 날려버릴 거예요."

"됐어요, 됐어, 도널드. 오늘 우울하고 어두운 이야기는 이걸로 충분해요." 캐런이 외친다. "조앤, 같이 차나 만들러 가요."

맥스가 캐런을 보며 고맙다는 미소를 짓는다. "좋습니다. 그럼 회의는 마무리하겠습니다. 오늘의 표어는 경찰이 오면 협조하자, 아무것도 숨길 게 없음을 보여주자, 계속 열심히 일하자입니다. 우리가 할 수 있는 일은 그것밖에 없을 것 같군요." 그가 말을 잠시 멈춘다. "그리고 특히 경계를 늦추지 말고, 특히 조심합시다. 벽장을 전부 잠그고, 퇴근할 때 서류를 아무 데나 두지 말고, 잡담도 하지 마세요. 우리한테는 아직 전쟁 표어가 적용되는 겁니다."

"알겠습니다, 대장."

모두가 평상시처럼 일을 하러 나가려고 일어서자 긴장이 풀리는 것이 생생하게 느껴진다.

아, 조앤은 천천히 움직이려고, 다른 사람들만큼이나 놀랐으며(어떤 면에서는 사실이다) 서두를 이유가 하나도 없는 것처럼 보이려고 얼마나 애를 쓰는지 모른다. 빨리 움직이고 싶은 마음을 억누르기 힘들다. 내리막길을 달리고 있는데 발밑의 풀이 미끄럽고 경사가 너무 가팔라서 멈출 수 없을 때처럼 어지럽고 통제할 수 없다. 다치지 않으려고 손을 뻗고 싶은 충동이 거의 반사적으로 일어난다. 그녀는 할 일이 너무 많다. 회의실에 가야 한다. 서류 복사본을 잔뜩 넣고 가짜 배관공 주소를 벌써 적어서 바보같이, 부주의하게도, 식기장 쟁반 밑에 넣어놓은 갈색 봉투를 가져와야 한다. 그리고 언제나처럼 차통 밑에 넣어둔 카메라도 있다. 경찰이 차통 바닥 밑까지 볼 가능성이 거의 없다는 것은 알지만 만에 하나 그곳을 들여다보면 엄청난 것을, 원자로 설계도를 자세히 찍은 필름이 든 소형 카메라를 발견하게 될 것이다.

"조앤, 잠깐 남아줄래요?"

조앤은 심장이 멈추는 것 같다. "저는…… 음…… 할 일이 있는데요."

"1분도 안 걸려요."

선택의 여지가 없다. 걸음을 멈추고 다른 사람들이 삼삼오오 빠져나가기를 기다리는 동안 그녀의 생각이 서류 봉투와 카메라 사이를 획획 오간다. 어찌 그리 부주의했을까? 왜 그리 무모했을까? 내가 천하무적이라도 된다고 생각했을까? 그녀는 사람들이 다 나갈 때까지 기다렸다가 문을 닫고 맥스의 맞은편 의자로 가서 앉는다. 그는 책상 앞에 앉아서 파일에 만년필로 한가롭게 뭔가를 끄적이고 있다.

"우리의 친구 키얼은 우리 생각과 달리 슬롯머신이 아니었군요." 그가 조앤을 흘깃 보면서 입을 열더니 침울한 미소를 살짝 지은 다음 계속 끄적인다. "대단한 횡재네요."

가까이에서 보니 맥스의 피부는 기억과 마찬가지로 굴 껍데기 안쪽처럼 창백하다. 그 기억이 봉투와 카메라에 대한 생각과 함께 불안하게 조앤을 스친다. "저한테 부탁하려는 게 뭐죠?"

맥스가 시선을 들지만 잠시 딴생각이 떠올랐는지 몇 초 후에야 입을 연다. "캐나다에서 키얼을 만났을 때 어떻게 생각했는지 보고서를 제출해달라는군요. 키얼과 어떤 대화를 했고 그가 무슨 말을 했으며 연락책에 대한 간접적인 언급은 없었는지 전부 써달라고 합니다." 그가 말을 잠시 멈춘다. "그래서 작성해봤는데, 당신이 읽어보는 게 좋겠어요." 그리고 책상 위의 종이를 조앤 쪽으로 민다. "경찰이 이미 알고 있는 사실 외에 새로운 내용은 없지만, 뭐든 생각나는 게 있으면 추가해요."

조앤이 고개를 끄덕인다. "알겠습니다."

"최대한 빨리 마무리 지어야 하니까 점심시간 전까지 끝내는 게 좋겠군요. 키얼이 무슨 말을 했는지 생각해봐요. 극적인 기대를 하는 건 아니지만."

"전 그 사람이랑 거의 아무 말도 안 했는 걸요."

"알아요." 맥스가 말을 잠시 멈춘다. 끄적거린 종이에 시선을 둔 채 고개를 들어 그녀를 보지도 않고 말한다. "또 하나."

조앤은 숨을 살짝 들이마신다. "네?"

"캐나다 측에서 키얼의 연락책으로 의심되는 사람들의 명단을 보냈습니다." 맥스가 펜으로 탁자를 톡톡 친다. "명단에 레오 갈리치라는 이름이 있는데, 당신이 우리 연구소에서 일을 시작할 때 그 사람과 관련이 있었지요. 묻지 않을 수가 없군요. 캐나다에 갔을 때 그를 봤습니까?"

조앤의 가슴속에서 심장이 얼어붙었다가 아플 정도로 쿵쿵거리며 다시 뛰기 시작한다. 맥스는 이미 알고 있을까? 그래서 묻는 걸까? 레오가 조앤을 따라 여자 화장실로 들어가는 모습을 목격했을까? 아니야. 그녀가 생각한다. 그때 맥스는 레오를 봤어도 누군지 몰랐을 거야. 그가 지금 레오의 사진을 봤다 해도 달라질 것은 없다. 그녀가 천천히 고개를 젓는다.

맥스가 그녀를 유심히 지켜본다. "하지만 레오 갈리치가 그 사람 맞지요, 아닌가요?

조앤은 혀에 공기가 잔뜩 들어가 커다랗고 부풀어오른 느낌이다. "어떤 사람이요?"

"배에서 말한 사람 말입니다. 청혼을 하지 않았다는."

조앤은 몇 초 후에야 맥스의 말을 이해하고, 무슨 뜻인지 깨닫자 씁쓸하면서도 달콤한 기분이 든다. 그녀가 고개를 끄덕인다. "네, 하지만 오래전 일이에요. 기억하고 계신 게 놀랍네요."

맥스가 가볍게 숨을 들이마신다. "참, 난 아직도 그 사람이 바보라고 생각합니다."

정적이 흐르고 두 사람의 시선이 얽힌다. 순간적으로 조앤은 애초에 이 일에 발을 들이지 말걸 그랬다고 진심으로 생각한다. 갑자기 참을 수 없을 만큼 피곤하고 너무 무서워서 울음이 터질까 봐 두렵다.

맥스가 그녀의 표정을 읽었는지 살짝 놀란 표정을 짓는다. "보고서에 레오 갈리치의 이름을 언급하지는 않았어요." 그가 얼른 말한다. "언급할 필요도 없을 것 같군요. 그렇지요?"

조앤은 맥스가 한때 그녀가 생각한 것만큼 자신을 잘 읽지 못한다는 사실에, 또는 읽으려 애쓰지 않을 만큼 자신을 믿는 것에 감사하며 고개를 끄덕인다. "고마워요." 그녀가 속삭인다. 그리고 여전히 자신을 보는 맥스의 시선을 약간 뜨겁게 느끼면서 자리에서 일어난다. "보고서는 점심시간 전까지 드릴게요."

조앤이 맥스의 사무실을 얼른 빠져나와 주방으로 들어가서 문을 닫는다. 심장이 세차게 뛴다. 자신은 이런 일에 맞지 않는다. 그녀는 문에 기댄 채 차통 속 가짜 바닥을 들고 카메라를 꺼내서 핸드백 깊숙이 넣는다. 위험하다는 것을, 충분히 안전하지 않다는 것을 안다. 나중에 더 좋은 계획을 생각해낼 시간이 있을 것이다. 그러나 더 나은 계획이 뭔지 아직은 모른다.

등 뒤에서 문손잡이가 돌아가는 바람에 조앤이 깜짝 놀라 문에서 떨어진다.

누군가의 목소리가 조앤을 부른다. "차 준비하는 것 좀 도와줄까?"

조앤이 깜짝 놀라 뒤로 돈다. 캐런이다. 당연히 캐런이다. 달리 누가 있을까?

"괜찮아요." 조앤의 얼굴은 무표정하다. 그녀는 물을 올리지도 않은 채 차통을 들고 있고, 캐런의 시선이 차통에서 조리대로 옮겨 가는 것이 보인다. "통에 차를 채우는 중이었어요." 조앤이 시선을 떨어뜨리지만 지금 자신이 얼마나 위험한 상황인지 깨닫고 평소처럼 행동해야 한다는 것을 갑자기 의식하면서 다시 캐런을 올려다본다. "좀 정신이 없네요, 그렇죠?"

캐런이 고개를 끄덕인다. 그녀가 비밀 이야기를 하려는 것처럼 다가온다. "스트레스 때문인지 오늘 생리통이 너무 심해."

조앤이 동정하듯 미소를 짓다가 갑자기 뭔가를 깨닫는다. 바로 이것이 자신에게 온 기회다. 그녀가 써야 할 위장술이다. 소냐의 말이 맞았다. 조앤이 수전자에 물을 채우고 캐런을 향해 돌아선다. "정말 미안한 부탁인데요." 그녀가 슬쩍 말을 꺼낸다. "혹시 생리대 여분 있어요? 다 떨어져서……."

"있고말고. 화장실에 한 상자 갖다놓을게."

경찰은 정오가 되기 전에 도착한다. 평복 차림의 경찰들이 별 소란 없이 조용히 연구소로 들어온다. 조앤이 문 닫힌 회의실 안에 있는데 복도에서 모르는 목소리들이 들린다. 그녀는 고개를 들지 않는다. 시간이 없다. 시작한 일을 끝내야 한다.

조앤은 체계를 세운다. 불완전하지만 복사본을 없애지 못하는 한 더 나은 방법은 생각나지 않는다. 오늘 여기서 없앨 수는 없다. 그래서 그녀는 어제 서류 한 묶음을 실수로 두 번 복사했다는 변명이면 충분하리라 판단하고 여분의 복사본을 원본과 같은 파일에 넣는다. 지금까지 그런 실수를 한 적은 없지만 불가능한 실수도 아니다. 과학자가 만든 서류는 모르는 사람이 보면 대부분 이전에 만든 서류와 아주 비슷하다. 발각된다고 해도 그녀가 집중력을 잃었거나 잘 몰라서 복사본을 두 부씩 만들었다고 생각할 것이다. 나쁠 건 없다.

조앤은 재빨리 움직인다. 그녀의 손가락이 능숙하고 정확하게 움직이고 뒷목의 잔머리가 곤두선다. 책상 다리에 기대어 세운 핸드백은 반쯤 가려 있지만 여전히 보인다. 회의실 앞 복도에서 발소리가 들리지만 멈춰 돌아서더니 온 길을 되돌아간다. 조앤은 식기장에 올려둔 봉투가 텅 빌 때까지 복사본을 각각의 파일에 재빨리 넣는다.

발소리가 다시 가까워지더니 이번에는 멈추지 않는다. 문손잡이가 돌아간다. "방해해서 죄송합니다만, 교수님께서 당신이 여기 있다고 하셔서요." 경찰관이 문간에 서 있다. "파일을 좀 봐야 합니다."

조앤이 옆으로 물러서서 마음껏 보라고 손짓한다.

경찰관이 다가와서 파일의 라벨을 읽기 시작한다. 그가 고개를 끄덕인 다음 다른 경찰관에게 자신이 고른 파일을 가져가라고 손짓하자 두 번째 경찰관이 파일을 양팔 가득 들고 무거워서 몸을 뒤로 젖히며 걸어간다. 두 번째 경찰관이 봉투를 발견하고 걸음을 멈추더니 파일을 탁자에 내려놓는다. 그가 봉투를 집어들어 흔들어보고 안을 들여다본 다음 내려놓더니 다시 파일을 들고 걸어 나간다.

그가 나가자 첫 번째 경찰관이 조앤을 향해 고개를 돌린다. "당신 가방입니까?"

조앤이 발치의 핸드백을 흘깃 내려다보고 고개를 끄덕인다.

"제가 좀 봐도 될까요?"

"물론이죠." 조앤이 가방을 들어서 그에게 건넨다. 그녀의 등이 축축하다. 경찰이 가방을 받아서 열더니 뒤쪽 주머니에 아무렇게나 넣어둔 영수증을 살펴본다. 그런 다음 가방을 거꾸로 들고 흔들자 스카프, 소설책, 우산, 립스틱이 떨어진다. 그가 물건을 일일이 들어서 살펴본 다음 가방을 뒤집어서 솔기에 뭔가 숨기지 않았는지 손가락으로 쓸어본다.

"죄송합니다." 그가 말한다. "정해진 절차라서요."

그가 가방을 더 활짝 연다. 가방은 거의 비었지만 안감 바닥에 어떤 물건이 끼어 있다. 경찰이 가방을 거꾸로 들고 흔들자 작은 라이카 카메라가 떨어진다.

그러나 더 이상 카메라처럼 보이지 않는다. 위장했다. 여자 화장실에서 뾰족한 굽으로 밟아 조각조각 부순 다음 생리대 열 개를 전부 뜯어서 조금씩 넣어 숨기고 다시 깔끔하게 접어서 원래의 포장지에 다시 넣은 것이다. 경찰관이 상자를 집어 들고 살펴지만 무엇인지 바로 알아보지는 못한다. 그가 찌푸린 얼굴로 포장 상자를 읽다가 무엇인지 깨닫고는 새빨개진 얼굴로 사과하고 상자를 가방에 넣는다.

너무 아슬아슬했다. 무모하고 바보 같았다. 조앤이 페달을 빠르게 밟으면서 얼마나 아슬아슬했는지 떠올리자 뺨이 붉어지고 온몸이 떨린다. 기차 밑으로 떨어지려는 순간 누군가의 두 손이 어깨를 잡고 휙 끌어 올려준 기분이다. 조앤은 역을 지나고 창가에 꽃들이 웅크리고 있지만 전쟁 때문에 황폐해지고 칠이 벗겨진 작은 테라스 집들이 늘어선 거리를 몇 개 지나쳐 그녀가 사는 거리에 도착한 다음에야 마음을 놓는다.

집 근처에 모르는 차들이 서 있지만 사실 조앤이 모르는 게 당연하다. 그녀는 차를 거의 살펴보지 않는다. 소냐가 자동차도 조심해야 한다고 알려준 다음에야 그래야겠다고 생각했다. 그러나 무엇을 주의해야 할까? 레인코트를 입고 시가를 피우는, 의심스러워 보이는 남자?

평소와 다른 건 뭐든 조심해. 소냐가 말했다. 평소와 다른 걸 알아차리려면 우선 평소에 어떤지를 알아야 해.

맞는 말이지만 조앤은 평소에 눈여겨보지 않았다. 그녀는 자동차 여덟 대를 지나쳐서 거리 끝에 자리한 빨간 벽돌집에 도착했는데, 결론은 이 자동차들을 본 적이 있는지 없는지 모르겠다는 것이다. 이제부터 차 번호를 적어놔야겠다고 다시 한 번 마음먹는다. 조앤이 새 아파트로 이사했을 때 소냐가 차 번호를 기록하라며 작은 수첩을 주었지만 아직 한 번도 적지 않았다. 소냐에게 협력하기로 결정하고 얼마 지나지 않아 그녀의 권고에 따라 조앤이 하숙집을 나와서 이 아파트에 산 지 일 년이 조금 넘었다. 사실 아파트도 소냐가 찾아주었다. 그녀가 연구소로 전화를 걸어서 위치가 아주 좋고 볕도 잘 들고 높은 천장과 아늑한 주방을 갖춘 집이라고 해서 조앤은 알겠다고, 자기 대신 계약해도 좋다고 말했다. 사실 소냐는 습기가 많고 중앙난방이 아니며 욕실에 뜨거운 물이 안 나온다는 말을 빠뜨렸지만, 조앤은 사소한 불만을 굳이 언급해서 고마움도 모르는 사람처럼 보이고 싶지 않았다.

조앤이 건물 앞 울타리에 자전거를 세운 다음 문을 열고 들어가 복도 콘솔 탁자에 우편물이 없는지 재빨리 살핀다. 한 무더기로 쌓인 광고지와 다른 입주민들의 우편물 사이에 가스 요금 청구서와 어머니의 편지가 섞여 있다. 조앤은 자기 우편물을 꺼내고 다른 우편물을 살펴본 다음 집까지 64개의 계단을 달려 올라간다. 현관문에는 커다란 청동 열쇠로 여는 데드록 잠금 장치*와 그보다 작은 처브 잠금 장치**가 달려 있다. 조앤은 데드록 잠금 장치에서 짙은색으로 염색한 자기 머리카락 한 가닥을 조심스럽게 빼낸다. 집을 비운 사이 누가 잠금 장치를 건드리지 않았는지 확인하는 방법인데, 소냐가 가르쳐주었다. 열쇠를 넣고 세 번 돌리자 잠금 장치가 열린다. 자물쇠가 고장 났기 때문에 문을 잠글 때 열쇠를 세 번 돌리면 열 때도 세 번 돌려야 한다. 여러 번 돌린다고 문이 더 꽉 잠기는 것은 아니지만 머리카락을 보완하는 예방 조치인 셈이다.

집 안으로 들어가자 나갈 때와 마찬가지로 어두컴컴하다. 그녀는 침입자가 들어오지 못하게 커튼을 내려두었지만 누군가가 파이프를 타고 4층까지 올라오는 것은 상상이 안 된다. 외투를 벗어서 못에 건 다음 복도의 나무 옷장 앞에 서서 거울 옆면에 머리를 기댄다. 심장이 아직도 약간 빨리 뛴다. 손을 뻗어 복도 스위치를 켜자 불이 몇 번 깜빡이다가 켜지고, 거울 속으로 거실 문 뒤쪽 소파 팔걸이에 나른하게 걸쳐진 남자의 팔이 보인다.

* 스프링을 이용하지 않고 열쇠를 넣어서 돌려야 열리는 잠금 장치.
** 다른 도구로 따거나 다른 열쇠로 열려고 할 경우 되잠금 장치가 작동하는 자물쇠. 되잠금 장치가 작동할 경우 원래 열쇠를 넣고 반대 방향으로 돌려야만 열 수 있기 때문에 침입 시도가 있었는지 알 수 있다.

조앤의 배가 조여든다. 비명이 목구멍을 타고 올라오다가 달라붙어서 조용하고 겁에 질린 숨소리만 새어 나온다. 천천히 천천히 뒤로 돈다. 현관문을 향해 손을 뻗지만 너무 멀다. 그녀의 발이 현관문을 향해 소리 없이 움직인다. 그녀는 도망치고 싶은 충동과 캄캄한 거실에 이토록 조용히 앉아 있는 사람이 도대체 누구인지 알고 싶은 욕구 사이에서 갈등한다. 경찰일까? MI5? 소냐가 보낸 사람?

정적 속에서 누군가의 숨소리가 들린다.

조앤이 손을 뻗어 균형을 잡은 다음 옷걸이를 붙잡고 조금씩 뒷걸음질 친다. 그녀의 손이 옷걸이 기둥을 방어적으로 꽉 잡는다. 옷걸이 끝 갈고리는 충분히 날카롭다. 현관문 손잡이를 잡는 순간, 누군지 모르지만 자물쇠에 넣어둔 머리카락이 떨어지지 않게 조심해야 한다는 사실을 알고 있다는 생각이 불쑥 떠오른다. 그 외에는 아파트로 들어올 방법이 없기 때문이다. 소냐가 누구에게 이 요령을 알려주었을까? 그리고 왜 알려줬을까?

그때 목소리가 들린다. "겁먹지 마, 귀여운 동지. 나야."

수요일,

오후 3시 16분

두 사람이 대화를 마치고 배를 좀 채우고 나니 이미 런던행 막차가 끊긴 시간이라서 조앤은 예의상 레오를 재워준다. 거실에 쿠션과 담요로 잠자리를 만들고 의자를 놓고 올라서서 옷장 제일 위 서랍에서 여분의 담요를 꺼내던 그녀는 레오가 곁에 있어서 안심하고 있음을 깨닫고 당황한다. 진짜 감정을 끊임없이 숨기고 속일 필요 없이, 아무것도 설명할 필요 없이 저녁 내내 마음을 터놓고 이야기할 수 있어서 정말 편안했다. 물론 그녀는 레오가 변하지 않았음을 잘 안다. 사람은 변하지 않는다. 예전에 그에게 너무나 큰 상처를 받아서 다시 그런 마음을 품을 생각이 없지만, 자신이 예전보다 강해졌다는 것도 안다. 조앤은 사랑받는 것이 어떤 느낌인지 안다.

조앤이 담요를 꺼낸 다음 의자에서 내려선다. 지금은 이런 생각을 하지 않기로 한다. 피곤한 하루, 무서운 하루였다.

레오가 거실 문을 닫고 들어가 있는 동안 조앤은 뜨거운 물주머니를 만들고 욕실을 쓴다. 그녀는 잠옷 차림으로 거실 문을 두드려 잘 자라고 인사하고 욕실에 뜨거운 물이 나오지 않으니 스토브 위의 주전자를 마음대로 써도 된다고 말하면서 지금까지 그가 아무런 시도도 하지 않아서 다행이라고 스스로에게 말한다. 조앤은 이런 생각을 하면서 문손잡이 근처에서 손을 머뭇거리지만 곧 정신을 차리고 방으로 들어가서 머리를 지나칠 만큼 열심히 닦는다. 그런 다음 침대로 뛰어들어서 문을, 레오를 등지고 눕는다. 무슨 일이 일어나기를 바라는 것은 아니다. 그것만은 분명하다. 레오가 여기 자신의 아파트에, 습기를 잔뜩 머금은 얇은 나무 패널 뒤에 있어서 이런 생각이 드는 것뿐이다. 심장 박동이 가라앉지를 않는다.

조앤은 경찰과 터질 듯한 갈색 봉투가 잔뜩 나오는 꿈을 꾸느라 잠을 설친다. 새벽이 되자 옷을 반쯤 벗은 레오가 마침내 그녀의 방으로 찾아와 문을 살짝 열고서 어둡고 푸른 빛 속에 가만히 선다. 레오는 아무 소리도 내지 않지만 조앤은 그의 기척을 감지하고 뒤척인다. 그녀의 눈꺼풀이 떠지고, 잠시 두 사람은 예전처럼 이러지도 저러지도 못한다. 조앤은 어떻게 해야 하는지 안다. 레오에게 가라고 말하고 돌아누워서 다시 자야 한다. 그녀는 그렇게 말하려고 입을 열지만 지금 이 순간 무엇보다도 자신을 지켜주는 다른 사람의 온기가 필요다는 사실을 깨닫고 입을 닫는다. 비밀을 갖는 것은 정말 외로운 일이다. 그녀는 자신이 옳은 일을 하고 있다고, 안전하다고 위로해주는 사람의 품에 안기고 싶다. 전부 숨김없이 말할 수 있는 대상이 레오 말고 누가 있을까?

음, 아마도 소냐에게는 말할 수 있을 것이다. 그러나 지금 이 순간, 소냐로는 부족하다.

어둠 속에서 레오가 고개를 갸웃한다.

조앤이 땅의 움직임만큼이나 느릿느릿 담요 한쪽 끝을 들어 올린다.

다음 날 아침, 옷을 입던 조앤은 레오의 시선을 느낀다. 그녀는 가슴이 커 보이는—레오 역시 그렇다고 말한다—부드러운 면 블라우스의 단추를 채우고 수건을 털어서 펼친 다음 젖은 머리에 복잡한 터번 모양으로 감는다. 레오를 위해 토스트에 바를 버터를 꺼내고 그릴 위에서 손을 흔들어 뜨거운지 확인한 다음 주전자에 물을 채워서 가스레인지에 올리는 동안 그가 그녀를 계속 지켜본다. 조앤이 뜨겁고 바삭한 토스트의 한쪽 끝을 잡고 옆에 놓인 접시로 옮긴다.

"앗 뜨거워!" 그녀는 돌아보지도 않고 말한다. "잼 줄까?"

"버터만."

당연히 그렇겠지. 조앤이 생각한다. 어떻게 그것을 잊을 수 있을까?

"이제 말해." 그녀가 토스트와 차를 그의 앞에 내려놓고 말한다.

"뭘 말해?"

조앤이 손짓으로 주변을 가리킨다. "이거." 그녀가 말한다. "당신이 온 이유. 정확히 뭘 원해?"

레오가 잠시 침묵을 지킨다. "당신이 어떻게 지내는지 보고 싶었어. 걱정돼서."

"소냐가 보냈어?"

그가 얼굴을 찌푸린다. 창밖에서 작은 황금빛 나뭇잎이 팔락이며 떨어진다. "소냐는 내가 온지 아직 몰라."

조앤은 레오의 말을 믿어야 할지 잘 모르겠다. 자기 위치를 알고 싶다. "하지만 소냐한테 들었을 거 아니야. 자물쇠에 넣어둔 머리카락 말이야."

레오가 어깨를 으쓱한다. "뭘 찾아야 할지 알고 있었지." 그가 조앤을 흘긋 본다. "애초에 누가 소냐한테 가르쳐줬을 것 같아?"

조앤이 레오를 노려본다. "제이미일 수도 있잖아." 일어나 앉아서 식사를 하는 그의 정수리에 그녀가 입을 맞춘다. "걱정할 필요 없어. 난 내가 무슨 일을 하는지 잘 알고 있어."

"키얼도 그랬지. 키얼 일을 당신한테 미리 알려주고 싶었어."

"조금 늦었네."

"알아."

조앤이 레오를 본다. "그때 키얼을 알고 있었어? 조심하라고 경고했어?"

그가 눈을 감고 머리를 문지르더니 고개를 끄덕인다. "알고 있었지."

"혹시 당신이⋯⋯?" 조앤은 '모집'했냐고 물으려 하지만 표현이 틀렸다. '모집'이라는 말은 너무 공식적인 느낌이다. 이 말은 그 과정을 제대로 설명하지 못한다.

"몬트리올 대학에서 키얼을 만났어." 레오가 차를 한 모금 마신다. "당신보다 쉬웠지. 소비에트에 동조하는 데다가 예전에 공산당원이었고 전쟁 당시 러시아가 프로젝트에서 제외된 것에 분노하고 있었으니까. 확실했어. 당신이 캐나다로 온다는 것도 그래서 알게 됐지."

"그리고 학교 어디에서 만나는지도." 조앤이 잠시 말을 멈춘다. "사람들이 당신을 쫓고 있어, 알지? 명단에 당신 이름이 있대. 맥스한테 — 그러니까, 데이비스 교수님한테 — 들었어."

그가 고개를 끄덕인다. "나도 알아."

"그래서? 겁 안 나?"

레오가 웃는다. "약간이라도 의심이 가는 사람을 전부 쫓아다닐 만큼 자원이 넘쳐나는 건 아니잖아. 괜찮을 거야. 게다가 나는 전쟁 때 정부를 위해서 일했어. 이제 제도 안으로 들어왔다고. 내 정체를 알아보지 못한 것 자체가 근무태만으로 보일 테니 이제 와서 열심히 조사하지는 않을 거야. 지금부터 손을 더럽히지 않으면 돼." 그가 씩 웃는다. "이 표현이 맞나?"

조앤이 고개를 끄덕이지만 미소는 짓지 않는다.

"조조, 그렇게 찌푸리지 마. 난 이 일을 당신보다 훨씬 오래 했어. 내가 여기 온 건 **당신**한테 경고하고 싶어서야." 그가 양손으로 그녀의 두 손을 잡는다. "정말 조심해야 돼."

"조심하고 있어." 조앤은 레오가 걱정해주는 것이 기쁘지만 약간 화난 척 말하면서 애써 숨긴다.

"그럼 더 조심해." 레오가 조앤의 손을 꽉 잡는다. "이제 당신이 제일 중요한 정보원이야. 당신이 생각하는 것보다 더 중요해. 그쪽에서는 당신의 안전에 제일 중점을 두고 있어."

조앤이 흠칫한다. "말도 안 되는 소리 하지 마." 그녀가 손을 빼내고 돌아선다. 이런 이야기는 듣고 싶지 않다. 그러면 스스로 되뇌는 말, 자신이 하는 일이 그렇게까지 중요한 건 아니라는 말과 달라진다. 그녀는 자신이 하는 일이 별것 아니라고 스스로를 정당화하면서 일부러 정보를 찾아내서 넘기지 않으려고 항상 신중하게 확인한다. 어떤 식으로든 자신에게 주어진 정보만 넘긴다. 누군가 그녀에게 준 정보가 그녀의 지식이 되고, 그것을 다시 전달하는 것이다. 조앤은 정보를 훔치는 것이 아니라 공유하는 것이다. 그녀에게는 이 차이가 중요하다. 그녀의 위치상 사실 연구소에서 진행되는 모든 일을 아는 셈이다. 그러나 넘겨주는 것이 실제로 **그녀의** 머릿속에 들어 있는 **그녀의** 지식이라면 엄밀히 말해서 훔치는 것은 아니다, 그렇지 않은가? 그녀는 누구에게도 특별하거나 중요한 취급을 받고 싶지 않다. 그러자 마음 한구석에서 레오에게만 **빼고**, 라는 생각이 피어오른다.

"알았어, 알았어. **나는** 당신이 조심하면 좋겠어." 레오가 말한다.

"늘 조심하고 있어. 소냐한테 물어봐도 돼. 훈련도 했어. 항상 조심해서 안전한……."

"내 말이 그거야. 안전하다는 생각은 위험해. 정해진 대로 하는 건 위험하다고." 레오가 찻잔을 들고 차를 한 모금 마신다. "당신이 걱정돼서 하는 말이야. 비밀을 갖는다는 게 어떤 느낌인지 아니까."

레오는 당연히 알겠지. 조앤도 잘 알고 있다. 그녀는 레오가 독일로 돌아갈 가능성이 없다는 것을 잘 알면서, 어쩌면 아버지와 소냐를 두 번 다시 만나지 못할지도 모른다고 생각하면서 떠나올 때 어떤 느낌이었을지 상상하려 애썼다. 레오는 망설였을까? 아니면 뒤를 돌아봐도 아무것도 얻지 못한다는 것을 알기에 그냥 앞만 보고 걸었을까? 그녀도 잘 안다. 레오라면 이런 생각이 너무 감상적이라고 손사래 칠 것이다. 그러나 그 순간이 왠지 너무 숭고하고 가련해서 그런 생각을 하지 않을 수가 없다. 만약 자신이 같은 입장이었다면 레오만큼 냉철할 수 있었을까, 그렇게 용감하게 망명을 받아들일 수 있었을까 생각해본다. 그러나 상상이 가지 않는다.

그러나 조앤은 또한 그 작별의 순간이 레오와 소냐를 영원히 하나로 묶고 있다는 것을, 소냐가 그토록 지키려고 하는 유대감이 국경을 건너는 그 발걸음에서 탄생했다는 것을 잘 안다. 레오는 그로부터 3년 뒤 아버지와의 약속대로 소냐가 다닐 서리의 기숙학교와 방학 동안 맡아줄 인정 많은 퀘이커교도 가족을 찾자마자 사람을 보내 소냐를 데려왔고, 그 사실을 자랑스러워한다는 것도 조앤은 잘 안다. 조앤이 들은 이야기에 따르면, 도버 부두에서 소냐랑 만나기로 약속한 레오는 배에서 내리는 잔교까지 데리러 나가서 8년 전 어머니의 갑작스러운 죽음 직후 슬픔에 찬 모습으로 그가 살던 아파트에 나타난 작은 소녀를, 잘 달래지 않으면 아무것도 먹지 않던 작은 소녀를 인파 속에서 찾아냈다. 예전에 그는 어둠을 무서워하는 소녀를 위해서 가로등이 내려다보이는 자기 방 침대를 내주고 거실의 매트리스에서 잤다. 레오는 배에서 내리는 소녀를 발견하고서야 자신이 떠나온 지 얼마나 오래되었는지 깨달았다고 했다.

당시 소녀는 열여섯 살이었겠지만 레오는 그녀를 변하지 않은 모습으로 상상했을 것이다. 소녀는 약간 부끄러운 듯 손을 살짝 흔들었을 것이고— 지금도 그녀는 멀리서 아는 사람을 보면 그렇게 손을 흔든다 — 레오는 양팔을 벌려 사촌을 안았겠지만, 이제 소녀는 그가 기억하던 작은 소녀가 아니라 검고 촉촉한 눈과 붉고 반짝이는 입술을 가진 가냘픈 여성이 되었기 때문에 포옹은 어색하고 이상했을 것이다.

레오도 같은 생각을 했는지 조앤을 보며 불쑥 말한다. "소냐한테 나 만났다고 말하지 마. 때가 되면 내가 말할게."

"예전처럼 말이야?"

"응."

조앤은 이 말에 짜증이 나서 돌아선다. 그녀는 왜 레오가 제멋대로 굴게 놔두는 걸까? 레오는 그녀의 삶으로 다시 걸어 들어와 한 번도 떠난 적 없는 것처럼, 지난 4년 동안 — 정말 그렇게 길었나?— 멀리 떨어져 있긴 했지만 사이가 나빠진 적이 없다는 듯이 다시 시작하려 한다. 조앤과 레오가 서로에게 느끼는 이 생기 없는 끌림은 거친 양탄자에 붙은 고양이 털처럼 짜증 나고 역겹지만 불꽃이 튀며 달라붙는 정전기 같기도 하다.

깜빡이지도 않고 조앤을 바라보는 레오의 눈은 전혀 알 수 없지만 또 너무나 연약하다. 그는 절대 맥스가 캐나다로 가는 배에서 그랬던 것처럼, 또는 요즘도 조앤이 안 본다고 생각할 때 그러는 것처럼 그녀를 보지 않을 것이다. 조앤과 레오가 서로의 품에서 잠을 깨서 이유도 없이 웃음을 터뜨릴 일은 절대 없을 것이다. 그러나 이제 맥스와의 관계는 돌이킬 수 없고 맥스는 조앤을 사랑할 자유가 없기 때문에 레오가 몸을 숙여 목에 부드럽게 입을 맞출 때 그녀는 레오와 충분히 행복할 수 있지 않을까 잠시 생각한다. 조앤은 레오를 사랑했었다. 레오를 다시 사랑할 수 있고, 어쩌면 이 모든 일을 겪었으니 둘 사이가 달라질지도 모른다.

레오가 창가로 걸어갔다가 돌아와서 그녀의 허리를 끌어안는다. 그의 턱이 그녀의 어깨에 놓인다. "당신을 위해서야." 그가 말한다. "소냐는 인생이 게임인 줄 알아. 항상 그랬어."

"소냐는 바보가 아니야, 레오." 조앤이 미소를 띠고 레오를 놀리면서 그의 온기를 몸으로 느낀다. 그녀가 그의 얼굴을 들고 바라보지만 그는 딴생각에 빠져서 창밖 어딘가에 시선을 고정시키고 있다.

"그래." 마침내 레오가 말한다. "물론 소냐는 바보가 아니지만 인생과 게임이 다르다는 사실을 깨닫지 못하는 것 같아."

"무슨 뜻이야?"

레오가 조앤을 안고 있던 팔을 풀고 그녀를 보지도 않은 채 한 걸음 뒤로 물러난다. "게임에는 규칙이 있잖아."

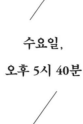

수요일,
오후 5시 40분

1947년 1월 5일 오후 1시 20분경, 나는 관할 경찰서의 피터 우드 형사와 함께 노퍽주 퍼딘의 워런 농장으로 갔다.

우리가 집— 도로와 맞붙은 네모난 석조 농장 가옥, 측면의 겹문 은 헛간이 있는 커다란 농장 마당으로 통함— 으로 들어가자 거 실에 앉아서 신문을 읽는 제이미 윌콕스 씨가 보였다. 문 앞에서 우리를 맞이한 사람은 소냐 윌콕스 부인이었는데, 염색한 듯한 짙은 고수머리에 깔끔한 외모의 다소 인상적인 여성이다. 그녀는 윌콕스 부인이 맞다고 말한 다음 우리를 거실로 안내했고, 그녀 의 남편이 거실에서 나가려 했지만 우드 형사가 저지했다.

우리가 신원을 밝히자마자 윌콕스 부인은 남편에게 볼일이 있느 냐며 윌콕스 씨를 내세웠다. 윌콕스 씨는 33세의 나이에 비해 이상할 만큼 젊어 보였지만 집안을 지배하는 아내에 비해 존재감이 약했다.

내가 우리의 정보에 따라 윌콕스 부인의 과거 활동 및 가족 관계와 관련하여 조사할 것이 있다고 말하자 부인은 즉시 사실인지 확인하겠다며 신분증을 보여달라고 요구했다. 나는 신분증을 제시한 다음 바로 공격에 들어가 우리가 방대한 정보를 가지고 있으며 사태를 명확하게 밝히고 그녀의 현재 입장을 정리하려면 협조가 필요하다고 말했다.

윌콕스 부인은 심문 시작부터 "협조할 수 있을 것 같지" 않다고 분명히 밝혔다. 다만 부인이 이러한 입장을 취함으로써 소비에트 정보국을 위해 일한 적이 있음을 교묘하게 인정했다는 사실은 밝혀두어야 할 것이다. 그녀가 이런 식으로 사실을 인정한 것은 훈련받았기 때문일 것이다. 가능한 속임수와 농간, 책략은 모두 시도했지만 성공하지 못했기 때문이다. 윌콕스 부인은 아무것도 부인하지 않고 항상 '비협조'라는 암벽 뒤에 숨었다.

우리는 윌콕스 부인이 나약한 여자일 뿐일지도 모른다는 결론을 내리고 두 사람을 같이 심문한 다음 부인을 내보냈다. 우리는 과묵한 윌콕스 씨에게 파고들었지만 아무리 유도신문을 해도 1940년에 스위스에서 윌콕스 부인을 우연히 만났고, 그 전에 영국에서 서로의 친구를 통해 소개를 받은 적이 있으며, "영국의 막스앤드스펜서 상점에서 아는 사람을 쉽게 마주치듯이 우연히 마주쳤다"는 사실밖에 알아내지 못했다. 윌콕스 씨는 당시 영국 정세가 마음에 들지 않아 스위스로 이주한 상태였다. 그는 두 사람의 연애와 결혼 과정을 자기 마음대로 자세히 이야기할 수는 없다고 했다. 아이가 있는지 묻자 윌콕스 씨는 "아니, 없다고 할 수 있죠"라고 대답했다. 무슨 뜻인지 정확히 말해달라고 캐묻자 그는 "윌콕스 부인과 저의 아이는 없습니다"라고 말했다.

한참 후에 윌콕스 부인을 다시 불렀지만 여전히 비협조적이었다. 우리는 부인에게 사실대로 말하지 않으면 그녀와 관련된 사람들이 상당히 불리해질 수 있다고 다그쳤다. 우리는 몇몇 지인이 의심을 받고 있지만 부인이 솔직히 말하면 의심이 풀릴 수도 있다고 말했다. 가깝고 소중한 사람들 — 특히 윌콕스 부인의 사촌이자 최근 런던 킹스 칼리지 특별연구원이 된 친소비에트파 경제학자 레오 갈리치 — 이 의심을 살 수도 있다고 암시했지만 그녀는 슬라브족답게 무관심한 태도로 일관했다.

윌콕스 부인은 두 번째 심문이 끝날 즈음에 심리적으로 가장 약해진 것 같았다. 그래서 우리는 도움이 간절히 필요한 상황에 처해도 모국 정부를 향한 그녀의 충성심이 아무런 보답을 받지 못하리라는 아주 확실한 증거가 있다고 지적했지만 그녀는 사람이 아니라 이상에 충성한다고 대답할 뿐이었다.

결론적으로 우리는 확실한 정보를 거의 얻지 못했다. 윌콕스 부인은 파시즘에 격렬하게 반대하면서 러시아의 1939/40년 정책에 실망했음을 어느 정도 인정했고, 정부에 대한 신뢰를 잃어도 정치적 믿음을 지키는 사람이 많다고 말할 뿐 더 이상 아무 말도 하지 않았다. 뚜렷한 자백을 받지는 못했지만 우리의 생각은 심문을 통해 확인되었다고 여겨진다.

"벌써 소냐까지 찾아냈군요." 닉이 말한다.

"레오도 찾았지요." 애덤스가 덧붙인다. "레오에 대한 MI5의 파일은 아주 방대합니다."

조앤이 갑자기 놀라서 눈을 번쩍 뜬다. 피곤한 하루였다. 그녀가 애덤스를 향해 고개를 돌린다. "볼 수 있나요?"

그가 고개를 젓는다. "기밀입니다. 재판이 시작되면 열람권이 생기겠지만 파일을 드릴 수는 없어요."

조앤은 왜 안 되냐고 묻고 싶지만 애덤스와 말싸움을 해봐야 소용없다는 사실을 깨닫는다. 그의 인상을 보면 간청이 통하는 사람이 아니다. 어쨌든 그녀는 파일을 볼 필요가 없다. 새로운 사실은 하나도 없다. 소냐가 심문받았다는 사실을 그때에도 알았지만 이렇게 객관적인 설명이 낯설 뿐이었다.

소냐가 심문을 받았다고 알려준 사람은 레오였다. 조앤의 기억에 따르면 당시 레오는 런던에 살면서 킹스 칼리지에서 학생을 가르치는 특별연구원으로 일했기 때문에 소비에트 계획정책을 계속 연구하면서 비슷한 성향의 박사 과정 학생들을 지도할 수 있었다. 레오는 그것을 인재 발굴이라고 불렀다. 그는 대학가에서 하숙을 했지만 조앤은 그가 마음대로 오갈 수 있도록 아파트 열쇠를 주었고, 그는 시간이 날 때마다 연락도 없이 불쑥 찾아와 그녀와 함께 시간을 보내곤 했다.

MI5가 소냐를 찾아간 날 제이미에게 전보로 소식을 전해 들은 레오가 케임브리지로 찾아와서 조앤의 양손을 붙잡고 무슨 일이 있어도 그의 이름을 언급하면 안 된다고, 소냐에게도 어머니에게도 누구에게도 하지 말라고 다시 한 번 말했다. 조앤은 그의 손바닥에서 나는 땀 때문에 손이 간지러웠다. 레오는 그녀를 위해서 두 사람의 관계를 숨겨야 한다고 말했다.

"알아. 이런 일은 열두 번도 더 겪었잖아. 당신 이야기 아무한테도 안 했어." 조앤은 다른 무엇보다도 레오를 비밀로 하는 것이 얼마나 힘든지 내뱉고 싶은 충동을 억눌러야 했다. 말해봤자 아무런 도움이 되지 않는다는 것을 알았기 때문이다. 게다가 그녀가 보태지 않아도 당시 상황은 충분히 나빠 보였다. "당신이 소냐한테 우리 관계를 알리겠다고 했잖아."

레오가 흠칫했다. "노력은 했어."

"그런데?"

"소냐는 우리가 만나면 안 된대. 그러면 정보원으로서 당신의 위치가 위태로워질 거래." 그가 잠시 말을 멈췄다. "어쩌면 소냐 말이 맞을지도 몰라."

"아니야, 레오." 조앤이 고개를 저었다. 레오를 보지 못한다고 생각하니 갑자기 입술이 떨렸다. 적어도 그와 함께 있을 때만큼은 정체가 탄로 날 걱정 없이 편하게 쉴 수 있었다. "제발. 난 못 견디겠어. 너무 지쳤어. 이렇게까지 지칠 수 있는지도 몰랐어. 당신 없이는 계속할 수가 없어."

"아니야, 할 수 있어, 조조. 꼭 해야 한다면."

"아니야." 조앤이 속삭였다. "제발 가지 마."

레오가 한 발 다가와 그녀를 품에 안았다. 그가 약간 지나치다 싶을 만큼 세게 껴안았던 것이 기억난다. "걱정하지 마. 이런 식으로 계속하면 돼. 조심만 하면 소냐에게 당장 말할 필요 없어. 당신도 사람들이 지켜보고 있다는 사실을 항상 의식해야 돼."

"누구를 지켜봐?"

조앤은 레오의 맥박이 빨라지는 것을 느꼈다. "나를."

"당신을? 당신까지 지켜보고 있다고? 하지만 그때 당신이 그랬잖아—"

"알아, 알아. 날 지켜보고 있을 줄은 몰랐어." 그가 자세를 바꿔서 포옹을 약간 풀었다. "소냐한테 나에 대해서 물었대. 하지만 혐의는 아직 못 찾았을 거야, 아니면……. 음, 아니면 벌써 날 체포했겠지. 키얼 사건이 잠잠해질 때까지 기다려야 돼. 인내심을 가져야 해."

"하지만 당신을 여기까지 미행했으면?"

"안 했어."

"어떻게 확신해?"

"내가 확인했어."

"하지만—"

"조조, 내 말 들어. 날 믿어도 돼. 우린 이 일을 함께하는 거야."

조앤이 그의 가슴에 얼굴을 꾹 누르고 억눌린 목소리로 말했다. "소냐는 계속 만날 거야?"

"당연하지. 소냐와 나의 관계는 이미 알려져 있기 때문에 숨겨봐야 소용없어."

조앤이 뭐라고 대꾸할 수 있었을까? 사실이었다. 그들은 가족이고 그 관계는 기정사실이다. 이길 수가 없네. 그녀는 이렇게 생각했지만 곧 스스로의 옹졸함을 꾸짖었다.

조앤은 자신을 끌어안았던 레오의 묵직한 팔을, 간청하고 속삭이며 애원하는 자신의 목소리를 아직도 기억한다. "안아줘." 그때 그녀가 얼마나 눈이 멀었었는지. 두 사람 모두 얼마나 눈이 멀었었는지. 전혀 엉뚱한 것을 두려워하다니.

조앤이 정신을 차려보니 애덤스가 그녀에게 무슨 말을 하고 있다. 그가 기대에 찬 표정으로 그녀를 바라본다. 모두 그녀를 보고 있다. 그녀의 머리가 뜨겁다. "오늘은 이걸로 끝인가요?" 조앤이 묻는다.

"잠깐 쉬는 겁니다." 애덤스가 손을 뻗어 비디오카메라를 끈다. "30분 후에 다시 시작합시다."

"하지만 시간이 너무 늦었잖아요." 조앤이 항의한다. 목이 마르다. "피곤해요."

하트가 몸을 숙이고 안됐다는 듯 조앤의 의자 팔걸이에 손을 올린다. "죄송하지만 아직은 끝낼 수가 없어요." 그녀가 애덤스를 흘깃 본다. "금요일까지 확인할 게 많아요."

애덤스가 일어선다. "맞아요. 저는 나가서 케밥 좀 사 먹고 오겠습니다. 뭐 좀 사다드릴까요?"

닉이 얼른 고개를 저어 거절하다가 다시 어깨를 으쓱한다. "좋아요, 부탁드리죠." 심란해서 제대로 생각할 수가 없는지 그가 말을 잠시 멈춘다. "아무거나 사다주시죠."

"다른 분들은요?"

하트가 고개를 젓는다. 그녀가 아침에 집에서 만들어 온 샐러드를 먹으러 주방으로 가자 안락의자에 앉은 조앤과 창가에 서서 추운 저녁 거리를 내다보는 닉만 남는다. 거실 문이 열려 있어서 하트가 마음만 먹으면 두 사람의 대화를 들을 수 있지만 조앤은 이제 별로 신경 쓰지 않는다. 신경 쓸 이유가 어디 있을까? 그녀는 이미 자백했고 전자 발찌 없이는 아무 데도 못 간다. 그저 닉에게 설명하고 이해시키고 싶은 생각밖에 없다. 지금밖에 기회가 없을지도 모르지만 닉의 뒷모습을 보니 그는 슬퍼하는 것이 아니다. 마음이 상했다.

조앤이 발을 내려다본다. "정말 미안하구나, 닉."

잠시 침묵이 흐른다. "뭐가요? 엄마가 한 짓이요? 아니면 발각됐다는 사실이요?"

조앤이 고통스러운 표정을 지으며 말한다. "이런 거 말이야." 그녀는 닉의 소중한 시간을 이미 너무 많이 잡아먹어서, MI5의 불쾌한 경멸을 같이 겪게 해서, 이런 이야기를 미리 해주지 않아서, 이제 재판이 열릴 수밖에 없게 되어서, 나쁜 엄마라서 미안하다는 뜻으로 크게 손짓한다. "전부 다."

닉이 고개를 젓는다. "안됐지만 지금은 미안하다는 말도 별로네요."

조앤이 입을 열었다가 다시 닫는다. 그녀는 이 목소리를 안다. 닉이 일할 때의 목소리, "많이 배우신 분이 크게 착각을 하고 계시네요"라고 말하는 목소리다. 그가 조앤에게 이런 목소리로 말하지 않은 지 한참 지났지만 조앤은 그가 자신은 가짜고 그녀도 진짜 어머니가 아니니 '엄마'라고 부르지 않겠다며 이름으로 부르기 시작했던 십 대 시절이 떠오른다. 닉은 조앤이 원한다면 조카인 척은 할 수 있지만 거짓되게 살지는 않겠다고 말했다. 그때 그녀는 처음으로 아들의 목소리에서 어떤 특징을 들었다. 그토록 고통스럽지 않았다면 십 대 특유의 잘난 척이 극적일 만큼 솔직해서 재미있다고 생각했을지도 모르지만 당시에는 전혀 재미있지 않았다. 그런 상황이 거의 6개월이나 지속되었고, 그녀는 금속처럼 찌르는 닉의 말들이 얼마나 아팠는지, 또 닉이 그녀의 감정에 대해 책임감을 느끼는 것이 싫어서 아들의 말이 얼마나 아픈지 티 내지 않으려고 얼마나 애썼는지 아직도 기억난다. 남편은 닉이 뚱하게 군다며 혼내고 싶어 했지만 그녀가 말렸다. 닉은 화를 내다가 곧 지칠 것이고, 어쨌든 엄마가 된다는 것은 원래 그런 의미였다. 그때 닉이 뛰쳐나간 뒤 조앤은 시드니 외곽의 집에 혼자 앉아서 아직도 흔들리는 포치 문을 보면서 이렇게까지 사랑하는 것이 나의 특권이야, 라고 스스로에게 말했다. 닉을 이토록 사랑하는 것이 나의 특권이야.

정적이 흐른다. "닉." 조앤이 망설인다. "너한테 부탁이 있다."

"뭔데요?"

"네가…… 네가 날 변호해주겠니? 법정에 가게 되면 말이야."

침묵.

"난 유죄를 인정할 거야. 날 위해서 거짓말을 해달라고 부탁하는 게 아니야."

닉이 코웃음을 친다. "당연히 엄마를 위해 거짓말을 할 수는 없죠. 그랬다가는 직장에서 잘리고 엄마랑 같이 감옥에 갇힐 거예요." 그가 잠시 침묵한다. "정상을 참작할 만한 상황이었다고 입증하는 것밖에 가망이 없겠지만―"

"그래." 조앤이 끼어든다. "난 이해해줄 사람이 필요해."

"왜 제가 이해한다고 생각하세요? 전 이해 못 해요. 그냥 이해가 안 돼요."

"너도 그 상황이었으면 그랬을 거야, 닉. 넌 정의를 위해 싸우고 싶어서 변호사가 됐잖니. 똑같은 거야."

닉의 눈이 커진다. "아니, 똑같지 않아요. 믿을 수가 없네요, 어머니가 그런 생각을―"

"아니, 네가 세상을 걱정해서 변호사가 됐다는 말이야. 뭔가 바꿀 수 있다고 생각했잖아." 침묵. 조앤은 닉이 귀를 기울이고 있음을 안다. "나도 마찬가지였어. 그땐 세상이 달랐단다. 나처럼 생각하는 사람이 많았지."

닉이 애원하듯이 양손을 들다가 축 늘어뜨린다. "그걸론 충분하지 않아요. 조국의 가장 큰 기밀을 넘기지 않고도 어떤 사상에 동조할 수 있어요."

"하지만 난 상황을 공평하게 바꿀 수 있는 위치에 있었잖니. 난 옳은 일이라고 생각했다."

"아, 정말 고귀하시네요." 그가 고개를 젓는다. "엄마가 실제로 무슨 짓을 했는지 생각해본 적도 없다는 말씀은 아니죠? 어째서 엄마한테 그럴 **권리**가 있다고 생각하셨어요? 어째서 상황을 괜찮게, 좋게, 공평하게 바꾸는 것이 엄마에게 달려 있다고 생각하셨어요? 이건 모두에게 정정당당하게 경기를 하라고 말할 수 있는 크리켓 게임이 아니잖아요."

조앤은 목구멍에서 울음이 차올라 숨이 차고 말이 막힌다. "닉, 제발."

"하지만 그게 이해가 안 가요. 얼마나 대단하고 말도 안 되게 오만하면 모든 게 엄마한테 달려 있다고 생각할 수 있죠? 얼마나 뻔뻔하면 자기가 온 세상을 바로잡을 수 있다고, 자기 방식대로 그렇게 해야 한다고 생각할 수 있는 거죠?"

"난 최선을 다했을 뿐이야."

"기밀 정보를 살인마 독재자에게 보내서요?"

조앤이 고개를 젓는다. "그때 우린 몰랐어."

"**우리**라고요? **우리**가 누구죠? 동지들? 어떻게 낯빛 하나 안 변하고 그런 말을 할 수가 있죠? 부끄럽지 않으세요? 60년 동안 신문도 안 읽으셨어요?"

"물론 읽었어. 나와 레오, 소냐를 말한 거야. 우리 모두. 나중에 뭐라고 밝혀질지 우리가 어떻게 알았겠니? 우린 좋은 일을 한다고 생각했어."

닉이 코웃음을 친다. "엄마는 소냐와 레오가 어떤 사람들이었는지 지금도 몰라요. 엄마는 이용당한 거예요."

"아니야. 레오는 날 사랑했어. 말은 안 했어도 그가 날 사랑했다는 건 알아. 그리고 소냐는 가장 사랑스럽고 가장 좋은 친구였어."

"후우." 닉이 말한다.

"그래, 날 위해서 맡아주겠니?"

다시 침묵.

이제 눈물이 차올라 그녀의 뺨을 타고 흐른다. "너무 무섭구나, 닉. 난 감옥에 가고 싶지 않다. 감옥에서 죽고 싶지 않아."

닉은 고개를 돌리지 않지만 조앤은 아들도 울고 있음을 안다. 그가 주머니에서 손수건을 꺼내서 눈가를 꾹 누른 다음 차가운 창틀에 머리를 기대고 말한다. "모르겠어요." 그가 다시 입을 열 때까지 긴 침묵이 흐른다. 아주 조심스럽게 고른 그의 말 한 마디 한 마디가 조앤을 아프게 찌른다. "제가 할 수 있을지 모르겠어요, 조앤."

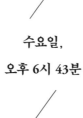

수요일,
오후 6시 43분

레오 갈리치에 관하여

지난 이틀 동안 위 인물의 동향은 다음과 같다.

1947년 5월 25일 일요일

갈리치는 오전 10시 55분에 집을 나서 신문을 한 부 산 다음 캠버

웰 그린으로 산책을 갔다. 그런 다음 버스를 타고 켄싱턴 하이 스

트리트로 가서 구두를 닦고 오전 11시 55분에 차를 마시러 발레

리나에 갔다. 한 시간 삼십 분 뒤인 오후 1시 30분에 다시 모습을

드러낸 갈리치는 켄싱턴 가든과 하이드 파크로 산책을 갔다. 그

런 다음 크롬웰 로드와 엑저비션 로드 교차로에서 사촌 소냐 윌

콕스와 인상착의가 일치하는 여성을 만나 함께 서펜타인 갤러리

에 갔다.

상기 여성의 인상착의는 다음과 같다. 나이 약 28세, 키 165센티미터, 고동색 머리(염색한 것으로 보임), 다소 어려 보이는 얼굴, 붉은 립스틱, 버건디색 원피스와 베레모, 검은색 하이힐. 여성은 검은색 가죽 가방을 들고 있었고 임신한 것으로 보였다.

갈리치는 오후 5시 10분에 지하철을 타고 상기 여성과 함께 킹스크로스 역으로 갔다. 두 사람 사이에 언쟁이 벌어져서 여성은 울고 남성은 약간 망설이며 달랬다. 요원들이 다소 떨어져 있었기 때문에 무슨 이야기를 나누었는지 알 수 없지만, 남자는 여자가 비이성적이라고 생각하면서 그녀가 바라는 대로 따르지 않으려는 것 같았다. 결국 여성은 남성의 설득에 따라 일리행 기차에 타기로 했다. 여자가 낭만적인 분위기로 남자에게 입을 맞추었고 남자는 저항하지 않았지만 불편해 보였다.

갈리치는 오후 6시 40분에 혼자 나타나 패링던 로드를 따라 베어 호텔로 가서 혼자 저녁 식사를 했다. 그는 40분 후 버스를 타고 마블 아치로 갔다. 그곳에서 오데온 극장으로 들어가서 〈카이사르와 클레오파트라〉 마지막 회차가 이미 시작했지만 매진되지 않은 것을 보고 표를 샀고, 반쯤 빈 극장 뒤쪽에 늦은 시간까지 앉아 있는 것이 목격되었다. 영화가 끝나자 지하철을 타고 엘리펀트 앤드 캐슬 지역에 갔다가 버스를 타고 캠버웰로 갔다.

갈리치는 미행이 있는지 확인하려고 하루 내내 무척 주의했다. 걸어갈 때는 계속 뒤를 확인했고, 버스에 탈 때는 마지막까지 기다리다가 재빨리 올라탔으며, 정거장에 오랫동안 서서 눈에 익은 얼굴이 없는지 확인했다. 그가 우리 요원 중 한 명을 알아봤을 가능성이 있다.

"잘 들어. 토요일 오후에 로열 앨버트 홀에서 음악회가 열려. 당신 표는 매표소에 있을 거야. 다른 사람들 표는 각자 찾을 테니 당신 표만 찾아서 안에서 만나."

"다른 사람들?"

"응. 말했어, 조조. 말했다고."

조앤이 기뻐서 활짝 미소를 짓는다. 드디어! 이제 때가 되긴 했다. 그녀는 세상에, 벌써 스물여덟 살이다. 비밀 남자친구나 만나고 다닐 때가 아니다.

"썩 달가워하지는 않았어." 레오가 말한다. "하지만 받아들여야 한다고 내가 말했지."

조앤은 하고 싶은 말이 너무 많다. "아." 레오가 도청당하고 있을 것이라고 말했기 때문에 그녀는 짐짓 가볍고 쾌활한 목소리로 말한다. "정말 좋은 소식이다."

"이번엔 넷 다 모일 거야. 당신 표는 우리가 정한 이름으로 샀으니까 잊지 마. 사람이 많은 오전에 기차를 타도록 해."

조앤은 이런 암호 같은 말이나 지령이 아니라 레오와 제대로 터놓고 이야기를 하고 싶은 마음이 간절하다. 아직 미소를 지은 채 그 사실이 목소리에 분명히 드러나면 좋겠다고 생각한다. "빨리 만나고 싶다." 그녀가 속삭인다.

레오가 어색하게 기침한다. "나도." 그런 다음 다시 부른다.

"조조?"

"응?"

"조심해."

레오가 전화를 끊는다. 조앤은 수화기를 내려놓고 잠시 기다린다. 그녀는 레오가 이렇게 굴 때가 싫다. 초조해진다. 그가 소녀에게 말해서 기쁘지만 자신이 오늘 밤 잠을 못 이루리라는 것도 안다. 레오에 대한 의혹이 확실히 풀려서 그와 함께 있는 모습을 보여도 그녀의 위치가 위험해지지 않을 때까지 만나지 않는 것이 현명하다는 것을 알지만 그를 만나지 않을 수가 없다. 그녀는 레오가 안심시켜줘야 이 일을 계속할 수 있다. 일을 마무리해야 한다. 이제 거의 다 됐다.

조앤은 레오가 시킨 대로 토요일에 당일치기 여행을 하거나 통근하는 사람들과 함께 런던행 기차를 타고 정오에 도착한다. 킹스크로스는 걸음을 재촉하며 서로 밀치는 사람들이 가득해서 혼란스럽다. 그녀는 수많은 사람들 속에 섞여서 눈에 잘 띄지 않기를 레오가 바랄 것이라고 생각하고 일부러 지하철로 통하는 계단을 걸어 내려간다.

극장에 도착하자 매표소 앞에 몇 사람이 줄을 서 있다. 조앤은 레오와 미리 정한 진 파크스라는 이름을 대고 표를 받은 다음 사우스켄싱턴의 스낵바로 가서 점심으로 햄 샌드위치와 우유 한 잔을 주문한다. 출입구와 다른 손님들이 잘 보이는 구석 자리에 앉아서 마음 편히 오가는 사람들을 부러운 눈으로 바라본다. 사람들은 그녀가 이 일을 시작하기 전에 그랬던 것처럼 너무나 편안해 보이지만 자신은 언제 그랬는지 기억도 나지 않는다. 다시 그렇게 되면 얼마나 좋을까?

조앤은 레오와 소냐가 아니라 맥스와 음악회에 간다고 잠시 상상해본다. 두 사람은 우선 뭘 좀 먹으러 여기서 만나기로 할 것이고, 맥스는 시간 맞춰 미소를 지으며 들어올 것이고, 언제든지 종이 냅킨에 세탁기 그림을 그려서 조앤을 웃길 준비가 되어 있을 것이다. 그런 일은 이제 불가능하다는 생각이 어깨를 누르자 그녀는 갑자기 무척 피곤해진다.

어쨌든 절대 불가능한 일이었다, 그렇지 않은가? 게다가 이제 조앤은 레오의 연인이다. 두 사람의 관계는 더 이상 비밀이 아니다. 그녀 생각에 두 사람이 사랑한다는 말을 하지 않는다고 해서 서로에게 사랑을 느끼지 않는다는 뜻은 아니다. 비교하는 것은 불공평하다. 합리적으로 생각했을 때 비교는 말이 되지 않는다.

조앤이 돈을 내려고 자리에서 일어나 카운터로 간다. 아무도 고개를 들지 않는다. 아무도 따라오지 않는다. 그녀는 문을 열고 나가서 봄 햇살을 받으며 앨버트 홀로 돌아가 약속대로 늦게 도착한다. 입구에 사람들이 가득하다. 남자들은 말쑥한 모자와 정장, 여자들은 긴 원피스와 하이힐 차림이다. 레오가 왜 여기서 만나자고 했는지 알 것 같다. 어둡고, 붐비고, 교차하는 여러 개의 복도와 계단 때문에 복잡하다. 표를 보여주자 문지기가 회중전등으로 자리를 알려주고, 그녀는 어쩔 수 없이 가방과 발 들을 넘어서 자리를 찾아간다.

"정말 죄송합니다." 그녀가 속삭인다. "죄송합니다, 좀 지나갈게요."

그녀의 자리는 1층 앞쪽 줄 한가운데다. 그녀가 쌍안경을 꺼내 무릎에 올려놓는다. 조명이 어둑해지자 청중은 조용해지고 오케스트라가 음을 맞추기 시작한다. 어디 있을까? 얼마나 늦게 오기로 한 걸까? 혼자 앉은 그녀는 주변 사람들의 눈을 의식하지만 애써 아무렇지 않은 척하며 좌석 깊숙이 기대앉는다. 지휘자가 팔을 들자 음을 맞추던 오케스트라가 조용해지고, 그때 세 사람이 반대편 문으로 들어와 그녀가 앉아 있는 줄로 다가오는 모습이 보인다.

레오, 제이미, 소냐. 조앤은 각각의 실루엣을 알아본다. 그녀는 오늘 밤 복잡한 일이 하나도 없는 것처럼 같이 어울릴 생각을 하니 갑자기 너무 즐거워져서 미소를 짓는다. 오늘 저녁만큼은 다들 평범한 척할 수 있을지 모른다.

늦게 도착한 세 사람이 자리에 앉으려고 하자 지휘자가 조용히 하라는 신호를 보낸다. 레오가 소리 없이 옆자리에 앉자 익숙한 체취가 조앤을 감싼다. 레오 옆자리에서 제이미가 몸을 틀어 살짝 손을 흔들고 소냐는 과장된 입맞춤을 날린 다음 외투 단추를 푼다.

조앤은 깜짝 놀라 온몸을 긴장시킨다. 소냐의 외투 아래로 마르고 강인한 체구에 비해 단단하고 둥글게 부풀어 오른 배가 약간 튀어나와 있다. 배가 많이 나오지 않은 것을 보니 6개월 정도밖에 안 된 것 같지만, 잘못 보았을 리는 없다. 조앤은 헉 소리가 밖으로 나올까 봐 손으로 입을 막는다. 케임브리지의 그 끔찍한 방에서의 기억이 평온하던 마음을 깨뜨리며 떠오른다. 그 여자의 머리카락을, 그녀의 손을 지나칠 만큼 꽉 잡았던 소냐의 손을, 그리고 자신의 몸에서 쏟아져 나오던 밝은 빨간색 피를 기억한다. 조앤은 얼른 기억을 몰아낸다. 그런 생각을 하면 안 된다. 친구를 위해 기뻐해야 한다. 소냐의 손을 잡고 축하한 다음 싱긋 웃는 제이미의 뺨에 입을 맞춰야 한다. "어머, 소냐." 조앤이 속삭인다. "정말 잘됐다!" 조앤은 이 순간까지 그 기억이 얼마나 아픈지 깨닫지 못했다. 기억이 그녀의 배를 강타한다.

"쉬이." 앞줄에 앉은 여성이 고개를 돌리고 속삭인다. "이제 시작해요."

소냐가 재미있다는 듯 눈썹을 추켜올린다. 두 사람이 침묵하며 어쩔 수 없이 각자의 자리에 기대앉자 레오와 제이미 때문에 서로가 보이지 않는다. 조앤은 공개적인 장소에서 조용히 하라는 지적을 받는 것이 이렇게 고마울 때가 있을 것이라고 상상도 하지 못했다. 조금 전의 그 순간이 조금만 더 길었다면 울음을 터뜨렸을 텐데, 조앤은 그러고 싶지 않다. 가장 사랑하는 친구인 소냐에게 그래서는 안 된다. 레오 앞에서 그러면 안 된다.

지휘자가 첫 곡을 소개할 때 어둠 속에서 레오가 손을 뻗어 조앤의 손을 잡는다. 오케스트라가 첫 곡을 연주하는 내내 두 사람은 그 상태로 꼼짝도 없이 가만히 앉아 있다. 조앤이 눈을 감자 차분한 음악이 밀려오더니 절대 끊어지거나 거슬리는 일 없이 점차 고조된다. 속이 메스껍고 어지럽다. 박수 소리가 주문을 깨뜨리자 조앤이 눈을 깜빡인다.

레오의 입술이 그녀의 귓가에 닿는다. "어떻게 지냈어, 조조?"

조앤은 그를 올려다보며 억지로 미소를 짓는다. "만나서 너무 좋다."

레오가 얼른 미소를 짓는다. 그녀는 그가 자기 쪽으로 몸을 숙이자 순간적으로 레오도 달콤한 말을 속삭일 것이라고 생각하지만 그는 그렇게 하지 않는다. 그에게는 다른 할 말이 있다. "새로운 소식이 있어."

"소냐가 임신했다고?" 조앤은 이 순간이 빨리 끝나기를 바라며 속삭인다. "나 장님 아니야."

레오가 얼굴을 찌푸린다. "아, 그거. 몰랐어?"

"당연히 몰랐지. 소냐는 몇 달 만에 만나는 거고, 당신도 말해주지 않았잖아."

"아, 그랬구나. 음, 아무튼 그 이야기는 아니야." 그가 잠시 말을 멈춘다. "모스크바에 다시 초청받았어."

"모스크바? 통화할 때는 아무 말도 안 했잖아."

"나도 오늘에야 알았어." 레오가 싱긋 웃는다. "소냐가 방금 말해줬어."

그는 이 소식이 반가운 것 같지만 조앤은 갑자기 두려워진다. "당에서 당신을 만나고 싶대?" 그녀가 속삭인다.

레오가 고개를 끄덕인다. "당연하지. 당에서 날 초청한 거야."

"왜 직접 초청하지 않고 소냐를 통해서 말하는 거야?"

그가 별거 아니라는 듯 어깨를 으쓱한다. "그게 더 빠르니까. 다음 주에 모스크바 회의에서 연구 결과를 발표해달래. 우편으로 초청장을 보낼 시간이 없었을 거야." 그가 이렇게 말하면서 잠시 눈을 빛내자 조앤의 팔과 목에 털이 곤두선다.

"하지만 당에서…… 당신한테 화가 났다 해도 소냐한테는 말하지 않았을 거 아냐. 소냐가 경고하리라는 걸 그 사람들도 알잖아. 소냐한테도 똑같이 말하겠지."

레오가 고개를 젓는다. "소냐가 확실하다고 했어. 그쪽에서 내 연구에 관심이 아주 많대. 사실은 훈장을 줄지도 모른다고 했어." 지휘자가 청중을 돌아보며 양손을 든다. "소냐가 얼마나 짜증이 났을지 알겠지? 소냐가 그런 메시지를 전달했다는 건 그럴 수밖에 없었다는 뜻이야."

조앤이 시선을 돌린다. 지휘자가 두 번째 곡을 시작하기 전에 다시 한 번 청중석에 침묵을 요청한다. 성가대원 한 명이 앞으로 걸어 나온다. 열한 살, 열두 살밖에 안 되어 보이는 아이인데 걱정 때문인지 눈이 휘둥그렇다. 기대에 찬 청중이 조용해진다. 아이가 높고 순수한 목소리로 반주도 없이 노래를 부르기 시작하고, 노랫소리가 점점 고조되면서 앨버트 홀의 정적을 가로질러 물이 스펀지에 빨려들듯이 건물 틈으로 스며들어 홀 전체를 깊고 풍성한 온기로 채우는 것 같다.

조앤은 레오에게 손을 잡힌 채 눈을 감는다. 그녀는 말도 안 된다고 스스로에게 말하지만 뭔가 잘못되었다는 확신을 떨칠 수가 없다. 레오에게 매달리며 가지 말라고, 제안은 고맙지만 바빠서 모스크바 회의에 참석할 수 없다고 소냐에게 말하라고 애원하고 싶은 비이성적인 충동이 경련처럼 피어오른다.

소년의 목소리가 점점 더 높아지더니 최고조에 도달해서 금방 흐트러질 듯하면서도 완벽한 음을 유지하다가 지휘자가 지휘봉을 들자 정적이 흐른다. 청중석이 쥐죽은 듯 고요하다.

큰 눈과 황금빛 피부의 소년이 환한 무대 조명 아래에서 싱긋 웃자 박수 소리가 터져 나와 홀을 채우고, 조앤은 이제 이런 순간이 두 번 다시 없을 것이며 지금 그 말을 하지 않으면 영원히 못 하리라는 사실을 깨닫는다. 그 말을 해야 한다. 그 말이 어떻게 들리는지 알아야 한다. 그녀가 레오를 향해 몸을 숙이고 귀에 뭐라고 속삭인다. 그가 그녀를 향해 고개를 돌리고, 미소를 짓고, 그녀의 입술에 천천히 입맞춤을 하는 그 짧은 순간에 그녀는 심장이 정말로 터져버릴 것만 같다고 생각한다.

음악회로부터 3주 뒤, 케임브리지 중심가에 새로 지은 길드홀 앞에서 소녀가 조앤의 양손을 꼭 붙잡고 서 있다. 소녀는 부푼 배 때문에 어쩔 수 없이 어색하게 거리를 두고 서 있기 때문에 그 말을 할 때 몸을 숙여 조앤을 끌어안지 못하고, 따라서 조앤은 소녀의 얼굴을, 땅을 봤다가 다시 자신을 보는 소녀의 눈을 볼 수밖에 없다.

"쐈다고? 무슨 뜻이야, 쐈다니?" 조앤은 이해할 수가 없다. "총을 쐈다고?"

소녀가 고개를 끄덕인다. "미안해, 조조. 그들이 레오를 인민의 적이라고 선언한 다음 총살했어."

총살? 조앤은 콘크리트 바닥에 내던져진 레오의 몸을, 그의 몸에서 바닥으로 쏟아져 나오는 피를 그려본다. 그러자 비명도 느낌도 아닌 단속적인 고통의 신음 같은 소리가 크게 튀어나온다. 손으로 입을 막지만 소리를 멈출 수 없다. 그녀의 온몸이 경련하는 듯 보인다.

조앤은 소냐가 모스크바의 연락책에게 수소문해서 알아낸 자세한 내용을 듣고 싶은지 아닌지 판단이 서지 않는다. 그 끔찍한 짐을 떠맡고 싶지 않다. 맞다, 그녀는 레오가 떠난 뒤 종종 밤에 잠 못 이루고 누워서 그에게 무슨 일이 생길까 봐 걱정했고 소식이 없어서 이상하다고 생각했다. 손가락 관절 피부가 손톱에 눌려 찢어질 정도로 손을 꽉 맞잡고 기도했지만 이런 일은 상상할 수도 없었다. 지금까지는 그랬다. 그녀는 그 고통을 견딜 수 있을지 알 수가 없다.

어쨌든 조앤은 듣기로 한다. 자세한 내용을 다 들을 때까지 소냐를 보내지 않을 것이다. 그리고 나중에 다시 혼자가 되면 그 장면을 상상하고 또 상상할 것이다. 소냐가 들려준 이야기와 그녀의 상상이 뒤섞여 머릿속에서 뉴스 보도처럼 재생된다. 그녀는 소냐에게 들은 대로 레오가 모스크바에 도착한 첫날 저녁 식사를 하러 호텔 식당으로 내려가는 모습을 상상한다. 그가 방으로 돌아와 뜯긴 문을 발견하는 장면을 그려본다. 입구에 테이프가 쳐 있는데, 공식적으로 쓰는 테이프가 아니라 보통 테이프다. 그가 방으로 들어가니 침대 위 조명이 깨지고 벽지는 뜯기고 옷가지는 나무 바닥에 널브러져 있다. 침대 매트리스와 베개도 전부 칼로 난도질당했다. 조앤은 그가 그때 뒤돌아 나올 수도 있었을 것이라고 생각한다. 그는 뒤돌아 나와서 필사적으로 도망칠 수도 있었지만 너무 혼란스러워서 당연히 느꼈어야 할 공포를 느끼지 못했을 것이다. 오해가 있다고 생각했을 것이다. 남자 두 명이 창가의 작은 테이블에 앉아서 자신이 런던에서 사 온 레드 와인을 마시면서 테이블에 재를 떠는 것을 보았을 때도 무슨 일 인지 이해하지 못했을 것이다.

"시민 동지." 두 남자 중 하나가 말했을 것이다. "짐을 챙기시 죠."

"나는 당원입니다, 동지." 조앤은 이런 대답을 상상할 수 있다. 레오는 혼란스럽지만 여전히 당당하고 충성스러웠을 것이다. "이게 도대체 무슨—?" 그는 이렇게 말하다가 회의에 참석하려 면 공책이 필요하다는 생각이 갑자기 떠올라 말을 멈췄을 것이 다. 그는 공책을 넣어둔 서랍을 열었을 것이다. 비어 있다. "내 공 책은 어디 있습니까? 내 여권은? 논문들은?"

두 남자가 눈짓을 주고받는다. "안됐지만 당신은 이제 그런 것 들을 가질 자격이 없습니다, 시민 동지."

"왜 자꾸 나를 시민 동지라고 부릅니까? 나는 당원입니다. 당 원증도 있어요. 나는 초청을 받고—" 그리고 레오는 그제야 상황 을 서서히 깨닫고 말을 흐리면서 두 남자를 재빨리 번갈아 보았 을 것이다. 그는 뒷걸음질 쳤을 것이다. 조앤은 그 느낌을, 몸이 물에 빠진 것처럼 갑자기 무거워지는 느낌을 상상할 수 있다. 레 오는 도망치려고 돌아섰을 것이고, 총을 보지는 못했어도 찰칵 소리를 들었을 것이고, 뒤통수를 때리는 총 손잡이를 느꼈을 것이다.

　그녀는 루뱐카 지하의 작은 콘크리트 방에서 레오가 지끈대
는 두통을 느끼며 정신 차리는 모습을 상상한다. 문 쇠창살 틈으
로 희미한 빛이 들어올 뿐 나머지는 어두컴컴한 감방일 것이다.
그는 감옥의 시큼한 냄새 때문에 헛구역질을 하다가 더러운 양
동이에 토한다. 정장을 그대로 입고 있지만 목깃에 피가 말라붙
어 있다. 지갑을 찾아 몸을 더듬어보지만 주머니에는 음악회 표
밖에 없다. 조앤은 그가 표를 꺼내서 본 다음—그때 그녀를 생
각했을까?—재킷 가슴 주머니에 넣고, 며칠 후 표가 주머니에
서 그대로 발견되는 광경을 상상한다. 그는 일어나서 문을 쾅쾅
두드리며 물을 달라고 소리쳤을 것이다.

　그러나 아무도 오지 않는다. 아무 일도 일어나지 않는다. 감방
의 악취는 압도적일 만큼 퀴퀴했으리라. 레오는 지금이 몇 시인
지, 감방에 얼마 동안 갇혀 있었는지도 모른다. 가끔 먹을 것이
들어올 뿐 햇빛도, 창문도, 켜고 끌 조명도, 씻을 곳도 없는 방에
서는 시간을 알 수 없다. 입이 바싹 말라 시큼한 맛이 올라오고
침을 삼키면 목이 아팠을 것이다.

　마침내 잠금 장치가 풀리고 문이 열리자 레오는 복도에서 들
어오는 밝은 빛 때문에 잠시 앞이 안 보였을 것이고, 경찰봉을
들고 서서 그를 내려다보는 간수의 실루엣만 보였을 것이다. 그
는 일어나 앉아서 팔을 들어 얼굴로 쏟아지는 빛을 가렸으리라.
"착오가 있었습니다. 제가 누구든 만나서 설명하면—"

　그러나 아니다. 절대 통하지 않는다. 그는 이제 체제 내부로 들

어왔다. 조앤은 간수가 말없이 그의 팔을 붙잡고 그를 감방 밖으로 거칠게 끌어내 지나치게 환한 복도를 따라 끌고 가는 모습을 상상한다. 그가 팔다리를 움직이자 아팠을 것이고 입술이 메말라서 따가웠을 것이다. 온몸이 약해져서 녹초가 되었을 것이고, 지금까지 갇혀 있던 방과 비슷하지만 전구가 달려 있는 방에 처박혔을 것이다.

여전히 물은 없다.

소녀의 말에 따르면 심문은 닷새 동안 계속되었다. 조앤은 그들이 레오에게 어떤 고통을 가했을지 생각하자 온몸이 타오르는 것 같다. 그녀는 심문할 때 쓰는 '특수한 방법'에 대해서 읽은 적이 있다. 골절, 탈구, 밝은 빛, 시끄러운 소음. 공포.

사흘 후 또 다른 사람이 끌려왔지만 소녀는 모르는 이름이었다고 한다. 함께 고발당한 그 사람은 레오가 죽고 나서 며칠 후에 총살되었다.

총살이라고? 너무나 깔끔하고 갑작스러운 단어다.

조앤은 또 한 사람이 누구인지 상상도 할 수 없지만 밤이면 그 남자가 그녀의 꿈에 들어온다. 조앤은 너무 심하게 맞고 멍들어서 레오도 알아보지 못하는 그 사람의 얼굴을 바라본다.

"이 사람을 압니까?"

"아니요." 그런 고문을 당했으니 그 남자의 어머니도 아들을 알아보지 못했을 것이다. "한 번도 본 적 없습니다."

"거짓말을 하고 있군." 나무 막대가 그의 왼팔을 내리치자 팔꿈치에 날카로운 통증이 느껴지고 배 속에서 희미한 욕지기가 치민다.

"모르는 사람입니다." 레오는 여전히 이렇게 주장한다.

"이 사람을 한 번도 만난 적 없다고 맹세할 수 있소? 단 한 번
도—"

조앤의 상상 속에서 레오는 이 말을 끝까지 듣지 못한다. 상상
할 때마다 늘 마찬가지이다. 소녀의 말은 머릿속에서 절망적으
로 울릴 뿐이다. 그녀는 레오가 남자를 빤히 보는 모습을 그려본
다. 그 표정에는 레오가 사실 이 남자를 안다고, 남자의 눈 색깔
과 머리 모양을 기억한다고 조앤에게 말해주는 무언가가 있다.
부어오른 얼굴에 약간 남은 알아볼 수 있는 특징. 두 번째 타격
은 레오의 오른팔을 겨냥한다. 그다음엔 등, 갈비뼈, 신장. 레오
는 맥이 부풀고 심장이 갑자기 예전만큼 세게 뛰지 못하는 것을,
혹은 세게 뛰지 않으려는 것을 느꼈을 것이다.

다음 날 아침, 레오는 밖으로 끌려 나가서 뒤통수에 총을 맞고
죽는다.

조앤은 말을 할 수가 없다. 몸속에서 심장이 쿵쿵 뛴다. "하지
만 어째서?" 그녀가 속삭인다.

소녀가 고개를 젓는다. "누가 알겠어? 하지만 레오는 정권에
꽤 비판적이었어. 가끔 레오의 연구가 체제를 훼손하지 않았을
까 하는 생각이 들긴 했어."

조앤이 소녀를 빤히 본다. "그 사람들 말을 믿는 건 아니지? 레
오는 아무 잘못도 없어. 너도 알잖아. 레오가 그런 결과를 발표한
건 전쟁 기근을 방지하기 위해서였어."

조앤의 목소리가 커지자 소녀가 그녀의 어깨에 양손을 올리고 조용히 하라며 진정시킨다. "쉬, 조조. 여기서 이러면 안 돼. 사람들이 다 들어."

그러나 조앤은 조용히 할 수가 없다. "레오는 반역자가 아니야. 아니라는 거 너도 알잖아. 그건 레오의 인생 전부였어. 그는 체제가 잘 작동하게 만들고 싶었을 뿐이야."

소녀가 고개를 저으면서 손가락을 입술을 댄다. "나도 그런 줄 알았어." 그녀가 부드럽게 달래며 속삭인다. 나중에 조앤은 소녀가 지나치게 침착했다고 생각하게 될 것이다. "하지만 내가 말했잖아. 아무도 믿지 마."

닉이 전혀 믿을 수 없다는 표정으로 조앤을 빤히 본다. "정말이에요? 그들이 정말로 레오를 죽였어요?"

조앤이 천천히 고개를 끄덕인다. 이제 눈물은 말랐지만 그 기억을 떠올리자 온몸에 고통이 퍼진다. 그녀는 파닥거리는 심장을 진정시키려고 평화롭고 평범한 것—밝고 파란 하늘에 떠다니는 구름—을 떠올리려 애쓴다.

"못 믿겠어요." 닉이 자신을 보는 시선에서 그녀는 순간적으로 분노에 희미한 동정이 섞여드는 것을 알아본다. "어째서요?"

"죄송하지만요." 하트가 끼어든다. "스탈린은 수백만 명의 처형을 명령했습니다. 그러니 깐깐하게 따졌을 것 같지는 않군요."

그녀가 파일에서 종이를 한 장 집어 가슴께로 든다. "하지만 우리 정보원이 가지고 나온 파일들에 KGB의 레오 갈리치 심문 보고서가 들어 있었습니다. 보시겠어요?"

닉이 똑바로 앉는다. "네."

조앤은 아무 말도 하지 않는다. 전부 너무 오래전 일이다. 아무것도 그 사실을 바꿀 수 없다. 레오를 되살릴 수 없다. 그의 죽음을 덜 끔찍하게 해줄 수도 없다. 닉이 조앤을 용서하게 만들지도 않을 것이다.

"제가 읽어드릴게요." 하트가 제안한다. "아주 짧아요."

조앤이 고개를 젓는다. "내 생각에는 그럴 필요가……."

닉은 그녀의 항의를 못 들은 것 같다. "네, 그냥 읽어주시죠."

하트가 조앤을 흘긋 보지만 그녀는 더 이상 항의하지 않는다. "좋습니다." 하트가 말한다. "레오 갈리치 시민은 소비에트 농업 정책과 관련하여 잘못된 정보를 퍼뜨리고 대조국 전쟁 당시 캐나다 정부와 협력하여 소비에트 제국을 훼손한 혐의에 대하여 유죄로 판명되었다." 그녀가 잠시 말을 멈춘다. "그레고리 표도로비치 시민과의 관계는—"

그러자 조앤이 작게 탄성을 지른다. 하트가 닉을 흘긋 본 다음 조앤을 다시 보자 그녀는 손으로 입을 가린 채 앉아 있다. 하트가 종이를 내려다보며 더 큰 목소리로 계속 읽는다. "그레고리 표도로비치 시민과의 관계는 끝까지 부인하였으나 우리가 실크 요원으로부터 입수한 증거가 무척 신빙성 있기 때문에 갈리치 시민이 반역자일 뿐 아니라 거짓말쟁이임이 확인된다. 따라서 레오 갈리치를 총살 집행대에 의한 즉각 사형에 처한다."

조앤이 입을 열었다가 다시 닫는다. 정말 간절히 물어볼 것이 있지만 목소리가 잘 나오지 않는다. 입을 열었지만 목소리가 무너지고 갈라진다.

"네? 뭐라고요?" 하트가 묻는다. 닉이 하트의 손에서 종이를 빼앗는다.

"실크 요원이 누구지요?" 조앤이 속삭인다. 어떻게든 입을 여니 말이 연결되어 나온다. 그녀는 파도 같은 구역질이 지나갈 때까지 몸을 숙이려 애쓰지만 몸을 움직일 수가 없다. 몸이 반쯤 해체되고 힘이 빠져서 반밖에 움직일 수 없는 느낌이다. 몸이 꼼짝도 하지 않고 시간이 길어진 것 같다.

하트의 목소리가 들리지만 사실 조앤은 들을 필요가 없다. 소냐. 조앤을 빼면 그레고리 표도로비치에 대해서 아는 사람은 소냐밖에 없었다. 그녀가 그들에게 레오와 표도로비치가 만났다고 알렸을 것이다. 그러나 어째서?

조앤은 레오가 표도로비치를 전혀 모른다고 부인하는 모습을 상상한다. 그런다고 목숨을 건질 수 있는 것도 아닌데. 항상 그토록 냉철하고 용감한 레오였는데. 무엇보다도 대의를 우선시하던 그였는데. 어쩌면 레오는 끝까지 끔찍한 오해라고, 너무 늦기 전에 그들이 엉뚱한 사람을 잡아들였음을 깨달을 것이라고, 자기는 정말 회의에 초청받은 것이라고 굳게 믿었을지도 모른다. 훈장을 받기 위해서. 조앤이 눈을 감자 훈장 이야기를 하면서 빛나던 그의 얼굴이 떠올라서 잠시 위안을 느끼지만, 이와 함께 레오가 첫 번째 모스크바 방문을 끝내고 당당하게 돌아와 거기서 알게 된 사실을 말하면서 절대 아무에게도 이야기하면 안 된다고 당부했던 기억이 갑자기 떠오른다. 조앤은 불현듯 깨닫는다. 그 오래전 처형장으로 끌려가던 레오는 달리 누가 배신할 수 있었는지 몰랐기 때문에 조앤이 배신했다고 생각했을 것이다.

안 돼. 조앤이 외친다. 그러나 입이 움직이지 않아서 소리는 그녀의 머릿속에서만 울린다. 조앤은 닉이나 하트, 비디오카메라를 조작하는 애덤스에게 이 소리가 들리는지 알 수 없다. 마음속에서 암흑이 솟아오른다. 조앤에게는 보인다. 만질 수 있을 것만 같다. 그녀가 닉에게 손을 뻗는다. 지금 무슨 일이 일어나고 있는지 닉에게 어떻게 말할 수 있을까? 내 심장. 그녀가 생각한다. 아, 내 심장. 머리를 칼로 찌르는 듯한 통증이 느껴지고 심장이 툭 떨어지는 기분이 들면서 빛과 소음이 어지럽게 소용돌이친다. 그런 다음 아무것도 없다.

수요일,

오후 10시 44분

"운이 좋았습니다." 젊고 굵은 목소리다. "경미했어요. 보호자
분이 곁에 계셨던 게 다행입니다. 치료하지 않고 그대로 두면 일
이 커지는 경우가 많거든요. 하지만 이번에 쓰러지신 것 때문에
영구적인 손상이 생기지는 않을 겁니다."

뭐가 경미하다는 거지? 조앤이 생각한다. 지금 그녀는 낯선 방
의 낯선 침대에 누워 있고 여러 가지 소음 때문에 닉의 목소리를
알아듣기가 어렵다. 눈을 뜨지만 그 과정이 무척 힘들고 정신이
이상하게 아득한 느낌이다. 여기가 어딜까? 내가 여기서 뭘 하고
있을까? 잠시 아무 기억도 나지 않는다. 침대 옆에 꽃이 있다, 플
라스틱처럼 보이는 꽃병에 디기탈리스 몇 줄기가 꽂혀 있다. 그
녀는 닉이 가져온 것이 분명하다고 생각한다. 달리 누가 그녀에

게 꽃을 주겠는가? 닉이 자신에게 화가 났다는 기억이 갑자기 떠오르지만 이유는 생각이 나지 않고, 그녀는 자신이 무슨 잘못을 했든 용서를 받았나 보다고 생각한다. 따뜻하고 포근한 느낌이 든다. 넘어지면서 부딪힌 머리에 감은 것이 의료용 붕대가 아니라 머리를 쓰다듬으면서 약을 발라주는 부드러운 손 같다.

꽃을 보니 여러 해 전 다른 병상이 떠오르고, 그 기억과 함께 의식이 돌아와 얼어붙는 피처럼 뇌에 퍼진다. 레오를 떠올리자 심장이 쿵 내려앉는다.

"아, 깨셨네요." 조앤이 깬 것을 알아차리고 의사가 말한다. 그가 침대 곁으로 와서 몸을 숙인다. 그녀의 눈이 파닥거리고 의사가 어렴풋이 보인다. 목소리만큼 젊지는 않다. 머리는 정수리를 따라 반쯤 벗겨졌고 눈을 보니 무척 오래 못 잔 사람 같다. "자, 조앤 씨. 걱정 마세요, 괜찮아지실 겁니다. 경미한 뇌졸중이었어요. 정확한 병명은 일시적 허혈 발작이지만, 치료를 했으니 완전히 회복하실 겁니다."

"뇌졸중이요?" 조앤이 속삭인다. 머리에 감각이 없다.

"아주 경미했어요. 걱정하실 것 없습니다. 지금은 몇 가지 증상이 남아 있겠지만 몇 시간 뒤면 사라질 거예요." 의사가 몸을 펴고 가운에 손을 닦은 다음 닉을 보며 말한다. "환자가 안정을 취하도록 해주세요. 저나 간호사가 필요하면 이 버튼을 누르시고요. 한 시간쯤 뒤에 상태를 보러 다시 오겠습니다."

의사가 커튼 사이로 빠져나가고 닉이 그 모습을 지켜본다. 그런 다음 닉이 조앤을 향해 고개를 돌리고 미소를 지으려 하지만 평소처럼 편안한 미소는 아니다. "음." 마침내 그가 말한다. "돌아가시는 줄 알았어요."

조앤은 꼼짝도 하지 않는다. "놀라게 해서 미안하구나." 그녀가 속삭이자 그의 표정이 잠시 누그러진다.

"미안해하지 마세요. 브라이오니랑 애들이 안부 전해달래요. 오고 싶다고 했는데 제가 면회가 제한되어 있다고 했거든요, 그러니까……." 닉이 말을 멈추고 대충 애매한 몸짓을 한다. "음, 아직 애들한테 말 안 했어요."

조앤이 고개를 끄덕인다. 이해한다. "꽃 고맙다." 그녀가 속삭인다.

"무슨 꽃이요? 아, 저거요. 제가 가져온 게 아니에요. 우리 MI5 친구들이 보낸 거죠."

"아." 조앤이 속삭인다. "난 그냥……." 그렇게 쉽게 닉의 마음을 돌릴 수 있다고 생각하다니 그녀가 멍청했다. 어떻게 그런 용서를 바랄 수 있을까? 그런 것을 기대할 자격이 어디 있을까?

"밖에서 기다리고 있어요. 저 사람들은 제가 탈출 기도를 도와줄 거라고 생각할지도 모르겠네요." 닉이 날카롭고 지나치게 크게 웃지만 냉혹한 느낌은 아니다. 상처받은 웃음일지도 모른다.

그 소리를 들으니 조앤은 심장이 찢어지는 것 같다. "그렇다면 마음이 바뀌지 않았다는 뜻으로 받아들여도 되겠지?" 그녀가 조심스레 묻는다.

"뭐가요?"

"내 변호를 맡는 거 말이야."

짧은 침묵이 흐른다. 닉이 자리에 앉아서 이전 환자가 놓고 간 잡지를 집어 든다. "그 얘기는 나중에 하죠." 그가 잡지를 한 장 넘기고 쯧쯧 혀를 차더니 한 장 더 넘기고 또 혀를 찬다. "아빠는 어디까지 아셨어요?" 그가 불쑥 묻는다.

조앤이 눈을 감는다. 약 때문에 머리가 흐리멍덩하다.

"그러니까, 두 분은 정말 가까웠잖아요." 닉이 말을 잇는다. "저는 종종 두 분이 얼마나 가까웠는지 생각하면서 그에 비해서 브라이오니와 전 뭔가 부족한 게 아닌가 생각했어요." 그가 말을 잠시 멈춘다. "브라이오니한테는 말 안 했지만요. 아무한테도 안 했어요. 그냥, 그녀가 저한테 그러는 것처럼 엄마가 아빠한테 쏘아붙이는 걸 본 기억이 없어서요. 아빠가 엄마 말을 무시한 적도 없고요." 닉이 살짝 미소를 짓는다. "저는 물론 그녀에게 그러지만요."

조앤이 손을 뻗어 닉의 팔을 잡는다. 닉이 어린 시절을 그렇게 기억하다니 감동적이다. 그녀가 남편에게 쏘아붙이고 싶어도 절대 그러지 않은 이유가 있지만, 사실 그러고 싶은 적도 별로 없었다. 조앤은 남편에게 너무나 고마웠고 그에게 어울리는 사람이 되려고 항상 무척 조심했다. "오스트레일리아는 머나먼 타지잖아." 결국 그녀가 이렇게 말한다. "우리한테는 서로밖에 없었어. 그리고 내가 너희처럼 힘든 일을 한 것도 아니고. 바쁘지 않으면 쏘아붙이지 않는 것도 쉽단다."

닉이 고개를 저으면서 팔을 약간 움직이자 조앤의 손이 떨어진다. "그 이상의 뭔가가 있었어요. 두 분 다 상대방의 농담이 웃기지 않아도 웃었잖아요. 그냥 두 분은 너무……." 그가 잠시 말을 멈춘다. "너무 행복해 보였어요."

"그래." 조앤은 남편이 병원 침대에 누워 그녀를 향해 뻗던 손을 생각하며 속삭인다. 내일이면 멀쩡해질 거야. 가슴이 아프다. "우린 행복했어."

정적이 흐른다. 닉이 몸을 숙인다. "그런데 아버지는 얼마나 알고 계셨어요?"

조앤이 눈을 감는다. 말을 할 수가 없다. "충분히 알았어." 그녀가 속삭인다.

조앤은 차가운 토스트와 마가린, 묽은 포리지로 구성된 우울한 병원 조식을 마친 다음 퇴원 소식을 듣는다. 그녀가 이 소식을 들을 때 하트가 문간에 모습을 드러내는데, 면회 시간이 끝난 뒤에도 밤새 병실 앞 복도에서 졸면서 계속 지켜본 것이 분명하다. 간호사는 두 사람의 관계를 듣지 못했는지 하트를 조앤의 딸이나 가까운 친척처럼 대하면서 조앤이 뭘 먹어야 하는지, 아스피린은 얼마나 먹어야 하는지 설명하고 잘 보살피면 완전히 나을 것이라고 계속 강조한다.

하트는 고개를 끄덕이면서 열심히 듣는 표정이지만, 조앤은 그녀가 간호사의 생각과 달리 조앤의 건강을 걱정하는 것이 아니라 하원 발표까지 겨우 24시간 남짓 남았는데 아직 윌리엄에 대한 정보를 하나도 얻지 못해서 걱정하고 있다는 사실을 안다. 조앤이 간호사에게 옷을 갈아입을 테니 문을 좀 닫아달라고 하자 간호사는 어리둥절하더니 잠시 후에야 그녀가 혼자 있고 싶어 한다는 것을, 밤새 병실 앞을 지키던 여자도 같이 내보내고 싶어 한다는 것을 깨닫는다.

조앤이 퇴원 준비를 마치자 의사가 몇 가지 이야기를 하러 온다. 의사는 그녀가 쓰러질 때 신고 있던 슬리퍼 위로 가느다란 발목에 부착된 전자발찌를 보고 눈을 깜빡인다. 아무도 그녀가 병원을 나설 때 이상해 보이지 않도록 다른 신발로 갈아 신겨야겠다는 생각을 못 한 것이다. 의사는 시선을 돌리고 침착한 전문가의 가면 뒤로 풀리지 않은 호기심을 숨긴다. 그는 하트가 누구이고 그녀가 왜 이렇게 조심하는지 아는 듯하지만, 친절하고 동정 어린 표정을 보니 자세한 내용은 전혀 모르는 것이 분명하다. 조앤이 무슨 짓을 했는지 안다면 그녀에게 이런 미소를 짓지 않을 것이다. 조앤은 저녁 뉴스에 사진이 나오면 그가 자신을 알아볼까 생각한다. 어쩌면. 아마도. 그녀의 배에서 두근거리는 통증이 느껴진다.

"휴식, 휴식 그리고 휴식." 의사가 선언한다. "처방은 그게 답니다. 그리고 아스피린이죠."

그가 이렇게 말하면서 하트를 보지만, 그녀는 커다란 커피 잔의 내용물을 쏟지 않고 플라스틱 뚜껑을 여는 일에 집중하느라 의사의 말을 듣지 않는 것 같다.

의사가 기침을 하고 말을 잇는다. "지속되는 증상은 없겠지만,

평상시와 다른 느낌이 들면 곧장 병원으로 오셔야 합니다. 어떤 느낌이든지요." 그가 잠시 말을 멈춘다. "정말 괜찮으세요?"

조앤은 의사를 보면서 이것이 기회임을 깨닫는다. 어지럽거나 현기증이 난다고 우기면 의사는 믿을 테고 조앤에게 병원에 남으라고 할 것이다. 그러면 기자회견을 미룰 수 있고, 하원 발표 역시 최소한 윌리엄의 화장 이후로 미룰 수 있을지도 모른다.

그러나 조앤은 미뤄봐야 소용없다는 것도 잘 안다. 이제 그 사실은 사라지지 않을 것이다. 그녀는 항상 알고 있었다. 죄를 지었으면 벌을 받아야 한다.

조앤이 자리에서 일어서자 뼈가 분필처럼 느껴지고 문 쪽으로 걸어가는 내내 삐걱거린다. "난 괜찮아요." 그녀가 속삭인다. "이제 집에 가고 싶군요."

레오가 죽은 뒤 처음 몇 달은 흐리멍덩하게 흘러간다. 공허하고 잠 못 이루는 시간이 흐르는 동안 조앤은 매일 아침 자전거를 타고 연구소에 출근하고, 샌드위치를 깜빡 잊어버리고, 일을 너무 열심히 한 탓에 갓 태어난 토끼처럼 눈을 깜빡이며 퇴근해서 다시 자전거를 타고 집으로 돌아가기를 반복하며 겨우겨우 지낸다. 매일 아침 침대에서 빠져나올 때마다 추운 아침에 차가운 북해에 들어가는 기분이 들지만 바닷물에 들어갔다 나왔을 때의 활기 같은 것은 없다. 그녀는 살이 빠지고, 담배를 너무 많이 피우고, 집에 돌아오면 혼자 셰리주를 마신다. 예전에 데이트했던 젊은 남자들은 대부분 결혼하거나 멀리 이사했기 때문에 더 이상 연락이 없지만 낭만적으로 접근하는 사람이 없다는 사실도 별로 신경 쓰이지 않는다. 아무 이야기도 털어놓을 수 없는 남자들과 영화를 보러 가봐야 귀찮을 뿐이다. 아무 말도 할 수 없는데 어떻게 대화를 나눌 수 있을까? 적어도 진실은 말할 수 없으니 말이다.

훗날 조앤이 그 시절에 대해 기억하는 것이 몇 가지 있다. 주방 식탁에 앉아서 탄 토스트를 먹었던 것. 끝없이 울리는 전화벨 소리를 들으면서 어떤 사람들(소냐, 엄마, 랠리)은 수화기를 들고 상대방이 받기를 기대하면서 정말 오랫동안 기다리는구나 생각하며 놀랐던 것. 왜 내가 집에 없다는 것을 깨닫지 못할까? 조앤은 잠시 짜증을 내다가 자신이 집에 있다는 사실을 깨닫는다. 그녀는 항상 여기 있다. 조앤이 담배를 입에 물지만 불은 붙이지 않는다. 그냥 물고만 있다. 기다린다.

조앤은 연구소에서 서류를 계속 복사하지만 소냐에게 넘기지는 않는다. 맥스는 그녀가 일하는 모습을 지켜보고 가끔 어떤 표현이 좋을지, 혹은 어떻게 써야 뜻이 더 명확할지 조언을 구하지만 캐묻지는 않는다. 그저 지켜볼 뿐이다.

"그렇게 몸을 숙이고 타자 치면 목 안 아파요?" 어느 날 오후 두 사람만 있을 때 맥스가 묻는다.

조앤이 자세를 고치고 목을 문지른다. 항상 이런 자세였을까, 최근에 이렇게 됐을까? "아픈 것 같네요."

"안경을 사는 게 좋겠군요."

조앤은 그를 보지 않는다. "안 어울려서요. 고슴도치 같을 거예요."

잠시 정적이 흐른다. 창밖에서 조용히 비가 내린다. 맥스에게 전부 이야기할 수 있으면 얼마나 좋을까. 그러면 그는 뭐라고 할까?

아마 이런 말은 아닐 것이다. "그럼 거북이 등껍질 테로 사요. 고슴도치는 항상 금속 테 안경을 끼니까."

조앤은 웃음을 터뜨릴 뻔한다.

그녀는 복사본을 별도의 폴더에 정리해서 라벨을 붙인 다음 맥스의 사무실 선반에 깔끔하게 쌓아놓았다. 조앤은 복사본을 계속 만드는 것이 습관 때문이라고 생각하지만 그것 때문만은 아니라는 사실을 안다. 레오가 반역으로 고발당할 수 있다면 그녀도 마찬가지다. 누구나 고발당할 수 있다. 그녀는 정보를 계속 넘길 의도였음을, 연구소에서 가지고 나가 소냐에게 넘기는 것이 안전해질 때까지 기다리고 있었음을 보여주고 싶다.

그러나 그녀는 소냐와의 약속에 나가지 않는다. 전화로 못 나간다고 연락하지도 않는다. 다음 약속, 그다음 약속도 마찬가지다. 소냐가 편지를 몇 통 보내지만 대충 읽고 버린다. 그런 다음 소냐와 제이미의 아기가 태어났다는 카드가 온다. 사진도 들어 있다. 크고 둥근 눈에 작은 보조개를 가진 여자아이고, 소냐의 어머니 이름을 따서 카탸라고 한다. 그녀는 카드를 태운다. 사진을 벽난로 선반에 세웠다가 다시 서랍에 넣는다.

그 뒤 러시아가 동유럽 장악력을 강화하면서 전쟁으로 피폐해진 국가들로 완충 지대를 확대하고 민주적인 반대 여론이 조금만 보여도 진압한다는 기사가 거의 매일 신문에 실린다. 조앤이 너무나도 생생하게 기억하는 1930년대 러시아의 보여주기식 재판이 바르샤바, 부다페스트, 프라하, 소피아에서 되풀이된다. 당시 레오의 주장처럼 그런 재판이 아직도 정당화될 수 있을까? 조앤은 이제 확신하지 못한다. 러시아의 전쟁 노력에 덧칠된 영웅적 행위라는 광채는 그 빛을 잃기 시작한다. 광채는 불투명하고 흐릿해지고, 의구심이 그녀를 괴롭힌다. 예전에는 기밀을 공유하는 것이 처칠의 약속을 지키는 옳은 일이라고 믿었기 때문에 마음이 편했지만 이제 그런 확신이 없다.

조앤은 빠져나가고 싶을 뿐이다. 하지만 그만두는 절차는 무엇일까? 그녀가 그만두려고 하면 레오에게 그랬던 것처럼 그녀에게도 사람을 보낼까? 조앤은 모른다. 그저 아무도 눈치채지 못하게 조용히 빠져나가고 싶을 뿐이다.

결국 어느 일요일 아침, 소냐가 집으로 찾아와 정문에서 기다리다가 다른 주민의 도움을 받아 건물 안으로 들어온다. 그녀가 유모차를 계단 아래 두고 카탸를 안고 4층까지 헉헉거리며 올라와 조앤의 현관문을 당당하게 두드린다.

소냐가 왔을 때 조앤은 자고 있다. 늘 새벽이 지나야 잠이 들어서 주말에 모자란 잠을 보충하는 버릇이 생긴 것이다. 조앤이 노크 소리를 듣고 벌떡 일어나 앉는다. 지금 문을 두드릴 가능성이 있는 사람은 어머니, 랠리, 캐런, 가끔 만나는 친구들 등 얼마든지 있다. 그러나 그녀가 떠올리는 것은 그런 사람들이 아니다. 스스로도 무엇이 두려운지 정확히 말할 수 없다. 까만 옷에 중절모를 쓴 남자 두 명. 레오에게 그랬던 것처럼 그녀를 끌고 갈 수 있는 크고 건장한 남자들. 아니면, 벨트에 수갑을 찬 작고 친근한 경찰.

소냐가 부른다. "나야, 조조. 안에 있어?"

조앤이 참았던 숨을 내쉰다. 가운을 걸치고, 머리를 빗고, 서랍에서 카탸의 사진을 꺼내 벽난로 선반에 올린 다음 달려가서 문을 활짝 연다. "정말 귀엽구나! 안녕, 카탸." 그녀가 꼬마의 턱을 어루만진다. "드디어 만났네!"

소냐의 품에 안긴 아이가 미소를 짓는다. 이제 카탸는 아기가 아니라 한 살이 다 된 꼬마라서 조앤이 깜짝 놀란다.

"조조, 옷도 안 입었네."

"자고 있었어."

"벌써 정오가 지났잖아."

조앤이 어깨를 으쓱한다. "피곤했거든." 그녀는 소냐와 카탸가 들어올 수 있도록 뒤로 물러선다.

소냐가 거실로 들어와 주변을 살핀다. 소파 하나, 어울리는 안락의자, 곧 무너질 듯한 책장이 있다. 소냐가 책장을 손가락으로 쓸더니 먼지를 보고 얼굴을 찌푸린다. 그녀가 커튼을 걷는 동안 조앤이 주방으로 가서 차를 만든다. "약속 장소에 계속 안 나왔잖아." 소냐가 거실에서 소리친다.

조앤은 처음에는 대답하지 않는다. 그녀가 찻주전자에 뜨거운 물을 붓고 천천히 젓는다. 그런 다음 쟁반을 꺼내서—머그잔, 설탕, 우유—천천히 거실로 가지고 간다. "안전하지 않아." 마침내 조앤이 말한다.

"예전이랑 똑같이 안전해."

"하지만 안전한 **느낌**이 안 들어."

"알잖아, 레오는 네가 그만두기를 바라지 않았을 거야."

조앤이 소냐를 흘깃 본다. "네가 어떻게 알아? 그 사람들이 레오한테 그런 짓을 했는데……." 그녀는 소냐가 여기 있는 동안은 그런 생각을 하고 싶지 않아서 말을 멈춘다. 슬퍼하는 모습을 누구에게도 보이고 싶지 않다.

"네가 그랬잖아, 레오는 대의를 믿었다고. 그렇다면 레오는 네가 그만두길 바라지 않았으리란 걸 너도 분명히 알 거야."

이 말에는 조앤이 얼굴을 찌푸리게 하는 무언가가 있다. "넌 레오가 대의를 믿었다고 생각하지 않아?"

"당연히 그렇게 생각하지." 소냐가 열정이 가득한 목소리로 크게 말한다. "하지만 내 생각은 중요하지 않아. 중요한 건 네 생각이지. 그렇게 생각한다면 계속해야 돼."

"난 무서워."

"무서워하지 마. 너도 알겠지만 이젠 걱정거리가 줄었어."

"어떤 면에서?"

소냐가 머뭇거린다. "이제 레오가 없잖아, 그런 뜻이야."

조앤이 소냐를 노려본다. "뭐라고?"

"MI5가 레오를 쫓고 있었어, 조조. 너도 알잖아. 네가 발각되는 건 시간문제였어. 결혼이라도 했다면 더욱 그랬겠지."

"결혼? 레오가 그런 말을 했어?"

소녀가 눈을 크게 뜨더니 고개를 돌려버려서 조앤은 그녀가 어떤 표정으로 대답하는지 못한다. "그냥 말이 그렇다는 거야." 소녀가 가볍게 말한다.

"아니잖아." 조앤은 이렇게 말하면서도 레오가 청혼했다면 뭐라고 대답했을까 생각해본다. 아마 그가 어떤 말로 청혼을 하느냐에 따라 대답은 달라졌을 것이다.

소녀가 몸을 숙이고 카탸를 안아 든다. "어쨌든 상관없어. 청혼하지 않았잖아, 안 그래?" 카탸가 소녀의 목을 끌어안고 양손으로 그녀의 머리카락을 잡는다. "미안해 조조, 너무 무신경한 말이었지." 소녀가 고개를 저으면서 딸의 손에서 벗어나려고 애쓴다. "내 말은, 넌 예전보다 더 안전하다는 거야. 우리 모두 그래. MI5는 이제 날 쫓지 않아. 그렇다면 KGB도 마찬가지라는 뜻이야."

조앤이 소녀를 노려본다. 소녀가 KGB라는 이름을 언급한 것은 처음이다. "그래서 이제 다 잘됐다는 거야? 레오가 죽었으니 우리는 평소처럼 하면 된다고?"

소녀가 카탸를 내려놓고 창가로 걸어와서 조앤을 끌어안는다. "당연히 그런 말은 아니야. 난 온 세상에서 그 누구보다 레오를 사랑했어. 물론 제이미는 빼고. 그리고 카탸도. 내 말은 그냥, 넌 안전하다는 거야. 약해지지 않았으면 좋겠어. 하지만 저쪽에서 너에 대해 계속 묻는 건 사실이야. 네가 왜 정보를 주지 않는지 알고 싶어 해." 잠시 침묵이 흐른 다음 소냐가 말한다. "그 사람들 기분을 너무 상하게 하면 안 돼."

조앤이 소냐를 노려본다. "왜? 그 사람들이 어쩔 건데? 날 찾아서 사람이라도 보낼까?"

"아직은 아니야, 조조. 난 그냥 경고하는 거야. 내가 들은 말은 그쪽 작업이 거의 끝났고 네가 보낸 서류가 아주 유용하다는 것밖에 없어. 약속할게, 프로젝트가 끝나면 넌 그만둬도 돼."

"무슨 말이야, 그만두다니?"

소냐가 어깨를 으쓱한다. "넌 더 이상 일을 못한다고 내가 확실히 알릴게."

"지금 그렇게 할 순 없어?"

소냐가 조앤을 보며 고개를 젓는다. "조금만 더 해, 조조."

조앤이 망설인다.

"규칙을 따르는 게 나아." 소냐가 이렇게 말하자 조앤은 갑자기 레오의 말이 떠올라 고개를 든다.

그러나 규칙이 정확히 뭘까? 어디까지 적용되는 걸까? 조앤? 조앤의 가족? 알 길이 없다. 조앤은 지금 자신이 그만두면 그들이 레오에게 그랬던 것처럼 그녀에게 사람을 보낼지도 모른다는 것밖에 모른다.

소냐가 조앤을 놓아주더니 몸을 숙여 가방에서 무언가를 꺼낸다. 두꺼운 갈색 봉투다. "너한테 이걸 전달하래."

"뭐야?"

소냐가 어깨를 으쓱한다. "열어봐."

조앤이 봉투를 받아서 책장에 올려놓는다. 이것이 무엇이든 받고 싶지 않다. 그들에게서 아무것도 받고 싶지 않다. 그녀는 카탸 옆 소파에 앉아서 자신이 갑자기 다가와 깜짝 놀란 아이의 표정을, 고개를 돌려 애원하듯 엄마를 보면서 엄마의 모든 움직임을 쫓는 커다란 갈색 눈을 본다. 이런 집착에는 뭔가 당황스럽고 무서운 면이 있다. 저렇게 큰 기대에 부응해야 한다니. "넌 엄마 노릇이 잘 맞는 것 같아." 결국 조앤이 화제를 바꾸려고 이렇게 말한다. "그럴 줄 몰랐어."

소녀가 빙긋 웃는다. "난 카멜레온이잖아. 지금쯤이면 너도 잘 알 텐데."

조앤이 미소를 짓는다. 여러 해 전 케임브리지에서 복숭아색 원피스를 입은 소녀가 남자 친구를 만나러 가는 길에 기숙사 방에 들렀던 때가 생각난다. 그때 소녀는 이렇게 말했다. "너랑 난 배우야." 조앤은 자신이 연기처럼 화려한 일과 어울린다고 생각하는 사람이 있다는 사실에 놀라서 웃었다. 그러나 지금 그때를 떠올리니 소녀는 그때에도 그녀가 얼마든지 배신할 수 있는 사람이라고 생각한 것은 아닐까 싶어서 머리가 아찔하다.

"어쨌든, 너는 뭐 새로운 소식 없어? 신나는 일 없어?"

"나한테 무슨 신나는 일이 있겠니?" 조앤의 신랄한 목소리에 소녀가 깜짝 놀라 그녀를 보지만 얼굴은 붉히지 않는다. 소녀는 왠지 고집스럽게 계속 경쾌한 척한다.

"모르지." 소녀가 말한다. "어쩌면 대단한 로맨스 때문에 오랫동안 소식이 없는지도 모른다고 생각했거든." 그리고 미소를 짓더니 갑자기 깜짝 놀란 척 입을 벌린다. "혹시 정말 그래서 대낮까지 잔 거 아니야?"

조앤이 고개를 젓는다. "그러지 마."

소녀가 조앤을 향해 몸을 숙이고 그녀의 무릎에 한 손을 부드럽게 얹는다. "레오는 이제 그만 잊어, 조조. 레오는 죽었어. 일 년이 넘었잖아."

"그랬니?"

소녀가 고개를 끄덕인다. "너도 아무것도 모르는 풋내기는 아니잖아."

2층 침실에 비디오카메라와 인터뷰 장비가 설치된다. 조앤은 침대에 앉아서 물을 마신다. 그녀가 이야기하는 동안 애덤스가 몸을 숙이고 펜으로 무릎을 톡톡 친다. "윌리엄은요?" 조앤이 말을 멈추자 그가 묻는다.

조앤이 윌리엄의 이름을 듣고 갑자기 고개를 드는 바람에 이불에 물을 약간 흘린다. "윌리엄이 뭐요?"

"윌리엄이 당신을 설득하려고 했습니까?"

조앤은 끈 달린 안경을 목에 걸고 있지만 쓰지는 않는다. 닉의 표정을 보면 계속할 용기가 나지 않을 게 분명하므로 주변을 제대로 보고 싶지 않다. 닉은 어떤 표정일까? 화가 났을까? 분개할까? 실망했을까? 그녀가 고개를 젓는다.

"카메라에 녹음되도록 말로 해주세요."

"아니요."

"확실합니까?"

"확실해요."

"윌리엄을 자주 만났습니까?"

"말했잖아요, 난 윌리엄을 잘 몰라요." 조앤은 잠시 말을 멈춘다. "가끔 봤을 뿐이에요."

"윌리엄이 일에 대해서 언급하지 않았습니까?"

"네."

애덤스가 얼굴을 찌푸린다. "자기가 무슨 일을 하는지 이야기했습니까? 무슨 **암시**라도 했나요?"

조앤이 망설인다. "윌리엄은 항상 뭔가를 암시했어요. 그가 말하는 방식이었죠. 허풍이 심했어요. 난 그의 말은 반도 제대로 듣지 않았어요."

"예를 들어주시면 좋겠군요."

"기억이 안 나요." 조앤이 잠시 말을 멈춘다. "70년 전이잖아요."

"그럼 생각해보세요."

"자, 잠깐만요." 닉이 갑자기 사무적인 목소리로 날카롭게 끼어든다. "어제 뇌졸중으로 쓰러지신 분이에요. 조금 더 부드럽게 대하셔야죠."

"뇌졸중이라고 할 만한 것도 아니었어." 조앤이 이런 일쯤은 견딜 만큼 강하다고 닉을 안심시키고 싶은 마음과 기억이 잘 안 나는 것처럼 보여야 한다는 생각 사이에서 갈등하며 말한다.

"그래도 뇌졸중은 뇌졸중이에요."

애덤스가 숨을 깊이 들이마신다. "시간 낭비는 이제 충분합니다. 유죄를 인정하고 협상하실 생각이라면 하원에 당신 어머니의 이름을 제출하기 전에 이 정보가 필요해요."

"좀 쉬셔야 합니다. 보세요. 지치신 거 안 보여요?"

조앤이 베개에 기대앉아 있다가 조금 더 편안한 자세를 찾아서 몸을 비튼다. 그런 다음 물 잔을 침대 옆 테이블에 내려놓고 이불을 어깨까지 끌어당긴다. 시트 밑에서 그녀의 손가락이 얽힌다.

"좋아요. 잠깐 쉽시다." 하트가 손목시계를 본다. "20분만 쉬죠."

조앤이 눈을 감는다. 밖에서 닉이 아내와 통화하는 소리가 들리는데, 또박또박하고 딱딱한 목소리다. 설명해야 할 것이 너무 많아 그는 망설이면서 단어를 신중하게 고른다. 어떻게 조앤이 그에게 이럴 수 있을까? 그녀는 절대 이런 것을 바라지 않았다.

잠깐 쉬게 되어서 조앤은 마음이 놓인다. 누워 있는 것이 제일 피곤하다.

그러나 어쨌든 그녀는 그들이 원하는 정보를 주지 않을 것이다. 그녀는 윌리엄이 뭐라고 설득했는지 말하지 않을 것이다. 소녀가 다녀가고 얼마 안 돼서 윌리엄이 연구실 앞으로 찾아와 기다렸다는 이야기를 하지 않을 것이다. 겨울 햇살 속에서 윌리엄의 회색 양모 정장은 티 한 점 없고 무엇으로도 뚫을 수 없어 보였다. 윌리엄이 외무부에 들어간 후 한 번도 만나지 못했던 터라 그를 보자 누가 발밑의 단단한 땅을 잡아당긴 것처럼 뜻밖의 향

수가 밀려왔던 기억이 난다.

"여기서 뭐 해?"

"지나가다 들렀어." 윌리엄이 별 설득력 없이 말했다. "같이 걸어도 돼?"

"내가 말릴 수는 없잖아."

조앤은 그가 자신의 손을 잡고 이끌던 버릇을, 가볍지만 확고한 손가락을 기억한다. "소냐가 그러던데, 네가 대의에 관심을 잃었다고." 그녀가 대답하지 않자 그가 더 가까이 다가왔다. "있잖아, 조조, 난 너에게 하기 싫은 일을 강요하려고 온 게 아니야. 모스크바 쪽에는 네가 최고의 정보원이라는 거 알잖아. 요즘 중앙에서 오는 메시지는 전부 네 이야기뿐이래. 어디 갔냐고, 뭘 하냐고 묻고 있대." 그가 잠시 말을 멈췄다. "네가 지금 세상을 더 안전하게 만들 기회를 포기하고 있다는 거 알아? 네가 무슨 일을 하고 있는지 이해하는 거야?"

조앤은 뭐라 대답해야 할지 몰랐지만 이제 무엇을 믿어야 할지도 몰랐다. "난 지쳤어, 윌리엄. 레오가 그렇게 됐잖아." 그녀가 말을 멈췄다. "이제 그만두고 싶어."

윌리엄이 그녀를 보며 고개를 저었다. "레오 때문에 망치지는 마. 그 때문에 이 일을 시작한 건 아니잖아. 한 국가가, 아니 하나의 권력 체제가 이렇게 큰 잠재적 파괴력을 휘두르도록 놔두는 건 옳지 않아, 너도 알잖아. 안전하지 않아. 그러니까 레오는 잊어. 그에 대한 문제가 아니야."

"나도 알아." 조앤이 다시 속삭였고, 이 말은 진실이었다. 적어도 맨 처음 이 일을 시작할 때는 진실이었다. 그러나 그녀는 이제 자기 행동을 그렇게 이성적으로 생각할 수 없다는 사실도 깨달았다. 이제 러시아는 조앤이 한때 연민을 느끼면서도 상상할 수 없었던 멀고 아득한 곳이 아니었다. 이제 러시아가 그녀의 안에서 차갑고 강철 같은 발톱으로 내장을 꽉 붙잡고 놓지 않으려 했다. "레오가 보고 싶지 않아, 윌리엄? 넌 항상 그를 좋아했잖아, 안 그래?"

윌리엄이 주저한다.

"괜찮아. 좋아했어도 난 상관없어."

"당연히 좋아했지. 물론 지금도 보고 싶어. 하지만 그렇기 때문에 더욱더 계속해야 하는 거야. 게다가 우리는 원래 줬어야 하는 정보를 넘겨주는 것뿐이야. 훔치는 게 아니야. 공유하는 것뿐이지." 그가 레오와 똑같은 말을 되풀이했다.

"우린 이제 동맹이 아니야. 전쟁은 끝났어. 내가 잡히면 어떻게 해?"

윌리엄이 조앤을 계속 이끌며 걸었다. "안 잡힐 거야. 하지만 그런 낌새가 약간이라도 있으면 내가 도울 수 있어. MI5가 널 의심하면 내가 먼저 알게 될 테니까 언제든 빼낼 수 있어⋯⋯." 그가 손을 흔든다. "⋯⋯캐나다, 오스트레일리아, 어디든 괜찮아. 부탁만 해."

"도대체 어떻게 빼낼 수 있다는 거야?"

그가 어깨를 으쓱하며 만족스러운 웃음을 슬쩍 지었다. "내가 외무부에서 좀 높은 자리에 있거든. 이유는 알 수 없지만 내가 마음에 드나 봐. 내 담당 분야가 바로 방첩이야. 무슨 일이 생기면 내가 제일 먼저 알게 될 거야."

조앤이 눈썹을 추켜올렸다. 정말 이유를 알 수 없다고 생각했지만 그 생각은 혼자만 간직하기로 했다. "레오는 항상 네가 떠오르는 밝은 희망이라고 했어."

윌리엄이 손의 위치를 바꿔 그녀의 팔을 잡았다. "그건 몰랐네." 이렇게 말하지만 레오의 칭찬을 받아서 기쁜 듯했다. "나 같은—뭐라고 해야 할까—**성향**이면 확실히 도움이 되지. 우리 같은 사람들이 제일 헌신적이야." 그가 잠시 침묵하는 동안 조앤은 그의 말이 무슨 뜻인지 가늠해보았다. "내 약혼녀한테는 말 안 했지만."

"약혼녀라고? 결혼해?"

그가 고개를 끄덕였다. "비서야. 사랑스러운 존재지, 우리 앨리스는. 난 아주 좋아해."

"하지만 넌—"

윌리엄이 자기 입술에 손가락을 대며 그녀의 말을 막는다.

"아내를 맞이해서 떠도는 소문을 잠잠하게 만드는 게 좋겠다는 말을 들었어."

"하지만 루퍼트는 어쩌고? 그리고 앨리스는? 앨리스에게 불공평하다고 생각하지 않아?"

조앤은 윌리엄이 고개를 갸웃거리며 그 말에 대해 생각했던 것을 기억한다. "루퍼트는 이해해. 앨리스에 대해서는 오랫동안 열심히 생각해봤어." 그가 마침내 말했다. "나는 앨리스가 분명히 알고 있을 거라는 결론을 내렸어. 그녀도 이해한다고 생각해. 내 생각에 그녀는 같이 스코틀랜드로 하이킹도 가고 쓸데없는 짓도 하고 뭐 그럴 동반자가 필요할 뿐이야."

조앤은 이렇게 말하는 윌리엄을 의심스러운 눈으로 쏘아보지만 싱긋 웃기만 하는 그가 자신을 놀리는 것인지 아닌지 알 수 없었다.

"그럼, 소냐한테 곧 널 만날 수 있을 거라고 말할게, 알았지?"

"모르겠어." 조앤이 말했다. "어쩌면."

"왜 그래, 조조. 조금만 더 해. 그러면 우리는 목적을 달성하고 네 일은 끝나는 거야. 혁명도 구하고. 미국 핵무기에 의한 섬멸로부터 이 세상도 구하고 말이지." 그가 잠시 말을 멈췄다. "애초에 이 일을 시작했던 이유만 기억해. 그중에서 변한 건 아무것도 없어."

조앤은 정말 그렇다고 생각했다. 그 무엇도 변하지 않았고 변하지 않을 것이었다. 그 끔찍한 날의 사진들, 모조리 빨아들인 다음 소용돌이치며 솟아오른 먼지구름, 그녀의 손을 꼭 잡은 아버지의 손의 감촉은 절대 잊을 수 없을 것이다. 그러나 이제 그녀의 내면에서 다른 무언가가 움직였다. 이제 시키는 대로 하지 않은 사람들이 어떻게 되는지 조앤이 깨닫고 나자 밤마다 그 앎의 무게가 올빼미처럼 무겁게 가슴에 내려앉았다.

조앤은 자신이 처음에는 윌리엄의 말에 대답하지 않았던 것을 똑똑히 기억한다. 그러나 그녀는 바보가 아니었다. 자신이 덫에 걸렸음을 알았다.

"좋아." 그녀가 속삭였다. "할게."

휴식이 끝나고 모두 조앤의 침실로 모인다. 보통 이 시간에 그녀는 볼룸댄스 수업에 갈 준비를 하지만 오늘은 아니다. 전화를 걸어서 인원수가 맞지 않게 되어 미안하다고 사과할 수도 없어서 마음이 불편하다. 그러나 무슨 이유를 댈 수 있을까? 뇌졸중으로 쓰러졌다고 말하면 그녀의 파트너가 티눈을 제거했을 때처럼 수업이 끝난 후 다 같이 꽃을 들고 찾아올 테니 안 된다. 그러나 그 외에는 할 말이 없다. 다른 이유를 감히 입 밖에 낼 수가 없다.

"돈 이야기로 돌아가죠." 하트가 침착하고 신중한 목소리로 말을 시작한다.

닉이 손가락을 딱 튕겨 주의를 끈다. "무슨 돈 말입니까?"

"소냐가 당신 어머니에게 준 돈이요."

"아, 그거요."

조앤은 여러 개의 쿠션과 베개에 기대어 침대에 앉아 있다. 이이야기에서 돈이 특별히 중요한 요소라고 생각하지 않았지만 지금 애덤스는 그녀를 더욱 유심히 보면서 그녀가 뭐라고 할지 다 안다는 듯 고개를 끄덕인다. "그래서요?"

"1천 파운드." 조앤이 속삭인다.

"1천 파운드요? 1947년에요?" 닉이 일어나서 창가로 걸어간다. "지금 가치로 따지면 아마……."

조앤이 고개를 끄덕인다. "큰돈이지."

닉이 창문에 머리를 기댄다. 그의 온몸이 창문 쪽으로 기울어진다.

하트가 애덤스를 보자 그가 계속 밀어붙이라는 듯 고개를 끄덕인다. "분명 도움이 되었겠지요." 그녀가 도발적으로 말한다.

조앤이 어깨를 으쓱한다. "내가 가졌으면 그랬을지도 모르죠."

"어떻게 했습니까?"

"줬어요." 조앤이 잠시 말을 멈춘다. "난 돈을 받고 싶지 않았어요. 내가 번 게 아니니까요. 그래서 줘버렸어요."

"전부 다요?"

"네."

애덤스가 얼굴을 찌푸린다. "왜요? 필요하지 않았습니까? 비서 일로는 그만 한 돈을 못 벌었을 텐데요."

조앤이 한숨을 쉬고 고개를 돌린다. 그녀는 훈장도, 적기훈장도 받았지만 이야기하지 않을 것이다. 훈장을 손에 들었을 때 느껐던 그 무게를, 튼튼해 보이는 망치와 낫, 붉은 깃발과 황금빛 낟알이 새겨진 귀중한 금속 덩어리를 기억한다. 훈장은 케임브리지 외곽의 강둑으로 가지고 가서 파묻었으므로 지금은 정확히 어디 있는지 모른다. 그러나 돈은 파묻지 않았다. 차마 그럴 수 없었다. 무자비한 전쟁 때문에 경제가 산산조각 나서 영국 전체가 헐벗고 굶주렸다. 모두에게 돌아갈 몫이 없었다. 조앤은 같은 입장이라면 누구나 했을 일을 한 것뿐이었다.

"누구에게 줬습니까? 윌리엄? 소냐?"

조앤이 고개를 젓는다. "런던의 일본인 고아를 위한 기금이 있었어요." 그녀가 말한다. "거기 냈어요."

침묵. 닉이 그녀를 본다. "영수증은 보관해두셨겠지요."

"밖에서 만납시다." 맥스가 말한다.

"알았어요, 금방 나갈게요." 조앤은 일을 마치고 그와 한잔하기로 약속한 것을 벌써 후회한다. 그녀는 그럴 자유가 없다. 맥스는 누구보다도 접근해서는 안 되는 대상이다. 지난주에 소냐에게 준 서류 목록이 아직도 생각난다. 맥스가 기폭 장치 다중 폭발에 존재하는 문제들에 대해서 작성한 문서, 우라늄 235에 대한 플루토늄의 상대적 임계 질량을 설명한 그래프들, 핵심 장치에 대한 상세 정보, 기폭제의 필요성에 대한 설명이었다.

하지만 훔치는 게 아니야. 조앤이 스스로에게 말한다. 공유하는 거야. 그뿐이야.

조앤은 가지고 다니는 콤팩트 거울에 얼굴을 비춰 보면서 뺨에 파우더를 가볍게 바르고 입술에 립스틱을 바르다가 표정에 얼핏 비치는 무언가(전에도 본 적이 있었다)를 눈치채자 고개를 돌리고 싶어진다. 그녀는 맥스가 술을 마시러 가자고 했을 때 자신이 왜 가겠다고 했는지 안다. 소냐의 말도 관련이 있지만 더 큰 계기는 자신을 올려다보던 카탸에 대한 기억이었다. 그 표정을, 검은 눈을, 너무나 순진하고 희망찬 아이의 눈을, 인생은 짧고 자신이 살고 있는 이 전례 없는 시대가 영원하지 않으리라 가르쳐주는 그 눈을 일주일 내내 생각했다. 그래서 금요일 저녁에 맥스가 사람들에게 술을 마시러 가지 않겠냐고 제안했을 때 그녀는 평소처럼 빠지지 않고 적극적으로 나섰고, 다들 다른 일정이 있어서 그와 단둘이 마셔야 한다는 사실은 나중에야 알았다. 립스틱을 가방에 넣는 손이 떨린다. 그녀는 눈을 가늘게 뜨고 얼굴을 유심히 살피다가 갑자기 콤팩트를 딸깍 닫는다. 이제 와서 취소할 수는 없다.

술집으로 걸어가는 길에 맥스는 어머니가 심장 수술을 받으셨고 아내는 그를 런던의 아파트로 절대 부르지 않으며 지난 주말에는 여동생과 테니스를 쳤다고 이야기한다. 여동생이 테니스 라켓을 휘두르다가 자기 눈을 치는 바람에 멍이 들었고, 이제 그 멍이 매력적이고 어두운 파란색으로 변해서 아이섀도로 가리느라 고생이라고 그가 설명하자 조앤이 웃는다. 그녀는 긴장이 풀리면서 그의 이야기에 대꾸를 하고 싶어지지만 이것이 얼마나 위험한 감정인지 곧 깨닫는다.

"참, 안경을 써도 고슴도치 같지는 않아요." 맥스가 갑자기 걸음을 멈추며 말한다. "그 말을 하고 싶었어요."

조앤이 얼굴을 약간 붉히며 미소를 짓는다. "약간 고슴도치 같아요."

그가 고개를 젓는다. "음, 내 충고를 무시하고 금속 테를 샀으니까 그렇죠. 그래도 당신은……." 그가 지나가는 사람들에게 들리지 않도록 목소리를 낮추지만 멈추지 않고 말한다. "……내가 생각한 것만큼 아름다워요."

캐나다에서 그가 사랑한다고 말해놓고 키스하지 않으려 했을 때처럼 조앤은 이 말이 이해가 가지 않는다. 그는 왜 이러는 걸까? 이러면 안 된다는 사실을 모르는 걸까? 지금은 안 된다. 그것은 너무나 오래전이다. 그동안 너무 많은 일이 생겼다. 지금 여기서 그녀가 맥스와 함께 가면 그다음에는 어떻게 될까?

조앤이 손으로 입을 막고 애써 놀란 척한다. "아, 이런. 잊고 있었어요. 친구를 만나기로 했는데." 그녀가 한 걸음 뒤로 물러난다. "가야 돼요."

맥스가 고개를 젓는다. "안 믿어요."

그녀가 돌아서서 걷기 시작한다.

그가 그녀를 따라잡는다. "당신 말 안 믿어요."

그녀가 발을 내려다본다.

"진심이라면 그것도 괜찮아요." 맥스가 말한다. "난 갈게요. 그리고 우리는 아무 일도 없었던 척할 수 있겠지요. 하지만 나는 당신이 똑똑히 말하는 걸 듣고 싶어요. 당신에게 우리 사이가 지금 이대로인 채 행복하다는 말을 듣고 싶어요. 우리 사이가 어떻게 바뀔 수 있을지 전혀 궁금하지 않다는 말이 듣고 싶어요. 왜냐면 나는 단 하루도……." 그가 말을 흐리지만 여전히 그녀의 어깨를 잡고 얼굴을 살핀다.

그러자 조앤은 굴복하고 만다. 고개를 들고 맥스를 보자 캐나다로 가는 배에서 그랬던 것처럼 그가 정말로 그녀를 보고 있다는 느낌이 든다. 단순히 보는 것이 아니라 그녀를 **안다**. 조앤은 맥스가 그녀의 말을 있는 그대로 받아들이고 있다는 두려움, 결국 그가 가버리고 오늘이 지난 몇 달의, 지난해의 여느 날처럼 지루하게 끝나버릴지도 모른다는 두려움을 불현듯 느끼고, 그것을 절대 견딜 수 없음을 깨닫는다.

"하지만 당신은 결혼했잖아요. 바람피우고 싶지 않다고 했잖아요."

"맞아요."

조앤이 물러선다. "그런데 왜 그런 말을 해요?"

"아내에게 이혼하자고 했어요."

"아." 그녀가 어깨에 얹힌 그의 손을 본 다음 다시 그를 본다. "몰랐어요."

"사실 벌써 몇 년 전부터 이혼해달라고 했어요. 캐나다에서 돌아온 이후로 계속 그랬죠. 아내는 계속 거부하지만 영원히 버틸 수는 없어요. 나는 아내에게……." 맥스가 양손을 들고 어깨를 으쓱한다. "음, 전부 주겠다고 했어요. 내가 가진 것을 전부 주겠

다고요." 그가 손을 미끄러뜨려 손가락을 조앤의 손가락에 얽는
다. "나는 나 자신의 행복에 책임을 지고 싶습니다. 그건 바로 당
신과 함께하는 거예요."

조앤이 맥스를 본다. 그녀는 불안하다. 그녀의 몸이 물러서라
고, 조금만 더 기다리라고 경고한다.

"술 한잔 정도는 같이해도 될 것 같아요." 결국 그녀는 약간 숨
찬 목소리로 이렇게 말한다.

술집에 도착하자 맥스가 타이를 벗고 셔츠 깃의 단추를 푼다.
머리카락은 이제 깔끔해 보일 필요가 없다는 사실을 아는 것처
럼 늘 그렇듯 곤두섰다.

" 자." 그가 조앤을 보고 싱긋 웃으며 말한다. "조앤 마저리 롭
슨."

그녀가 웃는다. "기억하고 있었군요."

"당연히 기억하지요. 그 순간 내가 심각한 문제에 빠졌음을 깨
달았으니까." 그가 웃는다. "그 배에서 있었던 일은 전부 다 기억
해요."

두 사람 사이에 정적이 흐르고 시간이 잠시 멈춘다. "저도요."

맥스와 조앤은 구석 자리에 앉아서 한 번도 멈춘 적 없는 것처
럼 대화를 나누고, 탁자 밑에서 가끔 손이 스친다. 그는 프로젝트
가 거의 끝나서 정말 신나지만 순전히 이론적인 관심일 뿐이라
고 말한다. 에너지 생산이라는 장기적 가능성에 대해서만 이야
기할 뿐 폭탄에 대한 언급은 조심스럽게 피한다. 그는 이 프로젝

트로 인해서 우리가 아는 에너지 체계가 이미 달라졌다고, 그런 일에 인생을 바치는 것은 정말 멋지지 않냐고 말한다.

조앤도 동의한다. 멋진 일이다. 그녀는 그 사실을 한번도 의심한 적 없는 것처럼 말이 너무 자연스럽게 나와서 스스로도 깜짝 놀란다. 뺨에 바른 파우더가 한 겹의 얇은 위장처럼, 솔직하지 못해서 붉어진 얼굴을 숨기는 매끄러운 위장처럼 느껴진다. 정반대로 그런 일에 인생을 약간이라도 허비하는 것이 끔찍하다는 말도 쉽게 할 수 있기 때문이다. 그녀는 두 가지 상반된 의견을 동시에 가질 수 있음을 깨닫고 깜짝 놀란다. 모순을 느끼지 못하는 것은 비정상이 아닐까?

그렇다, 정상이 아니다. 당연히 아니다. 그러나 그녀는 그런 생각을 하고 싶지 않다. 지금은 아니다. 지금은 맥스가 그녀에게 팔을 두르고 손가락으로 목의 맨살을 쓸면서 그녀를, 그녀의 눈을, 그녀의 입술을 보고 있기 때문이다. 그를 의식하자 갑자기 온몸이 간질거리면서 갑자기 그와 다시 자고 싶다는 생각, 그의 맨몸을 안고 싶다는 충동이 생긴다. 충동이 너무 강렬해서, 여성적이라기보다 동물적이고 절대적이라서 그녀는 충격을 받는다.

조앤의 아파트에서 맥스가 그녀의 블라우스 단추를 푼다. 그가 손가락으로 쇄골을 쓸자 온몸에 소름이 돋고 어마어마한 감각이 배 속으로 밀려든다. 그녀가 스커트를 벗자 이제 맥스의 옷만 남는다. 너무 초조한 나머지 조앤의 손길이 오히려 서툴렀다. 셔츠 단추가 벗겨지지 않는다. 그녀가 셔츠를 만지작거리기만 하자 결국 그가 잠시 떨어져 머리 위로 셔츠를 벗고 바지를 급하게 벗어서 바닥에 내던진다. 이제 그가 그녀의 목에 입을 맞추고 손으로 온몸을 쓰다듬는다. 두 사람은 서로 부둥켜안고 침실로 들어가고, 침대에 올라가느라 아주 잠깐이나마 애타게 떨어진다. 두 사람은 어처구니없을 만큼 환하게 웃고, 조앤은 그의 목과 가슴에 입을 맞추면서 그의 무게를, 따뜻하고 부드럽고 마음이 놓이는 그 부피를 느낀다. 여기에는 아무런 모순도 없어. 그녀가 생각한다.

맥스가 그녀를 짓누르며 들어오자 조앤은 그의 어깨에 얼굴을 묻고 소리를 지르고 싶지만 이처럼 어마어마한 쾌락은 분명 수치스러운 것이라고 생각한다. 그녀는 압도당한다. 맥스를, 그의 뜨겁고 거친 체취를 들이마시다가 결국 소리를 내지 않으려고, 적어도 다른 사람에게 들리는 소리를 내지 않으려고 고개를 젖히고 베개 모서리를 깨문다. 소리가 그녀의 내부에서 터지면서 온몸에서 수백만 번의 작은 폭발이 일어나고, 그녀의 품에서 축 늘어진 맥스가 옆 베개에 털썩 누울 때 조앤은 그가 그 소리를 듣지 못했다는 사실에 놀란다. 그가 그녀를 끌어당겨 평화롭게 품에 안자 그의 몸이 그녀의 몸을 누르고 두 사람의 팔다리가 편안하게 얽힌다. 둘 다 아무 말도 하지 않는다. 마침내 눈을 뜬 두 사람은 뺨이 붉고 머리카락이 헝클어진 상대방을 마주 보고, 그 대칭성 때문에 왠지 마음이 편안해진다.

그들은 다음 날을 함께 보내고, 맥스는 조앤이 목욕하는 동안 요리를 하겠다고 고집을 피운다. 아침 식사를 마치자 그는 공원을 산책한 다음 캐나다로 가는 배에서 그랬던 것처럼 십자말풀이라도 하자고 제안한다. 그녀가 해야 할 일은 없냐고 묻자 그가 그렇게 우스꽝스러운 말은 처음 들어본다는 듯이 웃는다. 레오는 항상 더 중요한 일을 하러 가야 한다는 분위기를 풍겼기에 그녀는 이런 상황이 익숙하지 않다.

"난 몇 년 동안 이 순간을 기다렸어요." 맥스가 그녀에게 말한다. "그러니까 당신만 허락하면 당신과 하루를 보내고 싶어요."

조앤이 미소를 짓는다. "저도 그게 좋아요." 그리고 맥스를 끌어당겨 입 맞추며 속삭인다. "하지만 십자말풀이는 조금 이따가 해도 될 것 같은데."

그렇게 두 사람의 관계는 망설이면서, 비밀리에 시작된다. 조앤은 맥스를 거절할 힘이, 이렇게 행복할 권리를 거부할 힘이 없다. 그녀는 분명히 더 복잡한 면이 있을 것이라고 생각하지만 복잡할 게 뭐 있겠냐는 생각도 든다.

"사랑해요, 조애니." 맥스가 그녀에게 말한다. "몇 년 동안이나 당신을 사랑했어요." 그는 그녀에 대한 감정을 정확하게 표현하는 이 말을 자기가 만들어낸 것처럼 말하지만 그렇지 않다는 것은 조앤도 알고 누구나 안다. 그가 너무나도 확실하고 충실한 표정으로 그녀를 바라보면서 사랑한다고 말해서 조앤은 겁이 난다. 그녀는 이렇게 복잡할 것 없는 사랑에 익숙하지 않다. 그녀는 맥스에게 똑같이 확고한 사랑으로 보답하지 못할까 봐 걱정이 된다.

그러나 얼마 후 조앤은 걱정할 필요가 없음을 깨닫는다. 맥스에게는 그녀가 사랑하는 소소한 면들이 너무나 많다. 할 일을 쭉 적은 다음 하고 나면 지우는 습관, 생각에 잠기면 완벽한 직선을 그리는 눈과 입, 베개에 엎드려서 자는 모습, 코를 골지 않는 잠버릇. 게다가 맥스는 그런 면들이 몰래 알아내야 하는 비밀이 아니라 기꺼이 나누고 싶은 것이라는 듯 그녀에게 쉽게 보여준다.

조앤은 모순을 너무나 아무렇지 않게 받아들이는 스스로에게 깜짝 놀란다. (기만이라 부르지는 않을 것이다. 그 말은 너무 개인적인 느낌이다.) 그녀는 맥스에 대해 이런 식으로 느끼는 것이 정상일까 생각한다. 그를 사랑하고, 그를 위해 요리하고, 저녁을 먹을 때 그가 손가락을 더럽히지 않도록 껍질 벗긴 오렌지를 접시에 담아서 냅킨과 함께 건네주지만, 또 자신이 맥스의 기밀 프로젝트 정보를 얼마나 많이 넘겨주었는지도 정확히 알고 있다.

그러나 맥스에게도 아내라는 문제가 있다. 그의 아내는 이혼을 허락하지 않을 것이고 먼저 이혼 소송을 제기하지도 않을 것이다. 그는 집도 주고, 있지도 않은 돈도 주겠다고, 자신에 대해서 얼마든지 거짓말을 해도 괜찮다고 전부 제안했지만 그의 아내는 절대 동의하지 않는다. 그녀는 맥스의 부정—"사람들은 내가 부족하다고 생각할 거예요"—이나 자신의 부정—"맙소사!"—을 이유로 이혼을 신청하면 평판이 나빠진다고 생각하는 것 같다.

아, 이게 맥스의 복잡한 문제구나. 조앤이 생각한다. 그가 이런 상태를 참고 살 수 있다면 그녀도 모순을 가질 자격이 있다. 두 사람이 침대에 누워서 맥스가 사랑한다고 말하며 손가락으로 그녀의 머리카락을 돌돌 말고 그녀가 그의 순수하고 바다처럼 푸른 눈을 바라볼 때, 사실은 그의 기만이 더 심할지도 모른다. 어쨌든 그녀의 기만은 개인적인 것이 아니다. 정치적이다.

이런 식으로 계속될 것만 같다. 행복하고 희망찬 시간이다. 나중에 조앤은 이 몇 달을 회상하며 자신의 안이함에 깜짝 놀란다. 그녀는 이런 상태가 영원할 수 없음을 알았어야 했다.

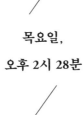

목요일,

오후 2시 28분

그러다가 여러 가지 일이 한꺼번에 일어난다.

우선 랠리가 크리스마스 전주에 결혼식을 올리겠다고 발표한다. 랠리에게는 반지와 드레스와 잭이라는 구혼자가 있다.

두 번째 일은 훨씬 더 멀리서 일어난다. 메마른 카자흐스탄 초원의 어느 마을에 폭탄이 떨어진다. 마을에는 나무와 벽돌로 대충 만든 집들밖에 없고 너무 넓어서 왠지 유령이 나올 것만 같다. 이르티시강을 가로지르는 거대한 다리가 놓인다. 그러나 곧 사라질 것이므로 다리로 이어지거나 다리에서 이어지는 도로는 없다. 이곳에는 사람이 살지 않고 동물밖에 없다. 스탈린과 베리야가 실시하는 거창한 실험의 일환으로 휘발유를 많이 잡아먹는 트럭에 실려 운반된 양과 닭과 염소는 1천 마리가 넘는다. 동물들은 야위고 지치고 운명에 체념하여 떼를 지어 돌아다닌다. 일꾼들이 떠났기 때문에 먹이를 줄 사람이 없다. 건축 프로젝트가 끝나서 이제 건물을 만든 사람들은 털털거리는 차를 타고 시베리아를 향해 초원을 가로지르며 맨땅에서 숲으로 변하는 주변 풍경을 바라본다.

오늘 카자흐스탄의 뜨거운 태양은 뜨지 않을 것이다. 또는 태양은 뜨겠지만 적어도 보이지는 않을 것이다. 여기에는 태양을 볼 사람이 없다. 그렇다, 여기에도 사람들이 살고 연구소에서도 그 사실을 알고 있지만 이 외딴 마을 주민들은 공식 인구로 기록되어 있지 않다. 비공식 인구는 중요하지 않기 때문에 크레믈린은 소개 명령을 내리지 않는다. 어쨌든 결과는 불확실하다. 보호할 필요가 없을지도 모르는데 극단적인 조치를 취할 필요가 있을까? 베리야의 말처럼 그런 것은 사소한 일이다.

그러나 폭탄에 대해서는 사소한 것 하나도 무시하지 않는다. 각각의 뇌관 캡슐은 0.2마이크로초 내에 연달아 폭발하여 중성자 퓨즈의 동시 폭발을 일으킨다. 그래야만 한다. 그래야 히로시마에 떨어진 리틀보이에 필적할 만큼 큰 폭발이 일어난다. 폭탄의 불길과 굉음은 시험지에서 80킬로미터 떨어진 곳에서도 보인다. 모스크바에 제출된 보고서는 시험이 대성공이라고 결론 내린다. 이론 시험에서 예상한 것보다 50퍼센트 더 효과적이었다. 폭탄을 만들어낸 스탈린은 의기양양해진다. 그는 서구를 향해 폭탄을 들어 보이며 이제 잡았다, 라고 말한다. 이 폭탄으로 인해 모두가 동작을 멈추고 숨을 참으며 방아쇠에 손가락을 올리고 조준한 채로 어느 한쪽이 먼저 눈을 깜빡이기만을 기다리게 되었다.

두 사건은 규모가 다르지만 〈더 타임스〉의 같은 호에 발표된다. 랠리와 잭의 결혼식은 두 사람이 날짜를 정하지 못해서 지연된다. 한편으로 지연은 무엇보다도 불신의 조짐이다. 소비에트의 폭탄 프로젝트는 어림해도 영국보다 최소 4년 뒤져 있다고 여겨졌지만 이제 그렇지 않다는 명백한 증거가 있다. 어떻게 이렇게 빨리, 이렇게 갑자기 성공할 수 있었을까?

결국 다우닝가 10번지*는 성명을 발표하여 최근 몇 주 사이에 USSR에서 원자탄 폭발이 일어났다는 증거가 있다고 선언한다. 좌파 언론은 말없이 기뻐하며 서구가 국제적인 감시 체계도 없이 자신들의 계획을 오만하게 추진해서는 안 된다고 주장한다. 이제 싫어도 어쩔 수 없다. 러시아의 새로운 힘을 인정해야 한다. 양보하지 않을 수 없다.

조앤은 연구소의 작은 주방으로 들어가서 문을 잠근다. 그녀가 벽에 기대서서 천천히, 믿을 수 없다는 듯 고개를 젓는다. 나때문일까? 그녀가 생각한다. 내가 이렇게 만든 걸까? 스스로 한 일이 너무 어마어마해서 약간 두려워진다. 끔찍한 현기증이 소용돌이치자 그녀는 타일 벽에 몸을 기댄다. 히로시마를, 그 열기를, 시체들을, 도시 위로 솟아오른 끔찍한 버섯구름을, 이 모든

* 영국 수상의 관저.

일이 시작될 때 레오가 했던 말을 생각한다. 이것이 존재하게 된 이상 이제 편은 없어.

그러나 조앤은 그 힘을 보았다. 스탈린에게 그런 무기를 정말 믿고 맡길 수 있을까? 스탈린이 이 강력한 무기를 정말 사용하지 않고 가지고만 있을까? 갑자기 확신이 서지 않는다. 등에서 뜨거운 땀이 나더니 영국에서 그 정도의 폭발이 일어나면 어떻게 될까 생각하자 공포가 스멀스멀 퍼진다.

레오가 지금 여기 있으면 얼마나 좋을까. 그녀는 맥스와 함께 지내면서 다 나았다고, 레오를 위한 눈물은 이미 오래전에 다 흘렸다고 생각했지만 지금 주방에 서서 손수건을 비틀고 관절을 깨물며 눈물을 참고 있다.

캐런이 문을 두드린다. "조앤? 당신이야?"

조앤이 수돗물을 틀고 소매로 눈을 닦는다. 바깥에서 타일 바닥을 서성이는 캐런의 발소리가 들린다.

"괜찮아?"

조앤이 차가운 물을 눈가에 묻힌다. 이런 꼴로 나갈 순 없다. "곧 괜찮아질 거예요."

캐런이 우뚝 선다. 조앤은 그녀가 동정적인 미소를 짓는 소리가 들린다고 상상한다. "천천히 해요. 누가 찾으면 내가 알아서 할게. 다들 충격받았어."

캐런이 너무 친절해서 조앤은 마음이 무거워진다. 캐런이 진실을 알면 어떻게 될까, 생각한다. 누구든 진실을 알면 어떻게 될까? 그녀를 어떻게 생각할까? 한 사람이라도 이해할까? 그리고 맥스는……. 아, 생각조차 할 수 없다.

"고마워요." 조앤이 속삭인다.

캐런의 발소리가 복도를 따라 멀어진다. 조앤은 눈을 감고 자기도 모르게 기도를 드리듯 손을 맞잡고 마음을 진정시킨다. 그녀는 침대에 누워 있던 아버지의 얼굴에 드러난 절망을, 그녀의 손 안에서 축 늘어진 아버지의 손을 떠올린다. 아버지를 생각하자 힘이 난다. 끝났어. 그녀가 생각한다. 우리가 끝냈어.

그런 다음 또 생각한다. 이제 그만둘 수 있어.

나중에 더 많은 정보가 알려지면 영국은 소비에트 폭탄이 미국의 설계를 바탕으로 했다고 말할 것이다. 소비에트의 설계가 아니라 맨해튼 프로젝트의 설계였다. 그러나 그 말은 사실이 아니다. 미국의 설계는 중간에 수평 반응 장치가 있지만 소비에트의 설계는 그렇지 않다. 그리고 영국의 설계도 마찬가지다. 이것이 결정적인 증거는 아니지만—어떤 면에서는 당연한 두 가지 선택지 중 하나에 지나지 않는 것처럼 보인다—기록 보관소에는 USSR 프로젝트가 영국의 설계에서 큰 영향을 받았음을 암시하는 서류들이 있다. 영국은 미국과의 회담에서 불가능하다고, 우리는 물 샐 틈이 없다고 선언할 것이다. 그러나 양측 모두 믿지 않을 것이다. 어딘가에서 샜다. 찾아야 한다.

맥스가 양손에 머리를 묻고 책상 앞에 앉아 있다. 정부 발표 이후 계속 같은 자세다. 그는 가끔 자리에서 일어나 창가로 걸어가서 창문에 이마를 대고 자신이 내뱉는 숨에 유리창에 흐릿한 서리가 낄 때까지 가만히 서 있다가 자리로 돌아와 앉아서 펜을 두드리고, 서류들을 섞고, 다시 양손에 머리를 묻는다. 그는 키얼이 체포된 날처럼 사람들을 불러 모으지도 않는다. 이번에는 그럴 마음이 없는 것 같다. 그는 자기 프로젝트가 추월당했다는 사실을 받아들이지 못한다.

조앤이 문가에 모습을 드러내고 사무실 안으로 들어가서 문을 닫아도 맥스는 움직이지 않는다. 문이 열리지 않도록 그녀가 문에 기대선다. "그 사람들이 왔어요."

맥스가 순간 할 말을 잃고 그녀를 물끄러미 올려다본다. 긴 침묵이 흐른다. "누구?"

"경찰이요."

그가 팔에 머리를 파묻자 목소리가 우물거리는 것처럼 들린다. "난 아직도 믿을 수가 없어요."

"제복 차림은 아니지만 전에 왔던 사람들이에요."

"그런 뜻이 아니에요." 그가 한숨을 쉬더니 의자를 뒤로 밀며 갑자기 일어선다. "난 우리가 성공하기를 바랐어요. 우리가 먼저 성공하기를 바랐다고." 그가 그녀를 보더니 부끄러움을 타는 것처럼 시선을 돌린다. "유치하죠?"

"맥스, 당신이 상황을 모르는 것 같아요. 경찰이 왔다고요. 당신을 만나고 싶대요. 체포 영장을 가지고 왔어요." 그녀가 주저한다. "통화 중인 것 같다고 말했으니까 1~2분 정도는 시간이 있어요."

"세상에." 맥스가 말한다. "나한테 뭘 원한대요? 미국 놈들 눈치를 보느라 그러는 거군."

조앤은 두려움에 심장이 털썩 내려앉는다. 맥스는 상황을 이해하지 못한다. 그는 자기에게 무슨 일이 일어나고 있는지 모른다. 그녀는 갑자기 이상하고 어지러운 공포에 사로잡힌다. 기대와 두려움이 가슴에서 목구멍으로 피어오른다. "아, 맥스." 그녀가 속삭인다. "분명 괜찮을 거예요."

맥스가 알쏭달쏭한 표정으로 그녀를 본다. "무슨 말이에요? 난 아무 잘못도 안 했어요. 경주에서 졌을 뿐이에요."

조앤이 고개를 끄덕인다. "잘못하지 않은 거 알아요." 그녀가 손을 내밀자 맥스가 그녀의 손을 잡고 안심시키려는 듯 힘을 준다. 그는 조앤의 말을 심각하게 받아들이지 않는다. 그녀가 그를 끌어당긴다. "하지만 그 사람들은 당신이 잘못했다고 생각해요. 고위층에서 정보가 샜다고 말이에요."

"말도 안 되는 소리. 그런 주장을 한다면 분명 증거는 있겠지요."

네. 조앤이 생각한다. 그런 주장을 하고 있어요. 어쩌면 증거도 있을 거예요. 그러나 그녀는 제대로 된 증거가 있을 리 없다는 가능성에 매달려야 한다. 아직은 없을 것이다. 정말 증거가 있다면 맥스가 아니라 조앤을 체포하지 않을까? 그리고 소냐가 미리 알려줬을 것이다, 그렇지 않겠을까? 아니면 윌리엄이 알려줬을 것이다. 본인 입으로 그러겠다고 하지 않았던가? 복도를 따라 다가오는 발소리가 들리자 그녀는 문을 활짝 열고 예수님처럼 굴복하며 ─ 이제 다 끝났다! ─ 두 손을 내밀고 싶은 충동을 불쑥 느끼지만, 순간적인 생각일 뿐이다. 그녀는 그렇게 하지 않을 것이다. 그럴 수 없다. 지금은 아니다. 이렇게 오랫동안 들키지 않았고 이제 거의 다 끝났는데, 이제 와서 그럴 수는 없다. 경찰이 맥스를 데리고 가서 심문한다 해도 잠깐일 뿐이다. 그녀는 그들이, 자신과 맥스가 이 일을 견딜 수 있다고 믿기만 하면 된다. 견디기만 하면 영영 끝날 것이다.

맥스가 조앤에게 한 걸음 다가선다. 두 사람은 영원처럼 느껴지는 이 순간에 갇혀 서로를 바라보고, 그녀의 아랫입술이 떨리기 시작한다. "울지 말아요." 그가 속삭인다. "그냥 의례적인 거예요."

조앤이 침을 꿀꺽 삼킨다. 가슴속에서 심장이 몸서리친다. 바깥 하늘에서 구름이 빠르게 흘러간다. 주머니 깊이 손을 찔러 넣은 맥스의 어깨가 둥글게 굽었다. 눈은 감겨 있다. 그는 체념하고 지쳐 보이지만 더 힘을 내야 한다는 사실을 아는 듯하다. 그가 눈을 뜨고 조앤의 시선을 찾아 눈을 마주치더니 몸을 숙여 그녀의 입술에 부드럽고 온화하게 입을 맞춘다.

"준비됐어요." 맥스가 속삭인다.

"확실해요?"

맥스가 그녀를 노려보더니 손으로 턱을 부드럽게 문지르면서 천천히, 단호하게 고개를 끄덕인다. "빨리 끝내는 게 낫겠어요. 난 절대 도망치는 사람은 아닙니다."

1949년 9월 24일, 맥스 데이비스 심문, 민클리 경정

케임브리지 경찰서

심문의 이 단계에 이르자 나는 맥스 데이비스가 소비에트 관리나 소비에트 대리인과 연락해서 연구 정보를 넘겨주었다고 주장했다. 데이비스는 깜짝 놀란 것처럼 입을 쩍 벌리더니 필사적으로 고개를 저으면서 말했다. "난 그렇게 생각하지 않습니다." 내가 그에게 말했다. "당신이 소비에트 연방을 위해 첩보 행위를 했다는 정보가 있습니다." 그가 다시 대답했다. "난 그렇게 생각하지 않습니다." 내가 답변이 모호하다고 지적하자 그가 말했다. "이해가 안 되는군요. 증거가 뭔지 말해보세요. 난 그런 짓을 하지 않았습니다."

나는 데이비스에게 지금 심문을 하는 것이 아니라 사실을 진술하는 것이라고 말했다. 그런 다음 그가 어떤 방식으로 정보를 주었는지, 어떻게 접촉했는지, 어디까지 책임이 있는지 알고 싶다고 말했다. 데이비스는 다시 한 번 나를 도와줄 수 없다며 정보 유출에 대한 책임을 부인했다. 그는 승전을 돕기 위해 최선을 다했고 말도 안 된다고 했다. 또한 새로운 과학적 발전의 선두에 서는 것이 아주 만족스러웠고, 정보를 넘겨줄 이유가 하나도 없다고 말했다. 그는 정보를 공유할 때 러시아는 배제한다는 결정을 잘 알고 있었다. 그리고 영국이 갖추고 있는 장비로 필요한 실험을 모두 실시할 수 있었으므로 그러한 결정을 과학적 관점에서는 '대단히 좋은 생각'이라고 여겼으며, 정치적 동기에는 관심이 없었다.

약 1시 30분부터 2시까지 심문을 중단하고 점심 식사를 했는데, 나는 데이비스가 지금까지의 진술에 대해서 생각할 수 있도록 혼자 식사를 하는 것이 좋겠다고 판단했다. 식사가 끝나고 심문을 다시 시작한 후에도 그는 새로운 이야기를 하지 않았고, 자백 기회를 여러 번 주었지만 그의 태도는 한결같았다. 나는 또한 미국 측과의 미묘한 관계 때문에 군수성이 그의 연구소 잔류 여부를 적극적으로 고려하고 있음을 분명히 전달하려 했다. 나는 군수성이 어떤 결정을 내리든 이 상황에서 데이비스를 일급비밀 프로젝트에 포함시키면 큰 위험을 무릅쓰게 된다는 우리 의견을 분명히 전달해야 한다고 굳게 믿는다. 군수성이 우리의 충고를 받아들일지 말지는 그들의 문제다.

데이비스는 우리가 아주 어려운 상황임을 본인도 알고 있다고 말했고, 내가 증거를 제시하지 못한다는 것을 아주 잘 알기 때문에 탁자를 엎으면서 증거를 내놓으라고 요구하고 싶은 마음을 억누르기 힘들다고 말했다. 그는 아무 증거가 없으므로 수사를 전혀 도울 수 없을 것 같다고 말했다. 또한 곰곰이 생각해보았는데 자신이 의심을 받고 있으므로 어떤 결론이 나오든 연구소 일을 계속할 수 없을 것 같다며 스스로 그렇게 결론을 내리면 사임하겠다고 말했다. 그는 이번 사건이 끝나면 다른 대학의 연구직에 지원할 수 있다고 생각하는 듯했고, 케임브리지에서 계속 일할 수 없어서 괴로워했지만 자신의 혐의가 얼마나 중대한지 완전히 이해하지 못하는 것 같았다.

데이비스의 유죄 여부에 대해 최종 결론을 내리기는 무척 어렵다. 그가 심문을 받으면서 드러낸 태도는 양쪽 모두를 시사한다. 데이비스가 무죄라면 혐의를 이토록 침착하게 받아들이는 것이 놀랍지만 삶에 수학적으로 접근하는 그의 태도와 일치한다고 볼 수도 있다. 또 그가 스파이로 오랫동안 활동하면서 이러한 심문에 대비했다고 볼 수도 있다. 반대로 협조를 단호하게 거부하거나 가끔씩 분노를 터트리는 것을 무죄의 표시라고 볼 수도 있다. 그러나 나는 심문에 따라 모든 사실을 검토한 바, 데이비스가 캐나다에 갔을 때 그의 쌍둥이 같은 사람이 우연히 같이 있었고 지금도 케임브리지에서 같이 일하는 것이 아닌 이상 우리가 제대로 찾았다고 확신한다. 같은 정보에 접근할 수 있었던 연구소의 모든 과학자들을 생각했을 때 데이비스 이외에 다른 피의자를 찾기 힘들다.

같은 날 오후, 맥스웰 조지 데이비스 교수는 공식 기소된다.

닉이 주먹으로 창틀을 때린다. "이럴 줄 알았어!"

"닉, 기다려."

닉은 기다리지 않고 방을 성큼성큼 나가서 계단을 내려간다. 뒷문이 열렸다가 쾅 닫힌다.

정적이 흐른다. "잠시 나가도 될까요?" 조앤이 묻는다.

하트가 애덤스를 흘깃 본다. "그게 나을지도 모르겠군요."

애덤스가 의자 깊숙이 몸을 묻는다. "지금 여기서 나아질 건 하나도 없지만 그런다고 해서 바뀔 것도 없겠지." 그가 어깨를 으쓱하더니 증거가 모두 기록된 카메라를 가리킨다. "보내줘도 될 것 같군요."

조앤이 침대에서 내려와 문으로 걸어간다. 그리고 어지러워서 난간을 붙잡고 계단을 내려간다.

"5분입니다." 애덤스가 그녀에게 소리친다.

조앤이 파티오로 나가자 닉이 고개를 돌려 바라본다. "아빠군요, 그렇죠? 아빠도 폭탄과 관련된 일을 했지만 나한테는 말을 안 한 거예요." 그가 고개를 젓는다. "왜 다들 내가 알고 싶을 거라는 생각은 안 하죠? 난 아빠가 그 학교에서 아이들을 가르치기에 너무 학구적이라고 항상 생각했어요."

"하지만 네 아빠는 그 학교를 좋아했어. 폭탄과 관련된 일은 더 이상 하고 싶지 않았지. 네 아빠는 긴 여름 방학도, 아침에 테니스를 치는 것도, 바닷가에 사는 것도 좋아했어." 조앤이 잠시 말을 멈췄다가 한층 더 부드러운 목소리로 다시 말한다. "그리고 닉 너도. 네 아빠는 널 정말 사랑했단다."

"하지만 엄마는 아빠가 체포당하는 걸 보고만 있었어요. 경찰이 와서 체포하는데 말리지도 않았어요."

"네 아빠는 괜찮을 거라고 생각했어. 증거가 하나도 없으니까 그냥 풀려날 줄 알았어."

"그래도 방관한 거예요." 닉의 목이 벌겋게 달아오른다. "아빠에게 엄마가 필요할 때 엄마는 겁쟁이라서 나서지도 않은 거예요."

조앤이 항변하려고 입을 열었다가 다시 닫는다.

"저 안에서 엄마가 한 말은 전부 변명이고 핑계예요. 아직도 옳았다고 생각하시죠, 네?" 닉의 목소리가 갈라진다. "늘 뭐든지 자기가 제일 잘 안다고 생각하셨죠. 항상 모든 것을 통제하시려 했어요."

"아니야, 닉, 아니야."

닉이 손사래 치며 그녀의 말을 막는다. "엄마는 제 평생 자기 방식대로 저를 통제하고 마음대로 하려고 했어요. 전 그렇게 **특별**하지 않았어요. 전 엄마가 아이를 한 명 더 입양하게 해달라고 기도했어요. 그러면 저 혼자 다 뒤집어쓰지 않아도 될 테니까요."

"아, 닉." 조앤의 배 속에 감각을 마비시키는 커다란 얼음이, 날카롭고 무거운 얼음이 가득한 것 같다. "물론 난 네가 특별하다고 생각했어. 난 네 엄마야."

"아니, 아니에요." 닉은 이렇게 중얼거리지만 벌써 어깨가 처지기 시작한다. 그는 항상 쉽게 타오르지만 화를 터트리고 나면 오래가지 않았다. 그가 차분해진 목소리로 말한다. "하나만 말해주세요. 미안하긴 하세요? 후회하세요?"

조앤은 잠시 침묵을 지킨다. 심장이 세차게 뛰어 박동이 온몸으로 퍼져 나간다. "난 그게 옳은 일이라고 생각했어. 그 상황에서는."

"스파이가 되는 게 옳다고 생각했어요?"

"정보를 러시아와 공유해야 한다고 생각했어. 히로시마가 있었으니까. 공평해져야만 그런 일이 두 번 다시 일어나지 않을 거라고 생각했어."

닉은 꼼짝도 하지 않는다.

"러시아는 폭탄이 필요했어. 전쟁에서 2,700만 명이나 잃었으니까. 상상이 되니? 2,700만 명이야." 조앤은 불현듯 자신이 꼭 자기 어머니처럼 말하고 있음을 깨닫고 말을 멈춘다. "그때는 다들 러시아를 동정했고, 다들 우리가 다음 표적이 될 거라고 믿었어." 그녀가 닉을 흘깃 본다. "게다가 정말 통할지도 모른다는 희망이 있었어."

"뭐가요? 위대한 실험이요?"

"그래."

닉이 눈을 굴린다. "그래서 지금은요?"

"난 아직도 공산주의가 좋은 사상이라고 생각한다."

"하지만 안 통하잖아요, 안 그래요? 인간은 너무 이기적이라서 공산주의는 안 통해요."

"알아. 하지만 이론적으로는—"

"아니에요!" 닉이 외친다. "왜 자신이 틀렸다는 사실을 받아들이지 않으세요? 하면 안 되는 일이었다고 말이에요. 나쁜 일이었고, 레오가 나빴고, 소냐가 나빴다고요. 엄마가 한 행동이 부끄럽다고요."

조앤은 잠시 말이 없다. 네가 어떻게 아니? 그녀가 생각한다. 두 사람이 세상을 얼마나 걱정했는지 넌 못 봤잖아.

"두 사람은 나쁘지 않았어." 그녀가 속삭인다.

"어쩌면 그렇게 순진하세요? 아무것도 안 보여요? 소냐는 엄마를 좋아하지 않았어요. 그녀는 정보원으로서 엄마를 지키려고 자기 사촌인 레오를 배신했어요."

조앤이 고개를 젓는다. "아니야." 그녀가 말한다. "아니야. 그건 실수였어. 소냐는 그러려던 게 아니야."

그러나 닉은 말을 멈추지 않는다. "소냐는 심문을 받으면서 MI5가 레오를 쫓고 있다는 걸 알게 됐죠. 레오와 엄마의 관계가 밝혀지는 건 시간문제였고, 그러면 엄마가 넘기는 정보도 말라버리겠죠. 그녀는 정보를 보호하고 싶었던 거예요."

조앤이 고개를 젓지만 부인하지는 않는다.

"그게 아니면 뭐였겠어요?" 그가 말을 잇는다. "레오를 총살시킬 생각까지는 아니었겠지만, 레오의 말이 맞아요. 소냐는 이해를 못 했어요. 전부 다 게임이라고 생각했어요."

조앤은 발밑의 땅이 꺼지는 것 같다. "하지만 소냐는 레오를 사랑했어." 그녀가 속삭인다.

"바로 그거예요. 사랑하지만 가질 수 없었잖아요, 안 그래요?"

그녀가 닉을 본다. 아니야, 그녀는 믿지 않을 것이다. 아니야, 아니야, 아니야. 그러나 닉의 주장에는 그녀를 주춤하게 만드는 뭔가가 있다. 레오가 총살당했다고 말할 때 소냐의 얼굴에 떠오른 표정, 조앤에게 그래도 계속 살아가야 한다고 말할 때의 그 경쾌함. 당시에도 이상한 느낌이 들었지만 그렇게 생각하지 않으려고 거부했다. 예전에 한번 그랬던 것처럼 소냐와의 우정을 망치지 않으려고 열심히 붙잡고 있었다. "하지만 소냐가 왜 그렇게 냉혹한 짓을 하겠니?"

닉이 화난 것처럼 어깨를 으쓱한다. "질투가 났으니까요."

질투라고? 조앤은 고개를 젓지만, 그 말을 듣자 갑작스러운 기억이 반짝 떠올랐다가 사라진다. 뭐였지? 제이미가 앨버트 홀에서 했던 말인가? 눈을 감고 떠올리려 하지만 머리가 텅 비어서 아무것도 없다. 사라졌다. "아니야." 그녀가 말한다. "소냐는 그런 사람이 아니었어."

"세상에! 엄마는 지금도 소냐가 초인이라도 되는 줄 아는군요. 그녀는 사악한 사람일 뿐이에요."

"소냐는 사악하지 않아."

닉이 고개를 젓는다. "그래서 소냐는 어떻게 됐는데요? 잡혔어요? 아니, 제가 맞춰볼게요. 안 잡혔을 거예요. 달아났겠죠. 무사했을 거예요. 소냐는 엄마 혼자 난장판을 처리하게 내버려뒀어요." 잠시 정적이 흐른다. "제 말이 맞죠?"

멀리서 경찰차 사이렌이 울리더니 사라진다. 조앤이 몸서리를 친다. 그런 다음 겨우 알아볼 수 있을 만큼 희미하게 고개를 끄덕인다.

연구소는 충격으로 인해 침묵에 빠진다. 이런 일이 일어나다니, 러시아에 진 데다가 맥스가 ― 맥스가! ― 체포되다니, 믿을 수가 없다.

"맥스가 그랬다고 생각하는 건 아니지?" 캐런이 묻는다.

"물론 맥스는 안 그랬어요." 조앤이 속삭이듯 작게 말한다. 라디오를 켜면서 소음이 마음을 진정시켜주기를, 끔찍하게 쿵쿵거리는 마음을 가라앉혀주기를 바라지만 러시아 폭탄에 대한 뉴스만 계속 나온다. 라디오를 끄고 일어선다. "난 집에 갈래요." 그녀가 선언한다.

캐런이 눈썹을 추켜올린다. "우리가 필요할지도 모르니까 자리를 지켜야 하지 않을까?"

"필요하면 우릴 찾아오겠죠." 조앤이 재킷을 입는다. "내일 봐요."

그러나 조앤은 내일 돌아오지 않을 것이다. 이미 알고 있다. 그녀는 집 현관문 앞에서 자물쇠에 넣어둔 검은 머리카락을 빼고 열쇠를 넣는다. 한 번, 두 번, 세 번. 아직은 아무도 오지 않았다. 화장실 캐비닛으로 곧장 가서 가장 최근의 서류를 숨긴 생리대 상자를 꺼낸다. 경찰이 연구소에 찾아온 이후로 조앤은 서류를 연구소에 두지 않았다. 집에 숨기는 것이 더 쉽다. 그녀는 서류를 찢어서 변기에 넣고 물을 내릴까 생각하지만 물탱크를 믿을 수 없다. 종이가 하수도를 막아서 몇 주 후에 밖으로 끄집어내지고, 조앤의 범죄가 변명의 여지도 없이 밝혀지는 상상이 떠오른다. 그녀는 서류를 가지고 나와서 벽난로에 던져 넣는다. 성냥이 잘 안 켜진다. 네 번의 시도 끝에 겨우 성냥에 불이 붙지만 깜빡거리다가 종이에 붙기도 전에 꺼진다.

"제길." 조앤이 낮게 말한다. 다시 시도하자 이번에는 바로 켜진다. 그녀는 성냥을 종이 더미에 던져 불을 붙인 다음 불길이 퍼져 글과 그림을 전부 먹어치울 때까지 지켜본다.

그녀는 여행 가방에 칫솔과 갈아입을 옷을 챙긴 다음 똑바로 일어서서 손으로 이마를 짚고 과연 여기로 돌아올 수 있을지 잠시 생각해본다. 또 필요한 게 있나? 없다. 원하는 것은 있을지 모르지만 필요한 것은 하나도 없다. 러시아 측에서 준 돈을 가지고 있었으면 좋았을 걸, 그러면 어떻게든 해볼 수 있었을 텐데, 라는 생각이 잠시 떠오른다. 그러면 계획을 세워서 모든 일이 끝날 때까지 모습을 감출 수도 있었을 것이다. 그러나 어디로 가야 했을까? 그녀가 문에 걸린 재킷을 내려서 팔을 꿰며 생각한다. 캐나다? 오스트레일리아? 러시아? 밖으로 나가려는데 열쇠가 자물쇠에 걸리는 바람에 조앤이 문을 억지로 잡아당겨 닫는다. 남아서 끝까지 버티는 것보다 도망치는 게 더 의심스럽지 않을까? 맥스는 어쩌지?

충계참 꼭대기에 섰을 때 맥스가 이미 그녀가 관련되어 있음을 짐작했을지도 모른다는 생각이 떠올라 갑자기 현기증이 난다. 경찰이 정말 물증을 가지고 있으면 어떻게 하지? 지금 그는 증거를 손에 쥐고 고개를 저으며 조앤이 왜 그랬을까 생각하고 있을지도 모른다. 그는 온 세상에서 조앤의 위장이 아무 소용없는 단 한 사람, 조앤이 얼마나 알고 있는지 정확히 아는 사람, 모든 것을 직접 가르쳐준 사람, 조금도 주저하지 않고 조앤에게 사랑한다고 말하는 사람이다. 그가 사실을 안다면 경찰에 말할까?

조앤은 알 수 없다. 맥스가 어떻게 반응할지 짐작도 가지 않는다. 그녀는 경찰이 증거를 가지고 있는지도 알 수 없다. 확신할 수 있는 것은 케임브리지를 떠나야 한다는 사실밖에 없다. 그녀는 생각할 시간이, 며칠의 시간이 필요할 뿐이다. 우선 소냐를 만나야 한다.

그녀는 왔던 길을 돌아가 미행하는 사람이 없는지 확인하면서 역까지 걸어간다. 역에 도착한 그녀는 일리행 표를 사서 서둘러 기차에 오른다. 기차가 출발하자 그녀는 밝은 태양과 초록빛 시골이 눈부셔서 눈을 깜빡인다. 두 손을 꼭 쥐고 눈을 감는다.

조앤이 가장 가까운 버스 정류장에서 내려 오르막길을 한참 걸어서 숨을 약간 헐떡이며 도착했을 때 소냐와 제이미의 농장은 고요하기만 하다. 자동차도 없고 타이어 자국도 없다. 그녀는 눈에 띄고 싶지 않아서 현관문을 두드리는 대신 집 뒤로 돌아가서 유리창을 살짝 두드린다. 아무 대답도 없다. 창문에 코를 대고 안을 들여다보자 접시꽂이에 깔끔하게 쌓인 접시들, 그 옆에 뒤집어놓은 와인 잔 두 개, 커다란 어린이용 잔이 보인다. 식탁에는 신문이 펼쳐져 있고 의자 등받이에 소냐의 밝은 빨간색 코트가 걸쳐 있다. 조앤이 다시 유리창을 두드리지만 소리가 울릴 뿐이다.

문손잡이를 돌려보니 놀랍게도 열려 있다. 조앤이 안으로 들어가서 불러본다. "소냐. 제이미. 냐야. 집에 있니?" 그녀가 귀를 기울인다. "카탸?"

아무 대답도 없다. 조앤이 응접실로 들어간다. 불을 피우고 난 뒤 치우지 않았고 커튼은 열려 있지만 서둘러서 그랬는지 흐트러져 있다. 위층으로 올라간다. 화장실에 칫솔이 없고 거울 옆의 립스틱도, 침대 근처의 빗도 없다. 방 안을 둘러본다. 옷장으로 다가가서 문을 열려다가 아무것도 건드리면 안 된다는 사실을 깨닫는다.

장갑. 장갑이 어디 있지?

조앤이 핸드백을 뒤져 장갑을 찾아서 허둥대며 낀다. 옷장 문을 연다. 옷이 걸려 있었을 법한 곳이 비어 있다. 그녀는 장갑 낀 손으로 옷을 뒤적이다가 익숙한 것을, 레일 끝에 걸린 그녀의 모피 코트를 발견한다. 여기 있었군. 그녀는 항상 소녀가 가져간 게 아닐까 의심했었다. 옷걸이에서 코트를 벗겨 팔에 걸친다.

그때 코트에 가려져 있던 옷장 바닥의 마분지 상자가 눈에 띈다. 크기도 작고 먼지가 쌓여 있지만 왠지 궁금하다. 그녀가 몸을 숙이고 뚜껑을 열자 먼지가 일면서 작은 사진 더미가 보인다. 심장이 빨라지면서 예전에 소녀에게 건네준 연구 내용이 담긴 사진, 모스크바로 다 보냈어야 하는 사진이 아닐까 싶어 초조해진다. 그런 사진을 여기다 두지는 않았겠지? 그 정도로 생각이 없지는 않을 것이다.

조앤이 상자에 조심스럽게 손을 넣어 사진을 꺼낸다. 아, 옛날 사진이구나. 장갑을 낀 손이 둔하지만 그녀는 부스러질 듯한 종이를 조심스레 다룬다. 범죄 사실이 드러날 만한 것이 없는지 확인하려고 사진을 넘기다가 어느 소년의 사진에 눈길을 빼앗긴다. 어린 시절의 레오다. 틀림없다. 여섯 살쯤 돼 보이는 레오는 말랐고 고개를 기울이고 있으며, 나무 아래에 서 있는데 햇빛이 안경에 반사된다. 이목구비는 아직 뚜렷하지 않지만 한때 사랑했던 남자와 똑같이 생긴 그 모습에 그녀의 눈시울이 뜨거워진다. 총살당했지, 라고 생각하자 마음속에서 총살이라는 단어가 터지면서 감각을 마비시킨다.

조앤이 양탄자에 쭈그리고 앉아서 나머지 사진들을 넘겨본다. 많지는 않다. 사진마다 똑같은 소년이 웃음기 없고 호기심 가득한 표정으로 카메라를 똑바로 바라본다. 딱 레오의 표정이다. 레오의 아버지, 즉 보리스 삼촌 같아 보이는 남자와 함께 서 있는 사진도 몇 장 있다. 남자는 나이가 많아 보인다. 이렇게 나이가 많을 줄은 몰랐다. 그녀는 소냐의 어릴 때 사진도 있을까 생각하지만 곧 소냐는 다른 곳에서 어린 시절을 보냈고 기분 좋은 사진을 찍을 만한 시절은 아니었다는 기억이 떠오른다. 그녀는 사진 뒤에 휘갈겨 쓴 숫자를 보고 처음에는 날짜라고 생각한다. 첫 번째 사진 뒤에는 46.06.30이라고 적혀 있으니 3년 반 전에 찍었다는 뜻이 된다. 그녀가 얼굴을 찌푸린다. 그렇다면 날짜는 아니다. 다른 뜻이다.

상자 바닥에 더 크고 색이 더 바랜 사진 더미가 있어서 보니 대학교에 다닐 때 케임브리지에서 찍은 사진들이다. 소냐는 왜 이 사진들을 보여주지 않았을까? 몇몇 사진에는 조앤이 찍혀 있고— 이런 식으로 시간을 거슬러 올라가니 정말 이상한 느낌이 든다— 모임 전체 사진이 여러 장 있다. 어느 행진에서 윌리엄이 무대에 올라 연설하는 사진과 윌리엄이 루퍼트에게 키스하는 사진도 있다. 얌전하고 장난스러운 입맞춤이 아니라 진짜 키스다. 두 남자는 열정적으로 끌어안고 있다. 그녀는 몇 초 동안 사진을 보면서 왜 당시에는 전혀 몰랐을까 생각한다. 다들 알고 있고 이런 사진을 남길 만큼 익숙하면서 왜 아무도— 레오나 소냐나 다른 누구라도— 그녀에게 말하지 않았을까?

조앤이 상자에 사진을 넣고 옷장 구석에 돌려놓는다. 소냐는 돌아오지 않을 것이다. 작별 인사도 없이 영영 가버렸다. 이렇게 급히 떠날 정도로 위험하다고 생각했으니 작별 인사를 할 시간이 없었을 것이다. 그렇지 않았다면 분명 조앤에게 메시지를 보내서 경고라도 했을 것이다. 그렇지 않을까?

그녀는 이런 생각을 하다가 이제 다 끝났음을 깨닫고 갑자기 두려워진다. 그녀는 혼자다. 그녀는 혼자이고 맥스는 경찰에 잡혀갔다.

맥스가 사실을 깨닫는 것은 시간문제다. 그러면 이제 의지할 사람, 도움을 청할 사람이 정말 하나도 없다. 어쩌면 윌리엄만 빼고. 조앤은 꼼짝도 없이 가만히 앉아 있다. 움직일 수가 없다. 그녀는 무릎을 세우고 가슴 쪽으로 당겨 양팔로 끌어안고 있지만 여기 머물 수 없다는 것은 안다. 경찰이 소냐를 찾으러 왔다가 그녀를 발견하면 어떻게 될까? 그녀가 이 집에 들어오는 모습을 누가 봤다면? 조앤이 서둘러 일어나서 문으로 다가간다.

그때 어떤 생각이 떠오른다. 그녀는 옷장으로 돌아가서 마분지 상자에서 사진을 한 장 꺼낸다. 모피 코트 주머니에 사진을 넣으면서 이것을 어디에 쓸지 생각하자 너무 부끄러워서 뺨이 달아오른다.

긴급

저는 현재 노픽주 퍼딘 워런 농장의 소냐 윌콕스(결혼 전 성은 갈리치)라는 여성과 그녀의 남편 제임스 윌콕스, 두 사람의 딸 캐서린(애칭 카탸)의 소재를 파악하려고 노력 중입니다. 상기의 인물들은 약 2년 전인 1947년 10월 5일에 심문을 받았습니다. 현재 그들의 집인 워런 농장에는 아무도 없으며, 편지를 전달할 주소도 남기지 않았습니다. 또한 올해 1월에 소냐 윌콕스는 이웃의 플래스크 부인에게 아들을 만나러 스위스에 갈 생각이라고 말했다고 합니다. 우리는 아들의 존재를 미처 몰랐으나 플래스크 부인의 말에 따르면 아들이 1940년에 태어났고, 이름은 토머스이며, 스위스에서 할아버지와 살고 있습니다. 소냐 윌콕스가 정말로 스위스에 갔다가 아직 돌아오지 않았을 가능성도 있습니다.

윌콕스 부부가 어디로 갔는지 은밀하게 조사해보고 가능하다면 소냐 윌콕스가 앞으로 어떻게 할 생각인지 조사해주시면 감사하겠습니다.

제일 밑에 파란 잉크로 휘갈겨 쓴 이름은 알아볼 수 없다.

"그 뒤에 소냐의 소식을 들었습니까?"

"아니요." 조앤이 속삭인다. "전혀 못 들었어요." 그녀는 고개를 들지 않는다. 그저 종이를 빤히 보고 있다. "이해가 안 돼요. 소냐는 아들이 없었어요. 한번도 그런 말을—"

닉이 갑자기 신음을 하더니 양손에 머리를 묻는다. "당연히 있었겠죠."

"뭐라고? 닉?"

닉은 고개를 저을 뿐 대답 없이 하트를 본다. "당신은 알고 있었어, 그렇지? 처음부터 전부 알고 있었어."

하트가 애덤스를 보고 다시 닉을 본다. 그녀가 고개를 끄덕인다. "아는 게 우리 일이지요."

"잔인해요. 어머니 연세가 얼마나 많은지 안 보여요? 그 얘기를 하면 돌아가실지도 몰라요."

"무슨 얘기 말이니?" 조앤이 묻는다.

애덤스가 끼어든다. "죄송하지만 당신 어머니는 아주 심각한 죄목으로 기소되었습니다. 더 일찍 말하면 당신 어머니가 제공하는 정보가 훼손될 가능성이 있었어요."

"뭘 더 일찍 말해요?" 그녀가 다시 묻자 갑자기 정적이 흐른다. 아무도 말을 하지 않는다. "무슨 얘긴지 제발 누가 말 좀 해줄래요?"

하트가 조앤을 보고 닉을 본다. 그녀의 표정이 묻고 있다.

"아, 그냥 말하세요." 닉이 불쑥 말한다. "어머니는 알 권리가 있어요."

하트의 목소리는 부드럽다. 하트가 조앤의 팔을 잡고 있고, 조앤은 귀를 기울이고 또 기울이면서 이해하려고 애를 쓴다. 하트의 입이 움직이는 것은 보이지만 정신이 흐릿해서 단 한마디도 귀에 들어오지 않는다. 그녀는 그 끔찍한 어둠이 퍼지는 것을 다시 느끼지만 압도당해서는 안 된다.

그 남자아이. 조앤이 생각한다. 사진 속의 남자아이. 레오가 아니었다. 날짜가 맞지 않았다. 사진 속 보리스 삼촌이 늙어 보였던 것은 실제로 늙었기 때문이다. 그는 아이의 종조부일 뿐만 아니라 할아버지이기도 했다.

"실례합니다." 조앤이 손을 들고 속삭인다. 더 이상 듣고 싶지 않다. 더 들을 필요가 없다. 그녀가 닉의 부축을 받으며 일어서서 걸어 나간다. 몸이 증발하는 것처럼 가볍고 텅 빈 느낌이다. 그녀는 화장실로 들어가서 문을 닫고 욕조 끄트머리에 앉아 양손으로 세면대를 잡고 몸을 지탱하려 애쓴다.

조앤이 아까 떠올리지 못했던 기억이 불쑥 떠오른다. 제이미. 그녀가 생각한다. 앨버트 홀에서, 모두가 레오를 마지막으로 봤을 때의 제이미. 바로 이것이었다. 이제 기억이 난다. 아, 그 기억이 그녀의 배 속으로 쿵 떨어진다. 앨버트 홀에서 중간 휴식시간이 되자 소냐와 레오는 아이스크림을 사러 가고 조앤과 제이미는 자리에 남았다. "예전 같아요." 조앤이 소냐의 임신에 대한 자세한 대화를 피하려고 애쓰며 제이미에게 말했다. "전쟁 전 말이에요." 그러다가 그녀가 말을 멈췄다. "당신을 만나기도 전이었지만요."

이 말에 제이미가 얼굴을 찌푸렸다. "어떻게 가능했는지 나는 상상이 안 됩니다."

"무슨 뜻이에요?"

제이미가 레오와 소냐를 고갯짓으로 가리킨다. "당신들 세 사람 말이에요. 소냐는 분명히 싫었을 거예요."

조앤이 잠시 생각했다. "아시겠지만 소냐는 질투하지 않았어요. 레오가 그렇게 말했어요."

제이미가 경멸하듯 코웃음을 쳤다. "말도 안 되는 소리. 소냐는 아닌 척을 잘하는 것뿐이에요. 지금은 질투해요."

"그런가요?"

"당연히 질투하죠. 저 두 사람은 의심스러울 만큼 가까워요. 잊지 마세요. 누구도, 그 무엇도 두 사람 사이에 끼어들 수 없어요. 끼어들 수 있다고 생각하지만 그렇지 않죠."

"두 사람은 가족이잖아요. 남매나 다름없으니까요."

제이미가 눈썹을 추켜올렸다. "그렇게 생각해요? 두 사람은 제가 본 어떤 남매와도 전혀 다른데요."

조앤은 당시 이 말 때문에 얼마나 혼란스러웠는지 기억난다. 아이스크림 줄 쪽을 보자 소녀가 레오의 손을 끌어당겨 자신의 부푼 배에 올리는 모습이 보였던 기억이 난다. 소녀가 레오에게 "잠깐 있어 봐"라고 말하는 것 같았다. 그는 소녀를 보지도 않고 몸을 멀찍이 떨어뜨리고 있지만 시키는 대로 했다. 거의 1분 가까이 그렇게 서 있던 레오가 깜짝 놀라는 것 같았다.

"찾다!" 소녀가 조앤에게 들릴 만큼 큰 소리로 외쳤다. "느꼈어?"

레오가 눈썹을 추켜올리더니 소녀에게 미소를 짓고 어깨를 톡톡 두드리며 물러섰다.

"봐요." 조앤이 제이미에게 속삭였다. "오빠 노릇을 하는 것뿐이잖아요."

"레오가 그러는 게 아니에요, 조조. 소녀가 그러는 거죠. 그녀는 레오를 만날 때마다 저래요. 지난번에는 놓쳤으니 일종의 보상이라고 생각하는 것 같아요."

지난번에는? 조앤은 무슨 뜻인지 물어보려고 제이미를 향해 고개를 돌렸지만 바로 그때 소녀와 레오가 아이스크림을 가지고 돌아와서 화제를 돌릴 수밖에 없었다. 조앤은 음악회가 끝나면 제이미에게 물어봐야겠다고 마음먹지만 단둘이 남을 기회가 없었고, 레오가 죽은 후에는 그 대화를 잊었다.

토머스라는 아이가 하트의 말대로 1940년에 태어났다면 소냐가 1939년 늦여름에 갑자기 스위스로 떠난 것도, 소냐와 레오의 '충돌' 이후 1940년부터 시작된 소냐의 침묵도 정확히 맞아떨어진다. 조앤은 소냐가 자신을 그 끔찍한 여자의 집으로 데리고 갔을 때, 그리고 자신이 건강을 회복할 때까지 침대맡에 앉아서 돌봐줄 때 임신 사실을 이미 알고 있었을까 생각한다. 아닐지도 모른다. 어쩌면 소냐는 레오가 타락시킬 수 없는 사람이 아니라는 사실을 그때 깨달았을지도 모른다. 그러다가 조앤이 앓는 동안 그렇게 되었을 것이라는 생각이 문득 든다.

조앤은 레오가 스탈린과 히틀러의 조약에 얼마나 절망했는지 기억한다. 레오는 그때 소냐에게 의지했을 것이다. 그녀는 레오에게 이 배신이 얼마나 사무치는지 진정으로 이해하는 유일한 사람, 독일에서 어땠는지, 그들이, 특히 그가 얼마나 고통을 받았는지 목격한 유일한 사람이었으니까. 소냐는 조앤이 레오에게 충분히 공감하지 못한다고 경고까지 했지만 그녀는 그 경고를 귀담아듣지 않았다. 조앤은 그가 자신처럼 그것을 극복하기를 바랐다. 그녀는 이해하지 못했다.

어떻게 되었을지 상상이 간다. 레오와 소냐는 남매가 아니라 사촌일 뿐이었고, 같은 과거를 짊어지고 있었다. 소냐가 익숙하게 레오를 위로하며 안았을 것이고, 그는 그녀의 허리가 얼마나 가느다랗고 그녀가 얼마나 가까이 있는지 느끼지 않을 수 없었을 것이며, 이제 그가 생각했던 것만큼 타락시킬 수 없는 사람이 아니라는 사실을 깨달은 소냐는 얼굴을 그의 얼굴 가까이 가져가서 그를 올려다보았을 것이다.

조앤이 두 손에 머리를 묻는다. 이토록 눈이 멀었었다니, 이토록 멍청했다니 믿을 수가 없다. 그녀는 옷장 속 셔츠에 대해서 물었을 때 소녀의 얼굴에 떠오른 텅 빈 표정을 기억한다. 왜 좀 더 캐묻지 않았을까? 소녀가 거짓말했다는 것을 알면서 왜 믿기로 했을까? 그녀는 소녀가 무언가 숨기고 있다는 사실을 알았지만 알고 싶지 않았다. 소녀는 이 세상에서 조앤이 무슨 이야기든 할 수 있는 단 한 사람, 조앤 자신보다 그녀를 더 잘 아는 유일한 사람이었다.

닉이 화장실 문을 두드리지만 — 그녀는 닉의 노크 소리를 안다 — 조앤은 들어오라고 말하지도 않고 일어나지도 않는다. 몇 초 동안 정적이 흐르고 그가 문을 연다.

"괜찮으세요?"

조앤은 대답하지 않는다. 그녀가 닉이 내민 화장지를 받아서 코를 푼 다음 그의 존재 자체가 고맙다는 뜻으로 미소를 지으려 애쓴다.

닉이 그녀 옆에 걸터앉는다. "병원에 계시는 동안 제가 찾아낸 게 있어요." 그가 작은 종이 뭉치를 내민다.

조앤이 종이 뭉치를 보지만 아무것도 묻지 않는다. 아들에게 바라는 것은 옆에 앉아서 그녀의 어깨를 끌어안고서 혼자가 아니라고, 화가 났지만 자기가 곁을 지키겠다고 말하는 것밖에 없다. 그녀를 버리지 않겠다고 말이다.

"사무관한테 도움을 청했어요." 그가 종이들을 부채처럼 펼쳐서 그녀에게 내민다. "소냐의 결혼증명서예요. 하나는 1953년 취리히, 하나는 1957년 라이프치히, 하나는 1968년 러시아예요. 이름을 바꿔서 쉽지 않았지만 토머스와 카탸를 통해서 인상착의가 일치하는 사람을 추적할 수 있었어요. 확실하다고 말할 수는 없지만 이게 소냐의 서류인 것 같아요. 사무관 말이 제이미는 뉴질랜드로 간 것 같대요."

조앤이 종이들을, 공식적으로 펼쳐진 친구의 흐릿한 역사를 본다. "소냐는 결국 러시아로 갔구나." 마침내 그녀가 중얼거린다.

닉이 고개를 끄덕이고 다른 종이를 한 장 내민다.

"이게 뭐니?"

"사망증명서요. 1982년에 상트페테르부르크에서 죽은 것 같아요. 23년 전이죠. 알고 싶으실 것 같아서요."

"아." 조앤이 서류를 밀어낸다. 죽어가는 소냐에 대해서 생각하고 싶지 않다.

"속이 시원해요." 그가 중얼거린다. "엄마한테 그런 짓을 하다니. 그리고 레오도요. 엄마를 이렇게 고통스럽게 살게 해놓고."

조앤이 눈을 감는다. 자신도 그렇게 생각해야 한다는 것은 알지만 지금은 마음속에서 그런 감정을 찾을 수가 없다. 스스로의 고통에 너무 지쳐서 소냐까지 미워할 수가 없다. 낙태를 시키다니, 몰래 레오의 아기를 가지다니, 레오를 배신하다니. 예전이라면 미워했을지도 모른다. 그러나 달리 무엇을 기대할 수 있었을까? 소냐의 어머니는 염산을 마시고 자살했다. 소냐는 힘들고 무자비한 곳에서 살다가 왔다. 그녀가 결국 그렇게 된 것이 놀라운 일일까? 누가 그녀를 돌볼 수 있었을까?

닉이 가까이, 지나치게 가깝지는 않지만 목소리를 낮출 만큼 가까이 다가온다. "엄마, 생각해봤어요. 저는 아직…… 음…… 화라는 말도 부드러운 표현에 가까워요." 그가 잠시 말을 멈춘다. "실망하기도 했고요. 평소로 돌아갈 수 있을지 모르겠어요. 우리 사이 말이에요." 또다시 침묵. "하지만 오래, 열심히 생각해봤는데, 돕기로 결정했어요. 하지만 제가 시키는 대로 하셔야 해요."

닉이 조앤의 대답을 기다리지만 아무 대답도 돌아오지 않자 두 사람 사이의 욕조 가장자리를 꽉 잡는다. "소냐가 그랬다고 하세요." 그가 말한다. "전부 소냐의 짓이라고 하세요. 어떻게 실행했는지는 나중에 생각하면 돼요. 하지만 이야기를 들어보니 그녀가 엄마를 조종한 게 분명해요. 처음 자백했을 때 헷갈렸다고 하면 돼요. 그러면 그녀가 엄마한테서 서류를 훔쳐서 무선통신으로 러시아에 보낸 것처럼 꾸밀 수 있어요. 조종당하는 데 익숙해서 잘못을 인정해야 할 것 같았다고 하면 사실 엄마한테 유리해요."

조앤이 고개를 젓는다. "안 통할 거야."

"통할지도 몰라요. 그리고 윌리엄은 유죄라서 자살한 것 같다고 하세요. 경찰이 윌리엄의 독극물 검사 영장이라도 발부받을 수 있도록 그 사람이 무슨 일을 했는지 말하세요. 검사하면 증명할 수 있어요. 저 사람들이 듣고 싶은 건 그 말이에요. 원하는 대로 해줘요."

"저 사람들이 원하는 건 나야."

"아니, 그렇지 않아요. 저들은 누군가를 원할 뿐이에요. 자기들이 필요한 것만 얻으면 유죄 인정 협상의 여지가 있다고 처음부터 말했잖아요." 닉이 고개를 돌려 조앤을 보면서 낮고 다급한 목소리로 말한다. "모르시겠어요? 지금까지 엄마가 드러나지 않은 건 MI5로서도 난처한 일이에요. 사실 지금도 저들이 엄마를 찾아낸 게 아니잖아요. 엄마 이야기를 **들은** 거죠. 러시아 스파이가 원자폭탄 프로젝트 수뇌부에서, MI5의 바로 코밑에서 거의 5년 동안 러시아에 기밀을 넘겨줬는데 엄마를 제대로 조사한 사람도 하나도 없었다는 뜻이잖아요. 왜지 아세요?"

조앤은 정신이 몽롱하다. "아니."

"엄마 자리에 케임브리지 과학 학위를 가진 남자가 있었어도 보안 검사가 그렇게 느슨했을까요?"

"아니겠지."

닉이 며칠 만에 처음으로 미소를 짓는다. "바로 그거예요. 그러니까 더욱 난처하죠. 엄마를 제대로 조사하지 않았을 뿐만 아니라 여자라서 그런 거니까요."

그녀가 손에 머리를 묻는다. "그게 무슨 도움이 된다는 건지 아직도 모르겠구나."

"도움이 되죠. 정치적으로는 엄마가 무죄인 게 저 사람들한테 더 나을 테니까요. 그러니까 저들이 듣고 싶은 말을, 체면을 세울 말을 해주세요. 윌리엄을 넘겨요. 그 사람은 어차피 죽었잖아요,

네? 그리고 소냐한테 속았다고 하세요. 저 사람들이 소냐는 찾아 냈었잖아요, 네?"

"하지만 내가 부인해도 법정에 세울 거야. 재판을 할 거라고."

"그럴지도 모르죠." 닉의 목소리에서 초조함이 점점 커진다. "그럴 경우에는 말을 바꾸지만 않으면 돼요, 아시겠죠?" 그가 말을 잠시 멈춘다. "이것밖에 기회가 없어요."

조앤이 아래를 내려다본다. 자신이 한 짓에도 불구하고 닉이 희망을 버리지 않아서, 아들이 지금 여기 욕실에 앉아서 아직 기회가 있다고 생각해줘서 심장이 아들에 대한 사랑으로 타오르는 것 같다. 그러겠다고 할 수 있다면, 닉의 목을 안고 고맙다고 말하고, 좋아, 괜찮을 거야, 아주 좋은 계획이야, 라고 대답할 수만 있다면 얼마나 좋을까. 그러나 그녀는 그렇게 할 수 없다. 너무 늦었다. 안 통할 것이다. 자백을 기록한 영상이 있으니 재판이 열릴 것이다. 그녀는 법정에 서서 너무나 많은 증거 앞에서 모든 것을 부인해야 한다. 그녀는 위증을 해야 하고, 닉도 마찬가지다. 그는 자기 말이 전부 사실인 줄 알았다고 변명할 수 있겠지만 그녀는 그에게 그런 부탁을 할 수 없다. 닉이 그녀를 위해 그렇게 하도록 두지 않을 것이다. 이제 그녀가 늘 그랬던 것처럼 그를 보호해야 한다.

조앤이 고개를 들어 닉을 보자 오스트레일리아 이주 초기에 느꼈던 그 모든 희망이, 닉이라는 존재를 통해 너무나 완벽하게 증류된 지극한 행복이 보인다. 그녀는 그런 식으로 어머니를 떠난 기억에, 작별 인사도 없이 떠나는 진짜 이유도 설명하지 않고 도망쳐서 끔찍한 상처를 주었다는 죄책감에 갑자기 눈물이 터진다. 지금까지 그녀는 그렇게 하지 않았으면 상황이 더 나빠졌을 것이라고, 적어도 어머니에게는 위로가 되어줄 랠리가 가까이 있다고 생각하면서 스스로를 정당화했지만, 자신이 랠리의 결혼식 직전에 설명도 없이 갑자기 머나먼 곳으로 떠나는 이해할 수 없는 결정을 내린 일에 대해서는 그 무엇도 보상이 될 수 없었음을 잘 안다. 어머니가 불평한 적은 한 번도 없었다. 어머니는 아무것도 요구하지 않았지만 그녀는 어머니의 목소리에서 항상 상처를 느낄 수 있었고, 어머니가 자신의 결정을 이해하지 못했기 때문에 일요일 저녁에 전화가 연결되지 않으면 더욱 마음이 아팠다. 그녀는 어머니가 암 진단을 받았을 때도 돌아오지 않았지만 그래도 어머니는 아무런 불평 없이 사랑스러운 닉을 만나지 못해서 너무 슬프다고, 조앤이 말했던 것처럼 해변에서 피시앤드칩스를 먹는 닉의 사진을 더 보내주겠냐고, 호스피스 병실에 붙여놓고 싶다고 말할 뿐이었다.

어머니는 그런 대우를 받을 사람이 아니었다.

조앤이라면, 그녀가 그런 상황이라면 이별의 고통을 견딜 수 없을 것 같다. 그러나 그녀는 닉이 원하는 대로 말할 수 없다. 그녀는 이 사실을 점차 또렷이 깨달으면서 자신이 망설이는 이유에 닉을 연루시키기 싫다는 마음 외에 다른 것도 있음을, 그 이유가 너무나 저항하기 어려운 것임을 깨닫고 깜짝 놀란다. "미안하다, 닉. 난 못 해."

"왜 못 해요?"

"사실이 아니니까." 그녀가 속삭인다.

"상관없잖아요."

정적. 조앤이 닉을 본다. "나한텐 상관있어."

그가 분노로 몸서리를 치는 듯하더니 표정이 굳는다. "있잖아요, 저도 이 일에 엮이고 싶지 않아요. 직업상 안 좋아요, 이런 일에 엮이면—" 두 사람 모두 이 말이 사실임을 인정하지만, 그가 갑자기 말을 멈춘다. "하지만 제가 여기 있잖아요, 네? 제가 계획을 가지고 왔어요. 엄마는 진실에 대해서, 옳고 그름의 차이에 대해서 오만하게 왈가왈부할 입장이 절대 아니에요."

조앤이 닉의 무릎에 손을 얹는다. "난 네가 이 일에 엮이길 바라지 않았어. 널 보호하고 싶었다. 그래서 재판까지 가기 싫은 거야."

"글쎄요, 그런 생각은 더 일찍 하셨어야죠, 안 그래요?" 닉이 다리를 흔들어 조앤의 손을 떨어뜨리고 입을 꽉 다문다. "그런 일을 했으면 절 입양하지 마셨어야죠. 그럴 권리가 없잖아요."

조앤의 마음속에서 무언가가 부러진다. "어떻게 그런 말을 할 수가 있니?"

"사실이니까요. 지난 며칠 동안 생각했어요. 이런 일을 이미 저지른 다음, 항상 말씀하시는 것처럼 저를 **선택**했다면 저를 보호하고 싶었다고 할 수 없죠. 저는요? 제 선택은 어디 있죠? 원자폭탄을 빼돌린 스파이의 아들이 되고 싶은지 아닌지 저는 언제 **선택**할 수 있죠?"

"아, 닉."

"왜 제 말대로 할 수 없다는 건지 모르겠어요. 저를 위해서, 제가 시키는 대로 해서 엄마가 손해 볼 게 뭐예요?"

"하지만 안 통할 거야."

"시도할 가치는 있지 않아요?"

조앤이 양손에 머리를 파묻은 채 고개를 젓는다. 심장이 두근거리지만 그녀는 이제 안다. 닉을 위해서만이 아니라 자신을 위해서, 과거의 자신을 위해서, 또 레오와 소냐와 윌리엄을 위해서도 물러설 수 없다. 아버지를 위해서도. "하지만 사실이 아니야." 그녀가 속삭인다. "난 이유가 있어서 그런 거야."

닉이 그녀의 말을 곱씹는 동안 정적이 흐른다. "그럼 시도해보지도 않으시겠다는 말이에요?"

조앤이 고개를 끄덕인다. 목소리가 너무 작아서 닉이 그녀의 말을 들으려고 몸을 숙인다. "못 해."

닉이 일어나서 문으로 걸어간다. 그가 손잡이를 잡고 조앤이 무슨 말을 하기를, 마음을 바꾸기를 기다리지만 그녀는 아무 말도 할 수 없다.

"좋아요, 그럼." 마침내 닉이 차갑고 딱딱한 목소리로 말한다. "이제부터 혼자 알아서 하셔야겠네요."

금요일,
오전 4시 43분

조앤은 침대에 누워 있지만 잠이 오지 않는다. 비행기 착륙등이 그녀의 캄캄한 침실에 침투하고 이번 주 초에 설치된 감시 카메라의 깜빡거리는 빨간 불빛 때문에 생각이 뚝뚝 끊긴다. 저들은 그녀가 무슨 짓을 하리라 생각하는 걸까. 집 안의 모든 방에 카메라가 적어도 하나씩은 있다. 그들은 그녀를 윌리엄처럼 놓칠 생각이 없다. 혹은, 만약 그렇게 된다면 테이프에 기록이라도 남기려고 한다.

닉이 갑자기 떠나버렸다는 상처로 배 속이 뒤틀리면서 아직 쓰라리다. 마음속에서 그의 말이 메아리치자 조앤은 내일 아침에 일어나지 못하는 것이 더 좋지 않을까 다시 한 번 생각한다. 그녀에게도. 닉에게도. 그녀는 정말 실행에 옮길까 잠시 상상한다. 수면제가 아니라 윌리엄이 준 작별 선물로, 침대 옆 탁자 서랍에 아직도 들어 있는 성 크리스토퍼 메달로. 윌리엄은 **만약을 대비해서**라고 쓴 쪽지를 같이 주었고, 그녀는 그 생각 자체에 깜짝 놀랐다. 정말 그렇게 할까 생각한 적이 있었다 해도 이런 식일 줄은 몰랐다. 이렇게 오랜 세월이 흐른 뒤는 아니었다.

하지만 그러고 보면, 조앤은 윌리엄이 그럴 줄도 몰랐다. 내일 기자 회견에 대비해서 생각을 정리해야 한다. 그녀는 밤새 잠을 이루지 못하지만 성명을 적어야 할 종이는 그대로 텅 비어 있다.

그녀는 한 가지 입장―사과, 진심 어린 후회―만 허용된다는 것을 알지만 사실 항상 자신이 용감한 일을 했다고 믿었다. 그렇다. 만약 당시에 소비에트의 만행을 조금만 더 잘 알았다면 주저했겠지만, 어떻게 알 수 있었을까? 그 당시에는 거의 알려지지 않았다. 게다가 그렇다고 해서 달라질 것도 없다. 조앤은 혁명을 구하기 위해서 그 일을 한 것이 아니었다. 히로시마 때문에, 버섯 구름 사진들, 사상자들, 사람을 할퀴는 끔찍한 열기에 관한 기사 때문에 그 일을 했다. 첫 번째 심장마비를 일으킨 후 침대에 누워 계시던 아버지의 손을 잡았던 기억, 그리고 아버지가 강단에 서서 학생들에게 서로에 대한 책임을 인정하라고 애원하던 기억 때문에 했다. **우리는 각자 책임을 져야 합니다**…….

닉의 계획이 통할 수 있다는 것을 조앤도 안다. 그녀는 MI5가 기꺼이 받아들일 것이라는 그의 말이 어느 정도 진실이라는 것을 알 수 있다. 지금 그에게 전화를 걸어서 생각을 바꿨다고 말할 수도 있다. MI5 측에 맞다고, 주변 사람들에게 휘둘린 것을 후회한다고, 레오와 소냐에게 의심이 들었을 때 신고했어야 한다고, 윌리엄은 재판을 피하기 위해 자살한 것 같다고 말할 수도 있다. 그러면 그녀의 이야기를 약간 꾸며서 윌리엄을 연루시킨 다음 하원에 제출할 수 있을 것이다. 이기적인 관점에서 보면 이것이 가장 좋은 방법이다.

그러나 조앤이 그렇게 쓰려고 할 때마다 손이 거부한다. 펜이 종이 위를 맴돌 뿐 닿지 않는다.

진실이 아니기 때문이다, 그렇지 않은가?

적어도 대부분은 진실이 아니다. 조앤은 윌리엄에 대해 알고 있는 사실을 그들에게 말하지 않을 것이다. 윌리엄에 대해서 입을 닫아야 한다. 그가 그녀에게 해준 일을 생각하면 그 정도는 해주어야 한다. 다행히 그들이 가진 파일에 그 이후의 내용은 없는 것 같다. 그녀는 어떻게 마무리되었는지 자백할 필요가 없어서 마음이 놓인다. 윌리엄은 흔적을 잘 지웠다.

조앤은 눈을 감는다. 이제 기다리는 것밖에 할 일이 없다.

조앤은 소냐의 집 앞 도로 끝에서 공중전화로 어머니에게 전화를 걸어서 며칠 가서 지내도 되는지 묻는다.

수화기 저편에서 어머니가 미소 짓는 것이 느껴진다. "뜻밖에 반가운 소리지만, 무슨 일 있니?"

다정하고 익숙한 어머니의 목소리를 들으니 뭔가 치밀어 오르지만 그녀는 평범한 목소리를 내려고 애쓴다. "아니, 아무 일도 없어요." 그녀가 말한다. "며칠 휴가가 생겨서 갈까 하고요."

"당연히 와도 되지. 물어볼 필요가 뭐 있니."

어머니가 역까지 마중을 나와 기차에서 내리는 조앤을 끌어안는다. "모피 코트 입었네!"

조앤이 빙긋 웃는다. "그동안 잃어버린 줄 알았어요. 돌려줘야 하는 거 아니에요?" 얼굴이 엄마의 어깨에 눌려서 목소리가 우물거린다.

"지금쯤이면 내 사촌도 잊었을 것 같구나."

"그렇겠죠." 그녀가 어머니의 발을 흘깃 본다. "다리는 어때요?"

"나쁘진 않아. 걸어서 마중 나왔다고 잔소리하면 안 된다. 오고 싶었어. 보고 싶었단다." 어머니가 미소를 짓는다. "아버지가 없어서, 외로워서 보고 싶었던 건 아니야. 그런 생각은 하지도 마. 아버지가 그립지만—당연히 그립고말고—난 아주 잘 지내." 그리고 비밀을 털어놓는 것처럼 조앤을 흘깃 본다. "나 합창단에 들어갔다."

"하지만 노래 못하시잖아요."

"그건 네 아버지 생각이고. 난 내 목소리가 좋다는 걸 늘 알고 있었어. 단장님도 그렇게 생각하시는 것 같아." 어머니가 잠시 멈췄다가 수줍어하며 말을 잇는다. "다음 주에 음악회가 있단다. 안 와도 되지만, 만약 시간이 있으면……." 그녀가 말끝을 흐린다. "좋을 서라고, 그뿐이야."

조앤의 심장이 살짝 두근거린다. "당연히 와야죠." 다음 주면 너무 많은 것이 변할 테니 어떤 말도 확실히 할 수 없다는 사실을 알지만, 그녀는 그냥 이렇게 말한다. 몸을 숙여 어머니의 뺨에 입을 맞추면서 희미한 라벤더 향기, 어린 시절의 향기, 위안의 향기, 다 괜찮을 거라고 위로하는 향기를 들이마신다. 두 사람이 길을 건너자 차 한 대가 천천히 다가와서 연석 옆에 선다. 어머니는 알아보지 못하지만 조앤이 그 앞을 지나면서 슬쩍 보니 대시보드 뒤에 두 남자가 대화도 없이 앉아서 눈도 깜빡이지 않고 그녀에게 시선을 고정하고 있다. 뒤에서 자동차가 기어를 넣고 움직이는 소리가 들리지만 지나갈 때 보니 차창이 어두워서 안이 보이지 않는다.

심장에서 나비가 파닥거린다.

그냥 자동차일 뿐이야. 조앤이 생각한다. 아무것도 아니야.

어머니가 그녀를 흘깃 본다. "일을 지나치게 열심히 하는 건 아니지? 너무 말랐어."

조앤이 눈썹을 추켜올린다. 어머니는 항상 뭔가 다른 말을 하고 싶을 때 조앤에게 너무 말랐다고 말한다. "제가요?" 그녀는 이렇게 묻지만 이번에는 정말로 마른 게 아닐까 싶다. 조앤은 늘 날씬했지만 최근에는 옷이 평소보다 더 헐렁하다. "배급 식량을 먹어서 그럴 거예요." 그녀가 이렇게 말하고 뒤를 흘깃 보지만 자동차는 보이지 않는다.

"그래, 분명 그럴 거야." 어머니가 잠시 말을 멈춘다. "네가 온 김에 들러리 드레스를 가봉해야겠다 싶어."

"그러면 되겠네요."

"괜찮지, 응? 가봉 말이야."

두 사람이 학교 정문을 지나서 길을 따라 사택으로 향한다. 조앤은 전에도 어머니와 이런 대화를 했다. 어머니는 동생이 먼저 결혼해서 조앤이 신경을 쓴다고, 그래서 요즘 이상하게 군다고 굳게 믿고 있다. 전화로 그런 대화를 열 번은 나눴고, 그녀는 그때마다 전혀 상관없다고 말했다. "그럼요." 조앤이 말한다. "또 묻기 전에 미리 말씀드리자면, 저는 랠리가 결혼하고 싶은 상대를 찾아서 정말 기뻐요. 진심이에요."

"하지만 조금은 신경 쓰이지, 응?" 어머니는 큰딸이 뭔가 이상하지만 달리 생각나는 이유가 없어서 이렇게 우긴다.

"아니요." 조앤은 어머니에게 전부 털어놓을 수 있으면, 모든 것을 설명하고 라벤더 향이 나는 품에 안겨서 눈을 감고 다 괜찮아질 것이라고 믿을 수 있으면 정말 좋겠다고 생각한다.

"아주 약간 말이야. 다 알아."

"정말 아니에요. 만에 하나 잭이 온 세상에서 제가 사랑할 수 있는 유일한 남자라면 랠리의 결혼이 신경 쓰이겠지만, 절대 그렇지 않아요. 전 잭을 썩 좋아하지도 않아요."

"조애니! 잭에 대해서 그런 식으로 말하면 안 돼. 곧 가족이 될 사람이잖니."

"어머니한테만 하는 말이에요. 어머니도 그렇게 생각하시잖아요."

"조애니!" 어머니는 죄책감을 느끼면서 화를 내는 표정이다.

"내가 그런 말을 했을 리가 없어. 만약 그런 말을 했다면, 아주 오래전에 그랬을 거야." 정적. 어머니가 혼자 고개를 끄덕이며 돌아선다. 어머니의 목소리가 옷깃 때문에 약간 우물거리는 것처럼 들리지만 조앤은 그래도 알아듣는다. "역시 신경 쓸 줄 알았다니까."

이런 식의 대화를 계속하다가 마침내 집에 도착하자 어머니는 분주하게 주방으로 들어가고 조앤은 자기 방으로 올라가서 가방을 내려놓는다. 화장대에 어제 날짜의 소인이 찍힌 편지가 있다. 그녀는 봉투에 적힌 윌리엄의 글씨를 알아보지만 편지는 없고 접힌 신문지 한 장만 들어 있다. 표백제 광고 밑 짧은 하단 기사에 붉은색 동그라미가 쳐져 있다.

제목은 '어느 가족의 비극'이다. 은색 범퍼가 휘고 조수석 문이 우그러진 작은 흰색 로버가 하리치 부두에 버려져 있었다고 한다. 조수석 앞 사물함에 쪽지가 들어 있었고, 해안을 따라 약간 떨어진 바다에서 모자가 하나 발견되었다. 모자는 노퍽주 퍼딘 위런 농장의 소냐 윌콕스 부인의 것으로 밝혀졌고 제이미 윌콕스의 외투도 발견되었다. 시체는 발견되지 않았지만 자살이라는 결론과 함께 수사가 마무리되었다. 추가 수사 계획은 없다.

조앤의 온몸이 차가워진다. 그녀는 기사를 다시 읽은 다음 나중에 태우려고 벽난로에 집어넣는다. 시체는 찾지 못할 것이다. 쉽게 추적할 수 있도록 모자와 외투를 심어둔 것이 분명하다. 둘 중 하나에 드라이클리닝 전표나 낡은 이름표, 미묘하지만 쉽게 알아볼 수 있는 무언가가 있었을 것이다. 예전에 소냐가 조앤에게 말했었다. 누구든 우리가 원하는 대로 생각하게 만들 수 있어. 자기 스스로 알아냈다고 생각하게 만들면 돼. 게다가 너무 깔끔하고 너무 깨끗하다. 소냐는 영국에서 달아난다면 이탈리아를 통해서 스위스로 가겠다고, 우선 배를 타고 남쪽으로 내려간 다음 산지를 통해 북쪽으로 올라갈 생각이라고 항상 말했다. 조앤은 윌리엄이 소냐의 가족을 도왔을까 생각한다. 그랬기 때문에 기사를 찾아봤을지도 모른다.

소냐는 왜 작별 인사를 할 시간도 없었을까? 왜 조앤에게 경고하지 않았을까?

조앤은 소냐와 제이미의 차가 하리치 부두로 들어서는 모습을, 새벽이라서 흐릿하게 낮춘 전조등 불빛과 검은 머리에 제일 좋아하는 실크 스카프를 두른 소냐를 상상한다. ("근심스러워 보이는 것보다 아름다워 보이는 게 눈에 훨씬 덜 띄어." 조앤이 약속 장소에 나오면서 초조했다고 말하자 그녀가 이렇게 말한 적이 있다.) 소냐는 차에서 내려서 배에 오를 때 무슨 생각을 하고 있었을까? 레오를 생각했을지도 모른다. 옆에서 짐을 나르는 제이미를 생각했을지도 모른다. 품에 감싸 안은 딸 카탸를 생각했을지도 모른다. 조앤을 생각했을지도 모른다. 러시아의 시험용 폭탄을, 원자들의 숨 막히는 파열을, 멀리서 보면 붉은빛과 황금빛이 섞여 아름답기까지 한 폭발을 생각했을지도 모른다. 아니면 고향을, 오래전의 어머니를, 여름이면 레오와 보리스 삼촌과 함께 휴가를 보냈던 라이프치히의 호숫가 집을 생각한 건 아닐까?

이탈리아까지는 얼마나 걸릴까? 작은 배를 타고 사흘? 조앤은 갑판 밑에서 밧줄과 방수시트와 바닷물이 모여서 생긴 웅덩이 사이에 몸을 숨긴 세 사람을 상상한다. 몸서리가 난다. 그런 식으로 영영 떠나는 것은 참 이상하다. 그러나 꽤 극적이라는 생각도 들어서 갑자기 소냐가 그런 식으로 떠난 것이 전혀 놀랍지 않다.

다음은 누굴까? 차례가 되면 조앤도 그런 식으로 떠나게 될까?

그녀는 애써보지만 상상할 수가 없다. 어머니와 여동생이 현장에 불려가고, 어머니의 얼굴이 잿빛으로 변하고 눈이 커지는 모습을 상상한다. 어머니는 **내 딸, 내 딸**이라고 외칠 것이다. 누군가 조앤의 입안에서, 그녀의 뇌에서 회중전등을 켠 것처럼 심장에서 피가 고동치고 살이 터질 것만 같다. 안 돼. 그녀가 생각한다. 안 돼, 안 돼, 안 돼.

어머니는 저녁 식사 전에 가봉을 마무리하고 싶어서 그날 오후부터 시작한다. 들러리 드레스 원단은 부드러운 분홍색 면에 실크를 댄 천이다. 전쟁 전에 만든 원단인데, 어머니가 두 딸 중 하나에게, 혹은 두 딸 모두에게 필요할까 봐 몇 년 전에 사둔 것이다. 지금은 인정하지 않겠지만 두 딸 모두에게 필요하길 바란 적도 있었다. 랠리의 드레스는 어울리는 레이스를 덧댄 묵직한 공단 드레스이다. 몸에 딱 맞게 내려오지만 끝자락은 물고기 꼬리처럼 넉넉한 스타일이라서 랠리가 드레스를 입고 거울 앞에서 빙글빙글 돌면 끝자락이 활짝 퍼진다. 그녀는 종종 드레스를 입고 빙글빙글 돌아보지만 조앤 앞에서는 그러지 않는다.

"색이 정말 잘 어울리는구나." 이렇게 말하는 어머니의 눈이 부예지더니 눈물이 터지려 한다. "네 아버지만 계시면……." 그녀가 고개를 젓는다. "나도 참, 무슨 말을 하는 건지."

"괜찮아요, 어머니. 아버지 얘길 하고 싶으면 하셔도 돼요."

"아, 물론 하고 싶지. 네 아버지한테 얘기할 때도 있어. 지금은 잘 들어주셔. 살아 계실 때보다 낫지 뭐니." 어머니가 웃으면서 눈꺼풀에서 반짝이는 눈물을 꾹 누른다. "아버지는 널 정말 자랑스러워하셨어, 조애니. 아버지가 네 얘기를 어떻게 하는지 너도 들었으면 정말 좋았을 텐데. 네가 대단한 일을 할 거라고 항상 말씀하셨단다."

조앤이 고개를 끄덕인다. 누가 심장을 쥐어짜서 박동이 어긋난 것처럼 가슴이 끔찍할 만큼 아프다. "바보 같아요." 그녀가 속삭인다.

그러나 어머니가 조앤의 평생 처음이자 마지막으로 이 말에 동의하지 않으며 고개를 젓는다. "아니야, 조애니. 바보 같지 않아. 내가 바보였지. 널 자랑스러워한 아버지가 옳았다." 그녀가 조앤의 등에 손을 올린다. "자, 이제 가만히 서서 움직이지 마."

정적이 흐르고, 조앤은 잠깐 어머니에게 다 털어놓을까 생각한다.

"러시아 폭탄에 대한 끔찍한 뉴스를 들었어." 어머니가 불쑥 말한다. 그런 다음 고개도 들지 않고 깡통에서 핀을 한 줌 꺼낸 다음 뾰족한 끝부분을 입에 문다. 어머니는 항상 이렇게 했다. 조앤의 가장 오래된 기억 중 하나는 어머니가 그녀에게 똑바로 서라고 말한 다음 겨드랑이나 허리에 마나 면 같은 천을 두르고 핀을 꽂는 장면인데, 조앤은 입에 핀을 잔뜩 문 어머니가 깜짝 놀라 핀을 삼킬까 봐 무서워서 움직일 수가 없었다. 조앤은 케임브리지로 떠나기 전 몇 달 동안 어머니가 계획을 세우고, 조앤의 반대를 무릅쓰고 대학교에서 입을 옷을 만들고, 다른 아이들과 잘 어울려 보이도록 모피 코트를 구할 방법을 궁리하고, 이렇게 마련한 것들을 종이로 포장해서 트렁크에 넣어주며 학교에 도착하면 열어보라고 했던 것을 생각한다.

"네."

"뉴뜨에서 그러던데." 어머니가 혀 짧은 소리로 말하면서 핀을 하나씩 빼고 천을 잡아당겨서 밑단을 고르게 퍼뜨리며 고정시킨다. "러띠아 뜨파이가 있었다더라." 그녀가 입에서 마지막 핀 두 개를 빼더니 뒤로 물러서서 살펴본 다음 가슴 바로 아랫부분 천을 집어서 핀을 대칭으로 꽂아 가슴을 강조한다. "영국 과학자래."

정적. 조앤은 갑자기 숨이 가빠진다.

"아무튼 말도 안 되는 일이야, 라고 네 아버지가 그러셔. 아니 그러셨어." 어머니가 고쳐 말한다. "모든 전쟁은 비밀 때문에 시작된다고."

"그러니까 만약 비밀이 없으면……." 조앤이 속삭인다.

어머니가 이 말을 곰곰이 생각하면서 얼굴을 찌푸리더니 어깨를 으쓱한다. "모든 사람이 착하게 굴면, 이겠지." 어머니의 유쾌한 말에 조앤의 머리 위에서 떠돌던 해명의 순간이 증발해버린다.

"하지만 증거는 하나도 없어요." 조앤이 말을 잇는다. "미국 눈치를 보느라, 뭔가 하고 있다는 걸 보여주려고 피의자를 붙잡고 있대요."

어머니가 깜짝 놀라 조앤을 본다. 그녀가 천천히 고개를 젓는다. "난 그렇게 생각 안 해. 못 들었니? 오늘 아침 라디오에 나왔는데. 재판이 열릴 때까지 그 케임브리지 교수를 브릭스턴 감옥에 가둬둘 거래. 그러니 분명 기소 근거가 있겠지. 자, 팔 들어라."

조앤이 양팔을 옆으로 뻗자 어머니가 갈비뼈 위로 천이 만나는 부분을 더 팽팽하게 잡고 허리선에 핀을 꽂아서 숨도 쉬기 힘들다. 그렇다면 정말로 증거를 찾았다는 뜻일까? 그녀는 몸을 숙이고 허리선을 맞추는 어머니의 이마가 깊게 패는 것을 보면서 갑작스러운 두려움을 느낀다. 그녀가 숨을 들이마시고 다시 내쉰다.

어머니가 뒤로 물러서며 말한다. "됐다. 정말 아름답구나." 그리고 말을 잠시 멈춘다. "조앤? 괜찮니? 얼굴이 창백하네."

금요일,
오전 7시 24분

브릭스턴 교도소

1949년 9월 25일

조앤에게,

첫날이 끝났어요. 뭐든지 처음이 항상 최악이라는데, 그 규칙의 예외가 수없이 떠오르지만 지금은 믿고 싶군요. 그러면 최악은 끝났다고 생각할 수 있을 테니까요. 아직 침대 기둥에 자국을 새기면서 날짜를 세지는 않지만 곧 그렇게 될지도 몰라요. 어쩌면 내일부터 말입니다. 쉽게 적응할 수 있다는 생각은 들지 않아요. 불편해서 그런 건 아니에요. 사실 내 예상보다 훨씬 더 쉽다는 것을 깨달았지요. 독방이라 침대를 선택할 수 있어서 나는 당연히 위층 침대를 선택했어요. 정말 놀랍게도 위층 침대를 쓴다고 생각하면 아직도 무척 기쁩니다. 하지만 매트리스는 딱딱하고 담요는 거칠어요. 감옥 같다고 말할 수 있겠군요.

솔직히 말해서 힘든 건 자유를 빼앗긴 것이 아니에요. 너무 힘들면 그 생각을 그냥 안 하면 되니까요. 제일 힘든 건 이러한 생활에 내가 하지도 않은 일에 대한 벌이라는, 순전히 부정적인 의미가 아닌 다른 의미를 부여하는 것입니다.

물론 밝은 면—정의가 이길 것이다 등—을 보면서 이 시기 자체를 배움의 기회로 생각해야 한다는 건 알아요. 나는 벌써 배관공 과정에 등록했고, 그다음에는 목공을 배울 겁니다. 성경이나 코란처럼 종교적인 책을 읽어야겠다고도 생각하고 있었어요. 몇 년째 읽어야지 생각했지만, 항상 그보다 더 중요한 일을 해야 할 것 같았지요. 오늘 여기서 만난 사람들 중 한 명은 사전을 열심히 읽고 있는데, 정말 끔찍한 독서—기승전결도, 플롯도, 로맨스도 없어요!—일 것 같아요. 하지만 그 불쌍한 친구는 사전 앞쪽 어휘만 많이 알기 때문에 그렇게 힘들게 공부를 하고도 언변은 전혀 유창해지지 않았어요. 사전 앞쪽에 나오는 아주 어려운 어휘만 쓰는데, 그것도 나쁠 건 없지만 여기 사람들은 무슨 뜻인지 모르기 때문에 결국 다시 설명을 해줘야 돼요. 거의 일 년째 사전을 읽고 있는데 아직 B도 못 끝냈대요. 그야말로 스스로를 벌하는 새로운 형태의 연옥이지요.

연구소 사람들이 모두 잘 지내고 있기를, 나를 너무 나쁘게 생각하지 않기를 바랍니다. 나는 스스로에 대해서 거짓말을 한 적이 없다고, 항상 그랬다고— 그냥 나라고— 모두를 설득할 수 있으면 얼마나 좋을까요. 검열도 생각해야 하고 개인적인 편지에서 사건을 세세하게 이야기하면 안 되기 때문에 더 이상은 쓸 수 없어요(검열관 님, 이건 간접적인 이야기일 뿐입니다). 지난번에 도널드에게 끔찍한 편지를 받았는데, 내가 연구소 사람들을 얼마나 실망시켰는지 절대 모를 거라며 내가 할 수 있는 최소한의 일은 자백하는 거라더군요. 반역죄가 경감되지는 않겠지만 자백을 하면 (뭘 말이죠? 난 스파이는커녕 러시아 요원한테 어떻게 접근하는지도 몰라요! 미안합니다, 검열관 님, 이제 진짜 안 할게요.) 최소한 거기서부터 시작할 수 있다고 하더군요. 오, 조앤. 나는 침대에 앉아서 울었어요. 친구가 되었다가 이렇게 큰 배신을 하느니 무관심한 게 더 나았다 말하더군요.

연구소 사람들을 만나면 내 이야기를 잘 해줘요. 당신이 그 사람들을 설득할 수는 없겠지만, 가끔 누가 내 편을 들어줄지도 모른다고 생각하면 잠이 더 잘 올 것 같군요.

곧 소등 시간입니다. 아침 우편으로 보내려면 그만 마무리해야겠군요. 당신이 편지를 쓰고 싶을 경우— 쓰기 싫다고 해도 이해해요— 이곳의 규칙에 따르면 내가 일정 간격으로 편지를 한 통 쓰고 답장을 받을 수 있는데, 현재로서는 2주일에 한 번이에요. 그러니 내 편지에 대한 답장이 아니라면 편지를 써도 별 소용이 없습니다. 긴급한 일이 아니라면요. 긴급한 일인 경우 간수장이 나에게 알려주겠지만 내가 반드시 그 편지를 볼 수 있는 것은 아니에요.

토요일에 첫 번째 면회를 할 수 있어요. 오고 싶다면 부디 알려줘요. 첫 번째 면회는 좀 우울하다고 들었지만, 그래도 잠깐 같은 방에서 만날 수는 있다는군요. 면회를 그냥 넘길 수도 있겠지만 내가 여기 얼마나 오래 있을지 몰라서요. 당신한테 직접 전하고 싶은 소식이 있어요. 재판이 너무 늦게 잡히지는 않기를 바라고 있어요. 재판이 열리면 적어도 무슨 증거로 나를 가둬두는지는 알 수 있을 테니까요.

오고 싶지 않다면 주저 말고 말해줘요.

맥스로부터

조앤은 세인트앨번스에서 기차를 타고 런던으로 가서 지하철로 스톡웰까지 간 다음 버스를 타고 브릭스턴으로 간다. 여행 가방은 가볍다. 돈, 갈아입을 옷, 샌드위치, 수건, 빗, 칫솔, 맥스에게 줄 담배 몇 갑. 30년을 살았지만 필수품은 이토록 적다. 멀리 떠나서 부칠 편지 세 통—가족에게 한 통, 경찰에게 한 통, 맥스에게 한 통—을 빼면 꼭 가져가야 할 것도 없다. 그녀는 캐런에게도 편지를 쓸까 생각했지만—어쨌든 맥스의 편지를 어머니 집으로 보내준 사람은 캐런이었다—나중에 보내기로 한다. 설명, 사과, 거짓말. 랠리의 결혼식 때 입기로 한 드레스를 못 입는다고 생각하니 아쉽지만, 그 이상은 생각하지 않으려 한다. 그녀는 다음 주에 음악회에서 노래하는 어머니를, 결혼식에 언니가 불참한다는 사실을 깨닫는 랠리를 생각하지 않는다. 편지를 읽는 어머니의 얼굴을 그려보면서 스스로를 고문하지 않을 것이다. 그럴 수가 없다. 그렇지 않으면 지금부터 하려는 일을 할 수 없을 것이다.

버스에서 내린 조앤은 이제부터 무엇을 해야 하는지 생각하지 않으면 한 발 한 발 내딛기 쉽다는 사실을 깨닫는다. 절벽을 따라 걷는 것과 마찬가지라서 경사면에서 바람에 흔들리는 데이지와 미나리아재비를 보면서 괜찮다고, 괜찮을 것이라고 생각하면 된다. 저 아래만 보지 않으면 된다. 브릭스턴에는 데이지와 미니리아재비가 없을 뿐이다. 두 줄로 늘어선 빅토리아식 주택들 옆에 파편 더미가, 전쟁이 끝난 지 4년이 넘도록 방치된 전쟁의 폐허가 쌓여 있다. 사람이 붐비는 버스들, 과일 행상들, 빵가게들도 보이고 요리하지 않은 생선 냄새가 맴돈다.

교도소는 버스 정류장에서 멀지 않고 대부분 스트리텀 방향으로 난 오르막길이다. 조앤은 왔던 길을 돌아가면서 습관대로 가게 앞에 멈춰 서서 유리창에 비친 모습을 살핀다. 아무도 없다. 아무것도 없다. 그녀는 혼자이고 아직 기회가 있다. 교도소는 조용한 거리에 높은 벽돌담으로 둘러싸여 있다. 빅토리아식 건물은 의도한 대로 위협적이고 난공불락으로 보인다. 그녀는 작은 창문들, 깔끔하게 쌓인 벽돌들, 기울어진 지붕 위로 높이 솟은 굴뚝을 보며 몸서리친다. 그녀는 옛날에 죄수들이 노역하던 바퀴 토대가 교도소 로비에 아직 남아 있다고, 또 밤이면 감방에 쥐가 들끓는다고 읽었지만 맥스는 편지에서 그런 말을 하지 않았다.

맥스는 용감하게 버티고 있지만 조앤은 그것이 겉모습뿐이라는 사실을 안다. 일주일 내내 맥스는 조앤의 꿈 한켠에 나타나 그녀와 함께 있었다. 그는 그녀의 머리를 톡톡 치며 시선을 끌려고 했다. 안다. 맥스는 인정하기 싫겠지만 외롭고 무서울 것이다.

조앤은 심장박동이 빨라지면 이런 이미지들을 머리에서 내쫓을 수 있을 것 같아서 걸음을 빨리한다. 그녀는 숨을 들이마시고 고개를 젖혀 밝은 햇살을 얼굴에 듬뿍 쬔다. 이것을 기억하자. 그녀가 생각한다.

조앤이 면회인 출입구로 가자 뾰족한 모자에 버스 기사 같은 차림을 한 남자가 익숙한 듯 맞이한다. 분명 그는 면회자용 출입구에서 조앤처럼 파우더를 바르고 예쁘게 차려입은 여자들을 많이 봤을 것이다.

"맥스 데이비스 교수님을 만나러 왔습니다."

"아, 그 호호 경?*"

조앤은 종전 후 원즈워스 교도소에서 호호 경이 교수형을 당했던 일을 떠올리며 남자를 노려본다. 사형수의 두건의 어두운 그림자가 그녀의 얼굴 위로 드리워지는 상상을 하자 몸서리가 난다. 그녀는 강해져야 한다고 생각한다. 게다가 맥스는 호호 경과 다르다. 호호 경이 라디오 방송을 할 때 영국은 독일과 전쟁 중이었지만 소비에트 연방과는 전쟁 중이 아니었다. 그녀가 고개를 든다. "무죄 추정의 원칙은 어떻게 됐죠?"

남자가 어깨를 으쓱하더니 그녀에게서 관심을 돌려 신청서를 넘기는 데 집중한다.

---

* 제2차 세계대전 때 독일에서 영국으로 나치 선동 방송을 한 아일랜드계 미국인 윌리엄 조이스의 별명. 1945년 대역죄로 사형을 선고받았고 1946년에 교수형당했다.

"아하." 남자가 말한다. "여기 있군요. 데이비스 수감자. 왼쪽 첫 번째 문입니다."

조앤이 그가 내미는 서류를 받는다. "그 사람이 안 했어요. 풀려날 거예요."

남자가 조앤을 본다. 그는 그녀의 강렬한 눈길을, 홍채가 지나치게 확장돼서 거의 새까맣게 보이는 눈을, 장갑 긴 손을, 넘겨 빗은 머리카락을 본다. 그가 얼굴을 약간 찌푸리더니 표정이 약간, 아주 미세하게 바뀌는 듯하다. "알았어요, 아가씨. 당신 말 믿어요."

"감사합니다." 조앤이 이번에는 아주 공손하게 말한다. 그녀가 정문을 지나 옆문으로 가서 뾰족한 모자를 쓴 또 다른 남자에게 서류를 제출하자 그가 따라오라고 한다. 이번에는 두 사람 다 아무 말도 하지 않는다. 그녀는 남자를 따라서 긴 복도를 지난 다음 다른 복도를 따라 걸어가고, 마침내 남자가 묵직한 강화 금속 문 앞에 멈춰 서서 어깨로 문을 밀어 열더니 안으로 들여보내 준다.

"여기서 기다려요." 그가 말한다.

조앤이 고개를 끄덕인다. 뒤에서 문이 쾅 닫히지만 잠기지는 않는다. 그녀는 창문을 바라보며 탁자 앞에 앉는다. 젖은 개와 오줌 냄새가 나고, 그 위로 다른 냄새가 난다. 더 산업적인 냄새, 아마도 표백제나 세제 냄새 같은데, 악취를 없애기에는 충분하지 않다. 그녀는 뒤쪽 문을, 지저분한 파란색 칠을, 감시창을 가로지르는 창살을, 움직이지 않는 손잡이와 커다란 자물쇠를 차마 볼 수가 없다. 장갑을 벗어서 괜히 꽉 쥐어본다.

상상했던 것보다 더 심하다. 더 우울하고 악취가 지독하다. 여자 교도소는 다를지도 몰라. 조앤이 생각한다. 냄새도 다를 테고 다른 불편함이, 다른 슬픔이 있을 것이다. 그녀는 수감복이 등에 닿는 느낌을, 감방 한구석에 놓인 들통을, 양철 그릇에 담긴 포리지를 숟가락으로 먹는 장면을 상상해보았다. 무슨 음식이든지 숟가락으로 먹겠지. 맥스는 얼마나 더 힘들까. 아무 짓도 하지 않았는데 여기 갇히다니. 그는 이 모든 부당함에 절망할 것이고, 잠도 잘 이루지 못할 것이고, 먹을 것도 충분하지 않을 것이다. 이 생각이 그녀를 괴롭힌다.

그녀가 눈을 감는다. 그리고 기다린다.

뒤에서 문이 열리고, 발소리가 들리고, 숨 막히는 정적이 흐른다. 조앤이 천천히 일어나서 뒤로 돌자 그가 있다. 머리카락은 짧게 잘랐고 옅은 회색 플란넬 재킷과 바지 차림이다. 가슴에 수인 번호가 적혀 있다. 그녀를 보자 맥스의 얼굴에 미소가 번진다. 그를 이렇게 만든 사람은 바로 조앤이기 때문에 그녀는 털썩 무릎을 꿇고 양손에 머리를 묻고 싶다. 하지만 그래 봤자 누구에게도 도움이 되지 않는다는 사실도 알기에 그렇게 하지 않는다. 그녀가 억지로 미소를 짓고, 두 사람 사이에서 침묵이 손에 잡힐 듯 피어오른다.

맥스가 조심스럽게, 뭔가를 묻듯이 다가서서 팔을 벌려 그녀를 안는다. "왔군요." 그가 말한다. "오지 않을 줄 알았어요."

"몸이 닿는 건 안 됩니다." 간수가 말한다.

조앤이 고개를 젓는 것도 아니고 끄덕이는 것도 아닌 동작을 취하더니 순순히 물러난다. "당연히 왔지요."

맥스의 팔이 툭 떨어진다. "이렇게 만나서 정말 기뻐요."

그녀가 침을 삼킨다. "나도요."

"연구소 사람들은 다들 어때요?

"캐런이 안부 전해달래요. 그녀가 당신 편지를 저한테 보내줬어요."

"어디로요?"

"이번 일이 벌어지는 동안 어머니 집에 머물고 있었어요. 분명히 다른 사람들도……. 음, 결국 알게 될 거예요. 충격을 받은 것뿐이에요."

맥스가 고개를 끄덕이지만 아무 말도 하지 않는다. 불편하고 약간 당황한 것 같다. 그가 탁자 앞에 앉고 조앤이 맞은편에 앉는다. 사실을 아는 걸까? 그녀가 생각한다. 그럴 리는 없는 것 같다. 그가 안다면 분명 그녀가 알아차릴 것이다. 뭔가 다른 분위기, 날카로운 분위기가 있을 것이다.

맥스가 그녀를 향해 고개를 들고 빙긋 웃으려 애쓴다. "서비스가 엉망이지요?"

조앤이 미소를 짓는다. 그녀는 기다린다. 아니, 맥스는 아직 몰라. 그녀가 생각한다. "담배를 좀 가져왔어요." 그녀가 가방에서 담배를 꺼내 탁자에 올려놓으며 말한다.

"고마워요." 정적. 그런 다음 맥스가 다시 말한다. "음, 새로운 소식이 있다고 했잖아요. 아내의 편지를 받았어요."

"아?"

"결국 이혼에 동의했어요. 서류에 전부 서명했더군요. 이제 공식적으로 끝났어요." 맥스의 얼굴에 웃음이 번지고 그가 그녀에게 손을 내민다. "이럴 줄 알았으면 몇 년 전에 진작 체포당할걸. 당신에게 당장 청혼하고 싶지만 이런 식으로 하고 싶지는 않아요. 기다릴게요. 모든 일이 끝나고 혐의가 풀리면⋯⋯." 그가 말을 멈춘다. "왜 그래요? 울어요?"

조앤이 가방을 꼭 끌어안는다. 그녀의 내부에서 무언가가 반으로 부러져서 미끄러지며 움직이는 느낌이 든다. 하고 싶은 말이 너무 많다. 맥스를 떠난 뒤에 편지를 보내 모든 사정을 설명한다고 생각하니 견딜 수 없다. 어마어마한 소리가 파도처럼 점점 커지지만 그것을 억누르고 또 억눌러야 한다. 그래서 마침내 겨우 말을 할 수 있게 되자 그녀가 재빨리 지껄이듯 말한다. "못 해요, 맥스. 난 당신과 결혼할 수 없어요."

"왜 못 해요? 당연히 할 수 있어요. 난 여기서 나갈 겁니다. 아무 짓도 안 했어요. 경찰은 증거가 있다고 하지만, 없어요. 아니, 증거가 있다고 해도 난 못 봤어요."

"당신이 아무 짓도 하지 않은 거 알아요."

"그러면 왜 그래요? 왜 울어요?"

말이 목구멍에 달라붙어 나오지 않는다. 맥스가 간수에게 일분만 단둘이 있게 해달라고 부탁하는 소리가 들린다. 정적이 흐르고, 마음이 약해진 간수가 밖으로 나가면서 문이 열렸다 닫히는 소리가 들린다. 이제 두 사람만 남자 맥스가 조앤을 감싸 안고 일으켜 세우더니 그녀의 울음이 사그러들 때까지 머리카락을 쓰다듬으며 안아준다. 이제 그에게 말해야 한다. 두 번 다시 기회가 없을지도 모른다. 그러나 사실을 말할 용기가 나지 않는다. 조앤이 맥스를 꽉 끌어안고 그의 귀에 닿을 정도로 입술을 가까이 가져간 다음 그의 목에 대고 너무나도 부드럽게 속삭인다. "저예요."

그녀를 안은 맥스의 팔에서 힘이 빠진다. 그녀는 그의 얼굴을 보고 싶지 않아서 물러서지 않지만 맥스가 팔을 풀고 뒤로 물러나더니 양손으로 그녀의 어깨를 잡는다. "당신이라고?"

조앤이 고개를 끄덕인다. 그녀가 바닥을 본다. 온몸이 떨리고 있다.

"당신이?" 맥스가 방을 가로질러 창가로 갔다가 다시 문으로 간다. 그런 다음 방 한가운데로 돌아오더니 다시 창가로 걸어간다. 그가 탁자를 엎을지도 모른다. 문을 쾅쾅 두드리면서 간수를 불러서 조앤을 잡아가라고, 자기를 풀어달라고 외치면서 그녀에게 욕을 하고 소리를 지르고 꺼지라고 말할지도 모른다.

"자백할 거예요." 조앤은 이 말이 너무 한심해서 몸을 움츠리며 속삭인다.

맥스는 여전히 말이 없다. 그는 이제 아무 소리도 없이 창문의 창살을 물끄러미 바라본다.

"미안해요." 그녀가 속삭인다.

그가 돌아선다. "어떻게 그럴 수가 있어요?" 마침내 그가 낮고 화난 목소리로 묻는다. "왜?"

그녀는 온몸이 붉어지는 것 같다. "옳은 일이라고 생각했어요. 히로시마에서 그런 일이 생기고 나서……."

그가 신음한다.

"…… 그다음은 러시아일 것 같았어요. 내가 그렇게 하면 더 안전해질 거라고 생각했어요."

그가 손으로 이마를 짚는다. "아, 학생 때 공산당 집회에 참석했었지. 그래서 당신이 위험하지 않겠냐는 질문을 받았지만 난 당연히 아니라고 했어요. 내가 당신의 보증을 섰어. 젊은 시절에 거치는 단계일 뿐이라고 말했는데. 그리고 레오 갈리치." 그가 고개를 젓는다. "캐나다에서 그를 만났군요?"

조앤이 시선을 피한다. 거짓말을 할까 생각하지만 그래 봐야 소용없다는 결론을 내린다. 그녀가 천천히 고개를 끄덕인다.

맥스가 돌아선다.

"아주 잠깐이었어요, 맹세해요. 난 만나고 싶지 않았지만 레오가 날 찾아냈어요. 하지만 그때는 거절했어요."

정적. "히로시마에서 폭탄이 터지기 전까지는."

"네." 조앤이 그에게 다가선다. "맥스, 미안해요. 아무도 잡히지 않을 줄 알았어요."

그가 코웃음을 친다.

"당신이 잡힐 줄은 절대 몰랐어요." 그녀가 속삭인다.

침묵.

"내가 다 말할 거예요."

맥스는 돌아보지 않는다.

뭘 기대했을까? 조앤이 생각한다. 나한테 고마워할 거라고? 감사 인사라도 할 거라고? 그녀는 자신의 어리석음에 고개를 젓는다. "며칠만 더 기다려주겠어요? 난 그냥……." 그녀가 망설인다. "……도망칠 시간이 조금 더 필요해요."

맥스는 꼼짝도 하지 않는다. 너무 늦었어. 조앤이 생각한다. 이제 끝이야. 그는 지금 당장 그녀에게 자백을 시킬 것이다. 아니면 그녀가 여기서 나가자마자 당국에 알릴 것이고, 그녀는 브릭스턴 힐에 도착하기도 전에 체포될 것이다. 여기에 오지 말았어야 했다. 맥스가 받아들이기에는 너무 지나치다는 것을, 그는, 아니 이러한 상황이라면 누구든 이성적으로 생각할 수 없다는 사실을 알았어야 한다. 그리고 그가 그녀의 부탁을 따라야 할 이유가 어디 있을까? 왜 그녀에게 며칠을 더 줘야 할까? 왜 당장 혐의를 벗으면 안 될까?

조앤이 탁자로 가서 장갑과 가방을 집어 든다. 눈물로 시야가 흐리다. 맥스를 끌어안고 사랑한다고, 상처를 줄 생각은 없었다고 말하고 싶지만 지금보다 더 힘들게 만들고 싶지는 않다.

"기다려요." 맥스가 갑자기 돌아서서 말한다. "무슨 뜻입니까, 도망친다니?"

"오스트레일리아요." 그녀가 말한다. "오스트레일리아로 갈 거예요. 닷새 뒤에 배가 있어요. 당신은 괜찮을 거라고 약속할게요. 내가 자백하면 기소를 취하할 거예요."

"오스트레일리아라고?"

바깥 복도에서 발소리가 들린다. 조앤은 맥스의 시선이 문간을 향하는 것을 보고 지금밖에 기회가 없음을 깨닫는다. 그에게 믿음을 줘야 한다. 그녀가 손을 내밀어 맥스를 끌어안자 그의 살갗이 닿은 부분이 타는 듯 뜨거워진다. "날 믿어도 된다고 약속할게요. 내가 여기서 꺼내줄게요."

맥스가 고개를 젓는다. "아니." 그가 조앤의 손을 잡는다. "안돼."

그녀는 거의 숨도 쉴 수 없다. "며칠만요. 딱 며칠이면 돼요."

그가 고개를 젓는다.

"얼마나 충격을 받았을지 알아요, 정말 미안해요." 그녀의 목소리가 떨린다. "말로 다 할 수가 없―"

"아니, 그런 뜻이 아니에요."

"그럼 뭐죠?"

"내 말은, 가지 말아요."

"하지만 가야 해요. 자백해야 돼요. 당신을 여기서 꺼내야 해요." 조앤이 창살 쳐진 창을 올려다본다. "내가 떠나지 않으면……."

"모르겠어요? 그게 무슨 소용입니까? 당신이 오스트레일리아로 떠나는 건 싫어요. 당신을 사랑해요."

조앤이 맥스를 본다. 그녀의 심장에 금이 간다. "나도 사랑해요." 그녀가 속삭인다.

"그러니까요. 그러니 당신이 여기 나와 함께 머물러주면 좋겠어요. 어차피 혐의에 대한 증거가 없어요." 그가 그녀를 본다. "왜 그냥 내가 재판을 받게 해주지 않는 거죠?"

조앤이 그를 빤히 보다가 고개를 젓는다. "내가 어떻게 그럴 수 있겠어요? 당신이 무죄로 풀려난다 해도 모두 이 일을 기억할 거예요. 당신 이름이 완전히 깨끗해지지는 않을 거예요. 예전 일로 돌아갈 수도 없을 거예요. 예전 삶으로 말이에요." 그녀가 잠시 말을 멈춘다. "그리고 당신은 날 용서하지 못할 거예요."

맥스가 잠시 침묵을 지킨다. "당신은 모르는군." 그가 말한다. "난 예전 삶을 원하지 않아요. 여기 있는 동안 계속 생각했어요. 내가 원하는 건 새로운 삶, 당신과 함께하는 삶이에요."

조앤은 말을 할 수가 없다. 무슨 뜻일까? 분명 그는 어떤 식으로든 그녀가 자백하기를 원할 것이다. 누구도 이렇게까지 너그럽지는 않다. 맥스라고 해도. "하지만 어떻게 그럴 수가 있어요? 내가 어떤 짓을 했는데요."

맥스가 얼굴을 찡그리며 반쯤 미소를 짓는다. "난 수학자예요, 조애니. 1차 평가에 따르면 이 문제에 정확한 해법은 없어요. 그러니 내가 할 수 있는 최선은 가장 가까운 근사치를 찾는 거예요."

조앤은 자기도 모르게 싱긋 웃을 뻔한다. "놀리지 마세요. 지금은 그러지 말아요."

문 두드리는 소리가 난다. "딱 2분만 더 드리겠습니다." 낮고 걸걸하고 거친 목소리다.

맥스가 그녀를 가까이 끌어당긴다. "놀리는 게 아니에요. 날 사랑하죠? 그렇다는 거 알아요. 그래서 여기 온 거잖아요."

"물론 사랑해요. 당신을 만나야 했어요. 말해야 했어요."

"그럼 됐어요."

"무슨 뜻이에요?"

"날 기다려요. 재판을 받게 해줘요. 내가 혐의를 벗고 나서 결혼합시다. 그런 다음 이 일은 두 번 다시 언급하지 않기로 해요."

조앤이 고개를 젓는다. "하지만 이제 당신은 진실을 알면서도 날 위해 거짓말을 해야 하잖아요. 내가 나 자신을 위해서 당신에게 거짓말을 시키는 거예요." 그녀가 잠시 말을 멈춘다. "사람들은 그것도 똑같은 반역이라고 생각할 거예요."

맥스가 그녀를 바라본다. "증거를 찾는다면 그렇겠죠." 그가 속삭인다.

조앤의 심장이 멎는 듯하더니 다시 쿵쿵거리며 뛴다. 맥스가 그렇게 하도록 내버려둘 수는 없다. 그녀는 그럴 자격이 없다. 너무 위험하다. 자칫 어긋날지도 모르는 부분이 너무나 많다. 갑자기 어떤 생각이 떠오른 조앤이 그를 꼭 끌어안으면서 어떻게 할지 얼른 생각하려 애쓴다. 바깥 복도에서 발소리가 들린다. 1분만 더. 그녀가 생각한다. 딱 1분만 더.

"다른 방법이 있을지도 몰라요." 그녀가 속삭인다.

"뭐요?"

"하지만 도망쳐야 할 거예요."

"난 도망칠 수 없어요. 눈치 못 챘나 본데, 경비가 삼엄한 감옥에 갇혀 있거든요."

"아니, 당신을 빼낼 수 있을 것 같다는 말이에요."

"어떻게요?"

"외무부에 친구가 있어요. 그 친구는……." 그녀가 망설인다. "그 친구도 조직의 일원이에요."

그가 눈을 굴린다. "당신 같은 사람들이 더 있어요?"

조앤이 망설이지만 설명할 시간이 충분하지 않다. "그 친구가 분명 뭔가 수를 낼 거예요. 하지만 영국에서는 안 돼요. 그게 조건이에요. 우리가 지금 떠나면……."

"러시아는 안 돼요." 맥스가 말한다. "남은 인생을 러시아에서 살 순 없어요."

조앤이 고개를 젓는다. "오스트레일리아는 어때요?"

이제 발소리가 문 앞까지 왔다. 면회의 끝을 알리는, 거친 콘크리트 바닥에 징 박힌 부츠가 묵직하게 울리는 소리. 맥스가 다가와서 조앤을 끌어당기자 그녀의 몸이 그의 품에 딱 맞아 들어가고 얼굴이 그의 목에 닿는다. 그녀의 살갗에 그의 숨결이, 짧고 어렴풋하게 터져 나오는 공기가, 너무 가까워서 간질이는 듯한 그의 입술이 느껴진다. 맥스가 그녀를 있는 힘껏 끌어안더니 문이 열리고 간수가 모습을 드러낸 뒤에도 아무 말도 하지 않는다.

"시간 됐습니다." 간수가 매섭게 말한 다음 조앤이 지나갈 수 있도록 옆으로 비켜선다.

조앤은 목이 끔찍하게 마른 기분이다. 그녀가 지나친 요구를 하고 있다는 것은 안다. 맥스가 고향을, 자기 삶을, 조국을 이렇게 포기하리라 기대할 수는 없다. 게다가 그녀의 생각이 통할까? 두 사람 모두를 위험에 빠뜨리는 것은 아닐까?

맥스가 몸을 숙여 가볍게 입을 맞추자 그녀의 온몸이 떨린다.

너무나 고통스럽고 너무나 절대적인 이별의 입맞춤이다. 눈물이 차올라서 그녀가 눈을 꼭 감자 그의 손가락이 마지막으로 그녀의 쇄골을 쓸고 옆으로 가서 왼쪽 귀를 덮은 머리카락을 들어 올린다. 그가 그녀의 뺨에 한 번 더 입을 맞추려는 듯 몸을 숙이지만 맥스가 전하는 것은 입맞춤이 아니라 "좋아요"라는 중얼거림이다.

조앤의 손에 들린 것은 정확히 두 번 접었다 편 종이다. 그녀
는 주소를 외웠지만 그래도 종이를 들여다본다. 육촌이 필요 없
다고 해서 이제 공식적으로 그녀의 것이 된 모피 코트 차림이다.
걸을 때마다 어깨에 걸쳐진 코트의 무릎 부분이 벌어져서 대담
하게 펄럭인다. 윌리엄의 사무실에 도착하자 로비의 접수계원이
금빛 벨루어 쿠션의 2인용 소파를 가리킨다. 조앤이 소파 끝에
걸터앉아 양 무릎을 딱 붙인다. 그녀는 자신을 열심히, 애써 다잡
고 있다. 맞은편 벽에 그림이 걸려 있다. 새벽에 도시의 인광을
배경으로 정박한 배의 그림이다. 저긴 어딜까? 조앤은 그런 생각
을 하면서 지금부터 자신이 하려는 일을 잠시 잊으려 한다.

"아." 경직된 미소를 띠고 로비를 성큼성큼 걸어오는 윌리엄

의 눈에서 의문이, 경계가 느껴진다. 입을 맞추는 그의 숨결에서 달콤하면서도 고약한 위스키 냄새가 난다. "내가 보낸 편지 받았어?"

조앤이 일어선다. "응. 게다가 지나가는 길이라 들렀어." 그녀가 지난번에 만났을 때 윌리엄이 했던 말을 따라서 한다. "같이 점심 먹을 수 있을까 해서."

접수계원이 낭만적인 식사인지 알아보려는 듯 조앤의 다리를 유심히 살피는데 윌리엄이 그녀를 향해 고개를 돌린다. "뒤를 좀 부탁해요, 셰릴. 누가 물어보면 일 때문에 나갔다고 말해줘요. 앨리스가 물어보면 늦을 거라고 전해주고."

"알겠습니다."

윌리엄은 모퉁이를 돌아 세인트제임스 파크에 들어설 때까지 기다렸다가 조앤을 향해 고개를 돌리고 그녀의 양손을 잡는다. "널 만날지도 모른다고 생각했었어. 왜 좀 더 일찍 오지 않았어?"

"난 무슨 일이 벌어지고 있는지 전혀 몰랐어. 미리 알려주겠다고 했었잖아."

윌리엄의 눈이 혼란으로 가늘어진다. "소냐한테 얘기 못 들었어?"

조앤이 천천히 고개를 끄덕인다. "응."

"이상하네. 자기가 직접 연락할 테니까 난 하지 말라고 했는데. 그런데 네 소식을 못 들어서······." 살짝 찌푸려지는 그녀의 얼굴을 보고 윌리엄이 말을 멈춘다. "곤란한 문제라도 생겼어?"

조앤은 지금 떨고 있다. 따뜻한 코트를 입고 있지만 온몸이 추워서 아픈 것만 같다. "응." 그녀가 속삭인다. "제발. 도와줄래? 난 빠져나가야 해."

윌리엄이 양손을 들어서 그녀의 어깨를 꽉 잡고 진정시키려고 하지만 그녀는 그 감각이 불편하다. "확실해? 알겠지만 네가 갑자기 사라지면 사람들이 의심할 거야."

조앤이 고개를 끄덕인다. "맥스가 체포됐어. 우리 연구소에서 샜다는 걸 안다는 뜻이야."

윌리엄이 한숨을 쉰다. "그렇다고 생각한다는 뜻이겠지." 조앤을 내려다보는 그의 눈이 피곤하고 부어 있다. "와해되고 있어, 조조. 루퍼트가 워싱턴 대사관에 발령 받아서 갔거든. 물론 우리한테는 어마어마한 성과지만 루퍼트 때문에 골치가 아파. 어떤 여자한테 자기가 러시아 스파이라고 말했다는데, 그 여자는 농담으로 넘긴 것 같지만 걘 지금 시한폭탄이나 마찬가지야. 압박감을 못 견디나 봐." 윌리엄이 조앤을 흘깃 본다. "미안. 그 문제 때문에 온 건 아니었지?"

"급해, 윌리엄. 난 떠나야 돼." 조앤이 말을 멈춘다. "네가 약속했잖아."

윌리엄이 얼굴을 찌푸린다. "알았어, 알았어. 완전히 벗어나게 해줄게. 그쪽에서는 너를 무척 높이 평가하고 있어. 너한테 좋은 아파트 한 채랑 연금……."

"러시아는 안 돼." 조앤이 끼어든다. "갈 수 없어."

"아, 그래." 윌리엄이 말한다. "우리가 그런 면에서는 너한테 믿음을 별로 못 줬지?" 그가 재킷에서 담배 케이스를 꺼내서 달칵 연다. "나한테도 좋을지 모르겠다. 난 혈액순환이 좋지 않거든." 그가 양손을 들어 비비더니 콧노래를 한다. "발가락이 차가워."

그녀는 미소를 짓지 않는다. "전에 오스트레일리아 얘기했었잖아. 난 거기로 가고 싶어."

"정말? 먼 길이야."

"그러니까."

윌리엄이 얼굴을 찌푸린다. "시간이 좀 걸릴 거야. 일주일. 어쩌면 이주일."

조앤이 고개를 젓고, 어린아이처럼 절박하게 윌리엄의 소매를 붙잡는다. "그렇게 오래는 못 기다려." 그녀가 잠시 말을 멈춘다. "한 가지 더."

"뭐?"

"표가 두 장 필요해."

"두 장? 하나는 누구 건데?"

조앤이 망설인다. "맥스 거야. 맥스를 빼내서 배에 태워줘."

윌리엄이 그녀를 빤히 본다. "그 교수를? 왜?"

"맥스가 다 알아. 내가 다 말했어."

윌리엄의 입이 벌어졌다가 다시 닫힌다. 그가 손을 뻗다가 망설이더니 다시 툭 떨어뜨린다. "왜?" 윌리엄이 다시 묻는다.

"그래야만 했어, 윌리엄. 내가 한 일로 맥스를 감옥에 보낼 순없어. 옳지 않아." 조앤이 잠시 말을 멈춘다. "맥스가 그런 일을 당해선 안 돼."

윌리엄이 손으로 머리를 탁 치면서 작게 신음한다. 그가 이제야 무언가를, 당시에는 거의 관심을 기울이지 않고 친구들끼리 한잔할 때 나누는 무해한 소문이라고 가볍게 여겼던 이야기를 기억해낸다. "너랑 데이비스 교수님. 잊고 있었네. 소냐가 두 사람 사이에 뭔가 있지만 심각한 건 아니라고 했었지." 그가 말을 잠시 멈추고 그녀의 얼굴을 탐색한다. 조앤이 팔짱을 낀다. 그가 갑자기 코웃음을 친다. "음, 소냐가 틀렸군, 그렇지?"

"빼낼 수 있어?"

"난 마법사가 아니야, 조조."

"제발, 윌리엄. 제발."

윌리엄이 그녀를 본다. "미안하지만 너무 위험해. 지금은 필요 이상으로 시선을 끌고 싶지 않아. 미국에서 KGB 암호를 해독했어. 해외의 KGB 공작원들이 중앙으로 보낸 메시지 해독문이 끝없이 쏟아져 나오고 있어. 말했잖아, 시한폭탄이야, 조조. 조용히 지내야 돼." 그가 조앤을 본다. "넌 빼낼 수 있지만 맥스는 안 돼."

"하지만 맥스는 무죄야."

"잡혀갔잖아. 경찰은 재판을 하고 싶어 해. 미국인들에게 뭔가 하고 있다는 걸 보여줘야 한다고."

"하지만 맥스도 다 알아. 이제 나도 골칫거리야."

"사탕발림이나 좀 해봐. 그 사람도 빼내줄 것처럼 말해. 그가 사실을 깨달을 때쯤 넌 새로운 여권과 서류를 들고 오스트레일리아로 향하고 있을 거야."

"그렇겐 못 해."

윌리엄이 고개를 젓는다. "미안해, 맥스가 짊어지게 둘 수밖에 없어. 난 못 해. 위험을 무릅쓸 순 없어. 특히 루퍼트가 저 난리를 치고 있잖아. 나한테는 루퍼트가 먼저야. 그냥 버텨봐."

조앤이 그를 빤히 본다. "하지만 네가 말했잖아—"

윌리엄이 그녀를 향해 손사래를 친다. "알아, 알아. 하지만 개나 소나 다 뒤를 봐주겠다고는 안 했잖아."

조앤이 돌아선다. 호숫가에 벤치가 보여서 그쪽으로 걸어가 앉는다. 이렇게 될 줄은 몰랐다. 윌리엄에게 맥스가 다 안다고, 그래서 그녀가 곤경에 처했다고 말하면 충분할 줄 알았다. 비책이 하나 있지만, 설득력이 있어야 한다. 조앤은 그 말을 진심으로 해야 한다.

윌리엄이 따라와서 옆에 앉는다. "그래도 너는 빼내주잖아, 조조." 화해를 청하는 듯 부드러운 어조다.

조앤이 숨을 깊이 들이마신다. 이렇게 하고 싶지 않다. 특히 윌리엄에게는 더욱. "그럼 어떻게 할래?"

그가 무슨 말인지 모르겠다는 표정을 짓는다. "무슨 뜻이야?"

그녀의 목소리가 약간 갈라진다. "음, 내가 보기에는 선택지가 두 개 있어." 손가락을 하나 펴 보이던 조앤은 손가락이 떨리지 않아서 놀란다. "하나, 네가 내 부탁을 들어준다. 둘……" 두 번째 손가락을 편다. "……내가 MI5에 편지를 보내서 너의 스파이 활동에 대해서 이름과 날짜, 세부 내용을 모두 밝힌다. 루퍼트 이름도 나올 거야."

"MI5는 네 말을 안 믿을 거야."

그녀가 눈썹을 추켜올린다. "안 믿을까?"

"나랑 루퍼트를 연관시킬 게 하나도 없어. 구체적인 건 없지. 우리는 항상 조심했어. 대학도 다르고 전쟁 때 근무지도 달랐다고. 지난 10년 동안 같은 나라에서 산 적도 별로 없어."

정적이 흐른다. "음, 거기서 사진이 등장하는 거지."

"무슨 사진?"

"내가 소냐의 집에서 찾은 사진. 너랑 루퍼트가 키스하는 사진이야. 네 아내에게 보낼 사진 한 장, 〈데일리 메일〉에 보낼 사진 한 장."

"넌 못 할 거야."

흠칫거리면 안 된다. "허세라고 생각하지 마, 윌리엄."

윌리엄의 얼굴이 잿빛으로 창백하게 변한다. "우린 친구라고 생각했는데."

조앤이 손을 내려 그의 손을 잡는다. 축축하고 뜨끈한 피부가 느껴지고 열기가 그녀의 손바닥으로 스며든다. "미안해." 그녀가 속삭인다. "난 너무 절박해."

윌리엄이 일어서서 걸어가기 시작한다. 가지 마! 조앤이 생각한다. 내가 정말 그렇게 하게 만들지 마. 그가 마치 이 생각을 들은 것처럼 걸음을 멈추고 풀밭의 엉겅퀴를 발로 차더니 빙글 돌아 그녀가 앉아 있는 곳으로 돌아온다.

"좋아." 윌리엄이 낮고 체념한 목소리로 말한다. "한 번은 기회가 있을지도 몰라. MI5의 증거가 미국이 해독한 러시아 메시지를 훼손시킬 거라고 설득할 수만 있으면 기회가 생길 거야. 맥스를 오스트레일리아의 초원으로 보내는 게 낫다고 내가 설득하는 거야. 우리 정보원을 노출시키지 않으면서 그의 혐의에 대한 증거를 찾느라 힘들다는 건 알고 있거든. MI5가 가진 건 정황 증거랑 맥스가 캐나다에서 초크리버 연구소 소장에게 지나가듯 한 말밖에 없어. 대신 그는 기껏해야 평생 형편없는 교사직밖에 못할 거고, 종신유형이야. 종신유형이라고 표현하지 않을 뿐이지. 하지만 가능은 해. 비슷한 사례를 알아. 물론 아무 말도 하면 안돼. 신원도 바꿔야 하고. 새로운 시작이지."

조앤이 몸을 숙여 윌리엄의 손을 잡는다. "고마워." 그녀가 속삭인다.

그가 얼굴을 찌푸린다. "하루 이틀 정도 필요해."

조앤이 고개를 끄덕인다. "나흘 뒤에 쾌속선이 출발해." 그녀가 손을 내밀어 윌리엄의 손을 잡고 천천히 흔든다. "우린 그 배에 타고 싶어."

"지나치게 세게 나오는데, 롭슨 양." 윌리엄이 몸을 숙여 그녀의 손을 잡고 입을 맞추지만, 손에는 지나치게 힘이 들어가고 입맞춤은 경직되어 있다. "정말로 감사하고 싶으면 나랑 루퍼트 사진을 태우면 돼."

조앤이 윌리엄을 보고, 두 사람 사이에 흐릿한 미소가 오간다. "좋아."

금요일,
오전 11시 17분

　기자회견은 정오로 예정되어 있다. 회견은 조앤의 집에서 열릴 것이고, 조앤은 현관 계단 위에서 언론 담당자와 기자 들에게 성명을 발표해야 한다. 하트와 애덤스뿐 아니라 일부 MI5 요원들이 참석할 것이고, 경비가 삼엄할 것이다. 그녀를 보호하기 위해서라고 했다. 오늘 아침 하원에 그녀의 이름이 공식 제출되었고, 거의 동시에 윌리엄의 사체는 화장터의 커튼 뒤로 사라져 재가 된 다음 친구와 친척 들의 손에 뿌려졌다. 조앤은 그의 비밀을 무사히 지켰다.

　조앤이 전화기를 들고 닉의 번호를 누른다. 벨이 울리다 끊긴다. 핸드폰 번호로 다시 걸어보지만 녹음된 메시지로 곧장 넘어간다. 그녀는 심장을 두근거리며 안내 메시지를 끝까지 듣지만,

삐 소리가 나자 무슨 말을 하고 싶은지 몰라서 아무 말도 하지 않는다. 그냥 미안하다고. 사랑한다고. 그의 선택을 원망하지 않는다고. 어제 화장실에서 닉이 한 말은 사실 옳다. 이제 그가 선택할 차례다. 행동에는 결과가 따른다, 조앤은 늘 알고 있었다.

늦은 오전이 되자 경찰이 집 정면과 측면에 저지선을 치고, 막다른 골목 끝으로 자동차와 오토바이가 몰려든다. 사람들이 몰려들어 카메라를 설치하고 보온병에 담긴 커피를 마신다. 그물 커튼이 쳐 있고 창가에 장식품이 놓인 소박한 자갈박이 집 정면 사진이 찍힌다. 현관문은 묵직한 오크 문이고, 관목으로 둘러싸인 깔끔한 사각형 풀밭에는 서리가 내려앉았고, 풀밭을 가로지르는 좁은 길이 나 있다. 집 앞에 텅 빈 쓰레기통이 서 있고 정원을 가로지르는 길에 마이크가 설치되어 있다.

조앤이 닉의 핸드폰으로 다시 전화를 건다. 전화 좀 받아. 그런 다음 그녀가 전화를 끊는다.

그녀는 사랑하는 사람들을 모두 떠올리며 아픔을 느낀다. 맥스, 어머니, 아버지, 랠리. 조앤은 랠리의 다 자란 아이들이, 자기 조카들이 텔레비전으로 기자회견을 보고 서로 전화를 걸어 가족들과 소원해진 이상한 이모에 대해서 이야기하는 모습을 상상한다. 어린 시절 조카들의 생일을 단 한 번도 잊지 않았던 이모, 항상 코알라와 캥거루 카드에 터무니없는 금액의 우편환을 끼워 보내던 이모, 그러나 할머니의 장례식 때도 돌아오지 않고 그래서 평생 어머니에게 용서받지 못한 이모에 대해서. 적어도 이제 이모가 항상 멀리 떨어져 지낸 이유는 알게 될 것이다. 랠리에게 설명하기에는 너무 늦었지만. 조카들 중에 한 명이라도 조앤에게 전화를 할까? 한 명이라도 조앤을 용서할까?

아니다. 그래야 할 이유가 어디 있을까?

조앤은 중립적이면서 말끔한 옷을 골라 신경 써서 입는다. 라일락색 치마와 크림색 블라우스를 입고 목에 짙은 고동색 실크 스카프를 두른다. 그 위에 황갈색 레인코트를 입고 단추를 끝까지 채운다. 소매 끝에는 손수건을 끼워놓았다. 신발은 검은색에 벨크로가 달려서 실용적인 느낌이다. 그녀는 거울 앞에 서서 자신을 바라본다. 그런 다음 천천히 숨을 내쉰다.

조앤이 손목시계를 확인한다. 2분. 그녀가 다시 복도로 나가 전화 수화기를 든다. 닉의 번호를 다시 누르기 시작하지만 손이 너무 떨린다. 그녀가 수화기를 내려놓는다. 이제 너무 늦었다.

조앤이 현관문으로 걸어간다. 문 밖에서 사람들이 이야기를 나누거나 서로를 떠밀면서 준비하는 소리가 들린다. 그녀가 은색 사슬을 풀고 걸쇠에 손을 얹는다. 마음속 어딘가에서 이렇게 끝날 줄 항상 알고 있었다는 생각이 든다. 그녀 혼자서, 두려움과 단둘이.

그러나 조앤은 또 이것이 마땅한 결과라는 사실도 안다. 걸쇠를 풀자 문이 딸깍 열린다.

모든 카메라가 동시에 찰칵이고 플래시가 터지자 조앤이 얼어붙는다. 그녀는 앞으로 걸어 나가서 가슴에 손을 얹고 미친듯이 뛰는 심장을 진정시키려 애쓴다. 현관 계단에 서자 뒤에서 문이 닫힌다. 닉을 찾아 인파를 훑어보지만 어디에도 보이지 않는다. 헤드폰을 낀 갈색 더플코트 차림의 젊은 남자가 다가와서 마이크 음량을 조절한 다음 물러서더니 싱긋 웃고 엄지를 들어 신호를 보낸다.

그녀는 시선을 들지만 너무 많은 사람을 보니 어지러워서 어쩔 수 없이 다시 고개를 숙인다. 사람들이 이렇게까지 관심을 가질 줄 몰랐다. 지역 신문사 한두 곳쯤에서 올 줄 알았지, 이 정도로 많이 올 줄은 몰랐다. 기자와 사진기자뿐 아니라 뉴스 카메라와 생방송 리포터, 거대한 음향 수신기도 있다. 그녀는 마이크에 붙은 오스트레일리아 뉴스 로고를, 또 미국 뉴스 로고를 알아본다. 그 외에도 알아보지 못하는 마이크가 아주, 아주 많다. 하트와 애덤스가 필요할 경우 언제든지 끼어들 태세로 집 옆에 서 있고, 저지선을 따라 일정한 간격으로 경찰관들이 서 있다. 조앤의 다리가 떨린다. 닉의 얼굴을 슬쩍이라도 볼 수만 있다면…….

그때 소녀의 모습이 머릿속에 얼핏 떠오른다. 소녀라면 조앤보다 이런 상황에 훨씬 잘 대처했을 것이라는 생각이 순간적으로 떠오른다. 소녀는 이런 관심을 즐겼을 것이다. 조앤은 실크 옷을 입고 다이아몬드를 걸친 소녀가 고양이를 안고 어딘가의 현관문 앞에 서서 모든 혐의를 부인하는 장면을 상상할 수 있다. 소녀의 배신을 떠올리니 마음속에서 분노와 상처가 뒤섞인 끔찍한 혼합물이 넘쳐흐른다. 그러나 분노는 소녀를 향한 것이 아니다. 분노는 제때 알아보지 못한 자신, 단서를 무시하고 레오에게도 경고하지 않은 자신, 그를 끌어안고 소녀를 믿어서는 안 된다고, 모스크바로 가서는 안 된다고 말하지 않은 자신, 위험에 처하면 소녀가 경고해주리라 굳게 믿은 자신을 향한 것이다. 사실은 소녀가 규칙을 알고 있었음을 깨닫지 못한 자신을 향한 것이다. 왜냐하면 규칙은 소녀가 정한 것이었고, 두 사람 모두 처음부터 그 사실을 알고 있었기 때문이다. 조앤은 소녀가 그 여자의 집으로 데리고 가서 계단을 올라가도록 등을 떠밀고 아무에게도 말하지 말라고 했던 날부터 알고 있었다.

조앤이 심호흡을 하자 사람들이 조용해지더니 그녀의 말을 기다린다. 그녀는 자신이 무슨 말을 하고 싶은지 잘 안다. 조국의 비밀을 캐는 스파이가 되는 것에 원칙적으로 동의하지 않지만 그때는 전례가 없는 시대였다고. 그러나 입을 열려고 해도 말이 나오지 않는다. 눈 안쪽에서 작고 까만 것이 깜빡이는데, 처음에는 얼마 안 되지만 점점 더 많아지더니 이제 익숙하고 물속 같은 어둠밖에 보이지 않는다. 심장박동이 불안정해지더니 무릎이 비틀거린다. 조앤이 쓰러지면서 바람이 휙 인다. 이제 끝일까? 그녀가 생각한다. 내가 죽는 걸까? 여기서, 지금, 이 사람들 앞에서 정말 죽는 걸까?

팔 밑에서 포치 계단이 쿵 소리를 내고, 몸 아래에서 팔이 접히면서 차가운 회색 돌에 부딪히자 그녀가 고통으로 비명을 지른다. 갑작스러운 소음이 터져 나오고, 사람들이 가까이 다가오고, 카메라 렌즈가 윙윙거리고 찰칵거린다. 누가 그녀의 이름을 부르지만 소리가 멀고 불규칙하다. 암흑이 파도처럼 부풀어 올랐다가 멀어지면서 머리가 쿵쿵거린다.

누군가 그녀의 등에 손을 얹고 어떤 목소리가 구급차를 부른다. 누군가 그녀에게 담요를 덮어주고 가슴과 팔을 톡톡 친다. 의식을 잃었다 찾았다 하는 동안 머릿속에서 레오와 소냐의 기억이 소용돌이치고, 마침내 들것에 몸이 실린다. 누군가 얼굴에 산소마스크를 고정시키자 이제 그녀는 맥스밖에 생각나지 않는다. 몸이 갑자기 가볍고 부드러워진다. 누군가 그녀의 손목을 잡고 숫자를 센다. 그녀의 몸이 위로 들려 구급차로 옮겨지고, 허공에 뜬 그녀의 손을 구급대원이 높이 든다. 조앤은 왜 닉의 계획에 동의해버리지 않았을까? 왜 그들이 원하는 대로 해버리지 않았을까?

조앤이 눈을 깜빡인다. 가슴 안에서 심장이 풀썩 뛴다. "닉." 그녀가 속삭인다. "닉." 그녀는 산소마스크를 벗고 싶지만 팔을 움직일 수 없다. 한쪽 팔은 묶여 있고 한쪽 팔은 배 위에서 이상한 모양으로 뒤틀려 있다. 옆 모니터에서 삑삑 소리가 크게 난다. 구급대원이 허둥대는 그녀를 보더니 마스크를 약간 들고 목소리를 들으려고 몸을 숙인다.

"닉." 조앤이 입 모양으로 말한다.

구급대원이 무슨 뜻인지 몰라서 그녀를 보며 얼굴을 찌푸린다. "말씀하지 마세요." 그가 그녀의 얼굴 위로 마스크를 조이고, 시동 거는 소리가 들린다. 사이렌이 한 번 더 울린 다음 멈추고 그녀의 머리 가까운 곳 어딘가에서 문이 쾅 닫힌다. 구급차가 움직이기 시작한다.

끝났어. 조앤이 생각한다. 난 아들을 두 번 다시 못 볼 거야. 닉은 어떻게 끝났는지, 내가 자기를 얼마나 사랑했는지 절대 알지 못할 거야. 그러나 그때 구급차가 크게 흔들리며 멈추더니 뒷문이 활짝 열리면서 차가운 바람이 들어온다. "죄송하지만 그렇게 갑자기 문을 여시면 안 돼요. 이분과 동행하시려면 내무부의 허락이 필요합니다. 누구시죠?"

"니컬러스 스탠리, 왕실변호사입니다." 닉이 구급차 뒤쪽으로 올라서면서 엔진과 산소마스크 소리보다 목소리를 높여서 쌀쌀맞고 초조하게 말한다.

정적. 구급대원이 당황한다. "음, 죄송하지만 환자의 변호사가 동행하는 것은……."

"아니, 아니, 그게 아니에요." 닉이 불쑥 말한다. 그가 다시 입을 열자 그 말이 찢어진 상처에 바르는 연고처럼 조앤에게 내려앉는다. "제 어머니예요. 제가 함께 가겠습니다."

모피 코트를 입은 것은 실수였다. 사우샘프턴에서 모피 코트는 초록색 바다의 작고 붉은 양귀비처럼 눈에 띄는 데다가 여행 가방과 같이 들고 다니기에는 너무 무겁고, 새벽 5시 반의 거리는 아직 어두워서 모피가 거칠고 윤기 없어 보인다. 가짜일 수도 있다. 사실 코트를 본 사람은 누구나 가짜라고 생각할 것이다. 여기 조선소 창고가 가득하고 사람들의 왕래가 많은 곳에서 입고 다니는 모피가 진짜일 리 없다. 하늘은 분홍빛이고 군데군데 작은 주홍빛이 너울거린다. 우유 배달 수레가 항구 쪽으로 걸어오는 승객들과 부두 노동자들 사이를 누빈다. 기중기와 굴뚝 사이로 불 냄새와 빵 냄새가 퍼진다.

방금 나선 호텔 방에서 잔 것이 고국에서의 마지막 잠이라니, 어머니나 여동생을, 그녀가 자란 집을 두 번 다시 못 본다니 조앤은 믿을 수가 없다. 이것이 끝이라니. 이런 식으로 도망칠 수 있다니, 이렇게 하나의 삶에서 다른 삶으로 옮겨갈 수 있다니 믿을 수 없다. 이 이야기를 들으면 연구소 사람들은 뭐라고 할까?

캐런은 뭔가 일이 일어나고 있음을 진작 알고 있었던 척할까? 맥스가 체포된 지난주처럼 다들 너무 당황해서 아무 말도 하지 않을까? 아니야. 조앤이 생각한다. 침묵은 오래가지 않을 거야. 아마도, 오히려 캐런은 이 소식을 들으면 두 사람을 위해서 기뻐할지도 모른다. 자리를 잡고 나면 캐런에게 엽서를 보내 설명할 것이다. 엄밀히 말하자면, 몇 가지 일들은 설명할 것이다. 물론 전부 이야기하지는 않을 것이다.

조앤이 잠시 후 배가 떠날 부두를 향해 언덕을 내려간다. 윌리엄이 정부의 공식 경호단과 함께 브릭스턴에서 사우샘프턴까지 맥스를 직접 데려오기로 했다. 그녀가 윌리엄에게 내린 지시는 간단하다. 오전 6시 정각에—더 일러도, 더 늦어도 안 된다—조앤과 만날 것, 그런 다음 두 사람이 배에 타는 것을 지켜볼 것. 이 계획에서 벗어나면 안 된다. 위험 요소는 지금도 많다.

가슴이 두근거린다. 심장이, 폐가, 머리가 두근거린다. 피가 소용돌이치는 것을 느낄 수 있지만 심장 박동은 아니다. 그렇다고 하기에는 너무 미미하고 너무 규칙적이다. 째깍거리는 것에 가깝다. 그렇다, 바로 그거다. 조앤의 온몸이 째깍거리며 초를 센다.

두 사람이 오지 않으면? 조앤은 여권도 있고 표를 살 돈도 충분하다. 사실 두 사람이 오지 않으면 뭔가 잘못되었다는 뜻이니 떠날 수밖에 없을 것이다. 그들이 막판에 조앤을 연루시킬 증거를 찾았거나, 윌리엄이 배신했거나, 아니면—마지막 가능성은 견디기 힘들다—맥스가 생각을 바꿔서 도망치는 대신 사실을 말하고 누명을 벗기로 결정했기 때문일 것이다. 그렇게 하지 않을 이유가 어디 있을까? 째깍, 째깍, 째깍.

교회 종이 천천히, 큰 소리로 울린다. 6시. 조앤은 종소리를 세면서 기다린다. 떨림이 척추를 타고 올라온다. 아무 일도 없다. 그녀는 조금 더 기다린다. 검푸른색 자동차가 넓은 자갈길로 들어서서 천천히 다가오는데, 창이 불투명하다. 어딘가 가까운 곳에서 기중기가 화물 상자를 배에 싣는 소리가 들린다. 굴뚝 한 군데에서 연기가 갑자기 피어오른다. 째깍, 째깍. 조금 떨어진 길가에 버스가 멈추고 승객들이 내리기 시작한다. 검푸른 자동차가 버스 앞에, 조앤과 불과 몇 미터 떨어진 곳에 선다. 왔다. 그녀가 생각한다. 조앤은 반대편 창가에 앉은 맥스를, 감옥에 수감될 때 머리를 잘라서 옆머리가 짧아진 그를 그려본다.

운전석 창문이 열린다. 윌리엄은 눈이 충혈되고 피곤해 보인다. 며칠은 못 잔 것 같다. 모피 코트 차림으로 반짝거리는 조앤이 여행 가방을 꽉 쥐고 다가간다. 살갗이 뜨겁다. 너무 뜨겁다. 그리고 갑자기 다리에서 힘이 빠진다.

"같이 왔어?" 조앤이 몸을 숙여 차 안을 들여다보며 묻는다. 윌리엄이 시야를 가리고 있지만 허벅지에 얹힌 맥스의 손이 보인다. 그가 미동도 하지 않아서 조앤은 불안해진다.

윌리엄이 고개를 끄덕인다. 그가 조앤에게 봉투를 건넨다. 봉투를 열고 표를 확인하는 그녀의 손가락이 떨린다. 승객 두 명. 사우샘프턴에서 카이로까지, 카이로에서 싱가포르까지 그리고 마지막으로 싱가포르에서 시드니까지. 조앤이 자신의 새 여권을 꺼내서 손가락으로 이름을 쓸어본다. 조앤 마저리 스탠리. 맥스의 새 여권을 열고 그것도 확인한다. 조지 스탠리. 완전히 새로운 이름은 아니지만 겹쳐도 문제가 되지 않을 만큼 흔한 이름, 그리고 영국으로 돌아오지 않는 조건이 따르긴 하지만 맥스가 새롭게 시작할 수 있을 만큼 다른 이름이다. 출생 신고서, 혼인 신고서, 추천서. 전부 다 있다. 봉투 깊숙이 성 크리스토퍼 메달과 체인에 쪽지가 붙어 있다. 쪽지는 나중에 읽을 것이다.

"고마워." 조앤이 속삭인다. "이 은혜를 도대체 어떻게 갚지?"

"아무한테도 말하지 마." 윌리엄이 속삭인다. "내가 부탁하는 건 그것뿐이야. 사진은 태워줘."

조앤이 고개를 젓고 주머니에 손을 넣어 사진을 꺼내서 윌리엄에게 건넨다. "직접 태우고 싶을지도 모른다 싶어서." 그녀가 말한다. "내가 아는 한 사진은 그것밖에 없어."

그가 미소를 지으며 사진을 재킷 주머니에 넣는다.

"고마워." 윌리엄이 옆자리에 여전히 미동도 없이 앉아 있는 맥스를 향해 고개를 돌리고 그의 팔을 툭 친다. "갈 시간입니다, 교수님."

윌리엄이 손잡이를 돌려 창문을 올린다. 그의 일은 끝났다. 두 남자가 악수를 나눈 다음 맥스가 차에서 내리더니 여행 가방을 가지러 트렁크로 빙 돌아간다. 그는 가방을 내리면서 조앤을 보지 않는다. 흘깃 보지도 않고 고개를 끄덕이지도 않기 때문에 그가 무슨 생각을 하는지 알 수 없다. 생각이 바뀌었을까? 결국 예전 삶을 되찾고 싶은 걸까? 윌리엄이 가고 나서 그렇게 말할지도 모른다. 조앤을 세관 공무원들에게 넘기고, 그녀에게 그런 짓을 하고도 도망칠 수 있다고 생각했다니 믿을 수가 없다고 말할지도 모른다. 아니면⋯⋯.

그러나 조앤의 마음속에서 생각이 형태를 갖출 시간이 없다. 그 순간 맥스가 트렁크 문을 닫고 조앤을 똑바로 바라보기 때문이다. 새벽의 어두운 빛 속에서 그가 푸른 눈을 빛내며 그녀를 향해 미소를, 아니 싱긋 웃음을 짓더니 그녀의 허리에 팔을 두르고 바람 속의 나뭇잎처럼 들어 올려서 너무 꽉 끌어안는 바람에 그녀는 숨을 쉴 수가 없다("미안해요." 그녀가 그의 목에 대고 속삭인다. "미안해요, 미안해요, 미안해요."). 여행 가방과 코트 때문에 분명 무겁겠지만 맥스는 전혀 신경 쓰지 않는 것 같다. 그는 웃고 있기 때문이다. 곧 조앤도 갑자기 웃음을 터뜨리고, 두 사람은 어린아이처럼 신나게 웃는다. 맥스가 그녀를 내려놓자 두 사람은 같이 나무 계단을— 거의 달리다시피—올라 배에 탄 다음 계단 꼭대기에 서서 윌리엄이 작별 인사를 하듯 깜빡이는 전조등 불빛을 바라본다. 조앤이 맥스의 손을 잠시 놓은 다음 손끝을 입술에 대고 윌리엄에게 입맞춤을 날린다.

이것은 단순한 입맞춤이 아니다. 약속이다.

작가의 말

이 책에 영감을 준 것은 1999년 〈더 타임스〉에 실린 ('협동조합에서 온 스파이'라는 퉁명스러운 제목의) 신문 기사다. 이 기사에서 여든일곱 살의 멜리타 노우드Melita Norwood는 냉전 시대의 가장 중요하고 활동 기간이 가장 긴 소비에트 스파이로 밝혀졌다. 1992년에 KGB 요원 바실리 미트로킨Vasili Mitrokhin이 영국으로 망명하면서 그동안 힘들게 복사해서 보관하던, 영국 정보부가 한 번도 보지 못한 어마어마한 양의 파일을 가지고 왔고, 이에 따라 노우드의 신원을 밝힐 새로운 증거가 드러났다. 노우드는 '할머니 스파이'로 알려졌고 자택 정원에서 성명을 발표하는 그녀의 모습이 텔레비전으로 중계되었는데, 놀랍지는 않을지 모르지만 실망스럽게도 사실을 간략하게 설명할 뿐 크게 뉘우치는 모습은 아니었다. 의회에서 노우드 사건을 검토했지만 내무장관은 고령을 이유로 불기소를 결정했다. 나는 이 기사를 읽었을 때 케임브리지 대학에서 역사를 공부하고 있었고, 그 뒤 크리스토퍼 앤드루 교수의 지도하에 논문을 쓰게 되었다. 앤드루 교수는 바실리 미트로킨이 처음 러시아를 떠났을 때 접촉한 역사학자이자 결국 멜리타 노우드의 신원을 밝힌 미트로킨 문서 여러 권을 공동 집필하기도 했다. 바로 그때 《레드 조앤》이 탄생했다.

체 게바라 머그잔을 가지고 있었고 스파이 활동에 대한 대가를 받지 않으려 했다는 것 외에 멜리타 노우드와 조앤 스탠리의 공통점은 두 사람 모두 냉전 당시 중요한 금속 연구소 소장의 개인 비서로 일했고(노우드는 1932년부터 1972년까지 영국 비철금속 협회에서 일했고 조앤은 허구의 부서이지만 실제로 케임브리지 대학에 위치했던 캐번디시 연구소 내부로 설정된 부서에서 일했다), 따라서 튜브 앨로이스 프로젝트의 원자폭탄 연구 기밀문서에 접근할 수 있었으며, 여자라서 의심을 사지 않았다는 것밖에 없다. 두 여성(한 명은 실존 인물, 한 명은 허구의 인물이다)의 차이는 다양하고 무수하며, 조앤 스탠리를 통해서 멜리타 노우드를 보여주려는 의도는 아니었다. 조앤은 과학 전공으로 대학을 수료했고 고급 기술 지식이 있었지만 멜리타 노우드는 그렇지 않고, 조앤은 공산주의에 대해서 갈팡질팡하지만 멜리타 노우드는 끝까지 철저한 공산주의자였으며 은퇴 직후에 러시아를 방문했으며 여든아홉 번째 생일이 지날 때까지도 그녀가 살던 벡슬리히스에서 좌파 일간지인 〈모닝 스타〉를 배포했다. 노우드의 이야기는 많은 면에서 무척 놀랍지만 내가 이 책에서 하고 싶었던 이야기는 아니다.

소냐라는 인물은 당시 멜리타 노우드의 지휘관이자 냉전 당시 활동한 몇 안 되는 여성 지휘관 중 하나였던 어슐라 버튼Ursula Beurton*을 바탕으로 했다. 버튼은 중국에서 훈련을 받은 다음 남편과 함께 옥스퍼드 근처 농장에서 무선 통신 시스템을 운영했다. 키얼 사건은 1949년 원자폭탄 스파이 클라우스 푹스Klaus Fuchs의 기소 및 재판에서 영감을 받았는데, 그 역시 버튼의 지휘를 받았다(반대로 이 소설에서 키얼은 레오의 지휘를 받으며 캐나다에 머

* 루스라고도 알려져 있으며 암호명은 소냐.

문다).

소설의 대략적인 배경이 케임브리지인 것은 어떤 면에서 당연한데, 영국이 배출한 유명한 KGB 스파이 대부분이 케임브리지에서 양성되었기 때문이다. 유명한 스파이 대부분은 조앤보다 앞선 시기에 케임브리지에 다녔기 때문에 레오와 루퍼트, 윌리엄을 통해서 그들의 영향력을 표현하고자 했다. 레오의 논문은 소비에트 계획경제와 전쟁 당시에 그러한 정책이 끼친 실제 영향에 관심을 가졌던 케임브리지의 마르크스주의 경제학자인 모리스 돕Maurice Dobb과 미할 칼레츠키Michal Kalecki의 관심사를 바탕으로 했다.

이외에 실제 혹은 허구의 인물과 비슷한 점이 있다면 전혀 의도하지 않은 것이다.

이 소설을 쓰기 위해서 배경 조사를 할 때 유용했던 책이 무척 많다.*

큐 국립공문서관 역시 소중한 정보를 제공했고, 모든 인터뷰

와 보고서는 어떤 형식으로든 실제 보고서를 바탕으로 만들었는데, 특히 클라우스 푹스의 추적 및 심문과 관계된 MI5의 보고서를 참고로 했다. 날짜가 일치하지 않는 부분이 하나 있는데, 이 소설에서 나는 튜브 앨로이스 프로젝트가 1941년에 이미 그러한 이름으로 존재한다고 썼지만 사실은 1942년에야 그런 이름이 붙었다.**

---

* 그중에서 특히 도움이 되었던 몇 권을 소개하고자 한다.

The Mitrokhin Archive: The KGB in Europe and the West, Christopher Andrew and Vasili Mitrokhin (London, Penguin, 2000)

The Spy Who Came in From the Co-op: Melita Norwood and the ending of the Cold War, Dr David Burke (Woodbridge, Boydell Press, 2008)

Bluestockings: The Remarkable Story of the First Women to Fight for an Education, Jane Robinson (London, Viking, 2009)

My Sister: Rosalind Franklin, Jenifer Glyn (Oxford, Oxford University Press, 2012)

Klaus Fuchs: The Man Who Stole the Atom Bomb, Norman Moss (New York, St Martin's Press, 1987)

The Thirties: An Intimate History, Judith Gardiner (London, Harper Press, 2010)

Soviet Economic Development Since 1917, Maurice Dobb (London, Routledge and Kegan Paul, 1947)

** 추가 정보가 필요한 경우 내 웹사이트를 방문해길 바란다. www.jennierooney.com

옮긴이의 말

영국에서 라트비아 출신 아버지와 영국인 어머니 사이에서 영국인으로 태어난 멜리타 노우드는 1937년 러시아 측에 포섭된 이후 약 40년 동안 러시아 스파이로 활약했고, KGB 요원 바실리 미트로킨의 변절로 1999년에야 정체가 발각되었다. '소비에트 연방의 가장 중요한 여성 요원'이라 불리는 노우드는 사실 적극적으로 활동하던 사회주의자 부모님 밑에서 태어나 자랐고 자신도 철저한 공산주의자로 살았다. 확고한 공산주의자였던 그녀는 스파이 활동에 대해 물질적인 대가를 받지 않았고, 왜 스파이가 되었냐는 질문에 "내가 그 일을 한 것은 돈을 벌기 위해서가 아니라 큰 대가를 치루면서 보통 사람에게 먹을 것과 좋은 교육, 공공 의료 서비스를 제공하는 새로운 체제가 실패하지 않도록 돕기 위해서였다"고 대답했다. 영국 당국은 관련된 다른 수사에 방해가 될까 봐 노우드를 기소하지 않았고, 그녀는 2005년에 93세의 나이로 세상을 떠날 때까지 자신의 행동을 후회하지 않았던 것으로 보인다.

그러나 작가가 밝히고 있듯이 노우드 사건에서 영감을 받은 이 소설의 주인공 조앤은 노우드와 많은 점에서 다르다. 조앤의 부모님은 공공연한 사회주의자가 아니었고, 그녀가 스파이로 활동한 기간은 노우드에 비해 훨씬 짧았으며, 큰 대가를 치루었다는 점도 다르다. 그러나 가장 두드러진 차이점은 조앤이 활동을 시작하기 전부터 끝까지 수없이 흔들린다는 사실일 것이다. 제2차 세계 대전이 일어날 무렵에 조앤은 사회주의에 어느 정도 공감하지만 대학 내 사회주의 서클의 억압적인 분위기에 반감을 느껴서 가입하지 않고, 핵무기 개발을 위한 비밀 프로젝트에 들어가지만 연인 레오의 부탁에도 러시아 측에 정보를 넘기지 않겠다고 거부한다. 그랬던 조앤의 마음을 돌린 사건은 바로 미국의 히로시마 원자폭탄 투하였다. 유례 없는 잔혹한 현실을 목격한 조앤은 자신이 그러한 상황을 바로잡는 데 도움이 되리라는 생각에, 힘의 균형을 유지하기 위해 러시아 측에 정보를 넘기기로 결심한다.

가만히 생각해보면, 역사란 이미 지난 일이다. 한참 지난 때를 돌아보면서 옳고 그름을 판단하기는 비교적 쉬운 일일 것이다. 그러나 혼란스러운 상황을 현재로 살아야 했던 사람들은 어떤 태도를 취해야 했을까? 아마 스스로의 소신—조앤의 경우 시대의 불행에 눈 감지 말고 각자 책임을 져야 한다는 아버지의 말—을 따라야 했을 것이다. 당장 눈앞의 현실은 너무나 혼란스러워 흑백을 가리기 힘들지만 조앤은 스스로 옳다고 생각하는 길을 따라 걷는다. 세월이 흐르면서 혼돈의 안개가 걷히고 명백한 결과를 빤히 아는 우리는—조앤의 아들 닉처럼—당시의 행동이 옳았는지 틀렸는지 쉽게 판단할 수 있다. 그러나 이 책에서 조앤의 눈을 통해 당시를 생생하게 경험하다 보면 그녀의 선택을 쉽게 비난하기 힘들다.

조앤의 시대가 그랬듯, 현재는 그 안에서 살고 있는 우리에게 혼란스러울 수밖에 없다. 그때 우리는 무엇을 해야 할까? 소냐는 대의를 방패 삼아 이기적이고 잔혹하게 자신만을 위해서 살고,

레오는 대의를 너무 열렬히 받아들인 나머지 불의에 눈을 감고 만다. 조앤은 자기 양심에 따라 고민하다가 결국 스스로 옳다고 생각하는 행동을 선택하지만 시간이 지나자 그녀가 틀렸음이 증명된다. 이처럼 우리가 빠질 수 있는 함정은 너무나 많다. 미래를 미리 알지 않는 한 우리가 옳은 길을 택할 확률은 그리 높지 않을 것이다. 그때 가장 중요한 것은 아마도 조앤처럼 자기 변명을 하기보다 닉의 말처럼 자신의 오판을 인정하고 후회하는 것일지도 모른다. 우리는 조앤이 얼마나 많은 고민과 흔들림 속에서 좁은 길을 택해 걸었는지 알기 때문에 그것이 얼마나 어려운 일인지 이해할 수 있다. 흑백이 분명해진 지금 거의 80년 전의 이야기를 읽으면서도 우리가 조앤의 고민과 선택에 공감할 수 있는 것은 바로 그 때문일지도 모른다.

뿐만 아니라 조앤은 파란만장한 시절을 보내고 잘못된 선택의 대가라고 하기에는 무척 가혹한 결과도 겪는다. 실제로는 문서를 빼내서 넘겨주는 것이 전부인 스파이 활동에서 모티브를 얻었지만 작가 제니 루니는 흥미로운 인물들을 설정하여 끝까지 팽팽한 긴장이 쉽게 풀리지 않는 이야기를 엮어낸다. 모든 수수께끼가 풀리는 순간 여러분의 입에서 저절로 탄성이 나올지도 모른다.

허진

레드 조앤

지은이 제니 루니
옮긴이 허진
펴낸이 정규도
펴낸곳 황금시간

초판 1쇄 발행 2019년 4월 25일
초판 2쇄 발행 2019년 7월 1일

편집 박은경
교정교열 이한나
디자인 어나더페이퍼

황금시간
Golden Time

주소 경기도 파주시 문발로 211
전화 02-736-2031 (내선 361~362)
팩스 02-736-2036
인스타그램 @goldentimebook

출판등록 제406-2007-00002호
공급처 (주)다락원
구입문의 전화 02-736-2031 (내선 250~252) **팩스** 02-732-2037

값 15,000원
ISBN 979-11-87100-72-0 03840

* 다락원 홈페이지를 통해 주문하시면 자세한 정보와 함께 다양한 혜택을 받으실 수 있습니다.
* 기타 문의사항은 황금시간 편집부로 연락 주십시오.